Venezianische Scharade

Vendetta

Donna Leon verließ mit 23 Jahren New Jersey, wo sie 1942 geboren worden war, um in Perugia und Siena weiterzustudieren. Sie blieb im Ausland, arbeitete als Reiseleiterin in Rom, als Werbetexterin in London und als Lehrerin an amerikanischen Schulen in Europa und Asien. Gegenwärtig lehrt sie englische und amerikanische Literatur an einer Universität in der Nähe von Venedig, wo sie seit 1981 lebt. Ihr erstes Buch *Venezianisches Finale,* ein raffinierter Opernkrimi, wurde mit dem renommierten japanischen Suntory-Preis für den besten Kriminalroman 1991 ausgezeichnet.

DONNA LEON

Venezianische Scharade

Vendetta

Zwei Romane in einem Band

Aus dem Amerikanischen
von Monika Elwenspoek

Weltbild

Die amerikanische Originalausgabe von „Venezianische Scharade" erschien
1994 bei HarperCollins Publishers, New York unter dem Titel
Dressed for Death.

Die amerikanische Originalausgabe von „Vendetta" erschien
1995 bei HarperCollins Publishers, New York unter dem Titel
Death and Judgment.

Besuchen Sie uns im Internet:
www.weltbild.de

Lizenzausgabe mit freundlicher Genehmigung
der Diogenes Verlag AG Zürich
für Verlagsgruppe Weltbild GmbH, Steinerne Furt, 86167 Augsburg

Venezianische Scharade

Das Motto aus: *Mozart, Lucio Silla.* Dramma per musica
in drei Akten von Giovanni di Gamerra
Neueinrichtung und Bearbeitung von
Bernhard Paumgartner Bärenreiter, Kassel, o. J.
Übersetzung: Monika Elwenspoek

Vendetta

Das Motto aus: *Mozart, Don Giovanni,* in der Übersetzung
von Karl Dietrich Gräwe, Rowohlt Verlag, Reinbek, 1981
Übersetzung: Monika Elwenspoek

Umschlaggestaltung: Jarzina Kommunikations-Design, Köln
Umschlagmotiv: Mauritius Images, Mittenwald
Gesamtherstellung: Bagel Roto-Offset GmbH & Co. KG,
Gewerbegebiet Sachsen-Anhalt Süd, Kirchweg, 06721 Schleinitz
Printed in Germany
ISBN 3-8289-7765-0

2008 2007 2006 2005
Die letzte Jahreszahl gibt die aktuelle Lizenzausgabe an.

DONNA LEON

Venezianische Scharade

Roman

Aus dem Amerikanischen
von Monika Elwenspoek

Weltbild

Im Gedenken an Arleen Auger
Eine erloschene Sonne

Ah forse adesso
Sul morir mio delusa
Priva d'ogni speranza e di consiglio
Lagrime di dolor versa dal ciglio

Vielleicht beweint sie jetzt
zur Stunde meinen Tod,
ohne Spur einer Hoffnung,
ganz ohne Zuspruch;
Tränen, Tränendes Schmerzes
entströmen ihren Augen.

LUCIO SILLA

I

Der Schuh war rot, rot wie Londoner Telefonhäuschen oder New Yorker Feuerwehrautos, aber diese Vergleiche kamen dem Mann, der den Schuh als erster sah, nicht in den Sinn. Er dachte vielmehr an das Rot des Ferrari Testarossa auf dem Kalender im Umkleideraum der Fleischer, wo sich eine nackte Blondine auf dem Kühler räkelte und leidenschaftlich den linken Scheinwerfer zu vernaschen schien. Der Schuh war wie betrunken zur Seite geneigt, die Spitze dicht an einer der Öllachen, die wie ein nässender Ausschlag das Gelände hinter dem Schlachthof bedeckten. Er sah ihn da liegen, und natürlich dachte er auch an Blut.

Auf irgendeinem Weg war vor Jahren die Erlaubnis zum Bau des Schlachthofs erteilt worden, lange bevor Marghera zu einem führenden Industriezentrum Italiens aufblühte (obgleich »aufblühte« hier vielleicht nicht ganz das passende Wort ist) und bevor die Ölraffinerien und Chemiefabriken sich auf dem sumpfigen Gelände breitmachten, gegenüber der Lagune von Venedig, Perle der Adria. Der flache Betonbau duckte sich blutrünstig hinter einen hohen Maschendrahtzaun. War dieser Zaun ganz zu Anfang errichtet worden, als man das Vieh noch durch die staubigen Straßen zum Schlachthof treiben konnte? War er ursprünglich dazu gedacht, die Tiere an der Flucht zu hindern, bis sie auf die Rampe geführt, getrieben, gepeitscht wurden, wo sie der Tod erwartete? Heute brachte man sie in Lastwagen, die rückwärts direkt an die mit einem Gitter eingefaßten Rampen fuhren, und es gab kein Entweichen mehr. Menschen wollten diesem Gebäude sowieso nicht zu nahe kommen, so daß der Zaun kaum nötig war, um Unbefugte fernzuhalten. Vielleicht wurden darum seine Löcher auch nicht geflickt. Bisweilen schlüpften nachts streunende Hunde hindurch und heulten voll Verlangen nach dem, was sie dort witterten.

Rund um den Schlachthof war Ödland, als fürchteten selbst die Fabriken das Blut. Sie hielten Abstand von dem niedrigen Betonbau, ihre tödlichen Ausflüsse dagegen sickerten rückhaltlos in den Boden und kamen dem Schlachthof jedes Jahr näher. Schwarzer Schlamm blubberte zwischen dem Marschgras, und ein regenbogenfarbener Ölfilm bedeckte Pfützen, die nie verschwanden, wie trocken die Jahreszeit auch sein mochte. Die Natur hier draußen war vergiftet, doch das schreckte die Menschen weniger als das, was drinnen vorging.

Der Schuh, der rote Schuh lag umgekippt etwa hundert Meter von der Rückseite des Schlachthofs entfernt gleich hinter dem Zaun, links neben einem hohen Büschel Sumpfgras, das in den Giftstoffen um seine Wurzeln besonders gut zu gedeihen schien. Gegen halb zwölf an diesem heißen Montagmorgen im August stieß ein vierschrötiger Mann in blutgetränkter Lederschürze die Metalltür an der Rückseite des Schlachthauses auf und trat in die sengende Sonne. Er wurde von einer Welle feuchtheißer Luft, beißendem Gestank und lautem Geheul begleitet. In der Sonne spürte man kaum eine Abkühlung, aber wenigstens war der Gestank der Innereien hier weniger stechend, und der Lärm rührte nicht mehr von dem Brüllen und Kreischen her, das den Raum hinter ihm erfüllte, sondern von dem einen Kilometer entfernten Verkehr, den die zum Ferragosto nach Venedig strömenden Touristenmassen verursachten.

Der Mann wischte seine blutige Hand an der Schürze ab, wobei er sich bückte, um einen trockenen Zipfel zu finden, griff dann in seine Hemdtasche und zog ein Päckchen *Nazionali* heraus. Mit einem Plastikfeuerzeug zündete er sich eine Zigarette an und sog gierig den Rauch ein, froh über den Geruch und den scharfen Geschmack des billigen Tabaks. Ein tiefes Geheul drang hinter ihm durch die Tür und trieb ihn Richtung Zaun, wo das kümmerliche Blätterdach einer Akazie, die sich zu etwa vier Meter Höhe hochgekämpft hatte, Schatten versprach.

Dort stand er, wandte dem Schlachthof den Rücken zu und

betrachtete den Wald aus Schornsteinen bei Mestre. Aus einigen schossen Flammen, aus anderen quollen graugrüne Rauchschwaden. Eine leichte Brise, zu schwach, um sie auf der Haut zu fühlen, trieb die Wolken auf ihn zu. Er zog an seiner Zigarette und schaute auf den Boden zu seinen Füßen, wie immer hier in den Wiesen achtsam, wohin er trat. Er blickte nach unten und sah jenseits des Zaunes den umgekippten Schuh liegen.

Er war aus Stoff, dieser Schuh, nicht aus Leder. Seide? Satin? Bettino Cola kannte sich da nicht aus, aber er wußte, daß seine Frau ein ähnliches Paar Schuhe besaß und über hunderttausend Lire dafür bezahlt hatte. Er mußte fünfzig Schafe oder zwanzig Kälber schlachten, um so viel zu verdienen, und sie hatte dafür ein Paar Schuhe gekauft, die sie einmal getragen und dann im Schrank verstaut und nie mehr angesehen hatte.

Nichts in dieser verfluchten Landschaft verdiente seine Aufmerksamkeit, also betrachtete er den Schuh, während er seine Zigarette rauchte. Er trat nach links und sah ihn sich aus einem anderen Blickwinkel an. Zwar lag er ganz dicht neben einer großen Öllache, aber offenbar auf einem trockenen Fleckchen. Cola trat noch einen Schritt nach links, wobei er sich der prallen Sonne aussetzte, und beäugte die Stelle um den Schuh herum auf der Suche nach dem Gegenstück. Im hohen Gras, unter einem niedrigen Strauch machte er etwas Längliches aus, das offenbar die Sohle des zweiten war und ebenfalls auf der Seite lag.

Er ließ seine Zigarette fallen, trat sie auf dem weichen Boden aus und ging ein paar Meter am Zaun entlang, bis zu einem großen Loch, durch das er gebückt hindurchkroch, wobei er sorgsam die rostigen Stacheln mied, die ihn umgaben. Er richtete sich auf und ging zu dem Schuh zurück, der jetzt kein einzelner mehr und darum möglicherweise bergenswert war.

»Roba da puttana«, murmelte er vor sich hin, als er den Absatz des ersten Schuhs sah, der höher war als die Zigarettenpackung in seiner Tasche; nur eine Hure würde so etwas tragen. Er bückte sich und hob den einen Schuh auf, sorgsam darauf bedacht,

die Außenseite nicht anzufassen. Wie er gehofft hatte, war die Fläche sauber, also nicht mit der Ölpfütze in Berührung gekommen. Er trat ein paar Schritte nach rechts und griff nach dem Absatz des zweiten Schuhs, aber der schien in einem Grasbüschel festzuhängen. Bettino Cola ließ sich auf ein Knie nieder, auch hier vorsichtig darauf achtend, wo er es hinsetzte, und zog einmal kräftig. Der Schuh löste sich, doch als Cola sah, daß er ihn von einem menschlichen Fuß gezogen hatte, machte er einen Satz rückwärts und ließ dabei den ersten Schuh in die schwarze Lache fallen, vor der er nachts zuvor bewahrt worden war.

2

Die Polizei rückte zwanzig Minuten später in zwei blau-weißen Limousinen der Squadra Mobile aus Mestre an. Inzwischen hatten sich hinter dem Schlachthof viele der Männer versammelt, in die Sonne gelockt von diesem Blutvergießen anderer Art. Cola war völlig entnervt zurückgelaufen, nachdem er den Fuß und das dazugehörige Bein gesehen hatte, war ins Büro des Meisters gestürzt und hatte ihm berichtet, hinter dem Zaun liege eine tote Frau.

Cola war ein guter Arbeiter, ein ernsthafter Mensch, darum hatte der Meister ihm geglaubt und unverzüglich die Polizei verständigt, ohne nachzusehen, ob sein Untergebener die Wahrheit sagte. Aber andere hatten Cola hereinstürzen sehen und liefen herbei, um zu erfahren, was los war. Der Meister raunzte sie an, sie sollten an ihre Arbeit gehen; die Kühlwagen warteten an den Laderampen, und sie hätten keine Zeit, den ganzen Tag hier herumzustehen und sich das Maul über eine Hure zu zerreißen, der man die Kehle durchgeschnitten habe.

Er meinte das natürlich nicht wörtlich, denn Cola hatte ihm nur von dem Schuh und dem Fuß erzählt, aber die Wiesen zwischen den Fabriken waren für die Arbeiter ein bekanntes Revier – ebenso wie für die Frauen, die in diesen Wiesen ihrem Gewerbe nachgingen. Wenn die sich dort hatte umbringen lassen, dann gehörte sie wahrscheinlich zu diesen grell geschminkten Wracks, die sich spätnachmittags an die Straße zwischen dem Industriegebiet und Mestre stellten. Schichtwechsel, Zeit für die Arbeiter, nach Hause zu gehen, aber warum nicht ein kurzer Halt an der Straße und ein paar Schritte zu einer im Gras ausgebreiteten Decke? Es ging schnell, sie erwarteten nichts von einem, außer zehntausend Lire, und es waren inzwischen immer häufiger Blondinen aus Osteuropa, die so arm waren, daß sie einem nicht irgendwelchen Schutz vorschreiben konnten wie die italienischen Mädchen an der Via Cappuccina. Und überhaupt, seit wann schrieb die Hure denn dem Mann vor, was er zu tun hatte und was zu lassen? Genau das hatte sie wahrscheinlich versucht, sie war handgreiflich geworden, und der Mann eben auch. Nun, es gab genug andere, und jeden Monat kamen neue über die Grenze.

Die Streifenwagen hielten, und aus jedem stieg ein Uniformierter. Sie wollten zum Vordereingang des Gebäudes gehen, doch der Meister kam ihnen schon entgegen. Hinter ihm stand Cola, der sich als Mittelpunkt der ganzen Aufregung zwar wichtig vorkam, dem aber vom Anblick dieses Fußes noch ganz flau war.

»Haben Sie uns gerufen?« fragte der erste Polizist. Sein rundes Gesicht glänzte vor Schweiß, und er starrte den Meister durch dunkle Brillengläser an.

»Ja«, antwortete der. »Da hinten auf der Wiese liegt eine Tote.«

»Haben Sie sie entdeckt?«

»Nein«, sagte der Meister, »ich nicht.« Damit trat er zur Seite und bedeutete Cola vorzutreten. »Er hier.«

Auf ein Nicken des ersten Polizisten hin zog der Kollege aus dem zweiten Streifenwagen ein blaues Notizbuch aus der Jackentasche, schlug es auf, schraubte die Kappe von seinem Stift und hielt ihn über dem Blatt zum Schreiben bereit.

»Name?« fragte der erste, den Blick hinter den dunklen Gläsern jetzt auf den Fleischer gerichtet.

»Cola, Bettino.«

»Anschrift?«

»Wozu soll das gut sein?« unterbrach der Meister. »Da drüben liegt eine Tote.«

Der erste Uniformierte wandte sich von Cola ab, senkte den Kopf und fixierte über den Rand seiner Sonnenbrille den Meister. »Die läuft uns nicht weg.« Dann wiederholte er, zu Cola gewandt: »Anschrift?«

»Castello 3453.«

»Wie lange arbeiten Sie schon hier?« fragte er mit einer Kopfbewegung zu dem Gebäude hinter Cola.

»Fünfzehn Jahre.«

»Wann haben Sie heute angefangen?«

»Um halb acht. Wie immer.«

»Was hatten Sie auf der Wiese zu suchen?« Die Art, wie der eine die Fragen stellte und der andere die Antworten notierte, gab Cola das Gefühl, sie verdächtigten ihn.

»Ich bin rausgegangen, um eine Zigarette zu rauchen.«

»Mitten im Hochsommer stellen Sie sich in die Sonne, um eine Zigarette zu rauchen?« fragte der erste Polizist, und es klang, als sei das Irrsinn. Oder eine Lüge.

»Ich hatte Pause«, antwortete Cola, der langsam ärgerlich wurde. »Da gehe ich immer raus. Wegen dem Gestank.« Das Wort holte die Polizisten in die Wirklichkeit zurück. Sie sahen zu dem Gebäude hinüber, wobei der mit dem Notizbuch nicht verhindern konnte, daß seine Nasenflügel angeekelt bebten bei dem, was er roch.

»Wo liegt sie?«

»Gleich hinter dem Zaun. Unter ein paar Büschen, darum habe ich sie zuerst nicht gesehen.«

»Warum sind Sie dorthin gegangen?«

»Ich habe einen Schuh gesehen.«

»Wie bitte?«

»Ich sah einen Schuh, auf der Wiese, und dann den zweiten. Ich dachte, vielleicht sind sie noch gut, da bin ich durch den Zaun gekrochen. Ich dachte, meine Frau könnte sie vielleicht gebrauchen.« Das war eine Lüge; er hatte gedacht, er könnte sie verkaufen, aber das wollte er der Polizei nicht erzählen. Es war eine kleine Lüge und ganz harmlos, aber es war die erste von vielen Lügen, die der Polizei im Zusammenhang mit dem Schuh und der Person, die ihn trug, aufgetischt wurden.

»Und dann?« bohrte der erste Polizist nach, als Cola nichts weiter sagte.

»Dann bin ich hierher zurückgelaufen.«

»Nein, davor«, sagte der erste Polizist mit einem unmutigen Kopfschütteln. »Als Sie den Schuh gesehen haben. Als Sie die Frau gesehen haben. Was haben Sie da gemacht?«

Cola sprach rasch, in der Hoffnung, es dann bald hinter sich zu haben. »Ich habe den einen Schuh aufgehoben und sah den zweiten dort liegen. Er war unter dem Busch. Ich habe daran gezogen. Ich dachte, er hängt irgendwie fest. Da habe ich noch mal gezogen, und er ging ab.« Er schluckte einmal, zweimal. »Er war an ihrem Fuß. Deshalb ist er erst nicht abgegangen.«

»Sind Sie lange dortgeblieben?«

Diesmal war es Cola, der hinter der Frage Irrsinn vermutete. »Nein, nein. Nein, ich bin zurückgelaufen und habe es Banditelli erzählt. Der hat dann bei Ihnen angerufen.« Der Meister nickte bestätigend.

»Sind Sie da drüben herumgelaufen?« fragte der erste Polizist.

»Herumgelaufen?«

»Oder noch stehengeblieben? Haben Sie geraucht? Haben Sie in der Nähe etwas weggeworfen?«

Cola schüttelte energisch den Kopf.

Der zweite Uniformierte blätterte in seinem Notizbuch, der erste sagte: »Ich habe Sie etwas gefragt.«

»Nein. Nichts. Ich habe die Frau gesehen und den Schuh fallen lassen, und dann bin ich ins Schlachthaus gelaufen.«

»Haben Sie sie angefaßt?« wollte der erste wissen.

Cola sah ihn mit großen, erstaunten Augen an. »Sie ist doch tot. Natürlich habe ich sie nicht angefaßt.«

»Sie haben ihren Fuß angefaßt«, sagte der zweite Polizist mit einem Blick auf seine Notizen.

»Ich habe ihren Fuß nicht angefaßt«, entgegnete Cola, obwohl er nicht mehr sicher war. »Ich habe den Schuh angefaßt, und der ist dann vom Fuß abgegangen.« Er konnte sich nicht enthalten zu fragen: »Warum sollte ich sie anfassen?«

Keiner der beiden Polizisten antwortete. Der erste drehte sich um und nickte dem zweiten zu, der sein Notizbuch zuklappte. »Also gut, zeigen Sie uns, wo sie liegt.«

Cola stand wie angewurzelt und schüttelte langsam den Kopf. Die Sonne hatte das Blut auf seiner Schürze getrocknet, und Fliegen umsurrten ihn. Er sah die Polizisten nicht an. »Da hinten, gleich hinter dem großen Loch im Zaun.«

»Ich möchte, daß Sie uns zeigen, wo sie liegt«, sagte der erste Polizist.

»Das habe ich gerade getan«, blaffte Cola, und seine Stimme bekam dabei einen scharfen Unterton.

Die beiden Uniformierten wechselten einen Blick, dem zu entnehmen war, daß sie Colas Widerstreben bemerkenswert fanden und im Gedächtnis behalten würden. Aber sie sagten nichts, wandten sich von ihm und dem Meister ab und gingen um das Gebäude herum auf den Zaun zu.

Die Mittagssonne brannte auf die flachen Uniformmützen der beiden Polizisten, ihre Haare darunter waren naß, der Schweiß rann ihnen über den Nacken. Während sie das Loch im Zaun ansteuerten, hörten sie neben den Todesschreien, die noch immer aus dem Gebäude drangen, hinter sich menschliche Stimmen und drehten sich um. Am Hintereingang standen dicht zusammengedrängt fünf oder sechs Männer mit blutbefleckten Schürzen wie die von Cola. An solche Neugier gewöhnt, wandten sich die Polizisten wieder dem Zaun zu, bückten sich und krochen nacheinander durch das Loch, dann gingen sie weiter nach links, zu dem stacheligen Gebüsch hinter dem Zaun.

Ein paar Meter davor blieben die beiden stehen. Da sie wußten, was sie suchten, entdeckten sie rasch den Fuß unter den tiefhängenden Zweigen. Beide Schuhe lagen direkt davor.

Vorsichtig auftretend näherten sie sich ihm, um die bösartigen Öllachen zu vermeiden und eventuell vorhandene Fußabdrücke nicht zu zertrampeln. Neben den Schuhen ging der eine Polizist in die Hocke und bog das hüfthohe Gras zur Seite.

Die Leiche lag auf dem Rücken, die Außenseiten der Knöchel drückten in die Erde. Der Polizist beugte sich vor, teilte das Gras mit der Hand, und eine haarlose Wade kam zum Vorschein. Er nahm die Sonnenbrille ab, spähte angestrengt in den Schatten und verfolgte mit seinem Blick die langen, muskulösen Beine über knochige Knie bis zu dem spitzenbesetzten roten Schlüpfer unter dem knallroten Kleid, das übers Gesicht der Leiche gezogen war. Er starrte noch einen Augenblick länger hin.

»*Cazzo!*« rief er und ließ das Gras los.

»Was ist?« fragte der andere.

»Das ist ein Mann!«

3

Normalerweise wäre die Nachricht, daß man in Marghera einen *prostituto travestito* mit eingeschlagenem Gesicht und Schädel gefunden hatte, eine Sensation gewesen, sogar für die abgebrühten Angehörigen der Questura in Venedig, und ganz besonders während des langen Ferragosto-Wochenendes, an dem die Kriminalität eher zurückging und es allenfalls so Langweiliges und Vorhersehbares gab wie Diebstähle und Einbrüche. Heute aber hätte es eines weit schauerlicheren Ereignisses bedurft, um die spektakuläre Neuigkeit auszustechen, die sich wie ein Lauffeuer durch die Korridore der Questura verbreitete: Maria Lucrezia Patta, die Frau des Vice-Questore Giuseppe Patta, hatte am Wochenende nach siebenundzwanzig Ehejahren ihren Mann verlassen, um in die Mailänder Wohnung von – und hier machte jeder Erzähler dieser explosiven Geschichte eine Pause, bevor er die Bombe platzen ließ – Tito Burrasca zu ziehen, dem Begründer und Hauptbetreiber von Italiens Pornofilmindustrie.

Die Nachricht hatte am Morgen taufrisch die Questura erreicht, verbreitet von einer Sekretärin im Ufficio Stranieri, deren Onkel in einer kleinen Wohnung über den Pattas wohnte und angeblich gerade in dem Augenblick an der Wohnungstür der Pattas vorbeigegangen war, als die Feindseligkeiten des Ehepaars in ihre Endphase traten. Patta, so der Onkel, hatte ein paarmal Burrascas Namen geschrien und gedroht, den Mann verhaften zu lassen, sollte er es je wagen, Venedig zu betreten; Signora Patta hatte das Feuer erwidert, indem sie drohte, nicht nur bei Burrasca einzuziehen, sondern auch die Hauptrolle in seinem nächsten Film zu übernehmen. Der Onkel hatte sich über die Treppe nach oben zurückgezogen und die nächste halbe Stunde versucht, den Schlüssel in seine Wohnungstür zu bekommen, während sich unten die Pattas weiter mit Drohungen und Gegendrohungen bombardierten. Die Auseinandersetzung fand ihr Ende erst mit der Ankunft eines Wassertaxis am Ausgang der Calle und dem Abgang von Signora Patta, gefolgt von sechs Koffern, die der Taxifahrer hinter ihr die Treppen hinunterschleppte, sowie Pattas Verwünschungen, die dem Onkel durch den Schalltrichter des Treppenhauses zugetragen wurden.

Die Nachricht erreichte die Questura am Montag früh um acht; Patta folgte um elf. Um halb zwei kam das Telefonat über den Transvestiten, aber bis dahin waren die meisten schon zum Essen, bei dem sich einige Mitarbeiter der Questura in wilden Spekulationen über Signora Pattas künftige Filmkarriere ergingen. Ein Zeichen für die Beliebtheit des Vice-Questore war die Wette, zu der man sich an einem der Tische verstieg: hunderttausend Lire für den ersten, der es wagte, sich nach dem Befinden von Pattas Gattin zu erkundigen.

Guido Brunetti erfuhr von dem ermordeten Transvestiten von Vice-Questore Patta selbst, als der ihn um halb drei zu sich ins Büro rief.

»Ich bin eben aus Mestre angerufen worden«, sagte Patta, nachdem er Brunetti gebeten hatte, Platz zu nehmen. »Mestre?« fragte Brunetti.

»Ja, die Stadt am Ende des Ponte della Libertà«, blaffte Patta. »Sie haben sicher davon gehört.«

Brunetti dachte an das, was er am Vormittag erfahren hatte, und beschloß, nicht weiter auf die Bemerkung einzugehen. »Warum haben die aus Mestre bei Ihnen angerufen?«

»Sie haben einen Mord und niemanden für die Ermittlungen.«

»Aber die sind doch da drüben mit Personal viel besser ausgestattet als wir, Vice-Questore«, sagte Brunetti, der sich nie ganz sicher war, inwieweit Patta über die Polizei hier oder dort Bescheid wußte.

»Das weiß ich, Brunetti. Aber zwei von ihren Commissari sind im Urlaub. Einer hat sich am Wochenende bei einem

Autounfall das Bein gebrochen, bleibt noch einer, und der«, Patta schnaubte verächtlich, »oder vielmehr die geht am Samstag in Mutterschaft und ist erst ab Ende Februar wieder im Dienst.«

»Was ist mit den beiden im Urlaub? Die kann man doch sicher zurückbeordern.«

»Einer ist in Brasilien und der andere offenbar nicht aufzufinden.«

Brunetti wollte schon sagen, daß ein Commissario immer zu hinterlassen hatte, wo man ihn erreichen konnte, egal wohin er in Urlaub fuhr, aber ein Blick in Pattas Gesicht veranlaßte ihn, statt dessen zu fragen: »Was haben sie denn über den Mord gesagt?«

»Ein Stricher. Transvestit. Jemand hat ihm den Schädel eingeschlagen und die Leiche auf einer Wiese draußen in Marghera deponiert.« Bevor Brunetti etwas einwenden konnte, sagte Patta: »Fragen Sie nicht. Die Wiese liegt zwar in Marghera, aber der Schlachthof, zu dem sie gehört, ist in Mestre, nur ein paar Meter weiter, also gehört der Fall zu Mestre.«

Brunetti hatte keine Lust, Zeit auf Debatten über Besitzrechte oder Stadtgrenzen zu verschwenden, und fragte: »Woher wissen die, daß es sich um einen prostituto handelt?«

»Ich habe keine Ahnung, woher sie es wissen, Brunetti«, antwortete Patta in etwas schärferem Ton. »Ich gebe weiter, was mir mitgeteilt wurde. Prostituto, Transvestit, Frauenkleider; Schädel und Gesicht eingeschlagen.«

»Wann wurde er gefunden?«

Patta machte sich nie Notizen und hatte sich auch bei diesem Telefonat keine gemacht. Die Sache an sich hatte ihn nicht weiter interessiert – eine Hure mehr oder weniger – aber es beunruhigte ihn, daß seine Leute für Mestre arbeiten sollten. Das hieß, daß Mestre auch eventuelle Erfolge für sich verbuchen würde. Aber dann dachte er an die jüngsten Ereignisse in seinem Privatleben und kam zu dem Schluß, daß gerade dies womöglich ein Fall war, den er besser Mestre überließ – mitsamt dem ganzen Rummel.

»Der Questore hat mich jedenfalls gefragt, ob wir den Fall übernehmen können. Womit sind Sie denn beschäftigt, Sie alle drei?«

»Mariani ist im Urlaub, und Rossi geht immer noch die Unterlagen im Fall Bortolozzi durch«, erklärte Brunetti. »Und Sie?«

»Ich habe eigentlich von diesem Wochenende an Urlaub.«

»Das kann warten«, meinte Patta mit einer Bestimmtheit, die sich über Kleinigkeiten wie Hotelbuchungen oder Flugtickets hinwegsetzte. »Außerdem sollte sich diese Sache ja wohl schnell erledigen lassen. Man muß nur den Zuhälter finden und eine Liste der Kunden zusammenstellen. Der Täter gehört garantiert zu ihnen.«

»Haben die denn Zuhälter?«

»Huren? Natürlich haben die Zuhälter.«

»Auch männliche Huren, Vice-Questore? Huren, die Transvestiten sind? Vorausgesetzt natürlich, daß die Sache mit der Hure stimmt.«

»Wie kommen Sie darauf, daß ich so etwas wissen sollte, Brunetti?« fragte Patta mißtrauisch und gereizter als sonst, womit er Brunettis Gedanken wieder auf die Neuigkeit vom Morgen lenkte und ihn veranlaßte, rasch das Thema zu wechseln.

»Wann kam denn der Anruf?« fragte Brunetti.

»Vor ein paar Stunden. Warum?«

»Ich habe überlegt, ob die Leiche wohl noch dort liegt.«

»Bei dieser Hitze?« fragte Patta.

»Ja, da haben Sie recht«, stimmte Brunetti zu. »Wohin ist sie gebracht worden?«

»Keine Ahnung. In eines der Krankenhäuser. Wahrscheinlich ins Umberto Primo. Da machen sie, glaube ich, die Autopsien. Warum fragen Sie?«

»Ich möchte sie mir gern ansehen«, sagte Brunetti. »Und auch die Fundstelle.«

Patta war nicht der Mann, der sich um solche Kleinigkeiten kümmerte. »Da der Fall zu Mestre gehört, sehen Sie zu, daß Sie deren Fahrer nehmen, nicht unsere.«

»Noch etwas, Vice-Questore?«

»Nein. Ich bin überzeugt, es ist ein klarer Fall. Bis zum Wochenende haben Sie die Lösung unter Dach und Fach und können in Urlaub fahren.« – Es paßte zu Patta, daß er keine Frage daran verschwendete, wohin Brunetti fahren wollte oder ob er vielleicht irgendwelche Reservierungen absagen mußte. Alles nur Kleinigkeiten.

Beim Hinausgehen bemerkte Brunetti, daß in dem kleinen Vorraum zu Pattas Büro während des Gesprächs mit seinem Vorgesetzten verschiedene Möbelstücke angekommen waren, ein großer Schreibtisch aus Holz stand auf der einen Seite und ein kleines Tischchen unter dem Fenster. Er beachtete das nicht weiter und ging nach unten in das Büro, wo die uniformierten Polizisten saßen. Sergente Vianello sah von den Papieren auf seinem Schreibtisch hoch und lächelte Brunetti an. »Fragen Sie gar nicht erst, Commissario, ja, es stimmt. Tito Burrasca.«

Brunetti vernahm die Bestätigung und konnte es ebensowenig glauben wie vor ein paar Stunden, als er die Geschichte zum erstenmal gehört hatte. Tito Burrasca hatte eine legendäre Karriere hinter sich. Er hatte in den sechziger Jahren mit dem Filmemachen angefangen, mit in Blut und Eingeweiden schwelgenden Horrorfilmen, die so offenkundig künstlich wirkten, daß sie zu unfreiwilligen Parodien des Genres wurden. Burrasca war kein Narr, so unbeholfen er sich bei der Produktion seiner Horrorfilme auch angestellt haben mochte, und ging auf das allgemeine Echo ein, indem er die Filme noch unechter machte: Vampire mit Armbanduhren, die die Schauspieler scheinbar abzulegen vergessen hatten; Telefone, über die Draculas Entkommen gemeldet wurde; Akteure, die das Schauspielern in der Baumschule gelernt haben mußten. So wurde er über Nacht zur Kultfigur: Die Leute standen Schlange vor den Kinos, nur darauf erpicht, das Unstimmige herauszufinden, die Heuler zu entdecken.

In den siebziger Jahren dann scharte er seine Meister des hölzernen Ausdrucks um sich und ließ sie in ihrer ganzen Unbeholfenheit in Pornofilmen auftreten. Die Kostüme waren sowieso kein Problem, und auch, was die Handlung anging, stand seiner Erfindungsgabe nichts im Weg: Er entstaubte lediglich die Drehbücher seiner alten Horrorfilme und machte aus den Leichenfledderern, Vampiren und Werwölfen Vergewaltiger und Sexbesessene. Damit füllte er die Kinos, allerdings diesmal kleinere, mit einem anderen Publikum, einem, das offenbar nicht im geringsten daran interessiert war, Anachronismen aufzudecken.

Die achtziger Jahre beglückten Italien mit jeder Menge neuer privater Fernsehsender, und Burrasca beglückte diese Sender mit seinen neuesten Filmen, allenfalls in etwas abgemilderter Fassung, aus Rücksicht auf die vermutlichen Empfindlichkeiten der Zuschauer. Und dann verlegte er sich auf Videokassetten.

Allmählich begann man sich lustig zu machen über ihn; er wurde zur Zielscheibe des Spotts in Fernsehshows, ein beliebtes Modell für Karikaturisten. Doch mittlerweile hatte sein Erfolg ihn dazu bewogen, nach Monaco zu ziehen und Bürger dieses steuergünstigen Fürstentums zu werden. Seine Zwölfzimmerwohnung in Mailand hielt er sich, wie er den Finanzbehörden versicherte, nur, um Geschäftsfreunde zu empfangen. Und nun offenbar auch Maria Lucrezia Patta.

»Tito Burrasca, in der Tat«, wiederholte Sergente Vianello, wobei er sich nur mühsam ein Lächeln verkniff. »Vielleicht können Sie ja von Glück reden, wenn Sie die nächsten Tage in Mestre sind.«

Brunetti konnte sich nicht enthalten zu fragen: »Hat denn niemand etwas davon gewußt?«

Vianello schüttelte den Kopf. »Nein. Niemand. Keinen Mucks.«

»Nicht einmal Anitas Onkel?« fragte Brunetti, der damit

zugab, daß auch die höheren Ränge die Quelle der Informationen kannten.

Vianellos Antwort wurde durch das Summen der Gegensprechanlage auf seinem Schreibtisch unterbrochen. Er nahm den Hörer ab und meldete sich mit: »Ja, Vice-Questore?«

Er hörte ein paar Sekunden zu, sagte dann: »Gewiß, Vice-Questore«, und legte auf.

Brunetti sah ihn fragend an. »Es geht um die Ausländerbehörde. Er möchte wissen, wie lange Burrasca im Lande bleiben kann, nachdem er die Staatsbürgerschaft gewechselt hat.«

Brunetti schüttelte den Kopf. »Man muß den armen Teufel ja wohl fast bedauern.«

Vianello hob mit einem Ruck den Kopf. Er konnte oder wollte sein Erstaunen nicht verbergen. »Bedauern? Ihn?« Nur mit Mühe enthielt er sich eines weiteren Kommentars und wandte seine Aufmerksamkeit wieder den Unterlagen auf seinem Schreibtisch zu.

Brunetti ging in sein eigenes Büro zurück. Von dort aus rief er die Questura in Mestre an und bat, mit dem Kollegen verbunden zu werden, der den Fall des ermordeten Transvestiten bearbeitete. Nach wenigen Minuten hatte er einen Sergente Gallo am Apparat, der ihm erklärte, daß man ihm den Fall zugeteilt habe, bis ihn ein höhergestellter Beamter übernehme. Brunetti stellte sich vor und sagte, das sei er. Dann bat er Gallo um einen Wagen, der ihn in einer halben Stunde am Piazzale Roma abholen sollte.

Als Brunetti aus dem schattigen Eingang der Questura kam, traf ihn die Sonne mit voller Wucht. Das grelle Licht, verstärkt durch die Spiegelung vom Kanal, blendete ihn so, daß er in die Brusttasche seines Jacketts griff und seine Sonnenbrille herausholte. Keine fünf Schritte weiter merkte er schon, wie sein Hemd feucht wurde und ihm der Schweiß über den Rücken lief. Er wandte sich nach rechts, denn er hatte spontan beschlossen, zum Anleger San Zaccaria zu gehen und von dort das zweiundachtziger Boot zu nehmen, obwohl der Weg dahin ein ganzes Stück durch die Sonne führte. Die Calli in Richtung Rialto lagen zwar durch die hohen Häuser alle im Schatten, aber es würde doppelt so lange dauern, und ihm graute vor jeder zusätzlichen Minute Weg in der Hitze.

Als er an der Riva degli Schiavoni herauskam und nach links schaute, sah er, daß sein Vaporetto eben am Anleger festgemacht hatte und die Leute bereits ausstiegen. Er wurde vor eine speziell venezianische Entscheidung gestellt: entweder rennen und versuchen, das Boot noch zu erreichen, oder in der brütenden Hitze des schwankenden *embarcadero* zehn Minuten auf das nächste warten. Er rannte. Während er über die Holzbohlen stürmte, mußte er eine weitere Entscheidung treffen: entweder einen Moment innehalten, um seine Karte an dem gelben Automaten abzustempeln, und dadurch womöglich das Boot verpassen, oder direkt aufs Boot laufen und fünfhundert Lire Strafe zahlen. Aber dann fiel ihm ein, daß er ja beruflich unterwegs war und die Stadt die Kosten tragen mußte.

Schon von diesem kurzen Spurt lief ihm der Schweiß in Strömen über Gesicht und Brust, so daß er lieber an Deck blieb, schon um des schwachen Lüftchens willen, das bei der gemächlichen Fahrt den Canal Grande hinauf entstand. Er blickte um sich und sah die halbnackten Touristen, die Männer und Frauen in ihren Badeanzügen, Shorts und ausgeschnittenen T-Shirts, und einen Augenblick lang beneidete er sie, auch wenn er genau wußte, daß er sich in einem solchen Aufzug höchstens am Strand blicken lassen würde.

Während sein Körper trocknete, schwand der Neid und machte seiner üblichen Verärgerung darüber Platz, daß sie so herumliefen. Wenn sie makellose Körper und makellose Kleidung gehabt hätten, wären sie ihm vielleicht weniger als Ärgernis erschienen. So aber dachte er beim Anblick ihrer schäbigen Kleidung und des noch schäbigeren Zustands vieler der Leiber sehnsüchtig an die erzwungene Bescheidenheit in islamischen Gesellschaften. Er war nicht unbedingt ein »Schönheitsfanatiker«, wie Paola es nannte, hatte aber durchaus nichts gegen ein angenehmes Äußeres. Er verlagerte seine Aufmerksamkeit von den Menschen auf dem Boot zu den Palazzi entlang des Canal Grande, und schon war sein Ärger verflogen. Auch hier waren viele heruntergekommen, aber es war eine Schäbigkeit, die durch viele Jahrhunderte des Gebrauchs entstanden war, nicht durch Nachlässigkeit und billige Materialien. Die Stadt war alt geworden, doch Brunetti liebte die Sorgenfalten in ihrem sich wandelnden Gesicht.

Obwohl er nicht genau angegeben hatte, wo der Wagen auf ihn warten sollte, ging er zur Carabinieri-Station am Piazzale Roma und sah davor mit laufendem Motor eine der blau-weißen Limousinen der Squadra Mobile von Mestre stehen. Er klopfte an die Scheibe neben dem Fahrer. Der junge Mann kurbelte sie herunter, und eine Welle kühler Luft traf Brunettis Hemdbrust.

»Commissario?« fragte der junge Mann. Auf Brunettis Nicken hin stieg er aus und sagte: »Sergente Gallo schickt mich.« Damit öffnete er die Tür zum Fond des Wagens. Brunetti stieg ein und legte einen Moment den Kopf an die Rückenlehne. Der Schweiß auf seiner Brust und seinen Schultern wurde kalt, wobei Brunetti nicht wußte, ob er dieses Verdampfen als angenehm oder als schmerzhaft empfand.

»Wohin soll ich Sie fahren, Commissario?« fragte der junge Polizist, als er wieder hinter dem Steuer saß.

»In den Urlaub. Am Samstag«, antwortete Brunetti, aber nur für sich. Und für Patta. »Fahren Sie mich zu der Stelle, wo er gefunden wurde«, sagte er.

Am anderen Ende der Straßenbrücke, die Venedig mit dem Festland verbindet, bog der junge Mann in Richtung Marghera ab. Die Lagune schwand aus dem Blickfeld, und bald umgab sie dichter Verkehr auf einer geraden Straße mit einer Ampel an jeder Einmündung. Sie kamen langsam voran. »Waren Sie heute vormittag dabei?« fragte Brunetti, worauf der junge Mann sich kurz umdrehte und ihn ansah, bevor er den Blick wieder auf die Straße richtete. Sein Hemdkragen sah frisch und sauber aus. Vielleicht verbrachte er ja den ganzen Tag in diesem klimatisierten Wagen.

»Nein, Commissario. Buffo und Rubelli waren dort.«

»In dem Bericht steht etwas von prostituto travestito. Ist er denn identifiziert worden?«

»Das weiß ich nicht, Commissario. Aber es liegt doch nahe, oder nicht?«

»Wieso?«

»Na ja, da draußen sind doch die Huren, jedenfalls die billigen. Draußen bei den Fabriken. Es stehen immer bestimmt ein Dutzend an der Straße, falls jemand auf dem Heimweg von der Arbeit eine schnelle Nummer will.«

»Auch Männer?«

»Entschuldigung. Wer würde denn sonst eine Hure wollen?«

»Ich meine, auch männliche Prostituierte? Würden die sich denn auch da draußen hinstellen, wo jeder es sehen kann, wenn die Männer, die sich mit ihnen abgeben wollen, auf dem Heimweg von der Arbeit anhalten? Das scheint mir kaum zu den Dingen zu gehören, die viele Männer unter den Augen ihrer Arbeitskollegen tun würden.«

Der Fahrer dachte eine Weile darüber nach.

»Wo arbeiten sie denn normalerweise?« erkundigte sich Brunetti.

»Wer?« fragte der junge Mann vorsichtig. Er wollte nicht wieder in eine Falle tappen.

»Die männlichen Huren.«

»Normalerweise an der Via Cappuccina, Commissario. Manchmal auch am Bahnhof, aber im Sommer, wenn dort so viele Touristen durchkommen, versuchen wir das zu verhindern.«

»War er der Polizei bekannt?«

»Das weiß ich leider nicht, Commissario.«

Sie bogen jetzt links in eine schmale Straße, dann rechts in eine breite mit niedrigen Gebäuden zu beiden Seiten. Brunetti warf einen Blick auf seine Uhr. Kurz vor fünf.

Die Bauten, an denen sie vorbeifuhren, lagen jetzt immer weiter voneinander entfernt, und dazwischen waren Wiesen, auf denen niedriges Gras und gelegentlich ein Busch wuchs. Hier und dort standen herrenlose Autos mit eingeschlagenen Scheiben und herausgerissenen Sitzen quer im Gelände. Wie es aussah, war jedes Gebäude einmal von einem Zaun umgeben gewesen, aber der hing inzwischen bei den meisten schlaff an seinen Pfosten, die ihn zu halten aufgegeben hatten.

Ein paar Frauen standen an der Straße bereit, zwei unter einem großen Sonnenschirm, den sie in die Erde gerammt hatten.

»Wissen die, was heute hier passiert ist?« erkundigte sich Brunetti.

»Bestimmt. So etwas spricht sich schnell herum, Commissario.«

»Und trotzdem sind sie hier?« Brunetti konnte sein Erstaunen nicht verhehlen.

»Sie müssen doch leben. Außerdem war das Opfer ein Mann, da besteht für sie keine Gefahr, oder wenigstens nicht aus ihrer Sicht, nehme ich an.« Der Fahrer nahm das Gas weg und fuhr an die Seite. »Da wären wir, Commissario.«

Brunetti stieg aus. Hitze und Feuchtigkeit krochen an ihm hoch und schlossen ihn ein. Vor ihm lag ein langgezogener Flachbau; auf der einen Seite führten vier steile Betonrampen zu metallenen Doppeltüren. Ein blau-weißer Streifenwagen parkte am Fuß einer der Rampen. An dem Gebäude stand kein Schild, und nichts kennzeichnete es als das, was es war. Der Geruch, der ihnen entgegenschlug, machte das überflüssig.

»Ich glaube, es war hinten, Commissario«, meinte der Fahrer.

Brunetti ging rechter Hand um das Gebäude herum auf die Wiesen zu, die sich dahinter ausbreiteten. Als er zur Rückseite kam, sah er wieder einen dieser schlaffen Zäune vor sich, dazu eine Akazie, die nur durch ein Wunder überlebt hatte, und in ihrem Schatten auf einem Holzstuhl einen schlafenden Polizisten, dem der Kopf auf die Brust gesunken war.

»Scarpa«, rief der Fahrer, bevor Brunetti noch etwas sagen konnte. »Hier ist der Commissario.«

Der Polizist zuckte zusammen, war sofort hellwach, und ebensoschnell stand er auf den Beinen. Er sah Brunetti an und salutierte. »Guten Tag, Commissario.«

Brunetti registrierte, daß die Jacke des Mannes über der Stuhllehne hing und sein Hemd ihm schweißnaß am Körper klebte, nicht mehr weiß, sondern eher blaßrosa. »Wie lange sind Sie denn schon hier draußen, Scarpa?« fragte Brunetti, während er näher trat.

»Seit das Laborteam weg ist, Commissario.«

»Und wann sind die gegangen?«

»Gegen drei.«

»Und warum sind Sie noch hier?«

»Der Sergente hat gesagt, ich soll hierbleiben, bis ein paar Leute kommen, um mit den Arbeitern zu reden.«

»Was tun Sie hier draußen in der Sonne?«

Der Mann machte keine Anstalten, der Frage auszuweichen oder seine Antwort zu beschönigen. »Ich konnte es da drin nicht aushalten, Commissario. Der Geruch. Ich bin rausgegangen und habe mich übergeben, danach wußte ich, daß ich nicht wieder reingehen kann. Die erste Stunde habe ich versucht zu stehen, aber Schatten gibt es nur an dieser kleinen Stelle, da bin ich zurückgegangen und habe mir einen Stuhl geholt.«

Brunetti und der Fahrer hatten sich instinktiv genau an dieser kleinen Stelle zusammengedrängt, während der andere sprach. »Wissen Sie, ob die Kollegen schon gekommen sind, um die Arbeiter zu verhören?« fragte Brunetti.

»Ja, Commissario. Vor etwa einer Stunde.«

»Was tun Sie dann noch hier?« wollte Brunetti wissen.

Der Mann blickte Brunetti unbewegt an. »Ich habe den Sergente gefragt, ob ich in die Stadt zurückfahren kann, aber er wollte, daß ich beim Verhör helfe. Ich habe ihm gesagt, ich kann nicht, es sei denn, die Leute kommen heraus. Er war nicht einverstanden, aber ich konnte da nicht wieder reingehen.«

Ein Lüftchen ließ Brunetti dies nachfühlen.

»Aber was machen Sie dann hier draußen? Warum sind Sie nicht im Auto?«

»Er hat gesagt, ich soll hier warten, Commissario.« Das Gesicht des Mannes blieb ausdruckslos, während er sprach. »Ich habe gefragt, ob ich mich ins Auto setzen kann – es ist klimatisiert –, aber er hat gesagt, wenn ich nicht beim Verhör helfe, soll ich hier draußen warten.« Und als ob er Brunettis nächste Frage geahnt hätte, erklärte er: »Der nächste Bus fährt erst um Viertel vor acht, um die Leute nach der Arbeit in die Stadt zurückzubringen.«

Brunetti nahm das zur Kenntnis und fragte dann: »Wo ist er gefunden worden?«

Der Polizist deutete auf eine längliche Stelle mit hohem Gras und niedrigem Gebüsch auf der anderen Seite des Zauns. »Da drunter, Commissario.«

»Wer hat ihn gefunden?«

»Einer von den Arbeitern da drin. Er war rausgegangen und wollte eine Zigarette rauchen, da sah er einen Schuh auf dem Boden liegen – einen roten, glaube ich –, worauf er hinging, um ihn sich näher anzusehen.«

»Waren Sie dabei, als die Spurensicherung hier war?«

»Ja. Sie haben alles durchgekämmt, haben Fotos gemacht und im Umkreis von hundert Metern jede Kleinigkeit vom Boden aufgehoben.«

»Fußspuren?«

»Ich glaube, ja, aber ich weiß es nicht genau. Von dem Mann, der ihn gefunden hat, aber ich glaube auch noch andere.« Er hielt inne, wischte sich den Schweiß von der Stirn und fügte hinzu: »Und die ersten Polizisten haben auch welche hinterlassen.«

»Ihr Sergente?«

»Ja, Commissario.«

Brunetti sah zu dem Stück Wiese hin, dann wieder auf das durchgeschwitzte Hemd des Polizisten. »Gehen Sie zu unserem Wagen, Scarpa. Er hat eine Klimaanlage.« Und dann zum Fahrer: »Gehen Sie mit ihm. Sie können da beide auf mich warten.«

»Danke, Commissario«, sagte der Polizist erleichtert und nahm sein Jackett von der Stuhllehne.

»Die Mühe können Sie sich sparen«, sagte Brunetti, als er sah, daß der Mann einen Arm in den Ärmel stecken wollte.

»Danke, Commissario«, wiederholte der und griff nach dem Stuhl. Die beiden Männer gingen auf das Gebäude zu. Der Polizist stellte den Stuhl vor die Hintertür und folgte dem Fahrer. Sie verschwanden um die Ecke, und Brunetti ging zu dem Loch im Zaun.

Er bückte sich tief, kroch hindurch und lief dann auf den Busch zu. Die Hinterlassenschaften der Spurensicherung waren überall zu sehen: Löcher in der Erde, wo sie Stöcke hineingesteckt hatten, um Entfernungen zu messen, Erdaufschürfungen, wo sich Füße gedreht hatten, und näher an der Stelle ein kleiner Haufen, ordentlich aufgetürmt; offenbar hatten sie Gras und Zweige abschneiden müssen, um an die Leiche heranzukommen und sie wegbringen zu können, ohne die Haut an den scharfkantigen Halmen und dornigen Zweigen zu verletzen.

Hinter Brunetti fiel eine Tür ins Schloß, und gleich darauf rief eine Männerstimme: »He, Sie, was machen Sie da? Gehen Sie da weg, zum Donner.«

Brunetti drehte sich um und sah wie erwartet einen Mann in Polizeiuniform, der von der Rückseite des Gebäudes her mit schnellen Schritten auf ihn zukam. Während Brunetti ihn beobachtete und sich dabei nicht von der Stelle rührte, zog der Mann seinen Revolver und schrie: »Nehmen Sie die Hände hoch und kommen Sie durch den Zaun.«

Brunetti tat wie geheißen; er bewegte sich wie auf Geröll, mit seitwärts ausgestreckten Händen, um die Balance nicht zu verlieren.

»Ich habe gesagt, Hände hoch!« geiferte der Polizist, als Brunetti am Zaun ankam.

Der andere hatte eine Waffe, deshalb versuchte Brunetti lieber nicht, ihm klarzumachen, daß er die Hände ja hochhielt, auch wenn sie nicht über seinem Kopf waren. Statt dessen sagte er: »Guten Tag, Sergente. Ich bin Commissario Brunetti aus Venedig. Haben Sie die Aussagen der Leute da drin aufgenommen?«

Die Augen des Mannes waren klein, und viel Intelligenz war darin nicht zu entdecken, aber immerhin konnte Brunetti erkennen, daß der andere die Zwickmühle sah, in der er sich befand. Er konnte Beweise verlangen, konnte einen Commissario nach seinem Ausweis fragen, oder er konnte einem Fremden, der behauptete, Polizeibeamter zu sein, ohne weiteres Glauben schenken.

»Tut mir leid, Commissario, ich habe Sie gegen die Sonne nicht erkannt«, sagte der Sergente, obwohl die Sonne ihm von hinten über die linke Schulter schien. Damit wäre er durchgekommen, hätte sogar Brunettis grollenden Respekt geerntet, wenn er nicht noch eins draufgesetzt hätte: »Es ist schwierig, wenn man so in die Sonne tritt aus dem Dunkel da drin. Außerdem habe ich nicht damit gerechnet, daß von Venedig noch jemand herauskommt.«

Auf dem Namensschildchen an seiner Brust stand: »Buffo.«

»Mestre hat offenbar in den nächsten paar Wochen keine Commissari zur Verfügung, da hat man mich geschickt, um die Ermittlungen zu leiten.« Brunetti bückte sich und kroch durch das Loch im Zaun. Als er sich auf der anderen Seite wieder aufrichtete, war Buffos Revolver im Holster und die Lasche darüber sicher befestigt.

Brunetti schritt auf die Hintertür des Schlachthofs zu, Buffo ging neben ihm her. »Was haben Sie von den Leuten da drin erfahren?«

»Nicht mehr als heute vormittag bei unserem ersten Besuch,

Commissario. Einer von den Fleischern, Bettino Cola, hat die Leiche heute morgen kurz nach elf gefunden. Er war draußen, um eine Zigarette zu rauchen, und ist zu dem Gestrüpp gegangen, weil er sich irgendwelche Schuhe näher ansehen wollte, die auf dem Boden lagen, wie er sagte.«

»Waren denn keine Schuhe da?« fragte Brunetti.

»Doch. Sie waren da, als wir hinkamen.« Wenn man ihn so reden hörte, mußte man fast annehmen, daß Cola sie dorthin gelegt hatte, um den Verdacht von sich abzulenken. Wie jeder normale Bürger oder jeder Kriminelle haßte Brunetti sogenannte hartgesottene Bullen.

»Am Telefon wurde uns gesagt, eine Hure liege draußen auf der Wiese. Daraufhin bin ich rausgefahren und habe sie mir angesehen, aber es war ein Mann«, zischte Buffo.

»Nach dem, was mir berichtet wurde, soll es sich um einen *prostituto travestito* handeln«, sagte Brunetti ausdruckslos. »Ist er denn schon identifiziert?«

»Nein, noch nicht. Wir lassen die im Leichenschauhaus Fotos von ihm machen, obwohl er ziemlich schlimm zugerichtet wurde, und danach macht ein Zeichner dann eine Skizze, wie er vorher ausgesehen haben könnte. Das Bild zeigen wir herum, und früher oder später wird ihn jemand erkennen. Diese Typen sind ziemlich bekannt«, sagte Buffo mit einem Gesichtsausdruck zwischen Grinsen und Grimasse. Dann fuhr er fort: »Wenn er zu den hiesigen gehört, haben wir ihn bald identifiziert.«

»Und wenn nicht?« fragte Brunetti.

»Dann dauert es wohl etwas länger. Oder aber wir finden gar nicht heraus, wer er ist. In jedem Fall kein großer Verlust.«

»Und warum das, Sergente Buffo?« fragte Brunetti gefährlich leise, aber Buffo hörte nur die Worte, nicht den Ton.

»Wer braucht die schon? Perverse. Sie haben alle AIDS und finden nichts dabei, anständige, schwer arbeitende Männer damit anzustecken.« Er spuckte aus.

Brunetti blieb stehen, drehte sich um und sah den Sergente

an. »Soweit ich weiß, Sergente Buffo, stecken sich diese anständigen, schwer arbeitenden Männer, um die Sie so besorgt sind, mit AIDS an, weil sie diese ›Perversen‹ dafür bezahlen, daß sie ihnen den Schwanz in den Arsch rammen dürfen. Versuchen wir, das nicht zu vergessen. Und vergessen wir auch nicht, daß dieser Tote, wer immer er sein mag, ermordet wurde und es unsere Pflicht ist, seinen Mörder zu finden. Auch wenn der ein anständiger, schwer arbeitender Mann war.« Damit machte Brunetti die Tür zum Schlachthof auf und ging hinein, denn der Gestank da drin war ihm immer noch lieber als der hier draußen.

4

Drinnen erfuhr er nicht viel mehr. Cola erzählte seine Geschichte noch einmal, und der Meister bestätigte sie. Buffo berichtete mürrisch, keiner der Männer, die dort arbeiteten, habe etwas Außergewöhnliches gesehen, an diesem Morgen nicht, und auch nicht tags zuvor. Die Huren gehörten schon so in die Landschaft, daß inzwischen niemand mehr groß auf sie oder das, was sie trieben, achtete. Keiner könne sich erinnern, daß diese Wiese hier hinter dem Schlachthof je von den Huren benutzt worden sei – schon allein der Geruch spräche dagegen. Doch hätte man eine dort gesehen, wäre es auch nicht weiter aufgefallen.

Nachdem Brunetti sich das alles angehört hatte, ging er zum Wagen zurück und bat, zur Questura in Mestre gefahren zu werden. Scarpa, der seine Jacke wieder übergezogen hatte, stieg aus und setzte sich zu Sergente Buffo in den zweiten Wagen. Auf der Fahrt nach Mestre kurbelte Brunetti das Fenster auf seiner Seite ein Stück herunter, um etwas Luft hereinzulassen, auch wenn sie noch so heiß war, und damit den Schlachthausgeruch wegzubekommen, der immer noch in seinen Kleidern hing. Wie die meisten Italiener hatte Brunetti die Idee des Vegetarismus immer verspottet und sie als eine der vielen Überspanntheiten der Wohlgenährten abgetan, aber heute erschien sie sehr naheliegend.

In der Questura brachte ihn der Fahrer in den zweiten Stock und machte ihn mit Sergente Gallo bekannt, einem hageren Mann mit tiefliegenden Augen, der aussah, als ob ihn die Jahre, die er mit der Verfolgung von Verbrechern verbracht hatte, von innen her zerfressen hätten. Als Brunetti vor Gallos Schreibtisch Platz genommen hatte, meinte der Sergente, es gebe dem, was Brunetti bereits wisse, nur wenig hinzuzufügen. Immerhin konnte er einen ersten mündlichen Bericht des Pathologen weitergeben: Der Tod war durch eine Reihe von Schlägen auf Kopf und Gesicht verursacht worden und zwölf bis achtzehn Stunden vor Auffinden der Leiche eingetreten. Angesichts der Hitze ließ es sich nicht genauer bestimmen. Aus Rostspuren in den Wunden und deren Form schloß der Pathologe, daß die Mordwaffe ein Stück Metall gewesen war, wahrscheinlich eine Art Rohr, sicher aber etwas Zylindrisches. Die Laboranalysen über Mageninhalt und Blut kämen frühestens am Mittwoch, so daß man noch nicht sagen könne, ob der Tote unter Drogen oder Alkohol gestanden habe, als er starb. Da viele Prostituierte und fast alle Transvestiten der Stadt nachweislich Drogen benutzten, war das anzunehmen, auch wenn die Leiche keine Einstichstellen aufwies. Der Magen war leer gewesen, doch es gab Anzeichen für eine Nahrungsaufnahme etwa sechs Stunden vor dem Tod.

»Und seine Kleidung?« fragte Brunetti.

»Ein rotes Kleid, irgendein billiger Stoff. Rote Schuhe, kaum getragen, Größe einundvierzig. Ich lasse sie untersuchen, um zu sehen, ob wir den Hersteller ausfindig machen können.«

»Haben Sie Fotos?« wollte Brunetti wissen.

»Die sind vor morgen vormittag nicht fertig, Commissario, aber nach dem Bericht der Kollegen, die ihn abgeholt haben, werden Sie vielleicht lieber darauf verzichten, sie anzuschauen.«

»So schlimm ist es also?« fragte Brunetti.

»Wer das getan hat, muß ihn wirklich gehaßt haben, oder er war nicht ganz bei sich. Von der Nase ist nichts mehr übrig.«

»Lassen Sie von einem Zeichner eine Skizze machen?«

»Ja. Aber das meiste wird er wohl raten müssen. Als Anhaltspunkte hat er nur Gesichtsform und Augenfarbe. Und die Haare.« Gallo hielt einen Moment inne, bevor er sagte: »Sie sind sehr dünn, und an einigen Stellen ist er schon kahl, so daß ich annehme, er hat eine Perücke getragen, wenn er, äh, wenn er arbeiten ging.«

»Wurde eine Perücke gefunden?« fragte Brunetti.

»Nein. Außerdem sieht es so aus, als wäre er woanders getötet und dann zu der Stelle gebracht worden.«

»Fußspuren?«

»Ja. Die Spurensicherung sagt, sie hätten welche gefunden, die zu der Stelle hin- und auch wieder wegführen.«

»Tiefere Eindrücke beim Hinweg?«

»Ja, Commissario.«

»Dann ist er also dort hingeschafft worden. Wohin führten die Fußspuren?«

»Es sieht aus, als wären sie von einer schmalen Asphaltstraße gekommen, die hinter der Wiese und dem Schlachthof verläuft.«

»Und auf der Straße?«

»Nichts. Es hat seit Wochen nicht geregnet. Da könnte ein Auto oder sogar ein Laster angehalten haben, ohne irgendwelche Abdrücke zu hinterlassen. Wir haben nur die Fußspuren. Männliche. Größe dreiundvierzig.« Das war Brunettis Schuhgröße.

»Haben Sie eine Liste von allen Transvestiten, die als Prostituierte arbeiten?«

»Nur von denen, die schon mal in Schwierigkeiten waren, Commissario.«

»Was für Schwierigkeiten sind das denn so?«

»Die üblichen. Drogen. Streitereien untereinander. Hin und wieder legt sich einer mit einem Kunden an. Meist wegen Geld. Aber bisher ist noch nie einer in etwas Ernstes verwickelt gewesen.«

»Und die Streitereien? Enden die manchmal gewalttätig?«

»Nie so, Commissario. Nie hat es so etwas gegeben.«

»Wie viele sind es denn überhaupt?«

»Wir haben so um die dreißig registriert, aber ich nehme an, das ist nur ein kleiner Teil. Viele kommen aus Pordenone oder Padua rüber. Dort läuft das Geschäft offenbar gut für sie.«

Pordenone war die nächstgelegene größere Stadt in der Nähe eines amerikanischen wie auch eines italienischen Militärstützpunktes. Das würde Pordenone erklären. Aber Padua? Die Universitätsstadt? Wenn dem so war, dann hatten die Verhältnisse sich geändert, seit Brunetti dort Jura studiert hatte.

»Ich würde mir diese Unterlagen heute abend gern mal ansehen. Können Sie mir Kopien machen lassen?«

»Das habe ich schon getan, Commissario«, sagte Gallo und überreichte Brunetti einen dicken blauen Ordner von seinem Schreibtisch.

Während er den Ordner entgegennahm, wurde Brunetti bewußt, daß er sogar hier in Mestre, kaum zwanzig Kilometer von zu Hause, wahrscheinlich als Fremder angesehen wurde, und er suchte nach irgendeiner Gemeinsamkeit, mit der er zum Mitglied eines Arbeitsteams wurde und nicht als Commissario von außerhalb galt. »Aber Sie sind doch Venezianer, Sergente, nicht?«

Gallo nickte, und Brunetti fügte hinzu: »Castello?« Wieder nickte Gallo, aber dieses Mal mit einem Lächeln, als wüßte er, daß der Akzent ihm folgte, wohin er auch ging.

»Was machen Sie dann hier draußen in Mestre?« erkundigte sich Brunetti.

»Sie wissen, wie es ist, Commissario«, antwortete der andere. »Ich war es einfach leid, in Venedig nach einer passenden Wohnung zu suchen. Zwei Jahre haben meine Frau und ich uns bemüht, ohne Erfolg. Niemand will an einen Venezianer vermieten, aus Angst, daß man einzieht und sie einen nie wieder rausbekommen. Und die Preise, wenn man kaufen will – fünf Millionen Lire für den Quadratmeter. Wer kann sich das schon leisten? Da sind wir hierher gezogen.«

»Das klingt, als würden Sie es bedauern, Sergente.«

Gallo zuckte die Achseln. Er teilte das Schicksal vieler Venezianer, die von explodierenden Mieten und Preisen aus der Stadt vertrieben wurden. »Es ist nie leicht, seine Heimat zu verlassen, Commissario«, meinte er, aber Brunetti hatte den Eindruck, daß seine Stimme bei diesen Worten etwas wärmer klang.

Brunetti kam zum Thema zurück und klopfte mit dem Finger auf den Ordner. »Gibt es einen Kollegen hier, mit dem sie reden, dem sie trauen?«

»Wir hatten einen, Benvenuti, aber er ist letztes Jahr in den Ruhestand gegangen.«

»Und sonst gibt es keinen?«

»Nein, Commissario.« Gallo hielt kurz inne, als überlegte er, ob er seine nächste Bemerkung riskieren könne. »Leider behandeln viele der jüngeren Kollegen diese Typen – nun ja, als so etwas wie Witzfiguren.«

»Warum sagen Sie das, Sergente Gallo?«

»Wenn etwa einer sich beschweren kommt, er sei von einem Kunden geschlagen worden – nicht, daß er nicht bezahlt wurde, verstehen Sie, darauf haben wir ja keinen Einfluß –, aber wenn es um Gewalt geht, dann will sich keiner von ihnen hinschicken lassen, um das zu untersuchen, auch wenn wir den Namen des Schlägers haben. Und wenn sie doch hingehen und ihn vernehmen, hat das meist keine Folgen.«

»Davon habe ich schon eine Kostprobe bekommen, sogar mehr als das, von Sergente Buffo«, warf Brunetti ein.

Bei dem Namen preßte Gallo die Lippen zusammen, sagte aber nichts.

»Und was ist mit den Frauen?« fragte Brunetti.

»Den Huren?«

»Ja. Gibt es Kontakte zwischen ihnen und den Transvestiten?«

»Schwierigkeiten hat es nie gegeben, jedenfalls weiß ich nichts davon, aber ich habe keine Ahnung, wie gut sie miteinander auskommen. Ich glaube nicht, daß sie sich um Kunden streiten, falls Sie das meinen.«

Brunetti war sich nicht ganz sicher, was er meinte, und er merkte, daß er keine klaren Fragen stellen konnte, bevor er nicht die Unterlagen in dem blauen Ordner gelesen oder jemand den Toten identifiziert hatte. Bis dahin war es sinnlos, über Motive zu reden, und bis dahin konnte es kein Verstehen des Geschehenen geben.

Er erhob sich und sah auf seine Uhr. »Ich würde gern morgen um halb neun abgeholt werden. Bis dahin sollte der Zeichner die Skizze fertig haben. Sobald sie Ihnen vorliegt, auch wenn es heute abend ist, schicken Sie mindestens zwei Leute damit los. Sie sollen sich bei den anderen Transvestiten umhören, ob sie den Toten kennen oder ob aus Pordenone oder Padua einer vermißt wird. Und lassen Sie die Huren – die weiblichen meine ich – befragen, ob die Transvestiten auch in der Gegend arbeiten, in der er gefunden wurde, oder ob sie welche kennen, die jemals dort gearbeitet haben.« Er nahm den Ordner. »Ich lese mir das heute abend durch.«

Gallo hatte sich Notizen gemacht, während Brunetti sprach, aber jetzt stand er auf und geleitete ihn zur Tür.

»Wir sehen uns dann morgen früh, Commissario.« Damit ging er an seinen Schreibtisch zurück und griff zum Telefon. »Unten wartet ein Fahrer, der Sie zum Piazzale Roma zurückfährt.«

Während das Polizeiauto über die Schnellstraße in Richtung Venedig fuhr, sah Brunetti nach rechts aus dem Fenster und betrachtete die grauen, weißen, grünen und gelben Rauchschwaden, die aus Margheras unendlich vielen Schornsteinen quollen. So weit das Auge reichte, umhüllte die Dunstglocke den riesigen Industriekomplex, und die untergehende Sonne machte eine strahlende Vision vom kommenden Jahrhundert daraus. Der Gedanke stimmte ihn traurig, und er wandte den Kopf, um Richtung Murano zu schauen und weiter zum fernen Turm der Kathedrale von Torcello, wo nach Ansicht einiger Historiker die Geschichte Venedigs vor mehr als tausend Jahren angefangen hatte, als die Küstenbewohner vor den anrückenden Hunnen auf die Inseln flüchteten.

Der Fahrer riß heftig das Lenkrad herum, um einem riesigen Camper mit deutschem Nummernschild auszuweichen, der auf dem Weg zu den Parkplätzen von Tronchetto plötzlich vor ihnen eingeschert war, und Brunetti wurde unsanft in die Gegenwart zurückgeholt. Schon wieder Hunnen, und kein Ort zum Verstecken diesmal.

Vom Piazzale Roma ging er zu Fuß nach Hause, ohne darauf zu achten, woran oder an wem er vorbeikam. In Gedanken war er noch bei jenem öden Stück Land und sah die Fliegen über der Stelle schwärmen, wo der Tote gelegen hatte. Morgen würde er die Leiche begutachten und mit dem Pathologen reden, mal sehen, was dabei zutage kam.

Er war kurz vor acht zu Hause, immer noch früh genug, daß es aussah, als käme er von einem normalen Arbeitstag. Als er die Wohnungstür aufschloß, vermißte er die üblichen Gerüche und Geräusche des Kochens. Neugierig ging er durch den Flur und steckte den Kopf in die Küche. Paola stand an der Spüle und schnitt Tomaten.

»*Ciao,* Guido«, sagte sie, sah auf und lächelte ihn an.

Er warf den blauen Ordner auf den Küchentisch, ging zu ihr hin und küßte sie auf den Nacken.

»Bei der Hitze?« fragte sie, lehnte sich aber dabei gegen ihn.

Er leckte zart an der Haut in ihrem Nacken. »Salzmangel«, sagte er und leckte wieder.

»Ich glaube, in der Apotheke gibt es Salztabletten«, meinte sie. »Wahrscheinlich hygienischer.« Sie beugte sich vor, aber nur, um eine weitere reife Tomate aus der Spüle zu angeln. Sie schnitt sie in dicke Scheiben und legte sie zu den anderen, die sie bereits kreisförmig auf einer großen Keramikplatte angeordnet hatte.

Er machte die Kühlschranktür auf und nahm eine Flasche Mineralwasser heraus, dann aus dem Hängeschrank ein Glas. Er schenkte das Glas voll, trank aus, trank noch eines, schraubte die Flasche zu und stellte sie wieder in den Kühlschrank.

Vom untersten Brett des Regals nahm er eine Flasche Prosecco. Er riß das Silberpapier vom Korken und drückte ihn dann langsam mit beiden Daumen nach oben, wobei er ihn sanft hin- und herbewegte. Als der Korken aus der Flasche floppte, hielt er sie schräg, damit nichts heraussprudelte. »Wie kommt es, daß du bei unserer Heirat wußtest, wie man eine Flasche Prosecco richtig aufmacht, und ich nicht?« fragte er, während er Schaumwein in sein Glas goß.

»Das hat mir Mario beigebracht«, erklärte sie, und er wußte gleich, daß sie von den etwa zwanzig Marios, die sie kannten, ihren Vetter meinte, den Weinhändler.

»Möchtest du welchen?« fragte er.

»Gib mir einen Schluck von deinem, bei dieser Hitze trinke ich nicht gern Alkohol, er steigt mir direkt in den Kopf.« Er legte den Arm um sie und hielt ihr sein Glas an die Lippen, und sie nahm einen kleinen Schluck. *»Basta«*, sagte sie. Er zog das Glas zurück und trank selbst.

»Gut«, murmelte er. »Wo sind die Kinder?«

»Chiara ist draußen auf dem Dachgarten. Sie liest.« Tat Chiara je etwas anderes außer sich mit mathematischen Problemen auseinanderzusetzen und um einen Computer zu betteln?

»Und Raffi?« Der steckte sicher bei Sara, aber Brunetti fragte trotzdem immer.

»Bei Sara. Er bleibt zum Abendessen bei ihr, und dann gehen sie zusammen ins Kino.« Sie lachte, amüsierte sich über die hündische Ergebenheit, mit der Raffi seiner Sara Paganuzzi nachlief, dem Mädchen, das zwei Stockwerke unter ihnen wohnte, andererseits aber war sie erleichtert darüber, daß er sie gefunden hatte. »Ich hoffe, er schafft es, sich zwei Wochen von ihr loszureißen, um mit uns in die Berge zu fahren«, sagte Paola, die das ganz und gar nicht ernst meinte; die Aussicht auf zwei Wochen in den Bergen oberhalb von Bozen, fern der quälenden Hitze der Stadt, konnte selbst Raffi von den Wonnen junger Liebe weglocken. Außerdem hatten Saras Eltern gesagt, sie dürfe Raffis Familie über ein Wochenende besuchen. Paola selbst, ihrer Dozententätigkeit an der Universität für weitere zwei Monate enthoben, freute sich auf kaum unterbrochene Tage des Lesens.

Brunetti sagte nichts dazu, goß sich nur ein halbes Glas Wein nach. »*Caprese?*« fragte er mit einer Kopfbewegung zu dem Tomatenkreis auf der Platte vor Paola.

»Welch detektivischer Spürsinn«, sagte Paola und griff nach der nächsten Tomate. »Er sieht einen Kreis aus Tomatenscheiben, und zwischen den einzelnen Scheiben ist etwas Platz gelassen, gerade genug für ein Stück Mozzarella, und dann sieht er das frische Basilikum in einem Glas links neben seiner holden Angebetenen, direkt neben dem Teller mit frischer Mozzarella. Und er zählt zwei und zwei zusammen und errät blitzschnell, daß es *insalata caprese* zum Abendessen gibt. Kein Wunder, daß so ein Mann die Kriminellen dieser Stadt in Angst und Schrekken versetzt.« Dabei drehte sie sich um und lächelte ihn an, um an seiner Reaktion seine Stimmung abzulesen und festzustellen, ob sie womöglich zu weit gegangen war. Als sie sah, daß dem offenbar so war, nahm sie ihm das Glas aus der Hand und trank einen kleinen Schluck. »Was ist passiert?« fragte sie, als sie es ihm zurückgab.

»Ich habe einen Fall in Mestre übertragen bekommen.« Und bevor sie ihn unterbrechen konnte, fuhr er fort: »Zwei von ihren Commissari sind im Urlaub, einer liegt mit gebrochenem Bein im Krankenhaus, und eine ist im Mutterschutz.«

»Dann hat Patta dich also an Mestre abgegeben?«

»Es ist kein anderer da.«

»Guido, es gibt immer einen anderen. Erst mal ist da Patta selbst. Es könnte ihm nicht schaden, wenn er mal was anderes tun würde, als nur in seinem Büro herumzusitzen, irgendwelche Papiere zu unterschreiben und die Sekretärinnen zu betatschen.«

Brunetti fand die Vorstellung, sich von Patta betatschen zu lassen, etwas abwegig, aber das behielt er für sich.

»Na?« fragte sie, als er nicht reagierte.

»Er hat Probleme«, sagte Brunetti.

»Dann stimmt es also?« fragte sie. »Ich wollte dich schon den ganzen Tag anrufen und fragen, ob es wahr ist. Tito Burrasca?«

Als Brunetti nickte, legte sie den Kopf in den Nacken und gab einen unfeinen Laut von sich, den man am ehesten als Johlen bezeichnen konnte. »Tito Burrasca«, wiederholte sie, drehte sich zur Spüle um und griff nach einer Tomate. »Tito Burrasca.«

»Ach komm, Paola. So komisch ist das nun auch wieder nicht.«

Sie wirbelte herum, das Messer in der ausgestreckten Hand. »Was soll das heißen, nicht komisch? Patta ist ein aufgeblasener, scheinheiliger, selbstgerechter Mistkerl, und mir fällt niemand ein, dem ich so etwas eher gönnen würde als ihm.«

Brunetti zuckte die Achseln und goß sich Wein nach. Solange sie gegen Patta wütete, war sie von Mestre abgelenkt, obgleich er wußte, daß es nur eine kurze Verschnaufpause war.

»Ich kann es nicht glauben«, sagte sie zur letzten noch in der Spüle verbliebenen Tomate gewandt. »Seit Jahren sitzt er dir im Nacken, vermasselt dir alles, was du tust, und jetzt verteidigst du ihn.«

»Ich verteidige ihn nicht, Paola.«

»Das klingt mir aber ganz so«, entgegnete sie, diesmal zu dem Stück Mozzarella in ihrer Linken.

»Ich sage nur, daß niemand so etwas verdient. Burrasca ist ein Schwein.«

»Und Patta nicht?«

»Soll ich Chiara rufen?« fragte er, weil er sah, daß der Salat fast fertig war.

»Nicht, bevor du mir gesagt hast, wie lange diese Sache in Mestre aller Voraussicht nach dauert.«

»Das weiß ich nicht.«

»Worum geht es denn?«

»Um Mord. Ein Transvestit wurde auf einer Wiese in Mestre gefunden. Jemand hat ihm, wahrscheinlich mit einem Rohr, das Gesicht eingeschlagen und ihn dann da draußen hingeschafft.« – Ob es in anderen Familien wohl auch so erhebende Gespräche vor dem Essen gab?

»Warum das Gesicht?« wollte sie wissen, womit sie genau die

Frage stellte, die ihn den ganzen Nachmittag schon beschäftigte.

»Wut?«

»Hm«, machte sie, während sie Mozzarella schnitt und die Scheiben zwischen die Tomaten legte. »Aber warum auf einer Wiese?«

»Weil der Täter die Leiche möglichst weit vom Tatort entfernt wissen wollte.«

»Und du bist sicher, daß er nicht da umgebracht worden ist?«

»Alles spricht dafür. Es gibt Fußspuren, die zu der Stelle führen, wo die Leiche gefunden wurde, und weniger tief eingedrückte in umgekehrter Richtung.«

»Ein Transvestit?«

»Das ist alles, was ich weiß. Über das Alter hat mir niemand etwas gesagt, aber alle scheinen sicher zu sein, daß er auf den Strich gegangen ist.«

»Glaubst du das nicht?«

»Ich habe keinen Grund, es nicht zu glauben. Aber auch keinen, es zu glauben.«

Sie zupfte ein paar Basilikumblätter ab, hielt sie einen Augenblick unter fließendes kaltes Wasser und hackte sie dann in kleine Stücke, die sie über die Tomaten und den Mozzarella streute. Schließlich salzte sie das Ganze und träufelte großzügig Olivenöl darüber.

»Ich dachte, wir essen draußen«, sagte sie. »Chiara sollte den Tisch decken. Willst du mal nachsehen?« Er drehte sich um und nahm die Flasche und das Glas mit. Als sie das sah, legte Paola das Messer in der Spüle ab. »Das ist wohl bis zum Wochenende nicht abgeschlossen, oder?«

Er schüttelte den Kopf. »Wahrscheinlich nicht.«

»Was soll ich machen?«

»Wir haben das Hotel gebucht. Die Kinder haben sich darauf eingestellt. Sie freuen sich schon, seit die Schule zu Ende ist.«

»Was soll ich machen?« wiederholte sie. Einmal, vor ungefähr acht Jahren, hatte er es geschafft, ihr in irgendeiner Sache auszuweichen. Einen Tag lang war er damit durchgekommen.

»Ich möchte, daß du mit den Kindern in die Berge fährst. Wenn diese Sache sich rechtzeitig erledigen läßt, komme ich nach. Auf jeden Fall werde ich versuchen, nächstes Wochenende raufzukommen.«

»Ich hätte dich lieber bei mir, Guido. Ich möchte meinen Urlaub nicht allein verbringen.«

»Du hast die Kinder.«

Paola würdigte diese Antwort keiner Erwiderung. Sie nahm die Platte mit dem Salat und kam auf ihn zu. »Geh und sieh nach, ob Chiara den Tisch gedeckt hat.«

5

Vor dem Einschlafen las er noch die Akten durch. Sie gaben ihm Einblick in eine Welt, von deren Existenz er wohl gewußt hatte, über die er aber keinerlei genaue oder gesicherte Kenntnis besaß. Er hatte immer geglaubt, in Venedig gäbe es keine Transvestiten, die als Prostituierte arbeiteten. Immerhin wußte er von mindestens einem Transsexuellen, aber nur, weil er einmal einen Brief hatte unterschreiben müssen, in dem Emilio Marcato bescheinigt wurde, daß er nicht vorbestraft war, damit die *carta d'identità* auf Emilia ausgestellt und den physischen Veränderungen angepaßt werden konnte, die am Körper bereits vorgenommen worden waren. Er hatte keine Ahnung, welche Nöte oder Leidenschaften einer so absolut endgültigen Entscheidung zugrunde lagen, erinnerte sich aber an eigene Gefühle, die er lieber nicht hatte analysieren wollen – ausgelöst durch die bloße Änderung eines einzigen Buchstabens auf einem offiziellen Dokument: Emilio – Emilia.

Die Männer in der Akte waren nicht so weit gegangen; sie hatten entschieden, nur ihr Erscheinungsbild zu verändern: Gesicht, Kleidung, Make-up, Gesten, Gang. Die beiliegenden Fotos zeigten, wie geschickt manche es anstellten. Die Hälfte von ihnen war überhaupt nicht mehr als Männer zu erkennen. Brunetti sah weiche Wangen und zarte Gesichtsformen, an denen nichts Maskulines war; selbst vor den unbarmherzigen Scheinwerfern und Objektiven der Polizeikameras wirkten viele von ihnen schön, und Brunetti suchte vergeblich nach einem Schatten, einem markanten Kinn, irgend etwas, das sie als Männer auswies statt als Frauen.

Neben ihm im Bett sitzend, las Paola nacheinander die Seiten, die er ihr reichte, sah sich die Fotos an, studierte einen Verhaftungsbericht, in dem es um Drogenhandel ging, und gab ihm die Blätter kommentarlos zurück.

»Na, was sagst du dazu?« fragte Brunetti.

»Wozu?«

»Zu dem Ganzen.« Er hob die Mappe hoch. »Findest du diese Männer nicht sonderbar?«

Sie sah ihn lange und, wie er glaubte, voller Abscheu an. »Ich finde die Männer, die sie bezahlen, viel sonderbarer.«

»Warum?«

Paola deutete auf den Ordner und meinte: »Wenigstens machen diese Männer hier sich nichts vor über das, was sie tun. Im Gegensatz zu denen, die sie benutzen.«

»Was meinst du damit?«

»Ach, komm schon, Guido. Denk nach. Diese Männer werden dafür bezahlt, daß sie sich vögeln lassen oder vögeln, je nach dem Geschmack des Kunden. Aber sie müssen sich als Frauen verkleiden, bevor die anderen Männer sie nehmen. Denk doch nur mal kurz darüber nach. Denk an die Heuchelei, die darin liegt, das Bedürfnis nach Selbstbetrug. Damit sie am nächsten Morgen sagen können: ›*Oh, Gesù bambino,* ich habe nicht gemerkt, daß es ein Mann war, bis es zu spät war‹, oder: ›Auch wenn es ein Mann war, bin ich doch derjenige, der in ihn eingedrungen ist.‹ Damit sie immer noch richtige Männer sind, Machos, und nicht der Tatsache ins Auge sehen müssen, daß sie lieber Männer vögeln, denn das würde ihre Männlichkeit gefährden.« Sie musterte ihn durchdringend. »Manchmal habe ich den Verdacht, daß du über viele Dinge nicht richtig nachdenkst, Guido.«

Im allgemeinen hieß das frei übersetzt, daß er nicht so dachte wie sie. Aber diesmal hatte Paola recht; darüber hatte er nie nachgedacht. Nachdem Brunetti einmal die Frauen entdeckt hatte, war er ganz deren Reizen erlegen, während die Vertreter des eigenen Geschlechts keine sexuelle Anziehung auf ihn ausübten. Als er erwachsen wurde, hatte er angenommen, allen anderen Männern ginge es ähnlich; und als er merkte, daß dem nicht so war, fühlte er sich in seiner eigenen Vorliebe schon zu sicher, um das Vorhandensein einer Alternative mehr als nur intellektuell zur Kenntnis zu nehmen.

Er mußte an etwas denken, worauf Paola ihn einmal aufmerksam gemacht hatte, kurz nachdem sie sich kennengelernt hatten, etwas, was ihm vorher nie aufgefallen war, nämlich daß italienische Männer ständig ihre Genitalien berührten, befummelten, ja schon beinah liebkosten. Er wußte noch, daß er ungläubig und höhnisch gelacht hatte, als sie das sagte, aber vom nächsten Tag an hatte er darauf geachtet, und binnen einer Woche war ihm klar, wie recht sie hatte. Nach einer weiteren Woche begann es ihn zu faszinieren, und er war überwältigt davon, wie oft Männer auf der Straße mit der Hand suchend an diese Stelle fuhren, wie um sich zu vergewissern, daß ihre Geschlechtsteile noch da waren. Einmal war Paola bei einem Spaziergang stehengeblieben und hatte ihn gefragt, woran er gerade denke, und die Tatsache, daß sie der einzige Mensch auf der Welt war, dem gegenüber es ihm nicht peinlich war, es laut auszusprechen, überzeugte ihn, wie schon tausend andere Dinge zuvor, daß sie die Frau war, die er heiraten wollte, die er heiraten würde.

Eine Frau zu lieben und zu begehren war ihm absolut natürlich erschienen, und so war es heute noch. Aber die Männer in diesem Ordner hatten sich aus Gründen, die er zwar nachlesen und zur Kenntnis nehmen, aber wohl nie ganz verstehen konnte, von Frauen ab- und den Körpern anderer Männer zugewandt. Sie taten es für Geld oder Drogen oder manchmal sicher auch aus Liebe. Und einer von ihnen – in welch einer wilden Haßumarmung hatte er sein gewaltsames Ende gefunden? Und aus welchem Grund?

Paola schlief friedlich neben ihm, ein zusammengekringeltes Etwas, die ganze Wonne seines Herzens. Er legte den Ordner auf das Tischchen neben seinem Bett, knipste das Licht aus, schlang den Arm um Paolas Schulter und küßte sie auf den Nacken. Immer noch salzig. Kurz darauf war er eingeschlafen.

Als Brunetti am nächsten Morgen in der Questura in Mestre ankam, fand er Sergente Gallo an seinem Schreibtisch, in der Hand eine andere blaue Mappe. Als Brunetti Platz genommen hatte, reichte der Polizist sie ihm herüber, und Brunetti sah zum ersten Mal das Gesicht des Ermordeten. Obenauf lag die Skizze des Zeichners, die wiedergab, wie der Mann ausgesehen haben konnte, darunter sah er die Fotos des zertrümmerten Schädels, nach denen die Skizze entstanden war.

Man konnte beim besten Willen nicht erkennen, wie viele Schläge das Gesicht hatte erdulden müssen. Wie Gallo am Abend zuvor gesagt hatte, war von der Nase nichts mehr da, ein besonders brutaler Schlag hatte sie in den Schädel gerammt. Ein Wangenbein war völlig zertrümmert, wodurch das Gesicht auf dieser Seite wie eingefallen wirkte. Die Fotos vom Hinterkopf zeugten von ähnlicher Gewalt, aber das waren Schläge, die weniger geführt worden waren, um zu verunstalten, als um zu töten.

Brunetti klappte den Ordner zu und gab ihn Gallo zurück. »Haben Sie Kopien von der Skizze machen lassen?«

»Ja, Commissario, wir haben einen ganzen Stapel, aber die Skizze kam erst vor einer halben Stunde, so daß noch keiner der Kollegen mit dem Bild unterwegs ist.«

»Fingerabdrücke?«

»Wir haben einen vollständigen Satz abgenommen und nach Rom geschickt, außerdem an Interpol in Genf, aber Sie wissen ja, wie die sind.« Brunetti wußte es. Rom konnte Wochen dauern. Interpol war meist etwas schneller.

Brunetti tippte mit einer Fingerspitze auf den Ordner. »Das Gesicht ist ganz schön zugerichtet, wie?«

Gallo nickte, sagte aber nichts. Er hatte früher schon mit Vice-Questore Patta zu tun gehabt, wenn auch nur telefonisch, und so war er vorsichtig bei jedem aus Venedig.

»Fast als ob der Täter gewollt hätte, daß man das Gesicht nicht erkennt«, fügte Brunetti hinzu.

Gallo warf ihm unter seinen dichten Brauen einen kurzen Blick zu und nickte wieder.

»Haben Sie zufällig Freunde in Rom, die sich dahinterklemmen könnten?« fragte Brunetti.

»Ich habe schon einen Versuch in der Richtung gemacht, Commissario, aber der Mann ist im Urlaub. Und Sie?«

Brunetti schüttelte den Kopf. »Der einzige, den ich kannte, ist zur Interpol nach Brüssel versetzt worden.«

»Dann müssen wir wohl warten«, meinte Gallo in einem Ton, der deutlich machte, daß ihm das gar nicht gefiel.

»Wo ist er?«

»Der Tote?«

»Ja.«

»Im Umberto Primo. Warum?«

»Ich würde ihn mir gerne ansehen.«

Falls Gallo das für einen seltsamen Wunsch hielt, ließ er es sich nicht anmerken. »Ihr Fahrer könnte Sie sicher rüberfahren.«

»Es ist nicht weit, oder?«

»Nein, nur ein paar Minuten«, antwortete Gallo. »Vielleicht etwas mehr, bei dem Verkehr jetzt.«

Brunetti überlegte, ob diese Leute eigentlich jemals zu Fuß irgendwohin gingen, aber dann fiel ihm die tropische Hitze draußen ein, die wie eine Decke über der ganzen Region Veneto lag. Vielleicht war es klüger, in klimatisierten Autos von einem klimatisierten Gebäude zum anderen zu fahren, aber er hatte so seine Zweifel, ob er sich dabei je wohlfühlen würde. Er sprach das aber nicht aus, sondern ging nach unten und ließ sich von seinem Fahrer – offenbar war er einen eigenen Fahrer und einen Dienstwagen wert – zum Krankenhaus Umberto Primo bringen.

Vor der Leichenhalle saß an einem niedrigen Tisch ein Wärter, der eine Ausgabe des *Gazzettino* vor sich ausgebreitet hatte. Brunetti zeigte ihm seinen Ausweis und fragte, ob er den Ermordeten sehen könne, den man tags zuvor auf der Wiese gefunden hatte.

Der Wärter, ein kleiner Mann mit dickem Bauch und krummen Beinen, faltete seine Zeitung zusammen und stand auf. »Ach den, den habe ich drüben auf der anderen Seite. Niemand hat ihn bis jetzt sehen wollen, nur der Zeichner, und den haben bloß die Haare und die Augen interessiert. Auf den Fotos seien sie von dem Blitzlicht zu hell gewesen und nicht richtig rausgekommen. Er hat nur einen Blick auf ihn geworfen, einen Liddeckel angehoben und sich das Auge angeschaut. Hat ihm keinen Spaß gemacht, würde ich sagen, aber guter Gott, er hätte ihn mal vor der Autopsie sehen müssen, mit dem ganzen Makeup, vermengt mit all dem Blut. Es hat ewig gedauert, das abzuwaschen. Wie ein Clown hat der vorher ausgesehen, das kann ich Ihnen sagen. Diese Augenschminke hatte er im ganzen Gesicht. Oder in dem, was von seinem Gesicht übrig war. Komisch, wie schwer das Zeug oft weggeht. Muß die Frauen verdammt viel Zeit kosten, sich abzuschminken, meinen Sie nicht auch?«

Während er sprach, führte er Brunetti durch den gekühlten Saal, wobei er immer wieder stehenblieb und sich zu ihm umdrehte. Schließlich hielt er vor einer der vielen Metalltüren an, drehte an einem Griff und zog die flache Lade heraus, in der die Leiche lag. »Geht das so mit ihm, oder soll ich ihn für Sie hochhieven? Das macht keine Mühe, ist schnell passiert.«

»Nein, es ist schon gut so«, sagte Brunetti. Ohne zu fragen zog der Wärter das weiße Laken von dem Gesicht und sah Brunetti an, ob er es weiter herunterziehen solle. Brunetti nickte, und der Mann zog das Laken ganz weg und faltete es rasch zu einem ordentlichen Rechteck.

Obwohl Brunetti die Fotos gesehen hatte, war er nicht auf das Ausmaß der Verwüstung vorbereitet, das sich seinem Auge bot. Der Pathologe war nur an der Erforschung interessiert gewesen und hatte sich nicht um die Restaurierung gekümmert; wenn man die Familie je fand, konnte sie jemanden dafür bezahlen.

Auch an der Nase des Mannes war nichts verändert worden, so daß Brunetti auf eine konkave Oberfläche mit vier flachen Einbuchtungen blickte, als hätte ein zurückgebliebenes Kind aus Ton ein menschliches Gesicht formen wollen und statt der Nase einfach eine Höhlung hineingedrückt. Ohne Nase verflüchtigte sich alles erkennbar Menschliche.

Er betrachtete den Körper des Toten, um sich dadurch vielleicht eine Vorstellung vom Alter und der Kondition des Mannes machen zu können. Brunetti hörte sich selbst scharf Luft holen, als er merkte, wie erschreckend der Körper seinem eigenen ähnelte: die gleiche Figur, ein leichter Bauchansatz und die Blinddarmnarbe. Der einzige Unterschied schien die spärliche Behaarung zu sein, und er beugte sich vor, um sich die Brust näher zu betrachten, die der lange Autopsieschnitt brutal zweigeteilt hatte. Statt eines drahtigen, angegrauten Haarteppichs, wie er auf seiner eigenen Brust wuchs, sah er nur leichte Stoppeln. »Hat ihm der Pathologe vor der Autopsie die Brust rasiert?« fragte Brunetti den Wärter.

»Nein, Commissario. Das war ja keine Herzoperation, nur eine Autopsie.«

»Aber die Brust ist rasiert.«

»Die Beine auch, wenn Sie mal genau hinsehen.«

Brunetti tat es. Es stimmte.

»Hat der Doktor dazu irgend etwas gesagt?«

»Nicht während der Arbeit. Vielleicht steht ja was in seinem Bericht. Haben Sie jetzt genug?«

Brunetti nickte und trat von dem Leichnam zurück. Der Wärter breitete das Laken aus, schwenkte es durch die Luft wie ein Tischtuch und ließ es in genau der richtigen Position über den Toten sinken. Er schob die Leiche in das Fach zurück, schloß die Tür und drehte leise den Griff.

Auf dem Rückweg zu seinem Tisch sagte der Wärter: »Das

hat er nicht verdient, wer er auch war. Es heißt, daß er auf die Straße gegangen ist, einer von denen, die sich als Frau verkleiden. Armer Teufel, der hat bestimmt keinen getäuscht, der wußte ja nicht mal, wie man sich richtig schminkt, jedenfalls soweit ich es erkennen konnte, als sie ihn brachten.«

Einen Moment lang dachte Brunetti, der Mann hätte es spöttisch gemeint, aber dann merkte er an seinem Unterton, daß es ihm ernst war mit seiner Bemerkung.

»Sollen Sie rausfinden, wer ihn umgebracht hat?«

»Ja.«

»Na, ich hoffe, Sie schaffen es. Ich glaube, ich kann noch verstehen, daß man jemanden umbringen will, aber ich verstehe nicht, wie man es so machen kann.« Er hielt inne und sah Brunetti fragend an. »Sie vielleicht?«

»Nein, ich auch nicht.«

»Wie gesagt, ich hoffe, Sie kriegen den Mann, der das getan hat. Hure oder nicht, keiner verdient es, so zu sterben.«

6

Haben Sie ihn gesehen?« fragte Gallo, als Brunetti in die Questura zurückkam.

»Ja.«

»Kein besonders schöner Anblick, nicht?«

»Sie haben ihn auch gesehen?«

»Ich versuche, sie mir immer anzuschauen«, antwortete Gallo mit unveränderter Stimme. »Dann nehme ich bereitwilliger die Arbeit auf mich, nach denen zu suchen, die sie umgebracht haben.«

»Was ist Ihre Meinung, Sergente?« fragte Brunetti, während er sich in dem Stuhl neben Gallos Schreibtisch niederließ und die blaue Mappe auf die Tischplatte legte, als sollte sie ein greifbares Symbol für den Mord sein.

Gallo überlegte lange, bevor er antwortete. »Ich meine, es könnte in einem furchtbaren Wutanfall geschehen sein.« Brunetti nickte zu dieser Möglichkeit. »Oder, wie Sie schon sagten, Dottore, um die Identität des Opfers zu verschleiern.« Nach kurzer Pause ergänzte er, vielleicht in Erinnerung an das, was er in der Leichenhalle gesehen hatte: »Oder zu zerstören.«

»Das ist in der heutigen Zeit so gut wie unmöglich, glauben Sie nicht, Sergente?«

»Unmöglich?«

»Es sei denn, ein Mensch ist irgendwo ganz fremd oder lebt ohne Familie oder Freunde. Sonst würde doch sein Verschwinden innerhalb weniger Tage – meist sogar weniger Stunden – bemerkt. Niemand kann mehr einfach verschwinden.«

»Dann kommt vielleicht doch eher Wut in Frage«, sagte Gallo. »Er könnte etwas zu einem Kunden gesagt oder etwas getan haben, womit er ihn in Rage versetzt hat. Ich weiß nicht viel über die Männer in dem Ordner, den ich Ihnen gestern mitgegeben habe. Ich bin kein Psychologe oder so etwas, habe also keine Ahnung, was sie bewegt, aber ich vermute, daß die Männer, die sie bezahlen, viel labiler sind als die Männer, die bezahlt werden. – Also doch Wut?«

»Und warum ihn in eine Gegend bringen, wo bekanntermaßen die Huren arbeiten?« fragte Brunetti. »Das deutet doch eher auf Intelligenz hin als auf Wut.«

Gallo reagierte schnell in diesem Test, dem der neue Commissario ihn unterzog: »Er könnte nach der Tat zur Besinnung gekommen sein. Vielleicht hat er ihn in seiner Wohnung umgebracht oder irgendwo, wo man einen von ihnen kannte, da mußte er die Leiche wegbringen. Und wenn er zu denen gehört – der Mörder, meine ich – wenn er zu denen gehört, die zu diesen Transvestiten gehen, dann weiß er auch, wo die Huren sind. Es wäre also gar nicht so unlogisch, ihn dorthin zu bringen, um den Verdacht auf die zu lenken, die zu den Huren gehen.«

»Ja«, meinte Brunetti gedehnt, und Gallo wartete auf das »aber«, das sich im Ton des Commissario schon ankündigte. »Aber damit würde man unterstellen, daß Huren und Huren dasselbe sind.«

»Wie bitte?«

»Daß männliche Huren dasselbe sind wie weibliche oder daß sie zumindest in derselben Gegend arbeiten. Soweit ich gestern gehört und gesehen habe, sieht es aber so aus, als wäre die Gegend um den Schlachthof den weiblichen Huren vorbehalten.« Gallo dachte darüber nach, und Brunetti fügte ermunternd hinzu: »Aber dies ist Ihre Stadt, und Sie wissen sicher besser Bescheid darüber als ich, der ich hier mehr oder weniger fremd bin.«

Gallo grinste ein bißchen bei dem Kompliment und nickte. »Normalerweise sind es schon die Mädchen, die in den Wiesen draußen bei den Fabriken arbeiten. Aber wir haben auch immer mehr junge Männer – darunter viele Slawen und Nordafrikaner –, und vielleicht waren sie ja gezwungen, auf neues Gebiet auszuweichen.«

»Haben Sie irgendwelche Gerüchte darüber gehört?«

»Nicht persönlich, Commissario. Aber ich habe in der Regel nicht viel mit den Huren zu tun, es sei denn, sie sind in Gewaltverbrechen verwickelt.«

»Kommt das oft vor?«

Gallo schüttelte den Kopf. »Und wenn es vorkommt, haben die Frauen meist Angst, uns zu informieren; sie fürchten, im Gefängnis zu landen, egal, wer für die Gewalt verantwortlich war. Außerdem sind viele illegal hier und scheuen sich, zu uns zu kommen, weil sie Angst haben, abgeschoben zu werden, wenn sie in irgendwelche Schwierigkeiten geraten. Und viele Männer schlagen gerne zu. Die Mädchen lernen wahrscheinlich, solche Typen zu erkennen, oder bekommen Tips von anderen Mädchen und versuchen dann, ihnen aus dem Weg zu gehen.

Die Männer dürften eher in der Lage sein, sich zu verteidigen. In den Unterlagen haben Sie ja gesehen, wie kräftig einige von ihnen sind. Hübsche Kerle, manche sogar schön, aber eben doch Männer. Ich könnte mir vorstellen, daß sie solchen Ärger nicht so oft haben. Oder wenn doch, wüßten sie zumindest besser, wie sie sich verteidigen können.«

»Haben Sie den Autopsiebericht schon?« fragte Brunetti.

Gallo nahm ein paar Blätter und reichte sie ihm. »Er kam vorhin, als Sie im Krankenhaus waren.«

Brunetti überflog das Geschriebene rasch, Jargon und Terminologie waren ihm vertraut. Keine Einstichstellen, also hatte der Verstorbene sich keine Drogen gespritzt. Größe, Gewicht, allgemeine körperliche Verfassung, all die Dinge, die Brunetti gesehen hatte, waren aufgelistet, aber bis ins kleinste, meßbare Detail. Das Make-up, von dem der Wärter gesprochen hatte, wurde erwähnt, doch nur als »signifikante Spuren von Lippenstift- und Augen-Make-up«. Es gab keine Hinweise auf kürzliche sexuelle Betätigung, weder aktiver noch passiver Art. Die Untersuchung der Hände wies auf eine sitzende Beschäftigung hin; die Nägel waren kurz geschnitten, und die Handflächen zeigten keine Schwielen. Abschürfungen am Körper bestätigten die Annahme, daß der Mann an einem anderen Ort umgebracht und anschließend dahin geschafft worden war, wo man ihn gefunden hatte, aber durch die intensive Hitze, der er ausgesetzt gewesen war, konnte man unmöglich genauer bestimmen, wieviel Zeit zwischen dem Mord und seiner Entdeckung lag; man konnte äußerstenfalls von einem Zeitraum zwischen zwölf und zwanzig Stunden sprechen.

Brunetti sah zu Gallo und fragte: »Haben Sie es schon gelesen?«

»Ja, Commissario.«

»Und, was sagen Sie dazu?«

»Wir müssen uns wohl immer noch zwischen Wut und Gerissenheit entscheiden.«

»Aber erst einmal müssen wir herausfinden, wer er ist«, sagte Brunetti. »Wie viele Leute sind für den Fall eingeteilt?«

»Da wäre Scarpa.«

»Der Mann, der gestern draußen in der Sonne gestanden hat?«

Gallos ruhiges: »Ja, Commissario«, sagte Brunetti, daß er von dem Zwischenfall gehört hatte und ihn mißbilligte. »Er ist der einzige Beamte, der eingeteilt ist. Der Tod von Prostituierten hat keinen so großen Vorrang, besonders im Sommer nicht, wenn wir sowieso weniger sind.«

»Und sonst keiner?« fragte Brunetti.

»Der Fall wurde mir vorläufig zugeteilt, weil ich den Anruf entgegengenommen und die Squadra Mobile losgeschickt habe. Unser Vice-Questore hier in Mestre hat vorgeschlagen, daß Sergente Buffo ihn weiterverfolgen soll, weil er zum Fundort der Leiche gefahren ist.«

»Aha«, meinte Brunetti nachdenklich. »Gibt es eine Alternative?«

»Sie meinen, ob es eine Alternative zu Sergente Buffo gibt?«

»Ja.«

»Sie könnten darum nachsuchen, da Sie mit mir zuerst Kontakt hatten und wir den Fall lang und breit besprochen haben ...« Hier legte Gallo eine Pause ein, als wollte er die Länge und Breite noch weiter ausdehnen. Dann fuhr er fort: »Es spart vielleicht Zeit, wenn ich weiter an dem Fall bleibe.«

»Wer ist der zuständige Vice-Questore?«

»Nasci.«

»Wird sie ... ich meine, wird sie es für sinnvoll halten?«

»Ich bin sicher, daß sie zustimmen wird, wenn das Ersuchen von einem Commissario kommt. Ganz besonders, da Sie extra herkommen, um bei uns einzuspringen.«

»Gut. Lassen Sie das Ersuchen aufsetzen, ich unterschreibe es vor dem Mittagessen.« Gallo nickte, machte sich eine Notiz, und sah Brunetti dann abwartend an. »Und Ihre Leute sollen sich die Kleider und Schuhe vornehmen, die er anhatte.« Gallo nickte wieder und notierte auch das.

Brunetti schlug den blauen Ordner auf, den er am Abend zuvor durchgelesen hatte, und deutete auf eine Liste mit Namen und Adressen, die an die Innenseite des Deckels geheftet war. »Ich glaube, wir fangen am besten damit an, daß wir diese Leute hier über das Opfer befragen, ob sie wissen, wer der Mann war, ob sie ihn erkennen oder ihnen jemand einfällt, der ihn möglicherweise gekannt hat. Der Pathologe schätzt ihn auf Anfang Vierzig. Von den Männern in dem Ordner hier ist keiner so alt, die meisten sind sogar unter dreißig, wenn er also aus der Gegend stammt, ist er schon wegen seines Alters aufgefallen, und man kennt ihn.«

»Wie wollen Sie es machen, Commissario?«

»Ich denke, wir sollten die Liste dreiteilen, dann können Sie und ich und Scarpa gleich anfangen, das Bild herumzuzeigen und Fragen zu stellen.«

»Das sind aber keine Leute, die sich mit Polizisten unterhalten wollen, Commissario.«

»Dann sollten wir ein zweites Foto mitnehmen, eins von denen, die ihn zeigen, wie er auf der Wiese gefunden wurde. Ich denke, wenn wir die Leute überzeugen, daß ihnen das gleiche passieren könnte, werden sie vielleicht etwas bereitwilliger mit uns reden.«

»Ich lasse Scarpa heraufkommen«, sagte Gallo und griff zum Telefonhörer.

7

Auch wenn erst später Vormittag war – für die Männer auf ihrer Liste wahrscheinlich noch mitten in der Nacht –, einigten sie sich darauf, gleich zu ihnen zu gehen. Brunetti bat die anderen, da sie sich in Mestre auskannten, so etwas wie eine geographische Ordnung in die Adressenliste zu bringen, damit sie nicht alle kreuz und quer in der Stadt herumfuhren, während sie ihren Teil der Liste bearbeiteten.

Als das erledigt war, nahm Brunetti sich seine Adressen und ging nach unten, um den Fahrer zu suchen. Er bezweifelte, ob es klug war, zur Befragung dieser Männer im blau-weißen Streifenwagen mit einem uniformierten Polizisten am Steuer zu fahren, aber kaum hatte er einen Schritt in Mestres vormittägliche Luft getan, warf er um des schieren Überlebens willen schnell alle Bedenken über Bord.

Die Hitze schlug über ihm zusammen, und er hatte das Gefühl, als zerfresse die Luft ihm die Augen. Kein Hauch, nicht die leiseste Brise; der Tag lastete auf der Stadt wie eine schmierige Decke. Eine Autoschlange quälte sich an der Questura vorbei, und die Fahrer protestierten vergeblich mit der Hupe gegen umspringende Ampeln oder leichtsinnige Fußgänger. Hinter den Autos wirbelten Schmutz und leere Zigarettenpackungen hoch. Brunetti sah das alles, hörte es, atmete es ein und hatte das Gefühl, als umklammere jemand von hinten seine Brust. Wie konnten die Menschen das nur aushalten?

Brunetti floh in den kühlen Kokon des Streifenwagens und stieg eine Viertelstunde später vor einem achtgeschossigen Wohnhaus am westlichen Stadtrand wieder aus. Er blickte hinauf und sah, daß zwischen diesem und dem Haus gegenüber Leinen gespannt waren, an denen Wäsche hing. Hier wehte eine leichte Brise, so daß die vielfarbigen Wimpel aus Bettlaken,

Handtüchern und Unterwäsche über ihm wogten und für einen Moment seine Stimmung hoben.

Drinnen saß der *portiere* in seinem käfigähnlichen Büro und war dabei, auf seinem Tisch Zeitungen und Umschläge zu sortieren, offenbar die Post für die Bewohner des Hauses. Es war ein alter Mann mit schütterem Bart und einer silberumrandeten Lesebrille auf der Nasenspitze. Er linste über seinen Brillenrand und sagte guten Morgen. Die Feuchtigkeit verstärkte den säuerlichen Geruch in dem Kabäuschen, und ein Ventilator auf dem Fußboden, der um die Beine des Alten blies, wirbelte den Geruch nur herum.

Brunetti sagte ebenfalls guten Morgen und fragte, wo er Giovanni Feltrinelli finden könne.

Bei dem Namen schob der *portiere* seinen Stuhl zurück und stand auf. »Ich habe ihm doch gesagt, er soll seine Kunden nicht mehr hierherbestellen. Wenn er seine dreckige Arbeit machen will, kann er das in euren Autos tun oder draußen auf der Wiese bei den anderen Tieren, aber nicht hier in diesem Haus. Sonst rufe ich die Polizei.« Dabei griff er mit der rechten Hand zum Telefon an der Wand hinter ihm und musterte Brunetti mit wütendem Blick von oben bis unten, ohne seinen Abscheu zu verbergen.

»Ich bin die Polizei«, sagte Brunetti ruhig, zog seinen Dienstausweis aus der Brieftasche und hielt ihn dem alten Mann hin. Der nahm ihn unwirsch, als wollte er seinem Gegenüber zu verstehen geben, daß er sehr wohl wußte, wo man so etwas fälschen lassen konnte, und schob seine Brille zurecht, um ihn zu studieren.

»Sieht echt aus«, räumte er schließlich ein und gab Brunetti den Ausweis zurück. Dann zog er ein schmutziges Taschentuch heraus, nahm seine Brille ab und begann sorgfältig die Gläser zu putzen, erst das eine, dann das andere, als hätte er sein Leben lang nichts anderes getan. Er setzte die Brille wieder auf, sorgsam darauf bedacht, die Bügel ordentlich hinter die Ohren zu klemmen, steckte das Taschentuch weg und fragte Brunetti in verändertem Ton: »Was hat er denn jetzt wieder angestellt?«

»Nichts. Er soll ein paar Fragen über jemand anderen beantworten.«

»Einen von seinen Schwulis?« fragte der Alte, wieder in aggressivem Ton.

Brunetti ignorierte die Frage. »Ich möchte Signor Feltrinelli sprechen. Er kann uns vielleicht wichtige Informationen geben.«

»Signor Feltrinelli? *Signore?«* Der alte Mann wiederholte Brunettis Worte und machte aus der förmlichen Anrede eine Beleidigung. »Sie meinen Nino, den Adonis? Nino, den Schwanzlutscher?«

Brunetti seufzte müde. Warum konnten die Leute sich nicht angewöhnen, etwas überlegter zu hassen, etwas wählerischer? Vielleicht sogar etwas sinnvoller? Warum nicht die Christdemokraten hassen? Oder die Sozialisten? Oder warum nicht Leute hassen, die Homosexuelle haßten?

»Können Sie mir die Wohnungsnummer von Signor Feltrinelli sagen?«

Der alte Mann setzte sich wieder hinter seinen Tisch und fuhr fort, die Post zu sortieren. »Fünfter Stock. Der Name steht an der Tür.«

Brunetti wandte sich ohne ein Wort zum Gehen. Während er die Tür zur Eingangshalle öffnete, meinte er zu hören, wie der Alte noch ein verächtliches *»signore«* brummelte, aber es konnte auch nur ein ärgerliches Schnaufen gewesen sein. Am anderen Ende der marmorgefliesten Eingangshalle rief er den Fahrstuhl und wartete. Nach ein paar Minuten war der Aufzug immer noch nicht gekommen, aber Brunetti verspürte keine Lust zurückzugehen und den *portiere* zu fragen, ob er überhaupt in Betrieb war. Statt dessen machte er eine Tür zu seiner Linken auf, die tatsächlich zum Treppenhaus führte, und ging zu Fuß in den fünften Stock. Bis er oben ankam, mußte er seine Krawatte lockern und mehrmals den feuchten Stoff seiner Hosen von den

Oberschenkeln abziehen. Er holte sein Taschentuch heraus und wischte sich den Schweiß vom Gesicht.

Wie der alte Mann gesagt hatte, stand der Name an der Tür. »Giovanni Feltrinelli – Architetto.«

Brunetti sah auf die Uhr: 11 Uhr 35. Er klingelte. Sogleich hörte er rasche Schritte. Die Tür wurde von einem jungen Mann geöffnet, der entfernte Ähnlichkeit mit dem Polizeifoto besaß, das Brunetti sich nachts zuvor angesehen hatte: kurze, blonde Haare, ein weiches, feminines Kinn und große, dunkle Augen.

»Si?« sagte er und sah Brunetti mit einem freundlich fragenden Lächeln an.

»Signor Giovanni Feltrinelli?« fragte Brunetti und hielt ihm gleichzeitig seinen Ausweis hin.

Der junge Mann sah den Ausweis kaum an, schien ihn aber sofort zu erkennen, und dieses Erkennen wischte das Lächeln von seinem Gesicht.

»Ja. Was wünschen Sie?« Die Stimme war so kühl wie nun das Lächeln.

»Ich möchte gern mit Ihnen sprechen, Signor Feltrinelli. Darf ich hereinkommen?«

»Warum fragen Sie überhaupt?« versetzte Feltrinelli müde, öffnete die Tür etwas weiter und trat zurück, um Brunetti hereinzulassen.

»Permesso«, sagte Brunetti und trat ein. Vielleicht traf die Berufsbezeichnung an der Tür ja zu, denn die Wohnung dahinter wirkte präzise und gekonnt geplant. Das Zimmer, in das Brunetti kam, war in gebrochenem Weiß gestrichen, das helle Parkett im Fischgrätmuster verlegt. Darauf verteilt lagen mehrere Kelims in gedämpften, verblichenen Farben, und zwei andere Teppiche – Brunetti hielt sie für persisch – hingen an den Wänden. Das Sofa an der Stirnseite des Raums war lang, niedrig und, wie es aussah, mit beigefarbener Seide bezogen. Davor stand ein rechteckiger Glastisch, auf dessen einem Ende ein großer Keramikteller ins Auge fiel. An einer Wand standen Bücherregale, an

einer anderen hingen gerahmte Architekturentwürfe neben Fotos von fertigen Bauten, die alle niedrig und weitläufig und von riesigen Flächen karger Landschaft umgeben waren. In der hintersten Ecke stand ein hoher Zeichentisch, dessen Arbeitsplatte zur Zimmermitte hin gekippt und mit großen Transparentpapierbogen bedeckt war. Eine Zigarette brannte in einem Aschenbecher, der jeden Moment von der schrägen Tischplatte zu rutschen drohte.

Die perspektivische Anordnung lenkte den Blick des Betrachters immer wieder zur Raummitte hin, auf den schlichten Keramikteller. Brunetti hatte den Eindruck, daß die Wirkung gewollt war, wußte aber nicht, wie sie zustande kam.

»Signor Feltrinelli«, begann er. »Ich möchte Sie bitten, uns bei unseren Ermittlungen zu helfen, wenn Sie können.«

Feltrinelli schwieg.

»Ich zeige Ihnen das Bild eines Mannes, und Sie sagen mir dann, ob Sie ihn kennen oder schon einmal gesehen haben.«

Feltrinelli ging zu dem Zeichentisch hinüber und nahm seine Zigarette. Er zog gierig daran und drückte sie dann mit einer nervösen Geste aus. »Ich gebe keine Namen preis«, sagte er.

»Wie bitte?« fragte Brunetti, der dafür zwar Verständnis hatte, es aber nicht zeigen wollte.

»Ich gebe die Namen meiner Kunden nicht preis. Sie können mir so viele Fotos zeigen, wie Sie wollen, ich werde auf keinem einzigen jemanden erkennen, und Namen kenne ich auch nicht.«

»Ich frage Sie nicht nach Ihren Kunden, Signor Feltrinelli«, sagte Brunetti. »Und es interessiert mich nicht, wer dazu gehört. Aber wir glauben, daß Sie vielleicht etwas über diesen Mann wissen, und möchten Sie bitten, sich eine Skizze anzusehen und uns zu sagen, ob Sie ihn erkennen.«

Feltrinelli trat vom Zeichentisch an ein kleines Fenster linker Hand, und Brunetti wurde mit einemmal klar, warum der Raum so eingerichtet war: Das Ganze diente nur dem Zweck, die Aufmerksamkeit von diesem Fenster und der tristen Backsteinmauer abzulenken, die nur zwei Meter dahinter stand. »Und wenn nicht?« fragte Feltrinelli.

»Wenn was nicht? Wenn Sie ihn nicht erkennen?«

»Nein, wenn ich mir das Bild nicht ansehe?«

In dem Zimmer war weder eine Klimaanlage noch ein Ventilator, und es roch nach billigen Zigaretten; Brunetti glaubte regelrecht zu fühlen, wie der Geruch sich in seinen feuchten Kleidern und seinen Haaren einnistete. »Signor Feltrinelli, ich bitte Sie, Ihrer Bürgerpflicht nachzukommen und der Polizei bei den Ermittlungen in einem Mordfall zu helfen. Wir wollen nur das Opfer identifizieren. Vorher können wir mit unseren Ermittlungen nicht anfangen.«

»Ist es der, den Sie gestern auf der Wiese draußen gefunden haben?«

»Ja.«

»Und Sie glauben, es könnte einer von uns sein?« Was er mit »uns« meinte, brauchte Feltrinelli nicht zu erklären. »Ja.«

»Warum?«

»Das spielt für Sie keine Rolle.«

»Aber Sie glauben, daß er ein Transvestit ist?«

»Ja.«

»Und einer, der als Hure arbeitet?«

»Vielleicht«, antwortete Brunetti.

Feltrinelli wandte sich vom Fenster ab und kam durchs Zimmer auf Brunetti zu. Er streckte die Hand aus. »Zeigen Sie mir das Bild.«

Brunetti schlug die Mappe auf, die er in der Hand hielt, und nahm eine Fotokopie der Skizze heraus. Dabei sah er, daß die knallblaue Mappe auf seine feuchte Handfläche abgefärbt hatte. Er reichte das Blatt Feltrinelli, der es einige Augenblicke eingehend betrachtete, dann mit der freien Hand den Haaransatz des Mannes auf dem Bild abdeckte und es erneut genau ansah. Schließlich gab er Brunetti das Blatt zurück und schüttelte den Kopf. »Nein, den habe ich noch nie gesehen.«

Brunetti glaubte ihm. Er legte die Skizze in die Mappe zurück. »Wissen Sie jemanden, der uns vielleicht helfen könnte, den Mann zu identifizieren?«

»Ich nehme an, Sie gehen nach einer Liste vor, auf der diejenigen von uns stehen, die schon mal festgenommen wurden«, sagte Feltrinelli, dessen Stimme nicht mehr ganz so unwillig klang.

»Ja. Wir kommen an keine anderen Leute heran, denen wir das Bild zeigen könnten.«

»Sie meinen bisher noch nie Festgenommene, wenn ich Sie recht verstehe«, sagte Feltrinelli und fragte dann: »Haben Sie noch so eine Skizze?«

Brunetti nahm eine aus der Mappe und gab sie ihm nebst seiner Visitenkarte. »Sie müßten allerdings dann bei der Questura in Mestre anrufen, aber Sie können nach mir fragen. Oder nach Sergente Gallo.«

»Wie ist er umgebracht worden?«

»Das steht in den Morgenzeitungen.«

»Ich lese keine Zeitungen:«

»Er wurde erschlagen.«

»Auf der Wiese?«

»Das kann ich Ihnen nicht sagen, Signore.«

Feltrinelli legte das Blatt mit dem Gesicht nach oben auf den Zeichentisch und zündete sich eine neue Zigarette an. »Also gut«, sagte er. »Ich habe das Bild. Ich werde es ein paar Leuten zeigen. Wenn ich etwas erfahre, lasse ich es Sie wissen.«

»Sind Sie Architekt, Signor Feltrinelli?«

Ja. Ich habe eine *laurea d'architettura.* Aber ich arbeite nicht. Ich meine, ich bin arbeitslos.«

Mit einer Kopfbewegung zu dem Transparentpapier auf dem Zeichenbrett fragte Brunetti: »Aber Sie arbeiten an einem Projekt?«

»Nur zu meinem Vergnügen, Commissario. Meine Stelle habe ich verloren.«

»Das tut mir leid, Signore.«

Feltrinelli steckte die Hände in die Hosentaschen und sah zu Brunetti hinüber. Mit betont neutraler Stimme sagte er: »Ich war in Ägypten und habe dort im Auftrag der Regierung Häuser für den sozialen Wohnungsbau entworfen. Aber dann beschlossen sie, alle Ausländer einem jährlichen AIDS-Test zu unterziehen. Ich habe meinen letztes Jahr nicht bestanden; daraufhin haben sie mich rausgeworfen und nach Hause geschickt.«

Brunetti sagte nichts dazu, und Feltrinelli fuhr fort: »Als ich hierher zurückkam, habe ich versucht, eine Arbeit zu finden, aber Sie wissen wahrscheinlich, daß es Architekten gibt wie Sand am Meer. Daraufhin«, er hielt inne, als überlegte er, wie er sich ausdrücken sollte, »daraufhin habe ich einen anderen Beruf ergriffen.«

»Meinen Sie die Prostitution?« fragte Brunetti.

»Ja.«

»Machen Sie sich keine Gedanken über das Risiko?«

»Risiko?« Feltrinelli lächelte fast wieder so wie vorhin an der Tür. Brunetti sagte nichts. »Sie spielen auf AIDS an?« fügte Feltrinelli unnötigerweise hinzu.

»Ja.«

»Für mich gibt es kein Risiko«, meinte Feltrinelli und wandte sich ab. Er ging zum Zeichentisch und nahm seine Zigarette. »Sie finden ja allein hinaus, Commissario«, sagte er noch, während er sich wieder über seine Zeichnung beugte.

8

Brunetti trat auf die Straße hinaus, zurück in die Sonne und den Lärm, und ging in eine Bar rechts neben dem Gebäude. Er bestellte sich ein Glas Mineralwasser, dann ein zweites. Nachdem er auch dieses fast geleert hatte, schüttete er den Rest in sein Taschentuch und rieb damit vergeblich an dem blauen Farbfleck auf seiner Hand herum.

War es eine kriminelle Handlung, wenn ein aidskranker *prostituto* Sex hatte? Ungeschützten Sex? Die Polizei behandelte Prostitution schon so lange nicht mehr als Straftat, daß es Brunetti schwerfiel, sie als solche zu betrachten. Aber wenn jemand, der AIDS hatte, wissentlich ungeschützten Sexualverkehr hatte, war das doch sicher ein Verbrechen, obwohl es durchaus möglich war, daß die Gesetze hier hinter der Wahrheit herhinkten und es darum nicht illegal war. Er merkte, in welche moralischen Untiefen diese Unterscheidung führte, bestellte ein drittes Glas Sprudel und nahm sich den nächsten Namen auf seiner Liste vor.

Francesco Crespo wohnte nur vier Straßen von Feltrinelli entfernt, aber es lagen Welten dazwischen. Brunetti stand vor einem eleganten, rechteckigen Bau mit viel Glas, der bei seiner Entstehung vor zehn Jahren der letzte Schrei in Sachen Urbanität gewesen sein mußte. Aber Italien ist ein Land, in dem neue Designideen nie länger gewürdigt werden, als bis sie umgesetzt sind, dann lassen die immer vorwärts Schauenden sie schon wieder fallen und folgen neuen bunten Fahnen, wie jene verdammten Seelen in Dantes *Inferno,* die für alle Ewigkeit ruhelos umherirren auf der Suche nach einer Fahne, die sie weder erkennen noch benennen können.

Das Jahrzehnt, das seit dem Bau dieses Hauses verstrichen war, hatte den Zeitgeist mit sich fortgenommen, und das Gebäude sah jetzt höchstens noch wie eine hochkant gestellte Schachtel *spaghettini* aus. Das Glas der Fenster glänzte, und das Stückchen Land zwischen Haus und Straße war sorgsam gepflegt, aber nichts konnte verhindern, daß der Bau völlig deplaziert wirkte zwischen den niedrigeren, bescheideneren Gebäuden ringsum, in deren Mitte er mit solch naiver Gedankenlosigkeit errichtet worden war.

Diesmal hatte Brunetti die Wohnungsnummer, und der klimatisierte Fahrstuhl brachte ihn rasch in den siebten Stock. Als die Tür zur Seite glitt, trat er in einen marmorgefliesten Korridor, der ebenfalls klimatisiert war. Er wandte sich nach rechts und drückte auf den Klingelknopf des *appartamento* D.

Von drinnen hörte er ein Geräusch, aber niemand kam an die Tür. Er klingelte noch einmal. Das Geräusch wiederholte sich nicht, und die Tür blieb verschlossen. Er klingelte ein drittes Mal, dabei hielt er den Finger fest auf dem Knopf. Selbst durch die geschlossene Tür konnte er das Schrillen der Klingel hören, dann rief eine Stimme: *»Basta. Vengo.«*

Er nahm den Finger vom Klingelknopf, und gleich darauf wurde die Tür von einem großen, kräftigen Mann aufgerissen, der eine Leinenhose und einen Pullover trug, Kaschmir offenbar. Brunetti warf einen kurzen Blick auf das Gesicht des Mannes und sah zwei dunkle Augen, wütende Augen, und eine schon mehrfach gebrochene Nase, doch dann fiel sein Blick wieder auf den hochgeschlossenen Pullover und blieb dort hängen. Es war Mitte August, die Leute kippten auf der Straße um vor Hitze, und dieser Mann trug einen Kaschmirpullover! Brunetti richtete den Blick wieder aufs Gesicht des Mannes und fragte: *»Signor Crespo?«*

»Wer will was von ihm?« fragte der Mann zurück, ohne seine Verärgerung und Aggressivität im mindesten zu verhehlen.

»Commissario Guido Brunetti«, antwortete er und zückte wieder einmal seinen Ausweis. Dieser Mann mußte, genau wie Feltrinelli, nur einen flüchtigen Blick darauf werfen, um zu erkennen, was es war. Er machte unvermittelt einen Schritt auf Brunetti zu, vielleicht in der Hoffnung, ihn durch seine aggressive Haltung in den Hausflur zurückzudrängen. Aber Brunetti rührte sich nicht von der Stelle, und der andere wich zurück. »Er ist nicht da.«

Irgendwo in der Wohnung hörte man etwas Schweres zu Boden fallen.

Diesmal war es Brunetti, der einen Schritt nach vorn machte und den anderen damit von der Tür wegdrängte. Brunetti ging weiter ins Wohnzimmer zu einem thronähnlichen Ledersessel neben einem Tisch, auf dem ein riesiger Gladiolenstrauß in einer Kristallvase stand. Er setzte sich in den Sessel, schlug die Beine übereinander und sagte: »Vielleicht warte ich dann hier auf Signor Crespo.« Er lächelte. »... Wenn Sie nichts dagegen haben, Signor ...?«

Der Mann knallte die Eingangstür zu, drehte sich um und ging rasch zu einer zweiten Tür am anderen Ende des Zimmers. »Ich hole ihn«, sagte er.

Er verschwand in dem angrenzenden Raum und zog die Tür hinter sich zu. Seine tiefe, ärgerliche Stimme war deutlich zu vernehmen. Brunetti hörte eine zweite Stimme, ein Tenor zu dem Baß. Und dann war es, als mischte sich noch eine dritte ein, auch ein Tenor, aber einen ganzen Ton höher als der erste. Was immer hinter der Tür gesprochen wurde, es dauerte einige Minuten, und Brunetti sah sich derweil im Zimmer um. Alle Einrichtungsgegenstände waren neu, und alle waren sichtbar teuer, aber er hätte nichts davon haben wollen, weder das perlgraue Ledersofa noch den eleganten Mahagonitisch daneben.

Die Tür zu dem anderen Zimmer ging auf, und das Schwergewicht kam heraus, gefolgt von einem zweiten Mann, der zehn Jahre jünger und mindestens drei Konfektionsgrößen kleiner war.

»Das ist er«, sagte der im Pullover und deutete auf Brunetti.

Der jüngere Mann trug eine weitgeschnittene hellblaue Hose

und ein offenes, weißes Seidenhemd. Er kam auf Brunetti zu, der sich erhob und fragte: »Signor Francesco Crespo?«

Der Jüngere baute sich vor ihm auf, aber dann kam angesichts eines Mannes von Brunettis Aussehen und Alter offenbar der Instinkt oder die professionelle Routine durch. Er trat einen winzigen Schritt näher an Brunetti heran, hob mit gespreizten Fingern anmutig die Hand und legte sie an den Halsansatz. »Ja. Was kann ich für Sie tun?« Es war die höhere Tenorstimme von den beiden, die Brunetti durch die Tür gehört hatte, aber Crespo bemühte sich, sie tiefer klingen zu lassen, als machte sie das interessanter oder verführerischer.

Crespo war etwas kleiner als Brunetti und wog sicher zehn Kilo weniger. Es war entweder Zufall oder Berechnung, daß seine Augen, die sich von seinem sonnengebräunten Gesicht abhoben, dasselbe helle Grau wie das Sofa hatten. Hätte eine Frau dieses Gesicht gehabt, hätte man sie höchstens als hübsch bezeichnet, doch die markanten Züge, die seine Männlichkeit beisteuerte, machten es schön.

Diesmal war es Brunetti, der einen kleinen Schritt zurücktrat. Er hörte, wie der im Pullover verächtlich schnaubte, und drehte sich nach der Mappe um, die er auf den Tisch neben sich gelegt hatte.

»Signor Crespo, ich möchte Sie bitten, sich ein Bild anzusehen und mir zu sagen, ob Sie den Mann darauf kennen.«

»Ich sehe mir gern alles an, was Sie mir zeigen«, sagte Crespo mit Betonung auf dem »Sie«, wobei er mit der Hand unter seinen Hemdkragen fuhr, um sich über den Nacken zu streichen.

Brunetti schlug die Mappe auf und reichte Crespo das Bild, das der Zeichner von dem Toten gemacht hatte. Crespo blickte kaum eine Sekunde darauf, dann sah er Brunetti an, lächelte und meinte: »Keine Ahnung, wer das sein könnte.« Er hielt Brunetti das Bild hin, aber der nahm es nicht entgegen.

»Ich möchte, daß Sie es sich genauer ansehen, Signor Crespo.«

»Er hat doch gesagt, daß er ihn nicht kennt«, blaffte der Bullige aus dem Hintergrund.

Brunetti beachtete ihn nicht. »Der Mann ist zu Tode geprügelt worden, und wir müssen herausfinden, wer er war. Ich wäre Ihnen also dankbar, wenn Sie noch einmal genauer hinsehen würden, Signor Crespo.«

Crespo schloß einen Moment die Augen und strich sich eine widerspenstige Locke hinters linke Ohr. »Wenn Sie darauf bestehen«, meinte er und schaute wieder auf das Bild. Diesmal senkte er den Kopf und betrachtete das abgebildete Gesicht eingehend. Brunetti konnte seine Augen nicht sehen, aber er beobachtete, wie seine Hand plötzlich vom Ohr zum Hals wanderte, diesmal ganz ohne Koketterie.

Einen Moment später blickte er zu Brunetti auf, lächelte gewinnend und sagte: »Ich habe ihn noch nie gesehen, Commissario.«

»Zufrieden?« fragte der andere und machte einen Schritt in Richtung Tür.

Brunetti nahm die Zeichnung, die Crespo ihm hinhielt, und legte sie wieder in die Mappe. »Das ist nur die Vorstellung, die der Zeichner sich vom Aussehen des Mannes gemacht hat, Signor Crespo. Wenn es Ihnen nichts ausmacht, würde ich Ihnen gern noch ein Foto zeigen.« Brunetti setzte sein verführerischstes Lächeln auf, und Crespos Hand flog wie ein Vogel zu der sanften Höhlung zwischen seinen Schlüsselbeinen zurück. »Aber natürlich, Commissario. Natürlich, wenn Sie wollen.«

Brunetti lächelte wieder und griff nach dem dünnen Stapel Fotos in seiner Mappe. Er nahm eines davon und betrachtete es kurz. Es erfüllte seinen Zweck so gut wie jedes andere. Dann sah er Crespo an, der wieder dicht an ihn herangetreten war. »Es besteht die Möglichkeit, daß er von einem Mann getötet wurde, der für seine Dienste bezahlt hat. Das heißt, daß Männern wie ihm Gefahr von demselben Mann drohen könnte.« Er hielt Crespo das Foto hin.

Der nahm es und berührte dabei wie zufällig Brunettis Finger. Dann hielt er das Bild zwischen ihnen hoch, bedachte Brunetti mit einem langen Lächeln und neigte, immer noch lächelnd, den Kopf darüber. Gleich darauf flog seine Hand vom Hals an seinen halb geöffneten Mund. »Nein, nein«, keuchte er, den Blick immer noch auf dem Foto. »Nein, nein«, wiederholte er und sah mit schreckgeweiteten Augen zu Brunetti auf. Dann rammte er das Foto mit ausgestrecktem Arm gegen Brunettis Brust und machte ein paar Schritte rückwärts, als ginge ein Pesthauch von Brunetti aus. Das Foto fiel zu Boden. »Das können sie mit mir nicht machen. Das passiert mir nicht«, sagte er, während er weiter zurückwich. Mit jedem Wort wurde seine Stimme schriller, bis sie überschnappte. »Nein, das passiert mit mir nicht. Mir passiert nichts. Niemals.« Seine Stimme forderte hysterisch die Welt heraus, in der er lebte. »Mir nicht, nein, mir nicht«, schrie er, während er immer weiter vor Brunetti zurückwich. In der Mitte des Zimmers stieß er an einen Tisch, geriet in Panik, als seine Flucht vor dem Foto und dem Mann, der es ihm gezeigt hatte, blockiert war, und schlug wild um sich. Eine Vase, das Gegenstück zu der neben Brunetti, fiel krachend auf den Boden.

Die Tür zum anderen Zimmer ging auf, und ein weiterer Mann kam mit raschen Schritten herein. »Was ist denn los?« fragte er. »Was ist passiert?«

Er blickte zu Brunetti hinüber, und beide erkannten sich augenblicklich. Giancarlo Santomauro war nicht nur einer der bekanntesten Anwälte Venedigs, der dem *patriarca* oft kostenlosen juristischen Rat erteilte, sondern auch Präsident und treibende Kraft der *Lega della Moralità,* einer Vereinigung christlicher Laien, die sich »der Bewahrung und dem Fortbestand von Glauben, Familie und Tugend« verschrieben hatte.

Brunetti nickte nur kurz. Falls diese Männer aus irgendeinem Grund nicht wußten, wer Crespos Kunde war, dann war es für den Anwalt besser, wenn es dabei blieb.

»Was machen Sie denn hier?« fragte Santomauro ärgerlich. Er drehte sich zu dem älteren Mann um, der jetzt neben dem Sofa stand, auf das Crespo schluchzend niedergesunken war, beide Hände vors Gesicht geschlagen. »Können Sie ihn nicht zum Schweigen bringen?« rief Santomauro. Brunetti sah zu, wie der Ältere sich über Crespo beugte, etwas zu ihm sagte und dann die Hände auf seine Schultern legte und ihn so lange schüttelte, bis sein Kopf hin und her flog. Crespo hörte auf zu weinen, behielt aber die Hände vor dem Gesicht.

»Was haben Sie in dieser Wohnung zu suchen, Commissario? Ich bin Signor Crespos Anwalt und werde nicht zulassen, daß die Polizei meinen Klienten weiterhin so brutal behandelt.«

Brunetti antwortete nicht, sondern beobachtete immer noch das Paar auf dem Sofa. Der ältere Mann hatte sich inzwischen neben Crespo gesetzt und legte ihm jetzt schützend den Arm um die Schultern, worauf sich Crespo allmählich beruhigte.

»Ich habe Ihnen eine Frage gestellt, Commissario«, sagte Santomauro.

»Ich hatte Signor Crespo gebeten, uns bei der Identifizierung eines Gewaltopfers behilflich zu sein. Ich habe ihm ein Foto des Mannes gezeigt. Seine Reaktion sehen Sie. Eine ziemlich heftige Art, auf den Tod eines Mannes zu reagieren, den er angeblich nicht kannte, meinen Sie nicht?«

Der Mann im Pullover sah Brunetti bei den Worten an, aber Santomauro gab die Antwort. »Wenn Signor Crespo gesagt hat, daß er ihn nicht kennt, dann haben Sie ja Ihre Antwort und können gehen.«

»Natürlich«, sagte Brunetti, klemmte sich die Mappe unter den rechten Arm und machte einen Schritt zur Tür hin. Dann sagte er halb über die Schulter und ganz beiläufig zu Santomauro: »Sie haben vergessen, Ihre Schuhe zuzubinden, *avvocato*.«

Santomauro schaute nach unten und sah sofort, daß beide Schuhe ordentlich geschnürt waren. Er warf Brunetti einen Blick zu, mit dem man Glas hätte schneiden können, sagte aber nichts.

Brunetti blieb vor dem Sofa stehen und blickte auf Crespo hinunter. »Mein Name ist Brunetti«, sagte er. »Wenn Ihnen noch irgend etwas einfällt, können Sie mich in der Questura in Venedig anrufen.«

Santomauro wollte etwas sagen, hielt sich jedoch zurück. Brunetti verließ die Wohnung.

9

Der Rest des Tages brachte keine weiteren Ergebnisse, weder für Brunetti noch für die beiden anderen Polizisten, die sich durch ihre Listen ackerten. Als sie sich am Spätnachmittag wieder in der Questura trafen, berichtete Gallo, drei der Befragten von seiner Liste hätten erklärt, sie wüßten nicht, wer der Mann sei, was seiner Ansicht nach der Wahrheit entsprach. Zwei weitere seien nicht zu Hause gewesen, und ein anderer habe gemeint, der Mann komme ihm irgendwie bekannt vor, aber er könne nicht sagen, warum oder inwiefern. Scarpa hatte ähnliche Erfahrungen gemacht; alle Männer, mit denen er gesprochen hatte, waren sicher, den Toten nie gesehen zu haben.

Sie kamen überein, daß sie am nächsten Tag versuchen wollten, den Rest ihrer Adressen abzuhaken. Brunetti bat Gallo, eine zweite Liste von den weiblichen Huren vorzubereiten, die draußen bei den Fabriken und auf der Via Cappuccina arbeiteten. Auch wenn er wenig Hoffnung hatte, daß diese Frauen ihnen weiterhelfen konnten, bestand immerhin die Möglichkeit, daß sie die Konkurrenz bemerkt hatten und den Mann erkannten.

Als Brunetti die Treppen zu seiner Wohnung hinaufstieg, phantasierte er sich zusammen, was ihn dort erwarten würde, wenn er die Tür aufschloß. Durch einen Zauber hätten Feen im Lauf des Tages eine Klimaanlage installiert; andere hätten eine dieser Duschen eingebaut, wie er sie bisher nur aus Broschüren von Luxusbädern und aus amerikanischen Seifenopern kannte. Zwanzig verschiedene Duschköpfe würden seinen Körper mit nadelfeinen, duftenden Wasserstrahlen besprühen, und wenn er mit dem Duschen fertig war, würde er sich in ein riesiges, flauschiges Handtuch hüllen. Und dann wäre da eine Bar, vielleicht so eine, wie sie oft an Swimmingpools waren, und ein Barmann in weißem Jackett würde ihm einen kühlen Longdrink anbieten, auf dem eine Hibiskusblüte schwamm. Nachdem seine unmittelbaren körperlichen Bedürfnisse befriedigt waren, wandte er sich dem Utopischen zu und beschwor zwei gehorsame und pflichtbewußte Kinder herauf, dazu eine Fee von einer Ehefrau, die ihm beim Heimkommen als erstes erzählte, daß der Fall gelöst sei und sie am nächsten Morgen alle zusammen in die Ferien fahren könnten.

Die Wirklichkeit war dann, wie sie das so an sich hat, etwas anders. Seine Familie hatte sich auf die Dachterrasse zurückgezogen, wo die erste Kühle des Abends zu spüren war. Chiara blickte von ihrem Buch auf, sagte: *»Ciao, papà«*, reckte das Kinn, um seinen Kuß entgegenzunehmen, und steckte die Nase wieder in ihr Buch. Raffi hob den Blick von der neuesten Ausgabe des *Gente Uomo*, wiederholte Chiaras Begrüßungsworte und gab sich erneut der Überlegung hin, ob Leinen eine dringende Notwendigkeit sei. Paola sah seine Verfassung, stand auf, schlang die Arme um ihn und küßte ihn auf den Mund.

»Guido, geh duschen, ich hole dir inzwischen etwas zu trinken.« Irgendwo links von ihnen schlug eine Glocke, Raffi blätterte eine Seite um, und Brunetti lockerte seine Krawatte.

»Aber mit Hibiskusblüte«, sagte er und verschwand Richtung Bad.

Zwanzig Minuten später saß er in bequemen Baumwollhosen und einem Leinenhemd draußen, die nackten Füße auf der Terrassenbrüstung, und erzählte Paola von seinem Tag. Die Kinder waren verschwunden, zweifellos, um pflichtbewußt und gehorsam irgendeiner Tätigkeit nachzugehen.

»Santomauro?« fragte sie. »Giancarlo Santomauro?«

»Genau der.«

»Wie pikant«, meinte sie mit echtem Entzücken in der Stimme. »Ich wünschte, ich hätte dir nie versprechen müssen, nicht über das zu reden, was du mir erzählst; das ist ja herrlich.« Und sie wiederholte genüßlich Santomauros Namen.

»Du erzählst doch nichts weiter, Paola, oder?« fragte er unnötigerweise.

Sie wollte schon eine ärgerliche Antwort abfeuern, aber dann beugte sie sich herüber und legte ihm die Hand aufs Knie. »Nein, Guido. Ich habe noch nie etwas weitergegeben. Und ich werde es auch nie tun.«

»Tut mir leid, daß ich gefragt habe«, sagte er, den Blick auf seinem Campari Soda.

»Kennst du seine Frau?« fragte sie, aufs Thema zurückkommend.

»Ich glaube, ich bin ihr vor ein paar Jahren mal irgendwo bei einem Konzert vorgestellt worden. Aber ich würde sie wohl kaum erkennen, wenn ich ihr begegnete. Wie ist sie denn so?«

Paola nippte an ihrem Drink und stellte das Glas auf die Brüstung, etwas, was sie den Kindern immer wieder verbot. »Also«, fing sie an, während sie überlegte, wie sie ihre Antwort am beißendsten formulieren konnte. »Wenn ich Signor, nein, Avvocato Santomauro wäre und, von meiner Veranlagung mal ganz zu schweigen, die Wahl hätte zwischen meiner großen, dürren, tadellos angezogenen Frau mit ihrer Margaret-Thatcher-Frisur und einem jungen Mann, gleich welcher Größe, Haarfarbe oder Veranlagung, dann würde ich zweifellos die Arme nach dem Jungen ausstrecken.«

»Woher kennst du sie?« fragte Brunetti, die Rhetorik wie immer ignorierend und ganz auf die Sache konzentriert.

»Sie ist Kundin bei Biba«, erklärte Paola, einen ihrer Freunde erwähnend, der Juwelier war. »Ich habe sie ein paarmal in seinem Laden getroffen, und außerdem einmal mit ihrem Mann im Haus meiner Eltern, bei einem dieser Abendessen, zu denen du nicht mitgegangen bist.« Brunetti nahm das als Revanche dafür, daß er sie gefragt hatte, ob sie Dinge weitergab, die er ihr erzählte, und ließ es durchgehen.

»Wie sind die beiden zusammen?«

»Sie besorgt das Reden, und er steht nur mit arroganter Miene herum, als gäbe es im Umkreis von zehn Kilometern nichts und niemanden, der ihm das Wasser reichen könnte. Ich fand immer, daß sie zwei scheinheilige Wichtigtuer sind. Ich mußte ihr nur fünf Minuten zuhören, da war es mir klar; sie ist wie eine Nebenfigur aus einem Roman von Dickens, eine von den frömmlerischen, bösartigen. Weil andauernd nur sie redet, wußte ich bei ihm nicht so genau, woran ich war, ich mußte mich auf meinen Instinkt verlassen, aber es freut mich zu hören, daß ich recht hatte.«

»Paola«, warnte er. »Ich habe keinen Anlaß anzunehmen, daß er aus einem anderen Grund dort war, als um Crespo juristisch zu beraten.«

»Und dazu mußte er die Schuhe ausziehen?« fragte sie mit einem ungläubigen Schnauben. »Guido, erinnere dich doch bitte, in welchem Jahrhundert du lebst. Avvocato Santomauro war nur aus einem einzigen Grund dort, und der hatte nichts mit seinem Beruf zu tun, es sei denn, er hat einen interessanten Finanzierungsplan für Signor Crespo ausgearbeitet.«

Paola hatte den Hang, übers Ziel hinauszuschießen, das wußte er aus über zwei Jahrzehnten Erfahrung. Er war sich, selbst nach all diesen Jahren, noch immer nicht klar darüber, ob das ein Laster oder eine Tugend war, fest stand, daß es zu ihren unveränderlichen Charakterzügen gehörte. Sie bekam in solchen Momenten einen wild entschlossenen Blick, und den sah Brunetti jetzt. Er hatte zwar keine Ahnung, was kommen würde, aber er wußte, gleich war es soweit.

»Meinst du, er hat für den *patriarca* den gleichen Finanzierungsplan ausgeklügelt?«

In ebenjenen Jahren hatte er auch die Erfahrung gemacht, daß es das beste war, einfach nicht darauf einzugehen.

»Wie gesagt«, fuhr Brunetti fort, »die Tatsache, daß er sich in der Wohnung aufgehalten hat, beweist gar nichts.«

»Ich hoffe, du hast recht, sonst müßte ich mir jedesmal Sorgen machen, wenn ich ihn aus dem Palazzo des Erzbischofs oder aus der Basilika kommen sehe, oder?« Brunetti warf ihr nur einen ganz kurzen Blick zu.

»Also gut, Guido, er war geschäftlich dort, beruflich.« Sie ließ ein paar Sekunden verstreichen und meinte dann in völlig anderem Ton, der ihm sagen sollte, daß sie sich jetzt wieder anständig benehmen und die Sache ernst nehmen wollte: »Aber du hast doch gesagt, daß Crespo den Mann auf dem Foto erkannt hat.«

»Ich hatte zuerst den Eindruck, aber als er dann zu mir aufsah, hatte er einen Moment Zeit gehabt, sich zu sammeln, und sein Gesichtsausdruck wirkte wieder normal.«

»Dann könnte der auf dem Bild ein x-beliebiger Mann sein, nicht? Einer vom Strich, sogar ein Kunde. Hast du das bedacht, Guido, daß es ein Kunde sein könnte, der sich als Frau anzieht, wenn er, na ja, wenn er zu diesen anderen Männern geht?«

Auf dem sexuellen Markt, den die moderne Gesellschaft darstellte, machte das Alter des Mannes ihn, wie Brunetti wußte, viel wahrscheinlicher zum Käufer als zum Verkäufer. »Das würde heißen, daß wir nach einem suchen sollten, der sich eher männliche Prostituierte gekauft, als sich selbst verkauft hat«, sagte er.

Paola nahm ihr Glas, schwenkte die Flüssigkeit ein paarmal und trank aus. »Tja, das wäre dann wohl eine erheblich längere Liste. Und wenn ich bedenke, was du mir eben über den *avvocato del patriarca* erzählt hast, auch eine erheblich interessantere.«

»Ist das eine von deinen Konspirationstheorien, Paola, daß die Stadt voll ist von scheinbar glücklich verheirateten Männern, die es nicht erwarten können, mit einem dieser Transvestiten in den Büschen zu verschwinden?«

»Himmel noch mal, Guido, worüber redet ihr Männer eigentlich, wenn ihr euch trefft? Über Fußball? Politik? Hockt ihr nie zusammen und klatscht?«

»Worüber denn? Über die Jungs von der Via Cappuccina?« Er stellte sein Glas unnötig hart ab und kratzte sich am Knöchel, wo ihn gerade eine der ersten Mücken des Abends gestochen hatte.

»Das kommt wahrscheinlich daher, daß du keine schwulen Freunde hast«, sagte sie ruhig.

»Wir haben jede Menge schwuler Freunde«, entgegnete er, wobei ihm bewußt war, daß er nur in einer Auseinandersetzung mit Paola auf die Idee kam, sich damit zu brüsten.

»Sicher haben wir die, aber du redest nicht mit ihnen, Guido, nicht richtig.«

»Was soll ich denn tun, Kochrezepte mit ihnen austauschen oder die Geheimnisse meiner Schönheit preisgeben?«

Sie wollte etwas sagen, hielt inne, sah ihn durchdringend an und meinte dann mit völlig ausdrucksloser Stimme: »Ich bin mir nicht sicher, ob das jetzt eine beleidigende oder eine dumme Bemerkung war.«

Er kratzte an seinem Knöchel und dachte darüber nach, was sie beide eben gesagt hatten. »Wahrscheinlich eher dumm, aber sie war auch ziemlich beleidigend.«

Paola warf ihm einen mißtrauischen Blick zu. »Tut mir leid«, fügte er hinzu.

Sie lächelte.

»Also gut, erzähl mir, was ich darüber wissen sollte«, bat er, während er wieder an seinem Knöchel kratzte.

»Ich wollte dir klarmachen, daß es unter den Schwulen in meinem Bekanntenkreis einige gibt, die mir versichern, viele Männer seien durchaus scharf auf Sex mit ihnen – Familienväter, verheiratete Männer, Ärzte, Anwälte, Priester. Vieles ist wahrscheinlich übertrieben, und Eitelkeit spielt sicher auch eine Rolle, aber bestimmt ist auch viel Wahres daran.« Er dachte, sie sei fertig, aber sie setzte noch hinzu: »Als Polizist hast du wahrscheinlich davon gehört, aber ich könnte mir vorstellen, daß die meisten Männer es einfach nicht hören wollen. Oder wenn sie es hören, wollen sie es nicht glauben.« Sie zählte ihn anscheinend nicht dazu, aber sicher konnte er natürlich nicht sein.

»Von wem hast du deine Informationen in erster Linie?« fragte er.

»Von Ettore und Basilio«, antwortete sie und nannte damit zwei ihrer Kollegen von der Universität. »Außerdem sagen ein paar von Raffis Freunden dasselbe.«

»Was?«

»Zwei von Raffis Schulfreunden. Schau nicht so erstaunt, Guido. Sie sind beide siebzehn.«

»Sie sind beide siebzehn, und was noch?«

»Und schwul, Guido. Schwul.«

»Sind das enge Freunde?« fragte er, bevor er sich bremsen konnte.

Paola stand abrupt auf. »Ich gehe Wasser für die Pasta aufsetzen. Ich glaube, wir warten lieber bis nach dem Essen, bevor wir diese Debatte fortsetzen. Dann hast du etwas Zeit, über einige Dinge nachzudenken, die du gesagt hast, und einige Vermutungen, die du offenbar anstellst.« Sie griff sich ihr Glas, nahm ihm seines aus der Hand, ging nach drinnen und überließ ihn seinen Vermutungen.

Das Abendessen verlief weitaus friedvoller, als er gedacht hatte, angesichts Paolas abrupten Abgangs zu dessen Zubereitung. Sie hatte eine Soße mit frischem Thunfisch, Tomaten und Paprika zubereitet, ganz offensichtlich ein neues Rezept, dazu die dicken Martelli-Spaghetti, die er so mochte. Danach gab es Salat, ein Stück *pecorino,* das die Eltern von Raffis Freundin aus Sardinien mitgebracht hatten, und zum Nachtisch frische Pfirsiche. Ganz wie in seinem Tagtraum erboten sich die Kinder, den Abwasch zu erledigen, zweifellos in der Hoffnung, daß ihm das Taschengeld für ihren Urlaub in den Bergen dann um so lockerer saß.

Er zog sich mit einem Gläschen eisgekühlten Wodkas auf die Dachterrasse zurück und setzte sich wieder auf seinen Platz. Über ihm und um ihn durchschnitten Fledermäuse mit ihrem Zickzackflug den Himmel. Brunetti waren die Fledermäuse willkommen, sie fraßen Mücken. Ein paar Minuten später setzte Paola sich zu ihm. Er hielt ihr sein Glas hin, und sie nahm einen kleinen Schluck. »Ist das aus der Flasche im Tiefkühlfach?« fragte sie.

Er nickte.

»Woher hast du sie?«

»Man könnte es ein Bestechungsgeschenk nennen.«

»Von wem?«

»Donizelli. Er hatte mich gebeten, den Urlaubsplan so zu arrangieren, daß er nach Rußland – Ex-Rußland – fahren konnte. Als er zurückkam, hat er mir die Flasche mitgebracht.«

»Es heißt immer noch Rußland.«

»Hä?«

»Es ist die Ex-Sowjetunion, aber immer noch das alte Rußland.«

»Oh. Danke.« Sie nickte gnädig.

»Meinst du, sie fressen sonst noch was?« fragte er.

»Wer?« fragte Paola zurück, ausnahmsweise einmal ratlos.

»Die Fledermäuse.«

»Ich weiß es nicht. Frag Chiara. Normalerweise weiß sie solche Sachen.«

»Ich habe über das nachgedacht, was ich vor dem Essen gesagt habe«, erklärte er und nippte an seinem Glas.

Er erwartete eine scharfe Antwort, aber sie sagte nur: »Ja?«

»Ich glaube, du könntest recht haben.«

»Womit?«

»Daß er möglicherweise ein Kunde war und gar kein *prostituto.* Ich habe die Leiche gesehen. Es war, glaube ich, kein Körper, den ein Mann sich etwas kosten lassen würde.«

»Was war es denn für ein Körper?«

Er trank noch einen Schluck. »Es mag ja seltsam klingen, aber als ich ihn sah, fiel mir auf, wie sehr er meinem eigenen ähnelt. Wir haben etwa dieselbe Größe und Figur, wahrscheinlich sind wir im gleichen Alter. Es war schon sehr eigenartig, Paola, ihn da liegen zu sehen, tot.«

»Ja, das kann ich mir vorstellen«, sagte sie, aber mehr nicht.

»Sind diese Jungen gut mit Raffi befreundet?«

»Einer ja. Er hilft ihm bei seinen Hausaufgaben in Italienisch.«

»Gut.«

»Was ist gut, daß er ihm bei den Hausaufgaben hilft?«

»Nein. Gut, daß er Raffis Freund ist, oder Raffi seiner.« Sie lachte laut auf und schüttelte den Kopf. »Ich werde nie schlau aus dir, Guido. Nie.« Sie legte ihm eine Hand auf den Nacken, beugte sich vor und nahm ihm das Glas ab. Dann trank sie einen Schluck und gab es ihm zurück. »Wenn du das ausgetrunken hast, könntest du dir dann vorstellen, daß ich mir deinen Körper etwas kosten lasse?«

10

Die nächsten beiden Tage verliefen nicht viel anders, nur daß es noch heißer war. Vier der Männer auf seiner Liste hatte Brunetti noch immer nicht unter der verzeichneten Adresse angetroffen, und die Nachbarn hatten keine Ahnung, wo sie waren oder wann sie zurückkamen. Zwei weitere auf der Liste konnten ihm nicht weiterhelfen. Gallo und Scarpa hatten ebensowenig Glück, obwohl diesmal einer der Männer auf Scarpas Liste meinte, der Mann auf der Zeichnung käme ihm irgendwie bekannt vor, wobei er allerdings nicht sagen konnte, wo oder warum er ihn gesehen haben könnte.

Die drei Männer gingen in eine Trattoria nahe der Questura zum Mittagessen und besprachen, was sie bisher wußten und was noch nicht.

»Also, jedenfalls hatte er keine Ahnung, wie man sich die Beine rasiert«, meinte Gallo, nachdem es aussah, als hätten sie nichts mehr aufzuzählen. Brunetti war nicht sicher, ob das ein Witz sein sollte oder ob der Sergente nach Strohhalmen griff.

»Warum sagen Sie das?« fragte Brunetti, trank seinen Wein aus und sah sich wegen der Rechnung nach dem Ober um.

»Na, die Leiche. An den Beinen waren viele kleine Kratzer, so als ob er es nicht gewohnt wäre, sie zu rasieren.«

»Wäre es denn irgendeiner von uns gewohnt?« fragte Brunetti, und erklärend fügte er hinzu: »Von uns Männern, meine ich.«

Scarpa grinste in sein Glas. »Ich würde mir wahrscheinlich die Kniescheibe abrasieren, ich weiß wirklich nicht, wie sie das machen«, sagte er und schüttelte den Kopf ob dieses weiteren Geheimnisses der Frauen.

In dem Moment erschien der Ober mit der Rechnung. Gallo kam Brunetti zuvor, indem er den Bon nahm, seine Brieftasche herauszog und einige Scheine auf den Tisch legte. Bevor Brunetti etwas einwenden konnte, erklärte er: »Wir sind angewiesen, Sie als Gast der Stadt zu behandeln.« Brunetti überlegte, was Patta wohl dazu sagen würde, außer daß er es nicht verdiente.

»Mit den Namen auf der Liste sind wir durch«, sagte Brunetti. »Dann müssen wir wohl jetzt mit denen reden, die nicht auf unserer ursprünglichen Liste stehen.«

»Soll ich ein paar auf die Questura bestellen?« fragte Gallo.

Brunetti schüttelte den Kopf; das war kaum dazu angetan, sie zur Mitarbeit zu ermuntern. »Nein, ich glaube, wir sollten zu ihnen gehen.«

Hier mischte sich Scarpa ein. »Aber von den meisten haben wir weder Namen noch Adressen.«

»Dann muß ich sie wohl da aufsuchen, wo sie arbeiten«, erklärte Brunetti.

Die Via Cappuccina ist eine breite, von Bäumen gesäumte Straße, die ein paar Häuserblocks rechts hinter dem Bahnhof von Mestre beginnt und ins Geschäftszentrum der Stadt führt. Auf beiden Seiten sind Geschäfte und kleine Lebensmittelläden, Büros und ein paar Wohnblocks. Tagsüber ist es eine ganz normale Straße in einer ganz normalen italienischen Kleinstadt. Kinder spielen unter den Bäumen und in den kleinen Parkanlagen, die es entlang der Straße hie und da gibt. Ihre Mütter sind meist dabei, um sie vor den Autos zu warnen, aber auch, um sie vor gewissen anderen Leuten zu schützen und zu bewahren, die sich von der Via Cappuccina angezogen fühlen. Die Geschäfte schließen um halb eins; dann hält die Via Cappuccina ein paar Stunden Mittagsschlaf. Der Verkehrsstrom bricht ab, die Kinder gehen zum Essen und Schlafen nach Hause, das Geschäft ruht, und auch die Erwachsenen gehen heim, um zu essen und sich auszuruhen. Nachmittags spielen weniger Kinder draußen, obwohl der Verkehr wieder strömt und die Via

Cappuccina sich mit Leben und Bewegung füllt, sobald Läden und Büros öffnen.

Zwischen halb acht und acht Uhr abends machen dann die Läden, Büros und kleinen Geschäfte zu, die Kaufleute und Ladenbesitzer ziehen Metallgitter herunter, schließen sorgfältig ab, kehren zum Abendessen nach Hause zurück und überlassen die Via Cappuccina denen, die anschließend dort ihrer Arbeit nachgehen.

Abends herrscht immer noch Verkehr auf der Via Cappuccina, aber niemand scheint es mehr sonderlich eilig zu haben. Die Autos fahren langsam, aber Parken ist kein Problem mehr, und die Fahrer suchen keine Parkplätze. Italien ist ein wohlhabendes Land geworden, die meisten Autos sind klimatisiert. Deshalb fließt der Verkehr langsamer, denn jetzt müssen die Fenster heruntergekurbelt werden, bevor man Preise herüberrufen oder hören kann.

Manche der Autos sind neu und stromlinienförmig, BMW und Mercedes, gelegentlich auch Ferraris, obgleich letztere auf der Via Cappuccina eher aus dem Rahmen fallen. Meist sind es gesetzte, wohlgenährte Limousinen, Autos für Familien, der Wagen, der morgens die Kinder in die Schule bringt, der am Sonntag die Familie zur Kirche und danach zum Essen bei den Großeltern fährt. Normalerweise werden sie von Männern gelenkt, die sich in Anzug und Krawatte wohler fühlen als in jedem anderen Aufzug, wohlhabenden Männern, die von dem wirtschaftlichen Aufschwung profitiert haben, der es in den letzten Jahrzehnten so gut mit Italien gemeint hat.

Immer häufiger müssen in privaten Entbindungsheimen und auf den Stationen italienischer Kliniken, in die sich begibt, wer reich genug ist, um private ärztliche Versorgung in Anspruch nehmen zu können, Ärzte frischgebackenen Müttern sagen, daß sie und ihr Kind mit dem AIDS-Virus infiziert sind. Die meisten Frauen sind wie vor den Kopf geschlagen, denn sie haben ihr Eheversprechen ernst genommen, und ihrer Ansicht nach muß bei ihrer medizinischen Behandlung ein furchtbarer Fehler passiert sein. Aber vielleicht findet sich die Antwort leichter auf der Via Cappuccina und in dem Handel, der sich zwischen den Fahrern jener soliden Autos und den Männern und Frauen auf den Gehsteigen abspielt.

Brunetti bog an dem Abend gegen halb zwölf in die Via Cappuccina ein, nachdem er wenige Minuten zuvor am Bahnhof angekommen war. Er war zum Abendessen nach Hause gefahren, hatte eine Stunde geschlafen und sich dann so angezogen, daß er seiner Ansicht nach nicht direkt wie ein Polizist aussah. Scarpa hatte sowohl von der Zeichnung als auch von den Fotos des Toten etwas kleinere Kopien machen lassen, und Brunetti trug ein paar davon in der Innentasche seines blauen Leinenjacketts.

Von rechts hinter sich hörte er das entfernte Brausen des Verkehrs, der immer noch auf der *tangenziale* vorbeirauschte. Obwohl er wußte, daß es unwahrscheinlich war, hatte Brunetti das Gefühl, die Abgase drifteten allesamt hier herüber, so dick und schwer war die unbewegte Luft. Er überquerte eine Straße, eine weitere, und noch eine, und dann bemerkte er allmählich den Verkehr. Da waren die Autos, langsam glitten sie vorwärts, die Fenster geschlossen, während die Köpfe der Fahrer zum Gehsteig gewandt waren, um den Durchgangsverkehr der anderen Sorte zu begutachten.

Brunetti sah, daß er nicht als einziger zu Fuß unterwegs war, dafür unter den Fußgängern einer der ganz wenigen in Hemd und Krawatte und offenbar der einzige, der nicht stillstand.

»*Ciao, bello.*«

»*Cosa vuoi, amore?*«

»*Ti faccio tutto che vuoi, caro.*«

Die Angebote tönten ihm von beinah jeder Gestalt entgegen, an der er vorbeikam: Freude, Wonne, Seligkeit. Die Stimmen boten unerhörte Genüsse, versprachen ihm die Verwirklichung jeglicher Phantasie. Er blieb unter einer Straßenlaterne stehen und wurde sofort von einer großen Blondine angesprochen, die einen weißen Minirock und sonst wenig anhatte.

»Fünfzigtausend«, sagte sie. Sie lächelte mit entblößten Zähnen, als erhöhte das den Anreiz.

»Ich will einen Mann«, sagte Brunetti.

Sie wandte sich ohne ein Wort ab und stakste zum Randstein. Dort rief sie einem vorbeifahrenden Audi denselben Preis zu. Der Wagen fuhr weiter. Brunetti blieb, wo er war, und sie drehte sich wieder zu ihm um. »Vierzig«, sagte sie.

»Ich will einen Mann.«

»Die kosten viel mehr, und sie können nichts für dich tun, was ich nicht auch kann, *bello*.« Sie zeigte wieder ihre Zähne.

»Sie sollen sich ein Bild ansehen«, sagte Brunetti.

»Gesù bambino«, murmelte sie leise, »so einer also.« Dann lauter: »Das kostet dich extra. Bei denen. Ich mache alles für einen Preis.«

»Sie sollen sich das Bild eines Mannes ansehen und mir sagen, ob sie ihn erkennen.«

»Polizei?« fragte sie.

Brunetti nickte.

»Ich hätte es wissen müssen«, meinte sie. »Sie sind weiter oben, die Jungen, die Straße rauf, auf der anderen Seite vom Piazzale Leonardo da Vinci.«

»Danke«, sagte Brunetti und ging weiter. Am nächsten Randstein schaute er sich um und sah, wie die Blonde in einen dunkelblauen Volvo stieg.

Ein paar Minuten später war er am Piazzale. Er überquerte ihn mühelos zwischen den dahinschleichenden Autos und entdeckte auf der anderen Seite ein paar Gestalten, die in einem Grüppchen an einer niedrigen Mauer lehnten.

Im Näherkommen hörte er andere Stimmen, Tenöre diesmal, die gleichen Angebote rufen und die gleichen Freuden versprechen. So viel Glückseligkeit war hier zu haben.

Er ging auf die Gruppe zu und sah dabei vieles, was er schon auf seinem Weg vom Bahnhof gesehen hatte: mit grellrotem Lippenstift größer gemalte Münder, alle zu einem Lächeln verzogen, das einladend sein sollte; Wolken gefärbter Haare und Beine, Oberschenkel und Busen, die genauso echt aussahen wie die anderen, die er vorher gesehen hatte.

Zwei kamen und umflatterten ihn, Motten im Flammenschein seiner Zahlungsfähigkeit.

»Ganz, wie du's gern hättest, Süßer. Ohne Gummi. Genuß pur.«

»Mein Wagen steht gleich um die Ecke, caro. Dein Wunsch ist mir Befehl.«

Aus der Gruppe an der Mauer rief einer dem zweiten zu: »Frag ihn doch, ob er euch nicht beide will, Paolina.« Und an Brunetti gewandt: »Die beiden sind gemeinsam unübertroffen, *amore*; sie machen dir ein Sandwich, das du nie vergißt.« Worauf die anderen in schallendes Gelächter ausbrachen, ein tiefes Lachen, das nichts Feminines hatte.

Brunetti sprach den an, den die anderen Paolina genannt hatten. »Würden Sie sich das Bild eines Mannes ansehen und mir sagen, ob Sie ihn kennen?«

Paolina drehte sich um und rief den anderen zu: »Mädels, es ist ein Bulle. Ich soll mir Bilder ansehen.«

Ein Chor von Stimmen antwortete: »Sag ihm, das Echte ist besser als dreckige Bilder, Paolina.« – »Bullen kennen nicht mal den Unterschied.« – »Ein Bulle? Laß ihn das Doppelte zahlen.«

Brunetti wartete, bis ihnen nichts mehr einfiel, und fragte dann: »Sehen Sie sich das Bild an?«

»Was springt denn für mich raus, wenn ich es tue?« wollte Paolina wissen, und sein Gefährte mußte lachen, weil sein Freund sich so etwas einem Polizisten gegenüber herausnahm.

»Es ist das Bild des Mannes, den wir am Montag draußen auf den Wiesen gefunden haben.« Bevor Paolina sich unwissend stellen konnte, fügte Brunetti hinzu: »Ich bin sicher, Sie alle wissen von dem Mann und was ihm passiert ist. Wir müssen ihn identifizieren, um den Mörder zu finden. Ich denke, gerade Sie können verstehen, warum das wichtig ist.«

Ihm fiel auf, daß Paolina und sein Freund fast gleich angezogen waren, beide trugen hautenge Tunneltops und kurze Röcke, unter denen glatte, muskulöse Beine hervorsahen. Beide trugen spitze, hochhackige Schuhe; keiner der beiden hätte darin einem Angreifer davonlaufen können.

Paolinas Freund, dessen knallgelbes Perückenhaar bis auf die Schultern wallte, streckte die Hand aus: »Also gut, zeigen Sie her.« Der Mann mochte ja seine Füße in diesen Schuhen verstecken, aber die breite, kräftige Hand ließ sich nicht verbergen.

Brunetti holte die Zeichnung aus der Tasche und reichte sie ihm mit einem: »Danke, Signore.« Der Mann warf ihm einen verständnislosen Blick zu, als hätte Brunetti etwas Unsinniges gesagt. Die beiden Männer beugten sich über die Zeichnung und unterhielten sich in einem Dialekt, den Brunetti für Sardisch hielt.

Der Blonde hielt Brunetti das Blatt wieder hin. »Nein, ich kenne ihn nicht. Haben Sie nur das eine Bild von ihm?«

»Ja«, antwortete Brunetti und fragte dann: »Würden Sie Ihre Freunde fragen, ob sie ihn kennen?« Er nickte zu dem Grüppchen von Männern, die noch immer hinter ihnen an der Mauer herumhingen und hin und wieder vorbeifahrenden Autos Bemerkungen zuwarfen, während sie Brunetti und die beiden Männer bei ihm nicht aus den Augen ließen.

»Klar. Warum nicht?« sagte Paolinas Freund und drehte sich zu den anderen um. Paolina folgte ihm, vielleicht aus Nervosität, sonst mit einem Polizisten allein bleiben zu müssen.

Sie gingen zu den anderen, die sich von der Mauer lösten und ihnen entgegenkamen. Der mit der Zeichnung in der Hand stolperte, und hätte er sich nicht an Paolinas Schulter festgehalten, wäre er gefallen. Er fluchte wüst. Die Gruppe grell gekleideter

Männer scharte sich um die beiden, und Brunetti beobachtete, wie sie das Bild herumreichten. Einer von ihnen, ein großer, schlaksiger Junge mit roter Perücke, gab das Bild weiter und griff es sich dann plötzlich wieder, um es noch einmal genauer anzusehen. Er zog einen anderen zu sich heran, deutete auf das Bild und sagte etwas zu ihm. Der zweite schüttelte den Kopf, und der Rothaarige tippte wieder heftig auf das Bild. Als der andere immer noch nicht zustimmte, tat er ihn mit einer ärgerlichen Handbewegung ab. Das Bild machte noch etwas weiter die Runde, dann kam Paolinas Freund zu Brunetti zurück, den Rotschopf im Schlepptau.

»*Buona sera*«, sagte Brunetti, als sie bei ihm waren. Er hielt dem Rothaarigen die Hand hin. »Guido Brunetti.«

Die beiden Männer standen wie auf ihren hohen Absätzen festgenagelt. Paolinas Freund blickte auf seinen Rock und wischte sich nervös die Hand daran ab. Der Rotschopf hob die Hand kurz an den Mund und reichte sie dann Brunetti. »Roberto Canale«, sagte er. »Freut mich, Sie kennenzulernen.« Sein Händedruck war fest, die Hand warm.

Brunetti streckte auch dem anderen die Hand hin, der sich unbehaglich nach dem Grüppchen hinter ihnen umsah, aber als er nichts hörte, ergriff er Brunettis Hand und schüttelte sie. »Paolo Mazza.«

Brunetti wandte sich an den Rothaarigen. »Sie kennen den Mann auf dem Bild, Signor Canale?«

Der sah zur Seite, bis Mazza sagte: »Er redet mit dir, Roberta, weiß du nicht mal mehr deinen eigenen Namen?«

»Natürlich weiß ich meinen Namen«, entgegnete der Rotschopf ärgerlich. Und zu Brunetti sagte er: »Ja, ich kenne den Mann, aber ich kann Ihnen nicht sagen, wer er ist. Ich weiß nicht einmal, warum er mir bekannt vorkommt. Er sieht einfach aus wie jemand, den ich schon mal gesehen habe.«

Als er merkte, wie unbefriedigend das klingen mußte, erklärte Canale: »Wissen Sie, das ist so, als wenn man dem Mann aus dem Käseladen ohne seine Schürze auf der Straße begegnet, man weiß, daß man ihn kennt, aber man kann sich nicht erinnern, wer er ist. Man weiß, man kennt ihn, aber er ist nicht da, wo er hingehört, darum kann man ihn nicht einordnen. So ist das mit dem Mann auf dem Bild. Ich weiß, daß ich ihn kenne oder schon gesehen habe, so wie man den Mann im Käseladen kennt, aber mir fällt nicht ein, wo er hingehört.«

»Wäre er hier am richtigen Platz?« fragte Brunetti. Und als Canale ihn verständnislos ansah, fügte er erklärend hinzu: »Ich meine hier, auf der Via Cappuccina? Würden Sie ihn da erwarten?«

»Nein, nein. Ganz und gar nicht. Das ist ja das Eigenartige. Wenn ich ihn mal irgendwo gesehen habe, dann hatte das mit dem allem hier gar nichts zu tun.« Er machte eine ausholende Geste, als wollte er die Antwort in der Luft suchen. »Es ist, als ob mir hier einer meiner Lehrer über den Weg liefe. Oder mein Arzt. Er gehört nicht hierher. Es ist nur so ein Gefühl, aber es ist ziemlich eindeutig.« Und als suchte er Bestätigung, fragte er Brunetti: »Verstehen Sie, was ich meine?«

»O ja, sehr gut sogar. In Rom hat mich mal ein Mann auf der Straße angesprochen. Ich wußte, daß ich ihn kenne, aber ich konnte mich nicht mehr erinnern, warum und woher.« Brunetti lächelte und riskierte es: »Ich hatte ihn zwei Jahre zuvor festgenommen. Aber in Neapel.«

Glücklicherweise lachten beide Männer. Canale sagte: »Kann ich das Bild behalten? Vielleicht fällt es mir wieder ein, wenn ich es mir hin und wieder ansehen kann. Vielleicht kommt dann die Erinnerung ganz plötzlich.«

»Natürlich. Ich weiß Ihre Hilfe zu schätzen«, sagte Brunetti.

Jetzt riskierte Mazza etwas. »War er schlimm zugerichtet? Ich meine, als sie ihn gefunden haben?« Er verschränkte dabei krampfhaft die Arme vor seinem Körper.

Brunetti nickte.

»Ist es nicht genug, daß sie uns vögeln wollen?« mischte

Canale sich ein. »Warum wollen sie uns auch noch umbringen?«

Auch wenn das eine Frage war, die sich an Mächte weit über denen richtete, für die Brunetti arbeitete, beantwortete er sie dennoch: »Ich habe keine Ahnung.«

11

Am nächsten Tag, einem Freitag, hielt es Brunetti für besser, kurz in der Questura in Venedig vorbeizuschauen, um zu sehen, was für Post und Büroarbeit sich angesammelt hatte. Außerdem interessierte es ihn, wie er Paola beim Frühstück gestand, ob es Neues gab im Fall Patta.

»In *Gente* und in *Oggi* stand nichts«, meinte sie, womit sie zugab, die beiden bekanntesten Klatschmagazine durchgeblättert zu haben. »Allerdings bin ich nicht sicher, ob Signora Patta diesen Blättern wichtig genug ist.«

»Laß sie das nicht hören«, warnte Brunetti lachend. »Wenn ich Glück habe, wird Signora Patta nie ein Wort von mir hören.« Und etwas freundlicher fragte sie: »Was, glaubst du, wird Patta tun?«

Brunetti trank seinen Kaffee aus und setzte die Tasse ab, bevor er antwortete. »Ich glaube, er kann nicht sehr viel tun, außer zu warten, bis sie zurückkommt, weil Burrasca ihrer überdrüssig ist oder sie seiner.«

»Was weiß man denn so über ihn?« Paola verschwendete keine Zeit darauf zu fragen, ob bei der Polizei eine Akte über Burrasca existierte. Sobald in Italien jemand genug Geld machte, gab es garantiert irgendwo eine Akte über ihn.

»Soweit ich gehört habe, ist er ein Schwein. Er gehört zu dieser Mailänder Kokainclique, Autos mit spritzigen Motoren und Mädchen mit lahmem Verstand.«

»Na, da hat er ja wenigstens das eine«, sagte Paola.

»Wie meinst du das?«

»Signora Patta. Ein Mädchen ist sie nicht mehr, aber einen lahmen Verstand, den hat sie.«

»Kennst du sie denn näher?« Brunetti wußte nie genau, wen Paola eigentlich kannte. Oder was.

»Nein. Ich ziehe nur meine Schlüsse aus der Tatsache, daß sie Patta geheiratet hat und mit ihm zusammengeblieben ist. Ich könnte mir vorstellen, daß es schwierig ist, so einen aufgeblasenen Esel zu ertragen.«

»Aber du erträgst mich«, sagte Brunetti lächelnd und in der Hoffnung auf ein Kompliment.

Ihr Blick war ausdruckslos. »Du bist nicht aufgeblasen, Guido. Manchmal bist du schwierig, und manchmal bist du unmöglich, aber aufgeblasen bist du nicht.« Von wegen Kompliment.

Er schob seinen Stuhl zurück. Vielleicht war es ja an der Zeit, in die Questura zu gehen.

In seinem Büro angekommen, sah er die Zeitungen durch, die ihn auf dem Schreibtisch erwarteten, und war enttäuscht, daß er nichts über den toten Mann in Mestre darin fand. Da unterbrach ihn ein Klopfen. *»Avanti«,* rief er in dem Glauben, es sei vielleicht Vianello mit Neuigkeiten aus Mestre. Aber statt des Sergente trat eine dunkelhaarige Frau ins Zimmer, einen Stapel Akten in der rechten Hand. Sie lächelte ihm zu, kam an seinen Schreibtisch und blätterte in ihren Mappen herum.

»Commissario Brunetti?« fragte sie.

»Ja.«

Sie zog einige Papiere aus einer der Mappen und legte sie vor ihn auf den Schreibtisch. »Man hat mir unten gesagt, daß Sie das hier vielleicht interessiert, Dottore.«

»Danke, Signorina«, sagte er und zog die Blätter näher zu sich heran.

Sie blieb weiter vor seinem Schreibtisch stehen, eindeutig in Erwartung seiner Frage, wer sie sei, möglicherweise zu schüchtern, um sich selbst vorzustellen. Er blickte auf und sah große, braune Augen und einen knallroten Mund in einem attraktiven, vollen Gesicht. »Und Sie sind?« erkundigte er sich mit einem Lächeln.

»Elettra Zorzi, Commissario. Ich habe letzte Woche als Sekretärin bei Vice-Questore Patta angefangen.« Das erklärte den neuen Schreibtisch in Pattas Vorzimmer. Patta hatte schon seit Monaten lamentiert, daß er zuviel Papierkram zu erledigen habe und es allein nicht mehr schaffe. Und er hatte es fertiggebracht, wie ein besonders eifriges Trüffelschwein so lange im Etat herumzuschnüffeln, bis er das Geld für eine Sekretärin ausfindig gemacht hatte.

»Sehr erfreut, Signorina Zorzi«, sagte Brunetti. Der Name kam ihm irgendwie bekannt vor.

»Ich glaube, ich soll auch für Sie arbeiten, Commissario«, sagte sie lächelnd.

Wohl kaum, wie er Patta kannte. Trotzdem sagte er: »Das wäre ja sehr schön«, und schaute auf die Papiere, die sie ihm hingelegt hatte.

Er hörte, wie sie sich zurückzog, und folgte ihr mit dem Blick bis zur Tür. Ein Rock, weder kurz noch lang, und ausgesprochen hübsche Beine. Sie drehte sich noch einmal um, bemerkte seinen Blick und lächelte wieder. Er sah auf seine Papiere. Wer würde sein Kind Elettra nennen? Vor wie vielen Jahren? Fünfundzwanzig? Und Zorzi; er kannte viele Zorzis, aber keiner von ihnen würde seine Tochter Elettra nennen. Die Tür fiel hinter ihr ins Schloß, und er wandte sich wieder den Akten zu, aber sie hatten wenig Interessantes zu bieten; Venedigs Verbrecherwelt war offenbar in Urlaub.

Er ging nach unten zu Pattas Büro und blieb erstaunt stehen, als er das Vorzimmer betrat. Jahrelang hatte hier nur ein angeschlagener Schirmständer aus Porzellan gestanden, dazu ein Tisch voller alter Zeitschriften der Sorte, wie man sie häufig beim Zahnarzt findet. Jetzt waren diese Zeitschriften einem Computer gewichen, verbunden mit einem Drucker, der links davon auf einem niedrigen Metalltischchen stand. Vor dem Fenster war statt des Schirmständers ein Holztischchen plaziert, auf dem in einer Glasvase ein riesiger Strauß gelber und orangefarbener Gladiolen prangte.

Entweder wollte Patta der Zeitschrift *Ambiente* ein Interview geben, oder die neue Sekretärin fand, daß die Üppigkeit, die Patta in seinem Büro für angemessen hielt, sich auch dort widerspiegeln sollte, wo die niederen Ränge arbeiteten. Wie durch Brunettis Gedanken herbeigerufen, kam sie plötzlich herein.

»Das sieht ja wirklich gut aus«, sagte er lächelnd und machte eine ausladende Handbewegung.

Sie kam durchs Zimmer, legte einen Stapel Ordner auf ihrem Schreibtisch ab und drehte sich zu ihm um. »Schön, daß es Ihnen gefällt, Commissario. So, wie es war, hätte man unmöglich hier arbeiten können. Diese Zeitschriften«, setzte sie mit leisem Schaudern hinzu.

»Die Blumen sind wunderschön. Ist das Ihr Einstandsstrauß?«

»Aber nein«, erwiderte sie nachsichtig. »Ich habe bei Fantin einen Dauerauftrag gegeben; von jetzt an schicken sie jeden Montag und Donnerstag frische Blumen.« Fantin, der teuerste Blumenladen der Stadt. Zweimal die Woche. Hundertmal im Jahr? Sie unterbrach seine Berechnungen und erklärte: »Da ich auch das Spesenkonto des Vice-Questore führen soll, habe ich mir gedacht, ich setze die Blumen als feste Ausgabe mit darauf.«

»Und liefert Fantin auch Blumen fürs Büro des Vice-Questore?«

Ihr Erstaunen schien echt zu sein. »Gütiger Himmel, nein. Ich bin sicher, die könnte der Vice-Questore selbst bezahlen. Es wäre nicht recht, das Geld des Steuerzahlers dafür auszugeben.« Sie ging um ihren Schreibtisch herum und schaltete den Computer ein. »Kann ich etwas für Sie tun, Commissario?« fragte sie, nachdem die Sache mit den Blumen für sie offenbar erledigt war.

»Im Augenblick nicht, Signorina«, sagte er, während sie sich schon über die Tastatur beugte.

Er klopfte an Pattas Tür und wurde hereingerufen. Obwohl Patta wie immer hinter seinem Schreibtisch saß, war sonst kaum etwas wie immer. Sein Schreibtisch, gewöhnlich frei von allem, was an Arbeit erinnern konnte, war mit Mappen und Papieren bedeckt, sogar eine zerlesene Zeitung war dabei. Und zwar nicht

Pattas üblicher *Osservatore Romano,* wie Brunetti feststellte, sondern die fast schon skurrile *La Nuova,* ein Blatt, dessen hohe Leserzahlen offenbar auf der allgemeinen Annahme beruhten, daß Menschen nicht nur gemeine und niederträchtige Dinge taten, sondern daß andere auch darüber lesen wollten. Selbst die Klimaanlage – Pattas Büro war eines der wenigen, das überhaupt eine hatte – schien heute nicht in Betrieb zu sein.

»Setzen Sie sich, Brunetti«, sagte der Vice-Questore.

Wie von Brunettis Blick angesteckt, sah Patta auf die Papiere vor sich und begann sie zusammenzuraffen. Er legte sie in wilder Unordnung übereinander, schob sie beiseite und saß dann still, die eine Hand selbstvergessen auf dem Stapel.

»Wie geht es in Mestre?« fragte er schließlich.

»Das Opfer konnte noch nicht identifiziert werden, Vice-Questore. Wir haben sein Bild vielen Transvestiten gezeigt, die dort arbeiten, aber keiner hat ihn erkannt.«

Patta sagte nichts.

»Von denen, die ich befragt habe, meinten zwei, der Mann käme ihnen irgendwie bekannt vor, aber eindeutig identifizieren konnte ihn keiner, woraus man alles mögliche schließen kann. Oder gar nichts. Ich glaube, daß ihn noch ein anderer der von mir Befragten erkannt hat, aber er wollte es nicht zugeben. Ich würde gern noch einmal mit ihm reden, allerdings könnte es dabei Probleme geben.«

»Santomauro?« fragte Patta, womit es ihm zum erstenmal in all den Jahren ihrer Zusammenarbeit gelang, Brunetti zu überraschen.

»Woher wissen Sie von Santomauro?« fuhr Brunetti auf. Schnell setzte er hinzu: »Vice-Questore«, wie um seinen scharfen Ton abzumildern.

»Er hat mich dreimal angerufen«, erklärte Patta, und dann murmelte er leiser, aber doch eindeutig für Brunettis Ohren bestimmt: »Der Mistkerl.«

Bei dieser ungewohnten – und sorgsam geplanten – Unbedachtheit von Pattas Seite ging Brunetti sofort in Habachtstellung und begann wie eine Spinne, die ihr Netz webt, in Gedanken die verschiedenen Fäden abzutasten, die möglicherweise zwischen diesen beiden Männern verliefen. Santomauro war ein berühmter Anwalt, seine Klienten waren Geschäftsleute und Politiker aus ganz Venetien. Schon das allein würde Patta normalerweise den Staub zu seinen Füßen küssen lassen. Aber dann fiel es ihm ein: Die Heilige Mutter Kirche und Santomauros *Lega della Moralità,* deren Frauenorganisation unter der Schirmherrschaft keiner Geringeren als der abwesenden Maria Lucrezia Patta stand. Was für eine Predigt über die Ehe im allgemeinen und deren heilige Verpflichtungen im besonderen hatte Santomauros Telefonate mit dem Vice-Questore begleitet?

»Stimmt«, sagte Brunetti, der sich entschieden hatte, die Hälfte dessen zuzugeben, was er wußte, »er ist Crespos Anwalt.« Wenn Patta glauben wollte, ein Commissario der Polizei fände nichts Seltsames an der Tatsache, daß ein Anwalt vom Kaliber des Giancarlo Santomauro als Rechtsberater eines *prostituto travestito* fungierte, war es am besten, ihn in diesem Glauben zu lassen. »Was hat er denn gesagt, Vice-Questore?«

»Er meinte, Sie hätten seinen Klienten belästigt und geängstigt, Sie wären, um es mit seinen Worten zu sagen, ›unnötig brutal‹ vorgegangen, um ihn dazu zu bringen, Informationen preiszugeben.« Patta fuhr sich mit der Hand übers Kinn, und Brunetti stellte fest, daß der Vice-Questore sich heute offenbar noch nicht rasiert hatte.

»Ich habe ihm natürlich erklärt, daß ich mir diese Art der Kritik an einem Commissario nicht anhöre, daß er herkommen und offiziell Beschwerde einlegen kann, wenn er will.« Normalerweise hätte Patta auf die Beschwerde eines so wichtigen Mannes wie Santomauro hin versprochen, den Übeltäter zur Ordnung zu rufen, wenn nicht gar zu degradieren und für drei Jahre nach Palermo zu versetzen. Und normalerweise hätte Patta es getan, noch bevor er sich nach Einzelheiten erkundigt hatte. Jetzt aber spielte er weiter den Verteidiger des Grundsatzes, daß vor dem Gesetz alle Menschen gleich seien. »Ich dulde nicht, daß Zivilpersonen sich in die Arbeitsweise staatlicher Organe einmischen.« Das konnte für Brunetti frei übersetzt nur bedeuten, daß Patta mit Santomauro ein privates Hühnchen zu rupfen hatte und bereitwillig mitspielen würde, wenn es darum ging, den anderen lächerlich zu machen.

»Dann meinen Sie also, ich sollte Crespo ruhig noch einmal befragen, Vice-Questore?«

Mochte er momentan auch noch so verärgert über Santomauro sein, konnte man von Patta nicht erwarten, daß er die Gewohnheit langer Jahre aufgab und einen seiner Mitarbeiter anwies, etwas zu tun, was dem Willen eines Mannes mit wichtigen politischen Verbindungen zuwiderlief.

»Tun Sie, was Sie für richtig halten, Brunetti.«

»Noch etwas, Vice-Questore?«

Patta antwortete nicht, also stand Brunetti auf. »Eines wäre da noch, Commissario«, sagte Patta, bevor Brunetti sich zum Gehen wandte.

»Ja?«

»Sie haben doch Freunde in Journalistenkreisen, nicht?« Du liebe Güte, wollte Patta ihn etwa um Hilfe bitten? Brunetti sah an seinem Vorgesetzten vorbei und nickte vage.

»Ich habe überlegt, ob es Ihnen wohl etwas ausmachen würde, sich mit ihnen in Verbindung zu setzen.« Brunetti räusperte sich und betrachtete seine Schuhe. »Ich befinde mich derzeit in einer mißlichen Lage, Brunetti, und es wäre mir sehr lieb, wenn die Verbreitung dieser Nachricht sich in Grenzen halten ließe.« Mehr sagte Patta nicht.

»Ich werde tun, was ich kann«, meinte Brunetti lahm, während er an seine Freunde »in Journalistenkreisen« dachte, zwei Wirtschaftsredakteure, einen politischen Kolumnisten und einen Kunstkritiker.

»Gut«, sagte Patta und machte eine Pause, bevor er hinzufügte: »Ich habe diese neue Sekretärin gebeten, sich Informationen über seine Steuern zu beschaffen.« Patta mußte nicht erklären, wessen Steuern er meinte. »Und ich habe sie angewiesen, Ihnen alles zu geben, was sie findet.« Das kam so überraschend, daß Brunetti nur nicken konnte.

Patta beugte sich über seine Papiere, und Brunetti, der sich damit entlassen sah, verließ das Zimmer. Signorina Elettra war nicht an ihrem Schreibtisch, weshalb Brunetti ihr einen Zettel schrieb. »Können Sie bitte nachsehen, was Ihr Computer Ihnen über die Geschäfte von Avvocato Giancarlo Santomauro sagen kann?«

Er ging wieder nach oben in sein Büro und merkte dabei, wie sich die Hitze breitmachte und ohne Rücksicht auf dicke Mauern und Marmorböden jede Ecke und Ritze des Gebäudes in Besitz nahm. Hinzu kam eine drückende Feuchtigkeit, die das Papier wellte und es an den Händen festkleben ließ. Die Fenster standen offen, und Brunetti stellte sich davor, aber es kam nur noch mehr feuchtheiße Hitze herein, und jetzt, bei Ebbe, drang der allzeit unter dem Wasser lauernde Gestank der Verwesung sogar hierher, bis dicht an den breiten Canale di San Marco. So stand er am Fenster, während der Schweiß ihm Hemd und Hose rund um den Gürtel durchnäßte, und dachte an die Berge bei Bozen und an die dicken Daunendecken, unter denen sie dort in den Augustnächten immer schliefen.

Schließlich ging er zu seinem Schreibtisch, rief unten im Hauptbüro an und bat den Beamten am Telefon, ihm Vianello heraufzuschicken. Vianello, dessen Haut sonst um diese Jahreszeit schon so rötlichbraun wie *bresaola* war – dieses luftgetrocknete Rinderfilet, das Chiara so gerne aß –, hatte immer noch seine blasse Winterfarbe. Wie die meisten Italiener seines Alters und seiner Herkunft hatte Vianello sich immer immun gegen statistische Wahrscheinlichkeit geglaubt. Lungenkrebs vom Rauchen bekamen andere, einen erhöhten Cholesterinspiegel von zu fettem Essen hatten andere, und nur diese anderen starben demzufolge an Herzinfarkt. Er las seit Jahren jeden Montag die Gesundheitsseite im *Corrtere della Sera,* obwohl er wußte, daß alle diese Schrecklichkeiten nur die anderen betrafen.

Im Frühling dieses Jahres jedoch hatte man ihm fünf Pigmentflecken im Vorkrebsstadium aus dem Rücken geschnitten und ihm dringend geraten, die Sonne zu meiden. Wie Saulus auf dem Weg nach Damaskus hatte Vianello eine Bekehrung erfahren, und wie Paulus hatte er versucht, seine Heilslehre zu verbreiten. Dabei hatte Vianello allerdings eine Grundeigenschaft des italienischen Charakters nicht bedacht, nämlich die Allwissenheit. Mit wem er auch sprach, alle wußten mehr über das Thema als er, mehr über die Ozonschicht, mehr über FCKW und seine Wirkung auf die Atmosphäre. Und darüber hinaus wußten sie alle bis zum letzten Mann, daß dieses Gerede über Gefahr durch die Sonne nur wieder *bidonata* war, ein neuer Schwindel, ein neuer Trick, wenn auch keiner genau sagen konnte, wozu dieser Schwindel eigentlich dienen sollte.

Als Vianello, noch immer vom Geiste des Paulus erfüllt, versucht hatte, mit den Narben auf seinem Rücken zu argumentieren, bekam er zu hören, daß sein spezieller Fall nichts beweise, daß alle Statistiken falsch seien; außerdem würde ihnen so etwas nicht passieren. Und da hatte er jene bemerkenswerte Erkenntnis über die Italiener gewonnen: Es existierte keine Wahrheit jenseits der persönlichen Erfahrung, und alle Beweise, die im Widerspruch zur eigenen Ansicht standen, waren vernachlässigbar. Und so hatte Vianello, ganz im Gegensatz zu Paulus, seine Mission aufgegeben und sich statt dessen eine Tube Sonnenschutzfaktor 30 gekauft, womit er das ganze Jahr sein Gesicht eincremte.

»Ja, Dottore?« fragte er, als er in Brunettis Büro trat. Vianello hatte Krawatte und Jackett unten gelassen und trug ein kurzärmeliges weißes Hemd zu seiner dunkelblauen Uniformhose. Seit der Geburt seines dritten Kindes im vergangenen Jahr hatte er abgenommen und Brunetti erzählt, er versuche gerade, weiter abzunehmen und seine allgemeine Fitness zu verbessern. Als Mann Ende Vierzig mit einem Baby müsse man aufpassen und sich gesund erhalten. Doch bei dieser Hitze und der hohen Luftfeuchtigkeit, jene Daunendecken noch vor Augen, hatte Brunetti anderes im Sinn als seine oder Vianellos Gesundheit.

»Setzen Sie sich.« Vianello nahm seinen Stammplatz ein, und Brunetti setzte sich hinter seinen Schreibtisch.

»Was wissen Sie über diese *Lega della Moralità*?« fragte Brunetti.

Vianello sah zu ihm auf und kniff fragend die Augen zusammen, doch als keine weiteren Informationen folgten, überdachte er die Frage ein paar Augenblicke und antwortete dann: »Sehr viel weiß ich nicht darüber. Ich glaube, sie treffen sich in irgendeiner Kirche – Santi Apostoli? Nein, das sind die *catecumeni*, die mit den Gitarren und den vielen kleinen Kindern. Die *Lega* trifft sich in Privathäusern, glaube ich, und in einigen Gemeindehäusern. Sie sind nicht politisch, soweit ich gehört habe. Ich weiß nicht genau, was sie eigentlich tun, aber dem Namen nach sitzen sie wahrscheinlich herum und reden darüber, wie gut sie sind und wie schlecht alle anderen.« Seine Verachtung für solche Narretei war deutlich am wegwerfenden Ton zu erkennen.

»Kennen Sie zufällig ein Mitglied, Vianello?«

»Ich, Commissario? Also, hoffentlich nicht, würde ich sagen.« Er grinste, aber dann sah er Brunettis Gesicht. »Oh, Sie meinen es ernst, wie? Na, dann lassen Sie mich mal einen Moment nachdenken.« Das tat er, die Hände um ein Knie gefaltet, das Gesicht zur Decke erhoben. »Einer fällt mir ein, Commissario, die Frau in der Bank. Nadia kennt sie besser als ich. Das heißt, sie hat öfter mit ihr zu tun als ich, weil sie unsere Bankangelegenheiten erledigt. Aber ich erinnere mich, daß Nadia mal gesagt hat, sie fände es eigenartig, daß eine solch nette Frau sich mit so etwas abgibt.«

»Was meinen Sie, warum sie das gesagt hat?« fragte Brunetti.

»Was?«

»Warum sie davon ausgeht, daß es keine netten Leute sind?«

»Na, denken Sie doch nur an den Namen. *Lega della Moralità,* als ob sie die Moral für sich gepachtet hätten. Das muß ja eine Horde von *basabanchi* sein, wenn Sie mich fragen.« Mit diesem urvenezianischen Ausdruck, der sich über Leute lustig machte, die in der Kirche so tief gebeugt niederknieten, daß sie das Gestühl küssen konnten, stellte Vianello wieder einmal die Findigkeit ihres gemeinsamen Dialekts sowie seinen eigenen gesunden Menschenverstand unter Beweis.

»Wissen Sie, wie lange diese Frau schon Mitglied ist oder wie sie dazu kam?«

»Nein, Commissario, aber ich könnte Nadia bitten, es herauszufinden. Warum?«

Brunetti erzählte ihm kurz von seinem Zusammentreffen mit Santomauro in Crespos Wohnung und dessen anschließenden Anrufen bei Patta.

»Interessant, nicht?« meinte Vianello. »Kennen Sie ihn denn?«

»Santomauro?« fragte Vianello unnötigerweise. Crespo gehörte kaum zu denen, die er kennen würde.

Brunetti nickte.

»Er war mal der Anwalt meines Vetters, bevor er berühmt wurde. Und teuer.«

»Und was sagt Ihr Vetter über ihn?«

»Nichts weiter. Er war ein guter Anwalt, aber er war immer bereit, die Gesetze so hinzubiegen, wie er sie gerade brauchte.« Eine durchaus normale Erscheinung in Italien, dachte Brunetti, wo oft der Buchstabe des Gesetzes galt, ohne daß der Sinn eindeutig war.

»Noch was?« fragte Brunetti.

Vianello schüttelte den Kopf. »Nicht, daß ich wüßte. Es ist Jahre her.« Und bevor Brunetti ihn noch darum bitten konnte, fügte er hinzu: »Ich rufe meinen Vetter an und frage ihn. Vielleicht kennt er ja andere Leute, für die Santomauro tätig war.«

Brunetti nickte anerkennend. »Ich möchte auch alles wissen,

was sich über diese *Lega* in Erfahrung bringen läßt, wie viele Mitglieder sie hat, wer sie sind und was sie eigentlich tun.«

Wenn er es recht überlegte, fand Brunetti es eigenartig, wie eine Organisation, die so bekannt war, daß die Leute schon Witze darüber machten, es geschafft hatte, so wenig über sich preiszugeben. Jeder kannte die *Lega,* aber soviel Brunetti aus seinen eigenen Erfahrungen schließen konnte, hatte niemand eine klare Vorstellung davon, was diese *Lega* eigentlich tat.

Vianello hatte mittlerweile sein Notizbuch herausgeholt und schrieb sich alles auf. »Soll ich über Signora Santomauro auch Erkundigungen einziehen?«

»Ja, alles, was Sie rausbekommen können.«

»Ich glaube, sie stammt ursprünglich aus Verona. Aus einer Bankiersfamilie.« Er sah Brunetti an. »Noch etwas, Commissario?«

»Ja, dieser Transvestit in Mestre, Francesco Crespo. Erwähnen Sie seinen Namen hier und da, mal sehen, ob er jemandem etwas sagt.«

»Was haben die in Mestre über ihn?«

»Nichts weiter, außer daß er zweimal wegen Drogen festgenommen wurde. Die Kollegen von der Sitte führen ihn noch auf ihrer Liste, aber er hat längst eine Wohnung im Viale Ronconi, eine sehr schöne Wohnung, und das bedeutet ja wohl, daß er die Via Cappuccina und die öffentlichen Parks hinter sich gelassen hat. Und fragen Sie, ob Gallo schon die Namen der Hersteller des Kleides und der Schuhe hat.«

»Ich werde sehen, was ich herausfinden kann«, sagte Vianello, während er sich weitere Notizen machte. »War's das, Commissario?«

»Ja. Und behalten Sie die Vermißtenmeldungen im Auge. Alles, was hereinkommt. Wir suchen einen Mann Anfang Vierzig, auf den die Beschreibung des Toten paßt. Sie ist in der Akte. Vielleicht kann die neue Sekretärin mit ihrem Computer etwas dazu beitragen.«

»Aus welcher Gegend, Commissario?« wollte Vianello wissen, während er seinen Stift bereithielt. Daß er nicht weiter nach der Sekretärin fragte, genügte Brunetti, um zu wissen, daß ihre Ankunft sich bereits herumgesprochen hatte.

»Wenn sie das kann, aus dem ganzen Land. Ebenso vermißte Touristen.«

»Sie können sich wohl mit dem Gedanken, daß er ein *prostituto* war, nicht recht anfreunden, Commissario?«

Brunetti mußte an den nackten Körper denken, der so schrecklich seinem eigenen glich. »Nein, es ist einfach kein Körper, für den jemand bezahlen würde.«

12

Am Samstagmorgen fuhr Brunetti mit seiner Familie zum Bahnhof, aber es herrschte gedämpfte Stimmung, während sie an der Anlegestelle San Silvestro ins Vaporetto Nummer eins stiegen. Paola war verärgert, daß Brunetti »seinen Transvestiten«, wie sie inzwischen sagte, nicht verlassen wollte, um wenigstens für das erste Urlaubswochenende mit nach Bozen zu fahren; Brunetti ärgerte sich, daß sie ihn nicht verstand. Raffaele trauerte dem jungfräulichen Charme seiner Freundin Sara Paganuzzi nach, wenn ihn auch die Aussicht, in einer Woche wieder mit ihr vereint zu sein, etwas tröstete – außerdem konnte man ja bis dahin die Wälder nach frischen Pilzen durchstreifen. Chiara war, wie so häufig, ganz und gar uneigennützig in ihrem Kummer, denn sie wollte nur, daß ihr Vater, der ständig zu viel arbeitete, wegfahren und richtig Urlaub machen konnte.

Die Familienetikette wollte es, daß jeder sein Gepäck selbst trug, aber da Brunetti nur bis Mestre mitfuhr und darum keines hatte, nutzte Paola die Gelegenheit und überließ ihm ihren großen Koffer, während sie nur ihre Handtasche zu tragen hatte, samt »Henry James, *Briefe*« – ein so entsetzlich umfangreiches Buch, daß Brunetti überzeugt war, sie hätte sowieso keine Zeit für ihn gehabt. Weil Brunetti nun Paolas Koffer trug, trat augenblicklich das Dominoprinzip in Kraft: Chiara stopfte ein paar von ihren Büchern in den Koffer ihrer Mutter, womit sie wiederum in ihrem eigenen Platz für Raffis zweites Paar Bergstiefel schuf. Woraufhin seine Mutter diesen Platz für ihre Ausgabe von *The sacred Fount* beanspruchte, nachdem sie beschlossen hatte, daß in diesem Jahr endlich genügend Zeit wäre, es zu lesen.

Sie stiegen alle in ein Abteil des 8.35-Uhr-Zuges, der Brunetti binnen zehn Minuten nach Mestre und die anderen rechtzeitig zum Mittagessen nach Bozen bringen würde. Keiner wußte viel zu sagen während der kurzen Fahrt über die Lagune; Paola vergewisserte sich, daß er die Telefonnummer des Hotels in der Brieftasche hatte, und Raffaele erklärte ihm, Sara werde nächsten Samstag mit genau diesem Zug fahren, worauf Brunetti überlegte, ob nun von ihm erwartet wurde, daß er dann auch ihr das Gepäck trug.

In Mestre gab er den Kindern einen Abschiedskuß, und Paola ging mit ihm den Gang entlang zur Tür. »Ich hoffe, du kannst nächstes Wochenende kommen, Guido. Besser noch, du bringst die Sache ganz schnell zu Ende und kommst früher.«

Er lächelte, wollte ihr aber nicht sagen, für wie unwahrscheinlich er das hielt; sie wußten noch nicht einmal, wer der Tote überhaupt war. Er küßte sie auf beide Wangen, stieg aus und ging auf dem Bahnsteig zurück bis zum Abteil, in dem die Kinder saßen. Chiara aß bereits einen Pfirsich. Während er durchs Fenster zu ihnen hineinschaute, sah er Paola ins Abteil zurückkommen, automatisch ein Taschentuch herausziehen und es Chiara hinhalten. Der Zug setzte sich genau in dem Augenblick in Bewegung, als Chiara den Kopf drehte, um sich den Mund abzuwischen, und ihn dabei auf dem Bahnsteig stehen sah. Ihr Gesicht, am Kinn noch glänzend feucht vom Pfirsichsaft, leuchtete in reinster Freude auf, und sie sprang ans Fenster. *»Ciao, papà, ciao, ciao«*, rief sie durch den Zuglärm. Sie stand auf dem Sitz, beugte sich hinaus und schwenkte wie wild Paolas Taschentuch. Brunetti stand da und winkte, bis die winzige weiße Liebesflagge in der Ferne entschwand.

Als er in der Questura von Mestre zu Gallos Büro kam, traf er den Sergente schon an der Tür. »Es kommt jemand, um sich die Leiche anzusehen«, sagte Gallo ohne Einleitung.

»Wer? Wieso?«

»Ihre Leute haben heute früh einen Anruf bekommen. Von einer«, er warf einen Blick auf einen Zettel in seiner Hand, »von einer Signora Mascari. Ihr Mann ist Direktor der venezianischen Filiale der Banca di Verona. Er ist seit Samstag verschwunden.«

»Das war vor einer Woche«, sagte Brunetti. »Warum hat es so lange gedauert, bis sie sein Verschwinden bemerkt hat?«

»Er wollte eine Geschäftsreise machen. Nach Messina. Er ist am Samstagnachmittag abgefahren, und seither hat sie nichts mehr von ihm gehört.«

»Eine Woche? Sie hat eine Woche vergehen lassen, bevor sie uns angerufen hat?«

»Ich habe nicht selbst mit ihr gesprochen«, erklärte Gallo, fast so, als hätte Brunetti *ihn* der Tatenlosigkeit bezichtigt.

»Wer war am Apparat?«

»Ich weiß es nicht. Ich hatte nur einen Zettel auf dem Schreibtisch, daß sie heute vormittag zum Umberto Primo fährt und sich die Leiche ansieht. Gegen halb zehn wollte sie dort sein.«

Die Männer tauschten einen Blick. Gallo schob seinen Ärmel zurück und sah auf die Uhr.

»Ja«, sagte Brunetti, »gehen wir.«

Darauf folgte ein Durcheinander, das in seinem Irrwitz fast filmreif war. Ihr Wagen geriet ins morgendliche Verkehrschaos; der Fahrer entschied sich für einen Umweg, der zur Rückseite des Krankenhauses führte, worauf sie nur in einen noch längeren Stau gerieten und ankamen, als Signora Mascari nicht nur die Leiche bereits als ihren Mann Leonardo identifiziert hatte, sondern auch mit demselben Taxi, das sie von Venedig hergebracht hatte, zur Questura von Mestre weitergefahren war, wo die Polizei, wie man ihr gesagt hatte, ihre Fragen beantworten würde.

Das alles führte dazu, daß Signora Mascari, als Brunetti und Gallo schließlich zur Questura zurückkamen, schon über eine Viertelstunde auf sie wartete. Aufrecht und ganz allein saß sie auf einer Holzbank im Flur vor Gallos Büro. Sie war eine Frau, aus deren Kleidung und Auftreten nicht sprach, daß ihre Jugend dahin war, sondern daß es nie eine gegeben hatte. Ihr Kostüm aus mitternachtsblauer Wildseide war klassisch geschnitten, der Rock etwas länger, als die Mode verlangte. Die dunkle Farbe stand in scharfem Kontrast zu ihrer blassen Haut.

Sie blickte hoch, als die beiden Männer auf sie zukamen, und Brunetti stellte fest, daß ihr Haar den Rotton hatte, der bei Frauen in Paolas Alter so beliebt war. Sie war kaum geschminkt, so daß er um ihre Augenwinkel und den Mund die haarfeinen Linien erkennen konnte, die entweder durch Alter oder durch Kummer verursacht worden waren, welches von beidem, konnte Brunetti nicht sagen. Signora Mascari erhob sich und trat einen Schritt auf die beiden Männer zu. Brunetti blieb vor ihr stehen und streckte die Hand aus. »Signora Mascari, ich bin Commissario Brunetti von der venezianischen Polizei.«

Sie nahm seine Hand und drückte sie rasch und nur schwach. Ihm fiel auf, daß ihre Augen stark glänzten, ob von ungeweinten Tränen oder durch die Spiegelung ihrer Brillengläser, wußte er nicht.

»Mein herzliches Beileid, Signora Mascari«, sagte er. »Ich weiß, wie schmerzlich und schockierend all dies für Sie sein muß.« Sie gab immer noch nicht zu erkennen, daß sie seine Worte aufgenommen hatte. »Können wir jemanden anrufen, den Sie hier bei sich haben möchten?«

Sie schüttelte den Kopf. »Sagen Sie mir, was passiert ist.«

»Wir gehen vielleicht am besten in Sergente Gallos Büro«, schlug Brunetti vor und griff nach der Türklinke. Er ließ Signora Mascari den Vortritt. Dann sah er über seine Schulter hinweg zu Gallo, der fragend die Brauen hochzog; Brunetti nickte, und der Sergente kam mit ihnen ins Büro. Brunetti stellte einen Stuhl für Signora Mascari bereit und hielt ihn, bis sie saß und zu ihm aufsah.

»Können wir Ihnen etwas anbieten, Signora? Ein Glas Wasser vielleicht, oder einen Tee?«

»Nein. Nichts. Erzählen Sie mir, was vorgefallen ist.«

Gallo nahm leise hinter seinem Schreibtisch Platz; Brunetti setzte sich in die Nähe von Signora Mascari.

»Die Leiche Ihres Mannes wurde am Montagmorgen in Mestre gefunden. Wenn Sie mit den Leuten im Krankenhaus gesprochen haben, wissen Sie, daß die Todesursache ein Schlag auf den Kopf war.«

Sie unterbrach ihn: »Es waren auch Schläge ins Gesicht.« Nach diesen Worten wandte sie den Blick ab und sah starr auf ihre Hände.

»Kennen Sie irgendwen, der Ihrem Mann übelwollte, Signora? Fällt Ihnen jemand ein, der ihn schon einmal bedroht hat oder mit dem er eine ernste Auseinandersetzung hatte?«

Sie schüttelte ohne Zögern energisch den Kopf. »Leonardo hatte keine Feinde«, sagte sie.

Nach Brunettis Erfahrung wurde man nicht Direktor einer Bank, ohne sich Feinde zu machen, aber das behielt er für sich.

»Hat Ihr Mann je von Problemen im Zusammenhang mit seiner Arbeit gesprochen? Eine Kündigung, die er aussprechen mußte vielleicht? Oder ein Kreditantrag, dem er nicht stattgeben konnte und wofür der Antragsteller ihn dann persönlich verantwortlich gemacht hat?«

Wieder schüttelte sie den Kopf. »Nein, nichts dergleichen. Es hat nie irgendwelche Probleme gegeben.«

»Und in der Familie, Signora? Hat Ihr Mann irgendwann einmal Schwierigkeiten mit einem Familienmitglied gehabt?«

»Was soll das?« wollte sie wissen. »Warum stellen Sie mir diese Fragen?«

»Signora«, begann Brunetti beschwichtigend, »die Art und Weise, wie Ihr Mann umgebracht wurde, allein die Brutalität der Tat läßt darauf schließen, daß der Täter Grund hatte, Ihren Mann zu hassen, darum müssen wir uns, bevor wir anfangen können, nach dieser Person zu suchen, einen Eindruck verschaffen, was der Auslöser gewesen sein könnte. Es ist also notwendig, diese Fragen zu stellen, auch wenn sie, wie ich sehr wohl weiß, qualvoll sind.«

»Aber ich kann Ihnen nichts sagen. Leonardo hatte keine Feinde.« Nachdem sie das wiederholt hatte, blickte sie zu Gallo hinüber, als wollte sie ihn bitten, ihre Aussage zu bestätigen oder ihr zu helfen, Brunetti zu überzeugen, daß er ihr glauben müsse.

»Als Ihr Mann am letzten Samstag das Haus verlassen hat, war er auf dem Weg nach Messina?« fragte Brunetti. Sie nickte. »Waren Sie über den Zweck seiner Reise informiert, Signora?«

»Er sagte, es sei eine Geschäftsreise und er käme am Freitag, also gestern, zurück.«

»Aber Genaueres hat er Ihnen nicht erzählt?«

»Nein, das tat er nie. Er sagte immer, seine Arbeit sei nicht so interessant, und hat selten mit mir darüber gesprochen.«

»Haben Sie noch etwas von ihm gehört, nachdem er fort war, Signora?«

»Nein. Er ist am Samstagnachmittag zum Flughafen gefahren. Er hatte einen Flug nach Rom, wo er umsteigen mußte.«

»Hat Ihr Mann Sie danach angerufen, Signora? Aus Rom oder aus Messina?«

»Nein, aber das hat er nie getan. Wenn er auf Geschäftsreise ging, fuhr er dahin, wo er hinmußte, und kam danach wieder nach Hause, oder er hat mich aus seinem Büro in der Bank angerufen, wenn er nach seiner Rückkehr direkt dorthin ging.«

»Und das war normal, Signora?«

»Was meinen Sie mit normal?«

»Daß er auf Geschäftsreise ging und sich nicht bei Ihnen meldete.«

»Ich habe es Ihnen doch eben schon gesagt«, erklärte sie etwas ungeduldig. »Er ist gelegentlich für die Bank verreist, sechs- oder siebenmal im Jahr vielleicht. Manchmal hat er mir eine Postkarte geschickt oder mir etwas mitgebracht, aber angerufen hat er nie.«

»Wann haben Sie angefangen, sich Sorgen zu machen, Signora?«

»Gestern abend. Ich dachte, er sei nach seiner Rückkehr am Nachmittag vielleicht in die Bank gegangen und werde dann nach Hause kommen. Als er um sieben noch nicht da war, habe ich in der Bank angerufen, aber sie hatten schon geschlossen. Daraufhin habe ich es bei zwei seiner Kollegen versucht, aber sie waren beide nicht zu Hause.« Hier hielt sie inne, holte tief Luft und fuhr dann fort: »Ich habe mir gesagt, daß ich mich vielleicht im Tag geirrt hätte oder in der Zeit, aber heute morgen konnte ich mir nichts mehr vormachen. Ich habe einen Angestellten der Bank angerufen, der dann mit einem Kollegen in Messina gesprochen und mich anschließend zurückgerufen hat.«

Hier hörte sie auf zu sprechen.

»Was hat er Ihnen gesagt, Signora?« fragte Brunetti leise.

Sie hielt sich den Handrücken an den Mund, vielleicht in der Hoffnung, die Worte zurückhalten zu können, aber sie hatte den Leichnam in der Leichenhalle gesehen, darum nützte es nichts. »Er hat mir gesagt, daß Leonardo gar nicht in Messina war. Da habe ich bei der Polizei angerufen. Bei Ihnen angerufen. Man hat mir gesagt ... als ich eine Beschreibung meines Mannes gegeben habe ... sagte man mir, ich soll hierher fahren. Das habe ich getan.« Ihre Stimme war immer brüchiger geworden, während sie das alles erklärte, und als sie fertig war, lagen ihre Hände zusammengekrampft in ihrem Schoß.

»Signora, sind Sie ganz sicher, daß es niemanden gibt, den Sie anrufen möchten oder den wir für Sie anrufen könnten, damit er herkommt und bei Ihnen bleibt? Vielleicht sollten Sie jetzt besser nicht allein sein«, sagte Brunetti.

»Nein. Nein, ich will niemanden sehen.« Sie stand abrupt auf. »Ich muß nicht hierbleiben, oder? Ich kann doch gehen?«

»Aber natürlich, Signora. Es war schon mehr als freundlich, daß Sie bereit waren, uns diese Fragen zu beantworten.«

Sie ging nicht darauf ein.

Brunetti gab Gallo ein Zeichen, während er aufstand und Signora Mascari zur Tür folgte. »Wir lassen Sie nach Venedig zurückfahren, Signora.«

»Ich will nicht, daß mich jemand in einem Streifenwagen ankommen sieht«, versetzte sie.

»Es ist ein neutraler Wagen, Signora, und der Fahrer trägt keine Uniform.«

Sie erwiderte nichts darauf, und da sie nichts sagte, hieß das wahrscheinlich, daß sie einverstanden war, zum Piazzale Roma gebracht zu werden.

Brunetti öffnete die Tür und geleitete sie zur Treppe am Ende des Korridors. Er sah, daß sie mit der rechten Hand fest ihre Handtasche umklammert hielt, während sie die linke buchstäblich in die Tasche ihrer Kostümjacke gerammt hatte.

Brunetti begleitete sie bis vor die Tür der Questura, hinaus in die Hitze, die er ganz vergessen hatte. Eine dunkelblaue Limousine wartete mit laufendem Motor am Fuß der Treppe. Brunetti hielt Signora Mascari die Wagentür auf und stützte ihren Arm, als sie einstieg. Kaum hatte sie Platz genommen, wandte sie sich ab und blickte aus dem gegenüberliegenden Fenster, obwohl dort nur der Verkehr und die tristen Fassaden von Bürohäusern zu sehen waren. Brunetti drückte sanft die Tür zu und wies den Fahrer an, Signora Mascari zum Piazzale Roma zurückzufahren.

Als der Wagen sich in den fließenden Verkehr eingereiht hatte, ging Brunetti in Gallos Büro zurück. »Na, was hatten Sie für einen Eindruck?«

»Ich glaube nicht, daß es Menschen gibt, die keine Feinde haben.«

»Ganz besonders nicht Banker Mitte Vierzig«, fügte Brunetti hinzu.

»Und nun?« fragte Gallo.

»Ich fahre nach Venedig und sehe, ob ich von meinen Leuten dort etwas erfahren kann. Wir haben jetzt einen Namen und wissen damit wenigstens, wo wir anfangen können zu suchen.«

»Wonach?« fragte Gallo.

Brunettis Antwort kam wie aus der Pistole geschossen. »Zuerst müssen wir das tun, was wir gleich hätten tun müssen, nämlich herausfinden, woher die Kleidung und die Schuhe stammen.«

Gallo verstand das als Rüge und antwortete ebenso schnell. »Über das Kleid gibt es noch nichts, aber dafür haben wir den Hersteller der Schuhe, und heute nachmittag bekomme ich wahrscheinlich eine Liste der Geschäfte, in denen sie verkauft wurden.«

Brunetti hatte seine Bemerkung nicht als Kritik an Mestre gemeint, aber er beließ es dabei. Es konnte nicht schaden, Gallo und seine Leute etwas anzustacheln, damit sie möglichst schnell in Erfahrung brachten, woher die Kleidung stammte, denn diese Schuhe und das Kleid waren sicher nicht gerade das, was ein Banker mittleren Alters ins Büro anziehen würde.

13

Falls Brunetti geglaubt hatte, an einem Samstagmorgen im August jemanden bei der Arbeit zu finden, so kannte er die Mitarbeiter der Questura schlecht; an der Tür standen zwar Wachen, und auf der Treppe begegnete er immerhin einer Putzfrau, aber die Büros waren leer, und er wußte, daß jede Hoffnung, vor Montag etwas erledigt zu bekommen, vergeblich war. Er spielte kurz mit dem Gedanken, sich in einen Zug nach Bozen zu setzen, aber dann wurde ihm klar, daß er erst nach dem Abendessen dort eintreffen würde, und ebenso war ihm klar, daß er den ganzen morgigen Tag nur im Sinn haben würde, möglichst schnell wieder in die Stadt zurückzukommen.

Er ging in sein Büro und riß die Fenster auf, obwohl er wußte, daß er damit nichts verbesserte. Es wurde drückender im Zimmer, vielleicht sogar noch etwas heißer. Auf seinem Schreibtisch lagen keine neuen Zeitungen, kein Bericht von Signorina Elettra.

Er zog die unterste Schublade auf und holte das Telefonbuch heraus. Er suchte unter L nach der *Lega della Moralità*, fand aber nichts, was ihn allerdings nicht weiter überraschte. Unter s fand er »Santomauro, Giancarlo, avv.« und eine Adresse in San Marco. Der verstorbene Leonardo Mascari wohnte, wie er anschließend feststellte, in Castello. Das überraschte ihn nun doch; Castello war das am wenigsten renommierte *sestiere* der Stadt, ein Bezirk, wo vorwiegend solide Arbeiterfamilien wohnten, wo Kinder noch unbeleckt von der italienischen Sprache aufwachsen und nur Dialekt sprechen konnten, bis sie in die Grundschule kamen. Vielleicht hatten die Mascaris ja dort ihren Familiensitz. Oder er war günstig an eine Wohnung gekommen. In Venedig waren Wohnungen schwer zu finden, und wenn man eine fand, waren die Preise derart horrend, egal ob man kaufen oder mieten wollte, daß selbst Castello an Attraktivität gewann. Sofern man genug Geld für die Restaurierung ausgab, polierte diese möglicherweise das Image auf, wenn schon nicht das des ganzen *quartiere*, so doch wenigstens das der eigenen Adresse.

Er schlug in den gelben Seiten unter Banken nach und stellte fest, daß die Banca di Verona am Campo San Bartolomeo war, dem kleinen Campo am Fuß der Rialtobrücke, wo viele Banken ihre Büros hatten. Komisch, daß er sie nie bemerkt hatte. Mehr aus Neugier wählte er die Nummer. Der Hörer wurde beim dritten Klingeln abgenommen, und eine Männerstimme sagte: *»Sì?«*, als ob der Anruf erwartet würde.

»Ist dort die Banca di Verona?« fragte Brunetti.

Es folgte eine kurze Pause, dann antwortete der Mann: »Tut mir leid, Sie haben sich verwählt.«

»Entschuldigen Sie bitte die Störung«, sagte Brunetti.

Der andere legte ohne ein weiteres Wort auf.

Die Launen der SIP, der nationalen Telefongesellschaft, waren so skurril, daß sich niemand darüber wunderte, wenn er einen falschen Anschluß am Apparat hatte, aber Brunetti war sicher, daß er richtig gewählt hatte. Er probierte es noch einmal, doch diesmal klingelte es zwölfmal, ohne daß jemand abnahm, und schließlich legte er auf. Er schaute erneut ins Telefonbuch und notierte sich die Anschrift. Dann suchte er sich die Hausnummer von Morellis Apotheke heraus. Sie befand sich in unmittelbarer Nachbarschaft. Er warf das Telefonbuch wieder in die Schublade und schob sie mit dem Fuß zu. Anschließend schloß er die Fenster und verließ die Questura.

Zehn Minuten später trat er aus den Bögen des *sottoportico* der Calle della Bissa auf den Campo San Bartolomeo hinaus. Sein Blick fiel auf die Bronzestatue Goldonis, der zwar nicht sein liebster Bühnenautor war, aber sicher derjenige, der ihn am meisten zum Lachen bringen konnte, besonders dann, wenn die Stücke in ihrem ursprünglichen venezianischen Dialekt gespielt wurden, wie es üblich war hier in der Stadt, die der Dichter in seinen Stücken porträtierte und die ihn genug liebte, um ihm ein Denkmal zu errichten. Goldoni war mitten in einem schwungvollen Schritt eingefangen, und darum war dieser Campo für seine Statue der richtige Platz, denn hier hatten es alle eilig, waren immer auf dem Weg irgendwohin: über die Rialtobrücke entweder zum Stadtteil San Marco oder Cannaregio. Wenn man im Herzen der Stadt wohnte, sorgte schon ihre Geographie dafür, daß man mindestens einmal am Tag den Campo San Bartolomeo überquerte.

Als Brunetti ankam, herrschte dichtester Fußgängerverkehr; viele hasteten noch rasch zum Markt, bevor geschlossen wurde, oder sie eilten, nachdem die Arbeitswoche endlich hinter ihnen lag, nach Hause. Er schlenderte an der Ostseite des Campo entlang und achtete dabei auf die Hausnummern über den Türen. Wie erwartet fand er die gesuchte Nummer über einem Eingang zwei Türen neben der Apotheke. Er blieb vor der Klingeltafel neben der Tür stehen und sah sich die Namen an. Die Banca di Verona war dabei, außerdem standen neben den Klingelknöpfen noch drei andere Namen, die wahrscheinlich zu privaten Wohnungen gehörten.

Brunetti drückte auf die erste Klingel über der Bank. Niemand machte ihm auf. Dasselbe bei der zweiten. Er wollte gerade auf den dritten Knopf drücken, als er hinter sich eine Frauenstimme in reinstem Veneziano fragen hörte: »Kann ich Ihnen helfen? Zu wem wollen Sie denn?«

Er drehte sich um und stand einer kleinen alten Frau mit einem vollbeladenen Einkaufswagen gegenüber, der an ihrem Bein lehnte. Der Name neben der ersten Klingel fiel ihm ein, und so antwortete er im selben Dialekt: »Ja. Ich wollte zu den Mortonis. Ihr Versicherungsbeitrag ist fällig, und ich dachte, ich komme mal vorbei und frage, ob sie bei der Gelegenheit vielleicht die Versicherungssumme erhöhen wollen.«

»Die Mortonis sind nicht da«, sagte die Frau, wobei sie in einer riesigen Handtasche nach ihrem Schlüsselbund kramte. »Sind in die Berge gefahren. Ebenso die Gasparis, nur daß die in Jesolo sind.« Sie hatte es aufgegeben, ihre Schlüssel ertasten oder erspähen zu wollen, und versuchte nun, sie mit dem Gehör zu orten, es klappte, und sie zog ein Bund heraus, das so groß war wie ihre Hand.

»Darauf läuft alles hinaus«, sagte sie und hielt Brunetti die Schlüssel unter die Nase. »Sie haben mir ihre Schlüssel dagelassen, und ich gieße ihre Blumen und passe auf, daß hier nicht alles zusammenbricht.« Sie hob den Kopf und sah Brunetti an. Ihre Augen waren zu einem hellen Blau verblaßt und standen in einem runden, von einem Netzwerk feiner Linien durchzogenen Gesicht. »Haben Sie Kinder, Signore?«

»Ja«, antwortete er, ohne zu überlegen.

»Namen und Alter?«

»Raffaele ist sechzehn und Chiara dreizehn, Signora.«

»Gut«, meinte sie, als hätte er eine Art Test bestanden. »Sie sind ein kräftiger junger Mann. Glauben Sie, daß Sie mir den Einkaufswagen in den dritten Stock tragen können? Sonst muß ich mindestens dreimal laufen, um alles hochzubringen. Mein Sohn kommt morgen mit seiner Familie zum Mittagessen, da mußte ich ziemlich viel einkaufen.«

»Natürlich, ich helfe Ihnen gern, Signora«, sagte er und bückte sich gleichzeitig nach dem Wagen, der bestimmt fünfzehn Kilo wog. »Ist es eine große Familie?«

»Mein Sohn und seine Frau und die Kinder. Zwei bringen die Urenkel mit, dann sind wir, lassen Sie mich mal rechnen, dann sind wir zehn.«

Sie schloß die Tür auf und hielt sie, während Brunetti mit dem Wagen an ihr vorbeiging. Sie drückte auf den Lichtschalter und stieg vor ihm die Treppe hinauf. »Sie glauben gar nicht, was die mir für die Pfirsiche abgenommen haben. Mitte August, und immer noch dreitausend Lire das Kilo. Aber ich habe sie trotzdem gekauft. Marco schneidet sich gern vor dem Essen einen in Rotwein und ißt ihn dann zum Nachtisch. Und Fisch. Ich wollte ja eigentlich *rombo* haben, aber der war mir zu teuer. Einen guten gedünsteten *bosega* mögen ja auch alle, so habe ich den genommen, trotzdem hat der Fischmann mir noch zehntausend Lire fürs Kilo abgeknöpft. Drei Fische, und ich bin fast vierzigtausend Lire los.« Sie blieb auf dem ersten Treppenabsatz stehen und schaute zu Brunetti herunter. »Als ich ein kleines Mädchen war, haben wir *bosega* unserer Katze gegeben, und jetzt zahle ich zehntausend Lire fürs Kilo.«

Sie drehte sich um und nahm die nächste Treppe in Angriff. »Sie tragen ihn doch an den Griffen, oder?«

»Ja, Signora.«

»Gut. Ich habe nämlich obenauf ein Kilo Feigen gelegt, und die sollen nicht zerdrückt werden.«

»Nein, sie sind noch heil, Signora.«

»Ich war in der *Casa del Parmigiano* und habe *prosciutto* zu den Feigen gekauft. Ich kenne Giuliano, seit er ein Junge war. Er hat den besten Schinken in ganz Venedig, finden Sie nicht?«

»Meine Frau kauft auch immer da, Signora.«

»Kostet ein Vermögen, aber die Ware ist den Preis wert, meinen Sie nicht auch?«

»Ja, Signora.«

Dann waren sie oben. Den Schlüsselbund hatte sie noch in der Hand, so daß sie nicht wieder danach suchen mußte. Sie schloß auf, gab der Tür einen Stoß und ließ Brunetti an sich vorbei in die große Wohnung, die zum Campo hin vier hohe Fenster hatte – jetzt geschlossen und durch die zugezogenen Läden verdunkelt.

Sie ging voraus in den Wohnraum, ein Zimmer, wie es Brunetti aus seiner Jugend vertraut war: dicke Sessel und ein Sofa mit Roßhaarfüllung, die piekte, wenn man darauf saß; massive, dunkelbraune Kredenzen, auf deren Abstellflächen silberne Bonbondosen und Fotos in silbernen Rahmen standen; ein venezianischer Terrazzoboden, der sogar in dem schwachen Licht glänzte. Er hätte im Haus seiner Großeltern sein können.

In der Küche war es dasselbe. Der Ausguß war aus Stein, und in einer Ecke war ein riesiger, zylindrischer Boiler angebracht. Der Küchentisch hatte eine Marmorplatte, und er sah die Signora vor sich, wie sie darauf Pasta ausrollte oder bügelte.

»Stellen Sie's einfach da hin, bei der Tür«, sagte sie. »Möchten Sie etwas trinken?«

»Ein Glas Wasser wäre gut, Signora.«

Wie nicht anders erwartet, holte sie ein silbernes Tablett vom Schrank, legte ein kleines Spitzendeckchen in die Mitte und stellte ein Muranoweinglas darauf. Dann nahm sie aus dem Kühlschrank eine Flasche Mineralwasser und schenkte das Glas voll.

»Grazie infinite«, sagte er, bevor er trank. Er stellte das Glas vorsichtig in die Mitte des Spitzendeckchens und lehnte freundlich ab, als sie fragte, ob er noch mehr wolle. »Soll ich Ihnen helfen, die Sachen auszupacken, Signora?«

»Nein, ich weiß, wo alles ist und wo alles hingehört. Sie waren sehr freundlich, junger Mann. Wie heißen Sie denn?«

»Brunetti, Guido.«

»Und Sie verkaufen Versicherungen?«

»Ja, Signora.«

»Na, dann vielen Dank«, sagte sie, stellte sein Glas in den Ausguß und griff in ihr Einkaufswägelchen. Brunetti besann sich auf seinen wirklichen Beruf und fragte: »Signora, nehmen Sie immer so einfach Leute mit in die Wohnung? Ohne zu wissen, wer sie sind?«

»Nein, ich bin ja nicht dumm. Ich lasse durchaus nicht jeden herein«, entgegnete sie. »Ich frage immer, ob sie Kinder haben. Und natürlich müssen es Venezianer sein.«

Natürlich. Wenn er es recht bedachte, war ihr System wahrscheinlich besser als Lügendetektoren oder Sicherheitskontrollen. »Danke für das Wasser, Signora. Ich finde allein hinaus.«

»Vielen Dank«, sagte sie über ihre Einkäufe gebeugt, wahrscheinlich auf der Suche nach den Feigen.

Er ging die ersten beiden Stockwerke hinunter und blieb auf

dem Treppenabsatz oberhalb der Tür zur Banca di Verona stehen. Man hörte nichts, obwohl vom Campo hin und wieder Wortfetzen oder ein Ruf heraufdrang. Im schwachen Licht, das durch die kleinen Treppenhausfenster hereinfiel, sah er auf die Uhr. Kurz nach eins. Er blieb zehn Minuten stehen und hörte, bis auf zusammenhanglose Geräusche von draußen, immer noch nichts.

Langsam stieg er die Stufen hinunter, bis er vor der Tür zur Bank stand. Nicht ohne sich ziemlich lächerlich vorzukommen, legte Brunetti den Kopf schief und spähte durch das Schlüsselloch der metallenen *porta blindata.* Drinnen sah er einen schwachen Schein, als ob jemand vergessen hätte, das Licht auszumachen, nachdem er am Freitagnachmittag die Läden zugeklappt hatte. Oder als ob an diesem Samstagnachmittag jemand da drin arbeitete.

Er ging wieder die Treppe hinauf und lehnte sich gegen die Wand. Nach weiteren zehn Minuten holte er sein Taschentuch heraus, breitete es auf der zweiten Stufe aus, zog die Hosenbeine hoch und setzte sich. Er stützte die Ellbogen auf die Knie und legte das Kinn auf seine Fäuste. Nach einer, wie ihm schien, langen Zeit stand er auf, schob das Taschentuch näher an die Wand und setzte sich wieder, wobei er sich nun gegen die Wand lehnte. Kein Luftzug war zu spüren, er hatte den ganzen Tag noch nichts gegessen, und die Hitze drosch förmlich auf ihn ein. Er warf einen Blick auf seine Armbanduhr und sah, daß es schon nach zwei war. Bis drei, und keine Minute länger, entschied er.

Um zwanzig vor vier, immer noch an seinem Platz, jetzt aber fest entschlossen, um vier zu gehen, hörte er von unten ein metallisches Geräusch. Er stand auf, nahm sein Taschentuch an sich und zog sich nach oben zurück. Unter ihm ging eine Tür auf, aber er blieb, wo er war. Die Tür schlug zu, ein Schlüssel wurde im Schloß gedreht, und auf der Treppe waren Schritte zu hören. Brunetti reckte den Hals und sah unter sich eine Gestalt verschwinden. Bei der schlechten Beleuchtung war nur ein großer Mann in dunklem Anzug auszumachen, der ein Aktenköfferchen trug. Kurzgeschnittenes, dunkles Haar und ein gestärkter weißer Kragen, der am Nacken gerade noch zu erkennen war. Der Mann drehte sich, um die nächste Treppe hinunterzugehen, aber im Halbdunkel des Treppenhauses war wirklich nicht viel zu erkennen. Brunetti schlich sich leise hinter ihm nach unten. An der Tür zur Bank sah er noch einmal durchs Schlüsselloch, aber drinnen war es jetzt dunkel.

Von unten hörte er die Haustür auf- und wieder zugehen und rannte bei dem Geräusch die restlichen Stufen hinunter. An der Tür hielt er kurz inne, öffnete sie dann rasch und trat hinaus auf den Campo. Einen Moment wurde er von der grellen Sonne geblendet und legte die Hand über die Augen. Als er sie wegnahm, ließ er seinen Blick über den Campo schweifen, sah aber nur pastellfarbene Shorts und weiße Hemden. Er ging nach rechts und schaute die Calle della Bissa hinunter. Kein Mann in dunklem Anzug. Er rannte quer über den Campo bis zur ersten Calle, die dort abging, sah den Mann aber nicht. Es gab mindestens noch fünf Calli, die vom Campo wegführten, und Brunetti war klar, daß der Mann längst fort sein würde, bevor er alle überprüfen konnte. Er beschloß, zur Anlegestelle Rialto zu gehen, vielleicht wollte der Mann ja ein Boot nehmen. Er schlängelte sich zwischen den Leuten hindurch, schubste andere aus dem Weg, rannte bis ans Wasser und dann zum *embarcadero* des zweiundachtziger Bootes. Als er ankam, legte das Boot in Richtung San Marcuola und Bahnhof gerade ab.

Er drängte sich durch eine schnatternde Schar japanischer Touristen, bis er am Canal Grande stand. Das Boot fuhr an ihm vorbei, und er ließ seinen Blick über die Passagiere an Deck und in der Kabine wandern. Es waren viele Leute auf dem Boot, die meisten in Freizeitkleidung. Endlich sah Brunetti auf der anderen Deckseite einen Mann in dunklem Anzug und weißem Hemd. Er zündete sich gerade eine Zigarette an und wandte sich ab, um das Streichholz ins Wasser zu werfen. Brunetti glaubte, den Hinterkopf zu erkennen, aber sicher konnte er nicht sein. Als der Mann sich wieder umdrehte, versuchte Brunetti, sich sein Profil einzuprägen. Dann glitt das Boot unter die Rialtobrücke, und der Mann war seinen Blicken entzogen.

14

Brunetti tat, was jeder vernünftige Mann tut, nachdem er eine Niederlage hatte einstecken müssen – er ging nach Hause und rief seine Frau an. Als man ihn mit Paolas Zimmer verbunden hatte, war Chiara am Apparat.

»*Oh, ciao papà*, du hättest mitfahren sollen. Stell dir vor, wir sind kurz vor Vicenza steckengeblieben und mußten fast zwei Stunden warten. Niemand wußte, was passiert war, aber dann hat der Schaffner uns erzählt, daß sich zwischen Vicenza und Verona eine Frau vor einen Zug geworfen hat, deshalb mußten wir so lange warten. Wahrscheinlich haben sie erstmal alles saubermachen müssen, oder? Als wir wieder losfahren durften, habe ich die ganze Zeit aus dem Fenster geschaut, bis Verona, aber ich habe nichts gesehen. Meinst du, die haben das so schnell weggewischt?«

»Ich nehme es an, *cara*. Ist deine Mutter da?«

»ja, sie ist da, *papà*. Aber vielleicht habe ich ja auf der falschen Seite aus dem Fenster geschaut, und der ganze Matsch war auf der anderen Seite vom Zug. Könnte es das gewesen sein?«

»Kann sein, Chiara. Läßt du mich jetzt mit *mamma* sprechen?«

»Klar, *papà*. Sie sitzt hier neben mir. Was glaubst du, warum jemand so etwas tut, sich vor einen Zug werfen?«

»Wahrscheinlich, weil sie nicht mit dem Menschen reden durfte, mit dem sie reden wollte, Chiara.«

»Ach, *papà*, du sagst immer so komische Sachen. Hier ist sie.«

Komisch? Komisch? Er fand, er war ganz ernst gewesen.

»*Ciao*, Guido«, sagte Paola. »Hast du das eben gehört? Unsere Tochter hat eine makabre Ader.«

»Wann seid ihr denn angekommen?«

»Vor einer guten halben Stunde. Wir mußten im Zug essen. Grauenhaft. Was hast du so gemacht? Hast du die *insalata di calamari* gefunden?«

»Nein, ich bin eben erst gekommen.«

»Mestre? Hast du zu Mittag gegessen?«

»Nein, ich mußte etwas erledigen.«

»Also, der Salat ist im Kühlschrank. Iß ihn heute oder morgen, viel länger hält er sich bei dieser Hitze nicht.« Er hörte Chiaras Stimme im Hintergrund, dann fragte Paola: »Kommst du morgen?«

»Nein, ich kann nicht. Die Leiche ist identifiziert.«

»Wer ist es?«

»Mascari, Leonardo. Er ist Direktor der Banca di Verona hier. Kennst du ihn?«

»Nein, nie gehört. Ist er Venezianer?«

»Ich glaube, ja. Seine Frau jedenfalls.«

Wieder hörte er Chiara mit ihrer Mutter sprechen. Es dauerte eine Ewigkeit. Dann war Paola wieder da. »Tut mir leid, Guido. Chiara will spazierengehen und konnte ihren Pullover nicht finden.« Schon bei dem Wort Pullover spürte Brunetti die brütende Hitze in der Wohnung doppelt, obwohl alle Fenster offenstanden.

»Paola, hast du Padovanis Telefonnummer? Ich habe hier im Telefonbuch gesucht, aber er steht nicht drin.« Er wußte, daß sie nicht fragen würde, warum er die Nummer haben wollte, darum erklärte er: »Er ist mir als einziger eingefallen, von dem ich etwas über die hiesige Schwulenszene erfahren könnte.«

»Er ist seit Jahren in Rom, Guido.«

»Ich weiß, ich weiß, Paola, aber er kommt doch alle paar Monate her, um über Kunstausstellungen zu schreiben, außerdem lebt seine Familie noch hier.«

»Na ja, kann sein«, meinte sie, wobei der Zweifel in ihrer Stimme deutlich zu hören war. »Warte einen Moment, ich hole mein Adreßbuch.« Sie legte den Hörer hin und war so lange weg, daß Brunetti allmählich glaubte, ihr Adreßbuch müßte in einem anderen Zimmer, ja vielleicht sogar in einem anderen Gebäude sein. Endlich kam sie wieder. »Guido? Die Nummer ist 522 44 04.

Ich glaube, sie steht immer noch unter dem Namen der Leute im Buch, die ihm die Wohnung verkauft haben. Wenn du mit ihm sprichst, sag ihm einen Gruß von mir.«

»Ja, mach' ich. Wo ist Raffi?«

»Ach, der war verschwunden, sobald wir die Koffer abgestellt hatten. Ich rechne vor dem Abendessen nicht mit ihm.«

»Grüße ihn. Ich rufe dich im Lauf der Woche wieder an.« Mit dem gegenseitigen Versprechen, wieder anzurufen, und einer erneuten Mahnung, die *insalata di calamari* nicht zu vergessen, legten sie auf, und Brunetti dachte, wie eigenartig es war, als Mann eine Woche wegzufahren und seine Frau nicht anzurufen. Vielleicht war es anders, wenn man keine Kinder hatte, aber er glaubte das eigentlich nicht.

Er wählte Padovanis Nummer und hatte, wie es in Italien heute zunehmend der Fall ist, einen Anrufbeantworter am Apparat, der ihm sagte, daß Professore Padovani momentan leider nicht ans Telefon kommen könne, aber so bald als möglich zurückrufen werde. Brunetti hinterließ eine Nachricht, bat Professore Padovani um Rückruf und legte auf.

Er ging in die Küche und holte die vielbesprochene *insalata* aus dem Kühlschrank. Er entfernte die Plastikfolie und pickte sich mit den Fingern ein Stück Tintenfisch heraus. Kauend entnahm er dem Kühlschrank eine Flasche Soave und goß sich ein Glas davon ein. In der einen Hand den Wein, in der anderen den Salat, ging er auf die Dachterrasse und stellte beides auf dem niedrigen Glastisch ab. Brot fiel ihm ein, also ging er noch einmal in die Küche, um sich rasch ein *panino* zu holen, und da er schon einmal dort war, dachte er an seine gute Kinderstube und nahm noch eine Gabel aus der Schublade mit.

Draußen brach er sich ein Stück Brot ab, legte ein Stückchen Tintenfisch darauf und steckte das Ganze in den Mund. Natürlich mußten in Banken auch samstags Dinge erledigt werden – keine Ferien in Geldangelegenheiten. Und natürlich würde sich jemand, der am Wochenende arbeitete, nicht gern vom Telefon stören lassen und vielleicht sagen: »Falsch verbunden«, und den nächsten Anruf gar nicht erst annehmen. Um nicht gestört zu werden.

Im Salat war etwas mehr Sellerie, als ihm lieb war, weshalb er die kleinen Stückchen mit der Gabel zur Seite schob. Er goß sich Wein nach und dachte an die Bibel. Irgendwo, soweit er sich erinnerte im Markusevangelium, gab es eine Geschichte, wie Jesus nach seinem ersten Besuch in Jerusalem auf dem Rückweg nach Nazareth plötzlich verschwunden war. Maria dachte, er sei bei Joseph und den anderen Männern, und der wiederum glaubte den Jungen bei seiner Mutter und den Frauen. Erst als die Karawane anhielt, um ihr Nachtlager aufzuschlagen, sprachen sie wieder miteinander und entdeckten, daß Jesus nicht da war; wie sich herausstellte, war er nach Jerusalem zurückgegangen und lehrte dort im Tempel. Die Banca di Verona glaubte, Mascari sei in Messina; also mußte das Büro in Messina ihn woanders vermuten, sonst hätten sie sicher angerufen, um sich nach ihm zu erkundigen.

Brunetti ging ins Wohnzimmer, wo er in einem Wust von Stiften und anderem Schreibkram eines von Chiaras Heften fand. Da es leer war und ihm das Mickymausbild auf dem Umschlag gefiel, nahm er es und trug es zusammen mit einem Kugelschreiber auf die Terrasse hinaus.

Er fing an, sich eine Reihe von Dingen zu notieren, die er am Montagmorgen erledigen wollte. Bei der Banca di Verona nachprüfen, wohin Mascari reisen sollte, und anschließend dort anrufen, um zu erfahren, welchen Grund man angegeben hatte, daß er dann doch nicht gekommen war. Nachfragen, warum die Herkunft der Schuhe und des Kleides noch nicht festgestellt worden war. Mascaris Vergangenheit überprüfen, die persönliche wie auch die finanzielle. Und den Autopsiebericht noch einmal daraufhin durchlesen, ob die rasierten Beine erwähnt wurden. Außerdem mußte er Vianello fragen, was er über die *Lega* herausgefunden hatte und über Avvocato Santomauro.

Das Telefon klingelte, und in der Hoffnung, es sei Paola, obwohl er gleichzeitig wußte, daß sie es gar nicht sein konnte, ging er nach drinnen und nahm den Hörer ab.

»*Ciao*, Guido, hier ist Damiano. Ich habe deine Nachricht bekommen.«

»Professore?« fragte Brunetti.

»Ach das«, antwortete der Journalist wegwerfend. »Es klingt so nett, darum probiere ich es diese Woche mal auf meinem Anrufbeantworter aus. Warum? Gefällt es dir nicht?«

»Doch, natürlich«, hörte Brunetti sich sagen. »Es klingt sehr gut. Aber was bist du denn für ein *professore?*«

An Padovanis Ende trat ein langes Schweigen ein. »Ich habe in den Siebzigern mal an einer Mädchenschule ein paar Malkurse gegeben. Meinst du, das zählt?«

»Gut möglich«, räumte Brunetti ein.

»Na ja, vielleicht sollte ich die Ansage mal wieder ändern. Wie findest du Commendatore? Commendatore Padovani? Ja, ich glaube, das gefällt mir. Soll ich es gleich ändern, und du rufst mich dann wieder an?«

»Nein, ich glaube nicht, Damiano. Ich möchte gern über etwas anderes mit dir reden.«

»Auch gut. Es dauert immer ewig, die Ansage zu ändern. So viele Knöpfe, die man drücken muß. Beim ersten Mal habe ich mich versehentlich selbst dabei aufgenommen, wie ich diesen Apparat beschimpfe. Eine Woche lang hat kein Mensch eine Nachricht hinterlassen, und ich dachte schon, das Ding funktioniert nicht, bis ich mich schließlich aus einer Zelle selbst angerufen habe. Schockierend, was diese Maschine mir alles an den Kopf geworfen hat. Ich bin nach Hause gerast und habe es sofort geändert. Aber ich finde es immer noch alles sehr verwirrend. Bist du sicher, daß du mich nicht doch lieber in zwanzig Minuten zurückrufen willst?«

»Nein, ich glaube nicht, Damiano. Hast du jetzt Zeit für mich?«

»Für dich, Guido, bin ich, wie ein englischer Dichter in ganz anderem Zusammenhang einmal sagte: ›frei wie die Flucht, wild wie der Wind‹.«

Brunetti wußte, daß er jetzt eigentlich nachfragen sollte, aber er tat es nicht. »Es könnte ein längeres Gespräch werden, Damiano. Würdest du irgendwo mit mir essen gehen?«

»Und was ist mit Paola?«

»Sie ist mit den Kindern in die Berge gefahren.«

Auf Padovanis Seite herrschte einen Moment lang Schweigen, ein Schweigen, das Brunetti nur als sehr nachdenklich interpretieren konnte. »Ich muß hier einen Mordfall aufklären, das Hotel war aber schon seit Monaten gebucht, darum ist Paola mit den Kindern allein nach Bozen gefahren. Wenn ich rechtzeitig fertig bin, fahre ich auch hin. Aus dem Grund habe ich dich angerufen. Ich dachte, du könntest mir vielleicht helfen.«

»Bei einem Mordfall? Wie aufregend. Seit AIDS habe ich so wenig mit den kriminellen Kreisen zu tun.«

»Ach ja«, sagte Brunetti, dem so schnell keine passende Antwort einfiel. »Wollen wir zusammen essen gehen? Wo immer du magst.«

Padovani überlegte ein Weilchen, dann sagte er: »Guido, ich fahre morgen nach Rom zurück und habe das ganze Haus voller Lebensmittel. Wäre es dir genehm, zu mir zu kommen und mir beim Vertilgen der Reste zu helfen? Es gibt nichts Großartiges, nur Pasta, und was ich sonst noch so finde.«

»Ja, gern. Wo wohnst du?«

»In Dorsoduro. Weißt du, wo der Ramo dietro gli Incurabili ist?«

Es war ein kleiner Campo mit einem Brunnen, gleich hinter den Fondamenta della Zattere. »Ja, kenne ich.«

»Stell dich mit dem Rücken zum Brunnen, mit Blick auf den kleinen Kanal, dann ist es die erste Tür rechts.« Das war viel klarer als eine Hausnummer oder ein Straßenname, und jeder Venezianer würde problemlos hinfinden.

»Gut, um welche Zeit?«

»Acht Uhr.«

»Soll ich etwas mitbringen?«

»Bloß nicht. Alles, was du mitbringst, müssen wir nur aufessen, und ich habe genug für eine Fußballmannschaft. Also nichts. Bitte.«

»Na gut. Bis acht Uhr dann. Und vielen Dank, Damiano.«

»Ich freue mich. Worüber willst du mich denn ausquetschen? Oder sollte ich lieber sagen, über wen? Vielleicht kann ich ja inzwischen mein Gedächtnis anstrengen oder sogar ein paar Telefonate führen.«

»Über zwei Männer. Einer ist Leonardo Mascari.«

»Nie gehört«, unterbrach Padovani.

»Der andere ist Giancarlo Santomauro.«

Padovani pfiff durch die Zähne. »Soso. Da habt ihr also endlich den frommen Avvocato am Wickel?«

»Wir sehen uns um acht«, sagte Brunetti.

»Keine Antwort ist auch eine Antwort«, sagte Padovani mit einem Lachen und legte auf.

Um acht Uhr drückte Brunetti, frisch geduscht und rasiert und mit einer Flasche Barbera bewaffnet, auf die Klingel an der Tür rechts von dem kleinen Brunnen in der Ramo dietro gli Incurabili. Vor dem Haus, das nur eine Klingel hatte und damit wohl den größten denkbaren Luxus darstellte – ein Einzelhaus und nur von einer Person bewohnt –, ragten links und rechts neben der Tür aus zwei Terrakottakübeln Jasminbüsche und verströmten ihren Duft. Padovani öffnete fast augenblicklich und streckte Brunetti die Hand entgegen. Sein Händedruck war fest und warm, er zog Brunetti ins Haus. »Komm aus der Hitze. Ich muß verrückt sein, jetzt nach Rom zurückzufahren, aber wenigstens hat meine Wohnung dort eine Klimaanlage.«

Er ließ Brunettis Hand los und trat zurück. Wie alle Leute, die sich lange nicht gesehen haben, versuchten beide unauffällig festzustellen, ob der andere sich verändert hatte. War er dicker, dünner, grauhaariger, älter geworden?

Nachdem Brunetti gesehen hatte, daß Padovani sich immer noch als das untersetzte Rauhbein gab, das er so eindeutig nicht war, wandte er sich dem Raum zu, in dem sie standen. In der Mitte reichte der Blick über zwei Stockwerke hinauf bis unters Dach mit eingelassenen Oberlichtern. Dieser offene Raum wurde an drei Seiten von einer Galerie umrahmt, zu der man über eine Holztreppe gelangte. Die vierte Seite war geschlossen und barg wahrscheinlich das Schlafzimmer.

»Was war das hier früher, ein Bootshaus?« fragte Brunetti, der an den kleinen Kanal draußen dachte. Von dort aus hätte man Boote, die zur Reparatur gebracht wurden, leicht hereinziehen können.

»Gut geraten. Stimmt. Als ich es kaufte, wurde hier drin noch an Booten gearbeitet, und das Dach hatte Löcher so groß wie Wassermelonen.«

»Wie lange hast du es schon?« erkundigte sich Brunetti, während er sich umsah und grob überschlug, wieviel Arbeit und Geld wohl investiert worden war, um das Ganze in den jetzigen Zustand zu versetzen.

»Acht Jahre.«

»Du hast viel reingesteckt. Und wie angenehm für dich, daß du keine Nachbarn hast.« Brunetti gab ihm die in weißes Seidenpapier gewickelte Flasche.

»Ich habe doch gesagt, du sollst nichts mitbringen.«

»Der wird nicht schlecht«, meinte Brunetti lächelnd.

»Danke, aber es war nicht nötig«, sagte Padovani, obwohl er wußte, daß man als Essensgast ebensowenig ohne Gastgeschenk erscheinen wie als Gastgeber Sägespäne und Brennesseln servieren durfte. »Mach's dir bequem und schau dich ein bißchen um, ich gehe mal nach dem Essen sehen«, sagte Padovani und wandte sich einer Tür mit Buntglasfüllung zu, die in die Küche führte. »In dem Behälter da ist Eis, falls du einen Drink möchtest.«

Er verschwand hinter der Tür, und Brunetti hörte die vertrauten Geräusche von Töpfen und Deckeln und fließendem Wasser. Sein Blick fiel auf den Fußboden aus dunklem Eichenparkett – etwas Unbehagen bereitete ihm ein angekohlter Halbkreis vor dem offenen Kamin, weil er sich nicht entscheiden konnte, ob er es gut fand, Bequemlichkeit vor Sicherheit zu setzen, oder ob er es nicht gut fand, einen so schönen Boden zu ruinieren. Über dem Kamin war ein langer Balken eingemauert, auf dem bunte Commedia-dell'arte-Figurinen aus Keramik paradierten. Zwei Wände hingen voller Bilder, bei deren Anordnung keinerlei Versuch gemacht worden war, sie nach Stil oder Schule zu sortieren; sie hingen nur da und warben um die Aufmerksamkeit des Betrachters. Selbst die kühnsten unter ihnen zeugten von Geschmack. Er erkannte einen Guttuso, ein Maler, den er nie besonders geschätzt hatte, und einen Morandi, den er mochte. Drei Ferruzzis waren darunter, die alle Zeugnis von der Schönheit der Stadt ablegten. Gleich links neben dem Kamin blickte eine Madonna, eindeutig florentinische Schule und wahrscheinlich 15. Jahrhundert, verzückt auf wieder so ein häßliches Kind. Eines der Geheimnisse, von denen Paola und Brunetti keinem erzählten, war ihre jahrzehntelange Suche nach dem häßlichsten Jesuskind der abendländischen Kunst. Derzeit wurde dieser Titel von einem besonders abstoßenden Geschöpf im Ausstellungsraum Nummer dreizehn der Pinacoteca di Siena gehalten. Auch wenn das Baby vor Brunettis Augen bestimmt keine Schönheit war, es machte Siena den Titel nicht streitig. Entlang der einen Wand war ein langes Bord aus geschnitztem Holz angebracht, das wohl einmal zu einem Schrank oder einer Vitrine gehört hatte. Darauf standen Keramikschüsseln in leuchtenden Farben, deren streng geometrische Muster und schwungvolle Kalligraphie eindeutig auf ihren islamischen Ursprung verwies.

Die Tür ging auf, und Padovani kam herein. »Möchtest du keinen Aperitif?«

»Nein, aber ein Glas Wein wäre schön. Ich trinke nicht gern Hochprozentiges, wenn es so heiß ist.«

»Ich weiß, was du meinst. Ich habe seit drei Jahren keinen Sommer mehr hier verbracht und hatte ganz vergessen, wie fürchterlich es sein kann. An manchen Abenden, bei Ebbe, wenn ich irgendwo auf der anderen Seite des Kanals bin, habe ich das Gefühl, mich von dem Gestank übergeben zu müssen.«

»Merkst du hier nichts davon?« wollte Brunetti wissen.

»Nein, der Canale della Giudecca ist offenbar tiefer oder fließt schneller oder so etwas. Wir haben den Gestank hier nicht. Jedenfalls noch nicht. Wenn sie weiterhin die Kanäle ausbaggern, um diese Monsterschiffe – wie nennt man sie? Supertanker? – durchfahren zu lassen, dann gnade Gott der *laguna*.«

Während er das sagte, ging Padovani zu dem langen Holztisch, der für zwei gedeckt war, und goß aus einer schon geöffneten Flasche Dolcetto etwas in die beiden Gläser. »Die Leute glauben, daß eine Überschwemmung oder sonst eine Naturkatastrophe der Stadt den Garaus machen wird. Meiner Ansicht nach ist die Antwort viel einfacher«, sagte er im Zurückkommen und reichte Brunetti ein Glas.

»Und die wäre?« erkundigte der sich, nippte an seinem Wein und befand ihn für gut.

»Ich glaube, wir haben die Meere kaputtgemacht, und es ist nur eine Frage der Zeit, bevor sie anfangen zu stinken. Und da die *laguna* nur eine Darmschlinge der Adria ist, die wiederum eine Darmschlinge des Mittelmeers ist, das ... du merkst, worauf ich hinauswill? Ich glaube, die Gewässer werden schlicht sterben, woraufhin wir die Stadt aufgeben oder die Kanäle auffüllen müssen, und in dem Fall hat es keinen Sinn mehr, hier noch leben zu wollen.«

Das war eine neue Theorie, sicher nicht weniger düster als viele andere, die er schon gehört hatte, als viele, an die er selbst mehr oder weniger glaubte. Alle redeten dauernd vom bevorstehenden Untergang der Stadt, und doch verdoppelten sich die Kaufpreise für Wohnungen alle paar Jahre, und die Mieten kletterten immer weiter über das hinaus, was der Durchschnittsverdiener noch bezahlen konnte. Aber die Venezianer hatten Immobilien schon zur Zeit der Kreuzzüge gekauft und verkauft, während der Pest und allerlei Besetzungen durch fremde Heere; da konnte man wohl sicher darauf setzen, daß sie es auch weiterhin tun würden, egal was für Ökokatastrophen sie erwarteten.

»Alles ist fertig«, sagte Padovani, während er sich in einem der tiefen Sessel niederließ. »Ich muß nur noch die Pasta ins Wasser werfen. Aber warum erzählst du mir nicht, was du eigentlich von mir wissen willst, damit ich etwas zum Nachdenken habe, während ich rühre?«

Brunetti saß ihm gegenüber auf dem Sofa. Er trank noch einen Schluck Wein, bevor er mit wohlüberlegten Worten anfing. »Ich habe Grund anzunehmen, daß Santomauro mit einem *prostituto travestito* zu tun hat, der in Mestre wohnt und anscheinend auch arbeitet.«

»Was meinst du mit ›zu tun hat‹?« fragte Padovani in ausgesucht neutralem Ton.

»Sexuell«, antwortete Brunetti schlicht. »Aber er behauptet, auch sein Anwalt zu sein.«

»Das eine schließt das andere ja nicht aus, oder?«

»Nein. Wohl kaum. Aber seit ich ihn in der Wohnung dieses jungen Mannes getroffen habe, versucht er zu verhindern, daß ich mich näher mit ihm befasse.«

»Mit wem?«

»Mit dem jungen Mann.«

»Aha«, sagte Padovani und nippte an seinem Weinglas. »Noch etwas?«

»Der andere, den ich dir genannt habe, Leonardo Mascari, ist der Mann, dessen Leiche am Montag auf einer Wiese in Mestre gefunden wurde.«

»Der Transvestit?«

»Wie es aussieht.«

»Und welchen Zusammenhang gibt es da?«

»Der junge Mann, Santomauros Klient, hat behauptet, Mascari nicht zu kennen. Aber er kennt ihn.«

»Woher weißt du das?«

»Das mußt du mir schon glauben, Damiano. Ich weiß es einfach. Ich habe es zu oft gesehen, um es nicht zu wissen. Er hat ihn auf dem Bild erkannt und es dann geleugnet.«

»Wie heißt der junge Mann?« fragte Padovani.

»Das kann ich dir nicht sagen«, versetzte Brunetti. Worauf beide in Schweigen versanken.

»Guido«, sagte Padovani endlich, während er sich vorbeugte, »ich kenne einige dieser Jungen aus Mestre. Früher kannte ich viele. Wenn ich dir in dieser Angelegenheit als schwuler Berater dienen soll«, er sagte das ganz ohne Ironie oder Verbitterung, »muß ich den Namen wissen. Ich versichere dir, daß von dem, was du mir erzählst, nichts weitergeht, aber ich kann keine Verbindungen herstellen, wenn ich seinen Namen nicht kenne.« Brunetti sagte immer noch nichts. »Guido, du hast mich angerufen, nicht umgekehrt.« Padovani stand auf. »Ich setze nur die Pasta auf. Fünfzehn Minuten.«

Während er wartete, daß Padovani aus der Küche zurückkam, sah Brunetti sich die Bücher an, die ein Wandregal füllten. Er zog eines über chinesische Archäologie heraus und nahm es mit zum Sofa, wo er darin herumblätterte, bis er die Tür aufgehen hörte und Padovani hereinkommen sah.

»A tavola, tutti a tavola. Mangiamo«, rief Padovani. Brunetti klappte das Buch zu, legte es beiseite und durchquerte das Zimmer, um seinen Platz am Tisch einzunehmen. »Du sitzt hier links«, sagte Padovani. Er stellte die Schüssel ab und fing gleich an, Pasta auf Brunettis Teller zu häufen.

Brunetti blickte auf seinen Teller, wartete, bis Padovani sich genommen hatte, und begann zu essen: Tomaten, Zwiebeln und Speckwürfel mit ganz wenig *peperoncino* auf *penne rigate*, seiner Lieblingspasta.

»Sehr gut«, sagte er aufrichtig. »Ich mag den Hauch von *peperoncino.«*

»Ah, fein. Ich weiß nie, ob es den Leuten nicht zu scharf ist.«

»Nein, es ist perfekt«, erklärte Brunetti und aß weiter. Als er seine Portion aufgegessen hatte und Padovani ihm noch einmal vorlegte, sagte Brunetti: »Er heißt Francesco Crespo.«

»Ich hätte es wissen müssen«, versetzte Padovani mit einem müden Seufzer. Dann fragte er in wesentlich munterem Ton: »Und es ist dir bestimmt nicht zuviel *peperoncino*?«

Brunetti schüttelte den Kopf und vertilgte den Rest seiner zweiten Portion, um gleich darauf die Hände über seinen Teller zu decken, als Padovani nach dem Vorlegelöffel griff.

»Ich würde es dir aber raten«, beharrte Padovani. »Es gibt so gut wie nichts weiter.«

»Nein, wirklich nicht, Damiano.«

»Wie du willst, aber Paola soll mir keine Vorwürfe machen, wenn du verhungerst, während sie weg ist.« Er nahm ihre beiden Teller, stellte sie in die Schüssel und ging damit in die Küche.

Er sollte den Weg noch zweimal machen, bevor er sich wieder hinsetzte. Beim erstenmal brachte er einen kleinen Braten aus Putenbrust, mit Speckscheiben umwickelt, umkränzt von Kartoffeln, beim zweitenmal eine Platte gegrillte Paprikaschoten in Olivenöl und eine große Schüssel mit gemischtem Salat. »Das ist alles, was ich habe«, sagte er, als er sie absetzte, und Brunetti vermutete, er sollte das als Entschuldigung verstehen.

Brunetti nahm von dem Braten und den Kartoffeln und begann zu essen.

Padovani schenkte Wein nach und tat sich Putenbrust und Kartoffeln auf. »Crespo stammt, glaube ich, ursprünglich aus Mantua. Vor etwa vier Jahren zog er nach Padua, um dort Pharmazie zu studieren. Aber er hat schnell gemerkt, daß sein Leben viel interessanter war, wenn er seiner natürlichen Neigung nachgab und sich als *prostituto* sein Geld verdiente, und bald entdeckte er, daß dies am besten ging, wenn er sich einen älteren Mann suchte, der ihn aushielt. Das übliche: Wohnung, Auto und viel Geld für Kleidung, und als Gegenleistung mußte er nur dasein, wenn der Mann, der seine Rechnungen bezahlte, sich von der Bank oder der Stadtratssitzung oder seiner Frau loseisen konnte. Ich glaube, da war er erst achtzehn. Und sehr, sehr hübsch.« Padovani hielt inne, die Gabel in der Luft. »Genaugenommen erinnerte er mich immer an den Bacchus von Caravaggio, schön, aber allzu wissend, und hart an der Grenze zur Verworfenheit.«

Padovani bot Brunetti von den Paprika an und nahm sich selbst welche. »Das letzte, was ich aus erster Hand über ihn gehört habe, ist, daß er sich mit einem Buchhalter aus Treviso eingelassen hatte. Aber Franco war immer ein Streuner, und der Buchhalter hat ihn rausgeworfen. Erst zusammengeschlagen, soviel ich weiß, und dann rausgeworfen. Ich kann nicht sagen, wann er angefangen hat, sich als Transvestit zu verkaufen; diese Variante hat mich nie auch nur im mindesten interessiert. Wahrscheinlich geht mir das Verständnis dafür ab. Wenn man eine Frau will, sollte man eine Frau nehmen.«

»Vielleicht ist es eine Möglichkeit, sich vorzumachen, es wäre eine Frau«, meinte Brunetti. Das war Paolas Theorie, aber jetzt hielt er sie für plausibel.

»Vielleicht. Aber doch sehr traurig, oder?« Padovani schob seinen Teller beiseite und lehnte sich zurück. »Ich meine, wir machen uns doch andauernd etwas vor, darüber, ob wir jemanden lieben oder warum wir es tun, oder warum wir die Lügen erzählen, die wir erzählen. Aber man sollte doch annehmen, daß wir uns wenigstens ehrlich eingestehen könnten, mit wem wir ins Bett gehen wollen. Es erscheint mir wenig genug.« Er zog sich die Schüssel mit dem Salat heran, streute Salz darüber, goß reichlich Olivenöl darauf und gab einen großzügigen Schuß Essig hinzu.

Brunetti reichte ihm seinen Teller und nahm dafür das saubere Salatschälchen entgegen. Padovani schob ihm die Schüssel hin. »Nimm dir. Es gibt keinen Nachtisch. Nur Obst.«

»Ich bin froh, daß du dir keine große Mühe machen mußtest«, sagte Brunetti, und Padovani lachte.

»Also, ich hatte wirklich alles im Haus. Bis auf das Obst.«

Brunetti nahm eine sehr kleine Portion Salat; Padovani nahm noch weniger.

»Was weißt du sonst noch über Crespo?« fragte Brunetti.

»Ich habe gehört, daß er sich als Frau verkleidet und sich Francesca nennt. Aber ich wußte nicht, daß er auf der Via Cappuccina gelandet ist. Oder spielt sich das alles in den öffentlichen Parks von Mestre ab?«

»Sowohl als auch«, antwortete Brunetti. »Und ob er dort gelandet ist, weiß ich nicht. Die Adresse, die er angegeben hat, ist durchaus eine gute, und sein Name stand an der Tür.«

»An der Tür kann jeder beliebige Name stehen. Es hängt ganz davon ab, wer die Miete bezahlt«, meinte Padovani, der sich in diesen Dingen offenbar besser auskannte.

»Wahrscheinlich hast du recht«, sagte Brunetti.

»Viel mehr weiß ich nicht über ihn. Er ist kein schlechter Kerl, zumindest war er das nicht, als ich ihn kannte. Aber kriecherisch und leicht verführbar. Solche Eigenschaften verändern sich nicht; er wird dich also wahrscheinlich anlügen, wenn er sich davon einen Vorteil verspricht.«

»Wie die meisten Menschen, mit denen ich zu tun habe«, sagte Brunetti.

Padovani lächelte und ergänzte: »Wie die meisten Menschen, mit denen wir alle ständig zu tun haben.«

Brunetti mußte über die bittere Wahrheit dieser Worte lachen.

»Ich hole das Obst«, sagte Padovani, stellte die Salatschälchen zusammen und trug sie hinaus. Gleich darauf kam er mit einer blaßblauen Keramikschale zurück, in der sechs vollkommene Pfirsiche lagen. Er reichte Brunetti einen neuen kleinen

Teller und stellte ihm die Schale hin. Brunetti nahm einen Pfirsich und begann, ihn mit Messer und Gabel zu schälen.

»Was kannst du mir über Santomauro sagen?« fragte er und hielt den Blick auf seinen Pfirsich geheftet.

»Du meinst den Präsidenten, oder wie immer er sich nennt, der *Lega della Moralità?*« erkundigte sich Padovani, der den letzten Worten einen übertrieben feierlichen Unterton verlieh.

»Ja.«

»Ich weiß genug über ihn, um dir versichern zu können, daß die Nachricht von der Gründung der *Lega* in bestimmten Kreisen mit denselben Lachsalven aufgenommen wurde, mit denen wir uns Rock Hudsons Angriffe auf die Tugend von Doris Day angesehen haben oder mit denen wir heute die etwas aggressiveren Filmauftritte gewisser lebender Schauspieler verfolgen, seien es nun Italiener oder Amerikaner.«

»Du meinst, es ist allgemein bekannt?«

»Ja und nein. Die meisten von uns wissen es, aber wir beachten immer noch die Gentlemenregeln, im Gegensatz zu den Politikern, und wir plaudern normalerweise nicht aus der Schule. Wenn wir das täten, dann bliebe keiner übrig, um die Regierung zu führen, oder den Vatikan, wenn wir schon dabei sind.«

Brunetti war froh, den richtigen Padovani wieder zum Vorschein kommen zu sehen, oder vielleicht eher den zwanglosen Plauderer, von dem Brunetti immer geglaubt hatte, es sei der richtige Padovani.

»Aber so etwas wie die *Lega*? Das ist doch der blanke Hohn. Wie konnte man ihm das nur durchgehen lassen?«

»Eine sehr gute Frage. Aber wenn du dir die Geschichte der *Lega* mal ansiehst, wirst du feststellen, daß Santomauro in ihren Kindertagen nicht viel mehr als eine graue Eminenz war. Ich glaube sogar, daß er bis vor zwei Jahren gar nichts damit zu tun hatte, jedenfalls nicht offiziell, und bekannt wurde er erst im vergangenen Jahr, als er zur Oberschwester oder Gouvernante gewählt wurde, oder wie sie ihren Anführer nennen, *grande priore?* Irgend so etwas Aufgeblasenes.«

»Aber warum hat damals niemand etwas gesagt?«

»Ich glaube, weil die meisten von uns die *Lega* lieber als Witz betrachten wollen. Meiner Ansicht nach übrigens ein schwerer Fehler.« In seinem Ton lag etwas uncharakteristisch Ernstes.

»Warum sagst du das?«

»Weil ich meine, daß der politische Trend in Zukunft zu Gruppen wie der *Lega* geht, Grüppchen, deren Ziel es ist, größere Gruppen zu spalten, größere Einheiten in kleinere zu zersplittern. Sieh dir nur Osteuropa und Jugoslawien an. Sieh dir unsere eigenen politischen *Leghe* an, die Italien wieder in viele kleine, unabhängige Einheiten zerstückeln wollen.«

»Machst du da nicht aus einer Mücke einen Elefanten, Damiano?«

»Möglicherweise ja. Die *Lega della Moralità* könnte genausogut ein Häufchen harmloser alter Damen sein, die gern zusammenkommen und über die guten alten Zeiten reden. Aber wer weiß denn schon, wie viele Mitglieder sie haben? Was wirklich ihre Ziele sind?«

In Italien werden Verschwörungstheorien schon mit der Muttermilch eingesogen, und Italiener neigen dazu, überall Verschwörungen zu wittern. Infolgedessen zog jede Gruppierung, die sich nicht offen zu erkennen gab, sofort alle möglichen Verdächtigungen auf sich; das war früher bei den Jesuiten so, und heute bei den Zeugen Jehovas. Bei den Jesuiten sogar immer noch, verbesserte sich Brunetti. Verschwörungen führten zweifellos zu Heimlichtuerei, aber Brunetti wollte nichts davon wissen, daß dies auch andersherum galt und jede Heimlichtuerei gleichbedeutend mit einer Verschwörung war.

»Na?« fragte Padovani gespannt.

»Na, was?«

»Wieviel weißt du über die *Lega*?«

»Sehr wenig«, gab Brunetti zu. »Aber wenn ich einem Verdacht nachzugehen hätte, würde ich mich nicht um ihre Ziele kümmern, sondern um ihre Finanzen.« In zwanzig Jahren Polizeiarbeit hatte Brunetti nur wenige Regeln aufgestellt, aber eine davon lautete, daß Menschen von hehren Prinzipien oder politischen Idealen selten so stark bestimmt wurden wie von ihrer Gier nach Geld.

»Ich bezweifle sehr, daß Santomauro an etwas so Prosaischem wie Geld interessiert wäre.«

»Dami, jeder ist an Geld interessiert, und die meisten Menschen werden dadurch motiviert.«

»Motive hin, Ziele her, eines steht fest, wenn Giancarlo Santomauro sich an die Spitze einer Sache stellt, dann stinkt sie. Das ist wenig genug, aber es ist sicher.«

»Weißt du etwas über sein Privatleben?« fragte Brunetti und dachte dabei, wieviel feinsinniger »Privatleben« klang, im Gegensatz zu »Sexualleben«, das er meinte.

»Ich weiß nur, was man so redet, was man aus beiläufigen Bemerkungen und Kommentaren heraushört. Du weißt ja, wie so etwas ist.« Brunetti nickte. Ja, das kannte er. »Also, dann weiß ich, und ich wiederhole, daß ich es eigentlich nicht weiß – auch wenn ich es weiß –, daß er kleine Jungen mag, je jünger, desto besser. Wenn du dir seine Vergangenheit ansiehst, wirst du feststellen, daß er mindestens einmal im Jahr in Bangkok war. Ohne die unsägliche Signora Santomauro, wohlgemerkt. Aber in den letzten Jahren ist er nicht mehr hingefahren. Erklären kann ich das nicht, aber ich weiß, daß sich solche Vorlieben nicht ändern, sie verschwinden nicht einfach, und sie können auf keine andere Weise befriedigt werden als durch das Objekt der Begierde.«

»Wie viele, äh, gibt es denn hier davon?« Warum nur waren manche Dinge mit Paola so leicht zu bereden und so schwierig mit anderen?

»Gar nicht so wenige, allerdings sind die Zentren Rom und Mailand.«

Brunetti hatte darüber in Polizeiberichten gelesen. »Und Filme?«

»Filme ganz sicher, aber auch das Echte, für den, der bereit ist zu zahlen. Beinah hätte ich gesagt, und den, der willens ist, das Risiko auf sich zu nehmen, aber von Risiko kann man kaum mehr reden, nicht heutzutage.«

Brunetti blickte auf seinen Teller und sah seinen geschälten, aber unberührten Pfirsich daliegen. Er mochte ihn nicht mehr. »Damiano, wenn du von ›kleinen Jungen‹ redest, welches Alter meinst du da?«

Padovani lächelte plötzlich. »Weißt du, Guido, ich kann mich des Eindrucks nicht erwehren, daß dir das alles schrecklich peinlich ist.«

Brunetti sagte nichts.

»›Klein‹, das kann zwölf sein, aber auch zehn.«

»Oh.« Es entstand eine lange Pause, dann fragte Brunetti: »Bist du dir bei Santomauro ganz sicher?«

»Ich bin sicher, daß er in diesem Ruf steht, und der ist wahrscheinlich nicht unbegründet. Aber ich habe keine Beweise, keine Zeugen, niemanden, der das je beschwören würde.«

Padovani erhob sich und ging zu einer niedrigen Anrichte, auf der in einer Ecke die verschiedensten Flaschen standen. »Grappa?« fragte er.

»Ja, bitte.«

»Ich habe einen sehr guten, der nach Birne schmeckt. Willst du den probieren?«

»Ja.«

Brunetti ging zu ihm hinüber, nahm das angebotene Glas und setzte sich wieder aufs Sofa. Padovani ging zu seinem Stuhl zurück, die Flasche nahm er mit.

Brunetti probierte. Nicht Birne, Göttertrank.

»Zu schwach«, sagte Brunetti.

»Der Grappa?« fragte Padovani, ehrlich verdutzt.

»Nein, nein. Die Verbindung zwischen Crespo und Santomauro. Wenn Santomauro kleine Jungen mag, könnte Crespo tatsächlich nur sein Klient sein und nichts weiter.«

»Durchaus möglich«, sagte Padovani, aber in einem Ton, der erkennen ließ, daß er das nicht glaubte.

»Kennst du jemanden, der dir mehr Informationen über den einen oder den anderen geben könnte?« wollte Brunetti wissen.

»Santomauro und Crespo?«

»Ja. Und Leonardo Mascari auch, wenn es eine Verbindung zwischen ihnen gibt.«

Padovani sah auf die Uhr. »Es ist zu spät, um die Leute, die ich kenne, noch anzurufen.« Brunetti warf einen Blick auf seine eigene Armbanduhr und stellte fest, daß es erst Viertel nach zehn war. Nonnen?

Padovani hatte den Blick gesehen und lachte. »Nein, Guido, sie sind alle ausgeflogen, für den Abend oder die Nacht. Aber ich telefoniere morgen von Rom aus und sehe mal, was sie wissen oder in Erfahrung bringen können.«

»Es wäre mir lieb, wenn keiner der Männer erführe, daß Fragen über ihn gestellt werden.« Das war höflich, aber es klang steif und unbeholfen.

»Guido, es wird so zart gesponnen wie Marienfäden sein. Jeder, der Santomauro kennt, wird mit Vergnügen weitergeben, was immer er über ihn weiß oder gehört hat, und du kannst ebensosicher sein, daß ihm nichts davon zu Ohren kommt. Schon der Gedanke, daß er in etwas Unschönes verstrickt sein könnte, wird denen, an die ich denke, ein Quell prickelnden Entzückens sein.«

»Das ist es ja gerade, Damiano. Ich will kein Gerede, ganz besonders nicht darüber, daß er in irgend etwas verstrickt sein könnte, und schon gar nicht in etwas Unschönes.« Brunetti wußte, daß seine Worte sehr ernst klangen, darum lächelte er und hielt Padovani sein Glas hin, damit er ihm noch einen Grappa einschenken konnte.

Der Geck machte dem Journalisten Platz. »Schon gut, Guido. Ich werde keinen Unfug damit treiben, und vielleicht rufe ich auch andere Leute an, aber bis Dienstag oder Mittwoch müßte ich eigentlich einiges an Informationen über ihn zusammenhaben.« Padovani goß sich ebenfalls einen zweiten Grappa ein und nippte daran. »Du solltest dir diese *Lega* genauer ansehen, Guido, wenigstens die Mitgliederliste.«

»Du machst dir ernsthaft Gedanken darüber, stimmt's?« fragte Brunetti.

»Ich mache mir Gedanken um jede Gruppierung, die sich in irgendeiner Weise anderen überlegen dünkt.«

»Die Polizei?« fragte Brunetti lächelnd, um die Stimmung des anderen aufzuhellen.

»Nein, die Polizei nicht, Guido. Niemand glaubt an deren Überlegenheit, und ich habe den Verdacht, daß es von deinen Kollegen auch keiner glaubt.« Er trank aus, goß sich aber nichts mehr ein. Statt dessen stellte er sein Glas und die Flasche neben seinen Stuhl auf den Fußboden. »Ich muß immer an Savonarola denken«, sagte er. »Er fing damit an, daß er die Dinge verbessern wollte, aber als einzige Methode fiel ihm dazu ein, alles zu zerstören, womit er nicht einverstanden war. Am Ende sind alle Eiferer wie er, sogar die *ecologisti* und die *femministi.* Zuerst wollen sie eine bessere Welt, aber am Ende glauben sie, ihr Ziel nur dadurch erreichen zu können, daß sie alles aus dieser Welt tilgen, was zu ihrer Vorstellung von der Welt nicht paßt. Sie werden alle auf dem Scheiterhaufen enden, wie Savonarola.«

»Und was dann?« fragte Brunetti.

»Ach, ich nehme an, wir anderen werden uns irgendwie durchwursteln.«

Ein besonderer Trost war das nicht, aber Brunetti nahm es als eine ausreichend optimistische Note, um den Abend damit zu beenden. Er stand auf, sagte seinem Gastgeber die angemessenen Nettigkeiten und ging nach Hause in sein einsames Bett.

15

Ein weiterer Grund, weshalb Brunetti gezögert hatte, in die Berge zu fahren, war der, daß diesen Sonntag die Reihe an ihm war, seine Mutter zu besuchen; er und sein Bruder Sergio wechselten sich dabei ab, bisweilen vertrat auch einer den anderen. Aber an diesem Wochenende war Sergio mit seiner Familie auf Sardinien, so daß Brunetti dran war. In Wahrheit hätte es keinen Unterschied gemacht, wenn sie ihren Besuch einmal hätten ausfallen lassen, aber das taten sie nie. Da ihre Mutter etwa zehn Kilometer von Venedig entfernt, in Mira, untergebracht war, mußte Brunetti mit dem Bus fahren und dann ein Taxi nehmen oder einen langen Spaziergang zur *Casa di Riposo* machen.

Angesichts des bevorstehenden Besuchs plagten Brunetti in der Nacht die Erinnerungen ebenso wie die Hitze und die Mücken, die sich nicht aussperren ließen. Um acht war er schließlich ganz wach und stand vor derselben Entscheidung wie jeden zweiten Sonntag, nämlich ob er vor oder nach dem Mittagessen hinfahren sollte. Es spielte, wie der Besuch selbst, keine Rolle, ausschlaggebend war nur die Hitze. Sie wäre noch infernalischer, wenn er bis zum Nachmittag wartete, also beschloß er, sich gleich aufzumachen.

Er verließ die Wohnung vor neun, ging zu Fuß zum Piazzale Roma und hatte dort das Glück, nur Minuten später den Bus nach Mira zu erwischen. Da er als einer der letzten eingestiegen war, fand er nur noch einen Stehplatz und schwankte hin und her, während der Bus über die Brücke fuhr und anschließend durch das Labyrinth von Überführungen kurvte, die bei Mestre den Verkehr über oder um die Stadt herum leiteten.

Einige der Gesichter im Bus kannte er, denn man nahm am Busbahnhof in Mira oft zu mehreren ein Taxi oder ging, wenn es schön war, zusammen zu Fuß, wobei man aber höchstens übers Wetter sprach. Sechs Leute stiegen mit Brunetti aus; zwei der Frauen kannte er vom Sehen, und sie einigten sich schnell darauf, sich ein Taxi zu teilen. Da das Taxi keine Klimaanlage hatte, konnten sie über die Hitze reden, eine Ablenkung, für die alle gleichermaßen dankbar waren.

Vor der *Casa di Riposo* hielt jeder schon fünftausend Lire bereit. Der Fahrer hatte den Taxameter nicht eingeschaltet; wer diese Fahrt machte, kannte den Preis.

Gemeinsam betraten sie das Gebäude, sprachen immer noch von der Hoffnung, daß der Wind drehen oder es regnen möge, und klagten, sie hätten noch nie einen solchen Sommer erlebt, und was wohl aus den Bauern werde, wenn es nicht bald regne.

Brunetti kannte den Weg und stieg in den dritten Stock, während die beiden Frauen im zweiten abbogen, wo die Männerabteilung war. Oben angekommen, sah er Suor Immacolata, die ihm von allen Schwestern, die hier arbeiteten, die liebste war.

»Buon giorno, dottore«, begrüßte sie ihn lächelnd und kam über den Flur auf ihn zu.

»Buon giorno, suora«, sagte er. »Sie sehen so frisch aus, als könnte die Hitze Ihnen überhaupt nichts anhaben.«

Sie lächelte, wie immer, wenn er einen Scherz darüber machte. »Ach, ihr aus dem Norden wißt ja nicht, was richtige Hitze ist. Das ist doch noch gar nichts, nur ein Hauch von Frühling.« Suor Immacolata stammte aus den sizilianischen Bergen und war vor zwei Jahren von ihrem Orden hierhergeschickt worden. Bei all der Qual, dem Irrsinn und dem Jammer, die sie Tag für Tag hier erlebte, machte ihr einzig die Kälte zu schaffen, aber ihre Bemerkungen darüber waren stets ironisch und wegwerfend, als wollte sie damit sagen, daß angesichts des wirklichen Leids um sie herum ihre eigenen Sorgen bedeutungslos waren. Sie lächelte, und Brunetti stellte wieder einmal fest, wie schön sie war: braune Mandelaugen, sanfter Mund, schmale, elegante Nase. Es erschien ihm widersinnig. Aus seiner weltlichen Sicht – er begriff sich als Mann des Fleisches – sah Brunetti nur die Entsagung und konnte mit den Wünschen, die dazu geführt haben mochten, nicht viel anfangen.

»Wie geht es ihr?« fragte er.

»Sie hatte eine gute Woche, Dottore.« Was wohl so viel heißen wollte wie: Sie war auf niemanden losgegangen, sie hatte nichts kaputtgeschlagen, sie hatte sich nichts angetan.

»Hat sie Appetit?«

»Ja, Dottore. Am Mittwoch hat sie sogar mit den anderen Damen zu Mittag gegessen.« Er wartete nur noch darauf, was für eine Katastrophe das zur Folge gehabt haben mochte, aber Suor Immacolata sagte nichts weiter.

»Meinen Sie, ich kann zu ihr gehen?« fragte er.

»Aber sicher, Dottore. Soll ich mitkommen?« Wie schön war doch die Grazie der Frauen, wie sanft ihre Mildtätigkeit.

»Danke, Schwester. Vielleicht beruhigt es sie, wenn sie mich mit Ihnen zusammen sieht, zumindest beim Hereinkommen.«

»Ja, die Überraschung wird vielleicht etwas gemildert. Wenn sie sich erst an einen Menschen gewöhnt hat, geht es normalerweise gut mit ihr. Und wenn sie merkt, daß Sie es sind, Dottore, freut sie sich bestimmt.«

Das war eine Lüge. Brunetti wußte es, und Suor Immacolata wußte es auch. Ihr Glaube sagte ihr, Lügen sei eine Sünde, und doch erzählte sie diese Lüge Brunetti und seinem Bruder Woche für Woche. Später betete sie auf Knien um Vergebung für eine Sünde, von der sie nicht anders konnte, als sie zu begehen, und von der sie wußte, daß sie sie immer wieder begehen würde. Im Winter schlief sie nach dem Beten außerdem bei weit geöffnetem Fenster und nahm die einzige dünne Decke, die ihr erlaubt war, vom Bett. Dennoch erzählte sie jede Woche die gleiche Lüge.

Sie drehte sich um und ging voraus, den wohlvertrauten Weg zu Zimmer 308. Rechts im Korridor hatte man drei Frauen in ihren Rollstühlen an die Wand geschoben. Zwei schlugen rhythmisch auf ihre Armlehnen und brabbelten dabei unsinniges Zeug, die dritte wiegte sich vor und zurück, vor und zurück, ein irres menschliches Metronom. Als er vorbeiging, packte die eine, die immer nach Urin roch, Brunettis Arm. »Bist du Giulio? Bist du Giulio?« fragte sie.

»Nein, Signora Antonia«, sagte Suor Immacolata, beugte sich hinunter und strich der Alten das kurze, weiße Haar aus dem Gesicht. »Giulio war gerade hier und hat Sie besucht. Erinnern Sie sich nicht? Er hat Ihnen dieses niedliche kleine Tier mitgebracht.« Dabei nahm sie der Frau einen kleinen, abgegriffenen Teddy vom Schoß und legte ihn ihr in die Hände.

Die Alte sah sie mit einem fragenden, auf ewig verwirrten Blick an, einem Blick, aus dem nur der Tod die Verwirrung tilgen konnte, und fragte: »Giulio?«

»Ja, Signora. Giulio hat Ihnen den kleinen *orsetto* mitgebracht. Ist er nicht wunderhübsch?« Sie hob den kleinen Bären hoch und hielt ihn der alten Frau hin; die nahm ihn, wandte sich wieder Brunetti zu und fragte: »Bist du Giulio?«

Suor Immacolata ergriff seinen Arm und zog ihn weiter. »Ihre Mutter hat diese Woche die Kommunion empfangen. Ich glaube, das hat ihr sehr geholfen.«

»Ja, bestimmt hat es das«, sagte Brunetti. Wenn er es recht bedachte, hatte er den Eindruck, daß er immer, wenn er hierher kam, etwas Ähnliches tat wie jemand, der körperlichen Schmerz erwartet – eine Injektion, einen Kälteschock: Er spannte seine Muskeln an und konzentrierte sich darauf, dem erwarteten Schmerz unter Ausschluß aller anderen Gefühle zu widerstehen. Nur daß Brunetti sich nicht auf körperlichen, sondern auf seelischen Schmerz gefaßt machte.

Sie blieben vor dem Zimmer seiner Mutter stehen, und Erinnerungen an früher zerrten wie Furien an ihm: wunderbare Mahlzeiten mit Lachen und Singen, wobei der klare Sopran seiner Mutter sie alle übertönte; der wütende, hysterische Tränenausbruch, als er ihr gesagt hatte, er wolle Paola heiraten, und in derselben Nacht ihr Klopfen an seiner Zimmertür, als sie ihm das goldene Armband brachte, das einzige noch erhaltene Geschenk von Brunettis Vater, und ihm sagte, es sei für Paola, denn das Armband solle immer der Frau des ältesten Sohnes gehören. Eine Willensanstrengung, und die Erinnerungen flohen. Er sah nur die Tür, die weiße Tür und den weißen Rücken von Suor Immacolatas Tracht. Sie öffnete und ging hinein, ohne die Tür zu schließen.

»Signora«, sagte sie, »Signora, Ihr Sohn ist hier und will Sie besuchen.« Sie ging durchs Zimmer zu der gebeugten alten Frau, die am Fenster saß. »Signora, ist das nicht schön? Ihr Sohn kommt Sie besuchen.«

Brunetti war auf der Schwelle stehengeblieben. Suor Immacolata nickte ihm zu, und er trat ein, wobei er die Tür hinter sich offenließ, wie er es gelernt hatte.

»Guten Morgen, Dottore«, sagte die Nonne laut und deutlich. »Ich freue mich sehr, daß Sie kommen konnten, um Ihre Mutter zu besuchen. Sieht sie nicht gut aus?«

Er machte noch ein paar Schritte ins Zimmer und blieb stehen, die Hände in gebührender Entfernung vom Körper. *»Buon di, mamma«,* sagte er. »Ich bin's, Guido. Ich wollte dich besuchen. Wie geht es dir, *mamma?«* Er lächelte.

Die alte Frau ließ Brunetti nicht aus den Augen, griff nach dem Arm der Nonne, zog sie zu sich herunter und flüsterte ihr etwas ins Ohr.

»Aber nein, Signora. So etwas dürfen Sie nicht sagen. Er ist ein guter Mann. Es ist Ihr Sohn, Guido. Er ist zu Besuch gekommen und will sehen, wie es Ihnen geht.« Sie streichelte die Hand der alten Frau und kniete sich neben sie, um näher bei ihr zu sein. Die alte Frau sah die Nonne an und sagte wieder etwas zu ihr, dann sah sie Brunetti an, der sich nicht bewegt hatte.

»Das ist der Mann, der mein *bambino* umgebracht hat«, schrie sie plötzlich. »Ich kenne ihn. Ich kenne ihn. Das ist der Mann, der mein *bambino* umgebracht hat.« Sie warf sich in ihrem Sessel von einer Seite zur anderen. Dann kreischte sie mit erhobener Stimme erneut los: »Hilfe, Hilfe, er ist zurückgekommen und will alle meine *bambini* umbringen.«

Suor Immacolata schlang die Arme um die alte Frau, hielt sie fest und flüsterte ihr etwas ins Ohr, aber die Angst und der Zorn der Frau waren durch nichts zu beruhigen. Sie stieß die Nonne mit solcher Kraft weg, daß sie zu Boden fiel.

Suor Immacolata erhob sich rasch auf die Knie und drehte sich zu Brunetti um. Sie schüttelte den Kopf und machte eine Bewegung zur Tür. Brunetti ging langsam, die Hände immer noch gut sichtbar vor sich, rückwärts aus dem Zimmer und machte die Tür zu. Drinnen hörte er die Stimme seiner Mutter minutenlang laut kreischen, bevor sie nach und nach ruhiger wurde. Dazu hörte er als leise Untermalung die sanftere, tiefere Stimme der jungen Frau, die beruhigend und tröstend die Angst der alten Frau allmählich vertrieb. Es gab kein Fenster im Gang, und so stand Brunetti da und starrte die Tür an.

Nach etwa zehn Minuten kam Suor Immacolata heraus und stellte sich neben ihn. »Es tut mir leid, Dottore. Ich dachte wirklich, es ginge ihr diese Woche besser. Seit sie die Kommunion empfangen hatte, war sie ganz ruhig.«

»Ist schon gut, Schwester. So etwas passiert eben. Sie haben sich hoffentlich nicht weh getan, oder?«

»Nein, nein. Armes Ding, sie wußte nicht, was sie tat. Nein, mir ist nichts passiert.«

»Braucht sie irgend etwas?« fragte er.

»Nein, sie hat alles, was sie braucht.« Brunetti hatte den Eindruck, seine Mutter hatte nichts von dem, was sie brauchte, aber vielleicht lag das nur daran, daß es nichts mehr gab, was sie noch gebraucht hätte oder je wieder brauchen würde.

»Sie sind sehr gütig, Schwester.«

»Der Herr ist gütig, Dottore. Wir stehen nur in seinem Dienst.«

Brunetti fand keine Worte. Er streckte die Hand aus und schüttelte die ihre, hielt sie sekundenlang in der seinen und legte dann seine andere darüber. »Vielen Dank, Schwester.«

»Der Herr beschütze Sie und verleihe Ihnen Kraft, Dottore.«

16

Eine Woche war vergangen, und Maria Lucrezia Pattas Geschichte war nicht mehr die Sonne, um die sich die Questura in Venedig drehte. Zwei weitere Minister waren am Wochenende zurückgetreten, wobei jeder energisch geleugnet hatte, daß seine Entscheidung auch nur entfernt etwas mit der Nennung seines Namens im Zusammenhang mit den neuesten Bestechungs- und Korruptionsskandalen zu tun hatte. Gewöhnlich konnten die Mitarbeiter der Questura, wie alle Italiener, über so etwas nur gähnen und blätterten weiter zur Sportseite, aber da einer dieser beiden zufällig der Justizminister war, interessierte man sich für die Meldung, und sei es nur, um darüber zu spekulieren, welche Köpfe wohl demnächst die Stufen des Quirinale hinunterrollen würden.

Obwohl es einer der größten Skandale in Jahrzehnten war – und wann hatte es schon einen kleinen Skandal gegeben? –, ging die öffentliche Meinung dahin, daß bald wieder alles im Sande verlaufen würde, *insabbiato*, wie all die anderen Skandale der Vergangenheit. Hatte ein Italiener dieses Thema erst einmal aufgegriffen, war er praktisch nicht mehr zu bremsen, und es folgte gewöhnlich eine Aufzählung all der Fälle, die erfolgreich vertuscht worden waren: Ustica, P2, der Tod von Papst Johannes Paul I., Sindona. In solch schwindelerregenden Höhen konnte Maria Lucrezia Patta kaum mithalten, mochte ihr Abgang aus der Stadt auch noch so bühnenreif gewesen sein, und so ging das Leben allmählich wieder seinen normalen Gang. Die einzige Neuigkeit war, daß der Transvestit, den man letzte Woche in Mestre gefunden hatte, als Direktor der Banca di Verona identifiziert worden war, wer hätte das gedacht, ein Bankdirektor, du lieber Himmel!

Eine Sekretärin vom Paßamt ein paar Häuser weiter hatte heute morgen in einer Bar gehört, Mascari sei in Mestre ziemlich bekannt gewesen, und was er treibe, wenn er auf seine Geschäftsreisen ging, sei schon seit Jahren ein offenes Geheimnis. Weiterhin war aus einer anderen Bar zu erfahren, daß seine Ehe gar keine richtige Ehe gewesen sei, sondern nur Tarnung, weil er bei einer Bank arbeitete. Hier warf jemand ein, hoffentlich habe seine Frau wenigstens dieselbe Kleidergröße, warum sie sonst heiraten? Einer der Obstverkäufer an der Rialtobrücke wußte aus zuverlässiger Quelle, daß Mascari schon immer so gewesen sei, sogar in seiner Schulzeit.

Am späten Vormittag brauchte die öffentliche Meinung dann eine Verschnaufpause, aber schon am Nachmittag glaubte die Allgemeinheit zu wissen, daß nicht nur Mascaris Tod als Folge des »rauhen Milieus« anzusehen war, in dem er auch gegen die Warnung der wenigen Freunde verkehrte, die von seinem heimlichen Laster wußten, sondern auch, daß seine Frau sich weigerte, die Leiche abholen und ihr ein christliches Begräbnis zukommen zu lassen.

Brunetti hatte um elf eine Verabredung mit der Witwe und suchte sie auf, ohne von den Gerüchten zu wissen, die in der Stadt herumgeisterten. Er hatte mit der Banca di Verona telefoniert und erfahren, daß vor einer Woche bei ihrer Zweigstelle in Messina ein Mann unter dem Namen Mascari angerufen und erklärt hatte, seinen Besuch um zwei Wochen, vielleicht auch um einen Monat verschieben zu müssen. Nein, man hatte nicht daran gedacht, sich noch einmal zu vergewissern, da kein Anlaß bestand, an der Terminänderung zu zweifeln.

Mascaris Wohnung lag im dritten Stock eines Hauses nicht weit von der Via Garibaldi, der Hauptdurchgangsstraße von Castello. Als die Witwe Brunetti öffnete, sah sie nicht viel anders aus als vor zwei Tagen, nur daß ihr Kostüm heute schwarz und der müde Ausdruck um ihre Augen noch deutlicher war.

»Guten Morgen, Signora. Es ist sehr entgegenkommend von Ihnen, mich heute zu empfangen.«

»Kommen Sie bitte herein«, sagte sie und trat zur Seite. Mit dem obligatorischen *»permesso«* betrat er die Wohnung und war einen Moment lang völlig desorientiert; er hatte das seltsame Gefühl, schon einmal hiergewesen zu sein. Erst als er sich umsah, wußte er, woher dieses Gefühl kam: Hier sah es fast genauso aus wie bei der alten Frau am Campo San Bartolomeo, eine Wohnung, in der seit Generationen dieselbe Familie lebte. An der Wand im Hintergrund stand eine ähnliche Kredenz, und die Samtpolster der beiden Sessel und des Sofas waren mit dem gleichen dezenten, grüngemusterten Stoff bezogen. Auch hier waren die Vorhänge zum Schutz gegen die Sonne oder neugierige Blikke zugezogen.

»Kann ich Ihnen etwas zu trinken anbieten?« fragte sie, womit sie eindeutig nur der Form Genüge tun wollte.

»Nein, danke, Signora. Ich möchte Ihre Zeit nur kurz in Anspruch nehmen. Es gibt da noch ein paar Fragen.«

»Ja, ich weiß«, sagte sie und kam ins Zimmer. Sie setzte sich in einen der hart gepolsterten Sessel, und Brunetti nahm in dem anderen Platz. Sie klaubte ein Fädchen von der Armlehne ihres Sessels, rollte es zu einem Kügelchen und steckte es sorgsam in ihre Jackentasche.

»Signora, ich weiß nicht, wieviel Sie von den Gerüchten wissen, die sich um den Tod Ihres Mannes ranken.«

»Ich weiß, daß er in Frauenkleidern gefunden wurde«, antwortete sie mit leiser, halberstickter Stimme.

»Wenn Sie das wissen, dann ist Ihnen sicher klar, daß wir gewisse Fragen zu stellen haben.«

Sie nickte und blickte auf ihre Hände.

Er konnte seine Frage entweder auf brutale oder ungeschickte Weise stellen. Er entschied sich für letzteres. »Haben oder hatten Sie Gründe anzunehmen, daß Ihr Mann in solche Praktiken verwickelt war?«

»Ich weiß nicht, was Sie meinen«, sagte sie, obwohl ihr klar sein mußte, was er meinte.

»Daß Ihr Mann mit dem Transvestitenmilieu zu tun hatte.« Warum es nicht einfach hinter sich bringen und sagen: Daß er Transvestit war?

»Das ist unmöglich.«

Brunetti sagte nichts, sondern wartete.

Aber sie wiederholte nur unerschütterlich: »Das ist unmöglich.«

»Signora, hat Ihr Mann je seltsame Anrufe oder Briefe erhalten?«

»Ich weiß nicht, was Sie meinen.«

»Ist er vielleicht irgendwann einmal angerufen worden und machte danach einen beunruhigten oder abwesenden Eindruck? Oder vielleicht nach der Lektüre eines Briefes? Oder war er in letzter Zeit anders als sonst?«

»Nein, nichts dergleichen«, sagte sie.

»Wenn ich noch einmal auf meine ursprüngliche Frage zurückkommen darf, Signora, hatten Sie den Eindruck, daß Ihr Mann sich in diese Richtung hingezogen fühlte?«

»Zu Männern?« fragte sie mit hoher, ungläubiger Stimme, in der noch etwas mitschwang. Ekel?

»Ja.«

»Nein, absolut nicht. Es ist schrecklich, so etwas zu sagen. Abstoßend. Ich dulde nicht, daß Sie so etwas über Leonardo sagen; er war ein Mann.«

Brunetti sah, daß sie ihre Hände zu Fäusten geballt hatte. »Bitte haben Sie Geduld mit mir, Signora. Ich versuche nur, die Dinge zu verstehen, und dazu muß ich diese Fragen über Ihren Mann stellen. Das heißt nicht, daß ich daran glaube.«

»Warum fragen Sie dann?« gab sie zurück, und ihre Stimme klang trotzig.

»Damit wir die Wahrheit über den Tod Ihres Mannes herausfinden können, Signora.«

»Ich beantworte keine Fragen dazu. Es ist nicht anständig.«

Er hätte ihr gern gesagt, daß ein Mord nie anständig war, aber statt dessen fragte er: »In den letzten Wochen, war Ihr Mann da irgendwie verändert?«

Wie nicht anders zu erwarten, sagte sie: »Ich weiß nicht, was Sie meinen.«

»Hat er beispielsweise etwas über seine Reise nach Messina gesagt? Hatten Sie den Eindruck, daß er gern fahren wollte? Oder eher nicht so gern?«

»Das kann ich nicht sagen. Er kam mir vor wie immer.«

»Und wie war das?«

»Er mußte fahren. Es gehörte zu seinem Beruf, also mußte er es tun.«

»Hat er etwas darüber gesagt?«

»Nein, nur daß er fahren müsse.«

»Und bei solchen Reisen hat er Sie nie angerufen, Signora?«

»Nein.«

»Warum nicht?«

Sie merkte offenbar, daß er immer wieder auf dieses Thema zurückkommen würde, also antwortete sie: »Die Bank hat nicht zugelassen, daß Leonardo private Telefongespräche auf die Spesenrechnung setzte. Manchmal hat er einen Freund im Büro angerufen und ihn gebeten, mich anzurufen. Aber nicht immer.«

»Ah ja«, sagte Brunetti. Direktor einer Bank, und wollte ein Telefongespräch mit seiner Frau nicht bezahlen!

»Haben Sie gemeinsame Kinder, Signora?«

»Nein«, antwortete sie rasch.

Brunetti ließ das Thema fallen und fragte: »War Ihr Mann mit einem Mitarbeiter der Bank besonders befreundet? Sie erwähnten einen Freund, der Sie angerufen hat; kann ich seinen Namen erfahren?«

»Warum wollen Sie mit ihm reden?«

»Vielleicht hat Ihr Mann im Büro etwas gesagt oder sonst

irgendwie zu erkennen gegeben, wie er seine Reise nach Messina einschätzte. Ich möchte mit diesem Freund Ihres Mannes sprechen, um zu erfahren, ob er etwas Ungewöhnliches an seinem Verhalten bemerkt hat.«

»Ich bin sicher, das hat er nicht.«

»Trotzdem möchte ich gern mit ihm sprechen, Signora, wenn Sie mir den Namen nennen.«

»Marco Ravanello. Aber er wird Ihnen nichts sagen können. Mit meinem Mann war alles in Ordnung.« Sie warf Brunetti einen zornigen Blick zu und wiederholte: »Mit meinem Mann war alles in Ordnung.«

»Ich habe Sie lange genug belästigt, Signora«, sagte Brunetti, während er aufstand und die paar Schritte bis zur Tür ging. »Sind die Vorbereitungen für die Beerdigung getroffen?«

»Ja. Die Messe ist morgen. Um zehn.« Sie sagte nicht, wo sie stattfinden sollte, und Brunetti fragte nicht. Diese Information war leicht zu bekommen, und er würde hingehen.

An der Tür blieb er stehen. »Vielen Dank für Ihre Hilfe, Signora. Ich darf Ihnen noch einmal mein ganz persönliches Beileid ausdrücken und Ihnen versichern, daß wir alles tun werden, was in unserer Macht steht, um den zu finden, der für den Tod Ihres Mannes verantwortlich ist.« Warum klang Tod immer besser als Mord?

»Mein Mann war nicht so veranlagt. Sie werden es herausfinden. Er war ein richtiger Mann.«

Brunetti reichte ihr nicht die Hand, er verbeugte sich nur leicht und machte die Tür hinter sich zu. Während er die Treppe hinunterging, fiel ihm die letzte Szene von *Bernarda Albas Haus* ein, in der die Mutter auf der Bühne steht und dem Publikum und der Welt ins Gesicht schreit, ihre Tochter sei als Jungfrau gestorben, als Jungfrau. Für Brunetti zählte nur die Tatsache, daß sie tot waren; alles andere war Eitelkeit.

In der Questura bat er Vianello zu sich. Da Brunettis Büro zwei Stockwerke höher lag, kam man dort eher in den Genuß auch des leisesten Lufthauchs. Als sie oben waren und Brunetti die Fenster geöffnet und sein Jackett abgelegt hatte, fragte er Vianello: »Na, haben Sie etwas über die *Lega*?«

»Nadia hätte ein Gehalt dafür verdient, Dottore«, sagte Vianello, während er sich setzte. »Sie hat am Wochenende über zwei Stunden am Telefon verbracht und mit Freunden in der ganzen Stadt gesprochen. Interessant, diese *Lega della Moralità*.«

Vianello würde die Geschichte auf seine Weise erzählen, das wußte Brunetti, aber er dachte, es könnte nicht schaden, ihm das Ganze etwas zu versüßen, und sagte: »Morgen früh gehe ich auf den Rialtomarkt und kaufe ihr einen Blumenstrauß. Meinen Sie, das reicht?«

»Sie würde mich lieber am nächsten Samstag zu Hause haben«, versetzte Vianello.

»Wo sind Sie denn eingeteilt?« wollte Brunetti wissen. »Ich habe Dienst auf dem Boot, das den Umweltminister vom Flughafen in die Stadt bringen soll. Wir wissen alle, daß er nicht kommt, daß er seinen Besuch in letzter Minute absagt. Oder glauben Sie, er würde es wagen, im August nach Venedig zu kommen, wenn es in der ganzen Stadt nach Algen stinkt, um dann hier über die neuen großen Umweltprojekte zu reden, die sie vorhaben?« Vianello lachte verächtlich; Interesse an der neuen Partei der Grünen war ein weiteres Ergebnis seiner jüngsten medizinischen Erfahrungen. »Jedenfalls möchte ich lieber nicht den Vormittag damit verschwenden, zum Flughafen zu fahren, nur um dann zu hören, daß er nicht kommt.«

Das Argument erschien Brunetti völlig logisch. Der Minister würde, um Vianellos Worte zu gebrauchen, nicht wagen, in Venedig aufzutreten, nicht im selben Monat, in dem die Hälfte aller Adriastrände wegen zu hoher Wasserverschmutzung für Schwimmer gesperrt war, nicht in einer Stadt, in der man erst kürzlich erfahren hatte, daß der Fisch, der den Hauptanteil ihrer Nahrung ausmachte, gefährlich hohe Anteile an Quecksilber und anderen Schwermetallen enthielt. »Ich will sehen, was ich tun kann«, sagte Brunetti.

Erfreut über diese Aussicht auf etwas Besseres als Blumen, obwohl er wußte, daß Brunetti die auch noch bringen würde, zückte Vianello sein Notizbuch und begann vorzulesen, was seine Frau in Erfahrung gebracht hatte.

»Die *Lega* wurde vor etwa acht Jahren gegründet, zu welchem Zweck oder von wem, weiß keiner genau. Da sie angeblich gute Werke tut, zum Beispiel Spielzeug in Waisenhäuser oder alten Leuten Essen ins Haus bringen, hatte sie immer auch einen guten Ruf. Und im Lauf der Jahre haben die Stadt und einige Kirchen ihr freie Wohnungen zur Verwaltung überlassen; diese werden älteren Menschen billig, manchmal sogar kostenlos zur Verfügung gestellt, gelegentlich auch Behinderten.« Vianello hielt kurz inne, dann fuhr er fort: »Weil ihre Leute alle ehrenamtlich arbeiten, wurde die *Lega* als wohltätige Organisation anerkannt.«

»Und das heißt«, unterbrach ihn Brunetti, »daß sie keine Steuern bezahlen muß und die Regierung ihr das übliche Entgegenkommen erweist, daß ihre Finanzen nicht allzu genau unter die Lupe genommen werden, falls überhaupt.«

»Sie sprechen mir aus der Seele, Dottore.« Brunetti wußte zwar, daß Vianello seine politischen Ansichten geändert hatte. Aber auch noch seine Rhetorik?

»Das merkwürdige ist, daß Nadia niemanden ausfindig machen konnte, der tatsächlich der *Lega* angehört. Nicht einmal die Frau bei der Bank, wie sich herausgestellt hat. Viele gaben an, jemanden zu kennen, der Mitglied ist, aber wenn Nadia nachgebohrt hat, merkte sie immer sehr schnell, daß die Leute es gar nicht so genau wußten. Mit zwei angeblichen Mitgliedern hat sie gesprochen, und die waren dann doch keine.«

»Und die guten Werke?« fragte Brunetti.

»Auch sehr undurchsichtig. Nadia hat mit den Krankenhäusern telefoniert, aber keines von ihnen hatte bisher Kontakt mit der *Lega.* Ich habe dann noch die Sozialstation angerufen, die sich um Alte kümmert, aber dort hat man noch nie davon gehört, daß jemand von der *Lega* etwas für alte Leute tut.«

»Und die Waisenhäuser?«

»Nadia hat mit der *madre superiora* des Nonnenordens gesprochen, der die drei größten unterhält. Sie hatte zwar von der *Lega* gehört, wie sie sagte, aber nie irgendeine Hilfsleistung bekommen.«

»Und die Frau bei der Bank. Wie ist Nadia darauf gekommen, daß sie Mitglied sein könnte?«

»Weil sie eine Wohnung hat, die von der *Lega* verwaltet wird. Aber sie war nie Mitglied und kennt auch niemanden, der Mitglied ist. Nadia versucht immer noch, jemanden aufzutreiben, der tatsächlich Mitglied ist.«

Wenn Nadia diesen Zeitaufwand auch noch in Rechnung stellte, würde es wahrscheinlich darauf hinauslaufen, daß Vianello den Rest des Monats freihaben wollte. »Und Santomauro?« fragte Brunetti.

»Daß er der Boß ist, scheinen alle zu wissen, aber keiner weiß, wie es dazu kam. Außerdem hat interessanterweise niemand eine Ahnung, was es bedeutet, der Boß zu sein.«

»Kommen sie denn nicht regelmäßig zusammen?«

»Die Leute sagen, ja. In Gemeindehäusern oder privat. Aber auch hier konnte Nadia wieder niemanden ausfindig machen, der je an so einem Treffen teilgenommen hat.«

»Haben Sie schon mit den Kollegen von der Guardia di Finanza gesprochen?«

»Nein, ich dachte, das übernimmt Elettra.«

Elettra? Nanu? Der formlose Umgangston des Konvertiten?

»Ich habe Signorina Elettra gebeten, Santomauro in ihrem Computer zu suchen, aber ich habe sie heute vormittag noch nicht gesehen.«

»Sie ist unten im Archiv, glaube ich«, erklärte Vianello.

»Wie steht es mit seinem beruflichen Leben?« fragte Brunetti.

»Erfolg, Erfolg und nichts als Erfolg. Er vertritt zwei der größten Baufirmen in der Stadt, zwei Stadträte und mindestens drei Banken.«

»Ist eine davon zufällig die Banca di Verona?«

Vianello zog sein Notizbuch zu Rate und blätterte ein paar Seiten zurück. »Ja. Woher wußten Sie das?«

»Ich wußte es nicht, aber Mascari hat da gearbeitet.«

»Zwei und zwei macht vier, nicht wahr?« meinte Vianello.

»Politische Verbindungen?« fragte Brunetti.

»Bei zwei Stadträten als Klienten?« fragte Vianello zurück und gab sich damit selbst die Antwort.

»Und seine Frau?«

»Über die scheint niemand viel sagen zu können, aber alle sind offenbar der Ansicht, daß sie in der Familie den Ton angibt.«

»Familie? Hat er denn Kinder?«

»Zwei Söhne. Einer ist Architekt, der andere Arzt.«

»Die perfekte italienische Familie«, bemerkte Brunetti. Dann fragte er: »Und Crespo? Was haben Sie über ihn in Erfahrung gebracht?«

»Haben Sie seine Akte aus Mestre gesehen?«

»Ja. Das Übliche. Drogen. Versuchter Diebstahl an einem Kunden. Keine Gewalttaten. Nichts Überraschendes. Haben Sie noch etwas anderes gefunden?«

»Nicht viel mehr«, antwortete Vianello. »Er ist zweimal zusammengeschlagen worden, aber beide Male wußte er angeblich nicht, von wem. Das zweite Mal hat er gesagt«, Vianello blätterte in seinem Notizbuch ein paar Seiten weiter, »ah, hier ist es. Er sagte, er sei ›von Dieben angefallen‹ worden.«

»Angefallen?«

»So stand es in dem Bericht. Ich habe es wortwörtlich abgeschrieben.«

»Er liest offenbar viel, unser Signor Crespo.«

»Mehr, als ihm guttut, würde ich sagen.«

»Haben Sie sonst noch etwas über ihn? Auf wessen Namen der Mietvertrag für die Wohnung läuft, in der er lebt?«

»Nein, ich prüfe es nach.«

»Und sehen Sie zu, ob Sie Signorina Elettra herausfinden lassen können, was es über die Finanzen der *Lega* gibt oder über die von Santomauro, von Crespo oder Mascari. Steuererklärungen, Kontoauszüge, Kredite. An solche Informationen müßte man eigentlich herankommen.«

»Sie wird schon wissen, was zu tun ist«, sagte Vianello, während er sich alles notierte. »Noch etwas?«

»Verständigen Sie mich, sobald Sie etwas hören oder wenn Nadia jemanden findet, der Mitglied ist.«

»Ja, Commissario«, sagte Vianello und stand auf. »Das ist das Beste, was passieren konnte.«

»Wie meinen Sie das?«

»Ich meine, daß Nadia sich für die Geschichte interessiert. Sie wissen ja, wie es all die Jahre gelaufen ist, immer der Ärger, wenn ich länger arbeiten mußte oder am Wochenende Dienst hatte. Aber als sie erst mal Blut geleckt hatte, war sie wie ein Spürhund. Und Sie hätten sie am Telefon hören sollen. Wie sie die Leute dazu gebracht hat, ihr alles zu erzählen. Schade, daß wir keine freien Mitarbeiter beschäftigen.«

17

Wenn er sich beeilte, konnte Brunetti es zur Banca di Verona schaffen, bevor sie zumachte, falls ein Büro, das seine Geschäfte vom zweiten Stock aus führte und offenbar keine Räumlichkeiten für Publikumsverkehr besaß, sich überhaupt an die regulären Öffnungszeiten hielt. Er kam um 12.20 Uhr an, und weil die Eingangstür zu war, drückte er auf den Klingelknopf neben dem schlichten Messingschild mit dem Namen der Bank. Die Tür sprang auf, und er stand wieder in dem kleinen Flur, in dem er am Samstagnachmittag mit der alten Frau gestanden hatte.

Oben angekommen, sah er, daß die Tür zum Bankbüro geschlossen war, und klingelte zum zweitenmal. Gleich darauf hörte er Schritte, und es öffnete ihm ein großer, blonder Mann, eindeutig nicht der, dem er am Samstagnachmittag die Treppe hinunter gefolgt war.

Er zog seinen Dienstausweis aus der Tasche und hielt ihn dem Mann hin. *»Buon giorno.* Ich bin Commissario Guido Brunetti von der Questura di Venezia. Ich möchte Signor Ravanello sprechen.«

»Einen Augenblick bitte«, sagte der andere und machte die Tür so schnell wieder zu, daß Brunetti keine Zeit blieb, ihn daran zu hindern. Es verging mindestens eine Minute, bevor die Tür erneut geöffnet wurde, diesmal von einem anderen Mann, weder groß noch blond, allerdings war es auch nicht der, den Brunetti auf der Treppe gesehen hatte.

»Ja?« fragte er Brunetti, als wäre der Mann von vorhin nur ein Phantom gewesen.

»Ich möchte Signor Ravanello sprechen.«

»Und wen soll ich melden?«

»Das habe ich Ihrem Kollegen eben schon gesagt. Commissario Guido Brunetti.«

»Ah ja, einen Augenblick.« Dieses Mal war Brunetti gewappnet und hielt einen Fuß bereit, um ihn sofort in die Tür stellen zu können, falls der Mann sie zu schließen versuchte, ein Trick, den er sich beim Lesen amerikanischer Krimis gemerkt hatte, bisher allerdings noch nie anwenden konnte.

Auch jetzt sollte er keine Gelegenheit dazu haben. Der Mann machte die Tür weit auf und sagte: »Bitte kommen Sie herein, Signor Commissario. Signor Ravanello ist in seinem Büro und wird sich freuen, Sie zu sehen.« Diese Aussage erschien Brunetti etwas übertrieben, aber er ließ dem Mann sein Recht auf eine eigene Meinung.

Das Büro nahm offenbar die gleiche Fläche ein wie oben die Wohnung der alten Frau. Der Mann führte ihn durch einen Raum, der ihrem Wohnzimmer entsprach: Vier gleich große Fenster gingen auf den campo hinaus. Drei Männer in dunklen Anzügen saßen an ihren Schreibtischen, aber keiner blickte von seinem Computerbildschirm hoch, als Brunetti vorbeiging. Der Mann blieb vor einer Tür stehen, die der Küchentür bei der alten Frau entsprach. Er klopfte und trat ein, ohne auf Antwort zu warten.

Das Zimmer hatte etwa dieselbe Größe wie im oberen Stock die Küche, aber wo bei der alten Frau das Spülbecken war, standen hier vier Aktenschränke. Wo sie ihren Tisch mit der Marmorplatte hatte, stand hier ein breiter Eichenschreibtisch, hinter dem ein großer, dunkelhaariger Mann mittlerer Statur in weißem Hemd und dunklem Anzug saß. Er mußte sich nicht erst umdrehen und seinen Hinterkopf zeigen, Brunetti erkannte ihn auch so als den Mann, der am Samstagnachmittag in diesem Büro gearbeitet und später an Deck des Vaporetto gestanden hatte.

Brunetti hatte ihn zwar nur aus einiger Entfernung und mit Sonnenbrille gesehen, aber es war derselbe Mann. Er hatte einen kleinen Mund und eine lange Patriziernase, die gemeinsam mit den eng zusammenstehenden Augen und den dichten schwarzen Brauen alle Aufmerksamkeit auf die Gesichtsmitte lenkte, so daß der Betrachter beim ersten Blick leicht sein Haar übersah, das sehr dicht und sehr kraus war.

»Signor Ravanello«, begann Brunetti, »ich bin Commissario Guido Brunetti.«

Ravanello stand auf und streckte ihm die Hand hin. »Ah ja, Sie kommen sicher wegen dieser schrecklichen Geschichte mit Mascari.« Dann wandte er sich an den anderen Mann. »Danke, Aldo. Ich spreche mit dem Commissario.« Worauf der andere das Büro verließ und die Tür hinter sich zumachte.

»Bitte, setzen Sie sich doch«, sagte Ravanello und kam hinter seinem Schreibtisch hervor, um einen der beiden vorhandenen Stühle so zu drehen, daß sie sich genau gegenübersitzen würden. Nachdem Brunetti Platz genommen hatte, ging Ravanello zu seinem Schreibtisch zurück und setzte sich ebenfalls. »Eine furchtbare Geschichte, wirklich furchtbar. Ich habe mit dem Direktorium der Bank gesprochen. Keiner von uns hat die leiseste Vorstellung, was zu tun ist.«

»Sie meinen Mascaris Nachfolge? Er war doch Direktor hier, oder?«

»Ja, das war er. Aber nein, unser Problem ist nicht, wer ihn ersetzen wird. Das ist bereits geregelt.«

Obwohl Ravanello die Pause eindeutig nur eingelegt hatte, um dann gleich zum wirklichen Problem seiner Bank zu kommen, fragte Brunetti: »Und wer ist sein Nachfolger?«

Von der Frage überrascht, blickte Ravanello auf. »Da ich der Vize war, ich. Aber das ist, wie gesagt, nicht der Grund für die Beunruhigung.«

Soweit Brunetti wußte – und die Erfahrung hatte ihn bisher nicht das Gegenteil gelehrt –, war bei einer Bank der einzige Grund für irgendeine Beunruhigung, wieviel Gewinn oder Verlust sie machte. Er lächelte neugierig und fragte: »Und was ist der Grund, Signor Ravanello ?«

»Der Skandal. Der entsetzliche Skandal. Sie wissen ja, wie diskret wir sein müssen, wir Banker, und wie vorsichtig.«

Brunetti wußte, daß Bankleute besser nicht ins Spielkasino gingen oder ungedeckte Schecks ausstellten, wenn sie nicht gefeuert werden wollten, aber das schienen ihm kaum erdrükkende Forderungen an jemanden, dem immerhin das Geld anderer Leute anvertraut war.

»Welchen Skandal meinen Sie, Signor Ravanello?«

»Wenn Sie Commissario der Polizei sind, kennen Sie die Umstände, unter denen Leonardos Leiche gefunden wurde.«

Brunetti nickte.

»Das ist leider hier und auch in Verona bekanntgeworden. Es haben bereits eine Reihe von Kunden angerufen, Leute, die jahrelang mit Leonardo zu tun hatten. Drei haben veranlaßt, daß ihre Gelder von unserer Bank abgezogen werden. In zwei Fällen bedeutet das erhebliche Verluste für uns. Und heute ist erst der erste Tag.«

»Und Sie glauben, daß diese Entscheidungen aufgrund der Umstände getroffen wurden, unter denen man Signor Mascaris Leiche gefunden hat?«

»Selbstverständlich. Ich denke, das liegt doch auf der Hand«, sagte Ravanello, aber es klang besorgt, nicht ärgerlich.

»Haben Sie Grund zu der Annahme, daß daraufhin noch mehr Leute ihr Geld abheben werden?«

»Vielleicht. Vielleicht auch nicht. In besagten Fällen, bei den tatsächlichen Einbußen, können wir eine direkte Verbindung zu Leonardos Tod ziehen. Aber viel mehr Sorge machen uns die noch nicht meßbaren Verluste für die Bank.«

»Und die wären?«

»Leute, die erst gar nicht mehr bei uns anlegen. Leute, die davon hören oder lesen und sich daraufhin entschließen, ihre Finanzen einer anderen Bank anzuvertrauen.«

Brunetti dachte darüber ein Weilchen nach und dachte auch über die Angewohnheit der Banker nach, das Wort »Geld« zu vermeiden, dachte an die breite Palette von Wörtern, die sie erfunden hatten, um diesen schnöden Ausdruck zu umgehen:

Vermögen, Finanzen, Investitionen, Liquidität, Guthaben, Kapital. Gewöhnlich waren Euphemismen krasseren Dingen vorbehalten: dem Tod und den Körperfunktionen. Hieß das vielleicht, daß dem Geld etwas grundlegend Schmutziges anhaftete und daß die Sprache der Banker diese Tatsache verschleiern oder leugnen wollte? Er konzentrierte sich wieder auf Ravanello.

»Haben Sie eine Vorstellung, um welche Summen es sich dabei handelt?«

»Nein«, sagte Ravanello und schüttelte so bekümmert den Kopf, als hätte jemand von Tod oder schwerer Krankheit gesprochen. »Das kann man kaum berechnen.«

»Und was Sie die tatsächlichen Einbußen nennen, wie groß sind die?«

Ravanellos Gesicht bekam einen wachsamen Ausdruck. »Könnten Sie mir sagen, warum Sie das wissen wollen, Commissario?«

»Es geht nicht darum, daß ich gerade das wissen will, Signor Ravanello. Wir stehen mit unseren Ermittlungen noch am Anfang, und ich möchte so viele Informationen wie möglich sammeln, aus möglichst vielen Quellen. Was sich dann als wichtig erweisen wird, kann ich jetzt noch nicht sagen; diese Entscheidung können wir erst fällen, wenn wir alle Informationen über Signor Mascari zusammengetragen haben, die wir bekommen können.«

»Ich verstehe«, sagte Ravanello. Er zog einen Ordner zu sich heran, der auf seinem Schreibtisch lag. »Ich habe die Zahlen hier, Commissario. Ich war gerade dabei, sie mir anzusehen.« Er schlug den Ordner auf und fuhr mit dem Finger über einen Computerausdruck mit Namen und Zahlen. »Zusammengenommen beträgt die Summe der gekündigten Guthaben, nur von den beiden eben erwähnten Kunden – der dritte spielt kaum eine Rolle –, rund acht Milliarden Lire.«

»Weil er ein Kleid anhatte?« fragte Brunetti, der seine Antwort ganz bewußt so übertrieben formulierte.

Ravanello verbarg seinen Abscheu ob solcher Frivolität, aber nur schlecht. »Nein, Commissario, nicht weil er ein Kleid anhatte. Sondern weil diese Art des Verhaltens auf einen eklatanten Mangel an Verantwortungsbewußtsein hindeutet und unsere Investoren sich, vielleicht zu Recht, Gedanken darüber machen, ob dieser Mangel an Verantwortungsbewußtsein ihn nicht im Beruf ebenso bestimmt haben könnte wie im Privatleben.«

»Die Leute steigen also aus, bevor sich herausstellt, daß die Bank ruiniert ist, weil er alles für Strümpfe und Spitzenunterwäsche ausgegeben hat?«

»Ich sehe keinen Anlaß, das als Witz zu betrachten, Commissario«, sagte Ravanello in einem Ton, der schon zahllose Bankkunden in die Knie gezwungen haben mußte.

»Ich will damit nur sagen, daß dies eine etwas überzogene Reaktion auf den Tod des Mannes ist.«

»Aber sein Tod ist kompromittierend.«

»Für wen?«

»Für die Bank natürlich. Aber weit mehr noch für Leonardo selbst.«

»Signor Ravanello, so kompromittierend Signor Mascaris Tod auch erscheinen mag, wir haben keine eindeutigen Fakten, was die Umstände dieses Todes angeht.«

»Soll das heißen, er hatte keine Frauenkleider an, als man ihn gefunden hat?«

»Signor Ravanello, wenn ich Sie in ein Affenfell stecke, heißt das nicht, daß Sie auch einer sind.«

»Was meinen Sie damit?« fragte Ravanello, der seine Verärgerung jetzt nicht mehr zu verbergen suchte.

»Das soll genau das heißen, was es heißt: Aus der Tatsache, daß Signor Mascari zur Zeit seines Todes ein Kleid trug, kann man nicht unbedingt schließen, daß er ein Transvestit war. Genauer gesagt läßt sich daraus noch nicht einmal schließen, daß es in seinem Leben auch nur die kleinste Anomalie gab.«

»Das kann ich unmöglich glauben«, sagte Ravanello.

»Ihre Investoren anscheinend auch nicht.«

»Ich finde es aus anderen Gründen unmöglich, Commissario«, sagte Ravanello, blickte auf den Ordner, klappte ihn zu und legte ihn zur Seite.

»Ja?«

»Es ist nicht leicht, darüber zu sprechen«, sagte er, nahm den Ordner und legte ihn auf die andere Seite seines Schreibtisches.

Als er nichts weiter sagte, drängte Brunetti in etwas sanfterem Ton: »Reden Sie weiter, Signor Ravanello.«

»Ich war Leonardos Freund. Vielleicht der einzige enge Freund.« Er sah Brunetti an, dann wieder auf seine Hände. »Ich habe es gewußt«, sagte er leise.

»Was haben Sie gewußt, Signor Ravanello?«

»Ich wußte, daß er sich verkleidete. Und von den Jungen.« Er wurde rot, als er das sagte, aber er hielt den Blick starr auf seine Hände gerichtet.

»Woher haben Sie das gewußt?«

»Leonardo hat es mir erzählt.« Er hielt inne und holte tief Luft. »Wir haben zehn Jahre zusammengearbeitet. Unsere Familien kennen sich. Leonardo ist der Pate meines Sohns. Ich glaube nicht, daß er andere Freunde hatte. Keine engen jedenfalls.« Hier brach Ravanello ab, als ob das alles wäre, was er sagen konnte.

Brunetti ließ ein paar Sekunden verstreichen und fragte dann: »Wie kam es dazu, daß er es Ihnen erzählt hat? Und was hat er Ihnen erzählt?«

»Wir waren hier, an einem Sonntag, nur wir beide. Die Computer waren am Freitag und Samstag ausgefallen, und wir konnten erst am Sonntag wieder zu arbeiten anfangen. Wir saßen an den Terminals draußen im Hauptbüro, da drehte er sich einfach um und sagte es mir.«

»Was hat er gesagt?«

»Es war sehr merkwürdig, Commissario. Er hat nur zu mir herübergeschaut. Ich sah es und dachte, er wolle mir etwas sagen oder etwas zu der Transaktion fragen, die er gerade eingab, also hielt ich auch inne und sah ihn an.« Ravanello schwieg, während er die Szene heraufbeschwor. »Er sagte: ›Übrigens, Marco, ich liebe Jungen.‹ Dann hat er sich wieder über seinen Computer gebeugt und weitergearbeitet, als hätte er mir nur eine Buchungsnummer oder einen Aktienkurs angegeben. Es war sehr eigenartig.«

Brunetti ließ das Schweigen danach etwas im Raum stehen, bevor er fragte: »Hat er das je erklärt oder noch etwas hinzugefügt?«

»Ja. Als wir an dem Nachmittag fertig waren, habe ich ihn gefragt, was er gemeint hat, daraufhin hat er es wiederholt.«

»Was?«

»Daß er Jungen mag, keine Frauen.«

»Jungen oder Männer?«

»*Ragazzi.* Jungen.«

»Und das Verkleiden, hat er sich dazu geäußert?«

»Damals nicht. Aber einen Monat später. Wir saßen im Zug auf der Fahrt zu unserer Hauptstelle in Verona, und in Padua standen solche Typen auf dem Bahnsteig. Da hat er es mir erzählt.«

»Wie haben Sie darauf reagiert?«

»Ich war natürlich schockiert. Ich hätte nie gedacht, daß Leonardo so veranlagt war.«

»Haben Sie ihn gewarnt?«

»Wovor?«

»Nun, wegen seiner Stellung bei der Bank.«

»Natürlich. Ich habe ihm gesagt, wenn jemand davon erführe, wäre seine Karriere im Eimer.«

»Warum? Ich bin sicher, es arbeiten viele Homosexuelle bei Banken.«

»Das ist es nicht. Es ist das Verkleiden. Und die Prostituierten.«

»Das hat er Ihnen erzählt?«

»Ja. Er sagte, daß er zu ihnen geht und manchmal dasselbe tut.«

»Was tut?«

»Wie immer man das nennt – sich anbietet? Er hat Geld von Männern genommen. Ich habe ihm gesagt, das könnte ihn vernichten.« Ravanello wartete einen Moment, dann fügte er hinzu: »Und das hat es dann auch.«

»Signor Ravanello, warum haben Sie davon nichts der Polizei gesagt?«

»Ich habe es Ihnen eben gesagt, Commissario. Ich habe Ihnen alles gesagt.«

»Ja, aber ich bin hergekommen, um Sie zu befragen. Sie haben sich nicht mit uns in Verbindung gesetzt.«

»Ich sah keinen Grund, seinen Ruf zu zerstören«, erklärte Ravanello schließlich.

»Mir scheint, da war nicht mehr viel zu zerstören, wie ich dem entnehme, was Sie von Ihren Kunden erzählt haben.«

»Ich hielt es nicht für wichtig.« Und auf Brunettis Blick hin setzte er hinzu: »Ich meine, alle haben es offenbar sowieso schon geglaubt. Da sah ich keinen Anlaß, sein Vertrauen zu brechen.«

»Ich habe den Eindruck, daß Sie mir etwas verheimlichen, Signor Ravanello.«

Der Banker sah Brunettis Gesicht und schaute schnell weg. »Ich wollte auch die Bank schützen. Ich wollte feststellen, ob Leonardo ... ob er eine Unbesonnenheit begangen hatte.«

»Ist das bei Ihnen der Fachausdruck für Unterschlagung?«

Wieder deuteten Ravanellos zusammengepreßte Lippen seine Meinung über Brunettis Wortwahl an. »Ich wollte sichergehen, daß die Bank durch seine Unbesonnenheit nicht in Mitleidenschaft gezogen wurde.«

»Im Klartext?«

»Also gut, Commissario«, sagte Ravanello, während er sich ärgerlich vorbeugte. »Ich wollte sehen, ob seine Konten in Ordnung waren, ob nichts fehlte von dem Kunden- oder Firmenkapital, das durch seine Hände ging.«

»Dann waren Sie ja schwer beschäftigt heute vormittag.«

»Nein, ich habe es am Wochenende gemacht. Samstag und Sonntag habe ich in erster Linie damit verbracht, vor dem Computer zu sitzen und seine Kundenkonten zu überprüfen, die letzten drei Jahre. Weiter zurückzugehen, hatte ich keine Zeit.«

»Und was haben Sie festgestellt?«

»Gar nichts. Alles ist ganz so, wie es sein sollte. Wie derangiert Leonardos Privatleben auch gewesen sein mag, beruflich ist alles in bester Ordnung.«

»Und wenn es nicht so gewesen wäre?« fragte Brunetti.

»Dann hätte ich Sie angerufen.«

»Ich verstehe. Können Sie uns Kopien dieser Unterlagen zur Verfügung stellen?«

»Natürlich« , meinte Ravanello und überraschte Brunetti mit dieser schnellen Zustimmung. Seiner Erfahrung nach rückten Banken mit Informationen noch widerwilliger heraus als mit Geld. Normalerweise ging das nur durch eine gerichtliche Verfügung. Welch eine freundliche, entgegenkommende Geste von Signor Ravanello.

»Vielen Dank, Signor Ravanello. Einer unserer Finanzexperten kommt dann vorbei, um sie abzuholen, morgen vielleicht.«

»Ich werde dafür sorgen, daß sie fertig sind.«

»Und wenn Sie überlegen könnten, ob Ihnen vielleicht noch etwas einfällt, was Signor Mascari Ihnen über sein anderes, sein heimliches Leben anvertraut hat.«

»Natürlich. Aber ich glaube, ich habe Ihnen alles gesagt.«

»Gut, aber es könnte ja sein, daß Sie sich in Ihrem momentanen Gefühlsaufruhr an andere, scheinbar unwichtige Dinge nicht erinnern. Ich wäre Ihnen sehr dankbar, wenn Sie alles notieren könnten, was Ihnen noch einfällt. Ich melde mich morgen oder übermorgen wieder.«

»Natürlich«, wiederholte Ravanello, dessen Stimmung sich

durch die Aussicht auf das baldige Ende der Unterredung merklich besserte.

»Ich glaube, das ist für heute alles«, sagte Brunetti und stand auf. »Ich danke Ihnen für Ihre Zeit und Ihre Offenheit, Signor Ravanello. Die Situation ist sicher sehr schwierig für Sie. Denn Sie haben nicht nur einen Kollegen verloren, sondern auch einen Freund.«

»Ja, das habe ich«, meinte Ravanello mit einem Nicken.

»Nochmals«, sagte Brunetti und streckte dabei die Hand aus, »vielen Dank für Ihre Zeit und Ihre Hilfe.« Er wartete einen Augenblick, dann ergänzte er: »Und Ihre Aufrichtigkeit.«

Bei diesen Worten blickte Ravanello abrupt auf, aber er sagte: »Gern geschehen, Commissario«, und kam hinter seinem Schreibtisch hervor, um Brunetti hinauszugeleiten. Er ging mit ihm bis zur Tür des Hauptbüros. Dort gaben sie sich noch einmal die Hand, und Brunetti ging allein hinaus in das Treppenhaus, durch das er Ravanello am Samstagnachmittag gefolgt war.

18

Weil er sowieso in der Nähe der Rialtobrücke war, hätte Brunetti zum Mittagessen nach Hause gehen können, aber er hatte weder Lust zu kochen, noch den Rest der insalata di calamari zu riskieren, der nun schon vier Tage alt und ihm daher nicht mehr ganz geheuer war. Statt dessen ging er zum *Corte de Milion* und nahm in der kleinen Trattoria, die sich in eine Ecke des winzigen *campo* schmiegte, ein angemessenes Mittagsmahl ein.

Um drei war er wieder in seinem Büro und überlegte, daß es wahrscheinlich klug wäre, hinunterzugehen und mit Patta zu sprechen, ohne erst von ihm gerufen worden zu sein. Im Vorzimmer des Vice-Questore goß Signorina Elettra gerade Wasser aus einer Plastikflasche in eine große Kristallvase mit sechs hohen Callas. Die Callablüten waren weiß, aber nicht so weiß wie die Bluse, die Signorina Elettra zum Rock ihres purpurfarbenen Kostüms trug. Als sie Brunetti sah, meinte sie lächelnd: »Es ist wirklich erstaunlich, wieviel Wasser sie brauchen.«

Ihm fiel keine passende Antwort ein, und so begnügte er sich damit, ihr Lächeln zu erwidern, und fragte: »Ist er da?«

»Ja. Er ist gerade vom Essen gekommen. Um halb fünf hat er eine Verabredung, wenn Sie mit ihm sprechen wollen, tun Sie es am besten gleich.«

»Wissen Sie, was das für eine Verabredung ist?«

»Commissario, wollen Sie, daß ich Vertrauliches aus dem Privatleben des Vice-Questore ausplaudere?« fragte sie und legte die angemessene Entrüstung in ihre Stimme; dann fügte sie hinzu: »Genaugenommen ist diese Verabredung mit seinem Anwalt nämlich etwas, worüber ich nicht berechtigt bin, mich zu äußern.«

»Ah ja«, sagte Brunetti und blickte auf ihre Schuhe, dasselbe Purpurrot wie der Rock. Sie arbeitete gerade etwas mehr als eine

Woche für Patta. »Dann gehe ich am besten jetzt zu ihm.« Er tat die paar Schritte, klopfte an Pattas Tür, wartete auf das *»avanti«* von drinnen und ging hinein.

Da der Mann hinter dem Schreibtisch in Pattas Büro saß, mußte es Vice-Questore Giuseppe Patta sein. Aber der da saß, hatte mit dem Vice-Questore etwa soviel Ähnlichkeit wie ein Polizeifoto mit dem darauf Abgebildeten. Pattas Haut, die um diese Jahreszeit meist schon die Farbe von hellem Mahagoni hatte, war ganz blaß, aber es war eine seltsame Blässe unter einer dünnen, künstlich wirkenden Bräune. Sein kräftiges Kinn, das Brunetti immer an Mussolini-Fotos in Geschichtsbüchern erinnerte, wirkte gar nicht mehr so fest und bestimmt, sondern eher formlos, als könnte es höchstens noch eine Woche dauern, bevor es ganz erschlaffen würde. Pattas Krawatte war penibel geknotet, aber der Kragen seines Jacketts sah aus, als ob er eine Bürste nötig hätte. Die Krawattennadel fehlte ebenso wie die Blume im Knopfloch, wodurch der seltsame Eindruck entstand, der Vice-Questore wäre mehr oder weniger unbekleidet ins Büro gekommen.

»Ah, Brunetti«, sagte er, als er den anderen hereinkommen sah. »Setzen Sie sich. Bitte, nehmen Sie Platz.« Brunetti konnte sich nicht erinnern, in den gut fünf Jahren, die er nun schon für Patta arbeitete, schon einmal ein »Bitte« aus seinem Mund gehört zu haben, höchstens ein zähneknirschendes.

Brunetti tat wie geheißen und wartete, was für Wunder noch geschehen würden.

»Ich wollte Ihnen für Ihre Hilfe danken«, begann Patta, sah Brunetti kurz an und dann an ihm vorbei, als ob er hinter dessen Schulter einem Vogel nachblicken wollte, der gerade durchs Zimmer geflogen war. Da Paola verreist war, lagen zu Hause keine Hefte von *Gente* oder *Oggi* herum, und Brunetti konnte nicht wissen, ob über Signora Patta und Tito Burrasca etwas darin stand, aber vermutlich rührte Pattas Dankbarkeit daher, daß dem nicht so war. Wenn Patta dies eher Brunettis vermeintlichen Pressekontakten zuschreiben wollte als dem inkonsequenten Verhalten seiner Frau, sah Brunetti keinen Anlaß, den Mann zu enttäuschen.

»Das war nicht der Rede wert, Vice-Questore«, sagte er wahrheitsgemäß.

Patta nickte. »Was ist mit der Geschichte in Mestre?« Brunetti berichtete ihm kurz, was er bisher in Erfahrung gebracht hatte, und schloß mit seinem Besuch bei Ravanello am selben Vormittag und dessen Behauptung, er habe von Mascaris Veranlagung und Vorlieben gewußt.

»Dann müßte man annehmen, daß sein Mörder einer seiner – wie nennt man sie, Freier? – war«, sagte Patta und zeigte damit sein untrügliches Gespür fürs Offensichtliche.

»Immer vorausgesetzt, Sie glauben, daß Männer in unserem Alter für andere Männer sexuell attraktiv sind, Vice-Questore.«

»Ich weiß nicht, was Sie damit meinen, Commissario«, sagte Patta, jetzt wieder in einem Ton, den Brunetti besser kannte.

»Wir gehen alle davon aus, daß er entweder *un travestito* oder *un prostituto* war und infolgedessen getötet wurde, aber unser einziger Beweis ist die Tatsache, daß er in einem Kleid aufgefunden wurde, sowie die Aussage des Mannes, der seine Stelle übernommen hat.«

»Aber dieser Mann ist auch Direktor einer Bank, Brunetti«, entgegnete Patta mit der ihm eigenen Ehrfurcht vor solchen Titeln.

»Eine Stellung, die er durch den Tod des anderen bekommen hat.«

»Banker bringen sich nicht gegenseitig um, Brunetti«, versetzte Patta mit jener felsenfesten Überzeugung, die so typisch für ihn war.

Brunetti bemerkte die Gefahr zu spät. Patta mußte nur erst den Vorteil sehen, der darin lag, Mascaris Tod einer gewalttätigen Episode in seinem anomalen Privatleben zuzuschreiben, und er würde es für gerechtfertigt halten, die Suche nach dem Täter der Polizei in Mestre zu überlassen, und Brunetti ganz legitim von dem Fall abziehen.

»Sie haben wahrscheinlich recht, Vice-Questore«, räumte Brunetti ein, »aber wir können es uns derzeit nicht leisten, in der Presse den Eindruck entstehen zu lassen, wir hätten in diesem Fall nicht jede mögliche Spur verfolgt.«

Wie ein Stier beim leisesten Flattern der capa, so reagierte Patta bei diesem Hinweis auf die Medien. »Was schlagen Sie dann vor?«

»Ich meine, wir sollten natürlich alle Bemühungen auf die Transvestitenszene in Mestre konzentrieren, aber ich denke, daß wir die Möglichkeit einer Verquickung mit der Bank wenigstens ins Auge fassen sollten, auch wenn wir beide wissen, wie abwegig sie ist.«

Beinah würdevoll sagte Patta: »So wirklichkeitsfremd bin ich noch nicht, Commissario. Wenn Sie dieser Idee nachgehen wollen, daß es womöglich eine Verbindung zwischen der Bank und seinem Tod gibt, dann steht Ihnen das frei, aber ich möchte, daß Sie dabei bedenken, mit wem Sie es zu tun haben, und die Leute entsprechend ihrer Position mit dem nötigen Respekt behandeln.«

»Gewiß, Vice-Questore.«

»Dann überlasse ich es also Ihnen, aber unternehmen Sie bitte im Zusammenhang mit der Bank nichts, ohne sich vorher mit mir zu besprechen.«

»Ja, gut. Ist das dann alles?«

»Ja.«

Brunetti stand auf, rückte den Stuhl an den Schreibtisch und verließ Pattas Büro ohne ein weiteres Wort. Draußen war Signorina Elettra damit beschäftigt, einen Ordner durchzublättern.

»Signorina«, fing er an, »haben Sie in diesen Finanzangelegenheiten schon etwas herausbekommen können?«

»Wessen?« fragte sie mit einem leichten Lächeln.

»Wie bitte?« Brunetti verstand gar nichts.

»Die von Avvocato Santomauro oder Signor Burrasca?« Brunetti war so sehr mit seinen Ermittlungen um den Tod Mascaris beschäftigt, daß er den Filmproduzenten ganz vergessen hatte, über den Signorina Elettra ja ebenfalls Erkundigungen einholen sollte.

»Ach, Burrasca hatte ich ganz vergessen«, gestand er. Da sie dessen Namen erwähnt hatte, nahm er an, daß sie von ihm zuerst reden wollte. »Was haben Sie denn über ihn herausgefunden?«

Sie legte den Ordner auf die Seite und sah Brunetti an, als ob seine Frage sie überraschte. »Daß seine Wohnung in Mailand zum Verkauf angeboten wird, daß er mit seinen drei letzten Filmen Verluste gemacht hat und daß die Villa in Monaco bereits von seinen Gläubigern übernommen wurde.« Sie lächelte. »Wollen Sie noch mehr?«

Brunetti nickte. Wie um alles in der Welt machte sie das nur?

»In den USA ist Klage gegen ihn erhoben worden, denn dort gibt es ein Gesetz gegen die Mitwirkung von Kindern in Pornofilmen. Außerdem hat die Polizei in Monaco alle Kopien seines letzten Films konfisziert; warum, kann ich leider nicht herausfinden.«

»Und seine Steuern? Sind das Kopien seiner Steuererklärungen, was Sie da eben durchgesehen haben?«

»Aber nein«, versetzte sie ungehalten. »Sie wissen doch, wie schwierig es ist, von Finanzbeamten Informationen zu bekommen.« Sie hielt inne und fügte nicht ganz unerwartet hinzu: »Es sei denn, man kennt jemanden, der dort arbeitet. Ich kriege sie nicht vor morgen.«

»Und dann geben Sie alles an den Vice-Questore weiter?«

Signora Elettra bedachte ihn mit einem grimmigen Blick. »Nein, Commissario. Damit werde ich noch mindestens ein paar Tage warten.«

»Meinen Sie das ernst?«

»Ich scherze nicht über den Vice-Questore.«

»Aber warum wollen Sie ihn warten lassen?«

»Warum nicht?«

Brunetti überlegte, wie viele kleine Kränkungen Patta der jungen Frau im Lauf der letzten Woche zugefügt haben mußte, daß er es so bald schon auf diese Weise heimgezahlt bekam. »Und was ist mit Santomauro?« fragte er.

»Ah, der Avvocato ist ein völlig anderer Fall. Seine Finanzen könnten in keinem besseren Zustand sein. Er besitzt ein Paket Aktien und festverzinsliche Papiere im Wert von etwa einer halben Milliarde Lire. Sein Jahreseinkommen ist mit zweihundert Millionen Lire angegeben, mindestens das Doppelte dessen, was ein Mann in seiner Position normalerweise angeben würde.«

»Und wie steht's mit den Steuern?«

»Das ist ja das Eigenartige. Wie es aussieht, gibt er alles an. Kein Hinweis darauf, daß er irgendwie schummelt.«

»Das klingt, als ob Sie es nicht glaubten?« sagte Brunetti.

»Aber, Commissario«, meinte sie mit einem weiteren vorwurfsvollen Blick, allerdings nicht ganz so ungehalten wie vorher. »Sie wissen doch selbst, daß niemand bei seiner Steuererklärung ehrlich ist. Das ist ja das Merkwürdige. Wenn er alles angibt, was er verdient, muß er eine andere Geldquelle haben, die sein angegebenes Einkommen so nichtig erscheinen läßt, daß er gar nicht schummeln muß.«

Brunetti dachte einen Augenblick darüber nach. Die Steuergesetze ließen keine andere Erklärung zu. »Gibt Ihr Computer Ihnen einen Hinweis darauf, wo das Geld möglicherweise herkommt?«

»Nein, aber ich kann daraus ersehen, daß er Präsident der *Lega della Moralità* ist. Also müßte man logischerweise dort nachforschen.«

»Können Sie beide«, fragte er mit einer Kopfbewegung zu dem Bildschirm, vor dem sie saß, »etwas über die *Lega* herausfinden?«

»Damit habe ich schon angefangen, Commissario. Aber bisher erscheint mir die *Lega* noch undurchsichtiger als Signor Burrascas Steuererklärungen.«

»Ich habe vollstes Vertrauen, daß Sie alle Hindernisse überwinden werden, Signorina.«

Sie senkte den Kopf und nahm das Kompliment entgegen wie einen ihr schuldigen Tribut.

Er beschloß, die Frage zu wagen. »Wie kommt es, daß Sie sich im Computernetz so gut auskennen?«

»In welchem?« fragte sie aufblickend. »Finanzen.«

»Ich hatte bei meiner früheren Arbeit damit zu tun«, sagte sie, den Blick schon wieder halb auf dem Bildschirm.

»Und wo war das, wenn ich fragen darf?« erkundigte er sich und dachte dabei an Versicherungen, oder vielleicht das Büro eines Steuerberaters.

»Bei der Banca d'Italia«, sagte sie halb zu ihrem Bildschirm und halb zu Brunetti.

Er zog die Augenbrauen hoch. Sie blickte auf, sah sein Gesicht und erklärte: »Ich war Direktionsassistentin.« Man mußte weder Banker noch Mathematiker sein, um ausrechnen zu können, eine wie große finanzielle Verschlechterung so ein Stellenwechsel bedeutete. Außerdem war ein Arbeitsplatz bei einer Bank für die meisten Italiener gleichbedeutend mit absoluter Sicherheit; die Leute warteten Jahre, um als Mitarbeiter bei einer Bank angenommen zu werden, bei jeder Bank, wobei die Banca d'Italia sicher die begehrteste war. Und diese junge Frau wechselte als Sekretärin zur Polizei? Selbst zwei wöchentliche Blumensträuße von Fantin machten das nicht plausibel. Und wenn man sich vor Augen hielt, daß sie nicht nur einfach bei der Polizei, sondern ausgerechnet für Patta arbeitete, erschien das Ganze schon beinah irrsinnig.

»Ich verstehe«, sagte Brunetti, obwohl er nichts verstand. »Ich hoffe, Sie werden sich bei uns wohl fühlen.«

»Da bin ich ganz sicher, Commissario«, sagte Signorina Elettra. »Soll ich Ihnen noch irgendwelche anderen Informationen heraussuchen?«

»Nein, im Augenblick nicht, danke«, antwortete er und ging

zurück in sein Büro. Über seine Amtsleitung rief er das Hotel in Bozen an und verlangte Signora Brunetti.

Signora Brunetti war spazieren, erfuhr er, und wurde erst zum Abendessen zurückerwartet. Er hinterließ keine Nachricht, nur seinen Namen, und legte auf.

Gleich darauf klingelte sein Telefon. Es war Padovani aus Rom, der sich entschuldigte, daß er nichts weiter über Santomauro hatte in Erfahrung bringen können. Er hatte Freunde in Rom und Venedig angerufen, aber alle waren offenbar in den Ferien, und er hatte nur eine Reihe von Nachrichten auf Anrufbeantwortern hinterlassen und um Rückruf gebeten, ohne den Grund seines Anrufs zu nennen. Brunetti bedankte sich und bat Padovani, sich wieder zu melden, wenn er etwas Neues wußte.

Nachdem er aufgelegt hatte, wühlte Brunetti auf seinem Schreibtisch, bis er gefunden hatte, was er suchte, nämlich den Autopsiebericht über Mascari, den er noch einmal aufmerksam durchlas. Auf der vierten Seite stand, wonach er gesucht hatte. »Kratzer und Schnittwunden an den Beinen, keine Anzeichen epidermaler Blutung. Die Kratzer wurden zweifelsohne durch die scharfen Halme von ...« Hier hatte der Pathologe ein bißchen angegeben und den lateinischen Namen des Grases genannt, in dem Mascaris Leiche versteckt worden war.

Tote bluten nicht; es fehlt der Druck, um das Blut an die Oberfläche zu pumpen. Diese Grundregel der Pathologie hatte Brunetti sich gemerkt. Wären die Kratzer durch – und hier wiederholte er laut die pompösen lateinischen Silben – verursacht worden, hätten sie nicht geblutet, denn Mascari war tot, als er dort deponiert wurde. Aber wenn ihm jemand anderes die Beine rasiert hatte, nachdem er tot war, hätte es auch nicht geblutet.

Brunetti hatte sich noch nie woanders als im Gesicht rasiert, aber er war seit Jahren Zeuge, wenn Paola sich mit dem Rasierapparat über Schienbein, Knöchel und Knie fuhr. Er konnte gar nicht mehr zählen, wie oft er während dieser Prozedur ihr unterdrücktes Fluchen aus dem Bad gehört hatte, um sie kurz darauf, ein Stück Toilettenpapier als provisorisches Pflaster auf irgendeinen Teil ihres Beins geklebt, herauskommen zu sehen. Paola rasierte sich die Beine, seit er sie kannte, und sie schnitt sich trotzdem jedesmal. Daß ein Mann Mitte Vierzig es besser konnte, war unwahrscheinlich. Brunetti neigte zu der Annahme, daß es bis zu einem gewissen Grade in allen Ehen ähnlich zuging. So würde Paola es sofort merken, wenn er plötzlich anfinge, sich die Beine zu rasieren. Und so hielt er es auch für höchst unwahrscheinlich, daß Mascari seine Beine hätte rasieren können, ohne daß seine Frau es gemerkt hätte, auch wenn er sie von Geschäftsreisen nicht anrief.

Er schaute noch einmal in den Autopsiebericht: »Keine Anzeichen epidermaler Blutung aus den Schnittwunden an den Beinen des Toten.« Nein, ungeachtet des roten Kleides und der roten Schuhe, ungeachtet des Make-ups und der Unterwäsche – Signor Mascari hatte sich die Beine nicht selbst rasiert, bevor er starb. Also mußte es jemand getan haben, als er schon tot war.

19

Brunetti saß in seinem Büro und hoffte auf eine Brise am Spätnachmittag, die Erleichterung bringen würde, aber diese Hoffnung war ebenso vergeblich wie die, er könnte allmählich ein Bindeglied zwischen all den unzusammenhängenden Tatsachen erkennen. Ihm war klar, daß diese ganze Geschichte mit dem Transvestismus eine wohldurchdachte posthume Scharade war, die nur dazu dienen sollte, vom wirklichen Grund für Mascaris Tod abzulenken. Das bedeutete, daß Ravanello, der als einziger Mascaris »Geständnis« gehört hatte, log und wahrscheinlich etwas über den Mord wußte. Aber wenn es Brunetti auch nicht schwerfiel, sich vorzustellen, daß Banker tatsächlich Menschen umbrachten, konnte er doch nicht glauben, daß sie es nur taten, um ihren Weg auf der Karriereleiter abzukürzen.

Ravanello hatte nicht eine Sekunde gezögert, zuzugeben, daß er an dem Wochenende im Büro der Bank gewesen war; er hatte die Information sogar freiwillig beigesteuert. Und im Hinblick darauf, daß man Mascari gerade identifiziert hatte, war seine Begründung sogar einleuchtend – jeder gute Freund würde es so halten. Mehr noch, jeder loyale Angestellte würde es tun.

Dennoch, warum hatte er sich am Samstag nicht am Telefon gemeldet, warum es geheimhalten, sogar vor einem unbekannten Anrufer, daß er an dem Nachmittag in der Bank war?

Das Telefon klingelte, und Brunetti meldete sich mit Namen, immer noch in Gedanken, immer noch benommen von der Hitze.

»Ich muß mit Ihnen sprechen«, sagte eine Männerstimme. »Persönlich.«

»Wer spricht?« fragte Brunetti ruhig.

»Das möchte ich lieber nicht sagen«, antwortete die Stimme.

»Dann möchte ich lieber nicht mit Ihnen sprechen«, sagte Brunetti und legte auf. Gewöhnlich waren Anrufer durch diese Reaktion so verblüfft, daß sie gleich noch einmal anrufen zu müssen glaubten. Innerhalb weniger Minuten klingelte das Telefon erneut, und Brunetti meldete sich wieder.

»Es ist sehr wichtig«, sagte dieselbe Stimme.

»Es ist ebenso wichtig, daß ich weiß, mit wem ich spreche«, entgegnete Brunetti im Plauderton.

»Wir haben uns letzte Woche gesprochen.«

»Ich habe letzte Woche mit vielen Leuten gesprochen, Signor Crespo, aber nur wenige von ihnen haben mich angerufen und wollten mich sehen.«

Crespo schwieg lange, und Brunetti befürchtete schon, daß er nun seinerseits auflegen könnte, doch statt dessen sagte der junge Mann: »Ich würde mich gern mit Ihnen treffen und mit Ihnen reden.«

»Wir reden ja schon, Signor Crespo.«

»Nein, ich möchte Ihnen ein paar Sachen geben, Fotos und Papiere.«

»Was für Fotos und was für Papiere?«

»Das werden Sie dann schon sehen.«

»Womit haben diese Dinge zu tun, Signor Crespo?«

»Mit Mascari. Die Polizei hat einen ganz falschen Eindruck von ihm.«

Brunetti war der Ansicht, daß Crespo da recht hatte, aber er gedachte diese Ansicht für sich zu behalten.

»Was haben wir denn für einen falschen Eindruck?«

»Das sage ich Ihnen, wenn wir uns sehen.«

Brunetti hörte an Crespos Stimme, daß er langsam den Mut verlor, oder was immer ihn sonst zu dem Anruf bewogen haben mochte. »Wo wollen Sie sich mit mir treffen?«

»Wie gut kennen Sie sich in Mestre aus?«

»Gut genug.« Außerdem konnte er jederzeit Gallo oder Vianello fragen.

»Kennen Sie den Parkplatz vor dem Tunnel, der zum Bahnhof führt?«

Es war einer der wenigen Plätze im Großraum Venedig, wo man gebührenfrei parken konnte. Man mußte seinen Wagen nur dort oder entlang der baumbestandenen Straße, die auf den Tunnel zuführte, abstellen, kam durch die Unterführung zu den Gleisen, wo die Züge nach Venedig abfuhren, und war nach zehn Minuten Bahnfahrt dort, ohne Parkgebühren, ohne Warten in der Schlange vor Tronchetto.

»Ja, ich weiß, wo er ist.«

»Ich komme dorthin, heute abend.«

»Um welche Zeit?«

»Spät. Ich muß vorher noch etwas erledigen und weiß nicht genau, wie lange das dauert.«

»Um welche Zeit also?«

»Ich bin um eins da.«

»Und wo genau?«

»Wenn Sie aus dem Tunnel kommen, gehen Sie die erste Straße hinunter, dann die nächste links. Ich parke dort auf der rechten Seite, in einem hellblauen Panda.«

»Warum haben Sie dann nach dem Parkplatz gefragt?«

»Nur so. Ich wollte wissen, ob Sie ihn kennen. Ich parke da lieber nicht. Er ist mir zu hell beleuchtet.«

»Also gut, Signor Crespo. Ich komme.«

»Gut«, sagte Crespo und legte auf, bevor Brunetti noch etwas hinzufügen konnte.

Wer, so fragte sich Brunetti, hatte wohl Signor Crespo zu diesem Anruf veranlaßt? Er glaubte nicht eine Sekunde daran, daß Crespo aus eigenem Antrieb angerufen hatte – jemand wie Crespo hätte es nie ein zweites Mal versucht –, aber das verringerte in keiner Weise seine Neugier zu erfahren, was wirklich hinter dem Anruf steckte. Am wahrscheinlichsten war der Schluß, daß jemand eine Drohung an den Mann bringen wollte, vielleicht auch mehr, und dazu gab es keine bessere

Gelegenheit, als Brunetti um ein Uhr nachts auf die Straße zu locken.

Er rief bei der Questura in Mestre an und verlangte Sergente Gallo, nur um zu hören, daß der für ein paar Tage nach Mailand gefahren sei, um vor Gericht auszusagen. Ob er mit Sergente Buffo sprechen wolle, der Sergente Gallos Arbeit solange übernommen habe? Brunetti verneinte und legte auf.

Er rief Vianello an und bat ihn, in sein Büro heraufzukommen. Als der Sergente hereinkam, bot ihm Brunetti einen Stuhl an und berichtete ihm dann von Crespos Anruf und seinem eigenen in Mestre. »Was halten Sie davon?« fragte er schließlich.

»Also, ich würde sagen, da versucht Sie jemand aus Venedig herauszulocken, wo Sie auf offener Straße schlecht geschützt sind. Und wenn Sie Schutz brauchen, müssen unsere Leute das übernehmen.«

»Was könnten die vorhaben?«

»Sie könnten jemanden in ein Auto setzen, aber eigentlich müßten sie wissen, daß wir Leute in der Nähe haben. Oder ein vorbeifahrendes Auto oder Motorrad, entweder um Sie zu überfahren, oder um auf Sie zu schießen.«

»Oder eine Bombe?« fragte Brunetti und erschauerte unwillkürlich beim Gedanken an die Fotos, die er von den Bombenanschlägen auf Politiker und Richter gesehen hatte.

»Nein, ich glaube nicht, daß Sie so wichtig sind«, sagte Vianello. Nicht sehr schmeichelhaft, aber immerhin ein Trost.

»Danke. Dann rechne ich wohl am ehesten damit, daß einer im Auto vorbeifährt.«

»Also, was machen wir?«

»Ich hätte gern Leute in mindestens zwei Häusern, einem am Anfang und einem am Ende der Straße. Und einen auf dem Rücksitz eines Autos, falls Sie einen Freiwilligen kriegen können. Es wird sicher die Hölle, bei dieser Hitze im geschlossenen Wagen. Das wären schon drei. Mehr kann ich wohl kaum einsetzen.«

»Also, ich passe auf keinen Rücksitz, und nur in einem Haus

herumsitzen und zusehen müssen, liegt mir nicht, aber vielleicht könnte ich gleich um die Ecke parken, wenn sich eine von unseren Beamtinnen überreden läßt, ein Weilchen mit mir herumzuschmusen.«

»Vielleicht stellt sich ja Signorina Elettra zur Verfügung«, sagte Brunetti und lachte.

Vianellos Ton ließ an Schärfe nichts zu wünschen übrig. »Ich mache keine Witze, Commissario. Ich kenne die Straße; meine Tante aus Treviso läßt immer ihr Auto da stehen, wenn sie uns besucht, und ich bringe sie jedesmal hin, wenn sie wieder abfährt. Dort sitzen oft Leute in Autos, so daß einer oder zwei mehr gar nicht auffallen.«

Brunetti lag schon auf der Zunge zu fragen, wie wohl Nadia das sehen würde, aber er besann sich eines Besseren und sagte statt dessen: »Also gut, aber sie muß freiwillig mitmachen. Wenn es kritisch wird, habe ich nicht gern eine Frau dabei.« Bevor Vianello antworten konnte, setzte Brunetti hinzu: »Auch wenn sie Polizistin ist.«

Hob Vianello bei diesen Worten etwa die Augen zur Decke? Brunetti hatte den Eindruck, fragte aber nicht nach. »Noch etwas, Sergente?«

»Sie sollen um ein Uhr dort sein?«

»Ja.«

»So spät geht kein Zug mehr. Sie müssen also den Bus nehmen und vom Bahnhof aus durch die Unterführung gehen.«

»Und wie machen wir's mit der Rückfahrt nach Venedig?« wollte Brunetti wissen.

»Das hängt davon ab, was passiert, nehme ich an.«

»Ja, das nehme ich auch an.«

»Ich sehe mal, ob ich jemanden finde, der sich bereit erklärt, auf dem Rücksitz mitzufahren«, sagte Vianello.

»Wer hat diese Woche Nachtdienst?«

»Riverre und Alvise.«

»Oh«, sagte Brunetti nur, aber das sprach Bände.

»Sie stehen auf dem Dienstplan.«

»Ich denke, die beiden postieren Sie dann besser in den Häusern.« Keiner von ihnen wollte aussprechen, daß jeder dieser beiden auf dem Rücksitz eines Autos schlicht einschlafen würde. Natürlich konnte das auch passieren, wenn man sie in einem Haus postierte, aber da wären die Bewohner vielleicht neugierig genug, um sie wach zu halten.

»Und die anderen? Meinen Sie, daß Sie Freiwillige bekommen?«

»Ohne weiteres«, versicherte Vianello. »Rallo will bestimmt mitkommen, und dann frage ich Maria Nardi. Ihr Mann ist für eine Woche zu irgendeiner Fortbildung in Mailand, da macht sie es vielleicht ganz gern. Außerdem sind es Überstunden, oder?«

Brunetti nickte und fügte dann hinzu: »Vianello, sagen Sie ihnen klipp und klar, daß dieser Einsatz unter Umständen gefährlich werden kann.«

»Gefährlich? In Mestre?« fragte Vianello und tat den Gedanken mit einem Lachen ab. Dann fragte er: »Wollen Sie ein Funkgerät?«

»Nein, ich glaube, das ist nicht nötig, nicht, wenn vier von euch in der Nähe sind.«

»Na ja, mindestens zwei«, verbesserte Vianello, womit er Brunetti der Peinlichkeit enthob, abfällig von den unteren Rängen sprechen zu müssen.

»Wenn wir uns schon die Nacht um die Ohren schlagen, können wir ja wohl für ein paar Stunden nach Hause gehen«, meinte Brunetti mit einem Blick auf die Uhr.

»Dann sehen wir uns dort, Commissario«, sagte Vianello und stand auf.

Wie Vianello gesagt hatte, fuhr um die Zeit kein Zug mehr, der Brunetti zum Bahnhof in Mestre hätte bringen können, so daß er sich mit dem Einserbus zufriedengeben mußte, dem er als einziger Passagier gegenüber dem Bahnhof entstieg.

Er ging die Stufen zum Bahnhof hinauf, dann durch die Unterführung unter den Gleisen und kam auf der anderen Seite des Bahnhofs wieder heraus. Es war eine ruhige Straße mit Bäumen rechts und links; hinter ihm lag der gut beleuchtete Parkplatz, jetzt voller Autos, die über Nacht dort abgestellt waren. Auch vor ihm parkte zu beiden Seiten ein Wagen hinter dem anderen, schwach erhellt von den wenigen Straßenlaternen. Brunetti hielt sich rechts, wo weniger Bäume standen und es darum heller war. Er ging bis zur ersten Ecke, blieb stehen und sah sich um. Etwa vier Autos weiter sah er auf der anderen Straßenseite ein Pärchen in leidenschaftlicher Umarmung, aber der Kopf des Mannes wurde durch den der Frau verdeckt, so daß er nicht sagen konnte, ob es Vianello oder ein anderer verheirateter Mann bei einem Schäferstündchen war.

Er blickte nach links die Straße hinunter und betrachtete die Häuser zu beiden Seiten. In einem fiel das mattgraue Licht eines Fernsehers durch die Fenster im unteren Stock; die übrigen waren dunkel. Riverre und Alvise standen an den Fenstern zweier dieser Häuser, aber dorthin wollte er lieber nicht sehen, er befürchtete, sie könnten das als ein Zeichen verstehen und herausstürzen, um ihm zu Hilfe zu eilen.

Er bog um die Ecke und suchte auf der rechten Seite nach einem hellblauen Panda. Bis zum Ende der Straße sah er kein Auto, auf das die Beschreibung paßte, darum drehte er um und ging zurück. Eine große Mülltonne an der Ecke fiel ihm ins Auge, und er wechselte auf die gegenüberliegende Seite, im Kopf die Bilder von den traurigen Überresten des Autos von Richter Falcone. Ein Wagen bog vom Kreisverkehr kommend in die Straße ein und wurde im Näherkommen langsamer. Brunetti zog sich in den Schutz zweier geparkter Wagen zurück, doch das Auto fuhr vorbei und auf den Parkplatz. Der Fahrer stieg aus, schloß seinen Wagen ab und verschwand in der Bahnhofunterführung.

Nach zehn Minuten machte Brunetti denselben Weg noch einmal und schaute diesmal in jeden geparkten Wagen. In einem lag hinten auf dem Boden eine Decke, und wenn er überlegte, wie heiß es sogar hier draußen war, überkam ihn tiefes Mitgefühl für den, der darunter lag.

Eine halbe Stunde verging, an deren Ende Brunetti entschied, daß Crespo nicht aufkreuzen würde. Er ging zur Kreuzung zurück und dort nach links, bis zu dem Pärchen auf dem Vordersitz, das noch immer mit dem Austausch von Zärtlichkeiten beschäftigt war. Als er hinkam, trommelte er mit den Knöcheln auf die Kühlerhaube, worauf Vianello sich von einer erhitzten Maria Nardi losmachte und ausstieg.

»Nichts«, sagte Brunetti, während er auf seine Armbanduhr sah. »Es ist fast zwei.«

»Also gut«, meinte Vianello, dessen Stimme man die Enttäuschung anhörte. »Fahren wir zurück.« Er steckte den Kopf in den Wagen und sagte zu der Polizistin: »Ruf mal Riverre und Alvise an. Sie sollen hinter uns herfahren.«

»Und der Mann im Auto?« fragte Brunetti.

»Riverre und Alvise haben ihn mitgebracht. Sie kommen einfach heraus, treffen sich beim Wagen und fahren ihn weg.«

Im Auto sprach Maria Nardi ins Funkgerät und sagte den beiden anderen, daß niemand gekommen sei und sie nach Venedig zurückführen. Sie blickte zu Vianello auf: »Alles in Ordnung, Sergente. Sie kommen in ein paar Minuten.« Damit stieg sie aus und öffnete die Tür zum Fond.

»Nein, bleiben Sie ruhig sitzen«, sagte Brunetti. »Ich steige hinten ein.«

»Schon in Ordnung, Commissario«, meinte sie mit einem scheuen Lächeln, und dann: »Ein bißchen Abstand zwischen dem Sergente und mir finde ich ganz gut.« Sie stieg ein und zog die Tür zu.

Brunetti und Vianello wechselten übers Dach des Wagens hinweg einen Blick. Vianello lächelte etwas einfältig. Sie stiegen ins Auto, und Vianello drehte den Zündschlüssel. Der Motor sprang an, und gleichzeitig ertönte ein Summer.

»Was ist das?« wollte Brunetti wissen, denn Autos waren für ihn, wie für viele Venezianer, fremde Wesen.

»Das heißt Sicherheitsgurt anlegen«, sagte Vianello, zog sich seinen über die Brust und ließ ihn neben der Schaltung einrasten.

Brunetti tat nichts. Das Summen hielt an. »Können Sie das Ding nicht abstellen, Vianello?«

»Es hört von selber auf, wenn Sie Ihren Gurt anlegen.« Brunetti brummte, er lasse sich nicht gern von einer Maschine vorschreiben, was er zu tun habe, aber er legte den Gurt an und knurrte dann noch so etwas, wie daß dies wohl wieder mit Vianellos Ökoquatsch zu tun habe. Vianello tat, als hörte er nichts, legte den Gang ein und lenkte den Wagen vom Bordstein weg. Am Ende der Straße warteten sie ein paar Minuten, bis der zweite Wagen hinter ihnen hielt. Am Steuer saß Riverre, neben ihm Alvise, und als Brunetti sich umdrehte, um ihnen ein Zeichen zu geben, sah er auf dem Rücksitz eine dritte Gestalt sitzen, den Kopf an die Lehne gelegt.

Die Straßen waren um diese Stunde praktisch leer, und sie hatten schnell die Straße zum Ponte della Libertà erreicht.

»Was glauben Sie, was passiert ist?« fragte Vianello.

»Ich dachte, das Ganze sei inszeniert, um mir irgendwie zu drohen, aber vielleicht habe ich mich geirrt, und Crespo wollte sich wirklich mit mir treffen.«

»Und was machen wir jetzt?«

»Ich gehe morgen zu ihm und sehe mal, was ihn davon abgehalten hat, heute nacht zu kommen.«

Sie fuhren auf die Brücke und sahen die Lichter Venedigs vor sich. Zu beiden Seiten lag eine flache, schwarze Wasserfläche, die zu ihrer Linken mit Lichtflecken von den entfernten Inseln Murano und Burano gesprenkelt war. Vianello gab Gas, er wollte den Wagen möglichst schnell zurückbringen und dann nach Hause. Alle waren müde und enttäuscht. Der zweite Wagen, der dicht hinter ihnen fuhr, wechselte plötzlich auf die mittlere Spur, und Riverre überholte, wobei Alvise das Fenster herunterkurbelte und ihnen fröhlich zuwinkte.

Als Maria Nardi sie sah, beugte sie sich vor und legte Vianello die Hand auf die Schulter. »Sergente«, begann sie und brach abrupt ab, als ihr Blick von zwei blendenden Lichtkegeln angezogen wurde, die unvermittelt im Rückspiegel auftauchten. Sie krallte die Finger in seine Schulter und konnte nur noch rufen: »Paß auf«, bevor der Wagen hinter ihnen nach links ausscherte, ihnen beim Überholen den Weg abschnitt und mit voller Absicht ihren linken vorderen Kotflügel rammte. Die Wucht des Anpralls warf sie nach rechts, wo sie gegen die Leitplanke der Brücke krachten.

Vianello riß das Steuer nach links, aber seine Reaktion kam zu langsam, das Heck des Wagens brach nach links aus, und sie schleuderten zur Straßenmitte. Ein anderer Wagen, der mit irrwitziger Geschwindigkeit von hinten kam, schlüpfte gerade noch zwischen ihnen und der rechten Leitplanke durch, dann prallten sie mit dem Heck gegen die linke Leitplanke, schleuderten weiter und kamen schließlich mitten auf der Straße mit Blick nach Mestre zum Stehen.

Benommen und ohne recht zu wissen, ob ihm etwas weh tat oder nicht, starrte Brunetti durch die zersplitterte Windschutzscheibe und sah nur das grelle Licht der Scheinwerfer, die auf sie zukamen. Ein Paar zischte rechts an ihnen vorbei, dann ein zweites. Er schaute nach links und sah Vianello zusammengesunken in seinem Sicherheitsgurt hängen. Brunetti löste seinen eigenen, drehte sich zur Seite und faßte nach Vianellos Schulter. »Lorenzo, ist alles in Ordnung?«

Die Augen des Sergente öffneten sich, und er wandte den Kopf, um Brunetti anzusehen. »Ich glaube, ja.« Brunetti beugte sich hinüber und löste den zweiten Gurt; Vianello blieb aufrecht sitzen.

»Kommen Sie«, sagte Brunetti und suchte schon nach dem Türgriff auf seiner Seite. »Steigen wir aus, oder einer von diesen

Irren rammt uns noch.« Er deutete durch die Reste der Windschutzscheibe auf die Lichter, die aus Richtung Mestre auf sie zukamen.

»Ich rufe nur schnell Riverre«, sagte Vianello mit einer Bewegung zum Funkgerät.

»Nein. Autos sind vorbeigefahren. Sie werden es bei den Carabinieri am Piazzale Roma melden.« In dem Moment hörte er, wie zur Bestätigung seiner Worte, vom anderen Ende der Brükke das erste Sirenengeheul und sah das blitzende Blaulicht der Carabinieri, die auf der falschen Fahrbahn auf sie zugerast kamen.

Brunetti stieg aus und bückte sich, um die hintere Wagentür zu öffnen. Die junge Kollegin lag auf dem Rücksitz, den Kopf in einem seltsam unnatürlichen Winkel zur Seite gebogen.

20

Was sich nach dem Unfall ergab, war ebenso vorhersehbar wie deprimierend. Keiner von ihnen hatte gesehen, was für ein Auto sie gerammt hatte, nicht einmal Farbe oder Größe, obwohl es ziemlich groß gewesen sein mußte, um sie mit solcher Wucht zur Seite zu schleudern. Und andere Verkehrsteilnehmer waren zu weit entfernt gewesen, um sehen zu können, was da passierte, oder zumindest hatten sie es der Polizei nicht gemeldet. Fest stand, daß der Wagen danach einfach bis zum Piazzale Roma weitergefahren war, dort gewendet hatte und zum Festland zurückgerast war, noch ehe die Carabinieri alarmiert waren.

Noch am Unfallort wurde Maria Nardis Tod festgestellt. Ihre Leiche wurde zur Autopsie ins *Ospedale Civile* gebracht, wo man nur bestätigt finden würde, was am Neigungswinkel ihres Kopfes eindeutig zu sehen gewesen war.

»Sie war erst dreiundzwanzig«, sagte Vianello und wich Brunettis Blick aus. »Seit sechs Monaten verheiratet. Ihr Mann ist bei irgendeinem Computer-Trainingskurs. Darüber hat sie im Auto die ganze Zeit geredet, daß sie es nicht erwarten kann, bis ihr Franco nach Hause kommt, und wie sie ihn vermißt. So haben wir eine Stunde gesessen, Wange an Wange, und sie hat nur über ihren Franco geredet. Sie war noch ein richtiges Kind.«

Brunetti wußte nichts zu sagen.

»Wenn ich darauf bestanden hätte, daß sie den Sicherheitsgurt anlegt, dann wäre sie noch am Leben.«

»Lorenzo, hör auf«, sagte Brunetti, und seine Stimme klang rauh, aber nicht vor Ärger. Sie saßen inzwischen in der Questura in Vianellos Büro und warteten, daß ihre Berichte über den Zwischenfall ins reine getippt wurden, damit sie unterschreiben und dann nach Hause gehen konnten. »Wir können die ganze Nacht so weitermachen. Ich hätte mich nicht auf dieses Treffen mit Crespo einlassen sollen. Ich hätte erkennen müssen, daß alles zu einfach war, hätte mißtrauisch werden müssen, als in Mestre nichts passiert ist. Als nächstes sagen wir dann, wir hätten in einem gepanzerten Wagen zurückfahren sollen.«

Vianello saß neben seinem Schreibtisch und blickte an Brunetti vorbei. Er hatte eine große Beule an der linken Stirnseite, und die Haut darum herum wurde allmählich blau. »Aber wir haben getan, was wir getan haben, oder wir haben unterlassen, was wir unterlassen haben, und sie ist nun tot«, sagte er mit tonloser Stimme.

Brunetti beugte sich vor und berührte den anderen am Arm. »Lorenzo, wir haben sie nicht umgebracht. Das waren die Männer, oder der Mann, in dem Auto. Wir können nichts tun, außer versuchen, diese Leute zu finden.«

»Das hilft Maria auch nicht, oder?« meinte Vianello bitter.

»Nichts auf Gottes weiter Erde kann Maria Nardi mehr helfen, Lorenzo. Das wissen wir beide. Aber ich will die Männer finden, die diesen Wagen gefahren haben, und ich will ihre Auftraggeber.«

Vianello nickte, hatte aber nichts hinzuzufügen. Kurz darauf fragte er: »Und was ist mit ihrem Mann?«

»Was soll mit ihm sein?«

»Rufen Sie ihn an?« bat Vianello. »Ich kann es nicht.«

»Wo ist er?« erkundigte sich Brunetti.

»Im Hotel Imperial in Mailand.«

Brunetti nickte. »Ich rufe ihn am Vormittag an. Es jetzt zu tun halte ich für unsinnig. Es verlängert nur sein Leiden.«

Ein Uniformierter kam herein und brachte ihnen die Originale ihrer Aussagen und je zwei Fotokopien. Beide Männer saßen geduldig da, lasen die Schreibmaschinenabschriften durch, unterzeichneten Originale und Kopien und gaben sie dem Mann zurück. Als er gegangen war, stand Brunetti auf und sagte: »Ich glaube, es ist Zeit, daß wir nach Hause gehen, Lorenzo. Es ist nach vier. Haben Sie Nadia angerufen?«

Vianello nickte. Er hatte vor einer Stunde von der Questura aus mit ihr telefoniert. »Es war die einzige Arbeit, die sie kriegen konnte, ihr Vater war Polizist, da hat jemand ein gutes Wort für sie eingelegt, und sie wurde genommen. Wissen Sie, was sie wirklich werden wollte, Commissario?«

»Ich will nicht darüber reden, Lorenzo.«

»Wissen Sie, was sie wirklich wollte?«

»Lorenzo«, sagte Brunetti leise und warnend.

»Sie wollte Grundschullehrerin werden, aber sie wußte, daß es keine Stellen gibt, deshalb ist sie zur Polizei gegangen.«

Währenddessen waren sie langsam die Treppen hinuntergestiegen und gingen jetzt durch die Halle auf die hohen Doppeltüren zu. Die uniformierte Wache salutierte, als Brunetti vorbeiging. Die beiden Männer traten ins Freie, und von der anderen Seite des Kanals, aus den Bäumen am Campo San Lorenzo, empfing sie das beinah ohrenbetäubende Gezwitscher der Vögel, die den Morgen begrüßten. Es herrschte kein nächtliches Dunkel mehr, aber noch war das Tageslicht nur ein Versprechen, daß die Welt der undurchdringlichen Finsternis in eine der unendlichen Möglichkeiten verwandelt würde.

Sie standen am Kanal und sahen zu den Bäumen hinüber, die Blicke von dem angezogen, was ihre Ohren hörten. Beide hatten die Hände in den Taschen, und beide spürten die plötzliche Kühle, die vor dem Sonnenaufgang in der Luft lag.

»So etwas dürfte nicht passieren«, sagte Vianello. Und während er sich schon nach rechts zum Heimgehen wandte, fügte er noch hinzu: *»Arrivederci, commissario«*, und ging davon.

Brunetti schlug die entgegengesetzte Richtung ein, zurück zum Rialto und den Gassen, die ihn nach Hause führen würden. Sie hatten sie umgebracht, als ob sie eine Fliege wäre, hatten die Hand ausgestreckt, um ihn zu zermalmen, und statt dessen ihr Leben ausgelöscht. Einfach so. Eben war sie noch eine junge Frau, die sich vorbeugte, um einem Freund etwas zu sagen, die Hand leicht, vertrauensvoll und freundschaftlich auf seinen Arm gelegt, den Mund zum Sprechen gespitzt. Was hatte sie sagen wollen? Etwas Scherzhaftes? Hatte sie Vianello sagen wollen, daß sie ihn nur auf den Arm nehmen wollte, als sie vorhin hinten einstieg? Oder hatte es mit Franco zu tun gehabt, ein letztes sehnsüchtiges Wort? Niemand würde es je erfahren. Der flüchtige Gedanke war mit ihr gestorben.

Er würde ihren Franco anrufen, aber nicht jetzt. Sollte der junge Mann schlafen, bevor der große Schmerz kam. Brunetti wußte, daß er ihm nichts von Marias letzter Stunde mit Vianello im Auto erzählen konnte, jetzt noch nicht; er konnte es nicht ertragen, darüber zu sprechen. Er würde es ihm später erzählen, später, wenn der junge Mann in der Lage war, es sich anzuhören, erst dann, nach dem großen Schmerz.

Als er zur Rialtobrücke kam, warf er einen Blick nach links und sah gerade das Vaporetto anlegen, und dieser Zufall gab den Ausschlag für seine Entscheidung. Er lief zum Anleger und bestieg das Boot, fuhr bis zum Bahnhof und mit dem ersten Morgenzug über die Brücke. Gallo war nicht in der Questura, wie er wußte, deshalb nahm er am Bahnhof von Mestre ein Taxi und gab dem Fahrer Crespos Adresse.

Der Tag war gekommen, als er gerade nicht darauf achtete, und mit ihm die Hitze, die hier in dieser Stadt aus Asphalt und Beton, Straßen und Hochhäusern vielleicht noch schlimmer war. Brunetti war fast dankbar dafür, daß aufkommendes Unbehagen über die Temperatur und die hohe Luftfeuchtigkeit ihn von dem ablenkte, was er in der Nacht gesehen hatte, und von dem, was er allmählich befürchtete, in Crespos Wohnung zu sehen.

Wie beim letzten Mal lief im Fahrstuhl die Klimaanlage, was selbst um diese Tageszeit schon nötig war. Er drückte auf den Knopf und wurde schnell und lautlos in den siebten Stock befördert. Er klingelte an Crespos Tür, aber diesmal war von drinnen kein Laut zu hören. Er klingelte wieder, und dann noch einmal, wobei er den Finger sekundenlang auf den Knopf gedrückt hielt. Keine Schritte, keine Stimmen, kein Lebenszeichen.

Er zog seine Brieftasche heraus und entnahm ihr ein kleines, dünnes Stück Blech. Vianello hatte einmal einen ganzen Nachmittag damit verbracht, es ihm beizubringen, und obwohl er sich nicht besonders gelehrig angestellt hatte, dauerte es jetzt keine zehn Sekunden, und er hatte Crespos Tür geöffnet. Er trat über die Schwelle und sagte: »Signor Crespo? Ihre Tür ist offen. Sind Sie da?« Vorsicht konnte nie schaden.

Im Wohnzimmer war niemand. Die Küche glänzte makellos sauber. Er fand Crespo im Schlafzimmer, auf dem Bett, in einem gelben Seidenpyjama. Ein Stück Telefonschnur war um seinen Hals geknotet, sein Gesicht war eine grauenvoll aufgeplusterte Parodie seiner einstigen Schönheit.

Brunetti machte sich nicht erst die Mühe, sich weiter umzusehen oder das Zimmer zu durchsuchen; er ging zur Wohnung nebenan und klopfte an die Tür, bis ein verschlafener Mann öffnete und seinem Ärger Luft machte. Während er auf die Spurensicherung von der Questura in Mestre wartete, hatte Brunetti genug Zeit, Franco Nardi in Mailand anzurufen und ihm mitzuteilen, was geschehen war. Im Gegensatz zu dem Mann an der Tür sagte Franco Nardi keinen Ton; Brunetti hatte keine Ahnung, ob das ein gutes oder ein schlechtes Zeichen war.

Später, in der Questura in Mestre, informierte Brunetti Sergente Gallo, der gerade eingetroffen war, übergab ihm die weitere Untersuchung von Crespos Wohnung und Leiche und erklärte, gleich wieder nach Venedig zurückfahren zu müssen. Er sagte Gallo nicht, daß er zurückmußte, um an Mascaris Beerdigung teilzunehmen; die Luft war schon zu sehr erfüllt von Tod und Sterben.

Obwohl er vom Ort eines gewaltsamen Todes zurückkehrte, und das auch nur, um der Folge eines anderen gewaltsamen Todes beizuwohnen, konnte er nicht verhindern, daß sein Herz höher schlug beim Anblick der Glockentürme und pastellfarbenen Fassaden, die vor ihm auftauchten, als das Polizeiauto über die Brükke fuhr. Schönheit änderte nichts, das wußte er, und vielleicht war der Trost, den sie spendete, nur eine Illusion, aber dennoch begrüßte er diese Illusion.

Die Beerdigung war eine jämmerliche Angelegenheit; leere Worte wurden von Menschen gesprochen, die offensichtlich zu schokkiert waren über die Umstände von Mascaris Tod, um auch nur vorzugeben, daß sie meinten, was sie sagten. Die Witwe ließ hoch aufgerichtet und trockenen Auges alles über sich ergehen und verließ die Kirche unmittelbar hinter dem Sarg, still und allein.

Die Zeitungen verfolgten, wie nicht anders zu erwarten, kläffend die Fährte von Crespos Tod. Der erste Beitrag erschien in der Abendausgabe von *La Notte*, einem Blatt, das sich roten Schlagzeilen und dem Gebrauch des Präsens verschrieben hatte. Francesco Crespo wurde als *»una cortigiana travestita«* beschrieben. Sein Lebenslauf wurde geschildert, wobei man besondere Aufmerksamkeit dem Umstand widmete, daß er als Tänzer in einer Schwulendisco in Vicenza gearbeitet hatte, auch wenn dieses Arbeitsverhältnis keine Woche gedauert hatte. Der Autor des Artikels stellte den unvermeidbaren Zusammenhang mit dem Mord an Leonardo Mascari eine Woche davor her und meinte, die Ähnlichkeit der Opfer deute auf einen Täter hin, der tödliche Rachegelüste gegen Transvestiten hege. Der Verfasser hielt es offenbar nicht für nötig zu erklären, warum.

Die Morgenzeitungen griffen den Gedanken auf. *Il Gazzettino* verwies auf mehr als zehn Prostituierte, die in den vergangenen Jahren allein in der Provinz Pordenone umgebracht worden waren, und versuchte, zwischen diesen Verbrechen und den Morden an den beiden Transvestiten eine Verbindung herzustellen. *Il Manifesto* widmete dem Verbrechen zwei ganze Spalten auf Seite vier, wobei der Autor die Gelegenheit benutzte, Crespo als »wieder einen von diesen Parasiten am faulenden Körper der bourgeoisen italienischen Gesellschaft« zu bezeichnen.

In seiner oberlehrerhaften Abhandlung des Verbrechens kam

Il Corriere della Sera von dem Mord an einem relativ unbedeutenden *prostituto travestito* schnell auf den an einem bekannten venezianischen Banker. In dem Artikel war von »örtlichen Quellen« die Rede, aus denen verlaute, Mascaris »Doppelleben« sei in bestimmten Kreisen allgemein bekannt gewesen. Sein Tod sei darum schlicht das unausweichliche Resultat der »Spirale des Lasters«, in die seine Schwäche sein Leben verwandelt habe.

Diese »Quellen« interessierten Brunetti. Er ließ sich mit dem römischen Büro der Zeitung verbinden und verlangte den Verfasser des Artikels. Nachdem dieser am Apparat war und erfahren hatte, daß Brunetti ein Commissario der Polizei war und wissen wollte, von wem er die Informationen für seinen Artikel hatte, erklärte er, daß er die Quelle nicht preisgeben könne, daß zwischen einem Journalisten und jenen, die mit ihm sprachen und ihn lasen, ein ebenso selbstverständliches wie absolutes Vertrauen herrschen müsse, und daß es außerdem gegen die höchsten Prinzipien seines Berufsstandes verstoße, seine Quellen preiszugeben. Es dauerte mindestens drei Minuten, bis Brunetti merkte, daß der Mann es ernst meinte und tatsächlich glaubte, was er sagte.

»Wie lange arbeiten Sie schon bei der Zeitung?« unterbrach ihn Brunetti.

Überrascht, daß er mitten in der weitschweifigen Erläuterung seiner Prinzipien, Ziele und Ideale unterbrochen wurde, hielt der Reporter kurz inne und antwortete dann: »Vier Monate. Wieso?«

»Können Sie das Gespräch zum Empfang zurückstellen, oder muß ich neu wählen?« fragte Brunetti.

»Ich kann Sie zurückstellen. Aber warum?«

»Ich möchte mit Ihrem Chefredakteur sprechen.«

Darauf wurde die Stimme des Mannes unsicher, dann mißtrauisch; er witterte Doppelzüngigkeit und Mauschelei seitens der Staatsgewalt. »Commissario, ich möchte Sie warnen, daß meine Leser unverzüglich von jedem Versuch in Kenntnis gesetzt werden, die Tatsachen, die ich in meinem Artikel enthüllt habe, zu beschönigen oder fragwürdig erscheinen zu lassen. Ich weiß nicht, ob Sie schon gemerkt haben, daß in diesem Lande ein neues Zeitalter angebrochen ist, daß die Bedürfnisse der Menschen nicht länger ...« Brunetti drückte auf den Knopf an seinem Hörer und wählte, als das Freizeichen kam, erneut die Sammelnummer der Zeitung. Nicht einmal die Questura sollte dafür bezahlen müssen, daß er sich solchen Unsinn anhörte, und schon gar nicht zum Ferntarif.

Als er schließlich mit dem Chefredakteur der Nachrichtenredaktion verbunden war, entpuppte der sich als Giulio Testa, ein Mann, mit dem Brunetti in der Vergangenheit schon zu tun gehabt hatte, als beide in Neapel unter ihrem Exil litten.

»Giulio, hier spricht Guido Brunetti.«

»*Ciao*, Guido, wie ich gehört habe, bist du wieder in Venedig.«

»Ja. Deshalb rufe ich auch an. Einer von euren Reportern«, Brunetti sah nach und las den Namen vor, »Lino Cavaliere, hat heute einen Artikel über den Transvestiten veröffentlicht, der in Mestre ermordet wurde.«

»Ja. Ich habe ihn heute nacht gelesen. Was ist damit?«

»Er spricht da von ›örtlichen Quellen‹, aus denen er erfahren haben will, Mascari – das ist der andere, der vergangene Woche umgebracht wurde – habe ein ›Doppelleben‹ geführt, und das sei hierin Venedig bekannt. Nette Formulierung, Giulio, ›Doppelleben‹.«

»Lieber Himmel, hat er das doch reingenommen?«

»Es steht alles hier, Giulio – ›örtliche Quellen‹, ›Doppelleben‹.«

»Ich röste ihn bei lebendigem Leib«, schrie Testa in den Hörer, dann wiederholte er es noch einmal für sich. »Heißt das, es gibt keine ›örtlichen Quellen‹?«

»Nein. Er hat so etwas wie einen anonymen Anruf von einem

Mann bekommen, der behauptete, zum Kundenkreis von Mascari gehört zu haben. Ein Freier, oder wie immer man sie nennt.«

»Was hat er gesagt?«

»Daß er Mascari seit Jahren gekannt, daß er ihn gewarnt habe vor einigen Dingen, die er tat, vor einigen Kunden, die er hatte. Er sagte, es sei ein offenes Geheimnis bei euch oben.«

»Giulio, der Mann war fast fünfzig.«

»Ich bringe ihn um. Glaub mir, Guido, ich wußte nichts davon. Ich habe ihm gesagt, er soll das nicht reinbringen. Ich bringe den kleinen Scheißer um.«

»Wie konnte er nur so dämlich sein?« fragte Brunetti, obwohl er wußte, daß der Gründe für menschliche Dummheit Legion waren.

»Er ist ein Kretin, hoffnungslos«, sagte Testa resigniert, als würde ihm das täglich vor Augen geführt.

»Was macht er dann bei euch? Ihr habt immer noch den Ruf, die beste Zeitung im Lande zu sein.« Brunettis Wortwahl war meisterlich, seine persönliche Skepsis eindeutig, wenn auch nicht offen erkennbar.

»Er ist mit der Tochter dieses Möbelhändlers verheiratet, der jede Woche eine doppelseitige Anzeige bei uns schaltet. Wir hatten keine Wahl. Zuerst war er in der Sportredaktion, aber eines Tages erwähnte er, wie erstaunt er gewesen sei zu hören, daß amerikanischer Football etwas ganz anderes sei als unser Fußball. Daraufhin habe ich ihn bekommen.« Testa hielt inne, und beide Männer hingen ihren Gedanken nach. Brunetti fand es seltsam beruhigend, daß er nicht der einzige war, der sich mit Leuten wie Riverre und Alvise herumzuschlagen hatte. Testa fand offenbar keinen solchen Trost und sagte nur: »Ich werde versuchen, ihn der politischen Redaktion aufs Auge zu drücken.«

»Genau das Richtige, Giulio. Viel Glück«, sagte Brunetti, bedankte sich für die Information und legte auf.

Obwohl er so etwas vermutet hatte, überraschte ihn die offensichtliche Plumpheit des Ganzen. Denn nur durch einen außergewöhnlichen Glücksfall konnte die »örtliche Quelle« an einen Reporter geraten sein, der so leichtgläubig war, das Gerücht über Mascari zu übernehmen, ohne sich die Mühe zu machen und nachzurecherchieren, ob etwas Wahres dahintersteckte. Und nur jemand, der sehr vorschnell handelte – oder große Angst hatte –, würde versuchen, diese Geschichte zu verbreiten, als ließe sich dadurch verhindern, daß die geschickt konstruierte Legende von Mascaris Prostitution aufflog.

Die polizeiliche Untersuchung des Mordes an Crespo war bisher ebenso unergiebig wie die Presseberichterstattung. Im Hause hatte niemand gewußt, womit Crespo seinen Lebensunterhalt verdiente; manche dachten, er sei Ober in einer Bar, während andere vermuteten, daß er als Nachtportier in einem Hotel in Venedig arbeitete. Niemand hatte an den Tagen vor dem Mord etwas Ungewöhnliches gesehen, und keiner konnte sich erinnern, daß überhaupt je etwas Ungewöhnliches in dem Haus passiert war. Ja, Signor Crespo habe viel Besuch gehabt, aber er sei aufgeschlossen und freundlich gewesen, und da sei es doch ganz einleuchtend, daß ihn Leute besuchen kamen, oder?

Die medizinische Untersuchung war eindeutiger gewesen: Der Tod war durch Strangulation verursacht worden, wobei der Mörder von hinten gekommen war und ihn wahrscheinlich überrascht hatte. Kein Hinweis auf vorhergehenden Sexualverkehr, keine Spuren unter den Fingernägeln, dafür genügend Fingerabdrücke in der Wohnung, um die Experten tagelang zu beschäftigen.

Brunetti hatte zweimal in Bozen angerufen, aber beim ersten Mal war der Anschluß des Hotels besetzt, und beim zweiten war Paola nicht in ihrem Zimmer gewesen. Er wollte es gerade noch einmal versuchen, als er durch ein Klopfen an der Tür unterbrochen wurde. Er rief *»avanti«*, und Signorina Elettra kam herein und legte ihm eine Mappe auf den Schreibtisch.

»Dottore, ich glaube, unten ist jemand, der Sie sprechen möchte.« Sie sah sein Erstaunen darüber, daß sie ihm diese Mitteilung machte, ja es überhaupt wußte, und erklärte eilig: »Ich war gerade bei Anita, um ihr Unterlagen zu bringen, und hörte ihn mit der Wache sprechen.«

»Wie sieht er aus?«

Sie lächelte. »Ein junger Mann. Sehr gut angezogen.« Aus dem Munde von Signorina Elettra, heute in einem Kostüm aus malvenfarbener Seide, die offensichtlich von ganz besonders talentierten Raupen stammte, war das in der Tat ein hohes Lob. »Und sehr attraktiv«, fügte sie mit einem Lächeln hinzu, in dem leises Bedauern darüber lag, daß der junge Mann Brunetti sprechen wollte und nicht sie.

»Vielleicht könnten Sie nach unten gehen und ihn heraufholen«, schlug Brunetti vor, der damit ebenso die Begegnung mit diesem Wundertier beschleunigen wie Signorina Elettra Gelegenheit geben wollte, mit ihm zu reden.

Sie ging, jetzt wieder mit dem normalen Lächeln für gewöhnliche Sterbliche. Nach wenigen Minuten war sie zurück, klopfte und trat mit den Worten: »Commissario, der Herr möchte gern mit Ihnen sprechen«, ins Zimmer. Ein junger Mann kam hinter ihr herein, und Signorina Elettra trat zur Seite, damit er zu Brunettis Schreibtisch vorgehen konnte. Brunetti stand auf und reichte seinem Besucher über den Schreibtisch hinweg die Hand. Der junge Mann drückte sie, sein Händedruck war fest, seine Hand kräftig und muskulös.

»Bitte, nehmen Sie Platz, Signore«, sagte Brunetti, und zu Signorina Elettra: »Vielen Dank, Signorina.«

Sie sah Brunetti an und lächelte abwesend, dann blickte sie den jungen Mann an, wie Parsival den Gral, als dieser seinem Auge entschwand. »Ja, ja«, sagte sie. »Wenn Sie irgend etwas brauchen, Commissario, lassen Sie es mich bitte wissen.« Sie warf einen letzten Blick auf den Besucher, verließ das Büro und zog die Tür leise hinter sich zu.

Brunetti setzte sich wieder und richtete seine Aufmerksamkeit auf sein Gegenüber. Der junge Mann hatte kurzes, dunkles Haar, das sich über der Stirn lockte und die Ohren knapp bedeckte. Seine Nase war schmal und fein geschnitten, die braunen Augen standen weit auseinander und wirkten durch die Blässe seiner Haut noch dunkler. Er trug einen dunkelgrauen Anzug, dazu eine sorgsam gebundene blaue Krawatte. Er erwiderte Brunettis Blick und lächelte dann, wobei er vollkommene weiße Zähne entblößte. »Sie erkennen mich nicht, Dottore?«

»Nein, leider nicht«, antwortete Brunetti.

»Wir haben uns vergangene Woche kennengelernt, Commissario. Nur unter ganz anderen Umständen.« Plötzlich erinnerte sich Brunetti an die leuchtend rote Perücke, die hochhackigen Schuhe. »Signor Canale. Nein, ich habe Sie nicht erkannt. Entschuldigen Sie bitte.«

Canale lächelte wieder. »Eigentlich bin ich ganz froh, daß Sie mich nicht erkannt haben. Das heißt ja, daß ich bei der Arbeit wirklich eine andere Person bin.«

Brunetti war sich nicht sicher, was das genau heißen sollte, und ging lieber nicht weiter darauf ein. Statt dessen fragte er: »Was kann ich für Sie tun, Signor Canale?«

»Wissen Sie noch, wie Sie mir dieses Bild gezeigt haben und ich gesagt habe, daß der Mann mir bekannt vorkommt?«

Brunetti nickte. Las dieser junge Mann keine Zeitung? Mascari war doch schon vor Tagen identifiziert worden.

»Als ich die Geschichte in den Zeitungen gelesen und auf dem Foto gesehen habe, wie er wirklich aussah, ist mir wieder eingefallen, woher ich ihn kannte. Die Zeichnung, die Sie mir gezeigt haben, war nicht sehr gut.«

»Nein, das war sie nicht«, gab Brunetti zu, ohne näher darauf eingehen zu wollen, inwieweit die Zerstörung von Mascaris Gesicht zu dem unvollkommenen Bild beigetragen hatte. »Und woher kannten Sie ihn?«

»Er kam vor etwa zwei Wochen zu mir.« Als er Brunettis Überraschung sah, erklärte Canale: »Nein, nicht, was Sie denken, Commissario. Er war nicht an meiner Arbeit interessiert, nicht an meinem Gewerbe. Aber an mir.«

»Wie meinen Sie das?«

»Also, ich war auf der Straße. Ich stieg gerade aus einem Auto – dem Auto eines Kunden – und war noch nicht zu den Mädchen zurückgegangen, den Jungen, meine ich, da kam er auf mich zu und fragte, ob ich Roberto Canale sei und Viale Canova fünfunddreißig wohne. Erst dachte ich, er wäre von der Polizei. Er sah irgendwie so aus.« Brunetti fand es besser, sich das nicht genauer erklären zu lassen, aber Canale tat es trotzdem. »Krawatte und Anzug, wissen Sie, und sehr darauf bedacht, nur ja keinen falschen Eindruck zu erwecken. Also, er fragte mich, und ich sagte, ja, das sei richtig. Ich dachte immer noch an Polizei. Genaugenommen hat er nie gesagt, daß er kein Polizist sei, sondern ließ mich in dem Glauben.«

»Was wollte er noch von Ihnen wissen, Signor Canale?«

»Er fragte nach meiner Wohnung.«

»Ihrer Wohnung?«

»Ja. Er wollte wissen, wer die Miete bezahlt. Ich sagte ihm, daß ich das tue, und dann wollte er wissen, wie. Ich erklärte ihm, daß ich sie auf ein Konto des Wohnungseigentümers bei der Bank einzahle, aber da sagte er, ich solle nicht lügen, er wisse genau, was da vorgehe, daraufhin mußte ich es ihm sagen.«

»Wie meinen Sie das, ›er wisse, was da vorgehe‹?«

»Na, wie ich die Miete bezahle.«

»Und wie geht das vor sich?«

»Ich treffe mich mit einem Mann in einer Bar und übergebe ihm das Geld.«

»Wieviel?«

»Anderthalb Millionen. In bar.«

»Wer ist der Mann?«

»Genau das hat er mich auch gefragt. Ich habe gesagt, es ist einfach ein Mann, den ich jeden Monat einmal treffe, in einer

Bar. Er ruft in der letzten Woche des Monats bei mir an und sagt mir, wo ich ihn treffen soll, und ich gehe dann hin und gebe ihm das Geld, fertig.«

»Keine Quittung?« fragte Brunetti.

Canale lachte laut heraus. »Natürlich nicht, alles in bar.« Und darum mußte es, wie sie beide wußten, nicht als Einnahme gebucht und folglich nicht versteuert werden. Es war eine verbreitete Methode der Steuerhinterziehung und wurde vermutlich bei zahlreichen Mietverhältnissen so gehandhabt.

»Aber ich zahle noch eine andere Miete«, fügte Canale hinzu.

»Ach ja?« fragte Brunetti.

»Einhundertzehntausend Lire.«

»Und an wen gehen die?«

»Ich zahle sie auf ein Bankkonto ein, aber auf der Quittung, die ich dafür bekomme, steht kein Name, so daß ich nicht weiß, wem das Konto gehört.«

»Bei welcher Bank?« wollte Brunetti wissen, obwohl er es bereits zu wissen glaubte.

»Bei der Banca di Verona. Sie ist in …«

Brunetti schnitt ihm das Wort ab. »Ich weiß, wo sie ist.« Dann fragte er: »Wie groß ist Ihre Wohnung?«

»Vier Zimmer.«

»Anderthalb Millionen scheint mir dafür sehr viel.«

»Ja, stimmt, aber es sind noch andere Dinge mit eingeschlossen«, sagte Canale und rutschte auf seinem Stuhl herum.

»Was zum Beispiel?«

»Nun, ich werde nicht belästigt.«

»Bei der Arbeit?« fragte Brunetti.

»Genau. Es ist nicht leicht für uns, eine Wohnung zu finden. Wenn die Leute erst einmal wissen, wer wir sind und was wir tun, wollen sie uns aus dem Haus haben. Mir wurde gesagt, das würde hier nicht passieren. Und es ist auch nicht passiert. Alle im Haus scheinen zu glauben, daß ich bei der Eisenbahn bin; sie denken, darum arbeite ich nachts.«

»Warum glauben sie das?«

»Keine Ahnung. Sie schienen es jedenfalls alle zu wissen, als ich dort einzog.«

»Wie lange wohnen Sie schon da?«

»Seit zwei Jahren.«

»Und die Miete haben Sie immer auf diese Weise bezahlt?«

»Ja, von Anfang an.«

»Wie sind Sie zu der Wohnung gekommen?«

»Eins von den Mädchen auf der Straße hat mir davon erzählt.«

Brunetti erlaubte sich ein angedeutetes Lächeln. »Jemand, den Sie Mädchen nennen, oder jemand, den ich Mädchen nennen würde, Signor Canale?«

»Jemand, den ich Mädchen nennen würde.«

»Wie heißt er?« fragte Brunetti.

»Der Name nützt Ihnen nichts mehr. Er ist vor einem Jahr gestorben. Überdosis.«

»Haben Ihre anderen Freunde – Kollegen – auch solche Wohnungen?«

»Einige von uns, aber wir hatten Glück.«

Brunetti dachte kurz darüber und über die möglichen Konsequenzen nach. »Wo findet denn die Verwandlung statt, Signor Canale?«

»Verwandlung?«

»Ich meine, wo ...«, fing Brunetti an und brach ab, weil er nicht wußte, wie er es ausdrücken sollte, »wo ziehen Sie Ihre Arbeitskleidung an? Die Leute denken doch, Sie arbeiten bei der Bahn.«

»Ach so. In einem Auto oder hinter den Büschen. Das geht nach einem Weilchen sehr schnell, dauert keine Minute.«

»Haben Sie das alles Signor Mascari erzählt?« erkundigte sich Brunetti.

»Einiges davon. Er wollte das mit der Miete wissen. Und er hat nach den Adressen von ein paar anderen gefragt.«

»Haben Sie ihm die gegeben?«

»Ja, das habe ich. Wie gesagt, ich dachte, er wäre von der Polizei, darum habe ich sie ihm gegeben.«

»Wollte er sonst noch etwas wissen?«

»Nein, nur die Adressen.« Canale hielt inne und fügte dann hinzu: »Doch, eines wollte er noch wissen, aber ich glaube, das war gewissermaßen nur als Zeichen menschlicher Anteilnahme.«

»Und was war das?«

»Er fragte, ob meine Eltern noch leben.«

»Und was haben Sie ihm geantwortet?«

»Ich habe ihm die Wahrheit gesagt, daß sie beide gestorben sind. Vor Jahren schon.«

»Wo?«

In Sardinien. Da stamme ich her.«

»Und sonst wollte er nichts wissen?«

»Nein, nichts.«

»Wie hat er auf das reagiert, was Sie ihm gesagt haben?«

»Ich verstehe nicht ganz, wie Sie das meinen«, sagte Canale.

»Schien er überrascht? Oder erregt? Merkte man, daß er die Antworten so erwartet hatte?«

Canale überlegte einen Augenblick, dann meinte er: »Zuerst schien er etwas überrascht, aber dann kamen seine Fragen, als ob er gar nicht mehr darüber nachdenken müßte. Als hätte er die ganze Liste schon fertig im Kopf.«

»Hat er noch irgend etwas gesagt?«

»Nein, er hat sich für die Informationen bei mir bedankt. Das war eigenartig, wissen Sie, denn ich dachte ja, er wäre Polizist, und normalerweise sind die nicht sonderlich ...« Er brach ab, offensichtlich auf der Suche nach der richtigen Formulierung. »Sie behandeln uns nicht besonders freundlich.«

»Wann ist Ihnen eingefallen, wer er war?«

»Wie ich schon sagte, als ich sein Foto in der Zeitung sah. Ein Banker. Er war ein Banker. Glauben Sie, daß er darum so interessiert an den Mietzahlungen war?«

»Ich nehme an, das könnte der Grund gewesen sein, Signor

Canale. Es ist auf jeden Fall eine Möglichkeit, der wir nachgehen werden.«

»Gut. Ich hoffe, Sie finden den Mann, der es getan hat. Er hatte es nicht verdient zu sterben. Er war sehr nett. Er hat mich anständig behandelt. So wie Sie.«

»Danke, Signor Canale. Ich wünschte nur, meine Kollegen würden das auch tun.«

»Das wäre schön, nicht?« sagte Canale mit einem gewinnenden Lächeln.

»Signor Canale, würden Sie mir eine Liste der Namen und Adressen geben, die Sie ihm auch gegeben haben? Und wann Ihre Freunde in ihre Wohnungen einzogen sind, falls Sie das wissen?«

»Aber sicher«, sagte der junge Mann, und Brunetti schob ihm ein Blatt Papier und einen Stift über den Schreibtisch. Während der andere sich über das Papier beugte und zu schreiben begann, beobachtete Brunetti seine große Hand, die den Stift wie etwas Fremdes hielt. Die Liste war kurz, und er hatte sie schnell geschrieben. Als er fertig war, legte Canale den Stift hin und stand auf.

Brunetti erhob sich ebenfalls und kam um seinen Schreibtisch herum. Er ging mit Canale bis zur Tür, wo er fragte: »Was ist mit Crespo? Wissen Sie etwas über ihn?«

»Nein, er gehörte nicht zu denen, mit denen ich arbeite.«

»Haben Sie eine Ahnung, was ihm passiert sein könnte?«

»Na, ich müßte ja wohl ein Trottel sein, wenn ich nicht annehmen würde, daß es etwas mit dem anderen Mord zu tun hat, oder?«

Das lag so auf der Hand, daß Brunetti nicht einmal nickte.

»Wenn ich raten sollte, würde ich sogar sagen, er wurde umgebracht, weil er mit Ihnen geredet hat.« Als er Brunettis Blick sah, erklärte er: »Nein, nicht mit Ihnen persönlich, Commissario, aber mit der Polizei. Ich würde sagen, er wußte etwas über den anderen Mord und mußte aus dem Weg geräumt werden.«

»Und trotzdem sind Sie zu mir gekommen?«

»Er hat sich doch mit mir unterhalten wie mit einem ganz normalen Menschen. Und Sie auch, nicht wahr, Commissario? Einfach so mit mir geredet, als wäre ich ein Mann wie jeder andere.« Als Brunetti nickte, sagte Canale: »Also, da mußte ich es Ihnen doch sagen, oder?«

Die beiden Männer gaben sich die Hand, und Canale ging den Korridor entlang. Brunetti sah zu, wie sein dunkler Kopf die Treppe hinunter verschwand. Signorina Elettra hatte recht, ein sehr attraktiver Mann.

21

Brunetti ging in sein Büro und wählte Signorina Elettras Nummer. »Würden Sie zu mir heraufkommen, Signorina?« sagte er. »Und bringen Sie bitte alle Unterlagen über die Männer mit, über die Sie für mich etwas herausfinden sollten.«

Sie komme sehr gern, sagte sie, und Brunetti war überzeugt, daß sie es aufrichtig meinte. Allerdings war er auch auf ihre Enttäuschung vorbereitet, nachdem sie angeklopft hatte, eintrat, sich umsah und feststellen mußte, daß der junge Mann fort war.

»Mein Besucher mußte gehen«, beantwortete Brunetti ihre unausgesprochene Frage.

Signorina Elettra faßte sich sofort wieder. »Ach ja?« fragte sie betont desinteressiert und reichte ihm zwei Mappen. »Die obere ist Avvocato Santomauro.« Brunetti nahm sie ihr ab, aber noch bevor er sie aufschlagen konnte, sagte sie: »Absolut nichts Bemerkenswertes. Juraexamen in Padua; geboren und aufgewachsen in Venedig. Er hat sein ganzes Leben hier gearbeitet, ist Mitglied aller Berufsorganisationen, hat in der Kirche von San Zaccaria geheiratet. Sie werden seine Steuererklärungen und Paßanträge finden, sogar die Genehmigung für ein neues Dach auf seinem Haus.«

Brunetti sah sich die Unterlagen an und fand genau das, was sie aufgezählt hatte, nicht mehr. Er wandte sich der zweiten Mappe zu, die erheblich dicker war.

»Das ist die *Lega della Moralitià*«, sagte sie, und Brunetti fragte sich, ob wohl jeder, der diese Worte aussprach, es mit solch triefendem Sarkasmus tat oder ob das vielleicht nur kennzeichnend für den Menschenschlag war, mit dem er Umgang pflegte. »Diese Unterlagen sind interessanter, aber ich lasse Ihnen erst einmal Zeit, sie durchzusehen, damit Sie verstehen, was ich meine«, sagte sie. »Haben Sie sonst noch einen Wunsch?«

»Nein, vielen Dank, Signorina«, sagte er und schlug die Mappe auf.

Sie ging, und er breitete die Unterlagen auf seinem Tisch aus und begann zu lesen. Die *Lega della Moralitià* war vor neun Jahren als gemeinnützige Organisation gegründet worden. In ihrer Satzung stellte sie sich als Organisation dar, die es sich zur Aufgabe gemacht hatte, »die materielle Situation von Benachteiligten zu verbessern, damit sie sich nach Minderung ihrer weltlichen Sorgen in Gedanken und Wünschen dem Spirituellen zuwenden können«. Dieser Minderung weltlicher Sorgen dienten subventionierte Häuser und Wohnungen, die verschiedenen Kirchen in Mestre, Marghera und Venedig gehörten und der *Lega* zur Verwaltung überlassen worden waren. Im Gegenzug verpflichtete sich die *Lega*, diese Wohnungen zu Minimalmieten solchen Mitgliedern derjenigen Kirchen zu geben, die den gemeinsam von den Kirchen und der *Lega* formulierten Anforderungen entsprachen. Zu diesen Anforderungen gehörte, daß sie regelmäßig die Messe besuchten, alle Kinder hatten taufen lassen, einen Brief ihres Gemeindepfarrers vorweisen konnten, der ihnen bescheinigte, daß sie »höchsten moralischen Ansprüchen« genügten – sowie der Nachweis ihrer Bedürftigkeit.

Laut Satzung der *Lega* oblag die Auswahl der Bewerber dem Vorstand, der samt und sonders aus Laien zu bestehen hatte, um jede Möglichkeit der Günstlingswirtschaft seitens der Kirchenbehörden auszuschließen. Auch die Vorstandsmitglieder hatten höchsten moralischen Ansprüchen zu genügen und mußten einen gewissen Bekanntheitsgrad in der Gemeinde haben. Von den sechs derzeitigen Vorstandsmitgliedern wurden zwei als »Ehrenmitglieder« geführt. Von den übrigen vier lebte einer in Rom, ein anderer in Paris, der dritte auf der Klosterinsel San Francesco del Deserto. Demnach war das einzige aktive Vorstandsmitglied, das in Venedig lebte, Avvocato Giancarlo Santomauro.

Die ursprüngliche Satzung regelte die Übernahme von zweiundfünfzig Wohnungen in die Verwaltung der *Lega.* Nach drei Jahren wurde das System als so erfolgreich beurteilt, dies anhand von Briefen und Aussagen von Mietern – sowie der Gemeindevertreter und Priester, die mit ihnen gesprochen hatten –, daß weitere sechs Gemeinden sich zur Teilnahme entschlossen und der *Lega* weitere dreiundvierzig Wohnungen zur Verwaltung übergaben. Das gleiche geschah drei Jahre später, als der *Lega* noch einmal siebenundsechzig Wohnungen zufielen, die meisten in Venedigs historischem Stadtkern und Mestres Geschäftszentrum. Die für die *Lega* gültige Satzung, die ihr das Verfügungsrecht über die von ihr verwalteten Wohnungen gab, mußte alle drei Jahre bestätigt werden, und diese Prozedur war nach Brunettis Rechnung in diesem Jahr wieder fällig.

Er blätterte zurück und las die ersten beiden Berichte des Bewilligungsausschusses. Er sah sich die Unterschriften an: Giancarlo Santomauro hatte beide Male dem Gremium angehört und beide Berichte unterschrieben, den zweiten als Vorsitzender. Und kurz danach war Avvocato Santomauro zum Präsidenten der *Lega* ernannt worden – ein unbezahlter und rein ehrenamtlicher Posten.

Dem Bericht angeheftet fand sich eine Adressenliste der einhundertzweiundsechzig Wohnungen, die zur Zeit von der *Lega* verwaltet wurden, mitsamt jeweiliger Wohnfläche und Zimmerzahl. Brunetti zog den Zettel, den Canale ihm gegeben hatte, näher heran und sah sich die Adressen an. Alle vier tauchten auch in der anderen Liste auf. Brunetti betrachtete sich gern als aufgeschlossen und ziemlich vorurteilslos, aber er wußte nicht recht, ob er fünf Transvestitenstrichern attestieren konnte, daß sie »höchsten moralischen Ansprüchen« genügten, auch wenn sie in Wohnungen lebten, die zu dem besonderen Zweck vermietet wurden, dazu beizutragen, daß ihre Mieter »sich in Gedanken und Wünschen dem Spirituellen zuwenden können«.

Er wandte sich von der Adressenliste wieder dem Bericht zu und las weiter. Wie er erwartet hatte, sollten alle Mieter der *Lega*-

Wohnungen ihre Mieten, die nur symbolisch waren, auf ein Konto bei der venezianischen Niederlassung der Banca di Verona einzahlen, über die auch die Zuwendungen der *Lega* an die »Hilfe für Witwen und Waisen« liefen, Spenden aus dem Fonds, der sich aus den Minimalmieten für die Wohnungen zusammensetzte. Selbst Brunetti war überrascht, daß sie eine so blumige Formulierung wie »Hilfe für Witwen und Waisen« wagten, aber dann sah er, daß diese besondere Form der karitativen Arbeit erst angefangen hatte, seit Avvocato Santomauro die *Lega* führte. Und beim Zurückblättern stellte Brunetti fest, daß alle fünf Männer auf Canales Liste ihre Wohnungen erst bezogen hatten, nachdem Santomauro Präsident geworden war. Es hatte fast den Anschein, als ob Santomauro, nachdem er diese Position erreicht hatte, sich alles leisten zu können glaubte.

Hier unterbrach Brunetti seine Lektüre, stand auf und trat ans Fenster. Die Backsteinfassade von San Lorenzo war seit drei Monaten ohne Gerüst, aber die Kirche blieb geschlossen. Er blickte hinüber und sagte sich, daß er einen Fehler beging, vor dem er Kollegen immer warnte: Er ging von der Schuld eines Verdächtigen aus, ohne auch nur den kleinsten greifbaren Beweis zu haben, der diesen Verdächtigen mit dem Verbrechen in Verbindung brachte. Aber so sicher er wußte, daß die Kirche nie wieder geöffnet wurde, jedenfalls nicht zu seinen Lebzeiten, so sicher wußte er auch, daß Santomauro für die Morde an Mascari und Crespo verantwortlich war und für den Tod von Maria Nardi. Er und wahrscheinlich Ravanello. Einhundertzweiundsechzig Wohnungen. Wie viele davon konnte man an Leute wie Canale oder andere vermieten, die bereit waren, ihre Miete bar zu bezahlen und keine Fragen zu stellen? Die Hälfte? Selbst schon ein Drittel brachte monatlich über siebzig Millionen Lire, fast eine Milliarde im Jahr. Er dachte an jene Witwen und Waisen und fragte sich, ob Santomauro so übermütig geworden war, daß auch sie Teil des Schwindels waren und sogar die Minimalmieten, die in den Töpfen der *Lega* landeten, dort umfunktioniert und an Phantomwitwen und erfundene Waisen ausgezahlt wurden.

Er ging an seinen Schreibtisch zurück und blätterte in dem Bericht herum, bis er den Hinweis auf die Zahlungen fand, die an jene gegangen waren, die man der Mildtätigkeit der *Lega* für wert befunden hatte: Ja, die Gelder waren durch die Banca di Verona ausgezahlt worden. Er stand da, beide Hände auf die Schreibtischplatte gestützt, den Kopf über die Papiere geneigt, und sagte sich wieder, daß Gewißheit nicht dasselbe war wie handfeste Beweise. Aber sicher war er.

Ravanello hatte ihm Kopien von Mascaris Konten bei der Bank versprochen, zweifellos eine Liste der Depots, die er verwaltete, oder der Kredite, die er bewilligte. Wenn Ravanello diese Unterlagen so bereitwillig zur Verfügung stellen wollte, konnte Brunetti sicher sein, daß die Dinge, nach denen er suchte, nicht dabei waren. Um Zugang zu den vollständigen Unterlagen der Bank und der *Lega* zu bekommen, brauchte Brunetti eine gerichtliche Verfügung, und dazu bedurfte es eines längeren Armes, als Brunetti ihn besaß.

Pattas *»Avanti«* war durch die Tür zu hören, und Brunetti betrat das Büro seines Vorgesetzten. Patta blickte auf, sah den Commissario und beugte sich wieder über die Papiere vor sich. Sehr zu Brunettis Verwunderung schien er sie tatsächlich zu lesen, statt sie als Staffage für vorgebliche Geschäftigkeit zu benutzen.

»Buon giorno, vice-questore«, sagte Brunetti, indem er weiter vortrat.

Patta sah wieder hoch und deutete mit einer Handbewegung auf den Stuhl vor seinem Schreibtisch. Als Brunetti saß, fragte Patta: »Habe ich das Ihnen zu verdanken?«, wobei er mit dem Finger auf die Papiere vor sich zeigte.

Da Brunetti keine Ahnung hatte, worum es in diesen Papieren ging, andererseits auch keinen taktischen Vorteil verschenken wollte, indem er es zugab, mußte er sich am Ton seines Vorgesetzten orientieren. Pattas Sarkasmus war normalerweise deutlich hörbar, aber davon war nichts zu merken gewesen. Da er noch keine Erfahrung mit Pattas Dankbarkeit hatte, ja eigentlich, wie etwa ein Theologe über Schutzengel, nur spekulieren konnte, ob sie überhaupt existierte, konnte Brunetti nicht sicher sein, daß Pattas Ton tatsächlich von diesem Gefühl bestimmt wurde.

»Sind das die Unterlagen, die Ihnen Signorina Elettra gebracht hat?« fragte Brunetti ins Blaue, weil er Zeit gewinnen wollte.

»Ja«, sagte Patta, und tätschelte das Papier, wie man den Kopf eines besonders geliebten Hundes tätscheln würde.

Das genügte Brunetti. »Signorina Elettra hat die Knochenarbeit gemacht, aber ich habe ihr ein paar Anregungen gegeben, wo sie suchen könnte«, log er und schlug in falscher Bescheidenheit die Augen nieder, wie um anzudeuten, daß er es kaum wagte, für die Selbstverständlichkeit, Vice-Questore Patta einen Dienst zu erweisen, auch noch Lob zu erwarten.

»Heute abend werden sie ihn festnehmen«, erklärte Patta mit grimmiger Freude.

»Wer?«

»Die *Guardia di Finanza.* Er hat bei seinem Einbürgerungsantrag in Monaco falsche Angaben gemacht, also ist er ungültig. Das heißt, er ist immer noch italienischer Staatsbürger und hat hier seit sieben Jahren keine Steuern bezahlt. Sie werden ihn kreuzigen. An den Füßen werden sie ihn aufhängen.«

Der Gedanke an einige der Steuerhinterziehungen, mit denen frühere und derzeitige Minister davongekommen waren, ließ Brunetti daran zweifeln, daß Pattas Traum sich erfüllen würde, aber er hielt den Augenblick nicht für günstig, solche Bedenken jetzt anzumelden. Da er nicht recht wußte, wie er seine nächste Frage formulieren sollte, versuchte er es auf besonders rücksichtsvolle Weise. »Wird er bei der Festnahme allein sein?«

»Das ist das Problem«, sagte Patta und sah ihn an. »Die Festnahme ist natürlich geheim. Sie wollen um acht heute abend hingehen. Ich weiß es nur durch den Anruf eines Freundes bei der *Guardia di Finanza.*« Brunetti konnte zusehen, wie sich Pattas Gesicht nachdenklich umwölkte. »Wenn ich sie anrufe und warne, sagt sie es ihm, und er verschwindet aus Mailand und wird nicht festgenommen. Aber wenn ich sie nicht anrufe, ist sie bei der Festnahme dabei.« Und dann, das mußte er nicht erst erwähnen, gab es keine Möglichkeit mehr, ihren Namen aus der Presse herauszuhalten. Und den seinen damit auch. Brunetti beobachtete Pattas Gesicht, fasziniert von den Emotionen, die sich darauf spiegelten: Rachegelüste und Eitelkeit lagen im Widerstreit.

Wie Brunetti vermutet hatte, siegte die Eitelkeit. »Mir fällt kein Ausweg ein, wie ich sie da herausbekommen könnte, ohne ihn zu warnen.«

»Vielleicht könnten Sie, aber natürlich nur, wenn Sie es für sinnvoll halten, Vice-Questore, Ihren Anwalt bitten, dort anzurufen und ihr für heute abend ein Treffen in Mailand vorzuschlagen. Dann wäre sie, äh, nicht da, wenn die Polizei kommt.«

»Warum sollte mein Anwalt sich mit ihr treffen wollen?«

»Vielleicht könnte er sagen, daß Sie bereit sind, sich mit ihr über Bedingungen zu unterhalten. Das wäre ja genug, um sie für diesen Abend woandershin zu locken.«

»Sie haßt meinen Anwalt.«

»Wäre sie bereit, mit Ihnen selbst zu reden? Wenn Sie ihr sagen, daß Sie zu dem Treffen nach Mailand kommen?«

»Sie ...«, begann Patta, aber dann schob er seinen Stuhl zurück und stand auf, ohne den Satz zu beenden. Er ging ans Fenster und stellte seine eigenen stummen Betrachtungen über die Fassade von San Lorenzo an.

Er stand ziemlich lange da, ohne etwas zu sagen, und Brunetti war sich der Gefahr des Augenblicks bewußt. Sollte Patta sich jetzt umdrehen und so etwas wie eine emotionale Schwäche zugeben, indem er sagte, er liebe seine Frau und wolle sie zurückhaben, würde er Brunetti nie verzeihen, daß er dabeigewesen war und es gehört hatte. Und schlimmer noch, sollte er sich in Brunettis Gegenwart die kleinste Schwäche oder innere Not anmerken lassen, würde Patta gnadenlos Vergeltung an seinem Zeugen üben.

Ernsthaft und scheinbar ungerührt, als hätte er Patta und seine persönlichen Probleme schon ad acta gelegt, sagte Brunetti: »Vice-Questore, eigentlich bin ich dieser Mascari-Geschichte wegen gekommen. Ich glaube, es gibt da einige Dinge, die Sie wissen sollten.«

Pattas Schultern hoben und senkten sich einmal, als er tief Luft holte, dann drehte er sich um und kam an seinen Schreibtisch zurück. »Was hat sich getan?«

Rasch und ganz auf die Sache konzentriert erzählte Brunetti ihm von den Unterlagen über die *Lega* und die von ihr verwalteten Wohnungen, von denen eine Crespos gewesen war, sowie über die Summen, die monatlich für die Bedürftigen ausgegeben wurden.

»Anderthalb Millionen im Monat?« sagte Patta, als Brunetti ihm auch noch alles über Canales Besuch berichtet hatte. »Was kassiert die *Lega* angeblich an Miete?«

»In Canales Fall hundertzehntausend monatlich. Und keiner auf der Liste zahlt mehr als zweihunderttausend, Vice-Questore. Das heißt, in den Büchern der *Lega* steht, daß sie nicht mehr als das für eine Wohnung verlangt.«

»Wie sehen denn diese Wohnungen aus?«

»Crespos war eine Vierzimmerwohnung in einem modernen Haus. Es ist die einzige, die ich selbst gesehen habe, aber aufgrund der Adressen, zumindest, soweit sie hier in der Stadt sind, und der Anzahl der Zimmer würde ich sagen, daß es sich um erstrebenswerte Wohnungen handelt, bei vielen.«

»Wissen Sie, wie viele Leute so ähnliche Wohnungen haben wie Canale und ihre Mieten auch in bar bezahlen?«

»Nein, leider nicht. Da müßte ich mit den Mietern sprechen und herausfinden, wer alles da hinein verwickelt ist. Ich müßte die Bankunterlagen der *Lega* einsehen. Und ich brauchte eine Namensliste dieser Witwen und Waisen, die angeblich jeden Monat Geld bekommen.«

»Das müßte ein Gericht verfügen, nicht?« fragte Patta, in dessen Ton sich seine angeborene Vorsicht wieder einschlich. Gegen Leute wie Canale oder Crespo etwas zu unternehmen, das war in Ordnung, und wie man dabei vorging, interessierte keinen. Aber eine Bank, eine Bank war etwas völlig anderes.

»Meine Vermutung ist, daß da irgendeine Verbindung zu Santomauro besteht, Vice-Questore, und daß alle Ermittlungen im Fall Mascari uns zu ihm führen werden.«

»Das wäre schon möglich«, meinte Patta einlenkend.

Immer wenn Brunetti sah, daß er es mit der nackten Wahrheit schwer haben würde, war er auch mal zum Taktieren bereit. »Vermutlich sind die Unterlagen der Bank ganz in Ordnung, und die Bank selbst hat gar nichts mit der Sache zu tun; es kann sein, daß Santomauro die Manipulationen allein vorgenommen hat. Wenn wir erst einmal die Möglichkeit von Unregelmäßigkeiten bei der Bank ausgeschlossen haben, können wir ungehindert gegen Santomauro vorgehen.«

Das gab für Patta den Ausschlag. »Also gut, ich werde eine gerichtliche Verfügung zur Beschlagnahmung der Bankunterlagen beantragen.«

Brunetti beschloß, das Risiko einzugehen. »Und für die Unterlagen der *Lega* auch«, sagte er, dachte kurz daran, noch einmal Santomauro zu erwähnen, widerstand aber der Versuchung.

»Na gut«, stimmte Patta zu, aber in einem Ton, aus dem klar hervorging, daß Brunetti mehr nicht bekommen würde.

»Vielen Dank, Vice-Questore«, sagte Brunetti, während er aufstand. »Ich veranlasse gleich, daß ein paar von unseren Leuten sich mit den Mietern auf der Liste unterhalten.«

»Gut, gut«, sagte Patta, der mit den Gedanken schon woanders war. Er beugte sich wieder über seinen Schreibtisch und ließ die Hand liebevoll über die Papiere gleiten; dann blickte er auf, als überraschte es ihn, Brunetti noch herumstehen zu sehen. »Ist noch etwas, Commissario?«

»Nein, nein, Vice-Questore. Das war alles«, sagte Brunetti und ging zur Tür. Im Hinausgehen sah er, wie Patta zum Telefonhörer griff.

Wieder in seinem eigenen Büro, ließ er sich mit Bozen verbinden und fragte nach Signora Brunetti.

Nach einigem Klicken und Rauschen hörte er Paolas Stimme. *»Ciao, Guido, come stai?* Ich habe Montag abend versucht, dich zu Hause zu erreichen. Warum hast du nicht angerufen?«

»Ich hatte zu tun, Paola. Hast du die Zeitungen gelesen?«

»Guido, du weißt doch, daß ich Ferien habe. Ich habe den Meister gelesen. *The sacred Fount* ist wunderbar. Es passiert *nichts*, absolut nichts.«

»Paola, ich will nicht über Henry James reden.«

Das hatte sie schon früher zu hören bekommen, aber nie in diesem Ton. »Was ist los, Guido?«

Natürlich, jetzt fiel ihm wieder ein, daß sie im Urlaub nie Zeitung las, und es tat ihm leid, daß er nicht versucht hatte, sie früher zu erreichen. »Es hat Schwierigkeiten gegeben«, sagte er, bemüht, es herunterzuspielen.

Sie war sofort alarmiert. »Was für Schwierigkeiten?«

»Ein Unfall.«

Mit etwas sanfterer Stimme sagte sie: »Erzähl, Guido.«

»Ich war auf dem Rückweg von Mestre, da wollte uns einer von der Brücke drängen.«

»Uns?«

»Vianello war noch dabei«, sagte er, und dann: »Und Maria Nardi.«

»Das Mädchen aus Cannaregio? Die Neue?«

»Ja.«

»Was ist passiert?«

»Unser Wagen wurde gerammt, und wir sind in die Leitplanke geknallt. Sie hatte den Sicherheitsgurt nicht angelegt und ist gegen die Tür geschleudert worden. Dabei hat sie sich das Genick gebrochen.«

»Das arme Mädchen«, flüsterte Paola. »Und du, Guido?«

»Ich bin durchgeschüttelt worden, ebenso Vianello, aber wir sind unverletzt.« Er versuchte einen leichteren Ton anzuschlagen. »Keine gebrochenen Knochen.«

»Ich habe nicht von gebrochenen Knochen gesprochen«, sagte sie, immer noch mit ganz sanfter Stimme, aber schnell, entweder aus Ungeduld oder aus Sorge. »Ich meine, ob du damit fertig wirst.«

»Ja, ich glaube schon. Aber Vianello macht sich Vorwürfe. Er saß am Steuer.«

»Ja, das paßt zu Vianello. Rede mit ihm, wenn es geht, Guido. Gib ihm was zu tun.« Sie hielt inne, dann fragte sie: »Soll ich zurückkommen?«

»Nein, Paola, du bist doch gerade erst hingefahren. Ich wollte dich nur wissen lassen, daß ich unverletzt bin. Falls du in der Zeitung etwas über die Sache gelesen hättest. Oder falls dich jemand gefragt hätte.« Er hörte sich reden, hörte heraus, wie er versuchte, es ihr zum Vorwurf zu machen, daß sie nicht angerufen, daß sie keine Zeitung gelesen hatte.

»Soll ich es den Kindern sagen?«

»Es ist wahrscheinlich besser, falls sie etwas davon hören oder lesen. Aber spiel es herunter.«

»Ja, sicher, Guido. Wann ist die Beerdigung?«

Einen Augenblick wußte er nicht, welche sie meinte – Mascaris, Crespos, Maria Nardis? Nein, es konnte nur letztere sein. »Freitag vormittag, glaube ich.«

»Geht ihr alle hin?«

»So viele wie können. Sie war noch nicht sehr lange bei uns, aber sie hatte viele Freunde.«

»Wer war das?« fragte sie, ohne die Frage näher erklären zu müssen.

»Ich weiß es nicht. Das Auto war weg, bevor wir richtig

gemerkt hatten, was passiert war. Aber ich war gerade in Mestre gewesen, um mich mit jemandem zu treffen, mit einem der Transvestiten, und wer immer es war, muß gewußt haben, wo ich bin. Es war leicht, uns zu folgen. Es gibt ja nur die eine Straße.«

»Und der Transvestit?« erkundigte sie sich. »Hast du mit ihm gesprochen?«

»Zu spät. Er wurde umgebracht.«

»Derselbe Täter?« fragte sie in dem Telegrammstil, den sie in zwei Jahrzehnten entwickelt hatte.

»Ja. Ziemlich sicher.«

»Und der erste? Der auf der Wiese?«

»Alles eins.«

Er hörte, wie sie mit jemandem sprach, dann war sie wieder da und fragte: »Guido, Chiara ist hier und möchte dir guten Tag sagen.«

»*Ciao, papà,* wie geht's dir so? Fehle ich dir?«

»Mir geht's gut, mein Engel, und du fehlst mir ganz schrecklich. Ihr alle fehlt mir.«

»Aber ich am meisten, oder?«

»Ihr fehlt mir alle gleichermaßen.«

»Das ist unmöglich. Raffi kann dir nicht fehlen, weil er sowieso nie zu Hause ist. Und *mamma* sitzt immer nur rum und liest in diesem Buch, wem sollte sie also fehlen? Daraus folgt doch, daß ich dir am meisten fehlen muß, oder?«

»Da hast du wohl recht, mein Engel.«

»Siehst du, ich hab's gewußt. Du mußtest nur ein bißchen darüber nachdenken, nicht?«

»Ja. Ich bin froh, daß du mich daran erinnert hast.«

Er hörte Geräusche an Chiaras Ende, dann sagte sie: »*Papà,* ich muß dich wieder an *mamma* abgeben. Sag ihr bitte, daß sie mit spazierengehen soll, ja? Sie sitzt den ganzen Tag hier auf der Terrasse herum und liest nur. Was ist denn das für ein Urlaub?«

Mit dieser Beschwerde war sie weg und wurde von Paola abgelöst. »Guido, wenn du willst, daß ich zurückkomme, dann komme ich.«

Er hörte Chiaras Protestgeheul bei dem Vorschlag und antwortete: »Nein, Paola, nicht nötig. Wirklich nicht. Ich versuche, am Wochenende zu euch zu kommen.«

Ähnliche Versprechungen hatte sie schon oft gehört, darum bat sie ihn nicht, sich klarer auszudrücken. »Kannst du mir mehr über die Sache sagen, Guido?«

»Nein, Paola. Ich erzähle dir alles, wenn wir uns sehen.«

»Hier?«

»Ich hoffe es. Wenn nicht, rufe ich dich an. Paß auf, ich rufe dich auf jeden Fall an, ob ich komme oder nicht. Ja?«

»Also gut, Guido. Und paß um Himmels willen auf dich auf.«

»Das werde ich, Paola. Und du auch.«

»Aufpassen? Worauf denn aufpassen, hier mitten im Paradies?«

»Paß auf, daß du dein Buch nicht ausliest, wie damals in Cortina.« Beide lachten bei der Erinnerung daran. Sie hatte *Die goldene Schale* mitgehabt und es gleich in der ersten Woche ausgelesen, so daß sie in der zweiten Woche nichts zu tun hatte, außer in den Bergen spazierenzugehen, zu schwimmen, in der Sonne herumzuliegen und mit ihrem Mann zu plaudern. Ihr war jede Minute zu lang geworden.

»Oh, da habe ich keine Sorgen. Ich freue mich schon, wenn ich es ausgelesen habe, dann kann ich nämlich noch mal von vorn anfangen.« Einen Moment überlegte Brunetti, ob er womöglich nicht zum Vice-Questore befördert wurde, weil jeder wußte, daß er mit einer Verrückten verheiratet war. Nein, wohl kaum.

Mit weiteren gegenseitigen Ermahnungen, gut auf sich aufzupassen, verabschiedeten sie sich.

22

Brunetti rief bei Signorina Elettra an, aber sie war nicht an ihrem Platz, und das Klingeln verhallte ungehört. Daraufhin wählte er Vianellos Nummer und bat ihn zu sich. Ein paar Minuten später kam der Sergente herein. Er war noch ziemlich in derselben Verfassung wie vor zwei Tagen, als sie sich vor der Questura getrennt hatten.

»Buon di, dottore«, sagte er und nahm seinen üblichen Platz auf dem Stuhl vor Brunettis Schreibtisch ein. »Guten Morgen, Vianello.« Um gar nicht erst auf ihre Debatte von vorgestern früh zurückzukommen, fragte Brunetti gleich: »Wie viele Leute haben wir heute zur Verfügung?«

Vianello überlegte kurz, bevor er antwortete: »Vier, wenn wir Riverre und Alvise mitrechnen.«

Über diese beiden mochte Brunetti ebensowenig reden, darum gab er Vianello die erste Liste aus der Lega-Akte. »Das sind lauter Leute, die eine Wohnung über die *Lega della Moralità* gemietet haben. Suchen Sie die venezianischen Adressen heraus, und die teilen Sie dann unter sich auf.«

Vianello warf einen Blick auf die Namen und Adressen und fragte: »Wozu, Commissario?«

»Ich will wissen, an wen die Miete gezahlt wird und wie.« Vianello sah ihn fragend an, und Brunetti erzählte, was er von Canale erfahren hatte: daß er seine Miete in bar bezahlte, und einige seiner Freunde auch. »Ich wüßte gern, wer von diesen Leuten seine Miete ebenso zahlt und wie hoch sie ist. Und wichtiger noch, ob einer von ihnen den- oder diejenigen kennt, die das Geld kassieren.«

»Das ist es also!« sagte Vianello, dem sofort klar war, worum es ging. Er blätterte die Liste durch. »Wie viele sind es, Commissario? Weit über hundert, schätze ich.«

»Hundertzweiundsechzig.«

Vianello pfiff durch die Zähne. »Und Sie sagen, dieser Canale zahlt anderthalb Millionen pro Monat?«

»Ja.«

Brunetti sah Vianello dieselbe Rechnung anstellen, wie er sie aufgemacht hatte, als er zum erstenmal die Liste zu Gesicht bekam. »Wenn auch nur ein Drittel auf diese Art zahlt, käme weit mehr als eine halbe Milliarde im Jahr zusammen, nicht?« meinte Vianello kopfschüttelnd, und wieder wußte Brunetti nicht, ob er damit sein Erstaunen ausdrückte oder seinen Respekt vor der Größenordnung dieser Geschichte.

»Kommt Ihnen irgendein Name auf der Liste bekannt vor?« fragte Brunetti.

»Einer könnte der Mann sein, der die Eckbar ganz in der Nähe meiner Mutter betreibt, es ist derselbe Name, aber ich bin nicht sicher, ob die Adresse stimmt.«

»Wenn ja, könnten Sie vielleicht mal ganz ungezwungen mit ihm reden.«

»In Zivil, meinen Sie?« fragte Vianello mit einem Lächeln, das schon wieder etwas mehr aussah wie früher. »Oder Nadia hinschicken«, scherzte Brunetti, aber kaum hatte er es ausgesprochen, merkte er, daß die Idee vielleicht gar nicht so schlecht war. Wenn bei Leuten, die mehr oder weniger illegal zu ihrer Wohnung gekommen waren, Polizisten in Uniform auftauchten und Fragen stellten, wäre das der Auskunftsbereitschaft sicher nicht förderlich. Brunetti war überzeugt, daß alle Konten in Ordnung waren und nachweislich alle Mieten monatlich aufs richtige Konto eingezahlt wurden; auch hegte er nicht den geringsten Zweifel, daß es ordnungsgemäße Belege gab. Eines mußte man Italien lassen, daß es ein Land war, in dem es für alles schriftliche Belege gab, und die reichlich; illusorisch war oft nur die Realität, die sie dokumentieren sollten.

Vianello sah es offenbar auch so, denn er meinte: »Ich denke, man könnte etwas weniger offiziell vorgehen.«

»Die Nachbarn befragen, meinen Sie?«

»Ja, genau. Die Leute werden uns wahrscheinlich nicht so offen antworten, wenn sie in derartige Dinge verwickelt sind. Sie könnten ja ihre Wohnung verlieren, und um das zu verhindern, würde jeder lügen.« Vianello jedenfalls würde lügen, um seine Wohnung zu behalten, da war er sich ganz sicher.

Und auch Brunetti wurde nach nüchterner Überlegung klar, daß er es tun würde, wie jeder Venezianer. »Dann ist es wohl besser, in der Nachbarschaft herumzuhören. Schicken Sie weibliche Beamte, Vianello.«

Vianello lächelte entzückt.

»Und kümmern Sie sich um das hier. Es müßte sich leichter überprüfen lassen«, sagte Brunetti, indem er die zweite Liste aus der Mappe nahm und sie ihm reichte. »Das sind Leute, die monatliche Zahlungen von der *Lega* erhalten. Sehen Sie, ob Sie herausfinden können, wie viele von ihnen an den angegebenen Adressen wohnen und ob sie zu denen gehören, die man früher bedürftig nannte.«

»Wenn ich was für Wetten übrig hätte«, sagte Vianello, der sehr gern wettete, »würde ich zehntausend Lire darauf setzen, daß die meisten nicht an den hier angegebenen Adressen wohnen.« Er hielt inne und blätterte die Liste durch, um dann hinzuzufügen: »Und eine zweite Wette darauf, daß viele alles andere als bedürftig sind.«

»Ich halte nicht dagegen, Vianello.«

»Hatte ich auch nicht erwartet. Was ist mit Santomauro?«

»Nach allem, was Signorina Elettra herausfinden konnte, ist er sauber.«

»Niemand ist sauber«, schoß Vianello zurück. »Dann eben vorsichtig.«

»Das klingt schon besser.«

»Noch etwas. Gallo hat mit dem Hersteller der Schuhe gesprochen, die wir bei Mascari gefunden haben, und der hat ihm eine

Liste von Läden hier in der Gegend gegeben, die sie führen. Schikken Sie einen Mann los, er soll sie abklappern und sehen, ob er jemanden findet, der sich erinnert, sie verkauft zu haben. Es ist Größe einundvierzig, so daß, wer immer sie verkauft hat, vielleicht noch weiß, an wen.«

»Und was ist mit dem Kleid?« fragte Vianello.

Brunetti hatte den Bericht vor zwei Tagen bekommen, und das Ergebnis war wie befürchtet. »Es ist eins von diesen billigen Dingern, die man auf jedem Markt kaufen kann. Rot, und irgend so ein Synthetikmaterial. Kann nicht mehr als vierzigtausend Lire gekostet haben. Das Etikett ist herausgetrennt, aber Gallo versucht, den Hersteller ausfindig zu machen.«

»Hat das Aussicht auf Erfolg?«

Brunetti zuckte die Achseln. »Bei den Schuhen stehen die Chancen besser. Immerhin kennen wir den Hersteller und die Läden, wo sie verkauft werden.«

Vianello nickte. »Noch etwas, Commissario?«

»Ja, rufen Sie bei der *Guardia di Finanza* an und sagen Sie, wir brauchen einen ihrer besten Leute – auch mehrere, wenn sie uns die zur Verfügung stellen können –, um die Unterlagen, die wir von der Banca di Verona und der *Lega* bekommen, genauer anzusehen.«

Erstaunt fragte Vianello: »Sie haben Patta tatsächlich dazu gebracht, eine gerichtliche Verfügung einzuholen? Damit eine Bank Unterlagen herausrückt?«

»Ja«, sagte Brunetti und unterdrückte sein Lächeln ebenso wie seinen Stolz.

»Diese Geschichte muß ihn mehr durcheinandergebracht haben, als ich dachte. Eine gerichtliche Verfügung!« Vianello schüttelte den Kopf über dieses Wunder.

»Und könnten Sie Signorina Elettra zu mir heraufschicken?«

»Natürlich«, sagte Vianello im Aufstehen. Er hielt die Listen hoch: »Ich teile die Namen auf und schicke die Leute los.« Dann, schon auf dem Weg zur Tür, stellte er doch noch die Frage, die

Brunetti schon den ganzen Vormittag beschäftigte: »Wie konnten die so etwas riskieren? Da braucht es doch nur eine undichte Stelle, und das Ganze stürzt zusammen.«

»Mir fällt dazu auch nichts ein, jedenfalls nichts Plausibles.« Für sich überlegte er, daß es vielleicht nur ein weiteres Symptom für eine Art von Gruppenwahnsinn war, eine frenetische Risikobereitschaft, die jedes gesunde Maß überschritten hatte. In den letzten Jahren hatten Verhaftungen und Verurteilungen wegen Bestechung in allen Schichten, vom Industriellen bis zum Kabinettsmitglied, das Land erschüttert. Milliarden und Abermilliarden Lire an Bestechungsgeldern waren gezahlt worden, so daß die Italiener langsam glaubten, Korruption gehöre zum Alltagsgeschäft der Regierung. Folglich konnte das Verhalten der *Lega* und ihrer Führung als völlig normal gelten in einem Land, in dem alles und jeder käuflich war.

Brunetti schüttelte diese Spekulationen ab, blickte zur Tür und sah, daß Vianello gegangen war.

Sein Platz wurde gleich darauf von Signorina Elettra eingenommen, die durch die noch offene Tür trat. »Sie wollten mich sprechen, Commissario?«

»Ja, Signorina«, sagte er und winkte sie zu dem Stuhl neben seinem Schreibtisch. »Vianello hat eben die Listen mitgenommen, die Sie mir gegeben haben. Wie es aussieht, zahlen einige Leute höhere Mieten, als die *Lega* angibt, darum möchte ich wissen, ob die auf der zweiten Liste das Geld tatsächlich bekommen, wie es die *Lega* behauptet.«

Während er sprach, beugte sich Signorina Elettra über ihren Block und machte sich rasch Notizen.

»Ich wollte Sie bitten, wenn Sie sonst nichts Dringendes zu tun haben – woran arbeiten Sie denn diese Woche im Archiv unten?« erkundigte er sich.

»Wie bitte?« Sie erhob sich halb. Ihr Schreibblock fiel zu Boden, und sie bückte sich, um ihn aufzuheben. »Entschuldigung, Commissario«, sagte sie, als der Block wieder auf ihrem

Schoß lag. »Im Archiv? Ich habe versucht, etwas über Avvocato Santomauro oder Signor Mascari zu finden.«

»Und hatten Sie Erfolg?«

»Leider nicht. Keiner der beiden hatte jemals mit der Polizei zu tun. Nicht das geringste.«

»In diesem Hause hat niemand eine Ahnung, nach welchem System das da unten abgelegt ist, Signorina, aber ich möchte Sie bitten nachzusehen, ob Sie über die Leute auf diesen Listen etwas finden können.«

»Auf beiden, Dottore?«

Sie hatte die Listen zusammengestellt, wußte also, daß es mehr als zweihundert Namen waren. »Vielleicht könnten Sie mit der zweiten anfangen, mit den Leuten, die Geld bekommen. Namen und Adressen stehen ja dabei, so daß Sie auf dem Rathaus überprüfen können, wer von ihnen hier gemeldet ist.« Auch wenn das Gesetz, das alle Bürger verpflichtete, sich an ihrem Wohnort anzumelden und jeden Wohnungswechsel anzugeben, ein Überbleibsel aus der Vergangenheit war, konnte man dadurch immerhin die Bewegungen und Lebensumstände eines jeden, der die Aufmerksamkeit der Polizei erregte, leicht verfolgen.

»Ich möchte, daß Sie bei den Leuten auf dieser Liste überprüfen, ob einer vorbestraft ist, hier oder in einer anderen Stadt. Auch in anderen Ländern, obwohl ich keine Ahnung habe, inwieweit sich da etwas finden läßt.« Signorina Elettra nickte beim Schreiben, als wäre das alles ein Kinderspiel. »Außerdem«, fuhr Brunetti fort, »möchte ich Sie bitten, sobald Vianello festgestellt hat, wer alles seine Miete unter dem Tisch bezahlt, dasselbe dann auch bei denen zu prüfen.« Wenige Sekunden nachdem er geendet hatte, sah sie auf. »Glauben Sie, daß Sie das können, Signorina? Ich habe keine Ahnung, was mit den alten Unterlagen passiert ist, nachdem wir auf Computer umgestiegen sind.«

»Die meisten liegen noch unten«, sagte sie. »Es ist ein ziemliches Chaos, aber es läßt sich immer noch manches finden.«

»Werden Sie es schaffen?« Sie war noch keine zwei Wochen hier, und schon kam es Brunetti vor, als wären es Jahre.

»Natürlich. Mir bleibt ziemlich viel freie Zeit«, sagte sie und öffnete Brunetti damit die Tür so weit, daß er eine Schafherde hätte hindurchtreiben können.

Er ließ sich darauf ein und fragte: »Was tut sich denn?«

»Sie essen heute gemeinsam zu Abend. In Mailand. Er läßt sich heute nachmittag hinfahren.«

»Was glauben Sie, was geschieht?« fragte Brunetti, wohl wissend, daß er das nicht tun sollte.

»Sobald Burrasca festgenommen ist, sitzt sie im ersten Flugzeug. Oder vielleicht bietet er ihr auch an, sie nach dem Essen zu Burrascas Wohnung zurückzufahren – das würde ihm, glaube ich, Spaß machen, mit ihr dort anzukommen, wenn die Wagen von der Steuerfahndung vor der Tür stehen. Wahrscheinlich fährt sie gleich mit ihm nach Hause, wenn sie die sieht.«

»Warum will er sie zurückhaben?« fragte Brunetti endlich.

Signorina Elettra sah kurz zu ihm auf, überrascht von seiner Begriffsstutzigkeit. »Er liebt sie, Commissario. Das müssen Sie doch gemerkt haben.«

23

Normalerweise raubte die Hitze Brunetti jeden Appetit, aber heute abend war er zum erstenmal seit seinem Essen mit Padovani wieder richtig hungrig. Auf dem Heimweg machte er am Rialto halt, erstaunt, daß einige der Obst- und Gemüsestände nach acht Uhr noch offen hatten. Er erstand ein Kilo Tomaten, die so reif waren, daß der Verkäufer ihm riet, sie vorsichtig zu tragen und nichts daraufzulegen. An einem anderen Stand kaufte er ein Kilo dunkle Feigen und erhielt denselben Rat. Glücklicherweise hatte er zu jeder Ermahnung eine Plastiktüte bekommen, und so kam er mit einer Tüte in jeder Hand nach Hause.

In der Wohnung öffnete er alle Fenster, zog eine leichte Baumwollhose und ein T-Shirt an und ging in die Küche. Er schnitt Zwiebeln, legte die Tomaten kurz in kochendes Wasser, um sie besser schälen zu können, und pflückte sich draußen auf der Dachterrasse ein paar Blättchen frisches Basilikum ab. Automatisch, ohne recht darauf zu achten, was er tat, bereitete er eine einfache Soße zu und stellte anschließend Wasser für die *pasta* auf. Als das gesalzene Wasser zu brodeln begann, schüttete er eine halbe Packung *penne rigate* hinein und rührte um.

Während er alle diese Handgriffe machte, dachte er die ganze Zeit an die verschiedenen Menschen, die in die Ereignisse der letzten zehn Tage verwickelt waren, wobei er gar nicht erst versuchte, eine Ordnung in das Durcheinander aus Namen und Gesichtern zu bringen. Als die *pasta* fertig war, schüttete er sie zuerst in ein Sieb, anschließend in eine Schüssel und goß die Soße darüber. Mit einem großen Löffel rührte er um und nahm alles mit hinaus auf die Terrasse, wohin er schon eine Gabel, ein Glas und eine Flasche Cabernet getragen hatte. Er aß aus der Schüssel. Ihre Terrasse lag so hoch, daß man schon in den Glockenturm von San Polo hätte steigen müssen, um zu sehen, was er trieb. Er aß alles und stippte die restliche Soße mit Brot auf; dann trug er die Schüssel nach drinnen und kam mit einem Teller frisch gewaschener Feigen wieder heraus.

Bevor er sich darüber hermachte, ging er noch einmal hinein und holte sich sein Exemplar von Tacitus' *Annalen.* Brunetti las da weiter, wo er aufgehört hatte, bei einer Beschreibung der zahllosen Schrecken unter der Herrschaft des Tiberius, eines Kaisers, den Tacitus offenbar ganz besonders verabscheute. Diese alten Römer hatten gemordet und betrogen, wider die Ehre gehandelt und einander Gewalt angetan, wie ähnlich sie uns doch waren, dachte Brunetti. Er las weiter und erfuhr dabei nichts, was dazu angetan war, seine Meinung zu ändern, bis die Stechmücken ihn zu plagen begannen und ihn nach drinnen trieben. Dort las er bis nach Mitternacht auf dem Sofa weiter, kein bißchen bekümmert durch das Wissen, daß dieser Katalog von Verbrechen und Schurkereien, begangen vor fast zweitausend Jahren, dazu diente, ihn von denen abzulenken, die um ihn herum begangen wurden. Sein Schlaf war tief und traumlos, und er wachte erfrischt auf, als ob er glaubte, daß Tacitus' rigoroser, kompromißloser Moralismus ihm über den Tag helfen würde.

Als er an dem Morgen in die Questura kam, stellte er überrascht fest, daß Patta sich tags zuvor, bevor er nach Mailand gefahren war, noch die Zeit genommen hatte, die gerichtliche Verfügung zu beantragen, die ihnen die Unterlagen der *Lega della Moralità* und der Banca di Verona zugänglich machte. Und nicht nur das, die Verfügung war auch beiden Institutionen am Vormittag zugestellt worden, und die zuständigen Leute hatten versprochen, der Aufforderung nachzukommen. Beide Institutionen bestanden darauf, daß es eine gewisse Zeit dauern werde, die nötigen Unterlagen vorzubereiten, und beide hatten sich in bezug auf die tatsächliche Dauer nicht sehr präzise ausgedrückt.

Um elf war von Patta immer noch nichts zu sehen und zu

hören. Die meisten Mitarbeiter der Questura hatten an dem Morgen eine Zeitung gekauft, aber in keiner wurde Burrascas Festnahme erwähnt. Das war weder für Brunetti noch für die anderen überraschend, aber es beflügelte sehr die Neugier, ganz zu schweigen von den Spekulationen darüber, was beim gestrigen Ausflug des Vice-Questore nach Mailand wohl herausgekommen war. Brunetti, der darüber erhaben war, begnügte sich damit, bei der *Guardia di Finanza* anzurufen und nachzufragen, ob man seiner Bitte entsprochen hatte, ihm ein paar Leute zur Verfügung zu stellen, die sich mit den Finanzunterlagen sowohl der Bank als auch der *Lega* befaßten. Sehr zu seiner Überraschung erfuhr er, daß der zuständige Richter, Luca Benedetti, bereits Anweisung gegeben hatte, die Unterlagen, sobald sie zur Verfügung standen, von der *Finanza* prüfen zu lassen.

Als Vianello kurz vor der Mittagspause in sein Büro kam, war Brunetti sicher, daß er ihm sagen wollte, die Unterlagen seien nicht gekommen, oder eher noch, die Bank oder die *Lega* habe ganz plötzlich irgendeine bürokratische Hürde entdeckt, durch die sich das Ganze hinauszögerte, womöglich bis in alle Ewigkeit.

»Buon giorno, commissario«, sagte Vianello beim Hereinkommen.

Brunetti sah von seinen Akten auf und fragte: »Was gibt es, Sergente?«

»Ich habe jemanden hier, der mit Ihnen sprechen möchte.«

»Wen?« fragte Brunetti und legte seinen Stift auf die Papiere, die er vor sich hatte.

»Professore Luigi Ratti und seine Frau«, antwortete Vianello ohne weitere Erklärung, bis auf ein kurz angebundenes: »Aus Mailand.«

»Und wer sind dieser Professore und seine Frau, wenn ich fragen darf?«

»Sie haben eine der Wohnungen, die von der *Lega* verwaltet werden, seit gut zwei Jahren.«

»Weiter, weiter, Vianello«, forderte Brunetti ihn interessiert auf.

»Die Adresse des Professore stand in dem Teil der Liste, den ich hatte, darum bin ich heute vormittag zu ihm gegangen. Als ich fragte, wie er zu der Wohnung gekommen sei, erklärte er, die Beschlüsse der *Lega* seien vertraulich. Ich wollte wissen, wie er seine Miete bezahlt, und er sagte, daß er monatlich zweihundertzwanzigtausend Lire aufs Konto der *Lega* bei der Banca di Verona überweist. Als ich fragte, ob ich seine Quittungen sehen könne, meinte er, die würde er nie aufheben.«

»Tatsächlich?« fragte Brunetti noch interessierter. Da man nie wissen konnte, wann irgendeine Behörde befand, daß eine Rechnung nicht bezahlt, eine Steuer nicht eingezogen, ein Dokument nicht ausgestellt sei, warf niemand in Italien jemals ein amtliches Schriftstück weg, am wenigsten einen Beleg dafür, daß eine Zahlung geleistet worden war. Brunetti und Paola hatten sogar zwei Schubladen voller Stromrechnungen, die ein Jahrzehnt zurückgingen, und auf dem Dachboden verstaut noch mindestens drei Kartons mit den verschiedensten Dokumenten. Wenn jemand behauptete, eine Mietquittung weggeworfen zu haben, war das entweder gelogen oder ein Akt souveränen Irrsinns. »Wo liegt denn die Wohnung des Professore?«

»Am Fondaco Zattere, mit Blick auf die Giudecca«, sagte Vianello, womit er eine der begehrtesten Wohngegenden der Stadt nannte. Dann fügte er hinzu: »Ich würde sagen, sechs Zimmer, wenn ich auch nur die Diele gesehen habe.«

»Zweihundertzwanzigtausend Lire?« fragte Brunetti und dachte dabei, daß dies der Betrag war, den Raffi vor einem Monat für ein Paar Timberlands ausgegeben hatte.

»Ja, Commissario«, sagte Vianello.

»Warum bitten Sie den Professore und seine Frau dann nicht herein, Sergente? Ach, übrigens, was lehrt er denn, dieser Professore?«

»Gar nichts, glaube ich.«

»Aha«, sagte Brunetti und schraubte die Kappe auf seinen Füllfederhalter.

Vianello ging zur Tür und öffnete sie, dann trat er beiseite, um Professore und Signora Ratti hereinzulassen.

Ratti war vielleicht Anfang Fünfzig, bemühte sich aber, diese Tatsache so gut wie möglich zu vertuschen. Dabei wurde er durch einen Barbier unterstützt, der ihm die Haare so kurz geschnitten hatte, daß man das Grau für Blond halten konnte. Ein Gianni-Versace-Anzug aus taubengrauer Seide betonte sein jugendliches Aussehen ebenso wie das burgunderrote Seidenhemd mit offenem Kragen. Seine Schuhe, die er ohne Socken trug, hatten dieselbe Farbe wie sein Hemd und waren aus Flechtleder, das nur aus der Bottega Veneta stammen konnte. Jemand mußte ihn darauf hingewiesen haben, daß die Haut unter seinem Kinn etwas schlaff war, denn er hatte einen weißen Krawattenschal umgebunden und hielt das Kinn so angestrengt hoch, als hätte ihm ein schlampiger Optiker die Gläser einer Bifokalbrille falsch herum eingesetzt.

Wenn der Professore einen hinhaltenden Kampf gegen sein Alter führte, war es bei seiner Frau eine offene Feldschlacht. Ihre Haarfarbe hatte gespenstische Ähnlichkeit mit der Hemdfarbe ihres Mannes, und ihr Gesicht war von jener Straffheit, die einzig der Blüte der Jugend oder den geschickten Händen eines Chirurgen zu verdanken ist. Spindeldürr, wie sie war, trug sie ein weißes Leinenkostüm, dessen Jacke offenstand, um eine smaragdgrüne Seidenbluse zur Schau zu stellen. Wenn er die beiden so ansah, fragte sich Brunetti, wie sie es schafften, in dieser Hitze so frisch und kühl auszusehen. Das Kühlste an ihnen waren ihre Augen.

»Sie wollten mich sprechen, Professore?« fragte Brunetti, während er aufstand, aber keine Anstalten machte, die Hand auszustrecken.

»Ja, das wollte ich«, sagte Ratti, wobei er seiner Frau mit einer Handbewegung bedeutete, sich auf den Stuhl an Brunettis Schreibtisch zu setzen, und dann unaufgefordert von der Wand einen zweiten für sich selbst heranzog. Als beide es sich bequem gemacht hatten, fuhr er fort: »Ich bin gekommen, um Ihnen zu sagen, wie sehr es mir mißfällt, wenn die Polizei in den privaten Bereich meiner Wohnung eindringt. Und mehr noch möchte ich mich über die Unterstellungen beschweren, die mir gegenüber gemacht wurden.« Ratti ließ, wie so viele Mailänder, beim Sprechen jedes ›r‹ weg, was Brunetti unwillkürlich mit Schauspielerinnen der aufgeblaseneren Art in Verbindung brachte.

»Und was sind das für Unterstellungen, Professore?« fragte Brunetti, während er sich wieder setzte und Vianello ein Zeichen machte zu bleiben, wo er war, nämlich gleich neben der Tür.

»Daß es in bezug auf mein Mietverhältnis irgendeine Unregelmäßigkeit gibt.«

Brunetti warf einen Blick zu Vianello hinüber, der die Augen zur Decke verdrehte. Nicht nur der Mailänder Akzent, jetzt auch noch geschwollene Ausdrucksweise.

»Was veranlaßt Sie zu der Annahme, daß solche Unterstellungen gemacht werden, Professore?« fragte Brunetti.

»Nun, warum sonst würden Ihre Polizisten sich Zutritt zu meiner Wohnung verschaffen und verlangen, daß ich ihnen Mietquittungen vorlege?«

Während der Professore sprach, ließ seine Frau ihren Blick durchs Büro wandern.

»›Zutritt verschaffen‹, Professore?« fragte Brunetti im Konversationston. »›Verlangen‹?« Und dann zu Vianello: »Sergente, wie sind Sie in die Wohnung gelangt, die der Professore …«, er machte eine Pause, »angemietet hat?«

»Das Dienstmädchen hat mich eingelassen, Commissario.«

»Und was haben Sie dem Mädchen gesagt, das Sie hereingelassen hat?«

»Daß ich Professore Ratti sprechen möchte.«

»Ah ja«, sagte Brunetti und wandte seine Aufmerksamkeit

wieder dem Professore zu. »Und wie kam es zu diesem ›Verlangen‹ der Quittungen, Professore?«

»Ihr Sergente wollte meine Mietquittungen sehen, als ob ich so etwas aufheben würde.«

»Sie heben also nie Quittungen auf, Professore?«

Ratti winkte ab, und seine Frau sah Brunetti mit einstudiertem Erstaunen an, als wollte sie sagen, was für eine ungeheure Zeitverschwendung es doch sei, über einen so geringfügigen Betrag Buch zu führen.

»Und was machen Sie, wenn der Besitzer Ihrer Wohnung eines Tages behauptet, Sie hätten die Miete nicht bezahlt? Welche Beweise würden Sie ihm vorlegen?« wollte Brunetti wissen.

Diesmal sollte Rattis Handbewegung wohl heißen, daß so etwas nicht im Bereich des Möglichen lag, während der Blick seiner Frau andeutete, daß niemand je daran denken würde, das Wort ihres Mannes anzuzweifeln.

»Würden Sie mir sagen, wie Sie Ihre Miete bezahlen, Professore?«

»Ich glaube nicht, daß dies Sache der Polizei ist«, entgegnete Ratti kampflustig. »Ich bin es nicht gewohnt, so behandelt zu werden.«

»Wie denn, Professore?« fragte Brunetti ehrlich neugierig.

»Wie ein Verdächtiger.«

»Sind Sie schon einmal von anderen Polizisten wie ein Verdächtiger behandelt worden, und wissen Sie darum vielleicht, was das für ein Gefühl ist?«

Ratti erhob sich halb von seinem Stuhl und sah zu seiner Frau hin. »Das muß ich mir nicht bieten lassen. Ein Freund von uns ist im Stadtrat.« Seine Frau machte eine kurze Handbewegung, und er setzte sich zögernd wieder hin.

»Können Sie mir sagen, wie Sie Ihre Miete bezahlen, Professore Ratti?«

Ratti sah Brunetti voll an. »Ich zahle sie bei der Banca di Verona ein.«

»Am Campo San Bartolomeo?«

»Ja.«

»Und wie hoch ist diese Miete, Professore?«

»Nicht der Rede wert«, antwortete der Professore wegwerfend.

»Sind es zweihundertzwanzigtausend Lire?«

»Ja.«

Brunetti nickte. »Und wieviel Quadratmeter hat Ihre Wohnung?«

Hier mischte sich Signora Ratti ein, als habe sie es endgültig satt, sich mit solcher Idiotie abzugeben. »Das wissen wir doch nicht. Für unsere Bedürfnisse reicht sie aus.« Brunetti zog die Liste der Wohnungen heraus, die von der *Lega* verwaltet wurden, schlug die dritte Seite auf und fuhr mit dem Finger darauf hinunter, bis er zu Rattis Namen kam. »Dreihundertzwölf Quadratmeter, wie ich sehe. Und sechs Zimmer. Ja, ich nehme an, das reicht für die meisten Bedürfnisse.«

Signora Ratti fuhr auf. »Und was soll das bitte heißen?«

Brunetti bedachte sie mit einem nichtssagenden Blick. »Genau das, was ich gesagt habe, Signora, nicht mehr und nicht weniger. Daß sechs Zimmer ausreichen müßten für zwei Personen – Sie sind doch nur zu zweit, oder?«

»Und das Dienstmädchen«, antwortete sie.

»Drei also«, räumte Brunetti ein. »Immer noch genug.« Sein Gesichtsausdruck blieb unverändert, als er sich von ihr ab- und wieder ihrem Mann zuwandte. »Wie kam es dazu, daß Sie eine der Wohnungen von der *Lega* bekommen haben, Professore?«

»Das war ganz einfach«, begann Ratti, aber Brunetti hatte den Eindruck, daß er langsam zu kochen begann. »Ich habe mich ganz normal darum beworben, woraufhin sie mir zugeteilt wurde.«

»Bei wem haben Sie sich beworben?«

»Bei der *Lega della Moralità* natürlich.«

»Und wie haben Sie erfahren, daß die *Lega* Wohnungen zu vermieten hat?«

»Das ist doch hier in der Stadt allgemein bekannt, Commissario, oder?«

»Wenn nicht jetzt, dann demnächst, Professore.« Darauf sagte keiner der beiden Rattis etwas, aber Signora Ratti warf ihrem Mann einen raschen Blick zu und sah dann wieder Brunetti an.

»Wissen Sie noch, wer Ihnen von den Wohnungen erzählt hat?«

Beide antworteten unverzüglich mit einem Nein.

Brunetti gestattete sich ein trübsinniges Lächeln. »Da scheinen Sie ja ganz sicher zu sein.« Er malte einen bedeutungslosen Schnörkel hinter ihre Namen auf seiner Liste. »Und mußten Sie ein Bewerbungsgespräch führen, bevor Sie die Wohnung bekommen haben?«

»Nein«, sagte Ratti. »Wir haben die Formulare ausgefüllt und eingereicht. Und danach hat man uns benachrichtigt, daß wir ausgewählt seien.«

»Brieflich oder telefonisch?«

»Es ist lange her, ich weiß es nicht mehr«, antwortete Ratti. Er wandte sich Bestätigung heischend an seine Frau, und sie schüttelte den Kopf.

»Und Sie wohnen jetzt seit zwei Jahren in dieser Wohnung?«

Ratti nickte.

»Und da haben Sie keine einzige Quittung über Ihre Mietzahlungen aufgehoben?«

Diesmal schüttelte die Frau den Kopf.

»Sagen Sie, Professore, wieviel Zeit verbringen Sie im Jahr in der Wohnung?«

Er überlegte kurz. »Wir kommen zum *Carnevale*.« Seine Frau vervollständigte die Angabe mit einem entschiedenen: »Natürlich.«

Ihr Mann fuhr fort: »Dann sind wir noch im September hier, und manchmal zu Weihnachten.«

Hier ergänzte seine Frau: »Und gelegentlich über ein Wochenende, natürlich.«

»Natürlich«, wiederholte Brunetti. »Und das Mädchen?«

»Das bringen wir aus Mailand mit.«

»Natürlich.« Brunetti nickte und malte einen weiteren Schnörkel auf das Papier vor sich.

»Darf ich fragen, ob Ihnen der Zweck der *Lega* bekannt ist, Professore? Ich meine Ziel und Zweck?«

»Ich weiß, daß sie sich für eine höhere Moral einsetzt«, erklärte der Professore in einem Ton, der sagen sollte, daß es *davon* nie genug geben konnte.

»Ah ja«, sagte Brunetti und fragte dann: »Aber darüber hinaus, zu welchem Zweck sie die Wohnungen vermietet?« Diesmal war es Ratti, der seiner Frau einen Blick zuwarf. »Ich glaube, sie wollen denjenigen Wohnungen geben, die sie für wert erachten.«

Brunetti fuhr fort: »Und mit diesem Wissen, Professore, kam es Ihnen da nicht irgendwann seltsam vor, daß die *Lega* als venezianische Einrichtung eine von ihr verwaltete Wohnung an jemanden aus Mailand vergibt, jemanden, der sie darüber hinaus auch noch höchstens ein paar Monate im Jahr nutzt?« Als Ratti nichts sagte, drängte Brunetti: »Sie wissen doch sicher, wie schwierig es ist, in dieser Stadt eine Wohnung zu finden.«

Signora Ratti geruhte, die Frage zu beantworten. »Wir haben wohl angenommen, daß eine solche Wohnung an Leute vermietet werden sollte, die sie zu schätzen und zu erhalten wissen.«

»Wollen Sie damit sagen, daß Sie eine große und erstrebenswerte Wohnung besser erhalten können als beispielsweise die Familie eines Schreiners aus Cannaregio?«

»Ich denke, das versteht sich von selbst«, antwortete sie. »Und wer bezahlt Reparaturarbeiten an Ihrer Wohnung, wenn ich fragen darf?« wollte Brunetti wissen.

Signora Ratti lächelte und antwortete: »Bisher mußte nichts repariert werden.«

»Aber Sie haben doch sicher eine Klausel in Ihrem Vertrag –

falls Sie einen Vertrag bekommen haben –, aus der hervorgeht, wer für Reparaturen verantwortlich ist.«

»Der Vermieter«, sagte Ratti.

»Die *Lega*?« fragte Brunetti.

»Ja.«

»Die Instandhaltung ist also nicht Sache der Mieter?«

»Nein.«

»Und Sie sind etwa«, begann Brunetti, bevor er auf seine Liste schaute, als hätte er sich die Zahl dort notiert, »zwei Monate im Jahr hier?« Als Ratti schwieg, fragte Brunetti: »Stimmt das, Professore?«

Seine Frage wurde mit einem mißmutigen »Ja« beantwortet.

Mit einer Bewegung, die bewußt den Priester imitierte, der auf seinem Gymnasium Religion unterrichtet hatte, faltete Brunetti die Hände geziert vor dem Körper, unmittelbar am unteren Rand des Blattes, das auf seinem Schreibtisch lag, und sagte: »Ich glaube, es ist langsam an der Zeit, daß Sie eine Entscheidung treffen, Professore.«

»Ich weiß nicht, was Sie meinen.«

»Dann kann ich es Ihnen vielleicht erklären. Die eine Möglichkeit wäre, daß Sie mir dieses Gespräch und Ihre Antworten auf meine Fragen noch einmal auf Band sprechen, oder daß wir eine Sekretärin kommen lassen, die es mitstenographiert. In jedem Fall würde ich Sie bitten, Ihre Aussage zu unterschreiben, Sie beide, da Sie mir dasselbe sagen.« Brunetti hielt lange genug inne, um das wirken zu lassen. »Oder Sie könnten, und ich halte das für die weitaus klügere Wahl, anfangen, mir die Wahrheit zu sagen.« Beide taten überrascht, und Signora Ratti ging sogar so weit, Empörung zu mimen.

»In jedem Fall«, fügte Brunetti ruhig hinzu, »ist das mindeste, was Ihnen passieren wird, daß Sie die Wohnung verlieren, obwohl das einige Zeit dauern könnte. Aber Sie werden sie verlieren; das ist wenig, aber es ist sicher.« Er fand es interessant, daß keiner von beiden wissen wollte, wovon er eigentlich sprach.

»Es steht fest, daß viele dieser Wohnungen illegal vermietet wurden und daß jemand, der mit der *Lega* zu tun hat, seit Jahren illegal die Mieten einzieht.« Als Professore Ratti protestieren wollte, hob Brunetti kurz die Hand und verschränkte dann rasch wieder die Finger. »Wenn es nur um Betrug ginge, wären Sie vielleicht besser beraten, wenn Sie weiterhin behaupteten, von allem nichts zu wissen. Aber dummerweise geht es um weit mehr als Betrug.« Hier machte er eine Pause. Bei Gott, er würde es aus ihnen herausholen.

»Worum geht es denn?« fragte Ratti mit viel sanfterer Stimme als bisher.

»Es geht um Mord. Drei Morde, einer davon an einer Polizistin. Ich sage Ihnen dies, damit Ihnen allmählich klar wird, daß wir nicht lockerlassen. Eine der Unseren ist getötet worden, und wir werden herausfinden, wer das getan hat. Und ihn bestrafen.« Er machte wieder eine Pause, um seinen Worten Wirkung zu verleihen.

»Wenn Sie auf Ihrer Geschichte beharren, werden Sie am Ende in einen Mordprozeß verwickelt sein.«

»Wir wissen nichts von einem Mord«, sagte Signora Ratti in scharfem Ton.

»Jetzt wissen Sie davon, Signora. Wer immer hinter diesem Plan von der Vermietung der Wohnungen steckt, ist auch verantwortlich für die drei Morde. Wenn Sie uns nicht dabei helfen herauszufinden, wer dafür zuständig ist, Ihnen Ihre Wohnung zu vermieten und jeden Monat die Miete zu kassieren, behindern Sie gleichzeitig die Ermittlungen in einem Mordfall. Die Strafe dafür, das muß ich Ihnen wohl kaum sagen, ist weitaus härter als für irreführende Aussagen in einem Betrugsfall. Und ich möchte hinzufügen, aber ganz privat, daß ich alles in meiner Macht Stehende tun werde, um dafür zu sorgen, daß Sie diese Strafe bekommen, falls Sie sich weiter weigern, uns zu helfen.«

Ratti stand auf. »Ich möchte mit meiner Frau sprechen. Unter vier Augen.«

»Nein«, sagte Brunetti, und hob dabei zum erstenmal die Stimme.

»Es ist mein Recht«, erklärte Ratti.

»Sie haben das Recht, mit Ihrem Anwalt zu sprechen, Signor Ratti, und das will ich Ihnen auch gern erlauben. Aber Sie und Ihre Frau entscheiden diese andere Sache hier, in meiner Gegenwart.« Damit überschritt er seine Kompetenz bei weitem, und er wußte es auch; seine einzige Hoffnung war, daß die Rattis es nicht wußten.

Die beiden sahen sich so lange an, daß Brunetti die Hoffnung schon aufgab. Doch dann nickte sie mit ihrem burgunderfarbenen Haupt, und ihr Mann setzte sich wieder.

»Also gut«, sagte Ratti, »aber ich möchte klarstellen, daß wir über diesen Mord nichts wissen.«

»Morde«, sagte Brunetti und sah, daß Ratti diese Korrektur unter die Haut ging.

»Vor drei Jahren«, begann Ratti, »sagte uns ein Freund in Mailand, er wisse jemanden, der uns zu einer Wohnung in Venedig verhelfen könne. Wir hatten schon ein halbes Jahr lang gesucht, aber es war sehr schwierig, etwas zu finden, besonders auf die Entfernung.« Brunetti überlegte, ob er sich wohl jetzt eine Reihe von Klagen anhören müßte. Aber Ratti, der Brunettis Ungeduld vielleicht spürte, fuhr fort: »Er gab uns eine Telefonnummer, eine Nummer hier in Venedig. Wir riefen an und erklärten, was wir wollten, und der Mann am anderen Ende fragte uns, was für eine Wohnung wir uns vorstellten und wieviel wir bezahlen wollten.« Ratti hielt inne, oder hörte er ganz auf?

»Ja?« drängte Brunetti mit einer Stimme genau wie dieser Priester, wenn die Kinder eine Frage zum Katechismus hatten.

»Ich habe ihm gesagt, was mir vorschwebte, und er sagte, er würde mich in ein paar Tagen zurückrufen. Das tat er und teilte uns mit, er könne uns drei Wohnungen zeigen, ob wir am Wochenende nach Venedig kommen könnten. Als wir dann kamen, hat er uns diese und noch zwei andere Wohnungen gezeigt.«

»War es derselbe Mann, der am Telefon war, als Sie angerufen haben?«

»Das weiß ich nicht. Aber es war eindeutig derselbe Mann, der zurückgerufen hat.«

»Wissen Sie, wer er war oder ist?«

»Es ist der Mann, an den wir die Miete bezahlen, aber ich weiß nicht, wie er heißt.«

»Und wie machen Sie das mit der Miete?«

»Er ruft uns in der letzten Woche des Monats an und sagt uns, wo wir ihn treffen sollen. Meist in einer Bar, aber im Sommer auch manchmal im Freien.«

»Wo, hier in Venedig oder in Mailand?«

Seine Frau mischte sich ein. »Er weiß offenbar immer, wo wir gerade sind. Er ruft hier an, wenn wir in Venedig sind, und in Mailand, wenn wir dort sind.«

»Und was tun Sie dann?«

Diesmal antwortete Ratti. »Ich treffe mich mit ihm und gebe ihm das Geld.«

»Wieviel?«

»Zweieinhalb Millionen Lire.«

»Monatlich?«

»Ja, wobei ich manchmal ein paar Monate im voraus bezahle.«

»Wissen Sie, wer dieser Mann ist?« fragte Brunetti.

»Nein, aber ich habe ihn einige Male hier auf der Straße gesehen.«

Brunetti war klar, daß für eine Beschreibung später noch Zeit war, und er ließ es durchgehen. »Und was ist mit der *Lega?* Welche Rolle spielt sie?«

»Als wir diesem Mann sagten, wir seien an der Wohnung interessiert, schlug er einen Preis vor, aber wir haben ihn auf zweieinhalb Millionen heruntergehandelt«, sagte Ratti mit schlecht verhohlener Selbstzufriedenheit.

»Und die *Lega?*« fragte Brunetti noch einmal.

»Er sagte uns, wir würden Antragsformulare von der *Lega* bekommen, die wir ausfüllen und zurückschicken sollten, und daß wir die Wohnung dann innerhalb von zwei Wochen beziehen könnten.«

Hier unterbrach Signora Ratti. »Er hat uns auch gebeten, niemandem zu erzählen, wie wir zu der Wohnung gekommen sind.«

»Hat Sie denn jemand danach gefragt?«

»Freunde in Mailand«, antwortete sie, »aber wir haben ihnen gesagt, wir hätten sie über einen Makler gefunden.«

»Und der, von dem Sie ursprünglich die Telefonnummer hatten?«

Ratti mischte sich ein. »Dem haben wir dasselbe gesagt, daß wir einen Makler beauftragt hätten.«

»Wissen Sie, woher er die Nummer hatte?« erkundigte Brunetti sich.

»Er hat uns erzählt, auf einer Party habe sie ihm jemand gegeben.«

»Erinnern Sie sich noch, in welchem Jahr und Monat Sie zum erstenmal da angerufen haben?«

»Warum?« fragte Ratti sofort mißtrauisch.

»Ich hätte mir gern ein klareres Bild gemacht, wann das angefangen hat«, log Brunetti, der dachte, daß er ja ihr Telefon überprüfen lassen konnte, ob sie in der Zeit mit Venedig gesprochen hatten.

Obwohl man ihm seine Skepsis ansah und auch anhörte, antwortete Ratti: »Im März vor zwei Jahren. Gegen Ende des Monats. Wir sind Anfang Mai hier eingezogen.«

»Ah ja«, sagte Brunetti. »Und hatten Sie, seit Sie in dieser Wohnung wohnen, etwas mit der *Lega* zu tun?«

»Nein, gar nichts«, antwortete Ratti.

»Wie ist das mit den Quittungen?« wollte Brunetti wissen.

Ratti rutschte unbehaglich auf seinem Stuhl herum. »Wir bekommen jeden Monat eine von der Bank.«

»Über welchen Betrag?«

»Zweihundertzwanzigtausend.«

»Warum hatten Sie dann Bedenken, sie Sergente Vianello zu zeigen?«

Seine Frau mischte sich wieder ein und antwortete für ihn. »Wir wollten nicht in irgend etwas hineingezogen werden.«

»Mascari?« fragte Brunetti unvermittelt.

Rattis Nervosität schien zuzunehmen. »Was meinen Sie damit?«

»Als der Direktor der Bank, von der Sie Ihre Mietquittungen bekommen, umgebracht wurde, fanden Sie das nicht merkwürdig?«

»Nein, warum sollte ich?« sagte Ratti betont ärgerlich. »Ich habe gelesen, wie er gestorben ist. Ich nahm an, daß er von einem seiner – wie nennt man sie, Freier? – umgebracht wurde.« Brunetti war ziemlich sicher, daß heutzutage jeder wußte, wie man sie nannte, aber er beantwortete die Frage nicht.

»Hat sich in letzter Zeit jemand wegen der Wohnung mit Ihnen in Verbindung gesetzt?«

»Nein, niemand.«

»Wenn Sie einen Anruf oder womöglich sogar Besuch von dem Mann bekommen sollten, dem Sie Ihre Miete bezahlen, erwarte ich, daß Sie uns unverzüglich verständigen.«

»Ja, natürlich, Commissario«, sagte Ratti, wieder ganz in der Rolle des untadeligen Bürgers.

Brunetti hatte plötzlich genug von ihnen, ihrem Gehabe, ihren Designerklamotten, und sagte: »Sie können mit Sergente Vianello nach unten gehen. Bitte geben Sie ihm eine möglichst genaue Beschreibung des Mannes, dem Sie die Miete übergeben.« Und an Vianello gewandt: »Wenn es jemand sein könnte, den wir kennen, zeigen Sie ihnen ein paar Fotos.«

Vianello nickte und öffnete die Tür. Die Rattis standen auf, aber beide machten keine Anstalten, Brunetti die Hand zu geben. Der Professore nahm das kurze Stück bis zur Tür den Arm seiner Frau und trat dann zur Seite, um sie vorgehen zu lassen. Vianello warf Brunetti einen Blick zu und erlaubte sich ein winziges Lächeln, bevor er ihnen nach draußen folgte und die Tür hinter sich zuzog.

24

Sein Telefonat mit Paola an dem Abend war kurz. Sie fragte, ob es etwas Neues gebe, und wiederholte ihren Vorschlag, für ein paar Tage herunterzukommen; sie meinte, sie könne die Kinder allein im Hotel lassen, aber Brunetti erklärte, der Gedanke verbiete sich bei dieser Hitze von alleine.

Den Rest des Abends verbrachte er in Gesellschaft Kaiser Neros, von dem Tacitus sagte: »Er war in seiner Lasterhaftigkeit so weit gegangen, daß er nicht mehr verderbter werden konnte.« Er schlief erst ein, nachdem er die Schilderung vom Brand Roms gelesen hatte, der in Tacitus' Augen offenbar mit der Hochzeitsfeier des Kaisers mit einem »Buhlknaben« zusammenhing, wobei Nero den »Brautschleier anlegte« und damit sogar die Mitglieder seines zügellosen Hofes schockierte. Transvestiten überall.

Am nächsten Morgen ging Brunetti – noch bevor er davon erfuhr, daß der *Corriere* über Burrascas Festnahme berichtet hatte, ohne Signora Patta zu erwähnen – zur Beerdigung von Maria Nardi. Die Chiesa dei Gesuiti war überfüllt mit ihren Freunden und Verwandten und den meisten Polizeiangehörigen der Stadt. Scarpa aus Mestre war auch gekommen und berichtete, daß Sergente Gallo nicht von der Verhandlung in Mailand weggekonnt habe und mindestens noch drei Tage bleiben müsse. Selbst Vice-Questore Patta nahm teil, feierlich im dunkelblauen Anzug. Auch wenn Brunetti wußte, daß es sentimental und sicher der Zeit nicht angemessen war, wurde er den Gedanken nicht los, es müsse für eine Frau schlimmer sein, in Ausübung ihres Polizeiberufs zu sterben, als für einen Mann. Nach der Messe wartete er auf der Treppe vor der Kirche, während der Sarg von sechs Polizisten in Uniform hinausgetragen wurde. Als dann, hemmungslos weinend und schwankend vor Gram, der Ehemann von Maria Nardi herauskam, wandte Brunetti den Blick ab und schaute nach links übers Wasser der *laguna* nach Murano. Er stand immer noch so da, als Vianello zu ihm trat und ihn am Arm berührte.

»Commissario?«

Er kehrte in die Wirklichkeit zurück. »Ja, Vianello?«

»Die Rattis haben uns möglicherweise jemanden identifiziert.«

»Wann? Warum haben Sie mir das nicht gesagt?«

»Ich habe es erst heute morgen erfahren. Sie hatten sich ja gestern nachmittag noch etliche Fotos angesehen, sagten aber, sie seien nicht sicher. Meiner Ansicht nach waren sie es und wollten nur zuerst mit ihrem Anwalt sprechen. Jedenfalls sind sie heute morgen um neun dagewesen und haben Pietro Malfatti wiedererkannt.«

Brunetti pfiff leise. Malfatti gehörte seit Jahren zu ihren Stammkunden; er hatte Gewaltverbrechen, darunter Vergewaltigung und Mordversuche, auf dem Kerbholz, aber die Anklage schien immer in sich zusammenzufallen, bevor Malfatti vor Gericht kam; Zeugen änderten ihre Aussagen oder behaupteten, sie hätten sich bei der ursprünglichen Identifizierung geirrt. Er war zweimal verurteilt worden, einmal wegen Zuhälterei und einmal wegen versuchter Schutzgelderpressung von einem Barbesitzer. Die Bar war abgebrannt, während Malfatti seine zwei Jahre im Gefängnis absaß.

»Haben sie ihn eindeutig identifiziert?«

»Beide waren ihrer Sache ziemlich sicher.«

»Haben wir seine Adresse?«

»Die letzte war eine Wohnung in Mestre, aber da ist er seit über einem Jahr nicht mehr gewesen.«

»Freunde? Frauen?«

»Wir sind dabei, das zu überprüfen.«

»Wie steht es mit Verwandten?«

»Daran habe ich noch nicht gedacht. Es müßte eigentlich aus seiner Akte hervorgehen.«

»Sehen Sie nach, wen es da gibt. Wenn es nahe Verwandte wie Mutter oder Bruder sind, postieren Sie in einer Wohnung in der Nähe jemanden, der nach ihm Ausschau hält. Nein«, sagte er, in Erinnerung an das wenige, was er von Malfatti wußte, »nehmen Sie zwei.«

»Ja, Commissario. Noch etwas?«

»Die Unterlagen von der Bank und der *Lega*?«

»Beide sollten eigentlich heute die Sachen an uns übergeben.«

»Ich will sie haben. Und wenn Sie hingehen und sie sich herausholen müssen. Ich will alle Unterlagen, die mit Zahlungen für diese Wohnungen zu tun haben, und ich möchte, daß jeder einzelne in der Bank befragt wird, damit wir wissen, ob Mascari irgendwann etwas über die *Lega* geäußert hat. Egal wann. Und wenn Sie den Richter brauchen, damit Sie die Sachen bekommen, dann nehmen Sie ihn mit.«

»Ja, Commissario.«

»Wenn Sie bei der Bank sind, versuchen Sie herauszubekommen, wer für die Konten der *Lega* verantwortlich war.«

»Ravanello?« fragte Vianello. »Wahrscheinlich.«

»Wir werden ja sehen, was wir finden. Was ist mit Santomauro, Commissario?«

»Mit dem rede ich heute.«

»Ist das …« Vianello bremste sich, bevor er so direkt fragte, ob das klug sei, und erkundigte sich statt dessen: »Ist das denn ohne Verabredung möglich?«

»Ich glaube, Avvocato Santomauro wird sehr daran interessiert sein, sich mit mir zu unterhalten, Sergente.«

Und so war es. Das Büro des Avvocato lag im zweiten Stock eines Hauses am Campo San Luca, keine zwanzig Meter von drei verschiedenen Banken entfernt. Wie praktisch doch diese Nähe war, dachte Brunetti, während Santomauros Sekretärin ihn nur wenige Minuten nach seiner Ankunft ins Büro des Anwalts führte.

Santomauro saß an seinem Schreibtisch vor einem großen Fenster, das auf den Campo hinausging. Das Fenster war allerdings hermetisch verschlossen und das Büro so gekühlt, daß es schon beinah unbehaglich war, vor allem angesichts dessen, was man unten alles sehen konnte: nackte Schultern, Beine, Rücken, Arme, und hier war es kühl genug für Jackett und Krawatte.

Der Anwalt blickte auf, als Brunetti hereingeführt wurde, hielt es aber nicht für nötig, zu lächeln oder aufzustehen. Er trug einen konservativen grauen Anzug mit dunkler Krawatte und ein blendendweißes Hemd. Seine blauen Augen standen weit auseinander und blickten mit entwaffnender Aufrichtigkeit in die Welt. Seine Haut war blaß, so blaß, als ob es mitten im Winter wäre: keine Ferien für jene, die im Weinberg des Rechts ackerten.

»Setzen Sie sich, Commissario«, sagte er. »In welcher Angelegenheit wollten Sie mich sprechen?« Er streckte die Hand aus und schob ein Foto in silbernem Rahmen etwas zur Seite, um Brunetti besser im Blick zu haben und Brunetti einen besseren Blick auf das Foto zu gewähren. Es zeigte eine Frau in Santomauros Alter mit zwei jungen Männern, die ihm beide ähnlich sahen.

»In mehreren, Avvocato«, antwortete Brunetti, während er ihm gegenüber Platz nahm. »Aber ich fange mit der *Lega della Moralità* an.«

»Es tut mir leid, aber da müssen Sie meine Sekretärin bitten, Sie mit Informationen zu versorgen, Commissario. Meine Rolle ist fast ausschließlich repräsentativ.«

»Ich weiß nicht genau, ob ich verstehe, was Sie damit meinen, Avvocato.«

»Die *Lega* braucht immer eine Galionsfigur, jemanden, der den Präsidenten spielt. Aber Sie haben sicher schon festgestellt, daß wir Vorstandsmitglieder mit der praktischen Arbeit der *Lega* nicht viel zu tun haben. Die eigentliche Arbeit wird vom Direktor der Bank geleistet, bei der die Konten geführt werden.«

»Und was ist dann genau Ihre Funktion?«

»Wie ich schon sagte«, erklärte Santomauro mit dem Anflug eines Lächelns, »ich diene als Galionsfigur. Ich habe einen gewissen ... sagen wir einen gewissen Status in der Gesellschaft, und darum wurde ich gebeten, Präsident zu werden, nur ein Titel.«

»Wer hat Sie gebeten?«

»Die Leute von der Bank, von der die Konten der *Lega* geführt werden.«

»Wenn der Bankdirektor die Geschäfte der *Lega* führt, worin bestehen dann Ihre Aufgaben, Avvocato?«

»Ich spreche für die *Lega* in den Fällen, in denen die Presse etwas von uns wissen will, oder wenn der Standpunkt der *Lega* zu einem Thema gefragt ist.«

»Ich verstehe. Und worin noch?«

»Zweimal im Jahr treffe ich mich mit dem Vertreter der Bank, der die Konten der *Lega* betreut, um die Finanzlage zu besprechen.«

»Und wie sieht diese Lage aus, wenn ich fragen darf?« Santomauro legte beide Handflächen vor sich auf die Schreibtischplatte. »Wie Sie wissen, sind wir eine gemeinnützige Organisation, und es genügt uns, wenn wir es schaffen, sozusagen den Kopf über Wasser zu halten. Finanziell gesehen.«

»Und was heißt das? Finanziell gesehen, meine ich.«

Santomauros Ton wurde noch gelassener, seine Geduld noch hörbarer. »Daß wir es schaffen, genug Geld zu sammeln, um auch weiterhin denen unsere Wohltaten zugute kommen zu lassen, die dazu ausersehen wurden, sie entgegenzunehmen.«

»Und wer entscheidet, wer sie entgegennimmt, wenn ich das fragen darf?«

»Dieser Vertreter der Bank natürlich.«

»Und die Wohnungen, die der *Lega* zur Verfügung stehen, wer entscheidet, wem sie gegeben werden?«

»Dieselbe Person«, sagte Santomauro, wobei er sich ein kurzes Lächeln gestattete, bevor er hinzufügte: »Der Vorstand genehmigt üblicherweise seine Vorschläge.«

»Und haben Sie als Präsident dabei irgendein Mitspracherecht, eine Entscheidungsbefugnis?«

»Wenn ich davon Gebrauch machen wollte, hätte ich sie wohl. Aber wie ich Ihnen bereits sagte, Commissario, sind unsere Posten reine Ehrenämter.«

»Was heißt das, Avvocato?«

Bevor er antwortete, stippte Santomauro mit der Fingerspitze ein winziges Staubflöckchen von seiner Schreibtischplatte. Dann nahm er die Hand vom Tisch und schnippte das Stäubchen fort. »Wie gesagt, mein Posten ist rein repräsentativ. Ich fände es, bei den vielen Leuten, die ich hier in der Stadt kenne, nicht korrekt, wenn ich versuchen würde, bei der Auswahl derjenigen mitzuwirken, die auf irgendeine Weise von der Wohltätigkeit der *Lega* profitieren. Und wenn ich mir die Freiheit nehmen darf, auch für die anderen zu sprechen, meine Vorstandskollegen würden das wohl ebenso sehen.«

»Aha«, sagte Brunetti, der gar nicht erst versuchte, seine Skepsis zu verbergen.

»Es fällt Ihnen schwer, das zu glauben, Commissario?«

»Es wäre unklug, wenn ich Ihnen sagen würde, was zu glauben mir schwerfällt, Avvocato«, antwortete Brunetti und fragte dann: »Und Signor Crespo? Verwalten Sie seinen Nachlaß?«

Es war Jahre her, daß Brunetti gesehen hatte, wie ein Mann die Lippen schürzte, aber genau das tat Santomauro, bevor er antwortete: »Ich bin Signor Crespos Anwalt, also verwalte ich natürlich seinen Nachlaß.«

»Ist es ein umfangreicher Nachlaß?«

»Das ist eine vertrauliche Information, Commissario, wie Sie als gesetzeskundiger Mann eigentlich wissen müßten.«

»Ah ja, und die Art der Beziehungen, die Sie zu Signor Crespo unterhalten haben, ist dann wohl ebenso vertraulich?«

»Wie ich sehe, kennen Sie sich mit den Gesetzen aus, Commissario«, sagte Santomauro und lächelte.

»Können Sie mir sagen, ob die Unterlagen über die *Lega,* ich meine die Kontounterlagen, schon der Polizei übergeben wurden?«

»Sie sagen das, als ob Sie nicht zur Polizei gehörten, Commissario.«

»Die Unterlagen, Signor Santomauro. Wo sind sie?«

»Natürlich in den Händen der Polizei. Ich habe meine Sekretärin heute morgen Kopien machen lassen.«

»Wir wollen die Originale.«

»Natürlich sind es die Originale, die ich Ihnen geschickt habe, Commissario«, erklärte Santomauro mit einem weiteren wohldosierten Lächeln. »Ich habe mir erlaubt, Kopien für mich machen zu lassen, nur falls etwas verlorengeht, solange sie bei Ihnen sind.«

»Wie umsichtig von Ihnen, Avvocato«, sagte Brunetti, allerdings ohne zu lächeln. »Aber ich will Ihnen nicht Ihre Zeit stehlen. Ich weiß ja, wie kostbar Zeit für jemanden ist, der Ihre Stellung in der Gesellschaft einnimmt. Ich habe nur noch eine Frage. Könnten Sie mir sagen, wer bei der Bank die Konten der *Lega* unter sich hat? Ich möchte mich gern mit ihm unterhalten.«

Santomauros Lächeln wurde noch liebenswürdiger. »Das wird leider unmöglich sein, Commissario. Wissen Sie, die Verwaltung der *Lega*-Konten oblag dem verstorbenen Leonardo Mascari.«

25

Auf dem Rückweg ins Büro dachte er über die bewundernswerte Geschicklichkeit nach, mit der Santomauro die Schuld Mascaris angedeutet hatte. Es beruhte alles auf so unsicheren Voraussetzungen: daß die Unterlagen bei der Bank jetzt so aussahen, als seien sie von Mascari verwaltet worden; daß die Mitarbeiter der Bank nicht wußten oder dazu manipuliert werden konnten, sich nicht mehr zu erinnern, ob je ein anderer die Konten der *Lega* bearbeitet hatte; daß nichts über die Morde an Mascari oder Crespo herauskam.

In der Questura stellte er fest, daß sowohl die Banca di Verona als auch die *Lega* inzwischen ihre Unterlagen der Polizei ausgehändigt hatten und daß schon drei Mitarbeiter der *Guardia di Finanza* dabei waren, sie durchzusehen, um festzustellen, wer die Konten geführt hatte, auf die Mieten eingezahlt und Schecks für die wohltätigen Zwecke ausgestellt worden waren.

Brunetti wußte, daß es keinen Sinn hatte, ihnen über die Schulter schauen zu wollen, aber er konnte nicht anders, er wollte wenigstens sehen, wo sie arbeiteten. Um das zu vermeiden, ging er zum Mittagessen und wählte absichtlich ein Restaurant im Ghetto, auch wenn das einen langen Weg hin und zurück in der größten Hitze bedeutete. Als er nach drei wiederkam, war sein Jackett durchgeschwitzt, und seine Schuhe fühlten sich an, als ob sie mit seinen Füßen verschmolzen wären.

Wenige Minuten später kam Vianello zu ihm und sagte ohne Vorrede: »Ich habe die Liste der Leute durchgesehen, die Schecks von der *Lega* bekommen.«

Brunetti kannte diesen Ton. »Und was haben Sie gefunden?«

»Daß Malfattis Mutter wieder geheiratet und den Namen ihres neuen Mannes angenommen hat.«

»Und?«

»Und daß sie unter diesem wie unter ihrem früheren Namen Schecks erhält. Mehr noch, ihr neuer Ehemann kriegt auch einen Scheck, ebenso zwei seiner Vettern, und, wie es aussieht, jeder unter zwei verschiedenen Namen.«

»Was kommt denn da so für die Familie Malfatti zusammen?«

»Die Schecks lauten alle auf fünfhunderttausend monatlich, so daß es an die drei Millionen im Monat macht.« Unwillkürlich rutschte Vianello die Frage heraus: »Haben die denn nie daran gedacht, daß sie mal erwischt werden?«

Brunetti hielt eine Antwort darauf für überflüssig und fragte statt dessen: »Was ist mit den Schuhen?«

»Da hatten wir leider kein Glück. Haben Sie mit Gallo gesprochen?«

»Er ist immer noch in Mailand, aber ich bin sicher, daß Scarpa mich angerufen hätte, wenn sie irgend etwas erfahren hätten. Wie weit sind die Leute von der *Finanza*?«

Vianello zuckte die Achseln. »Sie sind seit heute morgen da drin.«

»Wissen die, wonach sie suchen sollen?« fragte Brunetti, der die Ungeduld in seinem Ton nicht unterdrücken konnte.

»Nach irgendeinem Hinweis darauf, wer das Ganze bearbeitet hat, denke ich.«

»Würden Sie mal runtergehen und fragen, ob sie etwas gefunden haben? Falls Ravanello damit zu tun hat, möchte ich ihn mir so bald wie möglich vornehmen.«

»Ja, Commissario«, sagte Vianello und ging.

Während er auf Vianellos Rückkehr wartete, krempelte Brunetti die Ärmel seines Hemdes hoch, aber eher um etwas zu tun zu haben, als in der Hoffnung, sich damit Kühlung zu verschaffen.

Als Vianello kam, stand ihm die Antwort ins Gesicht geschrieben. »Ich habe mit dem Capitano gesprochen. Er sagt, soweit sie es bisher überblicken können, sieht es nach Mascari aus.«

»Was soll das heißen?« blaffte Brunetti.

»So ist es mir gesagt worden«, antwortete Vianello sehr langsam und mit betont unbewegter Stimme und fügte nach einer langen Pause hinzu: »Commissario.« Ein paar Sekunden schwiegen beide. »Wenn Sie selbst mit ihnen sprechen würden, bekämen Sie vielleicht einen klareren Eindruck, was es heißen soll.«

Brunetti wandte den Blick ab und rollte seine Ärmel herunter. »Gehen wir zusammen runter, Vianello.« Das war das Äußerste, was er sich als Entschuldigung abringen konnte, aber Vianello schien es zufrieden. Angesichts der Hitze im Zimmer konnte er wahrscheinlich nicht mehr erwarten.

Unten ging Brunetti in das Büro, in dem die drei Männer in den grauen Uniformen der *Guardia di Finanza* arbeiteten. Sie saßen an einem langen Tisch voller Ordner und Papiere. Zwei kleine Taschenrechner und ein Laptop standen darauf, und über jedes der Geräte beugte sich einer der Männer. Als Zugeständnis an die Hitze hatten sie ihre wollenen Jacketts abgelegt, trugen aber noch die Krawatten.

Der Mann am Computer blickte auf, als Brunetti hereinkam, spähte kurz über seine Brille und sah dann wieder auf seinen Bildschirm, bevor er weitere Informationen in die Tastatur hämmerte. Er schaute erneut auf den Bildschirm, warf einen kurzen Blick auf das Blatt neben seiner Tastatur, drückte einige Tasten und betrachtete wieder den Bildschirm. Dann nahm er das Blatt rechts von seinem Computer, legte es umgekehrt auf die linke Seite und begann, die Zahlen auf dem nächsten Blatt zu lesen.

»Wer hat hier das Sagen?« fragte Brunetti.

Ein kleiner, rothaariger Mann blickte von einem der Taschenrechner hoch und sagte: »Ich. Sind Sie Commissario Brunetti?«

»Ja«, antwortete Brunetti, ging zu ihm hin und streckte die Hand aus.

»Capitano de Luca«, sagte der andere, und dann weniger formell, indem er Brunettis Hand ergriff: »Beniamino.« Er deutete auf die Papiere. »Sie wollten wissen, wer das alles bei der Bank bearbeitet hat?«

»Ja.«

»Im Moment sieht es so aus, als wäre es jemand namens Mascari gewesen. Seine Kennziffer erscheint bei allen Transaktionen, und auf vielen dieser Papiere stehen offenbar seine Initialen.«

»Könnte das gefälscht sein?«

»Wie meinen Sie das, Commissario?«

»Ob jemand diese Dokumente verändert haben könnte, damit es aussieht, als hätte Mascari sie bearbeitet.«

De Luca überlegte lange, bevor er antwortete: »Ich nehme es an. Wenn derjenige ein oder zwei Tage Zeit hatte, an den Unterlagen zu arbeiten, könnte er es geschafft haben.« Er grübelte noch ein Weilchen, als rechnete er eine mathematische Formel im Kopf aus. »Ja, doch, jeder hätte das machen können, vorausgesetzt, er kannte die Kennziffer.«

»Wie geheim sind solche Kennziffern bei einer Bank?«

»Ich könnte mir vorstellen, daß sie gar nicht geheim sind. Die Leute müssen doch dauernd gegenseitig ihre Konten überprüfen, und dazu brauchen sie die Kennziffern. Ich würde sagen, daß es ganz einfach ist.«

»Und wie steht es mit den Initialen auf den Quittungen?«

»Leichter zu fälschen als eine Unterschrift«, sagte de Luca.

»Könnte man irgendwie beweisen, daß es jemand anderes getan hat?«

Wieder überlegte de Luca lange, bevor er antwortete. »Bei den Computereingaben gar nicht. Bei den Initialen könnte man vielleicht nachweisen, daß sie gefälscht sind, aber die meisten Leute kritzeln sie einfach so hin; oft ist es schwer, sie auseinanderzuhalten oder sogar die eigenen zu erkennen.«

»Könnte man es so darstellen, daß an den Unterlagen etwas verändert wurde?«

De Lucas Blick war so klar wie seine Antwort. »Darstellen könnte man es schon so, Commissario, aber vor Gericht sollten Sie das lieber nicht versuchen.«

»Mascari war also verantwortlich?«

Diesmal zögerte de Luca. »Nein, das würde ich nicht sagen. Es sieht so aus, aber es ist durchaus möglich, daß die Unterlagen manipuliert wurden, um diesen Eindruck zu erwecken.«

»Und die anderen Dinge, das Auswahlverfahren für die Wohnungen?«

»Oh, es ist eindeutig, daß bei der Wohnungsvergabe andere Gründe als die Bedürftigkeit eine Rolle spielten, und die Vergabe des Geldes hatte oft mit Armut nicht viel zu tun.«

»Woher wissen Sie das?«

»Was die Anwärter für eine Wohnung anbelangt, haben wir die Bewerbungsschreiben ja alle hier, unterteilt in zwei Gruppen, solche, die etwas bekommen haben, und solche, die abgelehnt wurden.« De Luca hielt inne. »Nein, ich gehe zu weit. Eine Anzahl von Wohnungen, eine große Anzahl, wurde an Leute vergeben, die offenbar wirklich bedürftig sind, aber fast ein Viertel der Bewerbungen kommt von Leuten, die nicht einmal Venezianer sind.«

»Von denen, die Wohnungen bekommen haben?« fragte Brunetti.

»Ja. Und Ihre Leute haben die Liste der Mieter noch nicht einmal ganz überprüft.«

Brunetti sah zu Vianello hinüber, der erklärte: »Sie haben etwa die Hälfte nachgeprüft, und es sieht aus, als ob viele Wohnungen an junge Leute vergeben wurden, die allein leben. Und nachts arbeiten.«

Brunetti nickte. »Vianello, sobald Sie über jeden auf beiden Listen einen vollständigen Bericht haben, geben Sie ihn mir.«

»Das dauert mindestens noch zwei Tage, Commissario«, sagte Vianello.

»Ich fürchte, es hat keine Eile mehr«, sagte Brunetti, dankte de Luca für die Hilfe und ging wieder hinauf in sein Büro.

Es war perfekt, überlegte er, so perfekt, wie man so etwas nur machen konnte. Ravanello hatte sein Wochenende für einen guten Zweck geopfert, und aus den Unterlagen ging jetzt hervor, daß Mascari die Konten der *Lega* verwaltet hatte. Wie ließ sich der Verbleib der vielen Millionen zweckentfremdeter *Lega*-Gelder besser erklären, als daß sie bei Mascari und seinen Transvestiten gelandet waren. Wer wußte schon, was er alles angestellt hatte, wenn er für die Bank auf Reisen war, welche Orgien er abgehalten, welche Vermögen er verschleudert hatte, dieser Mann, der zu sparsam war, ein Ferngespräch mit seiner Frau zu führen? Und Malfatti war weit weg von Venedig und würde sich so schnell nicht wieder blicken lassen, da war Brunetti ganz sicher, ebenso wie er nicht daran zweifelte, daß Malfatti als derjenige wiedererkannt werden würde, der die Mieten kassiert und dafür gesorgt hatte, daß ein gewisser Prozentsatz von den Schecks wieder an ihn zurückfloß, als Bedingung dafür, daß sie überhaupt ausgestellt wurden. Und Ravanello? Er würde sich als der gute Freund hinstellen, der aus falschverstandener Loyalität Mascaris sündiges Geheimnis nicht verraten hatte, nicht ahnend, auf welche finanziellen Ungeheuerlichkeiten sein Freund sich eingelassen hatte, um seine unnatürlichen Lüste zu bezahlen. Santomauro? Zweifellos würde er einigen Spott ernten, wenn herauskam, welch leichtgläubiges Werkzeug seines Bankerfreundes Mascari er gewesen war, aber früher oder später würde die öffentliche Meinung ihn zwangsläufig als den selbstlosen Bürger sehen, dessen Vertrauensseligkeit durch die Doppelzüngigkeit getäuscht worden war, zu der Mascari von seinen widernatürlichen Lüsten getrieben wurde. Perfekt, absolut perfekt, und nicht die kleinste Lücke, in der Brunetti die Wahrheit unterbringen konnte.

26

In dieser Nacht bot Tacitus' hehrer Moralismus Brunetti keinen Trost, noch verhalf Messalinas und Agrippinas gewaltsames Ende der Gerechtigkeit zum Sieg. Er las den grausamen Bericht ihres vielfach verdienten Todes, konnte sich aber der Erkenntnis nicht entziehen, daß die Übel, die von diesen boshaften Frauen in die Welt gesetzt waren, sie lange überlebt hatten. Schließlich, als es schon zwei Uhr vorbei war, zwang er sich, das Buch wegzulegen, und verbrachte den Rest der Nacht in unruhigem Schlaf, immer wieder gestört durch Gedanken an Mascari, diesen aufrechten Mann, vorzeitig aus dem Leben gerissen, sein Tod noch schändlicher als der Messalinas und Agrippinas. Auch hier würde das Übel noch lange überleben.

Der Morgen war stickig, als liege ein Fluch über der Stadt, der sie zu drückender Hitze und schlechter Luft verdammte, während die erfrischenden Brisen sie ihrem Schicksal überließen und sonstwo wehten. Als er auf dem Weg zur Arbeit über den Rialtomarkt ging, sah Brunetti, daß viele der Verkaufsstände geschlossen hatten und an ihren üblichen Plätzen in der geordneten Reihe die Leere gähnte wie Zahnlücken im Mund eines Trunkenboldes. Sinnlos, während des Ferragosto Gemüse verkaufen zu wollen; die Einwohner flohen die Stadt, und die Touristen wollten nur *panini* und *acqua minerale.*

Er war früh in der Questura, denn er scheute sich, nach neun durch die Stadt zu gehen, wenn die Hitze immer schlimmer wurde und es in den Straßen noch mehr von Touristen wimmelte. Er wollte gar nicht an sie denken. Nicht heute.

Nichts konnte ihn aufmuntern, nicht der Gedanke, daß die illegalen Machenschaften der *Lega* nun ein Ende hatten, und nicht die Hoffnung, daß de Luca und seine Leute vielleicht doch noch einen kleinen Hinweis finden würden, der zu Santomauro und Ravanello führte. Genausowenig erwartete er, die Herkunft des Kleides oder der Schuhe, die Mascari angehabt hatte, noch feststellen zu können, zuviel Zeit war schon verstrichen.

Mitten in diese düsteren Überlegungen platzte Vianello ohne anzuklopfen in sein Büro: »Wir haben Malfatti gefunden!«

»Wo?« fragte Brunetti, der aufstand und ihm entgegenging, plötzlich energiegeladen.

»Bei seiner Freundin Luciana Vespa, drüben in San Barnaba.«

»Wie?«

»Ihr Vetter hat uns angerufen. Er steht mit auf der Liste und hat im vergangenen Jahr regelmäßig Schecks von der *Lega* bekommen.«

»Habt ihr einen Kuhhandel mit ihm gemacht?« fragte Brunetti, nicht im mindesten bekümmert ob der Ungesetzlichkeit solchen Vorgehens.

»Nein, er hat nicht einmal zu fragen gewagt. Er sagte, er wolle helfen.« Vianellos Schnauben machte deutlich, wieviel Glaubwürdigkeit er dem beimaß.

»Und was hat er gesagt?« wollte Brunetti wissen.

»Daß Malfatti seit drei Tagen bei ihr ist.«

»Steht sie auch auf der Liste?«

Vianello schüttelte den Kopf. »Nur die Ehefrau. Wir hatten zwei Tage lang einen Mann in der angrenzenden Wohnung, aber dort ist er nicht aufgekreuzt.« Während sie sich unterhielten, gingen sie die Treppe hinunter zum Büro, in dem die uniformierten Kollegen arbeiteten.

»Haben Sie ein Boot bestellt?« fragte Brunetti.

»Ist schon draußen. Wie viele Leute wollen Sie mitnehmen?«

Brunetti war nie bei einer von Malfattis Festnahmen dabeigewesen, aber er hatte die Berichte gelesen. »Drei. Bewaffnet. Und mit Westen.«

Zehn Minuten später gingen er und Vianello und die drei Beamten, letztere gepolstert und bereits schweißgebadet in den dicken kugelsicheren Westen, die sie über ihrer Uniform trugen, an Bord des blau-weißen Polizeibootes, das mit laufendem Motor vor der Questura schaukelte. Die drei Uniformierten stiegen hinunter in die Kabine, und Brunetti und Vianello blieben allein an Deck und versuchten etwas von dem bißchen Fahrtwind abzubekommen. Der Bootsführer lenkte die Barkasse ins *bacino* von San Marco und schwenkte dann nach rechts auf den Canal Grande zu. Jahrhundertealte Herrlichkeit zog vorüber, während Brunetti und Vianello die Köpfe zusammensteckten und gegen den Wind und den Motorenlärm anredeten. Sie vereinbarten, daß Brunetti ins Haus gehen und versuchen sollte, Kontakt mit Malfatti aufzunehmen. Da sie über die Frau nichts wußten, hatten sie keine Ahnung, in welcher Beziehung sie zu Malfatti stand, und mußten in erster Linie an ihre Sicherheit denken.

Bei dem Gedanken bereute Brunetti schon wieder, daß sie die anderen Polizisten mitgenommen hatten. Wenn Passanten vier Polizisten sahen, von denen sich drei schwer bewaffnet in der Nähe einer Wohnung aufhielten, gab es garantiert bald einen Menschenauflauf, und das wiederum würde die Aufmerksamkeit der Hausbewohner erregen.

Die Polizeibarkasse hielt am Vaporetto-Anleger Ca' Rezzonico, und die fünf Männer stiegen aus, sehr zum neugierigen Befremden der Leute, die dort auf das Einserboot warteten. Im Gänsemarsch gingen sie durch die schmale *calle* zum Campo San Barnaba und dann auf den freien Platz. Obwohl die Sonne ihren Zenith noch nicht erreicht hatte, strahlte die Hitze schon von den Pflastersteinen zurück und heizte ihnen von unten ein.

Das Haus, das sie suchten, stand an der rechten gegenüberliegenden Ecke des *campo*, und die Eingangstür lag genau vor einem der beiden großen Boote, die dort vom Kanal aus Obst und Gemüse verkauften. Rechts von der Tür war ein Restaurant, das noch nicht geöffnet hatte, daneben ein Buchladen. »Sie«, sagte Brunetti, der Blicke und Kommentare durchaus gewahr, die das Polizeiaufgebot mit seinen Maschinenpistolen bei den Leuten rundum hervorrief, »gehen alle in den Buchladen. Vianello, Sie warten draußen.«

Die Männer, scheinbar zu groß für die kleine Tür, betraten schwerfällig den Laden. Die Besitzerin steckte den Kopf heraus, sah Vianello und Brunetti und zog sich ohne ein Wort wieder zurück.

Der Name »Vespa« stand auf einem Stück Papier, das rechts neben einen der Klingelknöpfe geklebt war. Brunetti kümmerte sich nicht darum und drückte auf den darüberliegenden. Kurz darauf tönte eine Frauenstimme durch die Sprechanlage: *»Si?«*

»Posta, signora. Ein Einschreibebrief für Sie. Ich brauche Ihre Unterschrift.«

Als die Tür aufsprang, drehte sich Brunetti zu Vianello um. »Ich sehe mal, was ich oben über ihn herausfinden kann. Bleiben Sie hier unten, und halten Sie die anderen von der Straße fern.« Beim Anblick der drei alten Frauen, die sich schon hinter ihm und Vianello aufgebaut und ihre Einkaufswagen beiseite geschoben hatten, bedauerte er noch mehr, daß er die anderen Polizisten mitgenommen hatte.

Er trat ins Haus, wo ihn das dumpfe, rhythmische Wummern von Rockmusik empfing, das aus einem der oberen Stockwerke herunterdrang. Wenn die Anordnung der Klingeln neben der Tür mit der Lage der Wohnungen übereinstimmte, wohnte Signorina Vespa im ersten Stock und die Frau, die ihn eingelassen hatte, ein Stockwerk darüber. Brunetti stieg rasch die Treppe hinauf, vorbei an der Wohnungstür von Signorina Vespa, aus der die Musik tönte.

Am nächsten Treppenabsatz stand eine junge Frau, die ein Baby auf der Hüfte balancierte, in der Wohnungstür. Als sie ihn sah, trat sie zurück und griff nach der Tür. »Einen Moment, Signora«, sagte Brunetti und blieb auf der Treppe stehen, um sie nicht zu ängstigen. »Ich bin von der Polizei.«

Der Blick, mit dem die Frau an ihm vorbei nach unten sah, dahin, wo die Musik herkam, die hinter ihm die Treppe heraufdröhnte, sagte Brunetti, daß sein Erscheinen sie vielleicht gar nicht überraschte. »Das ist doch seinetwegen?« fragte sie und deutete mit dem Kinn auf die Quelle der schweren Baßtöne, die weiter durchs Treppenhaus wummerten.

»Sie meinen Signorina Vespas Freund?« fragte er.

»Ja, den«, sagte sie und spie die Silben mit solcher Wut aus, daß Brunetti überlegte, was Malfatti wohl sonst noch alles angestellt hatte, seit er hier war.

»Wie lange ist er schon hier?« erkundigte er sich.

»Ich weiß nicht«, antwortete sie mit einem weiteren Schritt rückwärts in ihre Wohnung. »Die Musik ist schon den ganzen Tag an, seit dem frühen Morgen. Und ich kann nicht runtergehen und mich beschweren.«

»Warum nicht?«

Sie zog das Kind enger an sich, als wollte sie ihn daran erinnern, daß sie Mutter war. »Letztes Mal hat er schreckliche Sachen zu mir gesagt.«

»Was ist mit Signorina Vespa, können Sie nicht mit ihr reden?«

Ihr Achselzucken deutete an, daß Signorina Vespa keine Hilfe war.

»Ist sie nicht bei ihm?«

»Ich weiß nicht, wer bei ihm ist, und es ist mir auch egal. Ich will nur, daß die Musik aufhört, damit mein Kind schlafen kann.« Bei diesem Stichwort machte das Baby, das in ihrem Arm fest geschlafen hatte, die Augen auf, sabberte und schlief sofort wieder ein.

Die Musik brachte Brunetti auf die Idee, sie und der Umstand, daß die Frau sich schon einmal bei Malfatti darüber beschwert hatte.

»Signora, gehen Sie hinein«, sagte er. »Ich schlage jetzt Ihre Tür zu und gehe dann nach unten, um mit ihm zu reden. Bleiben Sie ganz hinten in Ihrer Wohnung, und kommen Sie nicht heraus, bevor einer von meinen Leuten Ihnen Bescheid gibt.«

Sie nickte und zog sich zurück. Brunetti streckte den Arm in ihre Wohnung und faßte den Türgriff. Dann riß er mit aller Kraft daran und schlug die Tür so heftig zu, daß es durchs Treppenhaus knallte wie ein Schuß.

Er drehte sich um und stapfte mit schweren Schritten die Treppe hinunter, wobei er so fest er konnte auftrat und einen solchen Krach machte, daß sogar die Musik vorübergehend übertönt wurde. *»Basta con quella musica«*, schrie er wütend wie einer, dem gleich der Geduldsfaden reißt. »Schluß jetzt mit dieser Musik«, brüllte er wieder. Und unten angekommen, hämmerte er an die Tür, hinter der die Musik dröhnte, wobei er so laut er konnte schrie: »Stell diese verdammte Musik leiser. Mein Kind soll schlafen. Dreh sie leiser, oder ich rufe die Polizei.« Nach jedem Satz hämmerte er und trat dann sogar gegen die Tür.

Er machte das schon eine ganze Minute, bevor die Musik plötzlich leiser wurde, auch wenn sie durch die Tür immer noch gut zu hören war. Dann ging er in eine höhere Tonlage und kreischte, als wäre er nun ganz und gar außer sich geraten: »Mach' diese gottverdammte Musik aus. Mach' sie aus, oder ich komme rein und mach' es selber.«

Er hörte rasche Schritte nahen und wappnete sich. Dann wurde unvermittelt die Tür aufgerissen, und ein untersetzter Mann stand vor ihm, in der Hand eine kurze Stahlrute. Brunetti blieben nur Sekundenbruchteile, aber er erkannte Malfatti nach den Polizeifotos.

Malfatti, die Stahlrute in der herabhängenden Hand, machte einen Schritt über die Schwelle. »Wer zum Teufel«, fing er an und brach ab, als Brunetti vorschnellte und ihn mit einer Hand am rechten Unterarm und mit der anderen an der Hemdbrust packte. Dann holte er aus der Hüfte heraus kräftig Schwung und drehte sich dabei, womit er den völlig überrumpelten Malfatti nach vorn und aus dem Gleichgewicht riß. Der stand schwankend einen Augenblick am Treppenabsatz, versuchte vergeblich, sein Gewicht nach hinten zu verlagern, verlor dann die Balance und stürzte vornüber. Im Fallen ließ er die Stahlrute los, legte beide Arme um den Kopf, rollte sich geschickt zu einer Kugel zusammen und kullerte so die Treppe hinunter.

Brunetti raste hinter ihm her und schrie dabei so laut er konnte nach Vianello. Auf halber Treppe trat er auf die Stahlrute, glitt seitlich weg und krachte gegen die Wand. Als er den Kopf hob, sah er Vianello unten die schwere Haustür aufmachen. Aber inzwischen hatte Malfatti sich hochgerappelt und stand genau hinter der Tür. Bevor Brunetti noch einen Warnruf ausstoßen konnte, trat Malfatti gegen die Tür und stieß sie Vianello voll ins Gesicht, so daß ihm die Waffe aus der Hand fiel und er selbst in die schmale *calle* hinausgeschleudert wurde. Malfatti riß die Tür auf und verschwand im Sonnenlicht.

Brunetti stand auf und rannte mit gezogener Pistole die Treppe hinunter, aber als er auf die Straße kam, war Malfatti über alle Berge, und an dem niedrigen Mäuerchen des Kanals lag Vianello, aus dessen Nase Blut auf sein weißes Uniformhemd lief. Als Brunetti sich über ihn beugte, kamen die drei anderen Polizisten aus dem Buchladen gestürzt, hatten die Maschinenpistolen im Anschlag, aber niemanden mehr, auf den sie zielen konnten.

27

Vianellos Nase war nicht gebrochen, aber er war sehr mitgenommen. Brunetti half ihm auf die Beine, und er schwankte ein paar Sekunden unsicher und wischte mit der Hand an seiner Nase herum.

Leute drängten sich um sie, alte Frauen wollten wissen, was los war, und die Obstverkäufer erzählten ihren neuesten Kunden bereits, was sie gesehen hatten. Brunetti drehte sich um und stolperte dabei fast über einen Einkaufswagen, der randvoll mit Gemüse war. Wütend stieß er ihn weg und wandte sich dann an die beiden Männer, die auf dem nächstliegenden Boot arbeiteten. Sie hatten die Haustür direkt im Blick und mußten alles beobachtet haben.

»Wohin ist er gelaufen?«

Beide deuteten auf den *campo*, aber dann zeigte der eine nach rechts zum Ponte dell' Accademia, der andere links in Richtung Rialto.

Brunetti machte einem der Polizisten ein Zeichen, Vianello mit ihm zum Boot zu führen. Doch der Sergente schob ihre Hände unwillig weg und bestand darauf, er könne allein gehen. Vom Deck des Bootes aus gab Brunetti über Funk eine Personenbeschreibung Malfattis an die Questura durch mit der Anweisung, Kopien seines Fotos an alle Polizisten der Stadt verteilen zu lassen und seine Beschreibung an die Streifen zu funken.

Nachdem alle Polizisten an Bord waren, lenkte der Bootsführer die Polizeibarkasse rückwärts auf den Canal Grande zu, drehte dann und fuhr Richtung Questura. Vianello ging nach unten und setzte sich mit zurückgelegtem Kopf hin, um das Blut zu stoppen. Brunetti folgte ihm. »Wollen Sie ins Krankenhaus?«

»Es blutet nur ein bißchen«, sagte Vianello. »Das hört gleich wieder auf.« Er wischte mit seinem Taschentuch an der Nase herum. »Was ist denn passiert?«

»Ich habe an seine Tür gebummert und mich über die Musik beschwert, bis er aufgemacht hat. Dann habe ich ihn herausgezerrt und die Treppe runtergeworfen.« Vianello sah ihn erstaunt an. »Etwas anderes ist mir nicht eingefallen«, erklärte Brunetti. »Aber ich dachte nicht, daß er sich so schnell erholt.«

»Und was jetzt?« fragte Vianello. »Was glauben Sie, was er tun wird?«

»Er wird versuchen, sich mit Ravanello und Santomauro in Verbindung zu setzen, denke ich.«

»Wollen Sie die beiden warnen?«

»Nein«, sagte Brunetti rasch. »Aber ich will wissen, wo sie sind, und sehen, was sie tun. Wir müssen sie beobachten lassen.« Die Barkasse schwenkte in den Kanal, der zur Questura führte, und Brunetti kletterte wieder an Deck. Nachdem sie an dem kleinen Steg angelegt hatten, sprang er an Land und wartete dort auf Vianello. Als sie durch die Eingangstür gingen, starrten die Wachen auf das blutige Hemd des Sergente, sagten aber nichts. Kaum waren die anderen Polizisten von Bord, bedrängten die Wachen sie und wollten eine Erklärung.

Auf dem zweiten Treppenabsatz bog Vianello zum Waschraum am Ende des Korridors ab, und Brunetti ging hinauf in sein Büro. Er rief bei der Banca di Verona an und verlangte unter falschem Namen Signor Ravanello. Als der Mann am anderen Ende fragte, worum es gehe, erklärte Brunetti, es handle sich um das Angebot für den neuen Computer, für den sich der Banker interessiere. Signor Ravanello sei heute vormittag nicht in der Bank, wurde ihm gesagt, aber er sei in seiner Wohnung zu erreichen. Auf Nachfrage gab der Mann ihm die Privatnummer des Bankers, und Brunetti wählte sie sofort, fand sie aber besetzt.

Er suchte Santomauros Nummer heraus, wählte und verlangte unter demselben falschen Namen Avvocato Santomauro. Der Anwalt sei mit einem Klienten beschäftigt, erklärte die Sekretärin, und wolle nicht gestört werden. Brunetti sagte, er rufe später noch einmal an, und legte auf.

Wieder wählte er Ravanellos Nummer, aber es war immer noch besetzt. Er holte das Telefonbuch aus der untersten Schublade und schlug unter Ravanellos Namen nach, weil ihn die Adresse interessierte. Aus dem Eintrag entnahm er, daß sie in der Gegend des Campo San Stefano sein mußte, unweit von Santomauros Büro. Er überlegte, auf welchem Weg Malfatti dort wohl hinkäme; die offensichtliche Lösung war das *traghetto*, die öffentliche Gondel, die regelmäßig zwischen Ca' Rezzonico und Campo San Samuele auf der gegenüberliegenden Seite des Canal Grande verkehrte. Von dort waren es nur zwei Minuten zum Campo San Stefano.

Er wählte noch einmal, immer noch besetzt. Er rief die Vermittlung an und bat, den Anschluß zu überprüfen, worauf er nach knapp einer Minute erfuhr, daß die Leitung nicht frei sei, aber auch nicht mit einer anderen Nummer in Verbindung, was bedeutete, daß entweder der Apparat defekt oder der Hörer nicht eingehängt war. Noch bevor er richtig aufgelegt hatte, überlegte Brunetti schon, wie er am schnellsten dorthin käme; am besten mit dem Polizeiboot. Er ging die Treppe hinunter und in Vianellos Büro. Der Sergente, der ein frisches Hemd anhatte, saß an seinem Schreibtisch und blickte hoch, als Brunetti hereinkam.

»Bei Ravanello liegt der Hörer nicht auf.«

Vianello war schon aufgesprungen und unterwegs zur Tür, bevor Brunetti noch weiterreden konnte.

Zusammen liefen sie die Treppe hinunter und hinaus in die drückende Hitze. Der Bootsführer spritzte gerade das Deck ab, aber als er die beiden Männer aus der Tür rennen sah, warf er den Schlauch auf den Gehweg und war mit einem Satz am Steuer.

»Campo San Stefano«, rief Brunetti ihm zu. »Mit Sirene.«

Während der Zweiklang losheulte, legten sie ab und fuhren wieder hinaus ins *bacino.* Vaporetti und andere Boote verlangsamten die Fahrt, um sie vorbeizulassen, nur die eleganten schwarzen Gondeln schenkten ihnen keine Beachtung; laut Gesetz hatten alle Boote sich nach den langsamen Gondeln zu richten.

Keiner sprach ein Wort. Brunetti ging in die Kabine und zog einen Stadtplan zu Rate, um zu sehen, wo die Adresse war. Er hatte recht: Die Wohnung lag direkt gegenüber dem Eingang der Kirche, die dem *campo* den Namen gab.

Als das Boot sich dem Ponte dell' Accademia näherte, ging Brunetti wieder an Deck und wies den Bootsführer an, die Sirene auszuschalten. Er hatte keine Ahnung, was sie am Campo San Stefano vorfinden würden, aber er wollte unangekündigt dort ankommen. Der Bootsführer schaltete die Sirene ab und lenkte das Boot in den Rio del Orso und hinüber zum Landesteg auf der linken Seite. Brunetti und Vianello sprangen ans Ufer und überquerten rasch den *campo*. Pärchen saßen lethargisch vor pastellfarbenen Drinks an den Tischen eines Straßencafés; die Menschen, die auf dem *campo* unterwegs waren, sahen alle aus, als fühlten sie die Hitze wie ein Joch auf ihren Schultern.

Schnell fanden sie die Tür zwischen einem Restaurant und einem Lädchen, das marmoriertes venezianisches Papier verkaufte. Die Klingel mit Ravanellos Namensschild war die oberste in der rechten der beiden Reihen. Brunetti drückte den Knopf darunter, und als nichts geschah, noch einen tiefer. Eine Stimme fragte, wer da sei, und er sagte: *»Polizia«*, worauf die Tür sofort aufsprang.

Er und Vianello traten in den Hausflur, und eine quengelnde hohe Stimme rief von oben: »Wie sind Sie denn so schnell hergekommen?«

Brunetti begann die Treppe hinaufzusteigen, Vianello folgte ihm auf den Fersen. Da rief vom ersten Treppenabsatz eine grauhaarige Frau, die kaum größer war als das Geländer, über das sie sich beugte, noch einmal: »Wie sind Sie denn so schnell hergekommen?«

Ohne auf ihre Frage einzugehen, fragte Brunetti: »Was ist passiert, Signora?«

Sie trat vom Geländer zurück und deutete nach oben.

»Da, über mir, bei Signor Ravanello, habe ich Schreien gehört, und dann ist jemand die Treppe hinuntergelaufen. Ich hatte Angst raufzugehen.«

Brunetti und Vianello rannten, immer zwei Stufen auf einmal, an ihr vorbei. Beide hatten die Pistole gezogen. Oben fiel Licht aus der offenen Wohnungstür auf den breiten Treppenabsatz. Brunetti huschte an der Tür vorbei – zu schnell, um drinnen etwas erkennen zu können. Er warf Vianello über die Schulter einen Blick zu, Vianello nickte. Zusammen stürmten sie in die Wohnung, beide tief geduckt. Sowie sie durch die Tür waren, sprangen sie nach rechts und links auseinander, damit sie zwei Ziele boten.

Aber Ravanello würde sowieso nicht auf sie schießen, ein Blick auf ihn genügte, um das festzustellen. Seine Leiche lag über einem niedrigen Sessel, der bei dem Kampf, der hier offensichtlich stattgefunden hatte, umgekippt war. Er lag auf der Seite, mit dem Gesicht zur Tür, und seine blicklosen Augen starrten ins Nichts, für immer gleichgültig gegenüber diesen Männern, die so plötzlich und unaufgefordert in seine Wohnung gestürzt waren.

Keine Sekunde kam Brunetti der Gedanke, daß Ravanello womöglich noch lebte; die marmorne Schwere seines Körpers schloß diese Möglichkeit aus. Es war wenig Blut zu sehen, das fiel Brunetti als erstes auf. Offenbar war zweimal auf Ravanello eingestochen worden, denn auf seinem Jackett waren zwei tiefrote Flecken, und unter seinem Arm war etwas Blut auf den Boden geflossen, aber kaum so viel, daß damit auch das Leben aus ihm herausgeflossen wäre.

»Oh, Dio«, hörte er hinter sich die alte Frau stöhnen, und als er sich umdrehte, sah er sie an der Tür stehen, eine Hand am Mund, den Blick starr auf Ravanello gerichtet. Brunetti trat zwei Schritte nach rechts und damit in ihr Blickfeld. Sie sah mit eisi-

gem Blick zu ihm auf. Konnte es sein, daß sie ärgerlich war, weil er ihr den Anblick der Leiche verwehrte?

»Wie sah er aus, Signora?« fragte er.

Sie wandte den Blick nach rechts, konnte aber nicht um ihn herumsehen.

»Wie sah er aus, Signora?«

Hinter sich hörte er Vianello in der Wohnung umhergehen, dann Wählgeräusche und Vianellos Stimme, leise und ruhig, wie er der Questura Bericht erstattete und die entsprechenden Leute anforderte.

Brunetti ging direkt auf die Frau zu, und wie er gehofft hatte, wich sie zurück und trat in den Flur. »Können Sie mir genau sagen, was Sie gesehen haben, Signora?«

»Einen Mann, nicht sehr groß, er ist die Treppe runtergerannt. Ein weißes Hemd hatte er an, kurzärmelig.«

»Würden Sie ihn wiedererkennen, Signora?«

»Ja.«

Das würde Brunetti auch.

Hinter ihnen kam Vianello aus der Wohnung, die Tür ließ er offen. »Sie sind unterwegs.«

»Bleiben Sie hier«, sagte Brunetti, schon auf dem Weg zur Treppe.

»Santomauro?« fragte Vianello.

Brunetti bejahte mit einer Handbewegung und rannte die Treppe hinunter. Draußen wandte er sich nach links und lief eilig zum Campo San Angelo, dann weiter dem Campo San Luca und dem Büro des Anwalts zu.

Es war, als müßte er durch starke Brandung waten, als er sich seinen Weg durch die Menschen bahnte, die hier am späten Vormittag auf ein Schwätzchen stehenblieben oder sich kurz in dem kühlen Luftzug erholten, der aus einem klimatisierten Laden drang. Durch die Enge der Calle della Mandorla eilte er unter Einsatz von Ellbogen und Stimme, ungeachtet der wütenden Blicke und beißenden Bemerkungen, die er dabei erntete.

Auf dem Campo Manin beschleunigte er seine Schritte, auch wenn jede schnellere Bewegung schweißtreibend war. Er trabte an der Bank vorbei und auf den Campo San Luca, wo sich um diese Zeit viele zu einem Drink vor dem Mittagessen trafen.

Die Haustür, durch die man zu Santomauros Büro hinaufging, war angelehnt, Brunetti stieß sie auf und nahm zwei Stufen auf einmal. Die Tür des Büros war zu, und darunter drang von drinnen Licht ins dämmrige Treppenhaus. Er zog seine Pistole und stieß die Tür auf, sprang dann rasch zur Seite und duckte sich, genau wie er es beim Betreten von Ravanellos Wohnung gemacht hatte.

Die Sekretärin schrie auf. In filmreifer Manier hielt sie sich beide Hände vor den Mund und kreischte laut, dann warf sie sich nach hinten und fiel vom Stuhl.

Sekunden später öffnete sich die Tür zu Santomauros Büro, und der Anwalt stürzte heraus. Mit einem Blick erfaßte er alles – seine Sekretärin, die hinter ihrem Schreibtisch kauerte und mit der Schulter dauernd gegen die Tischplatte stieß, als sie vergeblich versuchte darunterzukriechen, sowie Brunetti, der sich eben aufrichtete und seine Pistole wegsteckte.

»Ist schon gut, Louisa«, sagte Santomauro, während er hinging und sich neben seine Sekretärin kniete. »Ist schon gut, es ist ja nichts passiert.«

Die Frau war unfähig etwas zu sagen oder auch nur zu denken. Sie schluchzte, wandte sich ihrem Arbeitgeber zu und streckte die Hände nach ihm aus. Er legte ihr den Arm um die Schultern, und sie drückte das Gesicht an seine Brust. Sie schluchzte noch einmal tief auf und rang nach Atem. Santomauro tätschelte ihr den Rücken und redete sanft auf sie ein. Allmählich beruhigte sie sich, und kurz darauf löste sie sich von ihm. *»Scusi, avvocato«*, war das erste, was sie sagte, und ihre Förmlichkeit brachte wieder Ruhe in das Zimmer.

Stumm half Santomauro ihr auf die Beine und zu einer Tür hinten im Büro. Als er diese hinter ihr zugemacht hatte, drehte er sich zu Brunetti um. »Nun?« sagte er mit ruhiger Stimme, die darum nicht weniger todbringend klang.

»Ravanello ist umgebracht worden«, sagte Brunetti. »Und ich dachte, Sie wären der nächste. Ich bin hergekommen, weil ich versuchen wollte, das zu verhindern.«

Wenn die Nachricht für Santomauro überraschend war, ließ er es sich jedenfalls nicht anmerken. »Warum?« fragte er. Und als Brunetti nicht antwortete, wiederholte er die Frage: »Warum sollte ich der nächste sein?«

Brunetti antwortete ihm nicht.

»Ich habe Sie etwas gefragt, Commissario. Warum sollte ich der nächste sein? Warum sollte ich überhaupt in Gefahr sein?« Da Brunetti weiterhin schwieg, fuhr Santomauro fort. »Glauben Sie denn, daß ich mit all dem irgend etwas zu tun habe? Sind Sie darum hier und spielen Räuber und Gendarm und erschrekken meine Sekretärin zu Tode?«

»Ich hatte Grund zu der Annahme, daß er hierherkommen würde«, erklärte Brunetti schließlich.

»Wer?« wollte der Anwalt wissen.

»Das kann ich Ihnen nicht sagen.«

Santomauro bückte sich und hob den Stuhl seiner Sekretärin auf. Er stellte ihn hin und schob ihn an ihren Schreibtisch. Als er Brunetti wieder ansah, sagte er: »Verschwinden Sie. Verschwinden Sie aus meinem Büro. Ich werde mich beim Innenminister über Sie beschweren. Und eine Kopie geht an Ihren Vorgesetzten. Ich lasse mich nicht behandeln wie ein Verbrecher, und ich lasse nicht zu, daß Sie meine Sekretärin mit Ihren Gestapomethoden ängstigen.«

Brunetti hatte in seinem Leben und bei seiner Arbeit schon genug Zorn gesehen, um zu wissen, daß der hier echt war. Ohne ein weiteres Wort verließ er das Büro und ging nach unten auf den Campo San Luca. Leute, die eilig nach Hause zum Essen wollten, drängten sich an ihm vorbei.

28

Brunettis Entschluß, in die Questura zurückzugehen, war ein Sieg des Willens über die Macht des Fleisches. Er hatte es zu seiner Wohnung nämlich näher als zur Questura, und eigentlich wollte er nur nach Hause, duschen und über andere Dinge nachdenken als über die unvermeidlichen Konsequenzen dessen, was eben passiert war. Er war ungerufen gewaltsam ins Büro eines der mächtigsten Männer dieser Stadt eingedrungen, hatte dessen Sekretärin in Angst und Schrecken versetzt und dadurch, wie er sein Verhalten erklärt hatte, deutlich gemacht, daß er von Santomauros schuldhafter Beziehung zu Malfatti und einer Manipulation der *Lega*-Konten ausging. Alles Wohlwollen, mochte es auch noch so unecht sein, das Patta ihm in den vergangenen Wochen entgegengebracht hatte, würde sich in nichts auflösen angesichts der Proteste eines Mannes vom Status eines Santomauro.

Und nun, da Ravanello tot war, konnte man auch jede Hoffnung auf ein Verfahren gegen Santomauro vergessen, denn der einzige, der Santomauro belasten konnte, war Malfatti; doch seine Schuld an Ravanellos Tod würde jede Anklage wertlos machen, die er gegen Santomauro vorbrachte. Brunetti sah voraus, daß Malfattis Aussage gegen Santomauros stehen würde, und er brauchte weder Scharfsinn noch prophetische Gaben, um zu wissen, welche schwerer wiegen würde.

Als Brunetti in der Questura ankam, fand er sie in Aufruhr. Drei Uniformierte steckten in der Halle die Köpfe zusammen, und aus der Menschenschlange vor dem Ufficio Stranieri hörte man aufgeregte Gesprächsfetzen in verschiedenen Sprachen. »Sie haben ihn, Commissario«, sagte eine der Wachen, als er Brunetti sah.

»Wen?« fragte Brunetti, der kaum zu hoffen wagte.

»Malfatti.«

»Wie denn das?«

»Die Männer, die bei seiner Mutter gewartet haben. Vor einer halben Stunde kam er dorthin, und sie haben ihn geschnappt, bevor sie ihn noch einlassen konnte.«

»Hat es Schwierigkeiten gegeben?«

»Einer von den Kollegen, die dabei waren, hat erzählt, daß Malfatti zuerst weglaufen wollte, als er sie sah, aber als ihm klar wurde, daß sie zu viert waren, hat er aufgegeben und ist ganz friedlich mitgegangen.«

»Zu viert?«

»Ja, Commissario. Vianello hat angerufen und uns gesagt, wir sollen mehr Leute schicken. Und die waren gerade angekommen, als Malfatti aufkreuzte. Sie hatten nicht einmal Zeit reinzugehen, kamen hin und fanden ihn an der Tür.«

»Wo ist er?«

»Vianello hat ihn in eine Zelle stecken lassen.«

»Ich gehe zu ihm.«

Als Brunetti in die Zelle trat, erkannte Malfatti in ihm augenblicklich den Mann, der ihn die Treppe hinuntergeworfen hatte, doch er begrüßte Brunetti ohne besondere Feindseligkeit.

Brunetti zog sich einen Stuhl heran und setzte sich Malfatti gegenüber, der mit dem Kopf an die Wand gelehnt auf der Pritsche lag. Er war ein kleiner untersetzter Mann mit dichtem, braunem Haar und einem so glatten Gesicht, daß man es fast sofort wieder vergaß. Er sah aus wie ein Buchhalter, nicht wie ein Mörder.

»Also?« begann Brunetti.

»Also was?« Malfattis Stimme war ganz sachlich.

»Also, wollen Sie es sich schwer oder leicht machen?« fragte Brunetti gleichmütig, genau wie die Polizisten im Fernsehen.

»Was wäre schwer?«

»Wenn Sie sagen, daß Sie von alldem nichts wissen.«

»Wovon?« fragte Malfatti.

Brunetti kniff die Lippen zusammen und sah kurz zur Fensteröffnung hinauf, dann wieder zu Malfatti.

»Und was wäre leicht?« fragte Malfatti nach einer langen Pause.

»Daß Sie mir erzählen, was passiert ist.« Bevor Malfatti ein Wort sagen konnte, erklärte Brunetti: »Nicht das mit den Mieten. Das ist jetzt nicht wichtig, und es kommt sowieso alles heraus. Sondern das mit den Morden. Allen. Allen vier.«

Malfatti machte eine winzige Bewegung auf seiner Matratze, und Brunetti hatte den Eindruck, daß er diese Zahl in Frage stellen wollte, aber er tat es nicht.

»Er ist ein geachteter Mann«, fuhr Brunetti fort, ohne erst groß zu erklären, wen er meinte. »Es wird auf sein Wort gegen Ihres hinauslaufen, es sei denn, Sie können mit etwas aufwarten, womit seine Verbindung zu Ihnen und den Morden bewiesen wird.« Er hielt inne, aber Malfatti sagte nichts. »Ihr Vorstrafenregister ist lang«, fuhr Brunetti fort. »Versuchter Mord und jetzt Mord.« Und bevor Malfatti noch etwas einwenden konnte, meinte Brunetti, ganz im Konversationston: »Es wird nicht schwer sein, zu beweisen, daß Sie Ravanello umgebracht haben.« Und auf Malfattis überraschten Blick hin erklärte er: »Die alte Frau hat Sie gesehen.« Malfatti wandte den Blick ab.

»Und Richter können Leute nicht leiden, die Polizisten umbringen, besonders Polizistinnen. Ich sehe also nicht, daß etwas anderes als eine Verurteilung dabei herauskommen könnte. Die Richter sind verpflichtet, mich nach meiner Meinung zu fragen«, sagte er und wartete, bis er Malfattis ganze Aufmerksamkeit hatte. »Wenn sie es tun, werde ich Porto Azzurro vorschlagen.«

Jeder Kriminelle kannte den Namen dieses Gefängnisses, des schlimmsten in ganz Italien, aus dem noch nie jemandem die Flucht gelungen war; selbst ein so abgebrühter Mensch wie Malfatti konnte sein Erschrecken nicht verbergen. Brunetti wartete einen Augenblick, aber als Malfatti immer noch nichts sagte, fügte er hinzu: »Wie man hört, weiß niemand, ob die Katzen da größer sind oder die Ratten.« Wieder hielt er inne.

»Und wenn ich rede?« fragte Malfatti endlich.

»Dann werde ich den Richtern vorschlagen, das zu berücksichtigen.«

»Ist das alles?«

»Das ist alles.« Auch Brunetti konnte Leute nicht leiden, die Polizisten umbrachten.

Malfatti nahm sich nur einen Moment Zeit, bevor er sich entschied. *»Va bene«*, sagte er. »Aber ich möchte es im Protokoll stehen haben, daß ich aus freien Stücken ausgesagt habe. Da soll drinstehen, daß ich gleich nach der Festnahme bereit war, alles zu sagen.«

Brunetti stand auf. »Ich hole einen Protokollführer«, sagte er und ging zur Zellentür. Er winkte einem jungen Mann, der am Ende des Ganges an einem Schreibtisch saß und kurz darauf mit Kassettenrekorder und Block hereinkam.

Als sie soweit waren, sagte Brunetti: »Geben Sie Namen, Geburtsdatum und derzeitige Adresse an.«

»Malfatti, Pietro, 28. September 1962, Castello 2316.«

So ging es eine Stunde, und die ganze Zeit blieb Malfattis Stimme so unbeteiligt wie bei der Beantwortung der ersten Frage, wenngleich die Geschichte, die herauskam, immer schauriger wurde.

Die Idee stammte ursprünglich von Ravanello oder Santomauro, Malfatti hatte sich nie soweit dafür interessiert, um nachzufragen. Sie hatten seinen Namen von den Männern auf der Via Cappuccina bekommen und ihn gefragt, ob er bereit sei, gegen einen gewissen prozentualen Anteil monatlich für sie die Mieten zu kassieren. Er hatte nie darüber nachgedacht, ob er das Angebot annehmen sollte, nur über den Prozentsatz, den er bekommen würde. Sie hatten sich auf zwölf geeinigt, wobei Malfatti fast eine Stunde lang hart verhandeln mußte, damit sie so hoch gingen.

In der Hoffnung, noch mehr für sich abzweigen zu können, hatte Malfatti vorgeschlagen, einen Teil der legalen Einnahmen der *Lega* in Form von Schecks an Leute auszuzahlen, die er ihnen nennen würde. Brunetti unterbrach Malfattis Prahlerei mit dieser Masche, indem er fragte: »Wann hat Mascari das herausbekommen?«

»Vor drei Wochen. Er ist zu Ravanello gegangen und hat ihm erzählt, daß etwas mit den Konten nicht stimmt. Er hatte keine Ahnung, daß Ravanello davon wußte, er dachte, es wäre Santomauro. Idiot«, stieß er verächtlich hervor. »Wenn er gewollt hätte, dann hätte er ihnen ein Drittel abknöpfen können, mit Leichtigkeit.« Er blickte zwischen Brunetti und dem jungen Polizisten hin und her, wie um sie aufzufordern, seine Verachtung zu teilen.

»Und dann?« fragte Brunetti, der seine eigene Verachtung für sich behielt.

»Santomauro und Ravanello sind ungefähr eine Woche vorher zu mir gekommen. Sie wollten, daß ich ihnen den Mann vom Hals schaffe, aber ich kannte sie ja, also habe ich gesagt, ich mache es nur, wenn sie mir dabei helfen. Ich bin schließlich kein Idiot.« Wieder sah er die beiden anderen Männer beifallheischend an. »Sie wissen, wie das mit solchen Leuten ist. Man macht etwas für sie und wird sie dann nie mehr los. Wenn man vor ihnen sicher sein will, muß man dafür sorgen, daß sie sich auch selbst die Hände schmutzig machen.«

»Haben Sie ihnen das gesagt?« fragte Brunetti.

»So ungefähr. Ich habe gesagt, daß ich es mache, aber daß sie mir helfen müssen, es anzuleiern.«

»Wie ging das vor sich?«

»Sie haben Crespo bei ihm anrufen lassen. Er sollte sagen, er hätte gehört, daß Mascari Informationen über die Wohnungen sammelt, die von der *Lega* vermietet werden, und daß er in einer wohnt. Mascari hatte ja die Liste und konnte es überprüfen. Als Mascari sagte, daß er an dem Abend nach Sizilien fliegen wollte – das wußten wir –, hat Crespo gesagt, er könnte ihm noch andere Informationen geben, und ob er nicht auf dem Weg zum Flughafen bei ihm vorbeikommen wollte.«

»Und?«

»Er war einverstanden.«

»War Crespo dabei?«

»Aber nein.« Malfatti schnaubte verächtlich. »Das war ja so ein zartbesaiteter kleiner Mistkerl. Wollte nichts damit zu tun haben. Er hat sich verabschiedet, ist wahrscheinlich früher als sonst auf die Straße gegangen. Und wir haben auf Mascari gewartet. Um sieben ist er dann gekommen.«

»Und dann?«

»Ich habe die Tür aufgemacht. Er dachte, ich wäre Crespo, hatte ja keinen Grund, etwas anderes anzunehmen. Ich habe gefragt, ob er sich nicht setzen und etwas trinken will, aber er sagte, daß er zum Flughafen muß und es eilig hat. Dann habe ich ihm noch mal etwas zu trinken angeboten, und als er wieder ablehnte, habe ich gesagt, daß ich mir aber was hole, und bin hinter ihm zu dem Tisch mit den Getränken gegangen. Dabei habe ich es dann getan.«

»Was haben Sie getan?«

»Ihm eins über den Schädel gegeben.«

»Womit?«

»Mit einer Stahlrute, derselben, die ich heute mithatte. Sie ist sehr gut.«

»Wie oft haben Sie zugeschlagen?«

»Nur einmal. Ich wollte nicht, daß Blut auf Crespos Möbel kommt. Und ich wollte ihn nicht umbringen. Das sollten sie tun.«

»Und, haben sie es getan?«

»Ich weiß es nicht. Das heißt, ich weiß nicht, wer von beiden es getan hat. Sie waren im Schlafzimmer. Ich habe sie gerufen, und wir haben ihn ins Bad getragen. Da hat er noch gelebt; ich habe ihn stöhnen hören.«

»Warum ins Bad?«

Malfattis Blick sagte, daß er langsam den Eindruck hatte, er habe Brunettis Intelligenz überschätzt. »Das Blut.« Es folgte eine lange Pause, und als Brunetti nichts sagte, fuhr Malfatti fort. »Wir haben ihn auf den Boden gelegt, dann bin ich zurückgegangen und habe die Stahlrute geholt. Santomauro hatte gesagt, wir müßten sein Gesicht kaputtmachen – wir hatten alles geplant, Schritt für Schritt –, er meinte, man dürfte ihn nicht erkennen, damit genug Zeit bleibt, die Unterlagen in der Bank zu ändern. Jedenfalls hat er immer wieder gesagt, wir müßten sein Gesicht kaputtmachen, da habe ich ihm meine Stahlrute gegeben und gesagt, er soll es selber machen. Ich bin ins Wohnzimmer gegangen und habe eine Zigarette geraucht. Als ich zurückkam, war es erledigt.«

»Er war tot?«

Malfatti zuckte die Achseln.

»Ravanello und Santomauro haben ihn umgebracht?«

»Ich hatte meinen Teil erledigt.«

»Und dann?«

»Wir haben ihn ausgezogen und seine Beine rasiert, lieber Himmel, das war vielleicht eine Arbeit.«

»Ja, das kann ich mir vorstellen«, gestattete sich Brunetti. »Und weiter?«

»Wir haben ihn geschminkt.« Malfatti überlegte einen Augenblick. »Nein, stimmt nicht. Das haben sie gemacht, bevor sie sein Gesicht zerschlagen haben. Einer der beiden hat gemeint, so wäre es einfacher. Danach haben wir ihn wieder angezogen und rausgetragen wie einen Betrunkenen. Aber das war eigentlich nicht nötig, es hat uns niemand gesehen. Ravanello und ich haben ihn zu Santomauros Auto gebracht und ihn zu den Wiesen rausgefahren. Ich wußte, was da draußen vorgeht, und ich dachte, es wäre ein guter Platz, um ihn da hinzulegen.«

»Wie haben Sie das mit den Kleidern gemacht? Wo haben Sie ihn umgezogen?«

»Draußen, als wir nach Marghera kamen. Wir haben ihn aus dem Auto geholt und ausgezogen. Dann haben wir ihm die anderen Sachen angezogen, das rote Kleid und alles andere, und ich habe ihn ans Ende der Wiese geschleppt und da hingelegt, unter einen Busch, damit es länger dauert, bis er gefunden wird.« Malfatti machte eine Pause, um sein Gedächtnis zu befragen. »Ein Schuh ist runtergefallen, und Ravanello hat ihn mir in die Tasche gesteckt. Ich habe ihn dann neben ihn hingeworfen. Das mit den Schuhen, das war Ravanellos Idee, glaube ich.«

»Was haben Sie mit den anderen Kleidungsstücken gemacht?«

»Auf dem Weg zurück zu Crespos Wohnung habe ich angehalten und sie in eine Mülltonne gesteckt. Das ging, es war kein Blut dran. Wir waren sehr vorsichtig. Wir haben ihm eine Plastiktüte über den Kopf gestreift.«

Der junge Polizist hustete, drehte aber den Kopf zur Seite, damit das Geräusch nicht mit aufs Band kam.

»Und hinterher?« fragte Brunetti.

»Sind wir in die Wohnung gefahren. Santomauro hatte saubergemacht. Das war das letzte, was ich von ihnen gehört habe, bis zu der Nacht, als Sie nach Mestre rausgekommen sind.«

»Wessen Idee war das?«

»Meine nicht. Ravanello hat mich angerufen und mir die Sache erklärt. Ich glaube, sie haben gehofft, daß die Ermittlungen eingestellt werden, wenn wir Sie aus dem Weg räumen.« Hier seufzte Malfatti. »Ich habe versucht, sie zu überzeugen, daß es so nicht geht, daß es keinen Unterschied macht, ob wir Sie umbringen, aber sie wollten nicht auf mich hören. Sie haben darauf bestanden, daß ich ihnen helfe.«

»Und Sie haben zugestimmt?«

Malfatti nickte.

»Sie müssen eine Antwort geben, Signor Malfatti, sonst haben wir nichts auf dem Band«, erklärte Brunetti kühl.

»Ja, ich habe zugestimmt.«

»Warum haben Sie Ihre Ansicht geändert und ja gesagt?«

»Weil sie genug bezahlt haben.«

In Anwesenheit des jungen Polizisten wollte Brunetti nicht fragen, wieviel sein Leben wert war. Das würde noch früh genug herauskommen.

»Haben Sie den Wagen gefahren, der versucht hat, uns von der Straße abzudrängen?«

»Ja.« Malfatti schwieg lange, dann fügte er hinzu: »Wissen Sie, ich glaube nicht, daß ich es getan hätte, wenn ich gewußt hätte, daß eine Frau mit im Wagen sitzt. Eine Frau zu töten bringt Unglück. Es war meine erste.« Jetzt erst wurde ihm das klar, und er sah auf. »Sehen Sie, es hat schon Unglück gebracht.«

»Der Frau wahrscheinlich mehr als Ihnen, Signor Malfatti«, versetzte Brunetti, aber bevor Malfatti reagieren konnte, fragte er: »Und Crespo? Haben Sie ihn umgebracht?«

»Nein. Damit hatte ich nichts zu tun. Ich war solange mit Ravanello im Auto. Santomauro war allein bei Crespo. Als wir wieder hinkamen, war es erledigt.«

»Was hat Santomauro Ihnen erzählt?«

»Nichts. Darüber nicht. Er hat nur gesagt, daß es erledigt ist, und dann hat er mir gesagt, ich soll die Mücke machen, möglichst aus Venedig verschwinden. Das wollte ich auch, aber jetzt habe ich wahrscheinlich keine Gelegenheit mehr dazu.«

»Und Ravanello?«

»Zu dem bin ich heute vormittag hingegangen, nachdem Sie bei mir waren.« Malfatti hielt inne, und Brunetti fragte sich, was für eine Lüge er sich wohl gerade ausdachte.

»Was ist passiert?«

»Ich habe ihm erzählt, daß die Polizei hinter mir her ist. Daß ich Geld brauche, um aus der Stadt zu kommen und irgendwohin zu verschwinden. Aber er hat die Panik gekriegt. Fing an zu schreien, ich hätte alles verdorben. Dann hat er das Messer gezogen.«

Brunetti hatte das Messer gesehen. Es kam ihm komisch vor,

daß ein Banker ein Schnappmesser mit sich herumtragen sollte, aber er sagte nichts.

»Und ist damit auf mich losgegangen. Er war total verrückt. Wir haben um das Messer gekämpft, und ich glaube, er ist daraufgefallen.«

Allerdings, dachte Brunetti bei sich. Zweimal. Mit der Brust. »Und dann?«

»Dann bin ich zu meiner Mutter gegangen. Da haben Ihre Leute mich gefunden.« Malfatti schwieg, und das einzige Geräusch in der Zelle war das leise Summen des Kassettenrekorders.

»Was ist aus dem Geld geworden?« erkundigte sich Brunetti.

»Was?« fragte Malfatti, überrumpelt von dieser plötzlich veränderten Gangart.

»Das Geld. Das aus den Mieten.«

»Ich habe meins ausgegeben, jeden Monat. Aber es war nichts im Vergleich zu dem, was die anderen bekommen haben.«

»Wieviel haben Sie denn bekommen?«

»Zwischen neun und zehn Millionen.«

»Wissen Sie, was die anderen mit ihrem Anteil gemacht haben?«

Malfatti überlegte einen Moment, als ob er nie darüber nachgedacht hätte. »Ich nehme an, Santomauro hat einen großen Teil von seinem für Jungen ausgegeben. Bei Ravanello weiß ich nicht. Er sah mir wie einer von denen aus, die Geld investieren.« Bei Malfatti klang das wie etwas Obszönes.

»Haben Sie dazu noch etwas zu sagen oder über Ihre Beziehung zu diesen Männern?«

»Nur, daß es ihre Idee war, Mascari umzubringen, nicht meine. Ich habe mitgemacht, aber es war ihre Idee. Ich hatte nicht viel zu verlieren, wenn das mit den Mietzahlungen rauskam; darum habe ich keinen Grund gesehen, ihn umzubringen.« Es war klar, daß er nicht gezögert hätte, Mascari umzubringen, wenn er geglaubt hätte, daß er etwas zu verlieren hatte, aber Brunetti sagte nichts.

»Das ist alles«, erklärte Malfatti.

Brunetti stand auf und bedeutete dem jungen Polizisten mitzukommen. »Ich lasse das hier abschreiben, und Sie können dann unterschreiben.«

»Lassen Sie sich nur Zeit«, sagte Malfatti und lachte. »Ich habe heute nichts mehr vor.«

29

Eine Stunde später brachte Brunetti drei Kopien der getippten Aussage hinunter zu Malfatti, der sie unterschrieb, ohne sich die Mühe zu machen, das Ganze noch einmal durchzulesen. »Wollen Sie nicht wissen, was Sie da unterschreiben?« fragte Brunetti.

»Es spielt keine Rolle«, antwortete Malfatti, der es immer noch nicht für nötig hielt, sich von seiner Pritsche zu erheben. Er deutete mit dem Stift, den Brunetti ihm gegeben hatte, auf die Blätter. »Außerdem glaubt das hier sowieso niemand.«

Da Brunetti ähnlich dachte, verzichtete er auf eine Debatte über das Thema.

»Was passiert jetzt?« wollte Malfatti wissen.

»In den nächsten Tagen findet eine Anhörung statt, und der Haftrichter entscheidet, ob Sie auf Kaution rauskommen.«

»Wird er dazu Ihre Meinung einholen?«

»Wahrscheinlich.«

»Und?«

»Ich werde dagegen stimmen.«

Malfatti ließ die Hand an dem Stift entlanggleiten, dann drehte er ihn um und hielt ihn Brunetti hin.

»Sagt jemand meiner Mutter Bescheid?« fragte Malfatti.

»Ich sorge dafür, daß sie angerufen wird.«

Malfatti hob anerkennend die Schultern, ließ sich tiefer auf sein Kissen sinken und schloß die Augen.

Brunetti verließ die Zelle und ging die zwei Treppen nach oben in Signorina Elettras Vorzimmer. Sie trug heute ein Rot, das man außerhalb des Vatikans selten sah, und Brunetti fand die Farbe grell und gar nicht zu seiner Stimmung passend. Sie lächelte, und seine Stimmung hob sich etwas.

»Ist er da?« fragte Brunetti.

»Er ist vor etwa einer Stunde gekommen, aber er telefoniert und will nicht gestört werden, unter keinen Umständen.«

Brunetti war das nur lieb, er wollte nicht dabeisein, wenn Patta das Geständnis von Malfatti las. Er legte eine Kopie auf Signorina Elettras Schreibtisch und sagte: »Würden Sie ihm das hier bitte geben, sobald er sein Gespräch beendet hat?«

»Malfatti?« fragte sie unverhohlen neugierig.

»Ja.«

»Wo erreiche ich Sie?«

Als sie das fragte, bemerkte Brunetti plötzlich, daß er völlig die Orientierung verloren hatte und nicht einmal wußte, wie spät es war. Er sah auf seine Uhr. Es war fünf, aber die Zeit sagte ihm nichts. Er hatte keinen Hunger, nur Durst, und er war jämmerlich müde. Er begann sich vorzustellen, wie Patta reagieren würde; das erhöhte seinen Durst noch.

»Ich gehe jetzt etwas trinken und bin dann in meinem Büro.« Er drehte sich um und ging; es war ihm egal, ob sie das Geständnis las oder nicht, er merkte, daß ihm alles egal war, bis auf den Durst und die Hitze und seine Haut, die sich ganz rauh anfühlte von dem Salz, das den ganzen Tag darauf angetrocknet war. Er hob den Handrücken an den Mund und leckte daran, fast froh über den herben Geschmack.

Eine Stunde später trat er auf Pattas Anruf hin in dessen Büro und fand am Schreibtisch den alten Patta sitzen; er sah aus, als hätte er über Nacht fünf Jahre abgeworfen und fünf Kilo zugenommen.

»Setzen Sie sich, Brunetti«, sagte Patta. Dann nahm er das Geständnis und stieß die sechs Blätter mit ihrer Unterkante gegen den Schreibtisch, so daß sie ordentlich übereinander zu liegen kamen.

»Ich habe das hier eben gelesen«, sagte Patta. Er sah zu Brunetti hinüber und legte die Blätter vor sich auf den Schreibtisch. »Ich glaube ihm.«

Brunetti konzentrierte sich darauf, keinerlei Gefühlsregung zu zeigen. Pattas Frau hatte etwas mit der *Lega* zu tun. Und Santomauro besaß einen gewissen politischen Einfluß in einer Stadt, in der Patta sich eine Machtposition erhoffte. Brunetti war klar, daß Recht und Gesetz in dem folgenden Gespräch keine Rolle spielen würden. Er sagte nichts.

»Aber ich bezweifle, daß sonst jemand ihm glauben wird«, fügte Patta hinzu und gab Brunetti damit wieder zu verstehen, wie der Hase lief. Als deutlich wurde, daß Brunetti nichts zu sagen gedachte, fuhr Patta fort: »Ich habe heute nachmittag eine Reihe von Anrufen bekommen.«

Die Frage, ob einer der Anrufer Santomauro gewesen war, schien Brunetti zu billig, weshalb er sie nicht stellte.

»Nicht nur Avvocato Santomauro hat mich angerufen, ich habe auch zwei lange Gespräche mit zwei Mitgliedern des Stadtrats geführt, beides persönliche und politische Freunde des Avvocato.« Patta lehnte sich auf seinem Stuhl zurück und schlug die Beine übereinander. Brunetti sah die glänzende Spitze eines Schuhs und ein winziges Stück von einer dünnen, blauen Socke. Er blickte Patta an. »Wie gesagt, niemand wird diesem Mann glauben.«

»Auch, wenn er die Wahrheit sagt?« fragte Brunetti schließlich.

»Gerade wenn er die Wahrheit sagt. Keiner in dieser Stadt wird Santomauro der Dinge für fähig halten, die dieser Mann ihm unterstellt.«

»Ihnen fällt es offenbar nicht schwer, es zu glauben, Vice-Questore.«

»Ich dürfte wohl kaum als objektiver Zeuge gelten, wenn es um Signor Santomauro geht«, sagte Patta, womit er, so beiläufig wie er eben die Papiere auf seinen Schreibtisch gelegt hatte, zum erstenmal in Brunettis Gegenwart einen Anflug von Selbsterkenntnis zeigte.

»Was hat Santomauro Ihnen gesagt?« fragte Brunetti, obwohl

er sich schon denken konnte, was. »Das können Sie sich doch sicher denken«, meinte Patta, zu Brunettis neuerlichem Erstaunen. »Daß es nur ein Versuch von Malfatti ist, die Schuld aufzuteilen und seinen Teil möglichst klein zu halten. Daß eine genaue Prüfung der Unterlagen bei der Bank beweisen wird, daß alles Ravanellos Tun war. Daß es keinerlei Beweise für Santomauros Beteiligung an dem allen gibt, weder an der Sache mit den doppelten Mieten noch dem Tod von Mascari.«

»Hat er etwas von den anderen Morden erwähnt?«

»Crespo?«

»Ja, und Maria Nardi.«

»Nein, kein Wort. Und es gibt nichts, was ihn mit Ravanellos Tod in Verbindung bringt.«

»Wir haben eine Zeugin, die gesehen hat, wie Malfatti die Treppe in Ravanellos Haus hinuntergelaufen ist.«

»Aha«, sagte Patta, stellte die Beine wieder nebeneinander und beugte sich vor. Er legte seine rechte Hand auf Malfattis Geständnis. »Es ist nichts wert«, sagte er endlich, wie Brunetti vorausgeahnt hatte. »Er kann versuchen, es bei seinem Prozeß vorzubringen, aber ich bezweifle, daß die Richter ihm glauben werden. Er täte besser daran, sich als Ravanellos unwissendes Werkzeug darzustellen.«

Ja, das stimmte wahrscheinlich. Den Richter gab es nicht, der Malfatti als Drahtzieher des Ganzen sehen würde. Und den Richter, der Santomauro irgendeine Rolle in diesem Drama zutrauen würde, konnte man sich nicht einmal vorstellen.

»Heißt das, Sie werden in der Sache nichts unternehmen?« fragte Brunetti, indem er mit dem Kinn zu den Papieren auf Pattas Schreibtisch deutete.

»Falls Ihnen dazu nicht noch etwas einfällt«, antwortete Patta, und Brunetti versuchte vergeblich, einen ironischen Unterton herauszuhören.

»Nein, mir fällt nichts ein«, sagte Brunetti.

»Wir können ihm nichts anhaben«, erklärte Patta. »Ich kenne den Mann. Er ist zu vorsichtig, um sich denen, die mit in die Sache verwickelt sind, je gezeigt zu haben.«

»Nicht einmal den Jungen von der Via Cappuccina?«

Patta verzog angewidert den Mund. »Seine Beziehung zu diesen Kreaturen ist lediglich ein Indiz. Kein Richter würde sich das überhaupt anhören. So abstoßend sein Verhalten auch sein mag, es ist seine Privatsache.«

Brunetti überlegte schon, wie es weitergehen könnte: Wenn sie genügend Prostituierte fänden, die Wohnungen von der *Lega* gemietet hatten und bereit waren auszusagen, daß Santomauro ihre Dienste in Anspruch genommen hatte. Oder wenn er den Mann finden könnte, der ihm in Crespos Wohnung die Tür aufgemacht hatte. Wenn sie Beweise beibringen könnten, daß Santomauro mit irgendeinem der Leute, die doppelte Miete bezahlten, gesprochen hatte.

Doch Patta machte all das zunichte. »Es gibt keine Beweise, Brunetti. Alles beruht nur auf dem Wort eines geständigen Mörders.« Patta klopfte auf die Papiere. »Er spricht von diesen Morden, als ob er nur mal kurz Zigaretten holen gegangen wäre. Niemand wird ihm glauben, wenn er Santomauro beschuldigt, niemand.«

Brunetti fühlte sich plötzlich vor Erschöpfung übermannt. Seine Augen tränten, und er hatte Mühe, sie offenzuhalten. Er hob die eine Hand ans rechte Auge, als wollte er ein Stäubchen wegwischen, schloß beide Augen für einen Moment und rieb sie dann. Als er sie wieder aufmachte, sah er, daß Patta ihn seltsam anschaute. »Ich glaube, Sie sollten nach Hause gehen, Brunetti. In dieser Sache gibt es nichts mehr zu tun.«

Brunetti erhob sich, nickte Patta zu und ging. Er machte sich direkt auf den Heimweg, vorbei an seinem eigenen Büro. Zu Hause zog er den Stöpsel des Telefons aus der Wand, duschte lange, aß ein Kilo Pfirsiche und ging ins Bett.

30

Brunetti schlief zwölf Stunden. Es war ein tiefer, traumloser Schlaf, aus dem er erfrischt und angeregt erwachte. Die Bettwäsche war feucht, obwohl er in der Nacht gar nicht gemerkt hatte, daß er schwitzte. Als er in der Küche den Kaffee aufsetzte, sah er, daß drei der Pfirsiche, die er nachts zuvor in der Schüssel hatte liegen lassen, mit einem samtigen grünen Flaum bedeckt waren. Er warf sie in den Mülleimer unter der Spüle, wusch sich die Hände und stellte den Kaffee auf den Herd.

Immer wenn er merkte, daß seine Gedanken zu Santomauro oder zu Malfattis Geständnis abschweiften, pfiff er sie zurück, dachte statt dessen an das bevorstehende Wochenende und schwor sich, in die Berge zu Paola zu fahren. Er überlegte, warum sie wohl gestern abend nicht angerufen hatte, und dieser Gedanke rief sofort sein Selbstmitleid auf den Plan: Er briet hier in dieser stinkenden Hitze, während sie in den Bergen herumhüpfte wie diese Irre in *The Sound of Music.* Doch dann fiel ihm ein, daß er ja das Telefon ausgestöpselt hatte, und er schämte sich. Sie fehlte ihm. Sie alle fehlten ihm. Er würde hinfahren, sobald er konnte.

Der Entschluß hob seine Stimmung, und er ging in die Questura, wo er sich die Zeitungsberichte von Malfattis Festnahme zu Gemüte führte, in denen überall Vice-Questore Patta als hauptsächliche Informationsquelle genannt war. Der Vice-Questore habe »die Verhaftungsaktion geleitet« hieß es da, und Malfatti »das Geständnis abgenommen«. Die Zeitungen schrieben den Skandal bei der Banca di Verona ihrem neuen Direktor, Ravanello, zu und ließen beim Leser keinen Zweifel daran aufkommen, daß er für den Mord an seinem Vorgänger verantwortlich gewesen war, bevor er dann selbst Opfer seines gewalttätigen Komplizen Malfatti wurde. Santomauro wurde nur im *Corrie-*

re della Sera mit dem Zitat erwähnt, daß er erschüttert und betroffen darüber sei, in welcher Weise hier Mißbrauch mit den hohen Zielen und Prinzipien einer Organisation getrieben worden sei, der dienen zu dürfen er sich zur Ehre anrechne.

Brunetti rief Paola an und fragte, obwohl er es besser wußte, ob sie die Zeitungen gelesen habe. Als sie sich erkundigte, was denn darin stehe, sagte er nur, der Fall sei erledigt und er werde ihr alles erzählen, wenn er komme. Wie erwartet wollte sie mehr wissen, aber er meinte, das könne warten. Als sie daraufhin das Thema fallenließ, war er kurz wütend auf sie, weil sie nicht weiter nachbohrte; hatte nicht dieser Fall ihn fast das Leben gekostet?

Brunetti verbrachte den Rest des Vormittags damit, eine fünfseitige Stellungnahme aufzusetzen, in der er seine Überzeugung vertrat, daß Malfatti in seinem Geständnis die Wahrheit sagte; er schilderte des weiteren in erschöpfendem Detail und logischer Folge alle Geschehnisse, vom Auffinden der Leiche Mascaris bis zur Festnahme Malfattis. Nach dem Mittagessen las er das Ganze noch zweimal durch und mußte sich eingestehen, daß alles nur auf seinen eigenen Verdächtigungen beruhte. Es gab nicht den kleinsten greifbaren Beweis dafür, daß Santomauro mit einem der Verbrechen etwas zu tun hatte, und es war nicht wahrscheinlich, daß sonst jemand glauben würde, ein Mann wie Santomauro, der die Welt von den moralischen Höhen der *Lega* herunter betrachtete, könnte mit etwas so Niedrigem wie Habgier, Wollust oder Gewalt zu tun haben. Dennoch tippte er alles in seine Olivetti Standard, die auf einem Tischchen in einer Ecke seines Büros stand. Als er sich die fertigen Seiten mit den weiß übertünchten Korrekturen ansah, überlegte er, ob er für sein Büro einen Computer beantragen sollte. Er spann den Gedanken aus, plante schon, wo er ihn hinstellen würde, und fragte sich, ob er wohl einen eigenen Drucker bekommen würde oder ob alles, was er schrieb, unten im Büro der Sekretärinnen ausgedruckt werden müßte, ein Gedanke, der ihm nicht behagte.

Er dachte noch darüber nach, als nach einem Klopfen Vianello hereinkam, gefolgt von einem kleinen, braungebrannten Mann in zerknittertem Anzug. »Commissario«, begann der Sergente in dem offiziellen Ton, den er vor Zivilisten Brunetti gegenüber anschlug. »Ich möchte Ihnen Luciano Gravi vorstellen.«

Brunetti ging auf den Mann zu und reichte ihm die Hand. »Freut mich, Signor Gravi. Was kann ich für Sie tun?«

Er führte Gravi zu seinem Schreibtisch und deutete auf einen Stuhl. Gravi sah sich kurz im Büro um, dann nahm er Platz.

Vianello setzte sich neben ihn, und als der andere nichts sagte, erklärte er: »Commissario, Signor Gravi hat ein Schuhgeschäft in Chioggia.«

Brunetti betrachtete den Mann mit neuerwachtem Interesse. Ein Schuhgeschäft.

Vianello wandte sich an Gravi und animierte ihn mit einer Handbewegung zum Sprechen. »Ich komme gerade aus dem Urlaub«, sagte Gravi zu Vianello, aber als Vianello Brunetti ansah, richtete er seine Aufmerksamkeit auf ihn. »Ich war zwei Wochen unten in Apulien. Es hat keinen Zweck, den Laden während des Ferragosto offenzuhalten. Keiner will Schuhe kaufen. Es ist einfach zu heiß. Deshalb schließen wir jedes Jahr für drei Wochen, und meine Frau und ich fahren in Urlaub.«

»Und Sie sind gerade zurückgekommen?«

»Also, ich bin schon seit zwei Tagen wieder da, aber ich war erst gestern im Geschäft. Da habe ich die Postkarte gefunden.«

»Postkarte, Signor Gravi?« fragte Brunetti.

»Von meiner Verkäuferin. Sie ist mit ihrem Verlobten nach Norwegen gefahren. Ich glaube, er arbeitet hier, Giorgio Miotti.« Brunetti nickte; er kannte Miotti. »Also, wie gesagt, die beiden sind in Norwegen, und sie schreibt, daß die Polizei sich für ein Paar rote Schuhe interessiert.« Er wandte sich wieder an Vianello. »Ich weiß nicht, was die für Gesprächsthemen haben, daß sie auf so etwas kommen, aber am Ende der Karte schreibt sie, ihr Giorgio habe gesagt, daß Sie jemanden suchen, der ein Paar Damenschuhe aus rotem Satin in einer Übergröße gekauft hat.«

Brunetti merkte, daß er die Luft anhielt, und zwang sich, ruhig auszuatmen. »Und, haben Sie diese Schuhe verkauft, Signor Gravi?«

»Ja. Vor etwa einem Monat. An einen Mann.« Er hielt inne und wartete offenbar darauf, daß die beiden Polizisten eine Bemerkung darüber machten, wie seltsam es sei, daß ein Mann solche Schuhe kaufte.

»An einen Mann?« fragte Brunetti entgegenkommend.

»Ja, er sagte, er wolle sie für den *Carnevale*. Aber *Carnevale* ist erst im nächsten Jahr wieder. Das fand ich merkwürdig, aber ich wollte die Schuhe loswerden, weil an dem einen Absatz der Satin etwas angekratzt war. Am linken, glaube ich. Jedenfalls waren sie im Preis herabgesetzt, und er hat sie gekauft. Neunundfünfzigtausend Lire, reduziert von hundertzwanzigtausend, so gut wie geschenkt.«

»Das war es sicher, Signor Gravi«, pflichtete Brunetti ihm bei. »Glauben Sie, daß Sie die Schuhe wiedererkennen würden?«

»Ich denke schon. Auf die Sohle des einen habe ich den ermäßigten Preis geschrieben. Der steht vielleicht noch drauf.«

An Vianello gewandt sagte Brunetti: »Sergente, würden Sie die Schuhe aus dem Labor holen? Ich möchte, daß Signor Gravi sie sich ansieht.«

Vianello nickte und ging hinaus. Während er fort war, erzählte Gravi von seinem Urlaub, wie sauber das Wasser der Adria sei, wenn man nur weit genug in den Süden fuhr. Brunetti hörte zu, lächelte, wenn er es für angebracht hielt, und riß sich zusammen, um Gravi nicht um eine Beschreibung des Mannes zu bitten, der die Schuhe gekauft hatte, bevor er sie nicht identifiziert hatte.

Ein paar Minuten später kam Vianello zurück, in der Hand die Schuhe in dem durchsichtigen Asservatenbeutel. Er reichte ihn Gravi, der nicht versuchte, ihn aufzumachen. Vielmehr drehte er die Schuhe in dem Beutel hin und her, erst den einen, dann den anderen, um sich die Sohlen genau anzusehen. Er hielt sie dicht an seine Augen, lächelte und streckte Brunetti die Tüte entgegen. »Sehen Sie, da ist es. Der reduzierte Preis. Ich habe ihn mit Bleistift draufgeschrieben, damit der Kunde ihn ausradieren kann, wenn er will. Aber man kann es noch lesen, hier.« Er deutete auf die schwachen Bleistiftspuren an der Schuhsohle.

Endlich erlaubte Brunetti sich die Frage. »Könnten Sie den Mann beschreiben, der diese Schuhe bei Ihnen gekauft hat, Signor Gravi?«

Gravi zögerte nur ganz kurz, dann fragte er in respektvollem Ton angesichts der Autorität: »Commissario, darf ich fragen, warum Sie sich für diesen Mann interessieren?«

»Wir glauben, daß er uns in einer laufenden Ermittlung wichtige Informationen geben kann«, antwortete Brunetti, ohne ihm etwas zu verraten.

»Ah, ja, ich verstehe«, meinte Gravi. Wie alle Italiener war er es gewohnt, nicht zu verstehen, was ihm behördlicherseits gesagt wurde. »Jünger als Sie, würde ich sagen, aber nicht viel. Dunkles Haar. Kein Bart.« Vielleicht hörte er selbst, wie vage seine Beschreibung klang, denn er fügte hinzu: »Eigentlich sah er aus wie viele, ein Mann im Anzug. Nicht besonders groß, aber auch nicht klein.«

»Wären Sie bereit, sich ein paar Fotos anzusehen, Signor Gravi?« fragte Brunetti. »Das hilft Ihnen vielleicht, den Mann wiederzuerkennen.«

Gravi lächelte breit, erleichtert, daß alles genau wie im Fernsehen ablief. »Natürlich.«

Brunetti nickte Vianello zu, der nach unten ging und kurz darauf zwei Mappen mit Polizeifotos brachte, darunter, wie Brunetti wußte, eines von Malfatti.

Gravi nahm die erste Mappe von Vianello entgegen und legte sie auf Brunettis Schreibtisch. Langsam blätterte er die Fotos durch, wobei er eines nach dem anderen studierte und dann umgekehrt auf einen Stapel legte. Unter den gespannten Blicken von Vianello und Brunetti legte er Malfattis Foto zu den anderen und blätterte weiter bis zum Ende. Dann sah er auf. »Er ist nicht dabei, nicht einmal jemand, der ihm auch nur entfernt ähnlich sieht.«

»Vielleicht könnten Sie uns noch etwas genauer sagen, wie er aussah, Signore.«

»Wie gesagt, Commissario, ein Mann im Anzug. Alle diese Männer hier«, er deutete auf den Fotostapel vor sich, »also, sie sehen alle aus wie Verbrecher.« Vianello sah verstohlen zu Brunetti hin. Es waren drei Fotos von Polizisten dazwischen gewesen, eines von Alvise. »Ich habe Ihnen ja gesagt, er trug einen Anzug«, wiederholte Gravi. »Er sah aus wie einer von uns, jemand, der in einem Büro arbeitet. Und er sprach wie ein gebildeter Mensch, nicht wie ein Verbrecher.«

Die politische Naivität dieser Bemerkung veranlaßte Brunetti, einen Moment zu zweifeln, ob Signor Gravi wirklich Italiener war. Er nickte Vianello zu, und der nahm die zweite Mappe und reichte sie Gravi.

Während die beiden anderen zusahen, blätterte Gravi einen kleineren Stapel durch. Bei Ravanellos Bild hielt er inne und sah Brunetti an. »Das ist der Banker, der gestern umgebracht wurde, nicht wahr?« fragte er und deutete dabei auf das Foto.

»Es ist nicht der Mann, der die Schuhe gekauft hat, Signor Gravi, oder?« fragte Brunetti.

»Nein, natürlich nicht«, antwortete Gravi. »Sonst hätte ich es Ihnen gleich gesagt.« Er betrachtete erneut das Bild, ein Porträt aus einer Broschüre, in der alle Mitarbeiter der Bank vorgestellt wurden. »Er ist es nicht, aber der Typ stimmt.«

»Der Typ, Signor Gravi?«

»Sie wissen schon, Anzug und Krawatte und polierte Schuhe. Blütenweißes Hemd, teurer Haarschnitt. Ein richtiger Banker.«

Einen Augenblick war Brunetti wieder sieben Jahre alt und

kniete neben seiner Mutter vor dem Hauptaltar von Santa Maria Formosa, ihrer Pfarrkirche. Seine Mutter blickte zum Altar auf, bekreuzigte sich und sagte mit flehender, von tiefer Gläubigkeit erfüllter Stimme: »Heilige Maria, Mutter Gottes, um der Liebe deines Sohnes willen, der sein Leben für uns unwürdige Sünder gegeben hat, erhöre meine Bitte, nur diese einzige, und ich will nie mehr um etwas bitten, solange ich lebe.«

Es war ein Versprechen, das er im Laufe seiner Jugend noch unzählige Male hören sollte, denn wie alle Venezianer vertraute Signora Brunetti stets auf den Einfluß von Freunden an höherer Stelle. Nicht zum erstenmal in seinem Leben bedauerte Brunetti seinen eigenen Unglauben, aber das hielt ihn nicht davon ab zu beten, daß Gravi den Mann, der die Schuhe gekauft hatte, wiedererkannte.

Er konzentrierte seine Aufmerksamkeit wieder auf Gravi. »Leider habe ich kein Foto von dem anderen Mann, der die Schuhe noch bei Ihnen gekauft haben könnte, aber wenn Sie bereit wären, mit mir zu kommen, könnten Sie uns vielleicht helfen, indem sie an seinem Arbeitsplatz einen Blick auf ihn werfen.«

»Sie meinen, ich soll tatsächlich an einer Ermittlung teilnehmen?« Gravi war begeistert wie ein Kind.

»Ja, wenn Sie dazu bereit sind.«

»Aber sicher, Commissario. Ich helfe Ihnen gern, soweit es in meiner Macht steht.«

Brunetti erhob sich, und Gravi sprang auf. Auf dem Weg ins Stadtzentrum erklärte Brunetti ihm, was er von ihm wollte. Gravi stellte keine Fragen, er gab sich damit zufrieden, das zu tun, was man von ihm verlangte, ein guter Bürger, der die Polizei bei einem schweren Verbrechen in ihren Ermittlungen unterstützte.

Als sie zum Campo San Luca kamen, zeigte Brunetti ihm den Hauseingang, der zu Santomauros Büro führte, und schlug vor, daß Signor Gravi im Rosa Salva etwas trinken sollte, um Brunetti fünf Minuten Vorsprung zu geben, bevor er ihm nach oben folgte.

Brunetti stieg die inzwischen vertraute Treppe hinauf und klopfte an die Tür zu Santomauros Büro. *»Avanti«*, rief die Sekretärin, und er trat ein.

Als sie von ihrem Computer aufblickte und sah, wer es war, wollte sie schon fast aufspringen und wegrennen. »Entschuldigen Sie, Signora«, sagte Brunetti und hob so unschuldig wie möglich die Hände. »Ich hätte gern Avvocato Santomauro gesprochen. In einer amtlichen Angelegenheit.«

Sie schien ihn nicht zu hören, sondern sah ihn nur an, und ihr Mund ging immer weiter auf, ob vor Überraschung oder vor Angst, hätte Brunetti nicht sagen können. Ganz langsam streckte sie die Hand aus und drückte auf einen Knopf auf ihrem Schreibtisch; sie hielt den Finger darauf gepreßt, stand ganz auf, blieb aber sicherheitshalber hinter dem Schreibtisch. So stand sie da, den Finger auf dem Knopf, und starrte Brunetti schweigend an.

Sekunden danach wurde von innen die Tür aufgerissen, und Santomauro trat ins Vorzimmer. Er sah seine Sekretärin, stumm und starr wie Lots Weib, und dann sah er Brunetti an der Tür.

Seine Wut brach sich unvermittelt und vehement Bahn. »Was machen Sie hier? Ich habe dem Vice-Questore am Telefon gesagt, er soll Sie mir vom Hals halten. Hinaus, hinaus aus meinem Büro.« Bei seinen Worten trat die Sekretärin von ihrem Schreibtisch zurück und stellte sich an die Wand. »Hinaus«, brüllte Santomauro jetzt fast. »Ich lasse mich nicht derart belästigen. Ich lasse Sie ...«, fing er an, brach aber ab, als hinter Brunetti ein anderer Mann ins Büro kam, ein Mann, den er nicht erkannte, ein kleiner Mann in einem billigen Baumwollanzug.

»Machen Sie, daß Sie hier rauskommen, beide, gehen Sie in die Questura, wo Sie hingehören«, schrie Santomauro.

»Erkennen Sie diesen Mann wieder, Signor Gravi?« fragte Brunetti.

»Ja, Commissario.«

Bei diesen Worten hielt Santomauro inne, obwohl er den kleinen Mann in dem billigen Anzug noch immer nicht erkannte.

»Sagen Sie mir bitte, woher Sie diesen Mann kennen, Signor Gravi.«

»Das ist der Mann, der bei mir die Schuhe gekauft hat.«

Brunetti wandte sich von Gravi ab und sah zu Santomauro hinüber, der den kleinen Mann im billigen Anzug offenbar inzwischen erkannt hatte. »Und was waren das für Schuhe, Signor Gravi?«

»Ein Paar rote Damenschuhe. Größe einundvierzig.«

31

Santomauros Widerstand brach. Brunetti hatte dieses Phänomen schon oft genug beobachtet, um zu wissen, was sich da abspielte. Gravis Auftauchen in dem Moment, als Santomauro schon glaubte, über alle Gefahren triumphiert zu haben, nachdem die Polizei auf die Vorwürfe in Malfattis Geständnis nicht eingegangen war, kam so plötzlich und wie aus heiterem Himmel, daß Santomauro weder die Zeit noch die Geistesgegenwart hatte, sich eine plausible Geschichte zum Kauf der Schuhe auszudenken.

Zuerst hatte er Gravi angebrüllt, er solle sich aus seinem Büro scheren, aber als der kleine Mann darauf bestanden hatte, er würde Santomauro überall wiedererkennen und wisse genau, daß er diese Schuhe gekauft habe, ließ sich Santomauro seitlich gegen den Schreibtisch seiner Sekretärin sinken, die Arme um die Brust geschlungen, als glaubte er, sich so vor Brunettis stummem Blick und den fragenden Gesichtern der beiden anderen schützen zu können.

»Das ist der Mann, Commissario. Ich bin ganz sicher.«

»Nun, Avvocato Santomauro?« fragte Brunetti, wobei er Gravi mit einer Handbewegung zu schweigen gebot.

»Es war Ravanello«, sagte Santomauro mit hoher, gepreßter Stimme, offenbar den Tränen nah. »Es war seine Idee, alles. Das mit den Wohnungen und den Mieten. Er ist mit dieser Idee zu mir gekommen. Ich wollte nicht mitmachen, aber er hat mir gedroht. Er wußte von den Jungen. Er drohte, es sonst meiner Frau und meinen Kindern zu erzählen. Und dann hat Mascari die Sache mit den Mieten herausbekommen.«

»Wie?«

»Ich weiß es nicht. Über die Unterlagen der Bank. Irgend etwas im Computer. Ravanello hat es mir erzählt. Es war seine

Idee, ihn aus dem Weg zu schaffen.« Für zwei Leute im Zimmer ergab das alles nicht den geringsten Sinn, aber sie schwiegen beide, wie gebannt von Santomauros panischer Angst.

»Ich wollte nichts unternehmen. Aber Ravanello meinte, wir hätten keine Wahl. Wir müßten es tun.« Seine Stimme war, während er sprach, immer leiser geworden, und nun hielt er inne und sah Brunetti an.

»Was mußten Sie tun, Signor Santomauro?«

Santomauro starrte Brunetti an und schüttelte dann den Kopf, wie um ihn nach einem schweren Schlag wieder klar zu bekommen. Dann schüttelte er ihn noch einmal, aber diesmal eindeutig verneinend. Brunetti kannte auch diese Zeichen. »Ich nehme Sie hiermit fest, Signor Santomauro, wegen des Mordes an Leonardo Mascari«

Bei dem Namen starrten Gravi und die Sekretärin Santomauro an, als sähen sie ihn zum erstenmal. Brunetti beugte sich über den Schreibtisch der Sekretärin und rief von ihrem Apparat aus bei der Questura an. Er bestellte drei Mann zum Campo San Luca, um einen Verdächtigen abzuholen und zum Verhör in die Questura zu bringen.

Brunetti und Vianello verhörten Santomauro zwei Stunden lang, und allmählich kam die ganze Geschichte heraus. Es war anzunehmen, daß Santomauro die Wahrheit sagte, soweit es die Einzelheiten des Planes anging, Profit aus den Wohnungen der *Lega* zu schlagen; nicht anzunehmen hingegen war, daß er wahrheitsgemäß sagte, wessen Idee es gewesen war. Er blieb dabei, alles sei Ravanellos Tun gewesen, der Banker sei mit einem fertig ausgearbeiteten Plan zu ihm gekommen, und Ravanello sei es auch gewesen, der Malfatti mit ins Spiel gebracht habe. Überhaupt sei alles von Ravanello: der ursprüngliche Plan, daß sie den ehrenwerten Mascari loswerden mußten, und der Versuch, Brunettis Wagen in die *laguna* abzudrängen. Das alles sei von Ravanello gekommen, alles die Folge seiner krankhaften Habgier.

Und Santomauro? Er stellte sich als schwachen Menschen hin,

einen Mann, der zum Gefangenen der teuflischen Pläne eines anderen wurde, weil der Banker die Macht hatte, seinen Ruf zu ruinieren, seine Familie, sein Leben. Er beteuerte, an der Ermordung Mascaris nicht beteiligt gewesen zu sein, nicht gewußt zu haben, was in jener verhängnisvollen Nacht in Crespos Wohnung geschehen sollte. Als ihm die Schuhe vorgehalten wurden, behauptete er zuerst, er habe sie für den *Carnevale* gekauft, aber als ihm gesagt wurde, man habe sie als die Schuhe identifiziert, die man bei Mascaris Leiche gefunden hatte, erklärte er, sie gekauft zu haben, weil Ravanello es befohlen habe, nicht wissend, wozu sie gedacht waren.

Ja, er hatte einen Anteil der Mieteinnahmen von den Wohnungen der *Lega* genommen, aber er hatte das Geld nicht gewollt; er wollte nur seinen guten Namen schützen. Ja, er war in Crespos Wohnung gewesen, in der Nacht, als Mascari umgebracht wurde, aber Malfatti hatte ihn getötet, und er und Ravanello hatten nicht anders gekonnt, als beim Wegschaffen der Leiche mitzuhelfen. Der Plan? Ravanellos. Malfattis. Und zu dem Mord an Crespo konnte er gar nichts sagen und beteuerte, der Mörder müsse ein gefährlicher Freier gewesen sein, den Crespo mit in die Wohnung genommen habe.

Er malte unfehlbar das Bild eines Mannes, der wie viele andere war, von seinen Gelüsten verführt, dann beherrscht von Angst. Wer konnte einem solchen Mann schon ein gewisses Mitgefühl oder Mitleid versagen?

Und so ging es zwei Stunden lang: Santomauro blieb dabei, unwissentlich an den Verbrechen beteiligt gewesen zu sein, und beteuerte, sein einziges Motiv sei die Sorge um seine Familie gewesen und der Wunsch, ihr die Scham und Schande seines Doppellebens zu ersparen. Je länger Brunetti zuhörte, desto mehr schien ihm Santomauro von der Wahrheit seiner eigenen Worte überzeugt zu sein. Daraufhin brach Brunetti das Verhör ab, angewidert von dem Mann und seinem Gehabe.

Noch am selben Abend war Santomauros Anwalt bei ihm,

und am nächsten Morgen wurde er auf freien Fuß gesetzt, allerdings blieb Malfatti, der ja einen Mord gestanden hatte, in Haft. Noch am selben Tag trat Santomauro als Präsident der *Lega della Moralità* zurück, und die anderen Vorstandsmitglieder forderten eine gründliche Untersuchung seiner Organisationsfehler und seines Fehlverhaltens. So war das also in gewissen Kreisen der Gesellschaft, dachte Brunetti bei sich: Kinderschändung war Fehlverhalten, Morde waren Organisationsfehler.

Am Nachmittag ging Brunetti zur Via Garibaldi und drückte auf die Klingel zu Mascaris Wohnung. Die Witwe fragte, wer da sei, und er nannte Namen und Dienstgrad. In der Wohnung war alles unverändert. Die Läden hielten noch immer die Sonne ab, auch wenn sie die Hitze drinnen einzuschließen schienen. Signora Mascari war dünner. Sie wirkte abwesender.

»Es ist sehr freundlich, daß Sie mich empfangen, Signora«, begann Brunetti, als sie sich gegenüberstanden. »Ich bin gekommen, um Ihnen zu sagen, daß jeder Verdacht von Ihrem Mann genommen ist. Er hatte nichts zu tun mit irgendwelchen Unredlichkeiten; er war das schuldlose Opfer eines gemeinen Verbrechens.«

»Das wußte ich, Commissario. Ich wußte es von Anfang an.«

»Es tut mir leid, daß auch nur für eine Minute ein Verdacht auf Ihren Mann fallen mußte.«

»Es war nicht Ihr Fehler, Commissario. Und ich hatte keinerlei Verdacht.«

»Ich bedaure es trotzdem. Aber die Männer, die seinen Tod verschuldet haben, sind gefaßt.«

»Ja, ich weiß. Ich habe es in den Zeitungen gelesen«, sagte sie, besann sich kurz und meinte dann: »Ich glaube nicht, daß es etwas ändert.«

»Sie werden bestraft, Signora. Das kann ich Ihnen versprechen.«

»Das hilft leider niemandem. Weder mir noch Leonardo.« Als Brunetti Einspruch erheben wollte, schnitt sie ihm das Wort ab und sagte: »Commissario, die Zeitungen können noch so viel darüber berichten, wie es wirklich war, die Leute werden von Leonardo doch nur das im Gedächtnis behalten, was nach der Entdeckung seiner Leiche veröffentlicht wurde, nämlich daß er Frauenkleider trug und vermutlich ein Transvestit war. Und eine Hure.«

»Aber es wird sich herausstellen, daß es nicht so war, Signora.«

»Wer einmal mit Schmutz beworfen wurde, Commissario, an dem bleibt immer etwas kleben. Die Leute denken gern schlecht von anderen, je schlimmer es ist, desto mehr freut es sie. Noch Jahre später werden sie sich, wenn Leonardos Name fällt, an das Kleid erinnern und ihren schmutzigen Gedanken freien Lauf lassen.«

Brunetti wußte, daß sie recht hatte. »Es tut mir leid, Signora.« Etwas anderes konnte er ihr nicht sagen.

Sie beugte sich vor und legte ihre Hand kurz auf die seine. »Für die menschliche Natur kann sich niemand entschuldigen, Commissario. Aber ich danke Ihnen für Ihr Mitgefühl.« Sie zog die Hand wieder fort. »Gibt es sonst noch etwas?«

Brunetti verstand, daß er damit entlassen war, verneinte und ließ sie allein, allein in der abgedunkelten Wohnung.

In der Nacht entlud sich ein schweres Gewitter über der Stadt, riß Ziegel von den Dächern, schleuderte Geranientöpfe auf die Straße, entwurzelte Bäume in den Parks. Es schüttete drei Stunden lang wie aus Kübeln, so daß die Regenrinnen überliefen und Müllsäcke in die Kanäle gefegt wurden. Auf den Regen folgte eine plötzliche Kälte, die in die Schlafzimmer kroch und die Schläfer zwang, sich aneinanderzukuscheln. Brunetti, der allein war, mußte gegen vier Uhr aufstehen und sich eine Decke aus dem Schrank holen. Er schlief bis kurz vor neun, beschloß dann, erst nach der Mittagspause in die Questura zu gehen, und zwang sich, wieder einzuschlafen. Nach zehn stand er auf, machte sich

Kaffee und duschte lange, zum erstenmal seit Monaten froh über das warme Wasser. Er stand auf der Terrasse, schon angezogen, das Haar noch feucht, in der Hand die zweite Tasse Kaffee, als er aus der Wohnung hinter sich ein Geräusch hörte. Er drehte sich um, die Tasse an den Lippen, und sah Paola. Dann Chiara, und dann Raffaele.

»Ciao, papà«, rief Chiara begeistert und warf sich in seine Arme.

»Was ist denn passiert?« fragte er, während er sie an sich drückte, aber dabei nur ihre Mutter sah.

Chiara entzog sich ihm und grinste. »Sieh dir mal mein Gesicht an, *papà*.«

Er tat es, und nie hatte er ein hübscheres Gesicht gesehen. Er sah, daß sie viel in der Sonne gewesen war.

»Oh, *papà*, siehst du's denn nicht?«

»Sehe ich was nicht, Schätzchen?«

»Ich habe die Masern, und sie haben uns rausgeworfen.«

Obwohl die frühherbstliche Kühle in der Stadt blieb, brauchte Brunetti in dieser Nacht keine Decke.

DONNA LEON

Vendetta

Roman

Aus dem Amerikanischen
von Monika Elwenspoek

Weltbild

Für Toni Sepeda und
Craig Manley

Questo è il fin di chi fa mal!
E de' perfidi la morte
alla vita è sempre ugual.

Dies ist das Ende dessen, der Böses tut!
Und der Bösewichter Ende
ist ihrem Leben immer angemessen.

DON GIOVANNI

1

Am letzten Dienstag im September fiel in den Bergen zwischen Norditalien und Österreich der erste Schnee, gut einen Monat bevor damit normalerweise zu rechnen war. Das Unwetter kam ganz plötzlich, herangetragen von dicken Wolken, die ohne Vorwarnung aus dem Nichts heraufzogen. Innerhalb kürzester Zeit waren die Paßstraßen oberhalb von Tarvisio tödlich glatt. Es hatte vier Wochen nicht geregnet, und so lag dieser erste Schnee auf einem Untergrund, der schon von einer öligen Schmiere überzogen war.

Es war eine unheilvolle Kombination für einen Schwertransporter mit rumänischen Nummernschildern, auf dessen Ladepapieren 10 Kubikmeter Kiefernbretter standen. Kurz vor Tarvisio, in einer Kurve der Auffahrt zur Autostrada und somit zu den wärmeren, sichereren Straßen Italiens, bremste der Fahrer zu scharf und verlor die Kontrolle über das Ungetüm, das mit fünfzig Stundenkilometern von der Straße abkam. Die Räder pflügten tiefe Furchen in die noch ungefrorene Erde, während der Aufbau Bäume umknickte und eine lange Schneise bis hinunter zum Grund der Schlucht riß, wo der Laster schließlich gegen eine Felswand prallte, regelrecht aufplatzte und seine Ladung in weitem Umkreis verstreute.

Die ersten Männer am Ort des Geschehens, Fahrer anderer Schwertransporter, die ohne nachzudenken anhielten, um einem der Ihren zu Hilfe zu eilen, liefen zuerst zum Führerhaus, aber für den Fahrer kam jede Hilfe zu spät. Er hing in seinem Sicherheitsgurt halb aus der Kabine heraus, sein Schädel eingeschlagen von dem dicken Ast, der bei der Schußfahrt des schweren Gefährts dessen Fahrertür abgerissen hatte. Der Fahrer einer Ladung Schweine, die zum Schlachten nach Italien gebracht wurden, stieg über die Reste der Motorhaube und spähte durch die zersplitterte Windschutzscheibe. Der Beifahrersitz war leer, und so begann der Suchtrupp, der sich inzwischen gebildet hatte, nach dem offenbar herausgeschleuderten zweiten Fahrer zu suchen.

Vier Fahrer von Lastern verschiedener Größen kletterten den Abhang hinunter; ein fünfter blieb oben an der Straße, um Warnleuchten aufzustellen und über sein Funkgerät die *polizia stradale* herbeizurufen. Es fiel immer noch Schnee in dicken Flocken, weshalb es ein Weilchen dauerte, bevor einer der Männer den verdrehten Körper auf dem oberen Drittel des Hangs liegen sah. Zwei von ihnen rannten hin, auch sie in der Hoffnung, daß wenigstens einer der Fahrer den Unfall überlebt hatte.

Rutschend, in ihrer Hast auch immer wieder auf die Knie fallend, kämpften die Männer sich durch den Schnee, den der Laster so mühelos weggepflügt hatte. Der erste kniete neben der reglos auf dem Rücken liegenden Gestalt nieder und fing an, die dünne weiße Schicht von dem Körper zu bürsten, um zu sehen, ob er noch atmete. Aber dann verfingen sich seine Finger in langen Haaren, und als er den Schnee vom Gesicht wischte, kamen darunter unverkennbar die zarten Wangenknochen einer Frau zum Vorschein.

Er hörte einen der anderen Fahrer von unten etwas rufen. Als er sich umdrehte, sah er durch den noch immer rieselnden Schnee hindurch den anderen ein paar Meter links von der Spur, die der Laster bei seinem Sturz hinterlassen hatte, neben etwas knien.

»Was ist?« rief er, während er behutsam die Finger an den Hals der Frau legte und an dem grotesk verdrehten Körper ein Lebenszeichen zu ertasten versuchte.

»Das ist eine Frau«, schrie der zweite. Und gerade als er fühlte, daß in dem Hals unter seiner Hand kein Lebensfünkchen mehr war, rief der andere zu ihm herauf: »Sie ist tot.«

Später sagte der erste Fahrer, der hinter dem verunglückten Laster gesucht hatte, er habe geglaubt, der Wagen habe eine Ladung Schaufensterpuppen transportiert. Da lagen sie hinter den zerborstenen Hecktüren im Schnee herum, mindestens ein halbes Dutzend. Eine schien sogar zwischen den Brettern eingeklemmt zu sein, die im Laderaum umhergerutscht waren, denn sie hing halb von der hinteren Ladefläche herunter, die Beine unter den Bretterstapeln, die so gut zusammengeschnürt waren, daß selbst der Aufprall auf den Fels sie nicht hatte auseinanderreißen können. Aber dann habe er sich, wie er sagte, gewundert, seit wann Schaufensterpuppen denn Mäntel trugen. Und wovon der Schnee um sie herum so rot war.

2

Die *polizia stradale* brauchte über eine halbe Stunde, und als sie schließlich ankam, mußte sie erst einmal die Unfallstelle absichern und die kilometerlangen Staus auflösen, die sich in beiden Richtungen gebildet hatten, weil die durch die Straßenverhältnisse schon vorsichtig gewordenen Verkehrsteilnehmer noch langsamer fuhren, um durch das große Loch in der eisernen Leitplanke nach unten zu gaffen, dahin, wo die Lkw-Leiche lag. Zwischen den anderen Leichen.

Sowie der erste Beamte, der nicht verstehen konnte, was die Lastwagenfahrer ihm zuriefen, die verstümmelten Leiber neben dem Wrack sah, kletterte er den Hang wieder hinauf und rief über Funk die Carabinieristation in Tarvisio an. Die Reaktion auf seinen Hilferuf kam rasch, und schon bald vergrößerte sich das Verkehrschaos durch die Ankunft zweier Wagen mit sechs schwarzuniformierten Carabinieri. Sie stellten ihre Autos auf den Randstreifen und schlitterten den Hang hinunter zu dem Laster. Als sie feststellten, daß die Frau, deren Beine unter den Brettern auf der Ladefläche eingeklemmt waren, noch lebte, verloren die Carabinieri sofort jedes Interesse an der Verkehrslage.

Die nun folgende Szene war so wirr, daß sie hätte komisch sein können, wäre sie nicht so absurd gewesen. Der Bretterstapel auf den Beinen der Frau war mindestens zwei Meter hoch; man hätte ihn leicht mit einem Kran hochheben können, aber es war nicht möglich, einen Kran den Hang hinunterzubringen. Natürlich konnten die Männer den Stapel abräumen, aber dazu hätten sie daraufsteigen müssen und hätten sein Gewicht nur noch vergrößert.

Der jüngste der Carabinieri-Offiziere kauerte, fröstelnd in der bitteren Kälte der nahenden Bergnacht, hinter dem Lastwagen. Seine wattierte Uniformjacke war über den sichtbaren Teil der eingeklemmten Frauengestalt gebreitet. Ihre Beine verschwanden von den Oberschenkeln abwärts in einem kompakten Holzstapel wie auf einem besonders wunderlichen Gemälde von Magritte.

Er sah, daß sie jung und blond war, aber er sah auch, daß sie seit seiner Ankunft schon merklich blasser geworden war. Sie lag auf der Seite, die Wange auf den Wellblechboden des Lasters gepreßt. Ihre Augen waren geschlossen, doch sie schien noch zu atmen.

Hinter sich hörte er etwas Schweres auf den Wagenboden fallen. Die anderen fünf Männer krochen wie die Ameisen auf beiden Seiten des Bretterstapels entlang und zerrten an den einzelnen Packen, um ihn von oben her abzutragen. Immer wenn sie wieder einen abgeworfen hatten, sprangen sie hinterher, hoben ihn auf und wuchteten ihn durch die Hecktür hinaus, vorbei an dem Mädchen und dem jungen Monelli.

Und jedesmal, wenn sie an Monelli vorbeikamen, sahen sie, daß die Blutlache, die unter den Brettern hervorquoll, wieder etwas näher an seine Knie heranreichte. Dennoch zerrten sie weiter an den Brettern herum, rissen sich die Hände auf, zeitweise wie von Sinnen in ihrem Drang, das Mädchen zu befreien. Selbst nachdem Monelli schon seine Jacke über das Gesicht des Mädchens gezogen hatte und aufgestanden war, rissen zwei von ihnen noch Bretter von dem Stapel und schleuderten sie hinaus in die zunehmende Dunkelheit. Sie fuhren damit fort, bis ihr Sergente zu jedem einzelnen hinging und ihm die Hand auf die Schulter legte, um ihm zu bedeuten, daß er jetzt aufhören könne. Da wurden sie ruhiger und widmeten sich ihrer Routinearbeit der Unfallaufnahme. Bis sie damit fertig waren und in Tarvisio Krankenwagen angefordert hatten, um die Toten wegzubringen, war weiterer Schnee gefallen; mittlerweile war es ganz dunkel, und der Verkehrsstau reichte bis zur Grenze nach Österreich.

Man konnte bis zum nächsten Morgen nichts mehr tun, aber die Carabinieri stellten sicherheitshalber zwei Posten auf, denn sie wußten um die Faszination, die für manche Menschen von einem Ort des Todes ausgeht, und fürchteten, daß Spuren vernichtet oder Beweisstücke entwendet werden könnten, wenn das Wrack über Nacht unbewacht blieb.

Die Morgendämmerung zog, wie oft in dieser Jahreszeit, mit rosigen Wölkchen herauf, und gegen zehn Uhr war der Schnee nur noch eine Erinnerung. Doch das Wrack des Lastwagens blieb, ebenso die tiefen Schürfwunden, die zu ihm hinunterführten. Im Laufe des Tages wurde die Ladung geborgen und in einiger Entfernung aufgestapelt. Während die Carabinieri damit beschäftigt waren, schimpfend über die Schwerarbeit, die Holzsplitter und den Morast unter ihren Stiefeln, machte ein Spurensicherungsteam sich über die Fahrerkabine her, nahm Fingerabdrücke und steckte alle Papiere und sonstigen Gegenstände in etikettierte und numerierte Plastikbeutel. Der Fahrersitz war durch die Wucht des letzten Aufpralls aus der Verankerung gerissen worden; die beiden Männer, die in der Kabine arbeiteten, lösten ihn vollends heraus und entfernten den Bezug aus Kunststoff und Textilfaser, fanden aber nicht, was sie suchten. Auch entdeckten sie nichts in irgendeiner Weise Verdächtiges hinter der Kunststoffverkleidung der Kabine.

Erst im Laderaum kam etwas Ungewöhnliches zum Vorschein: acht Plastiktüten, wie man sie in Supermärkten bekommt, jede mit Frauenkleidung zum Wechseln, dazu in der einen noch ein kleines Gebetbuch in einer Sprache, die von einem der Männer als Rumänisch identifiziert wurde. Aus den Kleidungsstükken waren alle Etiketten herausgetrennt, und, wie sich zeigte, auch aus dem, was die acht bei dem Unfall getöteten Frauen am Leib getragen hatten.

An Papieren fand sich in der Fahrerkabine nichts weiter, als was man dort erwartete: der Paß des Fahrers, sein Führerschein, Versicherungsunterlagen, Zollerklärungen, Frachtbriefe und eine Rechnung mit dem Namen des Holzhändlers, an den die Ladung geliefert werden sollte. Die Papiere des Fahrers waren rumänisch, die Zollerklärungen in Ordnung; die Ladung war für eine Sägemühle in Sacile bestimmt, einer kleinen Stadt etwa hundert Kilometer weiter südlich.

Keine weiteren Erkenntnisse waren aus dem Wrack des Lastwagens zu gewinnen, das unter großen Schwierigkeiten und mit enormen Verkehrsbehinderungen von drei Abschleppwagen mit Winden hochgezogen und oben auf einen Tieflader verfrachtet wurde, der es zu seinem rumänischen Besitzer zurückbrachte. Das Holz wurde schließlich doch noch an die Sägemühle in Sacile geliefert, die sich weigerte, die Zusatzkosten zu übernehmen.

Über den merkwürdigen Tod der acht Frauen wurde in der österreichischen und italienischen Presse unter Schlagzeilen wie *Der Todeslaster* und *Il Camion della Morte* berichtet. Die Österreicher waren irgendwie an drei Fotos von den im Schnee liegenden Leichen gekommen, die sie zusammen mit dem Artikel veröffentlichten. Es wurde wild spekuliert: Wirtschaftsflüchtlinge? Illegale Arbeiterinnen? Der Zusammenbruch des Kommunismus machte die früher sonst unweigerliche Schlußfolgerung gegenstandslos: Spione. Das Rätsel wurde letzten Endes nie gelöst, und die Ermittlungen versandeten irgendwo zwischen dem Unvermögen der rumänischen Behörden, Anfragen zu beantworten oder Papiere zurückzuschicken, und dem erlahmenden Interesse der Italiener. Die Leichen der Frauen und des Fahrers wurden per Flugzeug nach Bukarest zurückgeschickt, wo man sie unter der schweren Erde und der noch schwereren Bürokratie ihres Heimatlandes begrub.

Das Ereignis verschwand schnell wieder aus den Zeitungen, verdrängt durch die Schändung eines jüdischen Friedhofs in Mailand und die Ermordung eines weiteren Richters. Vor ihrem Verschwinden wurde die Geschichte allerdings noch von Professoressa Paola Falier gelesen, Dozentin für englische Literatur an der Universität von Ca' Foscari in Venedig und, für diese Geschichte nicht ganz nebensächlich, Frau von Guido Brunetti, Commissario der Polizei in ebendieser Stadt.

3

Carlo Trevisan, Avvocato Carlo Trevisan, um ihm den Titel zu geben, mit dem er sich am liebsten anreden ließ, war ein Mann mit ganz normaler Vergangenheit, was nicht im mindesten dagegen sprach, daß er ein Mann mit grenzenloser Zukunft war. Geboren in Trient unweit der österreichischen Grenze, hatte er in Padua Jura studiert und, von allen Professoren einhellig gelobt, ein glänzendes Examen abgelegt. Danach hatte er eine Stelle in einer Anwaltskanzlei in Venedig angenommen, wo er bald zum Experten für internationales Recht wurde, einer der wenigen Juristen in der Stadt, die sich für dieses Gebiet interessierten. Nach nur fünf Jahren verließ er diese Kanzlei und gründete seine eigene, mit Schwerpunkt auf internationalem und Gesellschaftsrecht.

Italien ist ein Land, in dem man viele Gesetze an einem Tag erläßt, nur um sie am nächsten wieder aufzuheben. Und es ist auch nicht weiter verwunderlich, daß in einem Land, in dem selbst der simpelste Zeitungsartikel oft nicht zu verstehen ist, manchmal beträchtliche Unsicherheit hinsichtlich der genauen Bedeutung eines Gesetzes besteht. Die sich daraus ergebenden vielfachen Auslegungsmöglichkeiten schaffen ein äußerst günstiges Klima für Anwälte, die für sich in Anspruch nehmen, die Gesetze zu verstehen. Zu diesen also gehörte Avvocato Carlo Trevisan.

Weil er ebenso fleißig wie ehrgeizig war, ging es Avvocato Trevisan ausgezeichnet. Da er sich vorteilhaft verheiratete, nämlich mit der Tochter eines Bankers, konnte er mit vielen der erfolgreichsten und mächtigsten Industriellen und Banker des Veneto verwandtschaftlichen und freundschaftlichen Umgang pflegen. Seine Praxis wuchs in gleichem Maße wie seine Taille, und bis zu dem Jahr, in dem er fünfzig wurde, beschäftigte Avvocato Trevisan in seiner Kanzlei sieben angestellte Anwälte, von denen keiner ein Teilhaber war. Einmal in der Woche besuchte er die Messe in Santa Maria del Giglio, zweimal hatte er im Stadtrat von Venedig gesessen und sich verdient gemacht; außerdem hatte er zwei Kinder, einen Sohn und eine Tochter, beide intelligent und schön.

Am Dienstag vor dem Fest der Madonna della Salute im November verbrachte Avvocato Trevisan den Nachmittag in Padua, wohin ihn Francesco Urbani gebeten hatte, ein Mandant, der sich vor kurzem entschlossen hatte, seine Frau nach siebenundzwanzig Ehejahren um die Trennung zu bitten. Während der zwei Stunden, in denen die beiden Männer zusammensaßen, schlug Trevisan vor, Urbani solle bestimmte Gelder außer Landes schaffen, vielleicht nach Luxemburg, und sofort seine Anteile an den beiden Fabriken in Verona verkaufen, die er mit einem anderen in stiller Teilhaberschaft besaß. Die Erlöse aus diesen Transaktionen, so Trevisan, könnten rasch den anderen Geldern außer Landes folgen.

Nach diesem Termin, den Trevisan so gelegt hatte, daß er mit seiner nächsten Verabredung zusammenpaßte, ging der Avvocato zu einem allwöchentlichen Abendessen mit einem Geschäftsfreund. Die Woche davor hatte man sich in Venedig getroffen, also war heute Padua an der Reihe. Wie alle ihre Zusammenkünfte war auch diese von der Jovialität geprägt, die aus Erfolg und Wohlstand erwächst. Gutes Essen, guter Wein und gute Nachrichten.

Trevisans Geschäftsfreund fuhr ihn zum Bahnhof, wo er wie immer den Intercity nach Triest bestieg, der um 22.15 Uhr in Venedig hielt. Obwohl er eine Fahrkarte für die 1. Klasse hatte, die sich im hinteren Teil des Zuges befand, ging Trevisan durch die fast leeren Wagen nach vorn und nahm in einem Abteil der 2. Klasse Platz: Wie alle Venezianer setzte auch er sich lieber in den vorderen Teil des Zuges, um nicht den ganzen Bahnsteig entlanggehen zu müssen, wenn sie im Bahnhof Santa Lucia hielten.

Er öffnete seinen kalbsledernen Aktenkoffer auf dem gegenüberliegenden Sitz und zog einen Prospekt heraus, den er kürzlich von der Banque Generale du Luxembourg zugeschickt bekommen hatte, mit einem Zinsangebot bis zu 18 %, allerdings nicht für Konten in italienischen Lire. Aus einem Fach im Deckel des Aktenkoffers zog er einen Taschenrechner, schraubte seinen Montblanc auf und machte auf einem Blatt Papier ein paar Überschlagsrechnungen.

Die Tür zu seinem Abteil wurde aufgeschoben, und Trevisan drehte sich zur Seite, um seine Fahrkarte aus der Manteltasche zu nehmen und sie dem Schaffner zu geben. Aber die Person, die da stand, wollte von Avvocato Carlo Trevisan etwas anderes als die Fahrkarte.

Seine Leiche wurde von der Schaffnerin Cristina Merli entdeckt, während der Zug die Lagune überquerte, die Venedig von Mestre trennt. Als sie an dem Abteil vorbeiging, in dem der gutgekleidete Herr ans Fenster gelehnt schlief, wollte sie ihn zuerst nicht wegen einer Fahrkartenkontrolle wecken, doch dann fiel ihr ein, wie viele Reisende ohne Fahrkarte, auch gutgekleidete, auf dieser kurzen Fahrt über die Lagune Schlaf vortäuschten, um auf diese Weise unbehelligt 1000 Lire zu sparen. Außerdem würde er, wenn er eine Fahrkarte besaß, froh sein, geweckt zu werden, bevor der Zug im Bahnhof einfuhr, besonders wenn er das Einserboot zur Rialtobrücke erreichen wollte, das genau drei Minuten nach Ankunft des Zuges vom *embarcadero* losmachte.

Sie schob die Tür auf und trat in das kleine Abteil. *»Buona sera, signore. Il Suo biglietto, per favore.«*

Als sie später darüber berichtete, glaubte sie sich an den Geruch zu erinnern und meinte, er sei ihr gleich aufgefallen, als sie die Tür des überheizten Abteils öffnete. Sie machte zwei Schritte auf den Schlafenden zu und wiederholte mit erhobener Stimme: *»Il Suo biglietto, per favore.«* Schlief er so fest, daß er sie nicht hörte? Unmöglich. Er hatte bestimmt keine Fahrkarte und versuchte jetzt, um das unvermeidliche Bußgeld herumzukommen. Im Lauf der Jahre, die sie in Zügen verbracht hatte, war Cristina Merli dahin gekommen, diesen Augenblick fast zu genießen: Ausweis verlangen, Fahrkarte ausstellen und die Strafe kassieren. Ebenso hatte sie ihren Spaß an den vielfältigen Ausreden, die sie zu hören bekam, alle inzwischen so vertraut, daß sie sie im Schlaf hätte hersagen können: Ich muß sie verloren haben; der Zug fuhr schon an, und ich wollte ihn nicht verpassen; meine Frau sitzt mit den Fahrkarten in einem anderen Abteil.

Da ihr das alles durch den Kopf ging und sie wußte, daß sie nun am Ende der langen Fahrt, die in Turin begonnen hatte, auch noch aufgehalten würde, reagierte sie ungehalten, vielleicht sogar grob.

»Bitte, Signore, wachen Sie auf, zeigen Sie mir Ihre Fahrkarte«, sagte sie, wobei sie sich über ihn beugte und ihn an der Schulter rüttelte. Kaum hatte sie ihn angefaßt, kippte der Mann vom Fenster weg, fiel vornüber und glitt vom Sitz auf den Boden. Im Fallen verrutschte sein Jackett, und sie sah das blutdurchtränkte Hemd. Der unverkennbare Gestank von Urin und Kot drang ihr in die Nase.

»Maria Vergine«, japste sie und trat sehr langsam rückwärts aus dem Abteil. Von links sah sie zwei Männer auf sich zukommen, Passagiere auf dem Weg zur vorderen Tür des Wagens. »Tut mir leid, meine Herren, die vordere Tür klemmt. Benutzen Sie bitte die hintere.« An solche Dinge gewöhnt, drehten die beiden um und gingen zum hinteren Teil des Wagens zurück. Cristina Merli warf einen Blick aus dem Fenster und sah, daß der Zug fast das Ende der Brücke erreicht hatte. Es konnte nur noch einen Moment dauern, bis er im Bahnhof hielt. Dann würden sich die Türen öffnen, die Passagiere würden aussteigen und alle Erinnerungen an die Fahrt und an die Menschen mitnehmen, die sie unterwegs auf den Gängen des langen Zuges gesehen haben mochten. Sie hörte das vertraute Rumpeln und Poltern, mit dem der Zug aufs richtige Gleis gelenkt wurde, dann schob sich die Lok schon unters Bahnhofsdach.

Sie war seit fünfzehn Jahren bei der Bahn und hatte so etwas noch nie erlebt, aber sie tat das einzige, was ihr einfiel: Sie ging ins Nachbarabteil und griff nach der Notbremse. Sie zog und hörte das leise ›Schnipp‹, mit dem der mürbe Faden riß. Dann wartete sie, nicht ohne eine kühle, fast wissenschaftliche Neugier, was passieren würde.

4

Die Räder blockierten, und der Zug kam kreischend zum Stehen; in den Gängen wurden Fahrgäste zu Boden geworfen, in den Abteilen fielen Reisende ihrem wildfremden Gegenüber auf den Schoß. Sekunden später wurden Fenster heruntergezogen, Köpfe schauten heraus und wandten sich suchend nach beiden Seiten, um zu sehen, was der Grund für diesen plötzlichen Halt war. Cristina Merli öffnete das Fenster im Gang, froh über die beißende Winterluft, und streckte den Kopf hinaus, um abzuwarten, wer nun kommen würde. Es waren dann zwei Uniformierte der *polizia ferroviaria,* die den Bahnsteig entlanggerannt kamen. Sie beugte sich hinaus und winkte ihnen. »Hier, hierher.« Da sie nicht wollte, daß außer der Polizei noch jemand hörte, was sie zu sagen hatte, schwieg sie, bis die beiden direkt unter ihrem Fenster angekommen waren.

Nachdem sie ihnen alles erklärt hatte, lief der eine in den Bahnhof zurück; der andere ging nach vorn, um dem Lokführer Bescheid zu sagen. Im Schrittempo bewegte der Zug sich nach zwei vergeblichen Ansätzen in den Bahnhof, wo er schließlich an der gewohnten Stelle auf Gleis 5 zum Stehen kam. Auf dem Bahnsteig standen ein paar Leute, die entweder jemanden abholen oder selbst in den Nachtzug nach Triest steigen wollten. Als die Türen nicht aufgingen, steckten sie die Köpfe zusammen und fragten einander, was los sei. Eine Frau, die annahm, es handle sich schon wieder um einen Streik, ließ ihren Koffer fallen und riß die Arme in die Luft. Während die Reisenden noch palavernd herumstanden und allmählich ungehalten wurden ob der unerklärten Verzögerung, in der sie einen neuerlichen Beweis für die Unzulänglichkeit der Bahn sahen, erschienen am Kopfende des Bahnsteigs sechs Polizisten mit Maschinenpistolen und schritten die Wagen entlang, wobei an jedem zweiten einer Stellung bezog. An den Fenstern tauchten weitere Köpfe auf, Männer brüllten wütend herum, aber was da auch alles gesagt wurde, niemand hörte darauf. Die Zugtüren blieben geschlossen.

Nachdem das einige lange Minuten so gegangen war, informierte jemand den Sergente, der das Kommando führte, daß der Zug eine Sprechanlage habe. Der Sergente stieg in die Lok und begann den Passagieren zu erklären, daß im Zug ein Verbrechen geschehen sei und sie sich so lange gedulden müßten, bis die Polizei ihre Personalien aufgenommen habe.

Als er geendet hatte, entriegelte der Lokführer die Türen, und die Polizisten stiegen in den Zug. Dummerweise hatte niemand daran gedacht, auch den Leuten auf dem Bahnsteig eine Erklärung zu geben, weshalb diese nun ebenfalls in den Zug drängten und sich rasch unter die anderen Fahrgäste mischten. Zwei Männer im zweiten Wagen versuchten sich mit der Bemerkung an dem Beamten im Gang vorbeizudrängeln, sie hätten nichts gesehen, wüßten nichts und seien sowieso schon spät dran. Der Beamte hielt seine Maschinenpistole quer vor die Brust, womit er wirkungsvoll den Gang versperrte und die Männer in ein Abteil abdrängte, wo sie sich murrend über die Arroganz der Polizei und ihre Rechte als Bürger ausließen.

Am Ende stellte sich heraus, daß sich im Zug außer denen, die mit den Polizisten eingestiegen waren, nur vierunddreißig Personen befanden. Nach einer halben Stunde hatte die Polizei von allen die Namen und Adressen notiert und sie gefragt, ob ihnen unterwegs etwas Ungewöhnliches aufgefallen sei. Zwei erinnerten sich an einen dunkelhäutigen Hausierer, der den Zug in Vicenza verlassen habe, einer wollte kurz vor Verona einen Mann mit langen Haaren aus der Toilette kommen gesehen haben, und irgend jemand hatte in Mestre eine Frau mit Pelzhut aussteigen sehen, aber sonst hatte keiner etwas in irgendeiner Weise Ungewöhnliches bemerkt.

Als es schon so aussah, als sollte der Zug die ganze Nacht stehenbleiben, und Leute die Telefone zu stürmen begannen, um ihre Verwandten in Triest anzurufen und zu sagen, daß mit ihrer Ankunft nicht mehr zu rechnen sei, fuhr eine Lokomotive rückwärts an den letzten Wagen und machte ihn so unvermittelt zum ersten. Drei Arbeiter in blauen Anzügen krochen unter den Zug und kuppelten den Wagen, in dem der Tote lag, vom Rest des Zuges ab. Ein Schaffner lief den Bahnsteig entlang und rief: *»In partenza, in partenza, siamo in partenza«*, und die Fahrgäste stiegen eilig ein. Der Schaffner schlug eine Tür zu, dann noch eine und sprang schließlich, gerade als der Zug langsam aus der Bahnhofshalle zu rollen begann, selbst hinein. Indessen versuchte Cristina Merli im Büro des Bahnhofsvorstehers zu erklären, warum man sie für das Ziehen der Notbremse nicht mit einer Million Lire bestrafen dürfe.

5

Guido Brunetti erfuhr von dem Mord an Avvocato Carlo Trevisan erst am nächsten Morgen, und zwar auf wenig polizeigerechte Weise, nämlich aus den schreienden Schlagzeilen des *Gazzettino*, desselben Blattes, das zweimal Avvocato Trevisans Wahl in den Stadtrat laut begrüßt hatte. *Avvocato assassinato sul Treno,* brüllte die Schlagzeile, während *La Nuova,* wie stets dem Dramatischen zugeneigt, von *Il Treno della Morte* sprach. Brunetti sah diese Schlagzeilen auf dem Weg zur Arbeit, kaufte beide Blätter und blieb dann lesend mitten auf der Ruga Orefici stehen, während die morgendlichen Passanten unbeachtet an ihm vorbeigingen. Die Meldungen nannten nur die kargen Fakten: Im Intercity erschossen, Leiche bei Fahrt über Lagune entdeckt, übliche polizeiliche Ermittlungen.

Brunetti sah auf und ließ den Blick über die Obst- und Gemüsestände schweifen, ohne etwas zu sehen. »Übliche polizeiliche Ermittlungen«? Wer hatte letzte Nacht Dienst gehabt? Warum hatte man ihn nicht gerufen? Und wenn schon nicht ihn, welchen seiner Kollegen dann?

Er wandte sich vom Zeitungskiosk ab und setzte seinen Weg zur Questura fort, wobei er im Geiste die verschiedenen Fälle durchging, an denen sie jeweils arbeiteten, um sich schon einmal auszurechnen, wer wohl jetzt mit diesem betraut würde. Brunetti selbst stand gerade kurz vor dem Abschluß einer Ermittlung, die mit dem gigantischen, wenn auch auf venezianische Maßstäbe verkleinerten Spinnennetz aus Bestechung und Korruption zu tun hatte, das sich in den letzten Jahren von Mailand her ausgebreitet hatte. Da waren Superschnellstraßen auf dem Festland gebaut worden, eine davon als Zubringer zum Flughafen, Milliarden Lire waren dafür ausgegeben worden. Und erst nach Fertigstellung hatte man sich überhaupt Gedanken darüber gemacht, daß der Flughafen mit seinen täglich kaum hundert Starts und Landungen bereits bestens durch Straßen, Busse, Taxis und Boote mit der Stadt verbunden war. Erst da war man auf die Idee gekommen, den enormen Aufwand an öffentlichen Geldern für eine Straße in Frage zu stellen, die auch beim allerbesten Willen nicht als in irgendeiner Weise notwendig bezeichnet werden konnte. Daher die Einschaltung von Brunetti, die Sperrung der Zahlungen und der Erlaß eines Haftbefehls gegen den Bauunternehmer, dessen Firma den Löwenanteil der Straßenbauarbeiten ausgeführt hatte, sowie gegen die drei Stadtratsmitglieder, die sich am lautesten für die Vergabe des Auftrags an diese Firma eingesetzt hatten.

Ein weiterer Commissario war mit dem Kasino beschäftigt, dessen Croupiers wieder einmal einen Weg gefunden hatten, das System zu überlisten und einen Prozentsatz für sich abzuzweigen. Der dritte ermittelte immer noch in Mestre gegen einige von der Mafia kontrollierte Geschäfte, ein Fall, der offenbar nirgendwo an eine Grenze stieß und leider auch kein Ende nahm.

So war es keine Überraschung für Brunetti, als er bei seiner Ankunft in der Questura von den Wachen am Eingang mit den Worten begrüßt wurde: »Er will Sie sprechen.« Wenn Vice-Questore Patta ihn so früh schon sprechen wollte, war er letzte Nacht womöglich selbst gerufen worden, nicht einer der Commissari. Und wenn Patta den Mord so interessant fand, daß er um diese Morgenstunde schon anwesend war, dann mußte Trevisan wichtiger oder einflußreicher gewesen sein, als Brunetti sich klargemacht hatte.

Er ging in sein Büro, hängte seinen Mantel auf und sah sich seinen Schreibtisch an. Dort lag nichts, was nicht schon dagelegen hatte, als er gestern abend wegging, woraus er schloß, daß alle eventuell schon vorhandenen Unterlagen sich in Pattas Büro befanden. Er nahm die Hintertreppe nach unten und trat in Pattas Vorzimmer. Hinter ihrem Schreibtisch saß, als warte sie hier nur auf die Fotografen von *Vogue*, Signorina Elettra Zorzi, heute, wie die Lilien auf dem Felde, in einem weißen Crêpe-de-Chine-Kleid, das in schrägen, aber ausgesprochen provokativen Falten über ihren Busen fiel.

»Buon giorno, commissario«, sagte sie und blickte lächelnd von der Zeitschrift hoch, die aufgeschlagen auf ihrem Schreibtisch lag.

»Trevisan?« fragte Brunetti.

Sie nickte. »Er telefoniert schon seit zehn Minuten. Mit dem Bürgermeister.«

»Wer hat wen angerufen?«

»Der Bürgermeister ihn«, antwortete Signorina Elettra. »Warum? Ist das wichtig?«

»Ja. Es bedeutet wahrscheinlich, daß wir nichts in der Hand haben.«

»Wieso?«

»Wenn er den Bürgermeister angerufen hätte, dann hieße das, er fühlt sich in irgendeinem Punkt sicher genug, um ihm mitzuteilen, daß wir schon einen Verdächtigen haben oder bald mit einem Geständnis rechnen können. Wenn der Bürgermeister ihn angerufen hat, kann das nur heißen, daß Trevisan ein bedeutender Mann war und sie die Sache schnell erledigt sehen wollen.«

Signorina Elettra klappte ihre Zeitschrift zu und legte sie beiseite. Brunetti erinnerte sich noch, daß sie zu Beginn ihrer Tätigkeit für Patta die Hefte immer in der Schublade verschwinden ließ, wenn sie nicht darin las; jetzt machte sie sich nicht einmal mehr die Mühe, sie mit der Schrift nach unten hinzulegen.

»Wann ist er gekommen?« erkundigte sich Brunetti.

»Um halb neun.« Und bevor er noch weiterfragen konnte, sagte sie: »Ich war schon hier und habe ihm erklärt, daß Sie bereits im Haus waren, aber wieder weggegangen sind, um mit Leonardis Dienstmädchen zu sprechen.« Er hatte sich gestern nachmittag im Zuge seiner Ermittlungen gegen die Baufirma mit dieser Frau unterhalten und nichts erfahren.

»Grazie«, sagte er. Brunetti hatte es schon mehr als einmal merkwürdig gefunden, daß Signorina Elettra mit ihrem angeborenen Hang zum Flunkern sich ausgerechnet eine Arbeit bei der Polizei gesucht hatte.

Sie warf einen Blick auf ihren Schreibtisch, wo ein rotes Lämpchen an ihrem Telefon zu blinken aufgehört hatte. »Er ist fertig«, sagte sie.

Brunetti nickte und klopfte an Pattas Tür, wartete auf das *»Avanti«* von drinnen und ging hinein.

Obwohl der Vice-Questore so früh gekommen war, hatte er offenbar genügend Zeit für seine Toilette gehabt: Der Duft eines durchdringenden After-shave hing in der Luft, und Pattas gutgeschnittenes Gesicht glänzte frisch. Die Krawatte aus Wolle, der Anzug Seide: kein Sklave der Tradition, der Vice-Questore. »Wo waren Sie?« fragte Patta zur Begrüßung.

»Bei den Leonardis. Ich dachte, ich könnte mal mit ihrem Dienstmädchen reden.«

»Und?«

»Sie weiß nichts.«

»Das ist jetzt egal«, sagte Patta, dann deutete er auf den Stuhl vor seinem Schreibtisch. »Setzen Sie sich, Brunetti.« Als der Commissario Platz genommen hatte, fragte Patta: »Haben Sie von der Sache gehört?«

Unnötig zu fragen, von welcher »Sache« die Rede war. »Ja«, antwortete Brunetti. »Was ist passiert?«

»Jemand hat ihn letzte Nacht im Zug aus Turin erschossen. Zwei Schüsse, aus nächster Nähe. In den Körper. Einer muß eine Arterie getroffen haben, denn er hat stark geblutet.« Wenn Patta »muß« sagte, konnte das nur heißen, daß die Autopsie noch nicht vorgenommen war und er lediglich mutmaßte.

»Wo waren Sie gestern abend?« fragte Patta, fast als wollte er Brunetti als Verdächtigen ausschließen, bevor er ins Detail ging.

»Wir haben bei Freunden zu Abend gegessen.«

»Wie ich hörte, hat man versucht, Sie zu Hause zu erreichen.«

»Ich war bei Freunden«, wiederholte Brunetti.

»Warum haben Sie keinen Anrufbeantworter?«

»Ich habe zwei Kinder.«

»Was soll das heißen?«

»Das heißt, wenn ich einen Anrufbeantworter hätte, müßte ich mir dauernd die Nachrichten ihrer Freunde anhören.« Oder die vielfältigen Ausflüchte der Kinder selbst für ihr Zuspätkommen oder ihre Abwesenheit. Es hieß zudem, daß nach Brunettis Meinung Kinder auch die Pflicht hatten, Nachrichten für ihre Eltern entgegenzunehmen, aber er hatte keine Lust, dieses Thema mit Patta zu bereden.

»So ist der Fall bei mir gelandet«, sagte Patta, ohne seine Verärgerung auch nur ansatzweise zu verbergen.

Brunetti hatte den Verdacht, daß eine Entschuldigung von ihm erwartet wurde. Er sagte nichts.

»Ich bin zum Bahnhof gefahren. Die *polizia ferroviaria* hatte natürlich alles verpfuscht.« Patta sah auf seinen Schreibtisch und schob Brunetti ein paar Fotos hinüber.

Brunetti beugte sich vor, nahm die Bilder und sah sie sich an, während Patta sich weiter über die Inkompetenz der Bahnpolizei ausließ. Das erste Bild war von der Abteiltür aus aufgenommen und zeigte den Körper eines Mannes, der zwischen den Sitzen auf dem Rücken lag. Der Blickwinkel machte es unmöglich, mehr als den Hinterkopf des Mannes zu erkennen, aber die dunkelroten Flecken auf dem sich nach oben wölbenden Bauch waren unverkennbar. Das nächste Bild zeigte den Körper von der anderen Seite des Abteils und mußte durchs Fenster aufgenommen worden sein. Auf diesem sah Brunetti, daß die Augen des Mannes geschlossen waren und eine seiner Hände einen Füllfederhalter umklammert hielt. Die übrigen Bilder zeigten wenig mehr, obwohl sie im Abteil aufgenommen worden waren. Der Mann schien zu schlafen; der Tod hatte jeden Ausdruck von seinem Gesicht gewischt und nur noch so eine Art Schlaf des Gerechten übriggelassen.

»Wurde er ausgeraubt?« fragte Brunetti in Pattas anhaltendes Lamento hinein.

»Wie?«

»Wurde er ausgeraubt?«

»Anscheinend nicht. Seine Brieftasche war noch da, und sein Aktenkoffer lag, wie Sie sehen, auf dem Sitz gegenüber.«

»Mafia?« fragte Brunetti, wie man das so fragte, fragen mußte.

Patta zuckte die Achseln. »Er war Anwalt«, meinte er und überließ es Brunetti, daraus abzuleiten, ob ihn das einer Hinrichtung durch die Mafia mehr oder weniger würdig machte.

»Ehefrau?« fragte Brunetti, der damit zum Ausdruck brachte, daß er sowohl Italiener als auch verheiratet war.

»Unwahrscheinlich. Sie ist Geschäftsführerin des Lions Club«, antwortete Patta, und Brunetti wurde von der Absurdität dieser Bemerkung so überrumpelt, daß er unwillkürlich lachen mußte, doch als er Pattas Blick sah, machte er rasch ein Husten daraus, das sich zu einem echten Hustenanfall ausweitete, von dem er mit rotem Gesicht und tränenden Augen wieder aufsah.

Als er so weit zu sich gekommen war, daß er normal atmen konnte, fragte Brunetti: »Und Geschäftspartner? Wäre da etwas zu holen?«

»Keine Ahnung.« Patta klopfte mit einem Finger auf den Schreibtisch, um Brunettis Aufmerksamkeit auf sich zu lenken. »Ich habe mir die derzeit laufenden Fälle angesehen, und wie es aussieht, haben Sie am wenigsten zu tun.« Zu den Eigenschaften, die Patta für Brunetti besonders liebenswert machten, gehörte dessen unfehlbares Gespür für den richtigen Ausdruck. »Ich möchte den Fall gern Ihnen übertragen, aber vorher will ich die Gewißheit haben, daß Sie ihn so behandeln, wie es sich gehört.«

Für Brunetti hieß das, Patta wollte die Gewißheit haben, daß er der gesellschaftlichen Stellung, die sich aus der Tätigkeit für den Lions Club ergab, gebührend Rechnung trug. Da ihm klar war, daß er nicht hier säße, wenn Patta nicht bereits entschieden hätte, ihm den Fall zu übertragen, zog Brunetti es vor, die Warnung in diesen Worten zu überhören und statt dessen zu fragen: »Was ist mit den Leuten aus dem Zug?«

Sein Gespräch mit dem Bürgermeister mußte bei Patta den Eindruck hinterlassen haben, daß schnelles Handeln hier wichtiger war als eine Belehrung Brunettis, denn er antwortete ohne Umschweife: »Die *polizia ferroviaria* hat die Namen und Anschriften aller Reisenden aufgenommen, die im Zug waren, als er in den Bahnhof einfuhr.« Brunetti hob fragend das Kinn, und Patta fuhr fort: »Ein paar wollen irgendwelche verdächtigen Leute im Zug gesehen haben. Steht alles im Bericht.« Er deutete auf eine vor ihm liegende Mappe.

»Welcher Richter ist mit der Sache befaßt?« fragte Brunetti, denn damit würde er wissen, wieviel Rücksicht er auf den Lions Club nehmen mußte.

»Vantuno«, antwortete Patta. *Giudice* Vantuno war eine Frau in Brunettis Alter, mit der er in der Vergangenheit schon erfolgreich zusammengearbeitet hatte. Obwohl aus Sizilien gebürtig wie Patta, wußte sie doch, daß es in Venedigs Gesellschaft allerlei Vielschichtigkeiten und Nuancen gab, die sie nie durchschauen würde, aber sie hatte so viel Zutrauen zu den örtlichen Commissari, daß sie ihnen große Freiheit bei ihren Ermittlungen ließ.

Brunetti nickte nur, denn selbst diese kleine Genugtuung wollte er sich Patta gegenüber nicht anmerken lassen.

»Aber ich erwarte täglich einen Bericht von Ihnen«, fuhr Patta fort. »Trevisan war ein wichtiger Mann. Ich habe wegen dieser Sache bereits einen Anruf aus dem Bürgermeisteramt bekommen, und ich sage Ihnen ganz offen, daß er die Geschichte so schnell wie möglich erledigt sehen will.«

»Konnte er uns schon Hinweise geben?« fragte Brunetti.

Patta, an die Unverschämtheiten seines Untergebenen gewöhnt, lehnte sich auf seinem Stuhl zurück und sah Brunetti einen Moment lang an, bevor er fragte: »Was für Hinweise?« Mit seiner deutlichen Betonung auf dem ersten Wort drückte er sein Mißfallen an der Frage aus.

»Zu irgend etwas, worin Trevisan möglicherweise verwickelt war«, antwortete Brunetti ungerührt. Er meinte das ganz ernst. Wenn jemand Bürgermeister war, schloß das nicht aus, daß er über die dunklen Geheimnisse seiner Freunde Bescheid wußte, eher doch wohl im Gegenteil.

»Ich hätte es unpassend gefunden, dem Bürgermeister eine solche Frage zu stellen«, antwortete Patta.

»Dann tue ich es vielleicht«, meinte Brunetti ruhig.

»Brunetti, machen Sie in dieser Sache keinen Wirbel.«

»Den gibt es doch bereits«, sagte Brunetti und legte die Fotos in die Mappe zurück. »Sonst noch etwas, Vice-Questore?«

Patta ließ ein paar Sekunden verstreichen, bevor er antwortete: »Nein, vorerst nicht.« Er schob Brunetti die Mappe hin. »Das hier können Sie mitnehmen. Und vergessen Sie nicht, daß ich jeden Tag einen Bericht haben möchte.« Als Brunetti nichts erwiderte, setzte Patta hinzu: »Oder geben Sie ihn Scarpa«, wobei er Brunetti lange genug im Auge behielt, um zu sehen, wie er auf den Namen seines allseits verhaßten Assistenten reagierte.

»Gewiß, Vice-Questore«, antwortete Brunetti in neutralem Ton, nahm die Mappe an sich und stand auf. »Wohin hat man Trevisan gebracht?«

»Ins Ospedale Civile. Ich nehme an, die Autopsie findet heute vormittag statt. Und denken Sie daran, daß er mit dem Bürgermeister befreundet war.«

»Natürlich, Vice-Questore«, sagte Brunetti und ging.

6

Signorina Elettra sah von ihrer Zeitschrift hoch, als Brunetti aus Pattas Büro kam. *»Allora?«* fragte sie.

»Trevisan. Und ich soll es schnell zu Ende bringen, weil er mit dem Bürgermeister befreundet war.«

»Die Trevisan ist eine Tigerin«, sagte Signorina Elettra, und zu seiner Ermutigung fügte sie noch hinzu: »Sie wird Ihnen Ärger machen.«

»Gibt es eigentlich in dieser Stadt noch Leute, die Sie nicht kennen?« wollte Brunetti wissen.

»Direkt kenne ich sie gar nicht. Aber sie war mal Patientin meiner Schwester.«

»Barbara«, entfuhr es Brunetti, dem urplötzlich wieder einfiel, wo er ihre Schwester kennengelernt hatte. »Die Ärztin?«

»Genau die, Commissario«, sagte sie mit genüßlichem Lächeln. »Ich habe mich schon gefragt, wie lange Sie wohl brauchen, bis Sie sich erinnern.«

Als Signorina Elettra in der Questura angefangen hatte, war Brunetti ihr Familienname gleich bekannt vorgekommen; Zorzi war nicht unbedingt ein geläufiger Name, aber er hätte die aufgeweckte, strahlende Elettra – auch alle anderen Adjektive, die sich für sie anboten, fielen in das Umfeld von Licht und Sichtbarkeit – nie mit der ruhigen, zurückhaltenden Ärztin in Verbindung gebracht, zu deren Patienten sein Schwiegervater zählte und offenbar auch Signora Trevisan.

»War Patientin?« fragte Brunetti, der seine Überlegungen zu Elettras Familie lieber auf später verschieben wollte.

»Ja, bis vor etwa einem Jahr. Sie und ihre Tochter, beide waren Patientinnen. Aber eines Tages kam sie in Barbaras Praxis und machte irgendwie eine Szene, wollte wissen, weswegen Barbara ihre Tochter behandelte.«

Brunetti hörte zu, stellte aber keine Fragen.

»Die Tochter war erst vierzehn, aber als Barbara sich weigerte, ihr Auskunft zu geben, behauptete Signora Trevisan, Barbara habe eine Abtreibung vorgenommen oder sie zu diesem Zweck ins Krankenhaus geschickt. Sie hat herumgeschrien und schließlich eine Zeitschrift nach ihr geworfen.«

»Nach Ihrer Schwester?«

»Ja.«

»Und was hat sie gemacht?«

»Wer?«

»Ihre Schwester.«

»Sie hat sie aufgefordert, die Praxis zu verlassen. Das hat sie dann nach weiterem Herumschreien getan.«

»Und dann?«

»Am nächsten Tag hat Barbara ihr per Einschreiben die Krankenunterlagen geschickt und ihr empfohlen, sich einen anderen Arzt zu suchen.«

»Und die Tochter?«

»Die ist auch nicht mehr gekommen. Aber Barbara ist ihr auf der Straße begegnet, wo das Mädchen ihr erzählte, die Mutter habe ihr verboten, weiter zu ihr zu gehen. Sie habe sie in eine Privatklinik gebracht.«

»Weswegen war die Tochter denn in Behandlung?«

Er sah Signorina Elettra ihre Antwort abwägen. Sie kam aber rasch zu dem Schluß, daß Brunetti es sowieso herausbekommen würde, und sagte: »Es war eine Geschlechtskrankheit.«

»Welche?«

»Das weiß ich nicht mehr. Da müssen Sie meine Schwester fragen.«

»Oder Signora Trevisan.«

Elettra antwortete rasch und böse: »Wenn die je erfahren hat, was es war, dann jedenfalls nicht von Barbara.«

Brunetti glaubte ihr das ohne weiteres. »Die Tochter ist jetzt also etwa fünfzehn?«

Elettra nickte. »Müßte hinkommen.«

Brunetti dachte kurz nach. Das Gesetz war hier etwas unklar – wann war es das nicht? Ein Arzt mußte keine Auskunft über die Krankheiten eines Patienten geben, aber es war ihm doch sicher freigestellt, darüber zu reden, wie ein Patient sich verhalten hatte, besonders in einer Situation, in der es nicht um die eigene Gesundheit ging. Besser, er sprach selbst mit der Ärztin, als Elettra zu bitten, es für ihn zu tun. »Hat Ihre Schwester noch dieselbe Praxis in der Nähe von San Barnaba?«

»Ja. Sie wird heute nachmittag auch dort sein. Soll ich ihr sagen, daß Sie kommen?«

»Heißt das, Sie sagen ihr nichts davon, wenn ich Sie nicht darum bitte?«

Sie blickte auf die Tastatur ihres Computers, fand dort offenbar die gewünschte Antwort und sah wieder Brunetti an. »Es spielt ja keine Rolle, Commissario. Sie hat nichts verbrochen. Gut, ich sage ihr also nichts.«

Die Neugier ließ ihn fragen: »Und wenn es denn eine Rolle spielte? *Wenn* sie etwas verbrochen hätte?«

»Wenn es ihr helfen könnte, würde ich sie warnen. Selbstverständlich.«

»Auch wenn Sie damit ein Dienstgeheimnis verraten müßten, Signorina?« fragte er, lächelte aber dann, um ihr zu zeigen, daß er nur Spaß machte, obwohl das nicht stimmte.

Sie sah ihn verständnislos an. »Glauben Sie, Dienstgeheimnisse würden auch nur die allerkleinste Rolle spielen, wenn es um meine Familie ginge?«

Ernüchtert antwortete er: »Nein, Signorina. Sicher nicht.«

Signorina Elettra lächelte, sichtlich froh, dem Commissario wieder einmal zu einer Einsicht verholfen zu haben. »Wissen Sie sonst noch etwas über die Frau« – er korrigierte sich – »die Witwe?«

»Nein, nicht unmittelbar. Ich habe natürlich in der Zeitung über sie gelesen. Ständig für irgendwelche guten Zwecke aktiv«, sagte sie mit übertriebener Betonung. »Sie wissen schon: Lebensmittelsendungen nach Somalia, die dann gestohlen, nach Albanien geschickt und dort verkauft werden. Oder diese Galakonzerte im La Fenice, die immer höchstens die Ausgaben decken und den Organisatoren Gelegenheit geben, sich herauszuputzen und sich vor ihren Freunden zu brüsten. Es erstaunt mich, daß Sie nicht wissen, wer sie ist.«

»So ganz entfernt kommt mir ihr Name bekannt vor, mehr aber auch nicht. Und der Mann?«

»Internationales Recht, soviel ich weiß, und sehr gut darin. Ich glaube, ich habe mal etwas über ein Geschäft mit Polen oder Tschechien gelesen – irgendeines dieser Länder, wo man Kartoffeln ißt und sich schlecht anzieht –, aber genau weiß ich es nicht mehr.«

»Was für eine Art von Geschäft?«

Sie schüttelte den Kopf, konnte sich nicht erinnern.

»Könnten Sie das herausbekommen?«

»Wenn ich zum *Gazzettino* ins Archiv gehe und nachsehe, wahrscheinlich schon.«

»Haben Sie etwas für den Vice-Questore zu erledigen?«

»Ich bestelle ihm noch einen Tisch fürs Mittagessen, dann gehe ich gleich zum *Gazzettino*. Soll ich sonst noch etwas heraussuchen?«

»Ja, über die Ehefrau. Wer schreibt denn zur Zeit die Gesellschaftsspalte?«

»Pitteri, glaube ich.«

»Aha, dann reden Sie mal mit ihm und sehen Sie, ob er etwas über die beiden weiß, was er nicht veröffentlichen kann.«

»Was ja immer genau das ist, was die Leute am liebsten lesen.«

»Scheint so«, sagte Brunetti.

»Noch etwas, Commissario?«

»Nein, vielen Dank, Signorina. Ist Vianello im Haus?«

»Ich habe ihn noch nicht gesehen.«

»Wenn er kommt, würden Sie ihn dann bitte zu mir hochschicken?«

»Aber sicher«, antwortete sie, indem sie sich wieder ihrer Zeitschrift zuwandte. Brunetti warf einen Blick darauf, um zu sehen, was für einen Artikel sie gerade las – Schulterpolster –, und ging dann in sein Büro zurück.

Die Akte enthielt, wie immer zu Beginn einer Ermittlung, wenig mehr als Namen und Daten. Carlo Trevisan war vor fünfzig Jahren in Trient geboren und hatte an der Universität von Padua studiert, dort sein Juraexamen abgelegt und sich danach als Anwalt in Venedig niedergelassen. Vor achtzehn Jahren hatte er Franca Lotto geheiratet und mit ihr zwei Kinder in die Welt gesetzt, die inzwischen fünfzehnjährige Francesca und den jetzt siebzehnjährigen Sohn, Claudio.

Avvocato Trevisan hatte sich nie für Strafrecht interessiert und nie mit der Polizei zu tun gehabt. Auch war er nie der Guardia di Finanza aufgefallen, was man entweder als Wunder nehmen oder als Zeichen dafür verstehen mußte, daß seine Steuererklärungen immer in Ordnung waren, was wiederum ein Wunder gewesen wäre. Außerdem enthielt die Akte eine Liste der Angestellten in Trevisans Kanzlei und eine Kopie seines Paßantrags.

»Lavata con Perlana«, sagte Brunetti laut, als er die Papiere auf seinen Schreibtisch legte, eine Anlehnung an den Werbeslogan für ein Waschmittel, das angeblich alles und jedes weißer als weiß wusch. Wer konnte eine weißere Weste haben als Carlo Trevisan? Und interessanter noch, wer konnte ihm zwei Kugeln verpaßt und sich nicht einmal die Mühe gemacht haben, die Brieftasche mitzunehmen?

Brunetti zog mit dem rechten großen Zeh die unterste Schublade seines Schreibtischs auf und legte die Füße über Kreuz darauf. Wer immer das war, mußte es zwischen Padua und Mestre getan haben: Niemand wäre das Risiko eingegangen, im selben Zug erwischt zu werden, wenn dieser in den Bahnhof von Venedig einfuhr. Es war kein Nahverkehrszug, also war Mestre der einzige Halt zwischen Padua und Venedig. Unwahrscheinlich, daß jemand, der in Mestre ausstieg, irgendwie auffiel, aber immerhin konnte man ja mal beim Bahnhof nachfragen. Die Schaffner saßen normalerweise im ersten Wagen, mußten also befragt werden, woran sie sich erinnerten. Und die Waffe natürlich; ergab eine Untersuchung der Geschosse, daß sie schon bei anderen Verbrechen benutzt worden war? Schußwaffen unterlagen einer strengen Kontrolle, es war also eventuell möglich, ihre Herkunft zurückzuverfolgen. Warum war Trevisan in Padua gewesen? Mit wem? Die Ehefrau überprüfen! Dann bei Nachbarn und Freunden herausfinden, ob sie die Wahrheit gesagt hatte. Die Tochter – eine Geschlechtskrankheit mit vierzehn Jahren?

Er bückte sich, zog die Schublade ganz heraus und griff nach dem Telefonbuch. Er schlug es auf und fand den Buchstaben Z. Unter *Zorzi, Barbara, medico* standen zwei Einträge, einer für ihre Privatwohnung, einer für die Praxis. Er wählte die Praxisnummer und geriet an den Anrufbeantworter, der ihm sagte, daß ihre Sprechstunde um sechzehn Uhr anfing. Daraufhin wählte er die Privatnummer und hörte dieselbe Stimme, die ihm mitteilte, die Dottoressa sei *momentaneamente assente*, und ihn bat, seinen Namen, den Grund des Anrufs und die Nummer, unter der er zu erreichen war, aufs Band zu sprechen. Sein Anruf werde *appena possibile* beantwortet.

»Guten Morgen, Dottoressa«, begann er nach dem Piepton. »Hier spricht Commissario Guido Brunetti. Es geht um den Tod des Avvocato Carlo Trevisan. Ich habe erfahren, daß seine Frau und seine Tochter ...«

»Buon giorno, commissario«, unterbrach ihn die heisere Stimme der Ärztin. »Was kann ich für Sie tun, Guido?« Obwohl es schon über ein Jahr her war, seit sie sich zuletzt gesehen hatten, nannte sie ihn beim Vornamen und machte so deutlich, daß die Vertrautheit von damals noch galt.

»Guten Morgen«, sagte er. »Filtern Sie immer Ihre Gespräche?«

»Wissen Sie, Commissario, ich habe eine Patientin, die mich

seit drei Jahren jeden Morgen anruft und einen Hausbesuch verlangt. Jeden Morgen hat sie andere Symptome. Und ob ich die Anrufe filtere!« Das klang bestimmt, aber ein humorvoller Unterton war auch herauszuhören.

»Ich wußte gar nicht, daß es so viele Körperteile gibt«, meinte Brunetti.

»Sie denkt sich interessante Kombinationen aus«, erklärte Barbara Zorzi. »Also, was kann ich für Sie tun, Guido?«

»Wie schon gesagt, ich habe gehört, daß Signora Trevisan und ihre Tochter Ihre Patientinnen waren.« Er unterbrach sich, um zu warten, was die Ärztin von sich aus dazu sagen würde. Sie schwieg. »Von der Sache mit Avvocato Trevisan haben Sie gehört?«

»Ja.«

»Ich wollte Sie fragen, ob Sie bereit wären, mir etwas über sie zu erzählen, ich meine die Frau und die Tochter.«

»Als Menschen oder als Patienten?« fragte sie mit ruhiger Stimme zurück.

»Was Ihnen lieber ist, Dottoressa«, antwortete Brunetti.

»Wir könnten mit ersterem anfangen und, wenn nötig, das zweite mit einbeziehen.«

»Das ist sehr freundlich. Ginge es heute?«

»Ich habe noch ein paar Hausbesuche zu erledigen, aber um elf müßte ich eigentlich fertig sein. Wo sollen wir uns treffen?«

Da sie ihm einen Gefallen tat, mochte Brunetti sie nicht in die Questura bitten. »Wo sind Sie um elf, Dottoressa?«

»Moment bitte«, sagte sie und legte den Hörer weg. Gleich darauf war sie wieder da. »Mein Patient wohnt ganz in der Nähe des Anlegers San Marco.«

»Wollen wir uns dann im Caffè Florian treffen?« fragte er.

Sie antwortete nicht gleich, und Brunetti, dem ihre politische Einstellung einfiel, erwartete schon fast eine Bemerkung über seinen Umgang mit dem Geld der Steuerzahler. »Gut, im Florian«, sagte sie schließlich.

»Ich freue mich. Und vielen Dank noch mal.«

»Um elf Uhr dann.« Damit legte sie auf.

Er warf das Telefonbuch in die Schublade zurück und stieß sie mit dem Fuß zu. Als er aufsah, trat gerade Vianello ein.

»Sie wollten mich sprechen, Commissario?« fragte der Sergente.

»Ja. Setzen Sie sich. Der Vice-Questore hat mir den Fall Trevisan gegeben.«

Vianello nickte nur, ein Zeichen, daß es sich schon in der Questura herumgesprochen hatte.

»Und, was haben Sie gehört?« wollte Brunetti wissen.

»Nur was heute morgen über Zeitung und Radio zu erfahren war. Letzte Nacht erschossen im Zug gefunden. Keine Spur von einer Waffe, und kein Tatverdächtiger.«

Brunetti mußte sich eingestehen, daß er, obwohl er den offiziellen Polizeibericht gelesen hatte, auch nicht mehr wußte. Er deutete mit dem Kinn auf einen Stuhl. »Wissen Sie etwas über den Mann?«

»Bedeutend«, begann Vianello, während er auf dem Stuhl Platz nahm, der regelrecht unter seiner Größe verschwand. »War mal Stadtrat und für öffentliche Hygiene zuständig, wenn ich mich recht erinnere. Verheiratet, Kinder. Große Kanzlei. Drüben in der Nähe von San Marco, glaube ich.«

»Privatleben?«

Vianello schüttelte den Kopf. »Nie etwas gehört.«

»Und seine Frau?«

»Über die habe ich was gelesen, glaube ich. Will den Regenwald retten. Oder ist das die Frau des Bürgermeisters?«

»Soviel ich weiß, ja.«

»Dann eben so was Ähnliches. Irgendeine Rettungsaktion. Vielleicht für Afrika.« Hier schnaubte Vianello, ob über Signora Trevisan oder die Wahrscheinlichkeit, daß Afrika gerettet würde, konnte Brunetti nicht genau erkennen.

»Fällt Ihnen jemand ein, der etwas über ihn wissen könnte?« fragte Brunetti.

»Familie? Geschäftspartner? Angestellte seiner Kanzlei?« überlegte Vianello laut, und als er Brunettis Gesicht sah, meinte er: »Tut mir leid, etwas Besseres fällt mir nicht ein. Ich kann mich nicht erinnern, daß jemand aus meinem Bekanntenkreis den Namen Trevisan mal erwähnt hätte.«

»Ich werde mit seiner Frau sprechen, aber erst heute nachmittag. Gehen Sie bitte gleich nachher in seine Kanzlei, und versuchen Sie herauszukriegen, wie man dort zu seinem Tod steht.«

»Meinen Sie, da ist überhaupt jemand? Am Tag nachdem er umgebracht wurde?«

»Das festzustellen wäre ja auch interessant«, entgegnete Brunetti. »Signorina Elettra meint, sie hätte mal etwas über seine Beteiligung an irgendeinem Geschäft mit Polen gelesen, oder vielleicht war es auch Tschechien. Sehen Sie, ob Sie darüber etwas herausbekommen. Sie glaubt, es habe in der Zeitung gestanden, weiß aber nicht mehr, um was es ging. Und fragen Sie das Übliche.« Sie arbeiteten schon so lange zusammen, daß Brunetti dieses Übliche nicht näher erläutern mußte: Ein vergrätzter Angestellter, ein erzürnter Geschäftspartner, ein eifersüchtiger Ehemann, die eigene eifersüchtige Frau. Vianello hatte die Gabe, Menschen zum Reden zu bringen. Besonders wenn sie Venezianer waren, erwärmten seine Gesprächspartner sich unfehlbar für diesen großen, liebenswürdigen Mann, der so offensichtlich nur widerstrebend richtiges Italienisch sprach und nur allzugern in ihren gemeinsamen Dialekt verfiel – ein Sprachwechsel, der die Sprecher oft zu unbewußten Enthüllungen verführte.

»Noch etwas, Commissario?«

»Ja. Ich habe heute vormittag zu tun, und heute nachmittag will ich versuchen, mit der Witwe zu reden; schicken Sie also bitte jemanden zum Bahnhof, der mit der Schaffnerin sprechen soll, die den Toten gefunden hat. Versuchen Sie auch zu erfahren, ob die anderen Schaffner im Zug etwas gesehen haben.« Bevor Vianello noch seinen Einwand anbringen konnte, sagte Brunetti: »Ich weiß, ich weiß. Wenn ihnen etwas aufgefallen wäre, hätten sie das schon gesagt. Aber ich möchte trotzdem, daß sie noch einmal befragt werden.«

»Ja, Commissario.«

»Außerdem hätte ich gern eine Liste mit den Namen und Adressen aller Leute, die im Zug waren, als er anhielt, sowie eine Abschrift aller Aussagen, die sie bei der Vernehmung gemacht haben.«

»Warum hat man ihn wohl nicht ausgeraubt?«

»Falls Raub das Tatmotiv war, könnte jemand durch den Gang gekommen sein und den Täter vertrieben haben, bevor er Zeit hatte, die Leiche zu durchsuchen. Oder der Täter wollte uns deutlich klarmachen, daß es nicht um Raub ging.«

»Das klingt kaum plausibel, meinen Sie nicht?« fragte Vianello. »Wäre es für den Täter nicht besser, uns an einen Raubmord glauben zu lassen?«

»Das kommt auf sein wahres Motiv an.«

Vianello überlegte kurz, bevor er antwortete: »Ja, wahrscheinlich«, aber an seinem Ton hörte man, daß er nicht ganz überzeugt war. Warum sollte jemand der Polizei einen derartigen Vorteil verschaffen wollen?

Vianello, dem nicht danach war, darüber allzulange nachzugrübeln, stand auf. »Also, dann gehe ich jetzt zu seiner Kanzlei, Commissario«, sagte er. »Mal sehen, was ich da erfahre. Sind Sie heute nachmittag wieder hier?«

»Wahrscheinlich. Je nachdem, wann ich mit der Witwe reden kann. Ich hinterlasse eine Nachricht.«

»Gut. Dann sehen wir uns später«, sagte Vianello, schon auf dem Weg nach draußen.

Brunetti wandte sich wieder der Akte zu und suchte Trevisans Telefonnummer heraus. Er wählte. Es klingelte zehnmal, bevor jemand abnahm.

»Pronto«, sagte eine Männerstimme.

»Bin ich mit der Wohnung des Avvocato Trevisan verbunden?« fragte Brunetti.

»Wer spricht da, bitte?«

»Hier ist Commissario Guido Brunetti. Ich möchte bitte Signora Trevisan sprechen.«

»Meine Schwester kann nicht ans Telefon kommen.« Brunetti blätterte in der Akte zurück, bis er Signora Trevisans Mädchennamen fand, und sagte: »Signor Lotto, ich bedaure, Sie ausgerechnet jetzt zu belästigen, und erst recht Ihre Schwester, aber es ist unumgänglich, ich muß so bald als möglich mit ihr sprechen.«

»Das ist leider unmöglich, Commissario. Meine Schwester hat starke Beruhigungsmittel bekommen und kann mit niemandem sprechen. Sie ist völlig am Ende.«

»Ich kann mir vorstellen, wie schmerzlich das alles für sie sein muß, Signor Lotto; ich darf Ihnen mein tiefempfundenes Beileid aussprechen. Aber wir müssen vor Beginn unserer Ermittlungen mit einem Familienmitglied sprechen.«

»Was müssen Sie denn wissen?«

»Wir brauchen ein klareres Bild von Avvocato Trevisans Leben, seinen beruflichen Unternehmungen, seinen Partnern. Solange wir darüber nichts wissen, können wir uns keine Vorstellung von den Motiven für diese Tat machen.«

»Ich denke, es war Raubmord«, sagte Lotto.

»Ihm ist nichts gestohlen worden.«

»Aber es gab keinen anderen Grund, meinen Schwager umzubringen. Der Dieb muß gestört worden sein.«

»Das ist durchaus möglich, Signor Lotto, aber wir möchten gern mit Ihrer Schwester sprechen, und sei es nur, um andere Möglichkeiten auszuschließen und uns ganz auf die Raubmordtheorie konzentrieren zu können.«

»Was für andere Möglichkeiten?« fragte Lotto ungehalten. »Ich kann Ihnen versichern, daß es im Leben meines Schwagers nichts Ungewöhnliches gab.«

»Daran zweifle ich nicht im mindesten, Signor Lotto, aber ich muß trotzdem mit Ihrer Schwester sprechen.«

Eine lange Pause trat ein, endlich fragte Lotto: »Wann?«

»Heute nachmittag«, sagte Brunetti und verkniff sich den Zusatz: »Wenn es geht«.

Wieder eine lange Pause. »Warten Sie bitte«, sagte Lotto und legte den Hörer hin. Er blieb so lange fort, daß Brunetti ein Blatt Papier aus der Schublade nahm und darauf immer wieder das Wort ›Tschechien‹ schrieb. Er war bei der sechsten Version, als Lotto wieder an den Apparat kam und sagte: »Wenn Sie heute nachmittag um vier kommen, wird meine Schwester mit Ihnen sprechen, oder ich.«

»Vier Uhr«, wiederholte Brunetti und fügte noch ein knappes »Bis dann« hinzu, bevor er auflegte. Aus langer Erfahrung wußte er, wie unklug es war, einem Zeugen gegenüber dankbar zu erscheinen, mochte dieser auch noch so verständnisvoll sein.

Er warf einen Blick auf seine Uhr und sah, daß es schon weit nach zehn war. Er rief im Ospedale Civile an, aber nachdem er unter drei verschiedenen Anschlüssen mit fünf verschiedenen Leuten gesprochen hatte, wußte er immer noch nichts Genaueres über die Autopsie. Er dachte oft, daß die einzige ungefährliche Maßnahme, der man sich im Ospedale Civile unterziehen konnte, eine Autopsie war: Wenigstens ging der Patient dabei kein Risiko mehr ein.

Mit solchen Gedanken über die Künste der Medizin verließ Brunetti sein Büro und ging zu seinem Treffen mit Dottoressa Zorzi.

7

Brunetti wandte sich nach rechts zum Bacino di San Marco und der Basilika, als er aus der Questura trat. Er war verblüfft, plötzlich in der hellen Sonne zu stehen; die morgendliche Neuigkeit von dem Mord an Trevisan hatte ihn so beschäftigt, daß ihm ganz entgangen war, welch einen Tag der Himmel seiner Stadt beschert hatte. Das Licht des frühen Winters durchdrang alles, und jetzt am Vormittag war es so warm, daß er wünschte, er hätte seinen Regenmantel zu Hause gelassen.

Es waren nicht viele Leute unterwegs, aber alle schienen gehobener Stimmung durch die unerwartete Sonne und Wärme. Wer würde glauben, daß gestern erst Nebel die Stadt eingehüllt hatte und die Vaporetti für die kurze Strecke zum Lido ihr Radar einschalten mußten? Aber hier stand er nun und wünschte sich seine Sonnenbrille und einen leichteren Anzug, und als er aufs Wasser zuging, war er einen Augenblick richtig geblendet vom reflektierten Licht. Gegenüber sah er die Kuppel und den Turm von San Giorgio – gestern waren sie nicht dagewesen –, als hätten sich beide über Nacht in die Stadt geschlichen. Wie gerade und schön der Turm aussah, ohne dieses entstellende Gerüst, das in den letzten Jahren den Campanile von San Marco verhüllt und zu einer Art Pagode gemacht hatte, was Brunetti zu der Vermutung veranlaßte, die Stadtverwaltung habe Venedig an die Japaner verkauft, die sich nun auf diese Weise hier etwas heimeliger einzurichten versuchten.

Brunetti hielt sich rechts in Richtung Piazza und merkte zu seinem größten Erstaunen, daß sein Blick heute freundlich auf den Touristen ruhte, die mit offenen Mündern und ehrfürchtig langsamen Schritten an ihm vorbeischlenderten. Sie konnte sie noch immer in den Bann schlagen, diese alte Hure von einer Stadt, und Brunetti, ihr wahrer Sohn und Beschützer ihrer alten

Tage, empfand eine Mischung aus Stolz und Entzücken und hoffte, daß diese Leute ihn sehen und als Venezianer erkennen würden, als der er ein bißchen Erbe und ein bißchen Mitbesitzer all dessen war.

Die Tauben, die er gewöhnlich dumm und ekelhaft fand, erschienen ihm fast liebenswert, wie sie da zu Füßen ihrer Bewunderer hin und her trippelten. Plötzlich flatterten Hunderte von ihnen ohne ersichtlichen Grund auf, zogen Kreise in der Luft und ließen sich dann wieder an derselben Stelle nieder, um weiterzupicken und herumzutrippeln. Eine stattliche Matrone hatte gleich drei von ihnen auf der Schulter sitzen, das Gesicht abgewandt vor Entzücken oder Ekel, während ihr Mann sie mit einer Videokamera von den Ausmaßen einer Maschinenpistole filmte. Ein paar Meter weiter riß jemand eine Tüte Mais auf und warf die Körner in weitem Bogen aufs Pflaster, und wieder flatterten die Tauben auf, kreisten und setzten sich dann zum Fressen mitten in den Mais.

Brunetti ging die drei flachen Stufen zum Caffè Florian hinauf und trat durch die Doppeltüren aus geschliffenem Glas. Obwohl er zehn Minuten zu früh da war, schaute er rechts und links in alle die kleinen Räume, sah aber Barbara Zorzi nirgends.

Als ein Kellner im weißen Jackett auf ihn zutrat, bat Brunetti um einen Tisch am Fenster. Ein Teil von ihm wollte an diesem herrlichen Tag mit einer attraktiven jungen Frau im Florian am Fenster sitzen, ein anderer Teil wollte gesehen werden, wie er mit einer attraktiven jungen Frau im Florian am Fenster saß. Er zog einen der zierlichen Stühle mit gebogener Lehne heraus und nahm Platz, dann drehte er sich so, daß er die Piazza überblickte.

Solange Brunetti zurückdenken konnte, war die Fassade der Basilika teilweise von einem Gerüst verdeckt. Ob er sie als Kind einmal unverhüllt gesehen hatte? Wahrscheinlich nicht.

»Guten Morgen, Commissario«, hörte er hinter sich eine Stimme sagen und stand auf, um Barbara Zorzi die Hand zu geben. Er erkannte sie sofort wieder. Schlank und aufrecht stand sie da und begrüßte ihn mit einem herzlichen und erstaunlich kräftigen Händedruck. Ihre dichten Locken waren kürzer, als er es in Erinnerung hatte, und umschlossen das Gesicht wie eine dunkle Kappe. Ihre Augen waren so dunkel, wie Augen nur sein konnten; es bestand fast kein Unterschied zwischen Pupille und Iris. Die Ähnlichkeit mit Elettra war unverkennbar: die gleiche gerade Nase, der volle Mund und das runde Kinn; aber das, was bei der Schwester an eine reife Frucht denken ließ, war bei ihr gedämpft zu einer ernsteren und ruhigeren Schönheit.

»Dottoressa, ich freue mich, daß Sie sich die Zeit genommen haben«, sagte er, während er ihr den Mantel abnahm.

Sie lächelte und stellte eine behäbige braune Ledertasche auf dem Stuhl am Fenster ab. Er faltete ihren Mantel zusammen und legte ihn über denselben Stuhl, wobei er die Tasche ansah und meinte: »Der Arzt, der immer zu uns kam, als ich noch ein Kind war, hatte genau so eine Tasche.«

»Ich sollte mich vielleicht der Mode anpassen und eine Ledermappe nehmen«, versetzte sie, »aber meine Mutter hat sie mir zum Examen geschenkt, und seitdem benutze ich sie.«

Der Ober kam, und sie bestellten beide Kaffee. Als er weg war, fragte die Ärztin: »Was kann ich für Sie tun, Guido?«

Brunetti fand, daß er nichts zu gewinnen hatte, wenn er verheimlichte, woher seine Informationen stammten, und begann: »Ihre Schwester hat mir erzählt, daß Signora Trevisan zu Ihren Patientinnen gehörte.«

»Und ihre Tochter«, ergänzte die Ärztin, wobei sie nach ihrer Tasche griff und ein zerknittertes Päckchen Zigaretten herausholte. Während sie noch nach dem Feuerzeug kramte, trat ein Ober an ihren Tisch, beugte sich vor und zündete ihr die Zigarette an. *»Grazie«*, sagte sie, den Kopf der Flamme zugewandt, als wäre sie an solche Dienste gewöhnt. Schweigend entfernte sich der Ober.

Sie zog gierig an ihrer Zigarette, ließ die Tasche zuschnappen und sah Brunetti an. »Kann ich davon ausgehen, daß dies etwas mit seinem Tod zu tun hat?«

»Nach dem derzeitigen Stand unserer Ermittlungen«, sagte Brunetti, »bin ich mir nicht sicher, was mit seinem Tod zu tun hat und was nicht.« Sie spitzte die Lippen, und Brunetti merkte, wie gekünstelt und förmlich seine Worte geklungen hatten. »Das ist die Wahrheit, Barbara. Im Augenblick haben wir noch nicht mehr als das, was wir am Tatort gefunden haben.«

»Er wurde erschossen?«

»Ja. Zwei Schüsse. Eine Kugel muß eine Arterie verletzt haben, denn er ist offenbar sehr schnell gestorben.«

»Warum wollen Sie etwas über seine Familie erfahren?« fragte sie, und ihm fiel auf, daß sie gar nicht wissen wollte, welches Mitglied der Familie ihn interessierte.

»Ich möchte soviel wie möglich über seine Geschäfte, seine Freundschaften, seine Familie wissen, alles, was dazu beiträgt, mir ein Bild von ihm zu machen.«

»Und Sie meinen, das kann Ihnen bei der Suche nach seinem Mörder helfen?«

»Nur so können wir herausbekommen, warum ihn jemand hat umbringen wollen. Danach ist es verhältnismäßig einfach, sich zusammenzureimen, wer es war.«

»Klingt ja sehr optimistisch.«

»Das bin ich nicht«, sagte Brunetti kopfschüttelnd. »Ganz und gar nicht, und ich werde es frühestens sein, wenn ich anfange, ihn zu verstehen.«

»Und das erhoffen Sie sich davon, wenn Sie etwas mehr über seine Frau und Tochter erfahren?«

»Ja.«

Der Ober tauchte zu ihrer Linken auf und stellte zwei Tassen Espresso und eine silberne Zuckerschale zwischen sie auf den Tisch. Sie taten jeder zwei Löffel Zucker in die kleinen Tassen und rührten um, eine Zeremonie, die sie als natürliche Pause in ihrem Gespräch betrachteten.

Nachdem die Ärztin getrunken und ihre Tasse wieder abgestellt hatte, sagte sie: »Signora Trevisan brachte ihre damals etwa vierzehnjährige Tochter vor gut einem Jahr in meine Praxis. Ich merkte gleich, daß es dem Mädchen unangenehm war, wenn ihre Mutter erfuhr, was ihr fehlte. Signora Trevisan wollte unbedingt mit ins Untersuchungszimmer kommen, aber das wußte ich zu verhindern.« Sie schnippte Asche von ihrer Zigarette, lächelte und fügte hinzu: »Nicht ohne Schwierigkeiten.« Sie trank noch einen Schluck Kaffee; Brunetti sagte nichts, damit sie weitersprach.

»Das Mädchen litt an einem Genitalherpes. Ich stellte ihr die üblichen Fragen: Ob ihr Partner Verhütungsmittel benutze, ob sie noch andere Sexualpartner habe, wie lange sie die Symptome schon beobachte. Bei Herpes ist meist der erste Ausbruch der schlimmste, darum wollte ich wissen, ob es der erste war. Das konnte mir nämlich Auskunft über die Schwere der Infektion geben.« Sie hielt inne und drückte ihre Zigarette aus. Dann nahm sie den Aschenbecher und stellte ihn ohne Erklärung auf den Nebentisch.

»War es der erste Ausbruch?«

»Zuerst behauptete sie es, aber ich hatte den Eindruck, daß sie log. Ich nahm mir viel Zeit, um ihr zu erklären, warum ich es wissen mußte, daß ich ihr sonst nicht die richtigen Medikamente verschreiben konnte. Es dauerte ein Weilchen, aber schließlich erzählte sie mir, es sei der zweite Ausbruch, und der erste sei viel schlimmer gewesen.«

»Warum ist sie da nicht gleich zu Ihnen gekommen?«

»Sie waren im Urlaub, als es passierte, und sie hatte Angst, zu einem anderen Arzt zu gehen, der ihren Eltern erzählen könnte, was ihr fehlte.«

»Wie schwer war die Erkrankung?«

»Fieber, Schüttelfrost, Schmerzen im Genitalbereich.«

»Was hat sie getan?«

»Sie hat ihrer Mutter von Bauchkrämpfen erzählt, und sich zwei Tage ins Bett gelegt.«

»Und die Mutter?«

»Was soll mit ihr sein?«

»Hat sie es geglaubt?«

»Anscheinend.«

»Und diesmal?«

»Diesmal hat sie ihrer Mutter gesagt, sie habe wieder schlimme Krämpfe und wolle zu mir. Ich bin seit etwa sieben Jahren ihre Ärztin, seit sie ein kleines Mädchen war.«

»Warum ist die Mutter mitgekommen?«

Die Ärztin blickte in ihre leere Tasse. »Signora Trevisan war immer eine übermäßig behütende Mutter. Als Francesca noch kleiner war, hat sie mich immer sofort gerufen, wenn das Kind auch nur die kleinsten Anzeichen von Fieber hatte. Manchmal im Winter bestellte sie mich mindestens zweimal im Monat zu einem Hausbesuch.«

»Und, sind Sie hingegangen?«

»Zu Beginn schon, da hatte ich gerade angefangen, aber dann lernte ich allmählich zu unterscheiden, wer nur anrief, wenn es etwas Ernstes war, und wer ... nun, wer es auch in leichteren Fällen tat.«

»Hat Signora Trevisan Sie auch bei eigenen Krankheiten ins Haus bestellt?«

»Nein, nie. Sie ist immer in die Praxis gekommen.«

»Weswegen?«

»Das hat wohl nichts mit der Sache zu tun, Commissario«, sagte sie, zu seiner Überraschung wieder mit Nennung seines Titels. Er hakte nicht nach.

»Was hat das Mädchen auf Ihre anderen Fragen geantwortet?«

»Sie sagte, ihr Partner benutze keine Verhütungsmittel. Er finde, das störe seinen Genuß.« Sie verzog das Gesicht, als wäre sie nicht gerade glücklich darüber, eine so abgedroschene Schutzbehauptung zitieren zu müssen.

»War es nur ein Partner?«

»Ja, sie sagte, es gebe nur einen.«

»Hat sie seinen Namen genannt?«

»Danach habe ich nicht gefragt. Das geht mich nichts an.«

»Haben Sie ihr geglaubt? Ich meine, daß es nur einen gibt?«

»Ich sah keinen Grund, es nicht zu glauben. Wie ich schon sagte, ich kenne sie seit ihrer Kindheit. Soweit ich es beurteilen kann, schien sie mir die Wahrheit zu sagen.«

»Und die Zeitschrift, die ihre Mutter nach Ihnen geworfen hat?« fragte Brunetti.

Sie sah ihn überrascht an. »Ach, mein Schwesterchen. Wenn sie schon eine Geschichte erzählt, dann auch richtig, nicht?« Aber Brunetti konnte aus ihrem Ton keine wirkliche Verärgerung heraushören, nur die grollende Bewunderung, die einem der lebenslange Umgang mit Elettra wohl abnötigte. »Das mit der Zeitschrift war später«, erklärte sie dann. »Als wir aus dem Behandlungszimmer kamen, wollte Signora Trevisan wissen, was mit Francesca los sei. Ich sagte, es sei eine kleine Infektion, die bald abklingen werde. Damit schien sie zufrieden, und die beiden gingen.«

»Wie hat sie es dann erfahren?« wollte Brunetti wissen.

»Durch das Medikament, Zovirax. Es wird nur bei Herpesinfektionen verschrieben. Signora Trevisan hat einen befreundeten Apotheker danach gefragt – sicher so ganz beiläufig und nebenbei. Und er hat es ihr gesagt. Am nächsten Tag war sie wieder da, ohne Francesca, und warf mit Beleidigungen um sich.« Sie verstummte.

»Was für Beleidigungen?«

»Sie beschuldigte mich, ich hätte für Francesca eine Abtreibung arrangiert. Ich forderte sie auf, meine Praxis zu verlassen, und da hat sie die Zeitschrift genommen und nach mir geworfen. Zwei Patienten, ältere Männer, haben sie an den Armen gepackt und vor die Tür gesetzt. Seitdem habe ich sie nicht mehr gesehen.«

»Und das Mädchen?«

»Wie schon gesagt, ihr bin ich ein- oder zweimal auf der Straße begegnet, aber sie ist nicht mehr meine Patientin. Ich bekam von einem anderen Arzt ein Schreiben mit der Bitte, meine Diagnose zu bestätigen, was ich auch getan habe. Die Krankenunterlagen von Mutter und Tochter hatte ich inzwischen schon an Signora Trevisan geschickt.«

»Haben Sie eine Ahnung, wie sie auf die Idee kam, Sie hätten eine Abtreibung arrangiert?«

»Nein, nicht die geringste. Ich hätte das sowieso nicht ohne Einverständnis der Eltern tun können.«

Brunettis eigene Tochter, Chiara, war so alt, wie Francesca vor einem Jahr gewesen war: vierzehn. Er überlegte, wie er oder seine Frau reagieren würden, wenn sie erführen, daß ihre Tochter eine Geschlechtskrankheit hatte. Schieres Grauen ließ ihn vor dem Gedanken zurückschrecken.

»Warum wollen Sie nicht über Signora Trevisans Krankengeschichte sprechen?«

»Wie gesagt, weil sie in meinen Augen nichts zur Sache tut.«

»Und ich habe Ihnen gesagt, daß einfach alles zur Sache gehören kann«, entgegnete er, um einen sanften Ton bemüht, vielleicht mit Erfolg.

»Wenn ich Ihnen nun sage, sie hatte Rückenbeschwerden?«

»In diesem Fall hätten Sie von vornherein nicht gezögert, es mir zu sagen.«

Sie schwieg einen Moment und schüttelte dann den Kopf. »Nein. Sie war meine Patientin, und ich darf über das, was ich weiß, nicht sprechen.«

»Darf nicht oder will nicht?« fragte Brunetti, jetzt ohne jedes Bemühen um einen leichten Ton.

Ihr Blick war offen und gleichmütig. »Darf nicht«, wiederholte sie, dann sah sie auf ihre Armbanduhr. Mittlerweile trug sie eine mit Snoopy, wie er feststellte. »Ich muß vor dem Mittagessen noch einen Hausbesuch machen.«

Brunetti wußte, daß er gegen diese Entscheidung nicht ankam. »Vielen Dank, daß Sie mir Ihre Zeit geopfert haben. – Und für

Ihre Informationen«, sagte er aufrichtig. Und etwas persönlicher fügte er hinzu: »Eigentlich erstaunlich, wieso ich nicht schon früher gemerkt habe, daß Sie und Elettra Schwestern sind.«

»Na ja, sie ist fünf Jahre jünger als ich.«

»Ich dachte nicht ans Äußere«, sagte er. Und als sie fragend das Kinn hob, fügte er hinzu: »Der Charakter. Der ist sehr ähnlich.«

Sie lächelte übers ganze Gesicht. »Das haben uns schon viele gesagt.«

»Kann ich mir vorstellen«, sagte Brunetti.

Sie sagte eine ganze Weile nichts, aber dann lachte sie herzlich. Immer noch lachend schob sie ihren Stuhl zurück und griff nach ihrem Mantel. Er half ihr hinein, warf einen Blick auf den Kassenbon und legte das Geld auf den Tisch. Sie nahm ihre braune Tasche, und zusammen gingen sie hinaus auf die Piazza, um festzustellen, daß es sogar noch wärmer geworden war.

»Die meisten meiner Patienten sind überzeugt, daß darauf ein schrecklicher Winter folgt«, sagte sie mit einer Geste, die den gesamten Platz und das Licht, das ihn erfüllte, umschloß. Sie gingen die drei flachen Stufen hinunter und begannen, die Piazza zu überqueren.

»Und was würden Ihre Patienten sagen, wenn es unnatürlich kalt wäre?« fragte Brunetti.

»Na, genau dasselbe. Daß es ein sicheres Anzeichen für einen schlechten Winter ist«, antwortete sie, ohne sich im mindesten an dem Widerspruch zu stören. Da sie beide Venezianer waren, verstanden sie.

»Wir sind schon ein pessimistisches Völkchen, finden Sie nicht?« meinte Brunetti.

»Wir hatten immerhin einmal ein Weltreich«, sagte sie mit der gleichen Geste wie vorhin, die wieder die Basilika, den Campanile und darunter die Loggetta von Sansovino umschloß. »Jetzt haben wir nur noch dieses Disneyland. Ich glaube, das ist Grund genug zum Pessimismus.«

Brunetti nickte, sagte aber nichts. Sie hatte ihn nicht überzeugt. Für ihn war die Glorie der Stadt trotz allem lebendig.

Sie trennten sich am Fuß des Campanile, sie, um einen Patienten am Campo della Guerra zu besuchen, und er, um zur Rialtobrücke und von dort nach Hause zum Mittagessen zu gehen.

8

Die Läden hatten noch geöffnet, als er in seine Gegend kam, also ging Brunetti in den Gemüseladen an der Ecke und kaufte vier Glasflaschen Mineralwasser. In einem schwachen Moment ökologischer Friedfertigkeit hatte er sich bereit gefunden, den Plastikflaschenboykott seiner Familie mitzumachen, woraufhin er sich – wie die anderen auch, das mußte er ihnen lassen – angewöhnt hatte, jedesmal ein paar Flaschen aus dem Laden mitzunehmen, wenn er vorbeikam. Manchmal fragte er sich, ob die anderen in dem Zeug badeten, so schnell verschwand es immer.

Auf dem fünften Treppenabsatz setzte er die Tüte mit den Flaschen ab und fischte seinen Schlüssel heraus. Von drinnen hörte er die Radionachrichten, die zweifellos eine gierige Öffentlichkeit mit den letzten Neuigkeiten über den Mord an Trevisan versorgten. Er stieß die Tür auf, stellte die Flaschen hinein und machte hinter sich zu. Aus der Küche hörte er eine Stimme sagen: »... leugnet jedes Wissen um die Dinge, die ihm zur Last gelegt werden, und verweist auf zwanzig Jahre treue Dienste für die frühere Democrazia Cristiana als Beweis seines Engagements für Recht und Gerechtigkeit. In seiner Zelle im Regina-Coeli-Gefängnis erhält jedoch der geständige Mafia-Mörder Renato Mustacci seine Behauptung aufrecht, er habe auf Befehl des Senators gehandelt, als er im Mai letzten Jahres gemeinsam mit zwei anderen Männern den Richter Filippo Preside und seine Frau Elvira erschoß.«

Auf die ernste Stimme des Nachrichtensprechers folgte der Singsang einer Waschmittelreklame, übertönt von Paola, die laut zu ihrem liebsten Publikum redete, sich selbst. »Du widerliches, verlogenes Schwein. Widerliches, verlogenes DC-Schwein, du wie alle anderen. Engagement für Recht und Gerechtigkeit.

Wenn ich das schon höre ...« Es folgte einer jener etwas skurrilen Kraftausdrücke, die seine Frau auf Lager hatte, seltsamerweise aber nur bei ihren Selbstgesprächen benutzte.

Sie hörte ihn über den Flur kommen und drehte sich um. »Hast du das gehört, Guido? Hast du das gehört? Alle drei Mörder haben ausgesagt, daß er sie beauftragt hat, den Richter umzubringen, und er redet von seinem Engagement für Recht und Gerechtigkeit. Aufhängen sollte man ihn. Aber er ist Parlamentsabgeordneter, sie kommen nicht an ihn heran. Einsperren sollte man sie alle, so wie sie da sind. Das gesamte Parlament im Knast, das würde uns allen viel Zeit und Ärger sparen.«

Brunetti ging durch die Küche, bückte sich und stellte die Flaschen in das Schränkchen neben dem Kühlschrank. Es war nur noch eine da, obwohl er tags zuvor erst wieder fünf mitgebracht hatte. »Was gibt es zu essen?« fragte er.

Sie machte einen kleinen Schritt rückwärts und richtete anklagend den Finger auf sein Herz. »Die Republik bricht zusammen, und er denkt nur ans Essen«, sagte sie, diesmal an den unsichtbaren Zuhörer gewandt, der seit mehr als zwanzig Jahren stiller Teilhaber in ihrer Ehe war. »Guido, diese Schurken vernichten uns alle. Vielleicht haben sie es schon getan. Und du fragst, was es zu essen gibt.«

Brunetti verkniff sich die Bemerkung, daß jemand, der Kaschmir aus der Burlington Arcade trug, nicht gerade einen glaubwürdigen Revolutionär abgab, und sagte statt dessen: »Gib mir zu essen, Paola, und ich gehe wieder und widme mich meinem eigenen Engagement für Recht und Gerechtigkeit.«

Das genügte, um sie an Trevisan zu erinnern, und wie Brunetti hätte vorhersagen können, verzichtete Paola gern auf ihre philosophischen Donnerschläge für ein bißchen Klatsch. Sie schaltete das Radio aus und fragte: »Hat er ihn dir übertragen?«

Brunetti nickte und stemmte sich aus seiner Hockstellung hoch. »Er fand, daß ich im Moment nichts Besonderes zu tun hätte. Der Bürgermeister hatte schon angerufen, da muß ich dir nicht sagen, in welcher Verfassung er war.« Von wem die Rede war, bedurfte keiner weiteren Erklärung.

Paola war, wie Brunetti gleich gewußt hatte, von ihren Betrachtungen über politische Gerechtigkeit und Redlichkeit abgelenkt. »In der Zeitung, die ich gelesen habe, stand nur, daß er erschossen worden ist. Im Zug aus Turin.«

»Er hatte eine Fahrkarte ab Padua. Wir versuchen herauszufinden, was er dort gemacht hat.«

»Eine Frau?«

»Möglich. Noch zu früh, um etwas sagen zu können. Was gibt es zu essen?«

»Pasta e fagioli, danach cotoletta.«

»Salat?«

»Guido, hatten wir schon einmal cotoletta ohne Salat?« fragte sie mit spitzen Lippen und himmelwärts verdrehten Augen.

Statt einer Antwort fragte er: »Haben wir noch etwas von diesem guten Dolcetto?«

»Keine Ahnung. Wir haben letzte Woche mal eine Flasche getrunken, oder?«

Er brummelte etwas und kniete sich wieder vor das Schränkchen. Hinter den Sprudelflaschen standen drei Flaschen Wein, alle weiß. Im Aufstehen fragte er: »Wo ist Chiara?«

»In ihrem Zimmer. Warum?«

»Sie soll mir einen Gefallen tun.«

Paola sah auf die Uhr. »Es ist Viertel vor eins, Guido. Die Läden haben gleich zu.«

»Do Mori nicht. Da ist länger offen.«

»Und da willst du sie hinschicken, nur um dir eine Flasche Dolcetto zu holen?«

»Drei«, sagte er, und schon verließ er die Küche und ging den Flur entlang zu Chiaras Zimmer. Er klopfte und hörte, wie das Radio hinter ihm wieder angestellt wurde.

»Avanti, papà«, rief sie.

Er trat ein. Das Bett, auf dem Chiara der Länge nach lag, hatte einen weißen, gerafften Baldachin. Auf dem Boden lagen neben Schultasche und Jacke ihre Schuhe. Die Läden waren offen, und das Licht durchflutete den Raum und beleuchtete die Bären und anderen Plüschtiere, die das Bett mit ihr teilten. Sie strich sich eine dunkelblonde Strähne aus dem Gesicht, sah zu ihm auf und schenkte ihm ein Lächeln, das dem Licht Konkurrenz machte.

»*Ciao, dolcezza*«, sagte er.

»Du bist früh da, *papà*.«

»Nein, nur pünktlich. Hast du gelesen?«

Sie nickte mit einem Blick auf ihr Buch.

»Chiara, tust du mir einen Gefallen?«

Sie senkte das Buch und sah ihn darüber hinweg an.

»Ja, Chiara?«

»Wohin?« fragte sie.

»Nur schnell zu Do Mori.«

»Was fehlt denn?«

»Dolcetto.«

»Oh, *papà*, warum kannst du nicht mal etwas anderes zum Essen trinken?«

»Weil ich gern Dolcetto hätte, mein Herz.«

»Ich gehe, wenn du mitgehst.«

»Aber dann kann ich ja gleich selber gehen.«

»Wenn du willst, dann tu's doch, *papà*.«

»Ich will aber nicht, Chiara. Darum bitte ich dich ja, für mich zu gehen.«

»Aber warum ich?«

»Weil ich schwer arbeite, um euch alle zu ernähren.«

»*Mamma* arbeitet auch.«

»Ja, aber von meinem Geld bezahlen wir die Wohnung und alles, was dazugehört.«

Sie legte ihr Buch umgedreht aufs Bett. »*Mamma* sagt, das ist kapitalistische Erpressung, und ich soll nicht auf dich hören, wenn du so etwas tust.«

»Chiara«, erklärte er mit sehr sanfter Stimme, »deine Mutter ist eine Unruhestifterin, eine Nörglerin und eine Aufwieglerin.«

»Wieso sagst du dann immer, daß ich tun muß, was sie von mir verlangt?«

Er holte tief Luft. Chiara sah es, rutschte auf die Bettkante und angelte mit den Zehen nach ihren Schuhen. »Wie viele Flaschen willst du?« fragte sie trotzig.

»Drei.«

Sie beugte sich vor und band ihre Schuhe zu. Brunetti streckte die Hand aus und wollte ihr übers Haar streichen, aber sie wich mit einer Kopfbewegung aus. Nachdem die Schuhe zugebunden waren, stand sie auf und schnappte sich ihre Jacke. Wortlos schlüpfte sie an ihm vorbei in den Flur.

»Deine Mutter soll dir Geld geben«, rief er ihr nach, dann ging er ins Bad. Während er sich dort die Hände wusch, hörte er die Wohnungstür zuschlagen.

Als er in die Küche zurückkam, deckte Paola gerade den Tisch, aber nur für drei. »Wo ist Raffi?« fragte Brunetti.

»Er hat heute nachmittag eine mündliche Prüfung, darum sitzt er den ganzen Tag in der Bibliothek.«

»Und was ißt er?«

»Er holt sich irgendwo ein Sandwich.«

»Wenn er eine Prüfung hat, sollte er vorher eine anständige Mahlzeit zu sich nehmen.«

Sie warf ihm quer durch die Küche einen Blick zu und schüttelte den Kopf.

»Was ist?« fragte er.

»Nichts.«

»Doch, sag es nur. Warum schüttelst du den Kopf?«

»Ich frage mich manchmal, wie ich bloß so einen gewöhnlichen Mann heiraten konnte.«

»Gewöhnlich?« Von allen Beleidigungen, die Paola ihm im Lauf der Jahre an den Kopf geworfen hatte, empfand er diese als die schlimmste. »Gewöhnlich?« wiederholte er.

Sie zögerte kurz, dann legte sie mit ihrer Erklärung los. »Zuerst versuchst du deine Tochter zu erpressen, damit sie dir Wein holt, den sie selbst nicht trinkt, und dann sorgst du dich, daß dein Sohn nichts ißt. Nicht daß er nicht lernt, sondern daß er nicht ißt.«

»Worum sollte ich mich denn sonst sorgen?«

»Daß er nicht lernt«, schoß Paola zurück.

»Er hat doch das ganze letzte Jahr nichts weiter getan als gelernt, und ansonsten in der Wohnung herumgehangen und an Sara gedacht.«

»Was hat Sara damit zu tun?«

Was hatte das alles überhaupt damit zu tun, überlegte Brunetti. »Was hat Chiara denn gesagt?« fragte er.

»Daß sie dir angeboten hat, zu gehen, wenn du mitgehst, und daß du nicht wolltest.«

»Wenn ich hätte gehen wollen, wäre ich gleich selber gegangen.«

»Du sagst immer, daß du nicht genug Zeit für die Kinder hast, und wenn sich die Gelegenheit bietet, nutzt du sie nicht.«

»In eine Bar zu gehen, um eine Flasche Wein zu kaufen, ist nicht gerade das, was ich mir unter ›Zeit für die Kinder haben‹ vorstelle.«

»Was dann? Am Tisch sitzen und ihnen erklären, auf welche Weise Geld den Leuten Macht verleiht?«

»Paola«, sagte er, alle drei Silben ihres Namens schön nacheinander, »ich habe zwar keine Ahnung, was das alles soll, aber ich bin ziemlich sicher, es hat nichts damit zu tun, daß ich Chiara zu Do Mori geschickt habe.«

Sie zuckte die Achseln und wandte sich ab.

»Was ist los, Paola?« fragte er, ohne sich vom Fleck zu rühren, aber seine Stimme schien sich förmlich nach ihr auszustrekken.

Sie zuckte erneut die Achseln.

»Sag's mir, Paola. Bitte.«

Sie drehte ihm weiter den Rücken zu, und ihre Stimme war leise. »Ich fühle mich allmählich alt, Guido. Raffi hat eine Freundin, und Chiara ist schon fast eine Frau. Bald werde ich fünfzig.« Er staunte über ihre Rechenkünste, sagte aber nichts. »Ich weiß, daß es dumm ist, aber ich finde es deprimierend; als ob mein Leben verbraucht wäre, der beste Teil hinter mir läge.« Gütiger Himmel, und sie nannte ihn gewöhnlich?

Er wartete, aber sie war anscheinend fertig.

Sie hob den Deckel vom Topf und war einen Moment lang eingehüllt in die Dampfwolke, die daraus hervorquoll. Sie nahm einen langen Holzlöffel und rührte den Topfinhalt, was immer es sein mochte; aber wie eine Hexe sah sie dabei ganz und gar nicht aus. Brunetti versuchte, wenn auch nicht sehr erfolgreich, die über zwanzig Jahre Liebe und Vertrautheit zu vergessen und sie ganz objektiv zu betrachten. Er sah eine große, schlanke Frau von Anfang Vierzig mit dunkelblondem Haar, das ihr bis auf die Schultern fiel. Sie drehte sich um und warf ihm einen Blick zu, und er sah die lange Nase, die dunklen Augen und den großen Mund, der ihn seit Jahrzehnten entzückte.

»Heißt das, ich muß dich umtauschen?« fragte er vorsichtig.

Sie kämpfte einen Moment gegen das Lächeln, bevor sie es zuließ.

»Stelle ich mich sehr albern an?« fragte sie.

Er wollte gerade antworten, sie stelle sich, wenn überhaupt, nicht alberner an, als er es von ihr gewohnt sei, als die Wohnungstür aufflog und Chiara hereinstürmte.

»*Papà*«, rief sie schon im Flur, »das hast du mir ja gar nicht erzählt.«

»Was habe ich dir nicht erzählt, Chiara?«

»Das mit Francescas Vater. Daß ihn einer umgebracht hat.«

»Du kennst sie?« fragte Brunetti.

Sie kam in die Küche, die Stofftasche mit den Flaschen in der Hand. Offenbar hatte die Neugier ihren ganzen Zorn auf Brunetti verdrängt. »Klar. Wir waren doch zusammen in der Schule. Suchst du jetzt den, der es war?«

»Ich suche mit«, sagte er, denn er hatte wenig Lust, sich auf die penetrante Fragerei einzulassen, die sonst unweigerlich folgen würde. »Hast du sie gut gekannt?«

»Nein, nein«, antwortete sie. Zu seinem Erstaunen behauptete sie nicht, ihre beste Freundin gewesen zu sein und somit Anspruch auf alles zu haben, was er wußte. »Sie hat immer mit der Pedrocci zusammengesteckt, weißt du, die so viele Katzen zu Hause hatte. Die roch, darum wollte niemand mit ihr befreundet sein. Außer Francesca.«

»Hatte Francesca noch andere Freundinnen?« mischte Paola sich ein, die nun auch neugierig geworden war und sich willig an dem Versuch ihres Mannes beteiligte, dem eigenen Kind Informationen zu entlocken. »Ich glaube nicht, daß ich sie mal kennengelernt habe.«

»Nein, nein, sie war nie hier. Wer mit ihr spielen wollte, mußte zu ihr nach Hause. Ihre Mutter wollte das so.«

»Und das Mädchen mit den Katzen ist zu ihr gegangen?«

»Klar. Ihr Vater ist Richter, da hat es Signora Trevisan nichts ausgemacht, daß sie roch.« Brunetti konnte nur staunen, wie klar Chiara die Welt sah. Er hatte zwar keine Ahnung, welche Richtung seine Tochter einmal einschlagen würde, aber sie würde weit kommen, daran zweifelte er nicht.

»Wie ist sie denn so, diese Signora Trevisan?« fragte Paola, dann warf sie ihrem Mann einen kurzen Blick zu. Brunetti nickte. Sehr geschickt gemacht. Er zog sich einen Stuhl hervor und setzte sich stumm an den Tisch.

»*Mamma*, warum läßt du diese Fragen nicht *papà* stellen, wo er es doch ist, der das alles wissen will?« Ohne auf die Lüge ihrer Mutter zu warten, ging Chiara durch die Küche und kuschelte sich auf Brunettis Schoß, wobei sie die inzwischen vergessenen oder vergebenen Weinflaschen vor ihn auf den Tisch stellte. »Was möchtest du denn über sie wissen, *papà*?«

Wenigstens hatte sie ihn nicht *commissario* genannt. »Alles, was dir einfällt, Chiara«, antwortete er. »Vielleicht könntest du mir erklären, warum jeder, der mit ihr spielen wollte, zu ihr nach Hause mußte.«

»Francesca wußte es selber nicht genau, aber einmal, vor fünf Jahren oder so, hat sie gemeint, ihre Eltern hätten vielleicht Angst, daß sie entführt werden könnte.« Noch ehe Brunetti oder Paola zu dieser absurden Behauptung etwas sagen konnten, fuhr Chiara fort: »Ich weiß, das ist dumm, aber so hat sie es gesagt. Vielleicht hat sie es ja nur erfunden, um sich wichtig zu machen. Aber es hat sie sowieso keiner ernst genommen, und irgendwann hat sie dann damit aufgehört.« Sie wandte ihre Aufmerksamkeit Paola zu und fragte: »Wann essen wir eigentlich, *mamma*? Ich bin schon fast verhungert, und wenn ich nicht bald was zu essen bekomme, werde ich ohnmächtig.« Sprach's und ließ dem Wort die Tat folgen, sackte in sich zusammen und drohte zu Boden zu rutschen, nur um sich von Brunetti retten zu lassen, der instinktiv die Arme um sie schlang und sie wieder zu sich heraufzog.

»Schauspielerin«, raunte er ihr ins Ohr und begann sie zu kitzeln, wobei er sie mit einem Arm festhielt und mit der anderen Hand auf ihren Rippen Klavier spielte.

Chiara quietschte und fuchtelte mit den Armen, atemlos vor Schrecken und Vergnügen. »Nicht, *papà!* Laß mich los. Laß mich ...« Der Rest ging in kreischendem Lachen unter.

Bis zum Essen war wieder einigermaßen Ruhe eingekehrt. In stillschweigender Übereinkunft fragten die Erwachsenen nicht weiter nach Signora Trevisan oder deren Tochter. Während des Essens zuckte Brunettis Hand, sehr zu Paolas Mißfallen, immer wieder nach Chiara, die wie üblich neben ihm saß. Jede dieser Bewegungen entfesselte neue angstvoll-vergnügte Lachsalven, und Paola wünschte sich die Autorität, einen Commissario der Polizei ohne Mittagessen in sein Zimmer schicken zu können.

9

Ein wohlgesättigter Brunetti verließ unmittelbar nach dem Mittagessen das Haus und ging zur Questura zurück, trank nur unterwegs noch rasch einen Kaffee, um die Schläfrigkeit zu vertreiben, die ihn nach dem guten Essen und der anhaltenden Wärme des Tages überkommen hatte. In seinem Büro zog er den Mantel aus, hängte ihn auf und ging an seinen Schreibtisch, um zu sehen, was sich dort in seiner Abwesenheit angesammelt hatte. Wie gehofft, lag der Autopsiebericht da, nicht der offizielle, sondern einer, den Signorina Elettra offenbar am Telefon aufgenommen und danach abgetippt hatte.

Bei der Waffe, mit der Trevisan erschossen worden war, handelte es sich um eine kleine Sportpistole, Kaliber 5,6 Millimeter. Wie vermutet, hatte ein Geschoß die Aorta durchschlagen, so daß der Tod praktisch sofort eingetreten war. Das andere war im Magen steckengeblieben. Aus den Einschußwunden war zu schließen, daß der Schütze höchstens einen Meter von ihm entfernt gewesen war, und nach dem Schußwinkel mußte Trevisan gesessen haben, als auf ihn geschossen wurde, wobei der Mörder rechts vor ihm gestanden hatte.

Trevisan hatte kurz vor seinem Tod eine komplette Mahlzeit eingenommen und eine bescheidene Menge Alkohol getrunken, auf keinen Fall so viel, daß er ihm in irgendeiner Weise die Sinne vernebelt hätte. Von leichtem Übergewicht abgesehen, schien Trevisan für einen Mann seines Alters bei guter Gesundheit gewesen zu sein. Es gab keine Anzeichen für irgendeine frühere ernsthafte Erkrankung, obschon ihm der Blinddarm entfernt worden war und er sich hatte sterilisieren lassen. Der Pathologe sah keinen Grund, warum er, schwere Krankheit oder Unfall ausgenommen, nicht noch mindestens zwanzig Jahre hätte leben können.

»Zwei gestohlene Jahrzehnte«, murmelte Brunetti vor sich hin, als er das las, und dachte an die unendlich vielen Dinge, die ein Mann in zwanzig Jahren Lebenszeit noch tun konnte: ein Kind heranwachsen sehen, sogar noch Enkel; erfolgreich im Beruf arbeiten; ein Gedicht schreiben. Und Trevisan würde nun nie mehr die Chance haben, irgendeines von diesen Dingen zu tun, überhaupt noch irgend etwas zu tun. Mit das Grausamste an einem Mord war für Brunetti schon immer gewesen, daß dem Opfer gnadenlos alle Möglichkeiten genommen wurden, jemals wieder irgend etwas zu bewerkstelligen. Er war katholisch aufgewachsen, wußte also, daß für viele Menschen der größte Schrekken darin lag, daß dem Opfer die Gelegenheit zur Reue genommen wurde. Er mußte an Dantes *Inferno* denken, wo es an einer Stelle heißt: »Nur wer bereut, dem wird vergeben.« Obwohl Brunetti nicht gläubig war, ließ ihn die Magie des Glaubens nicht kalt, und er konnte sich vorstellen, welch schreckliche Aussicht das für viele Menschen sein mußte.

Es klopfte, und Sergente Vianello kam mit einer der hauseigenen blauen Mappen herein. »Dieser Mann war absolut sauber«, sagte er ohne Einleitung und legte die Mappe auf Brunettis Schreibtisch. »Für uns hätte er ebensogut nie existiert haben können. Das einzige, was wir von ihm haben, ist sein Reisepaß, den er« – Vianello unterbrach sich und schlug die Mappe auf, um das Datum nachzusehen – »vor vier Jahren hat erneuern lassen. Sonst nichts.«

An sich war das nicht überraschend; vielen Menschen gelang es, durch ihr ganzes Leben zu gehen, ohne das Augenmerk der Polizei auf sich zu lenken, bis sie zum zufälligen Opfer einer beliebigen Gewalttat wurden: von Trunkenheit am Steuer, einem Raubüberfall, der Panikreaktion eines Einbrechers. Doch nur äußerst wenige fielen einer Tat zum Opfer, die so sehr nach einem professionellen Mord aussah.

»Ich bin mit der Witwe verabredet«, sagte Brunetti. »Heute nachmittag um vier.«

Vianello nickte. »Über die engere Familie gibt es auch nichts.«

»Merkwürdig, finden Sie nicht?«

Vianello überlegte kurz und meinte dann: »Es ist doch ziemlich normal, daß Leute, sogar ganze Familien, nie mit uns zu tun haben.«

»Warum kommt es mir dann so merkwürdig vor?« fragte Brunetti.

»Vielleicht, weil es eine kleinkalibrige Pistole war?« Sie wußten beide, daß solche Waffen von vielen Profikillern benutzt wurden.

»Können wir etwas über ihre Herkunft in Erfahrung bringen?«

»Kaum mehr als das Fabrikat«, sagte Vianello. »Ich habe die Daten der Geschosse nach Rom und Genf geschickt.« Beide wußten auch, daß dabei kaum irgendwelche nützlichen Informationen herauskommen würden.

»Und am Bahnhof?«

Vianello wiederholte, was die Kollegen schon in der Nacht zuvor erfahren hatten. »Hilft uns nicht viel weiter, nicht wahr, Dottore?«

Brunetti schüttelte den Kopf, dann fragte er: »Seine Kanzlei?«

»Als ich hinkam, waren die meisten schon zum Essen gegangen. Ich habe mit einer Sekretärin gesprochen, die tatsächlich in Tränen aufgelöst war, und danach noch mit dem Anwalt, der offenbar die Geschäfte in die Hand genommen hat«, sagte Vianello, schwieg kurz und fügte dann hinzu: »Der nicht.«

»Nicht in Tränen aufgelöst?« fragte Brunetti und sah interessiert auf.

»Genau, keine Tränen. Er schien von Trevisans Tod sogar ziemlich unberührt.«

»Auch von den Umständen?«

»Daß es Mord war?«

»Ja.«

»Das schien ihn ein bißchen zu erschüttern. Nach meinem Eindruck hatte er für Trevisan nicht viel übrig, aber daß er ermordet worden war, schockierte ihn doch.«

»Was hat er gesagt?«

»Eigentlich nichts«, antwortete Vianello, und dann zur Erklärung: »Es kam mehr durch das zum Ausdruck, was er nicht gesagt hat – alle die Dinge, die einem so einfallen, wenn jemand gestorben ist, auch wenn man ihn nicht mochte: daß es ein großer Verlust ist, daß man sehr mit der Familie fühlt, daß niemand den Verstorbenen ersetzen kann.« Er und Brunetti hatten diese Sätze im Lauf der Jahre so oft gehört, daß es sie nicht mehr überraschte, wenn sie merkten, daß der Sprecher log. Es überraschte sie allerdings, wenn jemand sich gar nicht erst die Mühe machte, das alles zu sagen.

»Noch etwas?« fragte Brunetti.

»Nein. Die Sekretärin hat gemeint, morgen seien alle Angestellten wieder da – heute nachmittag hat man ihnen frei gegeben, dem Toten zu Ehren; ich werde also dann noch einmal hingehen und mit ihnen reden.« Bevor Brunetti nachfragen konnte, sagte Vianello: »Ich habe Nadia angerufen und sie gebeten, sich umzuhören. Sie hat ihn nicht persönlich gekannt, glaubt aber, daß er – allerdings vor mindestens fünf Jahren – das Testament des Mannes aufgesetzt haben könnte, der in der Via Garibaldi das Schuhgeschäft hatte. Sie wird die Witwe anrufen. Und in der Nachbarschaft will sie auch herumhören.«

Brunetti nickte dazu. Wenn Vianellos Frau auch nicht von der Polizei bezahlt wurde, war sie doch eine hervorragende Quelle für Informationen, die nie in die Akten kamen. »Ich möchte gern noch seine Finanzen unter die Lupe nehmen«, sagte er. »Das Übliche: Bankkonten, Steuererklärungen, Immobilien. Und versuchen Sie sich einen Eindruck zu verschaffen, wie seine Anwaltspraxis läuft, was sie im Jahr so einbringt.«

Obwohl es Routinefragen waren, schrieb Vianello sie auf. »Soll ich Elettra bitten, mal zu sehen, was sie findet?«

Diese Frage beschwor bei Brunetti immer ein Bild von Signorina Elettra herauf, wie sie, in schwere Gewänder gehüllt und mit einem Turban auf dem Kopf – der Turban natürlich aus Brokat und reich mit Edelsteinen bestickt –, auf den Bildschirm ihres Computers starrt, von dem eine dünne Rauchsäule aufsteigt. Brunetti hatte keine Ahnung, wie sie es anstellte, aber sie brachte es jedesmal wieder fertig, finanzielle und oft auch persönliche Informationen über Opfer und Verdächtige aufzuspüren, die sogar deren Familien und Geschäftspartner überraschten. Brunetti war der Meinung, daß niemand vor ihr sicher war, und er fragte sich manchmal – oder sorgte sich? –, ob sie ihre nicht unerheblichen Talente womöglich dazu benutzte, einen Blick ins Privatleben der Leute zu werfen, für die und mit denen sie arbeitete.

»Ja, sehen Sie mal zu, was sie ausfindig macht. Außerdem hätte ich gern eine Liste seiner Klienten.«

»Aller?«

»Ja.«

Vianello nickte und machte sich eine Notiz, obwohl er wußte, wie schwierig das sein würde. Es war so gut wie unmöglich, Anwälte zur Nennung ihrer Klienten zu bringen. Die einzigen, die der Polizei auf diesem Gebiet noch mehr Schwierigkeiten machten, waren Huren.

»Noch etwas, Commissario?«

»Nein. Ich treffe die Witwe in« – er sah auf die Uhr- »in einer halben Stunde. Wenn ich von ihr etwas erfahre, was für uns von Nutzen ist, komme ich hierher zurück; andernfalls sehen wir uns morgen vormittag.«

Vianello verstand das als Ende ihres Gesprächs, steckte sein Notizbuch in die Tasche, stand auf und ging zurück ins untere Stockwerk.

Brunetti verließ fünf Minuten später die Questura und ging zur Riva degli Schiavoni hinauf, wo er das Vaporetto Nummer eins bestieg. Er fuhr bis Santa Maria del Giglio, bog dann am

Hotel Ala links ab, ging über zwei Brücken, wandte sich nach links in eine kleine *calle*, die zum Canal Grande führte, und blieb an der ersten Tür links stehen. Er drückte auf die Klingel neben dem Schild »Trevisan«, und als die Tür aufsprang, stieg er in den dritten Stock hinauf.

Oben stand in der offenen Wohnungstür ein grauhaariger Mann, dessen dicker Bauch geschickt durch den guten Schnitt seines teuren Anzugs kaschiert wurde. Als Brunetti am oberen Ende der Treppe ankam, fragte der Mann, ohne die Hand auszustrecken: »Commissario Brunetti?«

»Ja. Signor Lotto?«

Der Mann nickte, gab Brunetti aber noch immer nicht die Hand. »Dann kommen Sie herein. Meine Schwester wartet schon.« Obwohl es drei Minuten vor der vereinbarten Zeit war, klang das so, als ob Brunetti die Witwe hätte warten lassen.

In der Diele hingen an beiden Seiten Spiegel, die den Eindruck vermittelten, als sei der kleine Vorraum mit lauter Doppelgängern von Brunetti und Signora Trevisans Bruder angefüllt. Der Fußboden war mit weißen und schwarzen Quadraten aus Marmor belegt, was bei Brunetti das Gefühl auslöste, er und seine Spiegelbilder würden sich auf einem Schachbrett bewegen, wodurch der andere Mann zwangsläufig zu seinem Gegenspieler wurde.

»Ich weiß es zu schätzen, daß Signora Trevisan sich bereit erklärt hat, mich zu empfangen«, sagte Brunetti.

»Ich habe ihr davon abgeraten«, entgegnete ihr Bruder brüsk. »Sie sollte gar niemanden empfangen. Es ist furchtbar.« Der Blick, mit dem er das sagte, ließ Brunetti überlegen, ob der Mann den Mord an Trevisan oder seine Anwesenheit im Trauerhaus meinte.

Der andere führte Brunetti über einen zweiten Gang in ein kleines Zimmer linker Hand. Es war schwer zu sagen, wozu dieser Raum diente: Es gab keine Bücher darin, keinen Fernseher, und die einzigen Sitzgelegenheiten waren Stühle in den vier

Ecken des Zimmers. Zwei Fenster auf der einen Seite waren mit dunkelgrünen Vorhängen verhängt. In der Mitte stand ein runder Tisch und darauf eine Vase mit getrockneten Blumen. Weiter nichts, und kein Hinweis auf Sinn und Zweck des Zimmers.

»Sie können hier warten«, sagte Lotto und ging. Brunetti blieb kurz stehen, dann trat er an eines der Fenster und zog den Vorhang beiseite. Vor ihm lag der Canal Grande, auf dessen Wasser das Sonnenlicht glitzerte, und links drüben der Palazzo Dario, dessen Fassade mit ihrem Goldmosaik das Licht von der Wasserfläche aufnahm, um es in kleinste Teilchen zu zerlegen und aufs Wasser zurückzuwerfen. Boote zogen vorüber; die Minuten verstrichen.

Er hörte hinter sich die Tür aufgehen und drehte sich um, wollte die Witwe Trevisan begrüßen, aber statt ihrer trat ein junges Mädchen mit dunklem, schulterlangem Haar ein, sah Brunetti am Fenster stehen und zog sich so schnell wieder zurück, wie es gekommen war. Ein paar Minuten später wurde die Tür erneut geöffnet, doch diesmal war die Eintretende eine Frau Anfang Vierzig. Sie trug ein schlichtes schwarzes Wollkleid und so hohe Schuhe, daß sie fast so groß wie Brunetti war. Ihr Gesicht hatte dieselbe Form wie das des Mädchens, und ihr Haar war ebenfalls schulterlang und von derselben dunkelbraunen Farbe, wenngleich Brunetti den Eindruck hatte, daß bei der Farbe nachgeholfen worden war. Ihre Augen standen weit auseinander, wie die ihres Bruders, und strahlten Intelligenz und noch etwas aus, was Brunetti eher für Neugier als für Trauer hielt.

Sie kam auf ihn zu und streckte die Hand aus. »Commissario Brunetti?«

»Ja, Signora. Es tut mir leid, daß wir uns unter solchen Umständen kennenlernen müssen. Ich bin Ihnen sehr dankbar, daß Sie bereit sind, mit mir zu sprechen.«

»Ich möchte alles tun, um Ihnen zu helfen, Carlos Mörder zu finden.« Ihre Stimme war sanft, der Akzent ein leichter Anklang an die verschluckten Hauchlaute der Florentiner.

Sie blickte sich um, als sähe sie das Zimmer zum erstenmal. »Warum hat Ubaldo Sie hier hereingeführt?« fragte sie, und während sie schon kehrtmachte, fügte sie hinzu: »Kommen Sie mit.«

Brunetti folgte ihr auf den Flur, wo sie rechter Hand eine andere Tür öffnete. Sie kamen in einen viel größeren Raum mit drei Fenstern, die auf den Campo San Maurizio hinausgingen; offenbar ein Arbeits- oder Lesezimmer. Sie führte ihn zu zwei tiefen Sesseln, nahm in dem einen Platz und deutete auf den zweiten.

Brunetti setzte sich, doch als er die Beine übereinanderschlagen wollte, merkte er, daß der Sessel dafür viel zu niedrig war. So stützte er beide Ellbogen auf die Armlehnen und legte die Hände auf dem Bauch übereinander.

»Was möchten Sie von mir wissen, Commissario?« fragte Signora Trevisan.

»Ich möchte wissen, ob Ihr Mann in den letzten Wochen, vielleicht auch Monaten, beunruhigt oder nervös auf Sie gewirkt hat, oder ob er sich sonst auf eine Art verändert hatte, die Ihnen merkwürdig erschien.«

Sie wartete, ob noch mehr zu dieser Frage käme, und als das offenbar nicht der Fall war, dachte sie ein Weilchen darüber nach. Schließlich antwortete sie: »Nein, mir fällt dazu nichts ein. Carlo war immer sehr von seiner Arbeit in Anspruch genommen. Und angesichts der politischen Veränderungen in den letzten Jahren und der Öffnung neuer Märkte hatte er besonders viel zu tun. Aber nein, er war in den letzten Monaten nicht nervöser, als er es auch sonst durch die Arbeitsbelastung war.«

»Hat er je mit Ihnen über Fälle gesprochen, an denen er gerade arbeitete, oder vielleicht über einen Klienten, mit dem er besonders viel Ärger hatte?«

»Nein, nicht direkt.«

Brunetti wartete.

»Er hatte einen neuen Klienten«, sagte sie endlich. »Ein Däne, der ein Importgeschäft eröffnen wollte – Käse und Butter, glaube ich – und Probleme mit den neuen EU-Richtlinien hatte. Carlo versuchte für ihn eine Möglichkeit zu finden, wie er seine Produkte über Frankreich statt über Deutschland transportieren könnte. Oder vielleicht war es andersherum. Er war sehr engagiert in der Sache, aber ich kann nicht sagen, daß sie ihn mitgenommen hätte.«

»Und in der Kanzlei? Wie waren die Beziehungen zu seinen Angestellten? Friedlich? Freundlich?«

Sie legte die Hände in den Schoß und senkte den Blick. »Ich glaube schon. Jedenfalls hat er nie irgendwelche Schwierigkeiten mit seinen Leuten erwähnt. Wenn er welche gehabt hätte, bin ich sicher, er hätte mir davon erzählt.«

»Stimmt es, daß die Firma ausschließlich ihm gehörte und die anderen Juristen alle nur angestellt waren?«

»Wie bitte?« fragte sie mit einem erstaunten Blick. »Ich verstehe Ihre Frage nicht ganz.«

»Hat Ihr Mann die Erträge aus seiner Anwaltspraxis mit den anderen Juristen geteilt, oder haben sie als Gehaltsempfänger für ihn gearbeitet?«

Sie sah zu Brunetti hinüber. »Es tut mir leid, aber diese Frage kann ich nicht beantworten, Dottor Brunetti. Ich weiß über Carlos Geschäfte so gut wie nichts. Da müßten Sie mit seinem Steuerberater sprechen.«

»Und wer ist das, Signora?«

»Ubaldo.«

»Ihr Bruder?«

»Ja.«

»Ah, ja«, sagte Brunetti. Und nach einer kurzen Pause fuhr er fort: »Ich möchte Ihnen noch einige Fragen über Ihr Privatleben stellen, Signora.«

»Privatleben?« wiederholte sie, als hätte sie von so etwas noch nie gehört. Als er darauf nichts sagte, nickte sie zum Zeichen, daß er anfangen könne.

»Wie lange waren Sie und Ihr Mann verheiratet?«

»Neunzehn Jahre.«

»Wie viele Kinder haben Sie, Signora?«

»Zwei. Claudio ist siebzehn, Francesca fünfzehn.«

»Gehen beide in Venedig zur Schule, Signora?«

Sie hob abrupt den Kopf bei der Frage. »Warum wollen Sie das wissen?«

»Meine eigene Tochter, Chiara, ist vierzehn. Vielleicht kennen die beiden sich«, antwortete er und lächelte dabei, um zu zeigen, welch unschuldige Frage das gewesen war.

»Claudio ist in einem Schweizer Internat, aber Francesca ist hier. Bei uns.« Sie fuhr sich mit der Hand über die Stirn und korrigierte: »Bei mir.«

»Würden Sie Ihre Ehe als glücklich bezeichnen, Signora?«

»Ja«, antwortete sie wie aus der Pistole geschossen, viel schneller, als Brunetti auf diese Frage geantwortet hätte, auch wenn seine Antwort ebenso ausgefallen wäre. Sie fügte der ihren allerdings nichts hinzu.

»Hatte Ihr Mann irgendwelche besonders guten Freunde oder Geschäftsfreunde?«

Sie blickte bei dieser Frage kurz hoch, dann schnell wieder auf ihre Hände. »Unsere engsten Freunde sind die Nogares, Mirto und Graziella. Er ist Architekt, und sie wohnen am Campo Sant' Angelo. Es sind Francescas Paten. Über Geschäftsfreunde kann ich nichts sagen, da müssen Sie Ubaldo fragen.«

»Und andere Freunde, Signora?«

»Wozu müssen Sie das alles wissen?« fragte sie, und ihre Stimme bekam dabei einen schrillen Ton.

»Ich möchte mehr über Ihren Mann erfahren, Signora.«

»Warum?« Die Frage entfuhr ihr wie ungewollt. »Solange ich nicht weiß, was er für ein Mensch war, kann ich auch nicht verstehen, warum das passiert ist.«

»Ein Raubmord?« Ihre Frage klang fast sarkastisch.

»Es war kein Raubmord, Signora. Der Täter wollte ihn bewußt töten.«

»Niemand könnte einen Grund gehabt haben, Carlo umbringen zu wollen«, beharrte sie. Brunetti, der diesen Satz schon öfter gehört hatte, als ihm lieb war, sagte nichts.

Signora Trevisan stand unvermittelt auf. »Haben Sie noch Fragen? Wenn nicht, würde ich jetzt gern wieder zu meiner Tochter gehen.«

Brunetti erhob sich ebenfalls und streckte die Hand aus. »Darf ich Ihnen noch einmal dafür danken, daß Sie bereit waren, mit mir zu sprechen, Signora? Ich kann mir vorstellen, wie schmerzlich das alles für Sie und Ihre Familie sein muß, und wünsche Ihnen die Kraft, es durchzustehen.« Während er das alles sagte, klangen die Worte ihm wie Formeln in den Ohren, lauter Dinge, die man so sagte, wenn von wirklichem Leid nichts zu spüren war, und so war es hier.

»Ich danke Ihnen, Commissario«, sagte sie, drückte ihm kurz die Hand und wandte sich zur Tür. Sie hielt sie für Brunetti auf, dann ging sie den Flur entlang auf die Eingangstür zu. Von den übrigen Mitgliedern der Familie war nichts zu sehen.

An der Tür nickte Brunetti der Witwe noch kurz zu, und als er draußen und schon auf der Treppe war, hörte er die Tür leise hinter sich zugehen. Er fand es seltsam, daß eine Frau fast zwanzig Jahre mit einem Mann verheiratet gewesen sein konnte, ohne etwas über seine Geschäfte zu wissen. Zumal wenn ihr Bruder der Steuerberater war. Worüber sprachen sie denn, wenn sie alle miteinander beim Essen saßen? Über Fußball? Alle Leute, die Brunetti kannte, haßten Juristen. Brunetti selbst haßte Juristen. Folglich konnte er auch nicht glauben, daß ein Jurist, dazu noch ein berühmter und erfolgreicher, keine Feinde haben sollte. Darüber konnte er ja morgen mit Lotto reden und sehen, ob dieser etwas entgegenkommender war als seine Schwester.

10

Während Brunettis Besuch bei den Trevisans hatte sich der Himmel bewölkt, und die schimmernde Wärme des Tages war verflogen. Der Commissario sah auf seine Armbanduhr; es war noch nicht sechs, er konnte also, wenn er wollte, in die Questura zurückgehen. Statt dessen wandte er sich in Richtung Ponte dell'Accademia, ging über die Brücke und machte sich auf den Weg nach Hause. Unterwegs betrat er eine Bar und bestellte sich ein Glas Weißwein. Er nahm eine der kleinen Brezeln, die auf dem Tresen standen, biß einmal hinein und warf den Rest in einen Aschenbecher. Der Wein war genauso mies wie die Brezel, also ließ er auch ihn stehen und setzte seinen Heimweg fort.

Er versuchte, sich den Ausdruck in Francesca Trevisans Gesicht ins Gedächtnis zu rufen, als sie so plötzlich in der Tür erschienen war, aber er konnte sich nur noch an ihre weitaufgerissenen Augen erinnern, als sie ihn da stehen sah. Die Augen waren trocken gewesen, und es hatte nichts in ihnen gestanden als die Überraschung; sie glich ihrer Mutter nicht nur im Aussehen, auch in der Abwesenheit von Trauer. Hatte sie jemand anderen erwartet?

Wie würde Chiara reagieren, wenn er umgebracht würde? Und Paola? Wäre sie so ohne weiteres in der Lage, irgendeinem Polizisten Fragen über ihr Privatleben zu beantworten? Ganz sicher könnte Paola, anders als Signora Trevisan, kaum sagen, sie wisse nichts über das berufliche Leben ihres Mannes, ihres verstorbenen Mannes. Diese vorgebliche Ahnungslosigkeit hatte sich in Brunettis Gedanken festgesetzt, und er konnte sie weder loswerden noch daran glauben.

Als er seine Wohnung betrat, sagte ihm sein über Jahre geschultes Radar, daß keiner zu Hause war. Er ging in die Küche, wo der Tisch voller Zeitungen lag, daneben offenbar Chiaras Hausaufgaben, karierte Blätter voller Zahlen und mathematischer Zeichen, mit denen Brunetti absolut nichts anfangen konnte. Er nahm eines der Blätter und besah es sich genauer, sah die ordentliche, etwas rechtslastige Handschrift seiner Tochter in einer langen Reihe von Zahlen und Symbolen, die, wenn er sich recht erinnerte, zu einer quadratischen Gleichung gehörten. War das nun Algebra? Trigonometrie? Es war so lange her, und Brunetti war so unbegabt für Mathematik gewesen, daß er sich an fast nichts mehr erinnern konnte, obwohl er sich bestimmt vier Jahre lang damit hatte abplagen müssen.

Er schob die Blätter beiseite und konzentrierte sich auf die Zeitungen, in denen der Mordfall Trevisan mit einem weiteren korrupten Senator und einem weiteren Bestechungsfall um die Aufmerksamkeit des Lesers buhlte. Es war schon Jahre her, seit Giudice Di Pietro die erste offizielle Anklage erhoben hatte, und noch immer regierten Verbrecher das Land. Alle führenden Politiker – zumindest hatte man den Eindruck, daß es alle waren –, die seit Brunettis Kindheit das Land regiert hatten, waren inzwischen mit Straftaten belastet und wieder belastet worden, belasteten sich jetzt sogar schon gegenseitig, und doch war es noch bei keinem einzigen von ihnen zum Prozeß oder gar zur Verurteilung gekommen, obwohl die Staatskasse völlig geplündert war. Jahrzehntelang hatten sie ihre Rüssel im öffentlichen Trog gehabt, aber nichts war offenbar stark genug – kein Volkszorn, kein Aufbranden nationalen Ekels –, um sie aus dem Amt zu fegen. Er blätterte eine Seite um, sah die Fotos der beiden übelsten Figuren, des Buckligen und des Glatzenschweins, und schlug die Zeitung müde und angewidert zu. Nichts würde sich ändern. Brunetti wußte nicht wenig über diese Skandale, wußte, wohin ein großer Teil des Geldes geflossen war und wessen Name wahrscheinlich als nächster genannt würde, aber ganz sicher wußte er nur, daß nichts sich ändern würde. Lampedusa hatte es erfaßt – es mußte den Anschein der Veränderung geben, damit alles beim alten bleiben konnte. Es würde Wahlen geben, neue Gesichter und neue Versprechungen, aber dann würden lediglich andere Rüssel in den Trog getaucht, neue Konten eröffnet werden bei diskreten Privatbanken jenseits der Schweizer Grenze.

Brunetti kannte diese Stimmung und fürchtete sie fast, diese immer neue Gewißheit, daß alles, was er tat, sinnlos war. Warum sich die Mühe machen, den Jungen, der in ein Haus einbrach, ins Gefängnis zu stecken, wenn der Mann, der Milliarden aus dem Gesundheitssystem abzweigte, zum Botschafter des Landes ernannt wurde, in das er die Gelder seit Jahren transferierte? Und was war das für eine Gerechtigkeit, die den Mann mit Strafe bedrohte, der die Gebühren für sein Autoradio nicht bezahlt hatte, wenn der Hersteller desselben Autos offen zugeben konnte, daß er Milliarden Lire an Gewerkschaftsführer gezahlt hatte, damit sie verhinderten, daß ihre Mitglieder Lohnerhöhungen verlangten – dies zugeben konnte und auf freiem Fuß blieb? Warum jemanden wegen Mordes verhaften, oder warum Trevisans Mörder suchen, wenn der Mann, der jahrzehntelang der höchste Politiker des Landes gewesen war, unter der Anklage stand, die Morde an den wenigen ehrlichen Staatsanwälten befohlen zu haben, die den Mut hatten, gegen die Mafia zu ermitteln?

Diese trostlosen Überlegungen wurden durch Chiaras Ankunft unterbrochen. Sie knallte die Wohnungstür zu und kam mit viel Lärm und einem großen Bücherstapel herein. Brunetti sah ihr nach, wie sie in ihr Zimmer ging und gleich darauf ohne die Bücher wieder herauskam.

»Hallo, Engelchen«, rief er. »Möchtest du etwas essen?« Wann mochte sie das eigentlich nicht, fragte er sich.

»Ciao, *papà*!« rief sie zurück und kam durch den Flur, voll damit beschäftigt, sich ihres Mantels zu entledigen, wobei sie allerdings nur den einen Ärmel ganz nach außen krempelte und mit der Hand darin steckenblieb. Unter Brunettis Blicken befreite sie ihre andere Hand und zerrte damit an dem widerspenstigen Ärmel. Er schaute weg, und als er wieder hinsah, lag der

Mantel zusammengeknäuelt auf dem Boden, und Chiara bückte sich gerade, um ihn aufzuheben.

Sie kam in die Küche und hielt ihm die Wange hin, damit er den erwarteten Kuß darauf drückte.

Dann ging sie zum Kühlschrank, öffnete ihn, bückte sich, um hineinzuschauen, und holte von ganz hinten ein in Papier gewikkeltes Stück Käse heraus. Sie richtete sich auf, nahm ein Messer aus der Schublade und schnitt sich eine dicke Scheibe ab.

»Brot?« fragte er, wobei er eine Tüte mit Brötchen vom Kühlschrank nahm. Chiara nickte, und sie machten einen Tauschhandel: Er bekam für zwei Brötchen ein großes Stück von dem Käse.

»Papà«, begann sie, »was verdient ein Polizist eigentlich in der Stunde?«

»Ich weiß es nicht genau, Chiara. Polizisten bekommen ein Gehalt, aber manchmal müssen sie in der Woche mehr Stunden arbeiten als jemand, der in einem Büro beschäftigt ist.«

»Du meinst, wenn viele Verbrechen passieren oder wenn sie einen verfolgen müssen?«

»Sì.« Er nickte zum Käse hin, und sie schnitt ihm noch ein Stück ab, das sie ihm schweigend überreichte.

»Oder wenn sie Leute verhören müssen, Verdächtige und so was?« fragte sie, sichtlich entschlossen, nicht lockerzulassen.

»Sì«, wiederholte er, gespannt, worauf sie hinauswollte.

Sie steckte den Rest ihres zweiten Brötchens in den Mund und griff in die Tüte, um sich noch eins zu nehmen.

»*Mamma* bringt dich um, wenn du das ganze Brot wegißt«, sagte er, eine Drohung, die durch jahrelange Wiederholung fast wie eine Liebenswürdigkeit klang.

»Aber was denkst du, wieviel dabei pro Stunde herauskommt, *papà?«* fragte sie, während sie, ohne auf seinen Einwurf einzugehen, das Brötchen aufschnitt.

Er beschloß, eine Zahl zu erfinden, denn egal, welche Summe er nannte, am Ende würde sie ihn darum bitten. »Ich würde sagen, nicht mehr als höchstens 20.000 Lire die Stunde.« Und da er wußte, daß die Frage von ihm erwartet wurde, fragte er: »Warum?«

»Na ja, ich wußte doch, daß du daran interessiert bist, etwas über Francescas Vater zu erfahren, da habe ich heute mal ein bißchen herumgefragt, und weil ich damit der Polizei die Arbeit abnehme, dachte ich, sie könnte mich für meine Zeit eigentlich bezahlen.« Brunetti hatte nichts gegen Venedigs tausendjährige Kaufmannstradition, solange er bei seinen eigenen Kindern keine Anzeichen von Käuflichkeit entdeckte.

Er antwortete nicht, so daß Chiara gezwungen war, ihr Kauen einzustellen und ihn anzusehen. »Na, was hältst du davon?«

Er überlegte ein Weilchen, dann antwortete er: »Ich finde, es hängt davon ab, was du herausgefunden hast, Chiara. Wir zahlen dir ja kein Gehalt – egal was du tust –, wie wir es bei unseren Polizisten machen. Du wärst so eine Art Privatunternehmer, der freiberuflich für uns tätig ist, und wir würden dich nach dem Wert dessen entlohnen, was du uns lieferst.«

Sie dachte kurz darüber nach, und es schien ihr einzuleuchten. »Also gut. Ich erzähle dir, was ich herausbekommen habe, und du sagst mir dann, was es dir wert ist.«

Nicht ohne Bewunderung stellte Brunetti fest, wie geschickt sie die kritische Frage umgangen hatte, ob er überhaupt bereit war, für Informationen zu zahlen, und einfach an dem Punkt angesetzt hatte, wo das Geschäft schon vereinbart war und es nur noch um Einzelheiten ging. Also gut. »Dann erzähl mal.«

Chiara, nun ganz Geschäftsfrau, steckte den Rest ihres dritten Brötchens in den Mund, wischte ihre Hände an einem Geschirrtuch ab und setzte sich an den Tisch. »Ich mußte mit vier verschiedenen Leuten reden, bevor ich wirklich etwas herausbekam«, begann sie so ernst, als wäre sie Zeugin vor Gericht. Oder im Fernsehen.

»Wer waren diese Leute?«

»Ein Mädchen von der Schule, in die Francesca jetzt geht;

eine Lehrerin in meiner Schule, und noch ein Mädchen, auch aus meiner Schule; als viertes eins von den Mädchen, das mit uns zusammen in der Grundschule war.«

»Und das hast du alles heute geschafft, Chiara?«

»Klar. Ich mußte mir den Nachmittag frei nehmen, um Luciana zu treffen und anschließend zu Francescas Schule zu gehen und mit dem anderen Mädchen zu reden, aber davor habe ich noch mit der Lehrerin und dem Mädchen aus meiner eigenen Schule gesprochen.«

»Du hast dir den Nachmittag frei genommen?« fragte Brunetti, aber nur aus Neugier.

»Klar, alle machen das andauernd. Du mußt nur einen Zettel von deinen Eltern abliefern, auf dem steht, daß du krank bist oder irgendwohin mußt, dann fragt keiner nach.«

»Machst du das oft, Chiara?«

»Nein, *papà.* Nur, wenn es sein muß.«

»Wer hat dir den Zettel geschrieben?«

»*Mamma* war gerade an der Reihe. Außerdem ist ihre Unterschrift viel leichter nachzumachen als deine.« Während sie sprach, sammelte Chiara die Blätter mit ihren Hausaufgaben ein, die auf dem Tisch lagen, machte einen ordentlichen Stapel daraus, legte ihn zur Seite und sah dann zu ihm auf, um endlich mit den wichtigeren Dingen fortzufahren.

Er zog einen Stuhl unter dem Tisch hervor und setzte sich ihr gegenüber. »Und was haben diese Leute dir erzählt, Chiara?«

»Als erstes habe ich erfahren, daß Francesca diesem anderen Mädchen auch die Entführungsgeschichte erzählt hat, und ich glaube, sie hat dasselbe auch einigen von uns erzählt, als wir zusammen in der Grundschule waren, aber das ist fünf Jahre her.«

»Wie lange wart ihr denn zusammen in der Schule?«

»Na, die ganze Grundschule durch. Aber dann ist ihre Familie umgezogen, und sie kam in die Vivaldi-Mittelschule. Ich sehe sie manchmal, aber wir waren ja nicht befreundet oder so was.«

»War denn das Mädchen, dem sie die Geschichte erzählt hat, gut mit ihr befreundet?«

Er sah, wie Chiara bei der Frage den Mund verzog, und sagte: »Vielleicht erzählst du mir besser alles auf deine Art.«

Sie lächelte. »Das Mädchen aus meiner Schule, das ich gefragt habe, kennt Francesca von der Mittelschule, und sie sagt, Francesca hat ihr erzählt, daß ihre Eltern sie gewarnt haben, sie soll nur ja immer achtgeben, mit wem sie redet, und nie mit jemandem mitgehen, den sie nicht kennt. Das ist so ziemlich dasselbe, was sie uns damals gesagt hat.«

Sie sah beifallheischend zu ihm herüber, und er lächelte ihr zu, obwohl es nicht viel mehr war, als was sie schon beim Mittagessen erzählt hatte.

»Das wußte ich ja schon, und da dachte ich, es ist besser, wenn ich mit jemandem von der Schule rede, in der sie jetzt ist. Darum mußte ich mir den Nachmittag frei nehmen, damit ich sie auch treffe.« Er nickte. »Dieses Mädchen hat mir erzählt, daß Francesca einen Freund hat. Nein, *papà*, einen richtigen. Die sind ein echtes Liebespaar mit allem Drum und Dran.«

»Hat sie gesagt, wer der Freund ist?«

»Nein, nur daß Francesca ihr nie seinen Namen sagen wollte, aber er ist schon älter, über zwanzig. Francesca hat ihr erzählt, daß sie mit ihm durchbrennen wollte, aber das will er erst, wenn sie älter ist.«

»Hat das Mädchen dir gesagt, warum Francesca durchbrennen wollte?«

»Nicht so direkt, aber sie meint, es ist wegen der Mutter, weil Francesca so oft Krach mit ihr hat.«

»Und der Vater?«

»Oh, den hatte Francesca wohl sehr gern, er soll immer sehr gut zu ihr gewesen sein, nur hat sie ihn kaum zu sehen bekommen, weil er immer so viel zu tun hatte.«

»Francesca hat doch auch einen Bruder, oder?«

»Ja, Claudio, aber der ist in der Schweiz in einem Internat.

Darum habe ich mit der Lehrerin geredet. Sie hat früher an der Mittelschule unterrichtet, in der er war, bevor er in die Schweiz ging. Ich dachte, ich könnte sie irgendwie dazu bringen, mir etwas von ihm zu erzählen.«

»Und, hast du sie dazu gebracht?«

»Klar. Ich habe gesagt, daß ich Francescas beste Freundin bin und Francesca sich Sorgen um Claudio macht, wie er das mit dem Tod seines Vaters aufnimmt, dort in der Schweiz, und überhaupt. Ich habe gesagt, daß ich ihn auch kenne, und sogar durchblicken lassen, daß ich in ihn verknallt sei.« Hier hielt sie inne und schüttelte den Kopf. »Pfui Spinne. Jeder, absolut jeder sagt, daß Claudio ein echtes Ekel ist, aber sie hat es mir geglaubt.«

»Was hast du sie denn gefragt?«

»Ich habe gesagt, Francesca möchte wissen, ob die Lehrerin einen Rat geben könnte, wie sie mit Claudio umgehen soll.« Als sie Brunettis erstaunte Miene sah, erklärte Chiara: »Ja, ich weiß, daß es blöde klingt, und niemand würde so was fragen, aber du weißt doch, wie Lehrer sind, die wollen dir immer sagen, was du mit deinem Leben anfangen und wie du dich verhalten sollst.«

»Hat die Lehrerin dir das abgenommen?«

»Natürlich«, antwortete Chiara ernsthaft.

»Du mußt ja eine gute Lügnerin sein«, sagte Brunetti halb im Scherz.

»Bin ich auch. Eine sehr gute sogar. *Mamma* war immer der Meinung, so etwas muß man gut können.« Sie sah Brunetti dabei gar nicht erst an und fuhr gleich fort: »Die Lehrerin hat gesagt, Francesca soll der Tatsache eingedenk sein – das waren ihre Worte: ›eingedenk sein‹ – , daß Claudio seinen Vater immer lieber gehabt hat als seine Mutter und daß es darum eine schwere Zeit für ihn ist.« Sie verzog das Gesicht zu einer Grimasse. »Toll, was? Da bin ich durch die halbe Stadt getigert, um das zu hören. Und es hat eine halbe Stunde gedauert, bis sie damit herauskam.«

»Was haben die anderen gesagt?«

»Luciana sagt – ich mußte bis nach Castello, um sie zu treffen –, daß Francesca ihre Mutter richtig haßt, weil sie ihren Vater immer so rumschubst, ihm dauernd sagt, was er tun soll. Den Onkel kann sie auch nicht besonders gut leiden. Sie sagt, er hält sich für den Chef der Familie.«

»Inwiefern hat sie ihn rumgeschubst?«

»Das wußte Luciana auch nicht. Aber Francesca hat es ihr so erzählt, daß ihr Vater immer gemacht hat, was ihre Mutter wollte.« Bevor Brunetti das ins Scherzhafte ziehen konnte, fügte Chiara hinzu: »Nicht so wie bei dir und *mamma*. Sie sagt dir zwar immer, was du tun sollst, aber du bist dann meist derselben Meinung wie sie und machst sowieso, was du willst.« Sie warf einen Blick auf die Wanduhr und fragte: »Was meinst du, wo *mamma* ist? Es ist fast sieben. Was essen wir denn zu Abend?« Wobei die zweite Frage eindeutig die war, die Chiara am meisten beschäftigte.

»Wahrscheinlich ist sie an der Uni aufgehalten worden, weil sie einem Studenten sagen mußte, was er mit seinem Leben anfangen soll.« Und bevor Chiara entscheiden konnte, ob sie darüber lachen sollte oder nicht, meinte Brunetti: »Wenn das jetzt alles war, was du mir über deine Detektivarbeit zu berichten hast, können wir ja schon anfangen, das Essen zu machen. Dann ist es zur Abwechslung mal fertig, wenn *mamma* nach Hause kommt.«

»Aber wieviel ist das denn nun wert?« schmeichelte Chiara.

Brunetti überlegte. »Dreißigtausend, denke ich«, sagte er schließlich. Da er es aus seiner eigenen Tasche bezahlen mußte, gedachte er nicht mehr zu investieren, obwohl die Information, daß Signora Trevisan ihren Mann herumgeschubst hatte, sollte sie sich als zutreffend erweisen und sich auch auf sein Berufsleben beziehen, möglicherweise von unschätzbarem Wert war.

11

Am nächsten Tag meldete der *Gazzettino* auf der Titelseite den Selbstmord Rino Faveros, eines der erfolgreichsten Steuerberater im Veneto. Favero, hieß es, habe seinen Rover in die Doppelgarage unter seinem Haus gefahren, das Garagentor geschlossen und sich bei laufendem Motor ganz friedlich auf die Vordersitze seines Wagens gelegt. Es hieß ferner, Faveros Name solle demnächst in Verbindung mit dem sich ausweitenden Skandal gebracht werden, der zur Zeit durch die Gänge des Gesundheitsministeriums tobe. Es war zwar inzwischen in ganz Italien bekannt, daß dem früheren Gesundheitsminister vorgeworfen wurde, er habe von diversen Pharmaunternehmen horrende Bestechungssummen eingesackt und es ihnen im Gegenzug erlaubt, ihre Medikamentenpreise zu erhöhen; aber daß Favero der Steuerberater war, der die privaten Finanzen des Direktors der größten dieser Firmen verwaltete, gehörte noch nicht zum Allgemeinwissen. Wer davon wußte, nahm an, daß Favero beschlossen hatte, es denen nachzutun, deren Namen sich in diesem weitgespannten Korruptionsnetz schon verfangen hatten, und er seine Ehre retten wollte, indem er sich der Anklage, dem Urteil und einer möglichen Bestrafung entzog. Nur wenige stellten offenbar in Frage, daß man so seine Ehre retten könne.

Drei Tage nach Faveros Tod, also fünf Tage nach dem Mord an Trevisan, kam Brunetti in sein Büro, als gerade das Telefon klingelte.

»Brunetti«, meldete er sich, in der einen Hand den Hörer, während er mit der anderen seinen Regenmantel aufknöpfte.

»Commissario Brunetti, hier spricht Capitano della Corte von der Polizei in Padua.« Den Namen hatte Brunetti schon einmal gehört, wußte aber nur noch, daß es in einem für della Corte positiven Zusammenhang gewesen war.

»Guten Morgen, Capitano. Was kann ich für Sie tun?«

»Sie können mir sagen, ob Ihnen der Name Rino Favero im Zusammenhang mit dem Mord im Intercity untergekommen ist.«

»Favero? Der Mann, der Selbstmord verübt hat?«

»Selbstmord?« fragte della Corte. »Mit vier Milligramm Rohypnol im Blut?«

Brunetti war sofort hellwach. Mit so viel Schlafmittel im Blut konnte niemand mehr laufen, geschweige denn Auto fahren. »Was für ein Zusammenhang besteht mit Trevisan?« fragte er.

»Das wissen wir noch nicht. Aber wir haben alle Telefonnummern überprüft, die in seinem Adreßbuch stehen, das heißt alle, bei denen kein Name stand. Trevisans Nummer war eine davon.«

»Haben Sie die Liste schon?« Brunetti mußte nicht erklären, daß er die Liste der Telefonate meinte, die von Faveros Anschluß aus geführt worden waren.

»Ein Anruf bei Trevisan ist nicht registriert, weder bei ihm zu Hause noch in der Kanzlei, jedenfalls nicht von seinem eigenen Anschluß aus.«

»Wozu hatte er dann die Nummer?« fragte Brunetti.

»Das ist genau die Frage, die wir uns auch stellen.« Della Cortes Ton war trocken.

»Wie viele Nummern waren denn sonst noch ohne Namen aufgeführt?«

»Acht. Eine davon ist eine Bar in Mestre, eine ist eine öffentliche Telefonzelle im Bahnhof von Padua. Die anderen gibt es nicht.«

»Wie meinen Sie das, die gibt es nicht?«

»Daß sie alle nicht als Telefonnummern in der Region Veneto in Frage kommen.«

»Und in anderen Städten, anderen Provinzen?«

»Haben wir überprüft. Entweder haben sie zu viele Stellen, oder sie entsprechen nicht dem Nummernsystem hierzulande.«

»Ausland?«

»Die einzige Möglichkeit.«

»Irgendeine Ländervorwahl vielleicht?«

»Zwei sehen so aus, als könnten sie nach Osteuropa passen, zwei entweder nach Ecuador oder Thailand. Und fragen Sie mich bitte nicht, woher die Leute, die mir das gesagt haben, es wissen«, antwortete della Corte. »Und keine dieser Nummern hat er je von einem seiner Anschlüsse aus angerufen, weder die ausländischen noch die hiesigen.«

»Aber er hatte sie notiert«, sagte Brunetti.

»Ja, das hatte er.«

»Er hätte ohne weiteres von einer öffentlichen Zelle aus telefonieren können«, gab Brunetti zu bedenken.

»Ich weiß, ich weiß.«

»Und sonstige Auslandsgespräche? Hat er in irgendeinem Land besonders häufig angerufen?«

»Er hat in vielen Ländern häufig angerufen.«

»Internationale Kundschaft?« fragte Brunetti.

»Manche waren Gespräche mit Kunden, ja. Aber viele lassen sich niemandem zuordnen, für den er tätig war.«

»Welche Länder sind das denn?« wollte Brunetti wissen.

»Österreich, Niederlande, Dominikanische Republik«, begann della Corte, dann sagte er: »Warten Sie, ich hole die Liste.« Der Hörer wurde hingelegt, Brunetti hörte Papier rascheln, darauf wieder della Cortes Stimme. »Und Polen, Rumänien und Bulgarien.«

»Wie oft hat er dort angerufen?«

»In manchen Ländern zweimal die Woche.«

»Immer dieselbe Nummer, oder Nummern?«

»Oft ja, aber nicht immer.«

»Gehen Sie denen nach?«

»Die österreichische Nummer gehört einem Reisebüro in Wien.«

»Und die anderen?«

»Commissario, ich weiß nicht, wie gut Sie sich in Osteuropa auskennen, aber die haben nicht mal Telefonbücher, geschweige denn eine Vermittlung, die Ihnen sagen kann, wem ein Anschluß gehört.«

»Und die Polizei?«

Della Corte schnaubte verächtlich.

»Haben Sie die Nummern mal anzurufen versucht?«

»Ja. Keine Antwort.«

»Bei keiner?«

»Bei keiner.«

»Was ist mit den Anschlüssen im Bahnhof und in der Bar?« fragte Brunetti.

Als Antwort hörte er ein weiteres Schnauben, aber dann erklärte della Corte: »Ich konnte schon froh sein, daß ich die Nummern überhaupt ermitteln durfte.« Es folgte eine lange Pause, und Brunetti wartete auf die Bitte, von der er wußte, daß sie gleich kommen würde. »Da Sie soviel näher dran sind, dachte ich, Sie könnten mal jemand in die Bar schicken, der das Telefon eine Weile im Auge behält.«

»Wo ist die Bar?« fragte Brunetti und griff nach einem Stift, hütete sich aber, irgendwelche Zusagen zu machen.

»Heißt das, Sie schicken jemanden hin?«

»Ich will es versuchen«, antwortete Brunetti, denn mehr konnte er nicht versprechen. »Wo ist sie?«

»Ich habe nur Namen und Adresse. Ich kenne Mestre nicht so gut, um genau zu wissen, wo das ist.« In Brunettis Augen lohnte es sich auch nicht, Mestre gut genug zu kennen, um zu wissen, was wo lag.

»Die Bar heißt Pinetta. Via Fagare 16. Wissen Sie, wo das ist?« fragte della Corte.

»Die Via Fagare ist irgendwo in der Nähe des Bahnhofs, glaube ich. Aber den Namen der Bar habe ich noch nie gehört.« Nachdem er sich nun doch irgendwie zur Mithilfe bereit erklärt hatte, fand Brunetti, daß er im Gegenzug seinerseits eine Information erbitten konnte. »Haben Sie eine Ahnung, wie die beiden Fälle zusammenhängen könnten?«

»Sie wissen über die Pharmageschichte Bescheid?« fragte della Corte.

»Wer nicht?« gab Brunetti statt einer Antwort zurück. »Sie meinen, beide könnten damit zu tun haben?«

»Möglich. Aber für den Anfang wollen wir erst mal alle seine Klienten überprüfen. Er hatte viele in der Region.«

»Die richtigen Leute?«

»Allerbeste Adressen. In den letzten Jahren nannte er sich ›Gutachter‹ statt nur ›Steuerberater‹.«

»War er gut?«

»Er galt als der beste.«

»Also gut genug, um die neuen Steuerformulare zu durchschauen«, warf Brunetti ein, um mit diesem Scherz so etwas wie eine menschliche Gemeinsamkeit zwischen sich und della Corte herzustellen. Er wußte, daß alle Italiener sich einig waren in ihrem Widerwillen gegen die Steuerbehörde, aber in diesem Jahr, mit einem Steuerformular von zweiunddreißig Seiten Umfang, das selbst der Finanzminister nach eigenem Eingeständnis weder verstand noch ausfüllen konnte, hatte dieser Widerwille eine neue Stufe erreicht.

Della Cortes leise geknurrter Kraftausdruck machte zwar seine Gefühle gegenüber der Steuerbehörde deutlich, sprach aber nicht allzusehr von menschlicher Gemeinsamkeit. »Ja, anscheinend war er sogar dafür gut genug. Ich kann Ihnen sagen, daß seine Klientenliste die meisten Steuerberater vor Neid erblassen ließe.«

»Ist auch Medi-Tech dabei?« fragte Brunetti. Das war die größte der in den jüngsten Preisabspracheskandal verwickelten Firmen.

»Nein, mit deren Arbeit für das Ministerium hatte er anscheinend nichts zu tun. Und seine Tätigkeit für den Minister scheint rein privater Art gewesen zu sein, das heißt, sie betraf nur die persönlichen Einkünfte des Ministers.«

»Er war nicht in den Skandal verwickelt?« fragte Brunetti, der das sogar noch interessanter fand.

»Soweit wir sehen können, nein.«

»Gibt es ein anderes mögliches Motiv für seinen« – Brunetti verstummte kurz, bis er das richtige Wort fand – »für seinen Tod?«

Della Corte antwortete nicht sofort. Dann sagte er: »Wir haben noch nichts gefunden. Er war siebenunddreißig Jahre verheiratet, offenbar glücklich. Vier Kinder, die alle studiert haben, und keines davon hat ihm unseres Wissens Kummer bereitet.«

»Also Mord?«

»Sehr wahrscheinlich.«

»Werden Sie das an die Presse geben?«

»Nein, solange wir noch nicht mehr dazu sagen können, es sei denn, einer von denen kriegt Wind von dem Autopsiebericht«, antwortete della Corte, und es klang, als wisse er das noch eine Weile zu verhindern.

»Und wenn sie Wind davon kriegen?« Brunetti hegte großes Mißtrauen gegenüber der Presse und ihrem oft gewaltsamen Umgang mit der Wahrheit.

»Darüber mache ich mir Gedanken, wenn es soweit ist«, sagte della Corte brüsk. »Sagen Sie mir Bescheid, wenn Sie irgend etwas über diese Bar herausbekommen?«

»Natürlich. Kann ich Sie in der Questura anrufen?«

Della Corta nannte ihm die Durchwahl zu seinem Büro. »Und, Brunetti, wenn Sie etwas haben, geben Sie die Information bitte nicht an jemand anderen, der sich an meinem Apparat meldet, nein?«

»Selbstverständlich nicht«, sagte Brunetti, obwohl er diese Bitte merkwürdig fand.

»Und ich rufe Sie an, wenn mir der Name Trevisan noch einmal begegnet. Sehen Sie mal, ob sich nicht irgendeine Verbindung zwischen den beiden finden läßt. Eine Telefonnummer ist nicht gerade viel.«

Der Meinung war Brunetti auch, obwohl es immerhin etwas war, und was Trevisans Tod anging, sogar einiges mehr, als sie bisher hatten.

Della Corte verabschiedete sich so abrupt, als wäre er zu etwas Wichtigerem gerufen worden.

Brunetti legte den Hörer auf und lehnte sich in seinem Schreibtischsessel zurück. Er versuchte sich vorzustellen, was den venezianischen Anwalt mit dem Steuerberater aus Padua verbinden könnte. Beide Männer waren sicher in den gleichen gesellschaftlichen und beruflichen Kreisen herumgekommen, so daß es einen nicht erstaunen mußte, wenn sie sich kannten oder wenn im Adreßbuch des einen die Telefonnummer des anderen stand. Wie merkwürdig aber, daß sie dort ohne Namen stand und in welch eigenartiger Gesellschaft: zwei öffentliche Telefonzellen und einige Nummern, die es offenbar nirgends gab. Und noch merkwürdiger war, daß diese Nummer im Adreßbuch eines Mannes stand, der in derselben Woche umgebracht wurde wie Trevisan.

12

Brunetti rief unten bei Signorina Elettra an, um zu fragen, ob die Telecom schon auf sein Ersuchen reagiert hatte, ihm eine Liste mit Trevisans sämtlichen Telefongesprächen der letzten sechs Monate zu geben, und mußte hören, daß sie ihm die Liste schon gestern auf den Schreibtisch gelegt hatte. Er bedankte sich, legte auf und fing an, die vor ihm liegenden Papiere zu sortieren, schob die Personalberichte beiseite, die er schon vor vierzehn Tagen hätte bearbeiten sollen, ebenso den Brief eines Kollegen, mit dem er in Neapel zusammengearbeitet hatte, der aber zu deprimierend war, um ihn noch einmal zu lesen oder zu beantworten.

Die Liste mit den Telefonaten war da, eine Mappe mit fünfzehn Seiten Computerausdruck. Ein kurzer Blick auf die erste Seite sagte ihm, daß nur die Ferngespräche aufgeführt waren, sowohl von der Kanzlei als auch von Trevisans Privatanschluß aus. Jede Spalte begann mit der Orts- oder gegebenenfalls der Ländervorwahl, gefolgt von der angewählten Teilnehmernummer sowie Uhrzeit und Dauer des Gesprächs. Rechts waren in einer Sonderspalte die Namen der Städte und Länder aufgeführt, zu denen die jeweiligen Nummern gehörten. Er blätterte rasch die Seiten durch und stellte fest, daß nur die abgehenden Gespräche aufgelistet waren, nicht aber die eingehenden. Vielleicht waren letztere nicht angefordert worden, oder vielleicht brauchte die Telecom länger, sie zuzuordnen, oder vielleicht – und ebensogut möglich – war irgendein neuer bürokratischer Alptraum für die Bearbeitung solcher Ersuchen ersonnen worden, und die Informationen kamen später.

Brunetti ließ seinen Blick über die rechte Spalte mit den Städtenamen wandern. Auf den ersten Seiten ergab sich noch kein Schema, aber ab der vierten sah er, daß Trevisan – oder, wie er sich gewissenhaft sagte, wer sonst von dessen Apparat aus telefonierte – regelmäßig drei Nummern in Bulgarien angerufen hatte, mindestens zwei- oder dreimal im Monat. Dasselbe galt für Nummern in Ungarn und Polen. Er erinnerte sich, daß schon della Corte Bulgarien und Polen erwähnt hatte, Ungarn allerdings nicht. Dazwischen waren Gespräche mit den Niederlanden und England aufgeführt, die vielleicht durch Trevisans Anwaltstätigkeit zu erklären waren. Die Dominikanische Republik tauchte nirgends auf, und bei den Gesprächen mit Österreich und den Niederlanden, die della Corte beide auch erwähnt hatte, ließ sich keine Regelmäßigkeit erkennen.

Brunetti hatte keine Ahnung, wie viele von den Geschäften eines Anwalts wohl übers Telefon abgewickelt wurden, und konnte darum auch nicht sagen, ob die Liste, die er hier las, eine unüblich hohe Zahl von Gesprächen verzeichnete.

Er rief in der Zentrale an und ließ sich mit der Nummer verbinden, die della Corte ihm gegeben hatte. Als er den anderen am Apparat hatte, meldete Brunetti sich mit Namen und bat um die Nummern in Padua und Mestre aus Faveros Adreßbuch.

Als della Corte sie ihm durchgegeben hatte, sagte Brunetti: »Ich habe hier eine Liste von Trevisans Telefonaten, aber nur von den Ferngesprächen, da ist die Nummer in Mestre nicht dabei. Wollen Sie warten, während ich nach der Nummer in Padua suche?«

»Fragen Sie mich, ob ich in den Armen einer Sechzehnjährigen sterben möchte, und Sie kriegen dieselbe Antwort«, gab della Corte zurück.

Brunetti verstand das als ein Ja und begann die Liste durchzusehen, wobei er jedesmal innehielt, wenn sein Blick auf 049 fiel, die Vorwahl für Padua. Auf den vier ersten Seiten fand er nichts, aber auf der fünften und dann wieder auf der neunten erschien sie, tauchte dann eine Weile nicht mehr auf und erschien erneut auf der vierzehnten Seite, dort gleich dreimal in einer Woche.

Della Cortes Antwort auf Brunettis Mitteilung war ein tiefes, zweisilbiges Summen. »Ich glaube, ich werde dieses Telefon in Padua mal überwachen lassen.«

»Und ich schicke jemanden sich die Bar ansehen«, sagte Brunetti, jetzt höchst interessiert und begierig darauf, zu erfahren, was das für eine Bar war und wer dort verkehrte, vor allem jedoch darauf erpicht, eine Liste mit Trevisans Ortsgesprächen in die Hand zu bekommen und zu sehen, ob die Nummer der Bar darin auftauchte. Brunettis langjährige und oft unerfreuliche Erfahrungen als Polizist hatten in ihm jede Zufallsgläubigkeit zerstört. Eine Telefonnummer, die zwei Männern bekannt war, welche wenige Tage nacheinander ermordet wurden, war keine Zufälligkeit, war keine statistische Kuriosität, die man kurz kommentierte und dann vergaß. Die Nummer in Padua hatte etwas zu bedeuten, wenn Brunetti auch noch nicht wußte, was, und er war sich plötzlich ganz sicher, daß er auch der Nummer dieser Bar in Mestre auf der Liste mit Trevisans Ortsgesprächen wieder begegnen würde.

Er versprach della Corte, ihn anzurufen, sobald er etwas über den Anschluß in Mestre wisse, dann drückte er kurz auf die Gabel und wählte Vianellos Nummer. Als der Sergente abnahm, bat Brunetti ihn zu sich.

Wenige Minuten später kam Vianello herein. »Trevisan?« fragte er und sah Brunetti mit offener Neugier an.

»Ja. Ich hatte eben einen Anruf von der Polizei in Padua, wegen Rino Favero.«

»Der Steuerberater, der für den Gesundheitsminister gearbeitet hat?« fragte Vianello. Und als Brunetti nickte, platzte es regelrecht aus Vianello heraus: »Das sollten die alle machen.«

Brunetti sah verblüfft auf. »Was sollten alle machen?«

»Sich umbringen, die ganze Saubande.« So plötzlich der Ausbruch gekommen war, ebbte er wieder ab, und Vianello ließ sich auf dem Stuhl vor Brunettis Schreibtisch nieder.

»Was war denn das?« wollte Brunetti wissen.

Statt einer Antwort hob Vianello die Schultern und machte eine wegwerfende Handbewegung.

Brunetti wartete.

»Der Leitartikel im *Corriere* von heute morgen«, erklärte Vianello schließlich.

»Und, was stand da?«

»Daß wir Mitleid mit diesen armen Männern haben sollten, in den Selbstmord getrieben durch die Schande und das Leid, das man ihnen antut. Die Richter sollten sie aus den Gefängnissen lassen und ihren Familien wiedergeben. Den Rest weiß ich nicht mehr; aber mir ist schon davon schlecht geworden.« Brunetti schwieg weiter, und Vianello fuhr fort: »Wenn einer ein Portemonnaie klaut und dafür ins Gefängnis kommt, lesen wir keine Leitartikel, jedenfalls nicht im *Corriere*, die damit anfangen, daß er freigelassen werden soll und wir Mitleid mit ihm haben müßten. Und was diese Schweine alles gestohlen haben, weiß nur Gott allein. Das sind Ihre Steuern. Meine. Milliarden, Tausende von Milliarden.« Als Vianello plötzlich merkte, wie laut er geworden war, wiederholte er die Handbewegung von vorhin, wie um seine Wut zu verscheuchen, und fragte mit wesentlich gemäßigterer Stimme: »Was ist mit Favero?«

»Es war kein Selbstmord«, sagte Brunetti.

Vianellos Blick war ehrlich überrascht. »Was ist passiert?« fragte er. Sein Ausbruch war offenbar vergessen.

»Er hatte so viel Schlafmittel im Leib, daß er unmöglich noch hätte fahren können.«

»Wieviel?« wollte Vianello wissen.

»Vier Milligramm«, antwortete Brunetti, und bevor Vianello ihm erklären konnte, daß dies wohl kaum eine hohe Dosis sei, ergänzte er: »Rohypnol.« Vianello wußte so gut wie Brunetti, daß vier Milligramm Rohypnol sie beide für die nächsten anderthalb Tage in Tiefschlaf versetzen würden.

»Welche Verbindung gibt es zu Trevisan?«

Wie Brunetti hatte auch Vianello längst den Glauben an Zufälle verloren, und so lauschte er gebannt der Geschichte von der Telefonnummer, die beide Männer gekannt hatten.

»In der Nähe vom Bahnhof?« fragte Vianello. »Via Fagare?«

»Ja. Die Bar heißt Pinetta. Kennen Sie die?«

Vianello blickte nachdenklich zur Decke, dann nickte er. »Ich glaube, ja, wenn es die ist, an die ich denke. Links vom Bahnhof?«

»Keine Ahnung«, antwortete Brunetti. »Ich weiß, daß sie nicht weit vom Bahnhof ist, aber ich habe nie davon gehört.«

»Ja, ich glaube, das ist sie. Pinetta?«

Brunetti nickte und wartete, was Vianello noch zu sagen hätte.

»Wenn es die ist, die ich meine, die ist ziemlich verrufen. jede Menge Nordafrikaner, diese ›vucumprà‹-Typen, die man überall rumhängen sieht.« Vianello hielt einen Moment inne, und Brunetti bereitete sich darauf vor, irgendeine abfällige Bemerkung über diese illegalen Händler zu hören, die Venedigs Straßen bevölkerten und ihre imitierten Gucci-Taschen und afrikanischen Schnitzereien verkauften. Doch Vianello überraschte ihn, indem er sagte: »Arme Teufel.«

Brunetti hatte längst die Hoffnung aufgegeben, von seinen Mitbürgern einmal so etwas wie logisches politisches Denken zu hören, aber auf Vianellos Mitgefühl für diese eingewanderten Straßenhändler, meist die Verachtetsten unter den Hunderttausenden, die nach Italien strömten, um von den Krümeln satt zu werden, die unter die Tische der Reichen fielen, war er nicht gefaßt. Doch hier saß nun Vianello, ein Mann, der nicht nur die Lega Nord wählte, sondern sich auch energisch dafür stark machte, daß Italien nördlich von Rom zweigeteilt werden solle – wenn er besonders in Fahrt war, hatte man ihn schon nach einer Mauer rufen hören, um die Barbaren draußen zu halten, die Afrikaner, denn südlich von Rom begann für ihn Afrika –, dieser selbe Vianello also nannte nun diese Afrikaner ›arme Teufel‹ und meinte es anscheinend sogar ernst.

So erstaunt Brunetti über die Bemerkung war, wollte er doch jetzt keine Zeit vertun. Statt dessen fragte er: »Haben wir einen, der da mal abends hingehen kann?«

»Und was soll er machen?« fragte Vianello, ebenso froh wie Brunetti, das andere Thema meiden zu können.

»Einen trinken. Mit Leuten reden. Sehen, wer telefoniert. Oder angerufen wird.«

»Also einer, der nicht aussieht wie ein Polizist, meinen Sie?«

Brunetti nickte.

»Pucetti?« schlug Vianello vor.

Brunetti schüttelte den Kopf. »Zu jung.«

»Und wahrscheinlich zu sauber«, ergänzte Vianello sofort.

»Diese Pinetta-Bar scheint ja richtig nett zu sein.«

»Das ist so ein Schuppen, in dem ich lieber meine Waffe bei mir hätte«, meinte Vianello. Und nachdem er kurz überlegt hatte, fügte er etwas allzu beiläufig hinzu: »Scheint mir das Richtige für Topa zu sein«, denn das war der Name eines Sergente, der nach dreißig Jahren Polizeidienst vor einem halben Jahr in den Ruhestand gegangen war. Topa hieß eigentlich Romano, aber es hatte ihn niemand mehr so genannt, seit er vor über fünfzig Jahren ein kleiner, rundlicher Junge gewesen war, der genau so aussah wie das Mäuschen, dem er seinen Spitznamen verdankte. Auch als er erwachsen geworden war und eine so breite Brust bekommen hatte, daß seine Uniformjacken extra für ihn angefertigt werden mußten, war der Name ihm geblieben, völlig widersinnig, aber dennoch unveränderbar. Nie hatte sich jemand über Topa lustig gemacht, weil er einen Spitznamen mit weiblicher Endung hatte. Etliche Leute hatten ihm in seinen dreißig Jahren Dienstzeit zu schaden versucht, aber keiner hatte es gewagt, über seinen Spitznamen zu lachen.

Als Brunetti schwieg, sah Vianello einmal rasch zu ihm hoch und ebenso rasch wieder weg. »Ich weiß, wie Sie zu ihm stehen, Commissario.« Und ehe Brunetti noch Zeit fand, dazu etwas zu sagen: »Es wäre nicht einmal ein dienstlicher Einsatz, jedenfalls nicht offiziell. Er würde Ihnen nur einen Gefallen tun.«

»Indem er in die Pinetta-Bar geht?«

Vianello nickte.

»Das gefällt mir nicht«, sagte Brunetti.

Vianello ließ sich nicht beirren. »Er wäre lediglich ein Rentner, der auf ein Gläschen in eine Bar geht, vielleicht auf eine Runde Karten.« Und da Brunetti weiter schwieg, fügte er hinzu: »Ein Polizist im Ruhestand kann doch in eine Bar gehen und Karten spielen, wenn er will, oder?«

»Das weiß ich eben nicht«, sagte Brunetti.

»Was?«

»Ob er das wollen würde.« Es war deutlich, daß keiner von ihnen gern über die Gründe für Topas frühzeitige Pensionierung sprechen wollte. Vor einem Jahr hatte Topa den dreiundzwanzigjährigen Sohn eines Stadtrats wegen Belästigung eines achtjährigen Mädchens festgenommen. Die Festnahme war nachts in der Wohnung des jungen Mannes erfolgt, und als der Verdächtigte in der Questura ankam, waren sein linker Arm und seine Nase gebrochen. Topa beharrte darauf, der Junge habe ihn bei einem Fluchtversuch angegriffen; die Version des jungen Mannes war, daß Topa ihn auf dem Weg zur Questura in eine Seitengasse gezerrt und zusammengeschlagen habe.

Der Kollege, der in der Nacht Dienst gehabt hatte, versuchte erfolglos, den Blick zu beschreiben, den Topa dem Festgenommenen zuwarf, als der seine Version der Geschichte vorbrachte. Der junge Mann wiederholte sie nicht, und es gab auch nie eine offizielle Beschwerde. Aber eine Woche später drang aus Vice-Questore Pattas Büro die Kunde, daß es langsam Zeit für den Sergente wäre, sich pensionieren zu lassen, was dieser auch tat, womit er einen Teil seiner Pension einbüßte. Der junge Mann wurde zu zwei Jahren Hausarrest verurteilt. Topa, der eine siebenjährige Enkelin hatte, verlor nie ein Wort über die Festnahme, seine Pensionierung oder die Ereignisse, die damit zusammenhingen.

Vianello übersah geflissentlich Brunettis Blick und fragte: »Soll ich ihn anrufen?«

Brunetti zögerte einen Moment und erklärte dann höchst unliebenswürdig: »Also gut.«

Vianello hütete sich zu lächeln. »Er kommt erst um acht von der Arbeit. Ich rufe ihn dann an.«

»Arbeit?« fragte Brunetti, obwohl er wußte, daß er das eigentlich nicht sollte. Das Gesetz verbot es pensionierten Polizisten zu arbeiten, sonst verwirkten sie ihre Pension.

»Arbeit«, wiederholte Vianello, sagte aber nichts weiter. Er stand auf. »Noch etwas, Commissario?«

Brunetti erinnerte sich, daß Topa über sieben Jahre lang Vianellos Partner gewesen war und sein Sergente den Dienst hatte quittieren wollen, als Topa in den Ruhestand gezwungen wurde. Nur Brunettis entschiedener Widerstand hatte ihn davon abbringen können. Brunetti hatte Topa nie für einen Menschen gehalten, für den sich ein hoher moralischer Einsatz lohnte.

»Nein, nichts weiter. Vielleicht könnten Sie auf dem Weg nach unten bei Signorina Elettra vorbeigehen und sie bitten, den Telecom-Leuten etwas Dampf zu machen, damit sie sich mit der Liste von Trevisans Ortsgesprächen beeilen.«

»Die Pinetta-Bar ist nicht gerade die Adresse, wo ein Anwalt für internationales Recht anrufen würde«, sagte Vianello.

Es war auch keine Adresse, die ein erfolgreicher Steuerberater anrufen würde, aber Brunetti behielt das lieber für sich. »Wir werden es aus den Listen ersehen«, meinte er gleichmütig. Vianello wartete, doch als Brunetti nichts weiter sagte, ging er in sein eigenes Büro hinunter und überließ seinen Chef den Spekulationen darüber, weshalb reiche und erfolgreiche Männer öffentliche Telefone anriefen, vor allem an einem so verrufenen Ort wie der Pinetta-Bar.

13

Das Abendessen im Hause Brunetti wurde belebt – Brunetti fiel kein netteres Wort dafür ein – durch eine hitzige Debatte zwischen Chiara und ihrer Mutter, die dadurch ausgelöst wurde, daß Chiara ihrem Vater erzählte, sie habe ihre Mathematikhausaufgaben heute bei der besten Freundin von Francesca Trevisan gemacht.

Bevor Chiara weiterreden konnte, schlug Paola unvermittelt mit der flachen Hand auf den Tisch. »Ich will nicht mit einer Spionin unter einem Dach leben«, fuhr sie ihre Tochter an.

»Ich bin keine Spionin«, entgegnete Chiara scharf. »Ich arbeite für die Polizei.« Und an Brunetti gewandt: »Nicht wahr, *papà*?«

Brunetti antwortete darauf lieber nicht, sondern griff nach der fast leeren Flasche Pinot Noir.

»Stimmt doch, oder?« hakte Chiara nach.

»Es spielt keine Rolle«, meinte ihre Mutter, »ob du für die Polizei arbeitest oder nicht. Du kannst nicht hingehen und einfach aus deinen Freunden Informationen herauslocken.«

»Aber das tut *papà* doch bei seinen Freunden auch immer. Heißt das, er ist ein Spion?«

Brunetti nippte an seinem Wein und spähte über den Rand des Glases zu seiner Frau hinüber, neugierig, was sie darauf antworten würde.

Paola sah ihn an, sprach aber zu Chiara. »Es geht nicht darum, ob er seinen Freunden Informationen entlockt, sondern daß sie dabei wissen, wer er ist und warum er es tut.«

»Also, meine Freunde wissen auch, wer ich bin, und sie sollten sich denken können, warum ich es tue«, erklärte Chiara, deren Wangen sich langsam röteten.

»Das ist nicht dasselbe, und du weißt es«, antwortete Paola.

Chiara murmelte etwas, was für Brunetti klang wie »Ist es doch«, aber sie hielt den Kopf dabei über ihren leeren Teller gesenkt, so daß er nicht sicher sein konnte.

Paola wandte sich an Brunetti. »Guido, würdest du bitte versuchen, deiner Tochter den Unterschied zu erklären?« Wie so oft ließ Paola in der Hitze des Gefechts, einem pflichtvergessenen Muttertier gleich, alle Fürsorge fahren und gab das junge Ding ganz dem Vater preis.

»Deine Mutter hat recht«, sagte er. »Wenn ich Leute ausfrage, wissen sie, daß ich Polizist bin, und geben mir ihre Informationen in Kenntnis dieser Tatsache. Und sie wissen, daß sie für das, was sie sagen, zur Rechenschaft gezogen werden können, was ihnen die Chance einräumt, sich zurückzuhalten, wenn sie wollen.«

»Und du legst nie einen herein?« wollte Chiara wissen. »Oder versuchst es wenigstens?« fügte sie hinzu, bevor er antworten konnte.

»Ich habe beides sicher schon getan«, räumte er ein. »Aber du darfst nicht vergessen, daß nichts, was jemand dir erzählt, rechtlich irgendein Gewicht hat. Er kann es immer hinterher leugnen, und dann steht nur dein Wort gegen seines.«

»Aber warum sollte ich lügen?«

»Warum sollte der andere lügen?« versetzte Brunetti.

»Wen interessiert denn, ob etwas, was Leute sagen, rechtlich bindend ist oder nicht?« mischte Paola sich jetzt wieder in die Debatte. »Wir sprechen hier nicht darüber, was rechtlich bindend ist, wir sprechen über Verrat. Und wenn das Wort an diesem Tisch erlaubt ist«, sagte sie, wobei sie beide abwechselnd ansah, »über Ehre.«

Auf Churas Gesicht erschien ein Ausdruck, der hieß: ›O je, jetzt kommt es wieder‹, und sie sah Brunetti an, von dem sie sich moralische Unterstützung erhoffte, doch er gab sie ihr nicht.

»Ehre?« fragte Chiara.

»Ja, Ehre«, sagte Paola, plötzlich ganz ruhig, aber darum nicht weniger bedrohlich. »Du kannst Freunden nicht einfach Informationen entlocken. Du kannst nicht etwas nehmen, was sie dir gesagt haben, und es gegen sie verwenden.«

Hier unterbrach Chiara sie. »Aber von dem, was Susanna mir gesagt hat, kann doch nichts gegen sie verwendet werden.«

Paola schloß einen Moment die Augen, dann nahm sie ein Stück Brot und begann es zu zerkrümeln, was sie oft tat, wenn sie aufgebracht war. »Chiara, es ist nicht entscheidend, ob irgend etwas, was sie dir erzählt hat, verwendet oder nicht verwendet wird. Es ist schlicht ein Unding«, fing sie an und wiederholte dann: »Es ist schlicht ein Unding, seine Freunde dazu zu verleiten, einem unter vier Augen etwas zu erzählen, und es dann weiterzusagen oder die Informationen in einer Weise zu benutzen, von der die anderen nicht ahnten, daß man sie im Hinterkopf hatte, als das Gespräch stattfand. Das ist Vertrauensbruch.«

»So, wie du das sagst, klingt es direkt strafbar«, sagte Chiara.

»Es ist schlimmer als strafbar«, erklärte Paola. »Es ist unrecht.«

»Und was strafbar ist, ist nicht unrecht?« mischte sich Brunetti von der Seitenlinie aus ein.

Sie nahm die Herausforderung an. »Guido, falls ich nicht geträumt habe, hatten wir vergangene Woche zwei Tage lang drei Installateure im Haus. Kannst du für ihre Arbeit eine *ricevuta fiscale* vorweisen? Kannst du nachweisen, daß sie das Geld versteuern, das wir ihnen bezahlt haben?« Als er nichts sagte, wiederholte sie: »Kannst du?« Und als er weiter schwieg, erklärte sie: »Das ist strafbar, Guido, strafbar, aber ich würde mich energisch gegen dich oder jeden aus dieser unserer stinkenden Regierung von Schweinen und Dieben zur Wehr setzen, der mir erzählen wollte, daß es unrecht ist.«

Er griff nach der Flasche, aber sie war leer.

»Willst du noch mehr?« fragte Paola, und er wußte, daß sie nicht den Wein meinte. Er war nicht scharf darauf, aber Paola stand jetzt auf dem Rednerpodest, und er wußte aus langer Erfahrung, daß es keinen Sinn hatte, sie herunterholen zu wollen, bevor sie fertig war. Er bedauerte nur, daß er den Wein schon ausgetrunken hatte.

Aus dem Augenwinkel sah er Chiara aufstehen und zum Schrank gehen. Kurz darauf war sie mit zwei kleinen Gläsern und einer Flasche Grappa zurück, die sie ihm leise über den Tisch zuschob. Ihre Mutter konnte sie nennen wie sie wollte – Verräterin, Spionin, Ungeheuer –, für ihn war das Kind ein Engel.

Er sah den langen Blick, den Paola ihrer Tochter zuwarf, und war froh, einen milden Ausdruck in ihren Augen zu entdecken, wenn auch nur kurz. Er goß sich einen kleinen Grappa ein, nippte daran und seufzte.

Paola griff über den Tisch und nahm die Flasche. Sie goß sich ebenfalls ein und trank einen Schluck. Der Haussegen hing wieder gerade.

»Chiara«, sagte Paola, »ich wollte dich deswegen nicht anschreien.«

»Hast du aber«, entgegnete ihre stets buchstabengetreue Tochter.

»Ich weiß, und es tut mir leid.« Paola nahm noch ein Schlückchen. »Du weißt, wie ernst mir diese Dinge sind.«

»Das hast du aus diesen Büchern, nicht?« fragte Chiara so unverblümt, daß man fast daraus schließen mußte, der Beruf ihrer Mutter als Professorin für englische Literatur habe einen verderblichen Einfluß auf ihre moralische Entwicklung ausgeübt.

Ihre Eltern suchten beide nach Sarkasmus oder Geringschätzung in Chiaras Ton, konnten aber nichts anderes entdecken als Wissensdurst.

»Ja, wahrscheinlich«, mußte Paola zugeben. »Sie verstanden etwas von Ehre, die Leute, die diese Bücher geschrieben haben, und sie bedeutete ihnen etwas.« Hier hielt sie inne und dachte über das soeben Gesagte nach. »Aber sie bedeutete nicht nur ihnen etwas, den Schriftstellern; für die Gesellschaft insgesamt waren manche Dinge wichtig: Ehre, der gute Name eines Menschen, sein Wort.«

»Ich finde diese Dinge auch wichtig, *mamma*«, sagte Chiara, und es klang viel kindlicher, als es ihrem Alter entsprach.

»Das weiß ich. Mir sind sie auch wichtig, und Raffi, und deinem Vater. Aber in unserer Welt sind sie es nicht, jedenfalls nicht mehr.«

»Liebst du darum diese Bücher so, *mamma*?«

Paola lächelte und stieg zu Brunettis Erleichterung jetzt endlich von ihrem Podest herunter, bevor sie antwortete: »Wahrscheinlich, *cara*. Außerdem verdanke ich der Kenntnis dieser Bücher meine Stelle an der Universität.«

Da Brunettis Pragmatismus sich schon seit mehr als zwei Jahrzehnten an den verschiedenen Formen von Paolas Idealismus rieb, fand er, daß sie ›diesen Büchern‹ weit mehr zu verdanken glaubte als nur einen Beruf.

»Hast du noch viel für die Schule zu tun, Chiara?« fragte Brunetti, der wußte, daß er auch später oder morgen früh noch von ihr erfahren konnte, was Francescas Freundin ihr erzählt hatte. Chiara verstand das zu Recht als Zeichen, daß sie entlassen war, bejahte die Frage und ging in ihr Zimmer, damit ihre Eltern weiterdebattieren konnten.

»Paola, ich wußte doch nicht, daß sie mein Angebot so ernst nehmen und gleich losgehen und Leute ausfragen würde«, sagte Brunetti. Es sollte eine Erklärung, oder zumindest teilweise auch eine Entschuldigung sein.

»Ich habe ja nichts dagegen, daß sie sich diese Informationen beschafft«, meinte Paola. »Aber wie sie es gemacht hat, das gefällt mir nicht.« Sie nippte wieder an ihrem Grappa. »Glaubst du, sie hat verstanden, was ich ihr klarzumachen versucht habe?«

»Ich glaube, sie versteht alles, was wir sagen«, antwortete Brunetti. »Ich bin nicht sicher, ob sie mit allzu vielem einverstanden ist, aber verstehen tut sie es bestimmt.« Dann fragte er, um noch einmal auf das vorher Gesagte zurückzukommen: »Was für Beispiele hast du denn sonst noch für Dinge, die strafbar, aber nicht unrecht sind?«

Sie rollte ihr kleines Glas zwischen den Handflächen. »Das finde ich zu leicht«, sagte sie, »besonders bei den verrückten Gesetzen in diesem Land. Viel schwerer ist es, das zu benennen, was unrecht, aber nicht strafbar ist.«

»Zum Beispiel?«

»Zum Beispiel, wenn du deine Kinder fernsehen läßt«, meinte sie lachend, des Themas offenbar überdrüssig.

»Nein, sag's mir, Paola«, drängte er, inzwischen neugierig geworden. »Ich würde gern ein Beispiel hören.«

Bevor sie antwortete, schnippte sie mit dem Fingernagel gegen die gläserne Mineralwasserflasche auf dem Tisch. »Ich weiß, daß du es nicht mehr hören kannst, Guido, aber ich finde, daß Plastikflaschen unrecht sind, dabei verstoßen sie bestimmt nicht gegen das Gesetz. Allerdings«, fügte sie rasch hinzu, »glaube ich, daß es in ein paar Jahren so sein wird. Das heißt, wenn wir vernünftig sind.«

»Ich hatte eigentlich ein etwas eindrucksvolleres Beispiel erwartet«, sagte Brunetti.

Sie dachte ein Weilchen nach und sagte dann: »Wenn wir die Kinder in dem Glauben erzogen hätten, der Reichtum meiner Familie gäbe ihnen besondere Vorrechte, das wäre unrecht.«

Es überraschte Brunetti, daß Paola gerade dieses Beispiel anführte; im Lauf der Jahre hatte sie nur selten den Reichtum ihrer Eltern angesprochen, höchstens wenn politische Diskussionen in Streit ausarteten und sie ihn dann als Beispiel für soziale Ungerechtigkeit anführte.

Sie tauschten einen Blick, aber ehe Brunetti etwas sagen konnte, fuhr Paola fort: »Ich weiß nicht, ob das soviel eindrucksvoller ist, aber angenommen, ich würde abfällig über dich reden, ich glaube, das wäre unrecht.«

»Du redest doch ständig abfällig über mich«, sagte Brunetti mit einem gezwungenen Lächeln.

»Nein, Guido, ich bin höchstens kritisch. Das ist ein Unterschied. Abfällig würde ich nie über dich reden.«

»Weil das unehrenhaft wäre?«

»Genau«, bestätigte sie lächelnd.

»Aber es ist nicht unehrenhaft, wenn du mich kritisierst?«

»Natürlich nicht, schon gar nicht, wenn es stimmt. Denn das ist zwischen uns beiden, Guido, und geht die Welt in keiner Weise etwas an.«

Er griff über den Tisch und angelte sich die Grappaflasche. »Ich finde, daß der Unterschied immer schwerer zu definieren ist«, sagte er.

»Zwischen was?«

»Zwischen strafbar und unrecht.«

»Was meinst du, warum das so ist, Guido?«

»Ich weiß nicht recht. Vielleicht, weil wir, wie du vorhin sagtest, nicht mehr an die alten Werte glauben, und neue haben wir noch nicht gefunden.«

Sie nickte, während sie darüber nachdachte.

»Und alle die alten Regeln sind gebrochen worden«, fuhr er fort. »Seit fünfzig Jahren, seit Kriegsende, werden wir nur angelogen. Von der Regierung, der Kirche und den Parteien, von Industrie, Handel und Militär.«

»Und der Polizei?« fragte sie.

»Ja«, pflichtete er ohne das geringste Zögern bei. »Und von der Polizei.«

»Aber du willst dabeibleiben?«

Brunetti zuckte die Achseln und schenkte ihnen Grappa nach. Paola wartete schweigend. Schließlich sagte er: »Irgend jemand muß es ja versuchen.«

Paola beugte sich vor, legte ihre Hand an seine Wange und

drehte sein Gesicht zu sich. »Wenn ich je wieder versuchen sollte, dich über Ehre zu belehren, Guido, dann hau mir eine Flasche über den Schädel, ja?«

Er wandte den Kopf und küßte ihre Handfläche. »Aber erst, wenn du mich Plastikflaschen kaufen läßt.«

Zwei Stunden später, als Brunetti gähnend über Prokops *Bella* saß, klingelte des Telefon.

»Brunetti«, meldete er sich und sah gleichzeitig auf die Uhr.

»Commissario, hier ist Alvise. Er hat gesagt, ich soll Sie anrufen.«

»Wer hat gesagt, Sie sollen mich anrufen?« fragte Brunetti, während er einen alten Vaporettofahrschein aus seiner Tasche kramte und ihn als Lesezeichen in sein Buch steckte. Telefonate mit Alvise hatten die Tendenz, entweder lang oder wirr zu sein. Oder beides.

»Der Sergente, Commissario.«

»Welcher Sergente?« Brunetti legte sein Buch beiseite.

»Sergente Topa, Commissario.«

»Warum hat er gesagt, Sie sollen mich anrufen?« fragte Brunetti, jetzt ganz Ohr.

»Weil er mit Ihnen reden will.«

»Warum ruft er mich dann nicht selbst an? Ich stehe im Telefonbuch.«

»Weil er nicht kann, Commissario.«

»Und warum kann er nicht?«

»Weil es gegen die Vorschriften ist.«

»Welche Vorschriften?« fragte Brunetti, in dessen Stimme jetzt die wachsende Ungeduld hörbar wurde.

»Die Vorschriften hier bei uns, Commissario.«

»Bei wem?«

»In der Questura, Commissario. Ich habe Nachtdienst.«

»Was macht Sergente Topa in der Questura?«

»Er ist festgenommen worden, Commissario. Die Kollegen

in Mestre haben ihn aufgegriffen, aber dann festgestellt, wer er ist, oder was er ist. Oder was er mal war. Ich meine, ein Sergente. Und da haben sie ihn eben hierhergeschickt, aber sie haben ihn allein kommen lassen. Sie haben hier bei uns angerufen, daß er kommt, aber hergekommen ist er dann allein.«

»Dann hat Sergente Topa sich also selbst festgenommen?«

Alvise mußte darüber einen Moment nachdenken, dann antwortete er: »Es scheint so, Commissario. Ich weiß jetzt nicht, was ich in das Formular schreiben soll, wo es heißt: ›Festnehmender Beamter‹.«

Brunetti hielt den Hörer kurz vom Ohr weg, dann drückte er ihn wieder dagegen. »Weswegen ist er festgenommen worden?«

»Er war in eine Schlägerei verwickelt.«

»Wo?« fragte Brunetti, obwohl er die Antwort schon wußte.

»In Mestre.«

»Mit wem?«

»Mit irgendeinem Ausländer.«

»Und wo ist dieser Ausländer?«

»Er ist entkommen, Commissario. Sie haben sich geprügelt, aber dann ist der Ausländer weggelaufen.«

»Woher wissen Sie, daß es ein Ausländer war?«

»Sergente Topa hat es mir gesagt. Er sagt, der Mann hatte einen Akzent.«

»Wenn der Ausländer entkommen ist, wer erstattet dann Anzeige gegen Sergente Topa?«

»Ich denke, deswegen haben die Kollegen in Mestre ihn zu uns geschickt, Commissario. Weil sie dachten, daß wir vielleicht wissen, was zu tun ist.«

»Haben die Kollegen aus Mestre Ihnen gesagt, Sie sollen ein Festnahmeprotokoll schreiben?«

»Nicht direkt, Commissario«, sagte Alvise nach einer besonders langen Pause. »Sie haben zu Topa gesagt, er soll hierherkommen und über den Vorfall Meldung machen. Das einzige Formular, das ich hier auf dem Tisch liegen sah, war ein Festnahmeprotokoll, und da habe ich gedacht, das muß ich nehmen.«

»Warum haben Sie ihn nicht bei mir anrufen lassen?«

»Na, er hatte schon seine Frau angerufen, und ich weiß genau, daß Festgenommene nur *ein* Telefongespräch führen dürfen.«

»Im Fernsehen, Alvise, in amerikanischen Fernsehserien«, sagte Brunetti, um Geduld bemüht. »Wo ist Sergente Topa jetzt?«

»Er ist sich einen Kaffee holen gegangen.«

»Während Sie das Festnahmeprotokoll schreiben?«

»Ja, Commissario. Es kam mir nicht richtig vor, ihn dabeizuhaben.«

»Wenn Sergente Topa zurückkommt – er kommt doch zurück, oder?«

»Aber ja, Commissario, ich habe ihm gesagt, er soll zurückkommen. Das heißt, ich habe ihn gebeten, und er hat gesagt, er kommt.«

»Wenn er also zurückkommt, sagen Sie ihm bitte, er soll warten. Ich bin auf dem Weg.« Damit legte Brunetti, der merkte, daß er mit seiner Geduld jetzt am Ende war, den Hörer auf, ohne Alvises Antwort abzuwarten.

Zwanzig Minuten später kam Brunetti, nachdem er Paola erklärt hatte, er müsse noch einmal in die Questura, um etwas in Ordnung zu bringen, dort an und ging auf direktem Wege in den Wachraum hinauf. Alvise saß an einem Schreibtisch, ihm gegenüber Topa, der noch genauso aussah wie vor einem Jahr, als er die Questura verlassen hatte.

Der ehemalige Sergente war klein und tonnenförmig. Das Licht der Deckenlampe spiegelte sich auf seinem fast kahlen Kopf. Er hatte seinen Stuhl auf die hinteren Beine gekippt und hielt die Arme über der Brust verschränkt. Er blickte auf, als Brunetti hereinkam, betrachtete ihn kurz mit seinen dunklen, unter buschigen weißen Brauen fast verborgenen Augen und ließ den Stuhl mit einem schweren Plumps nach vorn fallen. Dann erhob er sich und streckte Brunetti die Hand hin, denn da er nicht mehr Sergente war, konnte er einem Commissario als Gleichgestellter die Hand schütteln, woraufhin Brunetti wieder die gleiche Abneigung empfand, die er schon immer gegen diesen Mann empfunden hatte, bei dem es vor Gewalttätigkeit unter der Oberfläche brodelte wie in einer frischen Polenta, die nur darauf wartet, daß jemand sie zu essen versucht und sich den Mund daran verbrennt.

»Guten Abend, Sergente«, sagte Brunetti, indem er die angebotene Hand ergriff.

»Commissario«, antwortete der andere, kein Wort mehr.

Alvise stand auf und blickte von einem zum andern, sagte aber nichts.

»Vielleicht könnten wir in mein Büro gehen und uns dort unterhalten«, schlug Brunetti vor.

»Ja«, stimmte Topa zu.

Brunetti machte Licht, als sie eintraten, zog aber gar nicht erst seinen Mantel aus, womit er deutlich zu machen hoffte, daß er nicht viel Zeit für diese Geschichte übrig hatte. Dann setzte er sich hinter seinen Schreibtisch.

Topa ließ sich auf einem Stuhl links davon nieder.

»Also?« fragte Brunetti.

»Vianello hat mich angerufen und gefragt, ob ich mir diese Pinetta-Bar mal ansehen kann. Ich hatte schon davon gehört, war aber noch nie da gewesen. Was ich gehört hatte, gefiel mir nicht besonders.«

»Was hatten Sie denn gehört?«

»Viele Schwarze. Und Slawen. Die sind noch schlimmer, die Slawen.« Brunetti, der beinahe auch diesen Eindruck hatte, sagte nichts.

Topa, der merkte, daß er nicht gedrängt wurde, seine Geschichte zu erzählen, verzichtete auf weitere Kommentare zu nationalen und rassischen Unterschieden und fuhr fort: »Ich bin also hingegangen und habe ein Glas Wein getrunken. An einem Tisch waren ein paar Männer beim Kartenspielen, da habe ich mich dazugestellt und ihnen über die Schulter geschaut. Keiner schien sich daran zu stören. Ich habe mir dann noch einen Wein bestellt und mich mit einem anderen Mann an der Bar unterhalten. Dann ist einer von den Kartenspielern weggegangen, und ich habe für ein paar Runden seinen Platz eingenommen. Ich hatte etwa zehntausend Lire verloren, als der Mann zurückkam, um weiterzuspielen. Ich bin wieder an den Tresen gegangen und habe mir noch ein Glas Wein bestellt.« Für Brunetti klang das, als hätte Topa einen aufregenderen Abend verbringen können, wenn er sich zu Hause vor den Fernseher gesetzt hätte.

»Und wie war das mit der Schlägerei?«

»Darauf komme ich gleich. Nach einer Viertelstunde oder so stand einer der Männer vom Spieltisch auf, und sie fragten mich, ob ich noch ein bißchen mitspielen wolle. Ich sagte nein, worauf der Mann, der am Tresen neben mir stand, hinging und ein paar Runden mitspielte. Dann kam der andere wieder zurück und bestellte sich am Tresen etwas zu trinken. Wir kamen ins Gespräch, und er fragte mich, ob ich eine Frau wolle.

Ich habe ihm gesagt, daß ich mir keine kaufen muß, es laufen genug herum, die es umsonst gibt, und er sagte, was er mir besorgen könne, würde ich sonst nirgends kriegen.«

»Und das war?«

»Junge Mädchen, sehr junge Mädchen. Ich habe ihm gesagt, daß ich mich dafür nicht interessiere, daß mir Frauen lieber sind, und darauf hat er dann etwas Beleidigendes gesagt.«

»Was?«

»Daß er denke, ich sei wohl auch nicht an Frauen interessiert, und ich habe ihm geantwortet, daß mir Frauen, richtige Frauen, lieber sind als das, was er zu bieten hat. Darauf fing er an zu lachen und hat den Kartenspielern irgendwas zugerufen, auf Slawisch, glaube ich, und die haben alle gelacht. Da habe ich ihm eine reingehauen.«

»Wir hatten Sie gebeten, uns Informationen aus dieser Bar zu liefern, nicht eine Schlägerei anzufangen«, sagte Brunetti, ohne seinen Unmut zu verhehlen.

»Ich lasse mich nicht auslachen«, erwiderte Topa in dem verbissenen, wütenden Ton, an den Brunetti sich noch erinnerte.

»Glauben Sie, er hat es ernst gemeint?«

»Wer?«

»Der Mann, der Ihnen die Mädchen angeboten hat.«

»Keine Ahnung. Vielleicht. Er sah nicht aus wie ein Zuhälter, aber bei Slawen kann man das schlecht sagen.«

»Würden Sie ihn wiedererkennen?«

»Er hat eine gebrochene Nase, er dürfte leicht zu erkennen sein.«

»Wissen Sie das genau?« fragte Brunetti.

»Was?«

»Das mit der Nase.«

»Natürlich weiß ich das genau«, sagte Topa, wobei er die rechte Hand hochhielt. »Ich habe gefühlt, wie das Nasenbein gebrochen ist.«

»Würden Sie ihn auf einem Foto erkennen?«

»Ja.«

»Gut, Sergente. Es ist zu spät, jetzt noch etwas zu unternehmen. Kommen Sie morgen vormittag vorbei, und sehen Sie sich die Fotos an, ob er vielleicht dabei ist.«

»Ich dachte, Alvise wollte mich festnehmen.«

Brunetti winkte unwirsch ab, als wollte er eine Fliege vor seinem Gesicht verjagen. »Vergessen Sie's.«

»So wie dieser Kerl redet niemand mit mir«, sagte Topa trotzig.

»Bis morgen vormittag, Sergente«, sagte Brunetti.

Topa warf ihm einen Blick zu, der Brunetti an die Geschichte seiner letzten Festnahme erinnerte, stand auf und verließ das Büro, wobei er die Tür hinter sich offenließ. Brunetti wartete volle zehn Minuten, bevor auch er ging. Draußen hatte es zu nieseln angefangen, der erste naßkalte Vorbote des Winters, aber die eisigen Tropfen in seinem Gesicht waren ihm eine willkommene Abkühlung, nachdem ihm so heiß geworden war vom Widerwillen gegen Topas Gesellschaft.

14

Zwei Tage später, aber erst nachdem Brunetti sich gezwungen gesehen hatte, die Unterlagen mit einer richterlichen Verfügung von Giudice Vantuno anzufordern, stellte die venezianische Telecom-Niederlassung der Polizei eine Liste der Ortsgespräche zur Verfügung, die in den letzten sechs Monaten von Trevisans Privatanschluß und seinem Büro aus geführt worden waren. Wie Brunetti erwartet hatte, waren einige zur Pinetta-Bar darunter, wenn auch kein Schema erkennbar war. Er suchte aus der Liste der Ferngespräche die Daten und Uhrzeiten der Anrufe am Bahnhof von Padua heraus, aber zwischen diesen Anrufen und denen in der Bar in Mestre war kein Zusammenhang zu erkennen.

Er legte die beiden Listen auf seinen Schreibtisch und betrachtete sie. Anders als bei den Ferngesprächen standen bei den Ortsgesprächen Namen und Adressen der Anschlußinhaber in einer rechten Spalte auf der über dreißig Seiten langen Liste. Er begann diese Spalte durchzulesen, gab es aber nach ein paar Minuten wieder auf.

Schließlich nahm er die Blätter und ging damit die Treppe hinunter zu Signorina Elettra. Das Tischchen vor dem Fenster in ihrem Zimmer war offenbar neu, aber es stand noch dieselbe mundgeblasene Venini-Vase darauf, heute mit nichts besonders Edlem darin, wenn sich auch kaum etwas Fröhlicheres denken ließ als der Riesenstrauß Schwarzäugige Susannen.

Passend dazu trug Signorina Elettra heute ein Tuch, dessen Farbschattierungen wohl den Kanarienvögeln abgeguckt worden war. »Guten Morgen, Commissario«, begrüßte sie ihn, als er eintrat, und strahlte wie ihre Blumen.

»Guten Morgen, Signorina. Ich habe eine Aufgabe für Sie beide«, begann er, wobei sein freundliches Nicken andeutete, daß der zweite im Bunde ihr Computer war.

»Das da?« fragte sie mit einem Blick auf die Telecom-Listen in seiner Hand.

»Ja. Das sind Trevisans Telefongespräche. Endlich«, fügte er hinzu, ohne seinen Ärger darüber zu verhehlen, daß er so viel Zeit mit Warten hatte verplempern müssen, bis er über offizielle Kanäle schließlich an die Informationen kam.

»Oh, Sie hätten mir nur sagen müssen, daß es eilig ist, Commissario.«

»Freund bei der Telecom?« fragte Brunetti, den die Größe des Netzes, über das Signorina Elettra verfügte, inzwischen nicht mehr überraschen konnte.

»Giorgio«, sagte sie und beließ es dabei.

»Glauben Sie, daß Sie ...?« fing Brunetti an.

Sie lächelte nur und streckte die Hand aus.

Er gab ihr die Listen. »Ich brauche sie nach der Häufigkeit geordnet, mit der die Nummern angewählt wurden.«

Sie notierte sich das auf einem Block. Dann sah sie lächelnd zu ihm auf, als wäre das alles ein Kinderspiel. »Noch etwas?«

»Ja. Ich wüßte gern, wie viele dieser Anschlüsse öffentlich zugänglich sind – in Bars, Restaurants, auch Telefonzellen.«

Sie lächelte wieder: ebenfalls kein Problem. »Ist das alles?«

»Nein. Außerdem wüßte ich noch gern, welches die Nummer seines Mörders ist.« Wenn er erwartet hatte, daß sie auch dies notierte, wurde er enttäuscht. »Aber an die kommen Sie wohl nicht heran«, meinte er und lächelte dabei, um ihr zu zeigen, daß er Spaß machte.

»Ich fürchte nein, Commissario, aber vielleicht ist sie ja dabei«, versetzte sie, indem sie mit den Blättern wedelte.

Ja, wahrscheinlich, dachte Brunetti, dann fragte er: »Wie lange dauert das?« Wie viele Tage, meinte er.

Signorina Elettra warf einen Blick auf ihre Armbanduhr, dann auf das letzte Blatt, um zu sehen, wie viele es waren. »Wenn Giorgio heute im Büro ist, müßte ich es eigentlich bis zum Nachmittag haben.«

»Wie?« entfuhr es Brunetti, bevor er noch Zeit hatte, seine Frage in eine etwas verbindlichere Form zu kleiden.

»Ich habe ein Modem ans Telefon des Vice-Questore anschließen lassen«, sagte sie, wobei sie auf ein Metallkästchen zeigte, das neben dem Telefon auf ihrem Schreibtisch stand. Davon führten Kabel zu ihrem Computer. »Giorgio muß die Daten nur aufrufen und die Anrufe nach der Häufigkeit sortieren lassen, dann kann er sie mir direkt auf meinen Drucker geben.« Sie hielt kurz inne. »Sie kämen dann nach Häufigkeit geordnet sowie mit Datum und Uhrzeit. Möchten Sie auch wissen, wie lange jedes Gespräch gedauert hat?« Sie hielt ihren Stift bereit und wartete auf seine Antwort.

»Ja, bitte. Und glauben Sie, daß er auch eine Liste der Gespräche aufstellen kann, die von der Bar in Mestre aus geführt wurden?«

Sie nickte, sagte aber nichts, denn sie war mit Schreiben beschäftigt.

»Alles bis heute nachmittag?« fragte Brunetti.

»Wenn Giorgio da ist, bestimmt.«

Als Brunetti hinausging, griff sie schon zum Telefon, zweifellos um Giorgio anzurufen und zusammen mit ihm und diesem rechteckigen Kästchen an ihrem Computer alle Hindernisse zu überwinden, die man bei der Telecom um die in den Akten befindlichen Informationen herum aufbauen könnte, sowie auch gleich alle Gesetze, in denen geregelt sein mochte, was ohne Gerichtsbeschluß zugänglich war und was nicht.

In seinem Büro angekommen, schrieb Brunetti seinen kurzen Bericht für Patta und ging sogar so weit, seine Pläne für die nächsten Tage zu umreißen. Ersteres war zum großen Teil frustrierend, letzteres setzte sich zu gleichen Teilen aus Erfindung und Optimismus zusammen, aber er glaubte, es würde Patta für ein Weilchen zufriedenstellen. Danach rief er Ubaldo Lotto an und bat um eine Unterredung im Lauf des Nachmittags, was er damit erklärte, daß er Informationen über Trevisans Praxis benötige.

Nach anfänglichem Zögern und der Versicherung, er wisse nichts über die Anwaltspraxis, nur über die Finanzgeschäfte, fand Lotto sich widerwillig dazu bereit und bestellte Brunetti für halb sechs in sein Büro.

Dieses Büro war, wie sich herausstellte, im selben Haus und auf demselben Stockwerk wie Trevisans Praxis, nämlich in der Via II Marzo über der Banca Commerciale d'Italia, eine Geschäftsadresse, wie man sie sich in Venedig besser nicht wünschen konnte. Brunetti erschien dort ein paar Minuten vor der vereinbarten Zeit und wurde in einen Büroraum geführt, der so sichtlich von fleißiger Arbeit zeugte, daß er geradezu perfekt in das Klischee paßte, das sich ein cleverer junger Fernsehregisseur für eine Szene ausgedacht haben könnte, in der es um einen cleveren jungen Steuerberater geht. In dem offenen Raum von der Größe eines halben Tennisplatzes standen acht Schreibtische, alle mit Computerterminal und Bildschirm, jeder Arbeitsplatz abgetrennt durch eine hüfthohe, mit grünem Leinen bezogene spanische Wand. Fünf junge Männer und drei junge Frauen saßen vor den Bildschirmen; Brunetti fand es interessant, daß keiner auch nur den Kopf hob, als er auf dem Weg zu Lottos Büro im Schlepptau des Rezeptionisten an ihnen vorbeiging.

Dieser junge Mann blieb vor einer Tür stehen, klopfte zweimal, öffnete, ohne eine Antwort abzuwarten, und hielt die Tür für Brunetti auf, der beim Eintreten Lotto am anderen Ende des Zimmers vor einer hohen Vitrine stehen und etwas herausnehmen sah. Brunetti hörte hinter sich die Tür zugehen und warf einen Blick über die Schulter, um zu sehen, ob der junge Mann mit hereingekommen war. Er war es nicht. Als er sich wieder umdrehte, war Lotto von der Vitrine zurückgetreten und hielt in der rechten Hand eine Flasche süßen Wermut, in der linken zwei kleine Gläser.

»Trinken Sie auch einen Schluck, Commissario?« fragte er. »Ich genehmige mir um diese Zeit immer einen.«

»Danke, gern«, sagte Brunetti, der süße Drinks verabscheute. »Den kann ich gut gebrauchen.« Er lächelte, und Lotto winkte ihn auf die andere Seite des Büros, wo zwei Sessel standen, dazwischen ein niedriges Tischchen mit dünnen Beinen.

Lotto goß die Gläser großzügig voll und trug sie durchs Zimmer. Brunetti nahm eines, dankte und wartete, bis sein Gastgeber die Flasche zwischen ihnen auf dem Tisch abgestellt und Platz genommen hatte, bevor er das Glas hob, sein freundlichstes Lächeln aufsetzte und *»cin, cin«* sagte. Die süße Flüssigkeit glitschte ihm über die Zunge und durch die Kehle und hinterließ einen dicken Schleim. Der Alkohol wurde von der klebrigen Süße totgeschlagen: Das Ganze schmeckte wie After-shave gesüßt mit Aprikosennektar.

Obwohl man aus den Fenstern des Zimmers nur die Fenster des gegenüberliegenden Gebäudes sah, sagte Brunetti: »Kompliment für Ihr Büro. Sehr schön.«

Lotto schwenkte abwehrend sein Glas. »Danke, Dottore. Wir versuchen eine Atmosphäre zu schaffen, die unseren Klienten das Gefühl gibt, daß sie sich bei uns in guten Händen befinden und wir ihre Interessen zu wahren verstehen.«

»Das stelle ich mir schwierig vor«, meinte Brunetti.

Ein Schatten legte sich über Lottos Gesicht, verschwand aber gleich wieder und nahm einen Teil seines Lächelns mit sich fort. »Ich fürchte, ich verstehe Sie nicht ganz, Commissario.«

Brunetti versuchte ein verlegenes Gesicht zu machen: ein nicht sehr sprachgewandter Mensch, der sich wieder einmal schlecht ausgedrückt hatte. »Ich meine wegen der neuen Gesetze, Signor Lotto. Es ist sicher sehr schwer, sie zu verstehen oder richtig anzuwenden. Seit die neue Regierung alle diese Änderungen erlassen hat, gibt mein eigener Steuerberater zu, daß er nicht immer weiß, was er zu tun hat, ja nicht einmal, wie die Formulare auszufüllen sind.« Brunetti nahm einen Schluck von seinem Drink, aber nur einen winzigen, man hätte es sogar als ein bescheidenes Nippen bezeichnen können, und fuhr fort: »Natürlich sind meine Finanzen kaum so kompliziert, daß da irgendwelche Unklarheiten entstehen könnten, aber wahrscheinlich haben Sie viele Klienten, deren Angelegenheiten einen Experten erfordern.« Wieder ein kleines Schlückchen. »Ich verstehe natürlich nichts von diesen Dingen«, sagte er und gestattete sich einen Blick zu Lotto hinüber, der anscheinend aufmerksam zuhörte. »Deswegen habe ich um diese Unterredung gebeten, weil ich sehen möchte, ob Sie mir über Avvocato Trevisans Finanzen etwas sagen können, was Sie für wichtig halten. Sie waren ja sein Steuerberater, nicht wahr? Auch sein Geschäftsführer?«

»Ja«, antwortete Lotto knapp, bevor er in neutralem Ton fragte: »An was für Informationen dachten Sie?«

Brunetti lächelte und machte eine Handbewegung, als wollte er seine Finger wegwerfen. »Das ist es ja, wovon ich nichts verstehe und weshalb ich hier bin. Da Avvocato Trevisan Ihnen seine Finanzgeschäfte anvertraut hat, dachte ich, Sie könnten uns vielleicht sagen, ob es unter seinen Klienten jemanden gab, der – ich weiß nicht recht, wie ich es ausdrücken soll – der möglicherweise unzufrieden mit Signor Trevisan war.«

»›Unzufrieden‹, Commissario?«

Brunetti blickte auf seine Knie, ganz der Mann, der sich schon wieder im Netz seiner eigenen sprachlichen Unbeholfenheit verfangen hat, einer, den Lotto beruhigt für einen ebenso unbeholfenen Polizisten halten konnte.

Schließlich brach Lotto das lange Schweigen. »Es tut mir leid, aber ich verstehe immer noch nicht«, sagte er, und seine viel zu dick aufgetragene ehrliche Verwirrung erfreute Brunetti, zeigte sie doch, daß Lotto sich in Gesellschaft eines Mannes wähnte, der sich auf Feinheiten oder komplizierte Zusammenhänge nicht verstand.

»Nun, Signor Lotto, da wir kein Motiv für diesen Mord haben ...«, begann Brunetti.

»War es denn kein Raubmord?« unterbrach ihn Lotto mit erstaunt hochgezogenen Augenbrauen.

»Es wurde nichts gestohlen, Signore.«

»Der Dieb wurde vielleicht gestört? Überrascht?«

Brunetti würdigte die Überlegung mit der Nachdenklichkeit, die sie verdient gehabt hätte, wäre sie noch nie vorgebracht worden, und genau das wollte er Lotto ja gern glauben machen. »Möglich wäre es«, meinte er dann, als hätte er es mit seinesgleichen zu tun. Er nickte vor sich hin, während er diese neue Möglichkeit bedachte. Doch mit der Beharrlichkeit eines Hundes kam er wieder auf seinen ersten Gedanken zurück. »Wenn es aber nicht so war, wenn wir es hier tatsächlich mit einem Mord zu tun haben, könnte das Motiv mit seinem Beruf zusammenhängen.« Brunetti fragte sich, ob Lotto nun versuchen würde, den klar vorgezeichneten Gang dieser Überlegungen abzukürzen, bevor er bei der nächsten Möglichkeit landete, daß nämlich das Motiv in Trevisans Privatleben zu suchen war.

»Wollen Sie damit andeuten, es könnte ein Klient gewesen sein?« fragte Lotto ungläubig: Dieser Polizist hatte wohl nicht die mindeste Vorstellung von der Sorte Klienten, mit denen ein Mann wie Trevisan zu tun hatte.

»Ich weiß, wie unwahrscheinlich das ist«, sagte Brunetti mit einem Lächeln, das hoffentlich nervös aussah. »Aber es wäre immerhin möglich, daß Signor Trevisan in seiner Eigenschaft als Anwalt in den Besitz von Informationen gelangt ist, die für ihn gefährlich waren.«

»Über einen seiner Klienten? Wollen Sie dies damit sagen, Commissario?« Der schockierte Unterton in Lottos Worten machte deutlich, wie überlegen er sich diesem Polizisten gegenüber dünkte.

»Ja.«

»Unmöglich.«

Brunetti lächelte noch einmal kurz. »Mir ist klar, daß es schwer zu glauben ist, aber dennoch brauchen wir, und sei es nur, um diese Möglichkeit auszuschließen, eine Liste von Signor Trevisans Klienten, und ich dachte, Sie als sein Geschäftsführer könnten sie uns geben.«

»Haben Sie vor, die Leute in die Sache hineinzuziehen?« fragte Lotto, nicht ohne dafür zu sorgen, daß Brunetti die vorweggenommene Entrüstung in seinen Worten auch verstand.

»Ich versichere Ihnen, wir werden alles in unserer Macht Stehende tun, sie überhaupt nicht merken zu lassen, daß wir ihre Namen kennen.«

»Und wenn Sie diese Namen nun nicht bekämen?«

»Dann würden wir uns gezwungen sehen, eine gerichtliche Verfügung zu beantragen.«

Lotto trank aus und stellte sein leeres Glas links von sich auf den Tisch. »Ich könnte Ihnen wohl eine Liste zusammenstellen lassen.« Sein Widerstreben war hörbar. Schließlich hatte er es mit der Polizei zu tun. »Aber ich möchte Sie daran erinnern, daß es sich dabei nicht um die Art Leute handelt, die üblicherweise Objekt polizeilicher Ermittlungen sind.«

Unter anderen Umständen hätte Brunetti hier angemerkt, daß die Polizei in den letzten Jahren kaum etwas anderes getan hatte, als gegen ›die Art Leute‹ zu ermitteln, aber er behielt es diesmal für sich und antwortete statt dessen: »Mir ist das sehr wohl klar, Signor Lotto.«

Der Steuerberater räusperte sich. »Ist das alles?«

»Ja«, sagte Brunetti, wobei er die restliche Flüssigkeit in seinem Glas kreisen ließ und zusah, wie sie an den Seitenwänden hochstieg und wieder heruntersank. »Eine Kleinigkeit hätte ich noch, aber die ist kaum der Rede wert.« Das ekelhafte Gesöff kreiste weiter in Brunettis Glas.

»Ja?« fragte Lotto desinteressiert, nachdem nun der eigentliche Grund für den Besuch dieses Polizisten abgehakt war.

»Rino Favero«, sagte Brunetti und ließ den Namen so leicht wie einen flatternden Schmetterling in die Luft entschweben.

»Was?« entfuhr es Lotto, der seine Verblüffung nicht verbergen konnte. Und Brunetti blinzelte zufrieden und so einfältig wie nur möglich, bevor er wieder in sein Glas schaute. Lotto formulierte seine Frage zu einem neutralen »Wer?« um.

»Favero, Rino. Er war auch Steuerberater. In Padua, soviel ich weiß. Ich dachte nur, ob Sie ihn vielleicht kennen, Signor Lotto.«

»Kann sein, daß ich den Namen schon mal gehört habe. Warum fragen Sie?«

»Er ist vor kurzem gestorben. Von eigener Hand.« Für Brunettis Geschmack war das genau der Euphemismus, den ein Mann von Lottos sozialer Stellung in Verbindung mit dem Selbstmord eines Mannes von Faveros Stellung gebrauchen würde. Er wartete ab, wie groß dessen Neugier wohl war.

»Warum fragen Sie?«

»Ich dachte, wenn Sie ihn vielleicht kannten, wäre es doch traurig für Sie, zwei Freunde so rasch hintereinander zu verlieren.«

»Nein, ich kannte ihn nicht. Jedenfalls nicht persönlich.«

Brunetti schüttelte den Kopf. »Eine tragische Geschichte.«

»Ja«, antwortete Lotto kurz und erhob sich. »Haben Sie sonst noch etwas, Commissario?«

Brunetti stand auf, sah sich hilflos nach einem Platz für sein noch halbvolles Glas um und ließ es sich gern von Lotto abnehmen, der es neben sein eigenes auf den Tisch stellte. »Nein, nur die Liste mit den Klienten.«

»Morgen. Oder übermorgen«, sagte Lotto, schon auf dem Weg zur Tür.

Brunetti vermutete, daß es wohl letzteres sein würde, ließ sich dadurch aber nicht davon abhalten, dem anderen die Hand hinzustrecken und sich wortreich für die geopferte Zeit und das Entgegenkommen des Steuerberaters zu bedanken.

Lotto brachte Brunetti zum Ausgang, schüttelte ihm noch einmal die Hand und schloß die Tür hinter ihm. Im Flur blieb Brunetti kurz stehen und sah sich das diskrete Bronzeschild an, das rechts neben der gegenüberliegenden Tür hing: »C. TREVISAN AVVOCATO«. Er hegte nicht den geringsten Zweifel, daß hinter dieser Tür die gleiche Atmosphäre tüchtiger Geschäftigkeit herrschte wie hinter der, aus der er soeben gekommen war; ebenso überzeugt war er, daß die beiden Büros weit mehr verband als nur die räumliche Nähe; und zum dritten war er jetzt sicher, daß beide auch irgendwie mit Rino Favero in Verbindung standen.

15

Am nächsten Morgen fand Brunetti auf seinem Schreibtisch, gefaxt von Capitano della Corte aus Padua, eine Kopie der Akte Rino Favero, dessen Tod zumindest gegenüber der Presse und der Öffentlichkeit noch immer als Selbstmord dargestellt wurde. Die Akte sagte ihm über Faveros Tod wenig mehr, als della Corte ihm schon am Telefon gesagt hatte; interessant fand Brunetti höchstens, was sie über Faveros Stellung in der Gesellschaft und Finanzwelt von Padua aussagte, einer verschlafenen, reichen Stadt etwa eine halbe Stunde westlich von Venedig.

Favero war auf Körperschaftsrecht spezialisiert gewesen und stand einer Firma mit sieben Steuerberatern vor, die nicht nur in Padua, sondern in der gesamten Provinz höchstes Ansehen genoß. Zu seinen Klienten zählten wichtige Geschäftsleute und Unternehmer dieser fabrikenreichen Provinz sowie die Dekane dreier verschiedener Fakultäten der Universität, die als eine der besten in ganz Italien galt. Brunetti kannte die Namen vieler der Firmen, deren Finanzen von Favero betreut wurden, ebenso die Namen vieler seiner Privatklienten. Ein Muster war nicht zu erkennen: Chemie, Lederwaren, Reisebüros, Stellenvermittlungen, das Politikwissenschaftliche Institut; Brunetti sah keinerlei Verbindungslinien zwischen ihnen.

Er war so kribbelig und auf Handeln erpicht, oder auch nur schon auf einen Ortswechsel, daß er daran dachte, nach Padua zu fahren und mit della Corte zu reden, aber nach kurzer Überlegung beschloß er, ihn statt dessen anzurufen. Dabei fiel ihm della Cortes Mahnung ein, er solle mit niemand anderem über Favero sprechen, eine Warnung, die ihm sagte, daß es mehr über Favero – vielleicht auch über die paduanische Polizei – zu wissen gab, als della Corte vorerst preisgeben mochte.

»Della Corte«, meldete sich der Capitano beim ersten Klingeln.

»Guten Morgen, Capitano. Hier ist Brunetti. Aus Venedig.«

»Guten Morgen, Commissario.«

»Ich wollte fragen, ob es bei Ihnen etwas Neues gibt«, sagte Brunetti.

»Ja.«

»In Sachen Favero?«

»Ja«, antwortete della Corte kurz und meinte dann: »Wie es aussieht, haben wir gemeinsame Freunde, Dottore.«

»Ach ja?« fragte Brunetti, den die Bemerkung überraschte.

»Nachdem wir gestern telefoniert hatten, habe ich ein paar Bekannte angerufen.«

Brunetti schwieg.

»Ich habe Ihren Namen erwähnt«, sagte della Corte. »Ganz nebenbei.«

Das bezweifelte Brunetti. »Was für Bekannte?« wollte er wissen.

»Unter anderem Riccardo Fosco in Mailand.«

»Ah, und wie geht es ihm?« fragte Brunetti, obwohl er eigentlich viel lieber wissen wollte, warum della Corte einen Reporter anrief, um etwas über ihn zu erfahren, denn er war ganz sicher, daß der Name Brunetti nicht nebenbei gefallen war.

»Er hat einiges über Sie gesagt«, begann della Corte. »Alles sehr vorteilhaft.«

Noch vor zwei Jahren wäre Brunetti schockiert gewesen, zu hören, daß ein Polizist es für nötig hielt, einen Reporter anzurufen, um in Erfahrung zu bringen, ob er einem anderen Polizisten trauen konnte, aber jetzt empfand er nur abgrundtiefe Verzweiflung darüber, daß sie so weit gekommen waren. »Und, wie geht es Riccardo?« wiederholte er höflich.

»Gut, sehr gut. Ich soll Sie grüßen.«

»Hat er geheiratet?«

»Ja, letztes Jahr.«

»Haben Sie die Jagd auch noch nicht aufgegeben?« fragte Brunetti. Gemeint waren Foscos Freunde in Polizeikreisen, die noch Jahre nach den Schüssen auf den Journalisten diejenigen zu finden hofften, die den Anschlag, bei dem Fosco zum Krüppel wurde, zu verantworten hatten.

»Ja, aber wir hören nie etwas. Sie?« fragte della Corte, woraus Brunetti erfreut entnahm, daß er zu denen gezählt wurde, die immer noch nach Spuren suchten, auch wenn diese inzwischen fünf Jahre alt waren.

»Nein, wir auch nicht. Haben Sie Riccardo noch aus einem anderen Grund angerufen?«

»Ich wollte ihn fragen, ob er mir irgend etwas über Favero sagen kann, was wir vielleicht gern wüßten, aber selbst nicht in Erfahrung bringen können.«

»Konnte er etwas sagen?« erkundigte sich Brunetti.

»Nein, nichts.«

Einer plötzlichen Eingebung folgend, fragte Brunetti: »Haben Sie ihn von Ihrem Büro aus angerufen?«

Der Laut, den della Corte daraufhin von sich gab, hätte ein Lachen sein können. »Nein.« Brunetti sagte nichts, und es folgte ein langes Schweigen, an dessen Ende della Corte fragte: »Haben Sie eine Durchwahl zu Ihrem Apparat?«

Brunetti gab ihm die Nummer.

»Ich rufe in zehn Minuten zurück.«

Während er auf della Cortes Anruf wartete, spielte Brunetti mit dem Gedanken, bei Fosco anzurufen, um ihn über den Kollegen auszufragen, aber er wollte seine Leitung freihalten und sagte sich, daß allein schon die Erwähnung des Journalisten für della Corte sprach.

Eine Viertelstunde später rief della Corte zurück. Im Hintergrund konnte Brunetti Verkehrsgeräusche, Hupen und Motorengeheul hören.

»Ich nehme doch an, daß Ihre Leitung sicher ist«, sagte della Corte, um zu erklären, daß seine eigene es nicht war. Brunetti widerstand der Versuchung zu fragen, vor wem die Leitung sicher sein sollte. »Was ist denn los?« fragte er.

»Wir haben die Todesursache abgeändert. Es ist jetzt ein Selbstmord. Offiziell.«

»Was soll das heißen?«

»Im Autopsiebericht stehen jetzt nur noch zwei Milligramm.«

»Jetzt?« fragte Brunetti.

»Jetzt«, wiederholte della Corte.

»Dann wäre Favero also in der Lage gewesen zu fahren?«

»Ja, und seinen Wagen in die Garage zu manövrieren, das Tor zu schließen und, kurz gesagt, Selbstmord zu begehen.« Della Cortes Stimme klang gepreßt vor Zorn. »Ich finde keinen Richter, der mir die Anordnung unterschreibt, mit den Mordfallermittlungen fortzufahren oder die Leiche für eine zweite Autopsie exhumieren zu lassen.«

»Wie sind Sie denn an den ursprünglichen Bericht gekommen, den, weswegen Sie mich angerufen haben?«

»Ich hatte mit dem Arzt gesprochen, der die Autopsie durchgeführt hat; er ist Assistenzarzt im Krankenhaus.«

»Und?« fragte Brunetti.

»Als der offizielle Laborbericht zurückkam – er hatte unmittelbar nach der Autopsie eine Blutuntersuchung vorgenommen, aber danach die Proben zur Bestätigung ins Labor geschickt –, war darin ein viel geringerer Wirkstoffgehalt angegeben, als er ihn gemessen hatte.«

»Hat er seine Aufzeichnungen überprüft? Und was ist mit den Proben?«

»Alles verschwunden.«

»Verschwunden?«

Della Corte machte sich gar nicht erst die Mühe, darauf zu antworten.

»Wo wurden sie aufbewahrt?«

»Im Labor der Pathologie.«

»Was passiert normalerweise damit?«

»Nachdem der amtliche Autopsiebericht raus ist, werden sie noch ein Jahr aufgehoben und dann vernichtet.«

»Und diesmal?«

»Als er den amtlichen Bericht bekam, wollte er gleich seine Aufzeichnungen nachprüfen, ob er sich vielleicht geirrt hätte. Dann hat er mich angerufen.« Della Corte machte eine Pause, bevor er fortfuhr: »Das war vor zwei Tagen. Inzwischen hat er wieder angerufen und mir erklärt, er müsse sich bei seinen Ergebnissen wohl geirrt haben.«

»Druck von oben?«

»Natürlich«, antwortete della Corte grimmig.

»Haben Sie etwas gesagt?«

»Nein. Mir hatte gleich nicht gefallen, was er mir bei unserem zweiten Gespräch über seine Aufzeichnungen sagte. Ich habe mich also seiner Aussage angeschlossen, daß so etwas vorkommt, auch ein bißchen mit ihm geschimpft, weil ihm dieser Fehler unterlaufen war, und ihm empfohlen, bei seiner nächsten Autopsie etwas achtsamer zu sein.«

»Hat er Ihnen das abgenommen?«

Della Cortes Achselzucken war förmlich zu hören. »Wer weiß?«

»Und dann?« fragte Brunetti.

»Dann habe ich Fosco angerufen, um mich über Sie zu informieren.« Brunetti hörte plötzlich seltsame Geräusche in der Leitung und überlegte sofort, ob seine eigene Leitung womöglich abgehört wurde, doch das Klicken und Piepen erklärte sich bald: Della Corte warf Münzen nach.

»Commissario«, sagte della Corte, »ich habe nicht mehr viel Kleingeld. Könnten wir uns nicht irgendwo treffen?«

»Natürlich. Inoffiziell?«

»Auf jeden Fall.«

»Wo?« fragte Brunetti.

»Auf halbem Weg?« schlug della Corte vor. »Mestre?«

»Die Pinetta-Bar?«

»Heute abend, zehn Uhr?«

»Wie erkenne ich Sie?« fragte Brunetti, der hoffte, della Corte möge nicht schon von weitem wie ein Polizist aussehen.

»Ich habe eine Glatze. Und wie erkenne ich Sie?«

»Ich sehe aus wie ein Polizist.«

16

Am Abend ging Brunetti um zehn vor zehn die Stufen des Bahnhofs von Mestre hinunter, nachdem er zuvor auf dem Stadtplan im Telefonbuch von Venedig die Via Fagare gefunden hatte. Vor dem Bahnhof stand der übliche Pulk von Autos im Parkverbot, und es herrschte mäßiger Verkehr in beiden Richtungen. Er überquerte die Straße und wandte sich nach links. An der zweiten Querstraße bog er rechts in Richtung Stadtzentrum ab. Auf beiden Straßenseiten waren die Gitter der kleinen Läden heruntergelassen wie Fallgitter gegen eventuelle nächtliche Invasionen.

Hin und wieder wirbelte eine Windböe das Papier und die Blätter zu seinen Füßen auf und ließ sie träge kreisen; die ungewohnten Verkehrsgeräusche irritierten ihn wie immer, wenn er ihnen außerhalb Venedigs ausgesetzt war. Alle Leute klagten über das feuchtwarme, unzuträgliche Klima in Venedig, aber für Brunetti war betäubender Verkehrslärm viel schlimmer, und wenn dazu noch der scheußliche Auspuffgestank kam, wunderte er sich, wie Menschen mitten darin leben und es als Teil ihres Alltags akzeptieren konnten. Dennoch verließen Jahr für Jahr mehr Venezianer die Stadt und zogen hierher, durch die allgemeine Wirtschaftsflaute und die explodierenden Mieten in die Flucht geschlagen. Er konnte verstehen, daß so etwas passierte, daß ökonomische Gründe die Menschen aus ihrer Stadt vertrieben. Aber im Tausch gegen dies hier? Sicher ein schlechtes Geschäft.

Einige Minuten später kam am Ende des nächsten Häuserblocks eine Neonschrift in Sicht. Die Buchstaben reichten von der Dachkante bis etwa mannshoch über den Gehweg und lauteten: ›B__ _in__ta‹. Mit den Händen in den Manteltaschen und der Schulter voraus schlüpfte Brunetti in die Bar, ohne die Tür groß aufstoßen zu müssen.

Der Besitzer mußte zu viele amerikanische Filme gesehen haben, denn das Innere ähnelte den Bars, in denen Victor Mature immer den Kraftprotz markierte. Die Wand hinter dem Tresen bestand aus einem Spiegel, der allerdings von einer so dicken Schicht aus Staub und Tabakrauch überzogen war, daß nichts mehr deutlich reflektiert wurde. Statt der vielen Flaschenreihen, die man in italienischen Bars gewohnt ist, stand hier nur eine, alles Bourbon und Scotch. Statt des geraden Tresens mit der Espresso-Maschine war dieser hier hufeisenförmig, und in der Mitte stand ein Barmann in einer ehemals weißen Schürze, die er sich eng um die Taille gebunden hatte.

Zu beiden Seiten standen Tische; links saßen, jeweils zu dritt oder viert, kartenspielende Männer; auf der rechten Seite waren es gemischte Paare, eindeutig mit Glücksspielen anderer Art beschäftigt. An allen Wänden hingen vergrößerte Fotos amerikanischer Filmstars, von denen viele mit Skepsis zu betrachten schienen, was zu beobachten sie vom Schicksal verdammt worden waren.

Vier Männer und zwei Frauen standen am Tresen. Der erste Mann, klein und vierschrötig, hatte beide Hände schützend um sein Glas gelegt und stierte in die Flüssigkeit. Der zweite, größer und schlanker, stand mit dem Rücken zum Tresen und drehte langsam den Kopf von einer Seite zur anderen, während er zuerst die Kartenspieler, dann die anderen Glücksritter musterte. Der dritte, ein Kahlkopf, war offensichtlich della Corte. Der vierte, dünn, fast ausgemergelt, stand zwischen den beiden Frauen und wandte nervös den Kopf hin und her, während sie abwechselnd auf ihn einredeten. Er sah auf, als Brunetti hereinkam, und die Frauen, die ihn zur Tür blicken sahen, drehten sich um und musterten den Neuankömmling. Düsterer hätten die drei Parzen nicht dreinschauen können, wenn sie den Lebensfaden eines Menschen abschnitten.

Brunetti ging zu della Corte, einem dünnen Mann mit zerfurchtem Gesicht und buschigem Schnauzbart, schlug ihm auf die Schulter und sagte in breitestem Veneziano und viel lauter als nötig: »*Ciao, Beppe, come stai?* Tut mir leid, daß ich zu spät komme, aber meine Alte, diese Hexe ...« Den Rest ließ er untergehen, während er mit einer ärgerlichen Handbewegung alle Hexen, alle Ehefrauen zum Teufel jagte. Dann wandte er sich an den Barmann und sagte noch lauter: »*Amico mio,* gib mir einen Whisky«, und zu della Corte: »Was nimmst du, Beppe? Du trinkst doch noch einen mit?« Als er sich dem Barmann zuwandte, achtete er darauf, nicht nur den Kopf, sondern den ganzen Körper zu drehen, und den auch noch zu weit. Um das Gleichgewicht zu halten, stützte er sich mit einer Hand auf den Tresen und murmelte noch einmal: »Hexe.«

Als der Whisky kam, nahm er das hohe Glas, kippte den Inhalt mit einem Schluck hinunter, knallte das Glas auf den Tresen und wischte sich mit dem Handrücken den Mund ab. Ein zweites Glas erschien vor ihm, aber bevor er danach greifen konnte, sah er della Corte die Hand ausstrecken.

»*Cin, Cin,* Guido«, sagte della Corte und hob das Glas mit einer Geste, die auf alte Freundschaft schließen ließ. »Schön, daß du dich losmachen konntest.« Er trank einen kleinen Schluck und noch einen. »Kommst du am Wochenende mit uns auf die Jagd?«

Brunetti und della Corte hatten für dieses Treffen kein Drehbuch geschrieben, aber ein Thema war für zwei angetrunkene Männer mittleren Alters, die sich in einer billigen Bar in Mestre trafen, so gut wie das andere. Brunetti sagte, er wolle ja gern mitkommen, aber seine Frau, diese Hexe, bestehe darauf, daß er zu Hause bleibe, weil es ihr Hochzeitstag sei und sie zum Essen ausgeführt werden wolle. Wozu hätten sie eigentlich einen Herd, wenn sie ihn nicht benutzte, um ihm sein Essen darauf zu kochen? Nachdem das ein paar Minuten so gegangen war, stand eines der Pärchen an den Tischen auf und ging. Daraufhin zog della Corte, nachdem er zwei weitere Drinks bestellt hatte, Brunetti am Ärmel zu dem freien Tisch und half ihm beim Hinsetzen. Als die Gläser vor ihnen standen, stützte Brunetti das Kinn auf eine Hand und fragte leise: »Sind Sie schon lange hier?«

»Eine halbe Stunde vielleicht«, antwortete della Corte, nun nicht mehr mit der alkoholisierten Stimme und auch nicht mit dem breiten venezianischen Akzent von vorhin.

»Und?«

»Der Mann an der Bar, der mit den Frauen«, begann della Corte, bevor er an seinem Glas nippte, »wird immer wieder von Männern angesprochen, die hereinkommen. Zweimal hat sich daraufhin eine der Frauen mit dem jeweiligen Mann an die Bar gesetzt und etwas getrunken. Einmal ist eine von ihnen mit dem Besucher weggegangen und etwa zwanzig Minuten später allein zurückgekommen.«

»Schnelle Arbeit«, sagte Brunetti, und della Corte nickte und nahm noch einen kleinen Schluck.

»Wie er aussieht«, fuhr della Corte fort, »würde ich sagen, er hängt an der Nadel.« Er sah zur Bar hinüber und grinste breit, als eine der Frauen seinen Blick erwiderte.

»Sind Sie da sicher?« fragte Brunetti.

»Ich war sechs Jahre im Rauschgiftdezernat. Ich habe Hunderte von der Sorte gesehen.«

»Tut sich sonst etwas in Padua?« erkundigte sich Brunetti. Beide wirkten bei dieser Unterhaltung recht uninteressiert an ihrer Umgebung, aber beide prägten sich Gesichter ein und verfolgten aufmerksam alles, was vorging.

Della Corte schüttelte den Kopf. »Ich rede nicht mehr darüber, aber ich habe einen meiner Leute, dem ich traue, ins Labor geschickt, um zu sehen, ob sonst noch etwas fehlt.«

»Und?«

»Der Betreffende ist sehr umsichtig vorgegangen. Es fehlen sämtliche Aufzeichnungen und Proben von den Autopsien, die an diesem Tag gemacht worden sind.«

»Wie viele waren das denn?«

»Drei.«

»In Padua?« fragte Brunetti, nicht wenig erstaunt.

»Zwei alte Leute sind im Krankenhaus gestorben, nachdem sie verdorbenes Fleisch gegessen hatten. Salmonellen. Auch von ihnen waren alle Aufzeichnungen des Pathologen und die Proben weg.«

Brunetti nickte. »Wer hatte die Möglichkeit dazu?« fragte er den Capitano. »Oder wer hatte ein Interesse daran, die Sachen verschwinden zu lassen?«

»Derselbe, der ihm das Schlafmittel verabreicht hat, würde ich sagen.«

Brunetti nickte wieder.

Der Barmann machte die Runde um die Tische, und Brunetti hob den Kopf von den Händen und gab ihm ein Zeichen, noch zwei Drinks zu bringen, obwohl sein zweiter fast unberührt vor ihm stand.

»Bei dem bißchen, was die im Labor verdienen, kann man für ein paar hunderttausend Lire ziemlich viel Entgegenkommen kaufen«, sagte della Corte.

Zwei Männer betraten die Bar, laut lachend und wie Leute, die unbedingt von Fremden bemerkt werden wollen.

»Gibt's was Neues im Fall Trevisan?« fragte della Corte.

Brunetti schüttelte den Kopf mit dem gewichtigen Ernst, den Betrunkene Trivialitäten widmen.

»Und nun?« frage della Corte.

»Ich denke, einer von uns wird die Ware testen müssen«, sagte Brunetti, als er den Barmann kommen sah. Er blickte auf, lächelte den Mann an und bedeutete ihm mit einem Kopfnicken, die Drinks auf den Tisch zu stellen, dann winkte er ihn etwas näher heran. »Drinks für die *signorine*«, sagte er, wobei er unsicher in die Richtung wedelte, wo die beiden Frauen immer noch rechts und links von dem Mann am Tresen standen.

Der Barmann nickte, ging hinter seinen Tresen und goß weißen Schaumwein in zwei Gläser. Brunetti war sicher, daß es übelster, zusammengepanschter Prosecco war, und ebenso sicher, daß auf seiner Rechnung französischer Champagner stehen würde. Der Barmann ging zu dem Mann und den beiden Frauen, beugte sich vor, stellte die Gläser auf den Tresen und sagte etwas zu dem Mann, der daraufhin einen Blick in Brunettis Richtung warf. Dann drehte er sich um und sprach mit der Frau zu seiner Linken, einer kleinen Dunkelhäutigen mit breitem Mund und rötlichem Haar, das ihr über die Schultern wallte. Sie sah den Mann an, dann die Gläser, dann zu dem Tisch, an dem Brunetti saß. Brunetti lächelte ihr zu, erhob sich halb und machte eine plumpe Verbeugung in ihre Richtung.

»Sind Sie von allen guten Geistern verlassen?« fragte della Corte, wobei er breit grinsend nach seinem Glas griff.

Statt zu antworten, winkte Brunetti den dreien an der Bar zu und stieß mit dem Fuß den freien Stuhl links von sich zurück. Die Rothaarige ließ ihre Freunde stehen, nahm ihr Glas und kam auf Brunettis Tisch zu. Als Brunetti sie kommen sah, lächelte er ihr erneut zu und fragte della Corte leise: »Sind Sie mit dem Auto hier?«

Der Capitano nickte.

»Gut. Wenn sie sich hersetzt, gehen Sie weg. Warten Sie im Auto, und wenn wir herauskommen, folgen Sie uns.«

In dem Moment, als die Frau an ihren Tisch kam, schob della Corte seinen Stuhl zurück und stand auf, wobei er fast mit ihr zusammengestoßen wäre und höchst überrascht tat. Er sah sie kurz an und sagte: »Guten Abend, Signorina. Nehmen Sie doch bitte Platz.« Alles wieder in seinem schönsten Venezianisch und mit einem breiten Lächeln.

Die Frau zog ihren Rock zurecht und setzte sich neben Brunetti. Sie lächelte ihn an, und er sah, daß sie hübsch war unter dem dick aufgetragenen Make-up: gerade Zähne, dunkle Augen und eine fröhliche Stupsnase. »*Buona sera*«, sagte sie leise, beinah flüsternd. »Danke für den Champagner.«

Della Corte beugte sich über den Tisch und streckte Brunetti die Hand hin. »Ich muß gehen, Guido. Ich rufe dich nächste Woche an.«

Brunetti übersah die ausgestreckte Hand, seine ganze Aufmerksamkeit galt der Frau. Della Corte drehte sich zu den Männern an der Bar um, lächelte, zuckte die Achseln und ging.

»*Ti chiami Guido?*« fragte die Frau, und das vertrauliche ›Du‹ ließ keinen Zweifel daran aufkommen, worum es hier ging.

»Ja, Guido Bassetti. Und wie heißt du, Süße?«

»Mara«, sagte sie und lachte, als hätte sie etwas Schlaues gesagt. »Was bist du für einer, Guido?« Aus ihren Worten hörte Brunetti zweierlei heraus: irgendeinen fremdländischen Akzent, ganz sicher eine romanische Sprache, wenn er auch nicht genau wußte, ob es Spanisch oder Portugiesisch war; und noch unverkennbarer war die freche Doppeldeutigkeit ihrer Frage.

»Ich bin Rohrleger«, erklärte Brunetti mit übertriebenem Stolz im Ton, wobei er noch mit einer vulgären Geste unterstrich, daß er die Anspielung in ihrer Frage sehr wohl verstanden hatte.

»Ach, wie interessant«, sagte Mara und lachte wieder, aber weiter fiel ihr nichts dazu ein.

Brunetti sah, daß sein zweites Glas noch ziemlich voll und das dritte völlig unangetastet war. Er trank aus dem zweiten, schob es beiseite und nahm das dritte.

»Du bist ein richtig hübsches Mädchen, Mara«, sagte er, ohne auch nur im geringsten zu vertuschen, daß diese Tatsache für das bevorstehende Geschäft bedeutungslos war. Sie schien sich nichts daraus zu machen.

»Ist das dein Freund, da an der Bar?« Brunetti deutete mit dem Kinn zu der Stelle, wo der Mann noch immer stand, wenn die andere Frau auch inzwischen verschwunden war.

»Ja«, antwortete Mara.

»Wohnst du in der Nähe?« fragte Brunetti, ganz der Mann, der keine Zeit verschwenden wollte.

Ja.«

»Können wir zu dir gehen?«

»Ja.« Sie lächelte wieder, und er sah, wie sie sich bemühte, Wärme und Interesse in ihren Blick zu legen.

Er ließ jetzt allen Charme von sich abfallen. »Wieviel?«

»Hunderttausend«, antwortete sie mit der Bereitwilligkeit einer Frau, die diese Frage schon allzuoft gehört hatte.

Brunetti lachte, trank noch einen kleinen Schluck und stand auf. Dabei stieß er seinen Stuhl so rasch und kräftig zurück, daß er hinter ihm umkippte. »Du spinnst wohl, kleine Mara. Ich habe eine Frau zu Hause. Bei der krieg' ich's umsonst.«

Sie zuckte die Achseln und sah auf ihre Uhr. Es war elf, und in den letzten zwanzig Minuten war niemand mehr in die Bar gekommen. Er sah sie förmlich Zeit in Geld umrechnen.

»Fünfzig«, sagte sie schließlich, offenbar um Zeit und Energie zu sparen.

Brunetti stellte sein immer noch nicht leeres Glas auf den Tisch und griff nach ihrem Arm. »Also gut, kleine Mara, dann laß dir mal zeigen, was ein richtiger Mann für dich tun kann.«

Sie erhob sich widerstandlos. Brunetti zog sie am Arm zur Bar hinüber. »Was bin ich schuldig?« fragte er.

Ohne zu zögern, antwortete der Barmann: »Dreiundsechzigtausend.«

»Sind Sie noch zu retten?« fragte Brunetti wütend. »Für drei Whisky? Miserablen Whisky noch dazu?«

»Plus die zwei für Ihren Freund und den Champagner für die Damen«, sagte der Barmann.

»Damen«, wiederholte Brunetti sarkastisch, aber er zückte seine Brieftasche, zählte einen Fünfziger, einen Zehner und drei Eintausendlirescheine ab und warf sie auf den Tresen. Bevor er die Brieftasche wieder wegstecken konnte, griff Mara nach seinem Arm.

»Du kannst das Geld gleich meinem Freund geben«, sagte sie mit einer Kopfbewegung zu dem dünnen Mann an der Bar, der Brunetti anstarrte, ohne eine Miene zu verziehen. Brunetti blickte sich um, das Gesicht hochrot vor Verlegenheit, als suchte er jemanden, der ihm half, die Welt zu verstehen. Es fand sich keiner. Er nahm einen Fünfzigtausendlireschein aus der Brieftasche und warf ihn auf den Tresen, ohne den Mann anzusehen, der das Geld keines Blickes würdigte. Wie um seinen verletzten Stolz wiederherzustellen, griff Brunetti nach dem Arm der Frau und zog sie mit sich zum Ausgang. Sie nahm nur noch rasch ihre Jacke aus imitiertem Leopardenfell vom Haken neben der Tür, dann trat sie mit Brunetti auf die Straße hinaus. Er knallte die Tür heftig hinter ihnen zu.

Draußen wandte Mara sich nach links, ohne auf Brunetti zu warten. Sie machte rasche Schritte, allerdings waren der kurze Rock und die hohen Absätze ihr hinderlich, so daß Brunetti keine Mühe hatte dranzubleiben. An der ersten Ecke bog sie links ab und blieb dann drei Häuser weiter an einer Tür stehen. Den Schlüssel hielt sie schon bereit. Sie schloß auf und ging hinein, ohne sich nach Brunetti umzudrehen, der gerade lange genug stehenblieb, um zu sehen, wie ein Auto in die schmale Straße einbog. Der Fahrer blendete zweimal auf, und Brunetti folgte der Frau ins Haus.

Eine Treppe höher machte sie rechter Hand eine Tür auf, die sie wieder für Brunetti offenließ. Beim Eintreten sah er in dem Zimmer eine niedrige Bettcouch mit grellbunt gestreifter Decke, einen Schreibtisch und zwei Stühle stehen. Das einzige Fenster war zu, die Läden geschlossen. Sie knipste das Licht an, eine nackte, schwache Glühbirne, die an einem kurzen Kabel von der Decke hing.

Ohne sich zu Brunetti umzudrehen, zog Mara ihre Jacke aus und hängte sie sorgsam über die Lehne des einen Stuhls. Dann setzte sie sich auf die Bettkante und löste die Riemchen ihrer Schuhe. Brunetti hörte sie erleichtert aufatmen, als sie die Dinger zu Boden fallen ließ. Immer noch ohne ihn anzusehen, machte sie ihren Rock auf, faltete ihn zusammen und legte ihn über die Jacke. Darunter hatte sie nichts an. Sie setzte sich zuerst, dann legte sie sich aufs Bett, wobei sie ihn noch immer keines Blickes würdigte.

»Es kostet extra, wenn du meine Brüste anfassen willst«, sagte sie, bevor sie sich auf die Seite drehte, um den Bettüberwurf glattzustreichen, der sich unter ihrer Schulter verknüllt hatte.

Brunetti ging durchs Zimmer und setzte sich auf den freien Stuhl. »Woher kommst du, Mara?« fragte er in normalem Italienisch, ohne venezianischen Akzent.

Sie sah überrascht auf, entweder ob der Frage oder weil sie in ganz normalem Konversationston gestellt worden war. »Hör mal, du Rohrleger«, sagte sie, eher müde als ärgerlich, »du bist nicht zum Reden hier, und ich auch nicht, also kommen wir zur Sache, damit ich wieder an meine Arbeit gehen kann, ja?« Sie drehte sich ganz auf den Rücken und spreizte die Beine.

Brunetti sah weg. »Woher kommst du, Mara?« fragte er noch einmal.

Sie klappte die Beine zusammen und schwang sie über den Bettrand, um sich dann aufzusetzen und ihn anzusehen. »Hör mal, wenn du vögeln willst, dann bringen wir's hinter uns, ja? Ich kann nicht die ganze Nacht hier herumsitzen und reden. Und außerdem geht es dich einen Scheißdreck an, woher ich komme.«

»Brasilien?« mutmaßte er aufgrund ihres Akzents.

Sie gab einen ärgerlichen, angewiderten Ton von sich, stand auf und griff nach ihrem Rock. Sie bückte sich, stieg hinein, zog ihn hoch und zerrte wütend am Reißverschluß. Dann angelte sie mit einem Fuß nach ihren Schuhen, die sie vorhin unters Bett geschoben hatte. Schließlich setzte sie sich wieder auf die Bettkante und fing an, die Riemchen festzuziehen.

»Er kann dafür eingelocht werden«, sagte Brunetti in unverändert ruhigem Ton. »Er hat Geld von mir genommen. Das könnte ihm ein paar Monate einbringen.«

Die Riemchen, die ihre Schuhe an den Fußgelenken hielten,

saßen beide fest, aber sie blickte weder zu Brunetti auf, noch machte sie Anstalten, sich vom Bett zu erheben. Sie saß mit gesenktem Kopf da und hörte zu.

»Das wünschen Sie ihm doch sicher nicht, oder?« fragte Brunetti.

Sie schnaubte angeekelt und ungläubig.

»Dann denken Sie mal nach, was er wohl machen wird, wenn er wieder rauskommt, Mara. Sie haben mich nicht erkannt. Er muß ja wohl Ihnen die Schuld geben.«

Jetzt sah sie auf und streckte die Hand aus. »Kann ich Ihren Ausweis sehen?«

Brunetti reichte ihn ihr.

»Was wollen Sie?« fragte sie, nachdem sie ihm den Dienstausweis zurückgegeben hatte.

»Ich will wissen, woher Sie kommen.«

»Warum? Damit Sie mich zurückschicken können?« fragte sie, wobei sie ihm in die Augen sah.

»Ich bin nicht von der Ausländerpolizei, Mara. Es interessiert mich nicht, ob Sie legal oder illegal hier sind.«

»Was wollen Sie denn dann?« fragte sie, Wut in der Stimme.

»Ich möchte wissen, woher Sie kommen.«

Sie zögerte nur kurz, suchte nach einem Haken, fand keinen und antwortete: »Sao Paulo.« Er hatte also recht gehabt; der leichte Akzent war brasilianisch.

»Wie lange sind Sie schon hier?«

»Zwei Jahre«, sagte sie.

»Und arbeiten als Prostituierte?« Er versuchte das Wort so klingen zu lassen, daß es nur eine Bezeichnung war, keine Verurteilung.

»Ja.«

»Haben Sie schon immer für diesen Mann gearbeitet?«

Sie sah ihn an. »Seinen Namen verrate ich nicht«, sagte sie.

»Ich will seinen Namen nicht wissen, Mara. Ich will wissen, ob Sie schon immer für ihn gearbeitet haben.«

Sie sagte etwas, aber ihre Stimme war so leise, daß er nichts verstand.

»Wie bitte?«

»Nein.«

»Immer in dieser Bar?«

»Nein.«

»Wo haben Sie davor gearbeitet?«

»Woanders«, antwortete sie ausweichend.

»Seit wann arbeiten Sie in der Bar?«

»Seit September.«

»Warum?«

»Warum was?«

»Warum sind Sie in diese Bar gewechselt?«

»Die Kälte. Ich bin nicht daran gewöhnt, und im letzten Winter bin ich bei der Arbeit draußen krank geworden. Da hat er gesagt, ich soll diesen Winter in der Bar arbeiten.«

»Verstehe«, sagte Brunetti. »Wie viele Mädchen sind es noch?«

»In der Bar?«

»Ja.«

»Drei.«

»Und auf der Straße?«

»Ich weiß nicht genau. Vier? Sechs? Ich habe keine Ahnung.«

»Kommen von denen noch mehr aus Brasilien?«

»Zwei.«

»Und die anderen, woher sind die?«

»Das weiß ich nicht.«

»Wie ist das mit dem Telefon?«

»Was?« fragte sie und sah ihn mit zusammengekniffenen Augen an, vielleicht ehrlich verwirrt.

»Das Telefon. In der Bar. Wer wird dort angerufen? Er?«

Die Frage brachte sie eindeutig durcheinander. »Ich weiß es nicht«, sagte sie. »Alle benutzen das Telefon.«

»Aber wer *bekommt* dort Anrufe?«

Sie überlegte einen Moment. »Ich weiß es nicht.«

»Er?« bohrte Brunetti nach.

Sie zuckte die Achseln, versuchte seinem Blick auszuweichen, aber Brunetti schnippte vor ihrem Gesicht mit den Fingern, und sie sah ihn wieder an.

»Bekommt er Anrufe?«

»Manchmal«, sagte sie, dann schaute sie auf ihre Uhr und wieder zu ihm auf. »Sie müßten jetzt fertig sein.«

Er warf einen Blick auf seine eigene Uhr; fünfzehn Minuten waren vergangen. »Wieviel Zeit läßt er Ihnen?«

»Normalerweise eine Viertelstunde. Bei Älteren auch mehr, wenn sie Stammkunden sind. Aber wenn ich nicht bald zurückgehe, stellt er Fragen, und ich muß ihm sagen, warum es so lange gedauert hat.«

Der Art, wie sie das sagte, entnahm Brunetti, daß die Frau jede Frage beantworten würde, die der Mann ihr stellte. Er überlegte kurz, ob es besser wäre, den Mann merken zu lassen, daß die Polizei sich nach ihm erkundigte. Er betrachtete das gesenkte Gesicht der Frau und versuchte zu schätzen, wie alt sie war. Fünfundzwanzig? Zwanzig?

»Also gut«, sagte er im Aufstehen.

Bei seiner plötzlichen Bewegung zuckte sie zurück und sah zu ihm auf. »Ist das alles?«

»Ja, das ist alles.«

»Kein Quickie?«

»Was?« fragte er verständnislos.

»Ein Quickie. Das gehört meistens dazu, wenn uns die Polizei zu einer Vernehmung holt.« Ihre Stimme klang neutral, wertfrei, müde.

»Nein, nichts dergleichen«, sagte Brunetti, schon auf dem Weg zur Tür.

Sie stand hinter ihm auf und fuhr erst mit dem einen, dann mit dem anderen Arm in ihre Jacke. Er öffnete die Tür, ließ Mara vorbei und folgte ihr auf den Flur. Sie drehte sich um, schloß die Tür ab und ging die Treppe hinunter. Unten zog sie die Haustür auf, wandte sich nach rechts und war gleich darauf in Richtung Bar verschwunden. Brunetti ging in entgegengesetzter Richtung bis ans Ende der Straße, überquerte sie und blieb unter einer Laterne stehen, wo einen Augenblick später della Cortes schwarzer Wagen neben ihm hielt.

17

Na?« fragte della Corte, als Brunetti neben ihn auf den Vordersitz des Wagens glitt. Brunetti fand es sympathisch, daß in der Frage nichts Anzügliches mitklang.

»Sie ist Brasilianerin und arbeitet für den Mann, der mit ihr in der Bar war. Sie sagt, er bekommt dort auch Anrufe.«

»Und?« fragte della Corte, während er einen Gang einlegte und langsam in Richtung Bahnhof fuhr.

»Das ist schon alles«, antwortete Brunetti. »Alles, was sie mir erzählt hat, aber ich glaube, wir können daraus einiges schließen.«

»Zum Beispiel?«

»Daß sie zum Beispiel illegal hier ist, daß sie keine Aufenthaltsgenehmigung hat und also nicht groß darüber bestimmen kann, womit sie ihren Lebensunterhalt verdient.«

»Vielleicht tut sie es ja, weil es ihr Spaß macht«, warf della Corte ein.

»Haben Sie schon mal eine Hure kennengelernt, der es Spaß macht?«

Della Corte ließ Brunettis Frage unbeantwortet, bog um eine Ecke und hielt kurz darauf vor dem Bahnhof. Er zog die Handbremse an, ließ aber den Motor laufen. »Und was nun?«

»Ich denke, wir müssen den Mann festnehmen, der bei ihr war. So erfahren wir wenigstens, wer er ist. Und solange wir ihn in Gewahrsam haben, können wir vielleicht noch einmal mit der Frau sprechen.«

»Sie meinen, daß sie dann redet?«

Brunetti zuckte die Achseln. »Vielleicht, wenn sie keine Angst hat, daß man sie daraufhin nach Brasilien zurückschickt.«

»Müßten wir denn davon ausgehen?«

»Kommt darauf an, wer mit ihr spricht.«

»Eine Frau vielleicht?« schlug della Corte vor.

»Das wäre wahrscheinlich besser.«

»Haben Sie eine?«

»Wir haben eine Psychiaterin, die uns gelegentlich berät. Ich könnte Mara vielleicht dazu bringen, mit ihr zu reden.«

»Mara?« fragte della Corte.

»So hat sie sich mir vorgestellt. Ich möchte gern glauben, daß sie wenigstens eins behalten durfte, ihren Namen.«

»Wann schnappen Sie sich den Mann?«

»So bald wie möglich.«

»Wissen Sie schon, wie Sie's machen?«

»Am einfachsten wäre es, ihn in dem Moment einzukassieren, wenn einer von Maras Kunden ihm das Geld auf den Tresen legt.«

»Wie lange können Sie ihn deswegen festhalten?«

»Das kommt darauf an, was wir über ihn in Erfahrung bringen, ob er vielleicht vorbestraft ist, oder ob sonst noch etwas gegen ihn vorliegt.« Brunetti überlegte kurz. »Wenn Sie mit dem Heroin recht haben, müßten ein paar Stunden eigentlich genügen.«

Della Cortes Lächeln war nicht nett anzusehen. »Ich habe recht mit dem Heroin.« Als Brunetti schwieg, fragte della Corte: »Und bis dahin?«

»Ich gehe einigen Dingen nach. Ich will mehr über Trevisans Familie herausfinden, und soviel wie möglich über seine Kanzlei.«

»Etwas Bestimmtes?«

»Nicht direkt. Nur ein paar Punkte, die mir Kopfschmerzen bereiten, Kleinigkeiten, die sich nicht reimen.« Mehr wollte Brunetti jetzt nicht dazu sagen, weshalb er fragte: »Und Sie?«

»Wir machen dasselbe bei Favero, aber da heißt es so einigem auf den Grund gehen, zumindest was seine Firma betrifft.« Della Corte hielt kurz inne, um dann fortzufahren: »Ich hatte keine Ahnung, daß diese Typen derart viel verdienen.«

»Wer, Steuerberater?«

»Ja. Hunderte von Millionen im Jahr, wie es aussieht. Und das ist nur sein versteuertes Einkommen, Sie können sich also vorstellen, wieviel mehr er unterderhand macht.« Brunetti brauchte sich nur einige der Namen auf Faveros Klientenliste ins Gedächtnis zu rufen, und schon konnte er sich die Höhe dieser Einnahmen vorstellen, der versteuerten wie der unversteuerten.

Er öffnete die Wagentür, stieg aus und ging zur Fahrerseite hinüber. »Ich schicke morgen abend ein paar Leute hierher. Wenn er und Mara in der Bar sind, müßte es eigentlich ein leichtes sein, sie zu kriegen.«

»Beide?« fragte della Corte.

»Ja. Vielleicht redet sie bereitwilliger, nachdem sie eine Nacht in einer Zelle verbracht hat.«

»Ich denke, Sie wollen sie mit einer Psychiaterin reden lassen?«

»Schon, aber erst soll sie ruhig mal ein bißchen Gefängnisluft schnuppern. Angst macht Menschen gesprächiger, besonders Frauen.«

»Ganz schön hartgesotten, wie?« meinte della Corte, nicht ohne Respekt.

Brunetti zuckte mit den Schultern. »Sie könnte etwas über einen Mord wissen. Je mehr Angst sie hat, je verwirrter sie ist, desto eher sagt sie uns vielleicht, was sie weiß.«

Della Corte lächelte und löste die Handbremse. »Ich habe vorhin einen Moment lang gedacht, Sie wollten mir etwas über die Hure mit dem goldenen Herzen erzählen.«

Brunetti stieß sich vom Fensterrahmen des Wagens ab und ging. Nach ein paar Schritten in Richtung Bahnhof drehte er sich noch einmal zu della Corte um, der gerade die Scheibe hochkurbelte, während er schon langsam anfuhr. »Niemand hat ein Herz aus Gold«, sagte er, aber della Corte fuhr davon, ohne zu erkennen zu geben, daß er es gehört hatte.

Am nächsten Morgen wurde Brunetti von Signorina Elettra mit der Nachricht empfangen, daß sie die Zeitungsmeldung über Trevisan im *Gazzettino* zwar gefunden habe, es sich aber um einen völlig harmlosen Bericht über ein touristisches Gemeinschaftsunternehmen der Handelskammern von Venedig und Prag handle, das er organisiert habe. Auch Signora Trevisans Leben war, jedenfalls laut Auskunft der Gesellschaftskolumnisten dieser Zeitung, nur ein weißes Blatt Papier.

Brunetti hatte so etwas zwar erwartet, trotzdem war er enttäuscht. Er bat Signorina Elettra, Giorgio zu fragen – er war selbst überrascht, daß er von Giorgio schon wie von einem alten Freund sprach –, ob er eine Liste der Telefongespräche zusammenstellen könne, die von dem Apparat in der Pinetta-Bar aus geführt sowie dort entgegengenommen worden waren. Danach begnügte er sich damit, seine Post zu lesen und auf einen der Briefe hin ein paar Telefongespräche zu führen.

Er rief Vianello zu sich und wies ihn an, abends drei Mann in die Pinetta-Bar zu schicken und dort Mara und ihren Zuhälter festnehmen zu lassen. Danach mußte Brunetti sich wohl oder übel mit dem Papierkram auf seinem Schreibtisch befassen, obwohl er sich nur mit Mühe auf das konzentrieren konnte, was er las: Statistiken aus dem Innenministerium mit den Personalplanungen für die nächsten fünf Jahre, den Kosten einer Computervernetzung mit Interpol und den technischen Daten und Leistungsangaben einer neuartigen Pistole. Brunetti schob die Blätter unwillig beiseite. Der Questore hatte vor kurzem eine Mitteilung des Innenministers erhalten, die ihn darüber informierte, daß der nationale Polizeietat im nächsten Jahr um mindestens fünfzehn, wenn nicht gar um zwanzig Prozent gekürzt werden solle und mit einer Erhöhung der Mittel in naher Zukunft nicht zu rechnen sei. Dennoch schickten diese Trottel in Rom ihm weiterhin Projekte und Pläne, ganz als ob Geld da wäre, ganz als ob es nicht schon alles gestohlen oder auf Nummernkonten in der Schweiz überwiesen worden wäre.

Er nahm das Blatt mit den technischen Daten der Pistole, die nie angeschafft würde, drehte es um und machte sich auf der Rückseite eine Liste der Leute, mit denen er sprechen wollte: Trevisans Witwe und ihr Bruder, ihre Tochter Francesca und jemand, der ihm sowohl über Trevisans Anwaltspraxis als auch über sein Privatleben genauere Auskünfte geben konnte.

In einer zweiten Spalte notierte er die Dinge, die ihm nicht aus dem Kopf gingen: Francescas Geschichte – oder war es nur Wichtigtuerei? –, daß jemand sie zu entführen versuchen könnte; Lottos Zögern, eine Liste mit Trevisans Klienten herauszurücken; Lottos Überraschung, als der Name Favero fiel.

Und das alles war, wie er jetzt merkte, überlagert von den Telefonnummern und diesen Anrufen in alle Welt, aus denen sich noch immer kein Muster herauslesen ließ, kein erklärbarer Anlaß.

Als er in die unterste Schreibtischschublade griff, um das Telefonbuch herauszuholen, dachte er, wie nützlich es doch wäre, es Favero gleichzutun und die häufig gebrauchten Telefonnummern in einem Notizbuch stehen zu haben. Aber jetzt suchte er eine Nummer, die er noch nie angerufen hatte, weil er bisher noch nie die Gefälligkeit hatte einfordern wollen, die ihm geschuldet wurde.

Vor drei Jahren hatte sein Freund Danilo, der Apotheker, ihn eines frühen Abends angerufen und gebeten, zu seiner Wohnung zu kommen, wo Brunetti ihn mit einem fast zugeschwollenen Auge antraf, als wäre er in eine Schlägerei verwickelt gewesen. Es hatte tatsächlich eine gewalttätige Szene gegeben, doch sie war vollkommen einseitig gewesen, denn Danilo hatte keinen Versuch gemacht, sich dem jungen Mann zu widersetzen, der in seine Apotheke gekommen war, als er gerade schließen wollte. Ebensowenig hatte er Widerstand geleistet, als dieser junge Mann den Giftschrank der Apotheke aufbrach und sieben Ampullen Morphium herausnahm. Aber Danilo hatte ihn erkannt und zu dem jungen Mann, als er gerade gehen wollte, nur gesagt: »Das solltest du nicht tun, Roberto«, was für den Jungen Provokation genug war, um dem Apotheker einen wütenden Stoß zu versetzen, der ihn seitlich gegen die Kante einer Ausstellungsvitrine schleuderte.

Roberto war, wie nicht nur Danilo und Brunetti, sondern auch die meisten Polizisten der Stadt wußten, einziger Sohn Mario Beniamins, des Vorsitzenden Richters am Kriminalgericht von Venedig. Bis zu diesem Abend hatte seine Drogenabhängigkeit ihn nie zu Gewalt verführt, denn er hatte sich immer mit gefälschten Rezepten und dem Verkauf von Dingen, die er aus den Wohnungen von Eltern und Freunden stahl, behelfen können. Mit diesem tätlichen Angriff auf den Apotheker aber, mochte er auch nicht vorsätzlich gewesen sein, hatte Roberto sich unter die Kriminellen der Stadt begeben. Nachdem Brunetti mit Danilo gesprochen hatte, war er zum Haus des Richters gegangen und über eine Stunde bei ihm geblieben; am nächsten Morgen hatte Richter Beniamin seinen Sohn in eine kleine Privatklinik bei Zürich gebracht, wo Roberto sich die nächsten sechs Monate aufhielt, um danach irgendwo bei Mailand eine Töpferlehre anzufangen.

Diese von Brunetti spontan geleistete Gefälligkeit war die ganzen Jahre zwischen ihm und dem Richter in der Versenkung geblieben, etwa wie ein Paar zu teure Schuhe ganz unten im Kleiderschrank liegenbleiben und so gut wie vergessen sind, bis man eines Tages zufällig darüber stolpert und schmerzhaft daran erinnert wird, daß man sich einmal leichtgläubig auf so ein schlechtes Geschäft eingelassen hat.

Im Gericht wurde nach dem dritten Klingeln abgehoben, und es meldete sich eine Frauenstimme. Brunetti nannte seinen Namen und verlangte mit Richter Beniamin verbunden zu werden.

Kurz darauf meldete sich der Richter. *»Buon giorno, commissario.* Ich habe mit Ihrem Anruf schon gerechnet.«

»Ja«, sagte Brunetti nur. »Ich würde gern mit Ihnen sprechen, *eccellenza.*«

»Heute?«

»Wenn Sie es einrichten können.«

»Ich kann eine halbe Stunde für Sie erübrigen, heute nachmittag um fünf. Ist Ihnen damit gedient?«

Ich glaube ja, *eccellenza.*«

»Dann erwarte ich Sie. Hier«, sagte der Richter und legte auf.

Das Kriminalgericht liegt am Fuß der Rialtobrücke, nicht auf der Seite von San Marco, sondern auf der mit dem Obst- und Gemüsemarkt. Frühe Marktbesucher können sogar manchmal beobachten, wie Männer oder Frauen in Hand- und Beinschellen durch die verschiedenen Türen des Gerichtsgebäudes hinein- und herausgeführt werden, und nicht selten stehen zu ihrer Bewachung Carabinieri mit Maschinenpistolen zwischen den Kisten mit Kohl und Weintrauben. Brunetti zeigte den bewaffneten Posten an der Tür seinen Ausweis und ging die zwei breiten Marmortreppen zu Richter Beniamins Büro hinauf. Auf jedem Treppenabsatz war ein großes Fenster, durch das man auf den Fondaco dei Tedeschi blickte, zu Zeiten der Republik das Handelszentrum der deutschen Kaufleute in der Stadt, heute die Hauptpost. Oben angekommen, wurde er von zwei Carabinieri mit kugelsicheren Westen und Sturmgewehren angehalten, die seinen Ausweis sehen wollten.

»Haben Sie eine Waffe bei sich, Commissario?« fragte der eine, nachdem er sich den Dienstausweis sehr genau angesehen hatte.

Brunetti bedauerte, daß er vergessen hatte, seine Pistole im Büro zu lassen: Richter waren in Italien schon so lange Freiwild, daß alle nervös und, leider zu spät, sehr vorsichtig waren. Er knöpfte langsam sein Jackett auf und hielt es weit offen, damit der Wachposten ihm die Waffe abnehmen konnte.

Die dritte Tür rechts war Beniamins Zimmer. Brunetti klopfte zweimal und wurde hereingerufen.

In den Jahren, die seit seinem Besuch in Richter Beniamins Haus vergangen waren, hatten die beiden Männer sich gelegentlich auf der Straße gesehen und einander zugenickt, aber inzwischen war es schon mindestens ein Jahr her, seit Brunetti den Richter zuletzt gesehen hatte, und dessen verändertes Aussehen erschreckte ihn. Obwohl der Richter höchstens zehn Jahre älter war als Brunetti, sah er alt genug aus, um sein Vater zu sein. Tiefe Falten führten beiderseits der Nase am Mund vorbei und verschwanden erst unter dem Kinn. Seine einstmals dunkelbraunen Augen schienen trübe, als hätte jemand vergessen, sie abzustauben. Und in der weiten schwarzen Robe seiner Zunft wirkte er mehr eingewickelt als angezogen, so stark hatte er abgenommen.

»Nehmen Sie Platz, Commissario«, sagte Beniamin. Die Stimme war noch dieselbe, tief und wohlklingend, eine Sängerstimme.

»Danke, *eccellenza*«, sagte Brunetti und setzte sich auf einen der vier Stühle vor dem Schreibtisch des Richters.

»Ich muß Ihnen leider sagen, daß ich doch weniger Zeit habe, als ich dachte.« Der Richter verstummte nach diesem Satz, als hörte er selbst erst jetzt, was er gesagt hatte. Er lächelte kurz und traurig, dann fügte er hinzu: »Heute nachmittag, meine ich. Ich wäre Ihnen also dankbar, wenn wir uns kurz fassen könnten. Wenn nicht, müßten wir uns nötigenfalls übermorgen weiter unterhalten.«

»Selbstverständlich, *eccellenza.* Ich muß wohl kaum sagen, wie dankbar ich bin, daß Sie mich empfangen.« Brunetti hielt inne, und die Blicke der beiden Männer trafen sich; beide waren sich bewußt, wie phrasenhaft sie redeten.

»Ja«, antwortete der Richter nur.

»Carlo Trevisan«, sagte Brunetti.

»Genauer ausgedrückt?« fragte der andere.

»Wem nützt sein Tod? Wie war sein Verhältnis zu seinem Schwager? Zu seiner Frau? Warum hat seine Tochter vor etwa fünf Jahren herumerzählt, ihre Eltern sorgten sich, daß sie entführt werden könnte? Und was für Verbindungen hatte er gegebenenfalls zur Mafia?«

Richter Beniamin hatte sich keine Notizen gemacht, nur zugehört. Jetzt stützte er den Ellbogen auf den Schreibtisch, drehte den Handrücken zu Brunetti und spreizte alle fünf Finger weit.

»Vor zwei Jahren ist ein anderer Anwalt, Salvatore Martucci, in seine Kanzlei eingetreten und hat seine eigenen Klienten mitgebracht. Es wurde vereinbart, daß Martucci nächstes Jahr Teilhaber werden sollte. Nun wird gemunkelt, daß Trevisan nicht mehr gewillt war, diese Abmachung einzuhalten. Seit Trevisans Tod hat Martucci in der Kanzlei allein das Sagen.«

Richter Beniamins Daumen verschwand. »Der Schwager ist glatt, aalglatt. Es sind unbewiesene Gerüchte, und ich würde mich der üblen Nachrede schuldig machen, wenn ich sie wiederholte, aber jedem, der bei internationalen Geschäften um die Steuer herumkommen oder auch nur wissen möchte, wen er bestechen muß, damit seine Sendungen vom Zoll unbehelligt hier ankommen, ist bekannt, daß er sich am besten an ihn wendet.«

Die obere Hälfte des Zeigefingers verschwand. »Die Ehefrau hat ein Verhältnis mit Martucci.«

Der Mittelfinger gesellte sich zu den anderen. »Vor etwa fünf Jahren hatte Trevisan – und auch das ist nur ein Gerücht – mit irgendwelchen Geldgeschäften zweier Angehöriger der Mafia von Palermo zu tun, zweier sehr gewalttätiger Männer. Ich kenne die Art seiner Verwicklung nicht, ob sie kriminell war oder nicht, oder ob er sich überhaupt freiwillig darauf eingelassen hat, aber ich weiß, daß diese Männer Interesse an ihm hatten, oder er an ihnen, weil die Aussicht bestand, daß Osteuropa sich bald öffnen und es in der Folge verstärkten Handel zwischen Italien und diesen Ländern geben würde. Es ist bekannt, daß die Mafia schon Kinder von Leuten entführt oder ermordet hat, die nicht mit ihr ins Geschäft kommen wollten. Es heißt, daß Trevisan eine Zeitlang große Angst hatte, aber es heißt auch, daß diese Angst sich wieder gelegt hat.« Der Richter ließ die beiden übrigen Finger in der Faust verschwinden. »Ich glaube, damit sind alle Ihre Fragen beantwortet.«

Brunetti stand auf. »Ich danke Ihnen, *eccellenza.*«

»Gern geschehen, Commissario.«

Es wurde weder von Roberto gesprochen, der vor einem Jahr an einer Überdosis gestorben war, noch wurde der Krebs erwähnt, der die Leber des Richters zerfraß. Vor der Tür ließ Brunetti sich von dem Wachposten seine Pistole zurückgeben und verließ das Gerichtsgebäude.

18

Als Brunetti am nächsten Morgen in sein Büro kam, wählte er als erstes Barbara Zorzis Privatnummer. Nach dem Piepton sagte er: »Dottoressa, hier Guido Brunetti. Wenn Sie da sind, nehmen Sie bitte ab. Ich muß noch einmal mit Ihnen über die Trevisans sprechen. Ich habe nämlich gehört ...«

»Ja?« unterbrach sie, aber es überraschte ihn nicht, daß sie auf Begrüßungsfloskeln und Nettigkeiten verzichtete.

»Ich wüßte gern, ob Signora Trevisans Besuch in Ihrer Praxis etwas mit einer Schwangerschaft zu tun hatte.« Und bevor sie antworten konnte, fügte er hinzu: »Nicht mit der ihrer Tochter, mit der eigenen.«

»Warum wollen Sie das wissen?« fragte sie.

»Im Autopsiebericht steht, daß ihr Mann sterilisiert war.«

»Wann hat er das machen lassen?«

»Ich weiß es nicht. Spielt das eine Rolle?«

Es gab eine lange Pause, bevor sie wieder sprach. »Nein, wohl nicht. Ja, als sie vor zwei Jahren zu mir kam, glaubte sie, schwanger zu sein. Sie war damals einundvierzig, es hätte also durchaus sein können.«

»War sie schwanger?«

»Nein.«

»War sie besonders in Unruhe deswegen?«

»Damals hatte ich nicht den Eindruck, das heißt, nicht mehr als jede Frau in ihrem Alter, die dachte, sie hätte das alles hinter sich. Aber jetzt muß ich wohl sagen, doch, sie war in Unruhe.«

»Danke«, sagte Brunetti nur.

»War das schon alles?« Ihr Erstaunen war hörbar.

»Ja.«

»Sie wollten mich nicht fragen, ob ich weiß, wer der Vater war?«

»Nein. Ich denke, wenn Sie den Verdacht gehabt hätten, daß es ein anderer als Trevisan war, hätten Sie mir das neulich schon gesagt.«

Sie antwortete zuerst nicht, aber als sie es dann doch tat, zog sie das erste Wort sehr in die Länge. »Jaaa, das hätte ich wahrscheinlich.«

»Gut.«

»Vielleicht.«

»Danke«, sagte Brunetti und legte auf.

Als nächstes rief er in Trevisans Kanzlei an und versuchte einen Termin mit Avvocato Salvatore Martucci zu vereinbaren, bekam allerdings die Auskunft, Signor Martucci sei geschäftlich in Mailand und werde Commissario Brunetti zurückrufen, sobald er wieder in Venedig sei. Es lag kein neuer Papierkram auf Brunettis Schreibtisch, und so befaßte er sich mit der Liste, die er tags zuvor aufgestellt hatte, und dachte über sein Gespräch mit dem Richter nach.

Es wäre Brunetti nie eingefallen, die Wahrheit dessen, was Richter Beniamin ihm erzählt hatte, in Frage zu stellen und seine Zeit damit zu vertun, es zu überprüfen. Wenn man also davon ausging, daß Trevisan mit der Mafia zu tun hatte, sah sein Tod sogar noch mehr nach Hinrichtung aus: so plötzlich und anonym wie ein Blitzschlag. Martucci kam, dem Namen nach zu urteilen, wahrscheinlich aus dem Süden; Brunetti mahnte sich zur Vorsicht gegen das Vorurteil, das aus dieser Tatsache bestimmte Schlüsse ableiten würde, vor allem wenn sich herausstellen sollte, daß Martucci Sizilianer war.

Blieb Francesca, die Tochter, und ihre Geschichte von der Angst ihrer Eltern, sie könnte entführt werden. Bevor Brunetti heute morgen aus dem Haus gegangen war, hatte er zu Chiara gesagt, die Polizei habe die Entführungsgeschichte geklärt und brauche ihre Hilfe nicht mehr. Schon die entfernteste Möglichkeit, daß jemand von Chiaras Interesse an einer Sache erfahren könnte, die mit der Mafia zu tun hatte, bereitete Brunetti allergrößtes Unbehagen, und er wußte, daß er sie von weiterer Fragerei am besten abhielt, indem er sich uninteressiert stellte.

Ein Klopfen riß ihn aus seinen Überlegungen. »*Avanti*«, rief er, und als er aufblickte, sah er Signorina Elettra die Tür für einen Mann aufhalten. »Commissario«, sagte sie, während sie über die Schwelle trat, »ich möchte Ihnen Signor Giorgio Rondini vorstellen. Er würde gern mit Ihnen sprechen.«

Der Mann, den sie mitgebracht hatte, überragte sie mindestens um Hauptes länge, aber er wog wahrscheinlich nicht viel mehr als sie. Signor Rondini war so hager, als hätte er El Greco Modell gestanden, und diesen Eindruck verstärkten ein dunkler Spitzbart und die schwarzen Augen, die unter buschigen Brauen hervor in die Welt blickten.

»Bitte nehmen Sie doch Platz, Signor Rondini«, sagte Brunetti und erhob sich. »Was kann ich für Sie tun?«

Während Rondini sich setzte, ging Signorina Elettra zur Tür zurück, die sie offengelassen hatte, und blieb dort unbeweglich stehen, bis Brunetti zu ihr hinübersah und sie, den Finger auf Rondini gerichtet, mit den Lippen ein unhörbares ›Giorgio‹ formte, als hätte sie es mit einem Tauben zu tun. Brunetti sagte mit einem kaum wahrnehmbaren Kopfnicken: »*Grazie, signorina*«, worauf sie hinausging und die Tür hinter sich schloß.

Für eine Weile sprach keiner der beiden Männer ein Wort. Rondini sah sich im Zimmer um, und Brunetti betrachtete die Liste auf seinem Schreibtisch. Endlich sagte Rondini: »Commissario, ich bin gekommen, um mir von Ihnen einen Rat geben zu lassen.«

»Ja, Signor Rondini?« fragte Brunetti und sah auf.

»Es geht um den Strafbescheid«, sagte Rondini und verstummte.

»Strafbescheid, Signor Rondini?«

»Ja, wegen der Sache am Strand.« Er bedachte Brunetti mit einem ermunternden Lächeln, wie um ihn an etwas zu erinnern, wovon er doch irgendwann einmal gewußt haben mußte.

»Bedaure, Signor Rondini, aber ich weiß nichts von einem Strafbescheid. Könnten Sie mir Näheres darüber sagen?«

Rondinis Lächeln verblaßte und machte einem gequälten, verlegenen Gesichtsausdruck Platz.

»Hat Elettra es Ihnen nicht erzählt?«

»Nein, darüber hat sie leider nicht mit mir gesprochen.« Als Rondinis Gesicht daraufhin noch grimmiger wurde, fügte Brunetti lächelnd hinzu: »Nur über die große Hilfe, die Sie uns waren, versteht sich. Die Fortschritte, die wir in diesem Fall gemacht haben, verdanken wir ausschließlich Ihnen.« Daß es eigentlich noch gar keine Fortschritte gab, machte diese Behauptung nicht unbedingt zur Lüge, aber auch das hätte Brunetti nicht davon abgehalten, es auszusprechen.

Als Rondini schwieg, meinte Brunetti ermunternd: »Vielleicht könnten Sie mir etwas Genaueres darüber sagen, dann wüßte ich, ob und wie ich Ihnen helfen kann.«

Rondini faltete die Hände im Schoß und massierte mit der rechten die Finger der linken. »Wie gesagt, es geht um diesen Strafbescheid.« Er sah auf, und Brunetti lächelte und nickte ermutigend. »Wegen Erregung öffentlichen Ärgernisses.«

Brunettis Lächeln veränderte sich nicht; das schien Rondini Mut zu machen.

»Sehen Sie, Commissario, ich war vorletzten Sommer am Strand, dem von Alberoni.« Brunetti lächelte immer noch weiter, selbst als der Name dieses Strandes am Ende des Lido fiel, der bei Schwulen so beliebt war, daß er im Volksmund schon ›Sündenstrand‹ hieß. Das Lächeln blieb also unverändert, aber Brunettis Augen musterten Rondini – und dessen Hände – jetzt mit erhöhter Aufmerksamkeit.

»Nein, nein, Commissario«, sagte Rondini mit energischem Kopfschütteln. »Nicht ich. Nur mein Bruder.« Er unterbrach sich und schüttelte wieder den Kopf, ganz durcheinander vor Verlegenheit. »Ich mache es immer schlimmer.« Wieder lächelte er, noch nervöser jetzt, und seufzte einmal tief. »Lassen Sie mich noch mal von vorn anfangen.« Brunetti billigte diesen Vorschlag mit einem Nicken. »Mein Bruder ist Journalist. In dem Sommer arbeitete er an einem Artikel über den bewußten Strand und hat mich gebeten, mit ihm hinzugehen. Er dachte, dann sähen wir wie ein Pärchen aus, und die Leute würden uns in Ruhe lassen. Ich meine, uns in Ruhe lassen, aber mit ihm reden.« Wieder unterbrach sich Rondini und blickte auf seine flattrigen Hände hinunter.

Als er nicht weitersprach und es auch nicht den Eindruck machte, als wollte er noch etwas sagen, fragte Brunetti: »Und da ist es passiert?« Als Rondini weder antwortete noch aufsah, bohrte Brunetti nach: »Dieser Vorfall?«

Rondini holte tief Luft und fing wieder zu reden an. »Ich bin schwimmen gegangen, aber dann wurde es kühl, und ich wollte mich wieder anziehen. Mein Bruder war ein Stück weitergegangen und unterhielt sich mit irgendwem, und ich dachte, ich wäre allein. Jedenfalls war niemand im Umkreis von zwanzig Metern. Da habe ich mich also hingesetzt und meine Badehose ausgezogen, und als ich gerade meine andere Hose wieder anziehen wollte, kamen plötzlich zwei Polizisten an und befahlen mir aufzustehen. Ich wollte mir noch die Hose hochziehen, konnte aber nicht, denn einer der Polizisten hatte sich draufgestellt.« Rondinis Stimme klang immer gepreßter, ob aus Verlegenheit oder Wut, konnte Brunetti nicht sagen.

Der junge Mann fuhr sich mit einer Hand ans Kinn und begann abwesend über seinen Bart zu streichen. »Daraufhin wollte ich meine Badehose wieder anziehen, aber einer von ihnen hat sie aufgehoben und festgehalten.« Rondini verstummte.

»Und dann, Signor Rondini?«

»Ich bin aufgestanden.«

»Und?«

»Sie haben eine Anzeige gegen mich geschrieben, wegen Erregung öffentlichen Ärgernisses.«

»Haben Sie ihnen die Sache erklärt?«

»Ja.«

»Und?«

»Sie haben mir nicht geglaubt.«

»Und Ihr Bruder? Ist der nicht zurückgekommen?«

»Nein. Das Ganze dauerte keine fünf Minuten. Als er zurückkam, hatten sie schon die Anzeige geschrieben und waren gegangen.«

»Was haben Sie unternommen?«

»Nichts«, sagte Rondini und blickte Brunetti direkt in die Augen. »Mein Bruder meinte, ich solle mir keine Gedanken machen, die müßten mich benachrichtigen, wenn sie etwas daraus machen wollten.«

»Und, hat man Sie benachrichtigt?«

»Nein. Zumindest habe ich nie mehr was gehört. Aber zwei Monate später rief mich ein Freund an und sagte, er habe meinen Namen im *Gazzettino* gelesen. Es hätte irgendein Verfahren gegeben, aber ich wurde nie verständigt. Ich habe nie etwas gehört, bis ich eines Tages einen Brief bekam, in dem stand, ich sei verurteilt worden.«

Brunetti dachte ein Weilchen darüber nach und fand es keineswegs merkwürdig. Eine Ordnungswidrigkeit wie diese konnte leicht durch die Ritzen des Justizwesens fallen, und dann sah ein Mensch sich plötzlich verurteilt, ohne je offiziell angeklagt gewesen zu sein. Allerdings verstand er nicht, warum Rondini damit zu ihm kam.

»Haben Sie versucht, die Entscheidung rückgängig machen zu lassen?«

»Ja, aber da sagte man mir, es sei zu spät, ich hätte vor Abschluß des Verfahrens etwas dagegen tun müssen. Aber es hat ja gar keine Verhandlung oder so etwas stattgefunden.« Brunetti nickte, er kannte diese Art der Behandlung von Ordnungswidrigkeiten. »Aber das bedeutet, daß ich jetzt vorbestraft bin.«

»Schuldig gesprochen wegen einer Ordnungswidrigkeit«, korrigierte Brunetti.

»Aber immerhin«, beharrte Rondini.

Brunetti legte den Kopf schief und zog die Augenbrauen hoch, eine Geste, die gleichzeitig skeptisch und beschwichtigend sein sollte. »Ich glaube nicht, daß Sie sich irgendwelche Sorgen machen müssen, Signor Rondini.«

»Ich will heiraten«, sagte Rondini, und mit dieser Antwort wußte Brunetti nun gar nichts mehr anzufangen.

»Jetzt kann ich Ihnen leider nicht ganz folgen.«

Rondinis Stimme klang angespannt, als er erklärte: »Meine Verlobte. Ihre Familie soll nicht erfahren, daß ich wegen Erregung öffentlichen Ärgernisses an einem Homosexuellenstrand verurteilt worden bin.«

»Weiß Ihre Verlobte davon?« erkundigte sich Brunetti.

Er sah Rondini schon zu einer Antwort ansetzen und sich dann eine andere überlegen. »Nein. Als das passierte, kannte ich sie noch nicht, und dann hat sich nie der richtige Zeitpunkt ergeben, um es ihr zu sagen. Oder ich wußte nicht, wie. Für meinen Bruder und meine Freunde ist das jetzt nur noch eine komische Geschichte, aber meine Verlobte fände es, glaube ich, nicht so lustig.« Rondini schüttelte mit einem Achselzucken alles Unbehagen ab, das er deswegen empfinden mochte, und fügte hinzu: »Und ihre Familie fände das Ganze noch weniger lustig.«

»Und Sie sind zu mir gekommen, um zu sehen, ob ich da etwas machen kann?«

»Ja. Elettra hat mir so viel von Ihnen erzählt, von dem Einfluß, den Sie hier in der Questura haben.« Rondinis Ton war bei diesen Worten voller Hochachtung und, schlimmer noch, voller Hoffnung.

Brunetti tat das Kompliment mit einem Achselzucken ab. »Was haben Sie sich denn vorgestellt?«

»Ich brauche zweierlei«, begann Rondini. »Erstens hätte ich gern eine Änderung in meiner Akte …« Als er sah, daß Brunetti etwas einwenden wollte, fügte er schnell hinzu: »Das ist für Sie doch sicher eine Kleinigkeit.«

»Es bedeutet immerhin die Änderung eines amtlichen Dokuments«, sagte Brunetti in einem Ton, in dem doch hoffentlich die gebotene Strenge lag.

»Aber Elettra sagt, das ist …«, begann Rondini, bremste sich aber sogleich.

Brunetti wollte lieber nicht wissen, wie dieser Satz sonst zu Ende gegangen wäre, und sagte deshalb: »So etwas klingt vielleicht sehr viel einfacher, als es ist.«

Jetzt sah Rondini ihn an, den unausgesprochenen Einwand deutlich im Blick. »Darf ich noch das zweite sagen?«

»Natürlich.«

»Ich brauche einen Brief, in dem steht, daß die ganze Anzeige ein Irrtum war und ich vor Gericht freigesprochen wurde. Es könnte auch nicht schaden, wenn eine Entschuldigung für meine Ungelegenheiten drinstände.«

Brunetti war versucht, den Vorschlag als unmöglich zurückzuweisen, fragte aber statt dessen: »Wozu brauchen Sie diesen Brief?«

»Für meine Verlobte. Und ihre Familie. Für den Fall, daß sie je davon erfahren.«

»Aber wenn die Akte abgeändert wird, wozu dann noch der Brief?« wollte Brunetti wissen, korrigierte sich aber sofort, indem er hinzufügte: »Das heißt, falls die Akte überhaupt abgeändert werden kann.«

»Machen Sie sich keine Gedanken um die Akte, Dottore.« Rondini sprach mit einer Autorität, die Brunetti zwangsläufig daran erinnerte, daß der junge Mann in der EDV-Abteilung der Telecom arbeitete, und gleich fiel ihm auch der rechteckige kleine Kasten auf Signorina Elettras Schreibtisch wieder ein.

»Und von wem soll dieser Brief kommen?«

»Am liebsten wäre mir, er käme vom Questore«, begann Rondini, doch dann fügte er rasch hinzu: »Aber das ist unmöglich, ich weiß.« Brunetti sah, daß Rondinis Hände, kaum daß sich eine Einigung andeutete und anscheinend nur noch die Details zu verhandeln blieben, zu flattern aufgehört hatten und ganz ruhig in seinem Schoß lagen; der Mann wirkte sogar richtig entspannt.

»Würde ein Brief von einem Commissario auch genügen?«

»Ja, das denke ich schon«, antwortete Rondini.

»Und wie soll das Protokoll in unseren Akten gelöscht werden?«

Rondini machte eine wegwerfende Handbewegung. »Ein Tag. Oder zwei.«

Brunetti wollte gar nicht wissen, wer von den beiden, Rondini oder Elettra, es machen würde, also fragte er nicht danach. »Ich werde im Lauf der Woche einmal Ihren Namen durch den Computer laufen lassen und sehen, ob wir etwas über Sie in den Akten haben.«

»Da werden Sie nichts finden«, versicherte Rondini, aber es lag keine Arroganz in dieser Feststellung, nur schlichte Gewißheit.

»Sobald ich das weiß, schreibe ich den Brief.«

Rondini stand auf und streckte die Hand über den Schreibtisch. »Wenn ich Ihnen je einen Gefallen tun kann, Commissario, irgendeinen, Sie wissen ja, wo ich arbeite.« Brunetti begleitete ihn zur Tür, und als er fort war, ging er nach unten, um mit Signorina Elettra zu sprechen.

»Haben Sie sich mit ihm verständigt?« fragte sie, als Brunetti eintrat.

Brunetti wußte nicht recht, ob er beleidigt sein sollte, weil sie so ohne weiteres voraussetzte, daß es für ihn das Normalste auf der Welt sei, über eine Abänderung amtlicher Dokumente zu sprechen und einen völlig verlogenen Brief zu schreiben.

Er verlegte sich lieber auf Ironie. »Ich staune, daß Sie ihn überhaupt erst zu mir geschickt haben. Daß Sie die Sache nicht gleich selbst in die Hand genommen haben.«

Sie strahlte. »Na ja, daran habe ich natürlich auch gedacht, aber dann fand ich es eigentlich ganz gut, daß Sie mal mit ihm reden.«

»Wegen der Abänderung der Akten?«

»Ach was. Das hätten Giorgio oder ich in einer Minute erledigen können«, meinte sie wegwerfend.

»Gibt es nicht so etwas wie ein geheimes Kennwort, das Unbefugten den Zugang zu unserem Computer verwehrt?«

Sie zögerte eine Sekunde, bevor sie antwortete: »Ein Kennwort gibt es schon, aber sehr geheim ist es nicht.«

»Wer kennt es?«

»Das weiß ich nicht, aber es muß leicht herauszufinden sein.«

»Und zu benutzen?«

»Wahrscheinlich.«

Brunetti zog es vor, diesen Gedanken nicht weiterzuverfolgen. »Dann wegen des Briefs?« fragte er in der Annahme, daß sie von Rondinis Bitte um einen Brief wußte.

»Aber nein, Dottore. Den hätte ich ohne weiteres selbst für ihn schreiben können. Aber ich dachte, es wäre ganz gut, wenn er Sie kennenlernt, damit er sieht, daß Sie bereit sind, ihm in dieser Sache zu helfen.«

»Für den Fall, daß wir wieder einmal Informationen von der Telecom brauchen?« fragte er, jetzt ganz ohne Ironie.

»Genau«, sagte sie und lächelte hocherfreut, hatte der Commissario doch soeben zu begreifen begonnen, wie der Hase lief.

19

Alle Gedanken an Signor Rondini wurden jedoch ausgelöscht durch die Nachricht, die Brunetti am nächsten Morgen halbrasiert aus dem Bad holte. Ubaldo Lotto, Bruder der Witwe Carlo Trevisans, war erschossen in seinem Auto gefunden worden, das in einer von der Autostrada zwischen Mestre und Mogliano Veneto abzweigenden Nebenstraße stand. Anscheinend waren drei Schüsse aus nächster Nähe auf ihn abgegeben worden, und zwar offenbar von jemandem, der neben ihm im Auto saß.

Die Leiche war gegen fünf Uhr früh von einem Anwohner entdeckt worden, der wegen der von starkem nächtlichem Regen aufgeweichten Straße und des großen Wagens, der darauf parkte, langsam fahren mußte und im Vorbeifahren etwas sah, was ihm nicht gefiel: Der Fahrer hing über dem Lenkrad, und der Motor lief noch. Der Mann hatte angehalten, war zurückgegangen und hatte ins Wageninnere geschaut, und als er das Blut auf dem Vordersitz sah, hatte er die Polizei gerufen. Diese hatte nach ihrer Ankunft die Umgebung abgesperrt und sofort begonnen, nach Spuren des Täters oder der Täter zu suchen. Es gab Anzeichen dafür, daß hinter Lottos Auto ein zweiter Wagen gestanden hatte, aber jede Hoffnung, noch Abdrücke der Reifenspuren nehmen zu können, hatte der starke Herbstregen weggespült. Dem Polizisten, der als erster die Wagentür aufgemacht hatte, war richtig übel geworden von dem Geruch nach Blut, Fäkalien und noch etwas, das er für das After-shave des Opfers hielt, alles durcheinandergemischt und verstärkt durch die Wagenheizung, die während der Stunden, in denen Lotto in der Umarmung des Todes über seinem Steuer gehangen hatte, auf vollen Touren gelaufen war. Die Spurensicherung hatte das Gelände um den Wagen sorgfältig abgesucht und, nachdem man ihn in die Polizeigarage von Mestre geschleppt hatte, den Wagen selbst unter die Lupe genommen, um Fasern, Haare und andere Partikel sicherzustellen, die Auskunft über die Person geben mochten, die neben Lotto gesessen hatte, als er starb.

Der Wagen war schon abgeschleppt, als Brunetti und Vianello in einem Streifenwagen der Polizei von Mestre an den Tatort kamen. Von ihrem Rücksitz aus sahen sie nur eine schmale Landstraße und Bäume, von denen es immer noch tropfte, obwohl der Regen bei Tagesanbruch aufgehört hatte. In der Polizeigarage fanden sie eine rotbraune Lancia-Limousine vor, den Fahrersitz voller Flecken, die allmählich die gleiche Farbe annahmen wie der Lack. Und im Leichenschauhaus trafen sie den Mann, der zur Identifizierung des Toten herbeigerufen worden war, nämlich Salvatore Martucci, den überlebenden Teilhaber der Anwaltskanzlei Trevisan. Ein Aufblitzen in Vianellos Augen und eine leichte Kopfbewegung in Martuccis Richtung sagten Brunetti, daß es der Mann war, mit dem Vianello bereits gesprochen hatte, derselbe, der nach Trevisans Ermordung so wenig Trauer an den Tag gelegt hatte.

Martucci war zwar schlank und drahtig, aber größer als die meisten Süditaliener, und sein Haar, das er kürzer trug, als es die derzeitige Mode gebot, war rötlichblond: Beides zusammengenommen ließ ihn als späten Nachfahren der Normannenhorden erscheinen, die generationenlang die Insel überschwemmt hatten und deren Erbe man noch jetzt, Jahrhunderte später, in den durchdringenden grünen Augen vieler Sizilianer sah und in den vereinzelten französischen Ausdrücken in ihrem Dialekt hörte.

Als Vianello und Brunetti hinkamen, wurde Martucci gerade aus dem Raum geführt, in dem die Leichen aufbewahrt wurden. Beide hatten den Eindruck, daß nicht viel fehlte, und Martucci hätte selbst wie eine Leiche ausgesehen. Die Ringe um seine Augen waren so dunkel wie Blutergüsse und betonten die schreckliche Blässe seiner Haut.

»Avvocato Martucci?« begann Brunetti und trat ihm in den Weg.

Der Anwalt schaute zu Brunetti, offenbar ohne ihn zu sehen, dann zu Vianello, den er wahrzunehmen schien, auch wenn er vielleicht nur die bekannte blaue Uniform registrierte.

»Ja?« sagte er.

»Ich bin Commissario Guido Brunetti. Ich möchte Ihnen gern ein paar Fragen nach Signor Lotto stellen.«

»Ich weiß gar nichts«, antwortete Martucci. Trotz der monotonen Stimme klang sein sizilianischer Akzent durch. »Ich weiß sehr wohl, daß dies eine schwierige Situation für Sie sein muß, Signor Martucci, aber wir müssen Ihnen gewisse Fragen stellen.«

»Ich weiß gar nichts«, wiederholte Martucci.

»Signor Martucci«, sagte Brunetti, der eisern neben Vianello stehenblieb und Martucci so den Weg durch den Gang versperrte, »wenn Sie nicht mit uns reden wollen, bleibt uns leider nichts anderes übrig, als uns mit diesen Fragen an Signora Trevisan zu wenden.«

»Was hat Franca damit zu tun?« fragte Martucci, wobei er abrupt den Kopf hob und sein Blick zwischen Brunetti und Vianello hin- und herschoß.

»Der Ermordete ist ihr Bruder. Ihr Gatte ist vor nicht einmal einer Woche auf die gleiche Weise umgekommen.«

Martucci sah an ihnen vorbei, während er sich das durch den Kopf gehen ließ. Brunetti wartete neugierig, ob Martucci diese Übereinstimmung jetzt in Frage stellen und behaupten würde, sie habe nichts zu bedeuten. Aber er sagte nur: »Gut, was wollen Sie wissen?«

»Vielleicht können wir in eines dieser Zimmer gehen«, schlug Brunetti vor, der den Leichenbeschauer bereits gefragt hatte, ob er das Zimmer seines Stellvertreters benutzen dürfe.

Brunetti machte kehrt und ging voraus, hinter ihm Martucci, gefolgt von Vianello, der noch immer kein Wort gesagt oder zu erkennen gegeben hatte, daß er schon einmal mit Martucci gesprochen hatte. Brunetti öffnete die Tür zu dem Büro und hielt sie Martucci auf. Nachdem alle drei saßen, sagte Brunetti: »Vielleicht können Sie uns sagen, wo Sie letzte Nacht waren, Signor Martucci.«

»Ich wüßte nicht, wozu das gut sein sollte«, antwortete Martucci in einem Ton, der eher verwirrt als widerborstig klang.

»Wir werden von allen, die Signor Lotto kannten, wissen wollen, wo sie letzte Nacht waren, Signor Martucci. Solche Angaben brauchen wir, wie Ihnen bekannt sein dürfte, immer, wenn wir in einem Mordfall ermitteln.«

»Ich war zu Hause«, antwortete Martucci.

»War jemand bei Ihnen?«

»Nein.«

»Sind Sie verheiratet, Signor Martucci?«

Ja, aber ich lebe von meiner Frau getrennt.«

»Leben Sie allein?«

»Ja.«

»Haben Sie Kinder?«

»Ja, zwei.«

»Wohnen sie bei Ihnen oder bei Ihrer Frau?«

»Ich weiß nicht, was das alles mit Lotto zu tun hat.«

»Im Augenblick gilt unser Interesse Ihnen, Signor Martucci, und nicht Signor Lotto«, antwortete Brunetti. »Wohnen Ihre Kinder bei Ihrer Frau?«

»Ja.«

»Leben Sie gesetzlich getrennt, also in Scheidung?«

»Wir haben nie darüber gesprochen.«

»Könnten Sie mir das etwas genauer erklären, Signor Martucci?« fragte Brunetti, obwohl eine solche Situation durchaus normal war.

Als Martucci sprach, hatte sein Ton die tödliche Ruhe der Wahrheit. »Obwohl ich Anwalt bin, erfüllt mich der Gedanke, ein Scheidungsverfahren durchzumachen, mit Grausen. Und meine Frau würde sich jedem derartigen Versuch von meiner Seite widersetzen.«

»Dabei haben Sie noch nie darüber gesprochen?«

»Noch nie. Ich kenne meine Frau gut genug, um zu wissen, was sie antworten würde. Sie würde nicht einwilligen, und ich habe keine Scheidungsgründe gegen sie anzuführen. Wenn ich die Scheidung gegen ihren Willen durchsetzen wollte, würde sie mir alles nehmen, was ich besitze.«

»Hätte Ihre Frau denn Scheidungsgründe gegen Sie, Signor Martucci?« fragte Brunetti. Als Martucci nicht antwortete, formulierte Brunetti seine Frage beschönigend um: »Unterhalten Sie eine Bekanntschaft, Signor Martucci?«

Martuccis Antwort kam wie aus der Pistole geschossen: »Nein.«

»Das kann ich nur schwer glauben«, meinte Brunetti mit komplizenhaftem Lächeln.

»Was soll das heißen?« fragte Martucci.

»Sie sind ein gutaussehender Mann in den besten Jahren, Akademiker, sichtlich erfolgreich. Sicherlich finden viele Frauen Sie attraktiv und würden sich Ihre Aufmerksamkeit gern gefallen lassen.«

Martucci schwieg.

»Keine?« wiederholte Brunetti.

»Nein.«

»Also waren Sie letzte Nacht allein zu Hause?«

»Das habe ich bereits gesagt, Commissario.«

»Ach ja, das haben Sie.«

Martucci stand unvermittelt auf. »Wenn Sie keine weiteren Fragen haben, möchte ich jetzt gehen.«

Mit einer begütigenden Handbewegung sagte Brunetti: »Nur noch ein paar Fragen, Signor Martucci.«

Martucci sah Brunettis Blick und setzte sich wieder.

»In welcher Beziehung standen Sie zu Signor Trevisan?«

»Ich habe für ihn gearbeitet.«

»Für ihn oder mit ihm zusammen, Avvocato Martucci?«

»Beides, wenn man so will.« Brunetti ermunterte ihn mit einem fragenden Blick, und Martucci fuhr fort: »Zuerst das eine, dann das andere.« Er sah Brunetti an, und als er merkte, daß dies nicht genug war, fuhr er fort: »Zuerst habe ich für ihn gearbeitet, aber letztes Jahr haben wir vereinbart, daß ich zum Ende dieses Jahres Teilhaber seiner Kanzlei werden sollte.«

»Zu gleichen Teilen?«

Martuccis Stimme blieb so ruhig wie sein Blick. »Darüber hatten wir noch nicht gesprochen.«

Brunetti hielt das für ein ungewöhnliches Versäumnis, ungewöhnlich vor allem unter Juristen. Ein Versäumnis oder, wenn man bedachte, daß der andere Vertragspartner tot war, vielleicht etwas anderes.

»Und im Falle seines Todes?« fragte Brunetti.

»Darüber haben wir nicht gesprochen.«

»Warum nicht?«

Martuccis Stimme wurde hart. »Das erklärt sich doch wohl von selbst. Menschen planen nicht ihren Tod voraus.«

»Aber Menschen sterben«, bemerkte Brunetti. Martucci ging darauf nicht ein.

»Und nun, nachdem Signor Trevisan tot ist, übernehmen Sie die Leitung der Kanzlei?«

»Wenn Signora Trevisan mich darum bittet, ja.«

»Ich verstehe«, sagte Brunetti, dann wandte er seine Aufmerksamkeit wieder Martucci zu und fragte: »Sie haben also gewissermaßen Signor Trevisans Klienten geerbt?«

Martucci mußte sich sichtlich beherrschen. »Wenn diese Klienten mich als ihren Anwalt zu behalten wünschen, dann ja.«

»Tun sie das?«

»Es ist noch zu früh nach Signor Trevisans Tod, um das wissen zu können.«

»Und Signor Lotto«, wechselte Brunetti jetzt den Kurs, »in

welcher Beziehung stand er zur Kanzlei, oder welche Rolle spielte er darin?«

»Er war unser Steuerberater und Geschäftsführer«, antwortete Martucci.

»Für beide, Sie und Signor Trevisan, da Sie doch zusammenarbeiteten?«

»Ja.«

»Und nach Signor Trevisans Tod war Signor Lotto weiter Ihr Steuerberater?«

»Gewiß. Er war mit den Geschäften bestens vertraut. Arbeitete seit über fünfzehn Jahren für Carlo.«

»Und hatten Sie vor, ihn als Ihren Steuerberater und Geschäftsführer zu behalten?«

»Natürlich.«

»Hatte Signor Lotto irgendeinen rechtlichen Anspruch auf die Kanzlei oder einen Teil davon?«

»Ich verstehe nicht ganz, was Sie meinen.«

Das kam Brunetti seltsam vor, nicht nur weil seine Frage eindeutig genug war, sondern weil Martucci als Jurist sie hätte verstehen müssen. »War die Kanzlei eine irgendwie geartete Gesellschaft, und gehörte Signor Lotto ein Teil davon?« fragte Brunetti.

Martucci überlegte ein Weilchen, bevor er antwortete. »Soviel ich weiß, nicht, aber es könnte sein, daß irgendeine private Abmachung zwischen den beiden bestand.«

»Wie hätte die aussehen können?«

»Keine Ahnung. Sie hätten alles mögliche vereinbaren können.«

»Ich verstehe«, sagte Brunetti, dann fragte er in normalem Umgangston: »Und Signora Trevisan?«

Martuccis Schweigen machte deutlich, daß er die Frage erwartet hatte. »Was soll mit ihr sein?«

»Gehören ihr irgendwelche Anteile an der Firma?«

»Das hängt von den Bestimmungen in Carlos Testament ab.«

»Das haben nicht Sie aufgesetzt?«

»Nein, er selbst.«

»Und Sie kennen den Inhalt nicht?«

»Natürlich nicht. Wieso sollte ich?«

»Ich dachte, daß man als Teilhaber ...«, begann Brunetti und beendete den Satz mit einer Handbewegung, die nichts und alles bedeuten konnte.

»Ich war nicht sein Teilhaber und wäre es erst mit Beginn des nächsten Jahres geworden.«

»Ach ja, natürlich«, pflichtete Brunetti ihm bei. »Ich dachte nur, Sie hätten vielleicht im Hinblick auf Ihre künftige Teilhaberschaft irgendeine Vorstellung vom Inhalt.«

»Nicht die mindeste.«

»Aha.« Brunetti erhob sich. »Ich denke, das ist vorerst alles, Signor Martucci. Ich danke Ihnen sehr für Ihre bereitwilligen Auskünfte.«

»Das ist alles?« fragte Martucci und erhob sich. »Kann ich gehen?«

»Selbstverständlich«, sagte Brunetti, und wie zum Beweis seines guten Glaubens ging er zur Tür und hielt sie dem Anwalt auf. Man verabschiedete sich, und Martucci ging. Brunetti und Vianello warteten noch ein paar Minuten, dann verließen auch sie das Gebäude und fuhren nach Venedig zurück.

Als das Polizeiboot sie am Landesteg vor der Questura absetzte, waren Brunetti und Vianello sich einig, daß Martucci zwar auf die Frage nach Signora Trevisan offenbar vorbereitet gewesen war und gelassen darauf reagiert hatte, aber die Fragen nach ihrem verstorbenen Mann und der Teilhaberschaft ihn sichtlich nervös gemacht hatten. Vianello arbeitete schon so lange unter Brunetti, daß er keiner Anweisung mehr bedurfte, um die üblichen Überprüfungen vorzunehmen – Nachbarn, Freunde, Ehefrau – und zu sehen, ob es von irgendwoher eine Bestätigung für Martuccis Behauptung gab, er sei in der letzten Nacht zu Hause gewesen. Die Autopsie war noch nicht vorgenommen worden, und wegen der Hitze im Wagen und ihrer Auswirkungen auf die Leiche würde es schwierig sein, die genaue Todeszeit zu bestimmen.

Als sie durch die geräumige Eingangshalle der Questura gingen, blieb Brunetti plötzlich wie angewurzelt stehen und drehte sich zu Vianello um. »Der Benzintank«, sagte er.

»Wie bitte?«

»Der Tank. Lassen Sie nachmessen, wieviel Benzin noch darin ist, und versuchen Sie dann, wenn es geht, herauszukriegen, wann er zuletzt getankt hat. Das könnte uns eine gewisse Vorstellung davon geben, wie lange der Motor gelaufen ist. Danach könnte man vielleicht ausrechnen, wann er erschossen wurde.«

Vianello nickte. Es würde den Zeitraum vielleicht nicht sehr einengen, aber wenn die Autopsie keinen klaren Hinweis auf die Todeszeit erbrachte, konnte es doch hilfreich sein. Auch wenn es im Moment keine zwingende Notwendigkeit gab, sich der genauen Todeszeit zu versichern.

Vianello machte sich an die Arbeit, und Brunetti ging zu seinem Büro hinauf. Noch auf der Treppe begegnete er Signorina Elettra, die aus dem Korridor kam und nach unten wollte.

»Ah, da sind Sie ja, Commissario. Der Vice-Questore hat nach Ihnen gefragt.«

Brunetti blieb stehen und sah zu ihr auf, wie sie ihm die Treppe hinunter entgegenkam. Ein langer Chiffonschal, zart wie Spinnenfäden, schwebte hinter ihr her, emporgeweht von der durchs Treppenhaus aufsteigenden warmen Luft. Wäre die Nike von Samothrake von ihrem Sockel gestiegen, hätte ihren Kopf wiederbekommen und wäre so die Stufen des Louvre herabgekommen, sie müßte so ähnlich ausgesehen haben.

»Hmm?« machte Brunetti fragend, als sie auf gleicher Höhe waren.

»Der Vice-Questore, Commissario. Er sagt, er möchte Sie sehr gern sprechen.«

»Möchte, sehr gern«, wiederholte Brunetti unwillkürlich, beeindruckt von der Wortwahl. Paola amüsierte sich oft über eine Dickens-Figur, die Unheil immer mit den Worten ankündigte, der Wind komme aus einer bestimmten Richtung; Brunetti vergaß immer, welche Figur das war, oder welche Richtung, aber er wußte, wenn Patta ihn ›sehr gern sprechen‹ wollte, konnte man durchaus sagen, daß der Wind aus ebendieser Richtung wehte.

»Ist er in seinem Büro?« fragte Brunetti, indem er kehrtmachte und neben der jungen Frau die Treppe wieder hinunterging.

»Ja. Und er war den halben Vormittag am Telefon.« Auch das war oft Vorbote eines drohenden Gewitters.

»Avanti«, rief Vice-Questore Patta auf Brunettis Klopfen. »Guten Morgen, Brunetti«, sagte er, als sein Untergebener eintrat. »Nehmen Sie bitte Platz. Ich möchte ein paar Dinge mit Ihnen besprechen.« Drei höfliche Sätze von Patta, noch ehe er saß, das machte Brunetti hellhörig.

Er ging durchs Zimmer und setzte sich auf seinen üblichen Platz. »Ja, Vice-Questore?« Dabei zückte Brunetti bereits sein Notizbuch, womit er Patta zu demonstrieren hoffte, wie ernst er diese Unterredung nahm.

»Ich möchte gern von Ihnen hören, was Sie über den Tod Rino Faveros wissen.«

»Favero, Vice-Questore?«

»Ja, ein Steuerberater aus Padua, der letzte Woche tot in seiner Garage gefunden wurde.« Patta machte eine Kunstpause, gerade so lang, daß sie für seine Begriffe wohl inhaltsschwer wirkte, und fügte dann hinzu: »Selbstmord.«

»Ach ja, Favero. Man hat mir mitgeteilt, daß er Carlo Trevisans Telefonnummer in seinem Adreßbuch hatte.«

»Ich bin sicher, daß er viele Telefonnummern in seinem Adreßbuch hatte«, versetzte Patta.

»Trevisans Nummer stand dort ohne Namen.«

»Aha. Sonst noch etwas?«

»Es standen noch andere Nummern darin. Wir versuchen sie gerade zu überprüfen.«

»Wir, Commissario? Wir?« Pattas Stimme drückte nichts als höfliche Neugier aus. Wer den Vice-Questore weniger gut kannte, hätte nur das gehört, nicht die darin liegende Drohung.

»Ich meine, die Polizei von Padua.«

»Und haben Sie schon herausbekommen, was das für Nummern sind?«

»Nein.«

»Ermitteln Sie im Fall Favero?«

»Nein, Vice-Questore«, antwortete Brunetti ehrlich.

»Gut.« Patta sah auf seinen Schreibtisch und schob eine Telefonnotiz zur Seite, dann betrachtete er das Blatt Papier darunter. »Und Trevisan? Was haben Sie da zu melden?«

»Es hat einen weiteren Mord gegeben«, sagte Brunetti.

»Lotto? Ja, ich weiß. Sehen Sie da einen Zusammenhang?«

Brunetti atmete tief durch, bevor er antwortete. Die beiden Männer waren Geschäftspartner und wurden auf die gleiche Weise ermordet, vielleicht sogar mit derselben Waffe, und Patta fragte, ob zwischen den beiden Verbrechen ein Zusammenhang bestehe. »Ja, Vice-Questore, den sehe ich.«

»Dann finde ich, Sie sollten Ihre Zeit und Energie am besten auf die Untersuchung dieser beiden Todesfälle richten und den Fall Favero den Leuten in Padua überlassen, wo er hingehört.« Patta schob ein zweites Blatt Papier zur Seite und betrachtete ein drittes.

»Wäre sonst noch etwas, Vice-Questore?« fragte Brunetti.

»Nein, ich glaube, das war alles«, sagte Patta, ohne noch einmal aufzusehen.

Brunetti steckte sein Notizbuch ein, stand auf und ging, von Pattas Höflichkeit ein wenig aus dem Lot gebracht. Im Vorzimmer blieb er an Signorina Elettras Schreibtisch stehen. »Haben Sie eine Ahnung, mit wem er telefoniert hat?«

»Das nicht, aber er geht zum Mittagessen ins Do Forni«, sagte sie. Das Restaurant war früher einmal für seine Speisen berühmt gewesen, jetzt nur noch für seine Preise.

»Haben Sie ihm einen Tisch bestellt?«

»Nein. Er muß bei einem dieser Telefonate dorthin eingeladen worden sein, denn er hat mich gebeten, seine Reservierung im Corte Sconta rückgängig zu machen.« Dies war auch nicht gerade ein billiges Restaurant. Bevor Brunetti die Tollkühnheit aufbrachte, eine Polizeibedienstete zur Verletzung ihrer Grundsätze verleiten zu wollen, meinte Signorina Elettra schon: »Ich könnte ja heute nachmittag mal dort anrufen und fragen, ob das Notizbuch des Vice-Questore gefunden wurde. Da er nie eins bei sich hat, ist das unwahrscheinlich. Aber die werden mir bestimmt sagen, mit wem er dort war, wenn ich erkläre, ich möchte den oder die Betreffenden anrufen und fragen, ob jemand es gefunden hat.«

»Dafür wäre ich Ihnen sehr dankbar«, sagte Brunetti. Er hatte keine Ahnung, ob die Information in irgendeiner Weise wichtig sein könnte, aber im Lauf der Jahre hatte er es recht nützlich gefunden, immer ungefähr zu wissen, was Patta gerade trieb und mit wem er sich traf, besonders in jenen seltenen Phasen, in denen es Patta gefiel, ihn höflich zu behandeln.

20

Eine Stunde nachdem Brunetti in sein Büro zurückgekehrt war, rief della Corte ihn aus einer Telefonzelle in Padua an. Zumindest klang es so für Brunetti, der manchmal nur schwer verstand, was der andere sagte, so laut tönten Verkehrslärm und Gehupe mit seiner Stimme durch die Leitung.

»Wir haben das Restaurant gefunden, wo er am Abend vor seinem Tod gegessen hat«, sagte della Corte, und Brunetti brauchte keine Erklärung, um zu wissen, daß mit dem persönlichen Fürwort Favero gemeint war.

Brunetti übersprang die Fragen, wie und wo die Polizei das herausbekommen hatte, und fragte das einzige, was für den Fall Bedeutung hatte: »War er allein?«

»Nein«, antwortete della Corte eifrig. »Er war mit einer Frau dort, etwa zehn Jahre jünger als er. Sehr gut angezogen und nach den Angaben des Obers sehr attraktiv.«

»Und weiter?« fragte Brunetti gespannt, der wußte, wie wenig diese Beschreibung dazu beitragen würde, sie wiederzuerkennen.

»Sekunde«, sagte della Corte. »Hier, ich hab's. Sie war ungefähr fünfunddreißig, blondes Haar, nicht lang und nicht kurz. Etwa so groß wie Favero.« Brunetti erinnerte sich an Faveros Maße im Autopsiebericht und fand, daß sie demnach ziemlich groß für eine Frau sein mußte. »Der Ober sagt, sie war sehr gut angezogen, sehr teuer. Er hat sie nicht viel sagen hören, aber ihre Sprechweise klang so teuer wie ihre Kleidung – so hat er sie zumindest beschrieben.«

»Und wo war das?«

»In einem Restaurant im Univiertel.«

»Wie haben Sie es gefunden?«

»Zufall. Von den Leuten, die dort arbeiten, liest keiner den

Gazzettino, und sie haben Faveros Foto nicht gesehen, als die Geschichte erschien. Aber heute morgen war der Ober beim Friseur und hat es dort in einem Stapel alter Zeitungen entdeckt. Er hat Favero nach dem Foto erkannt und uns angerufen. Ich habe eben mit dem Restaurant gesprochen, war aber noch nicht dort, um den Ober selbst zu befragen. Ich dachte, Sie möchten vielleicht mitkommen.«

»Wann?«

»Da es ein Restaurant ist – zum Mittagessen?«

Brunetti warf einen Blick auf seine Uhr. Es war zwanzig vor elf. »Ich brauche eine halbe Stunde zum Bahnhof«, sagte er. »Dort nehme ich den ersten Zug, der fährt. Können Sie mich abholen?«

»Ich werde da sein«, sagte della Corte und legte auf.

Er stand dann auch tatsächlich auf dem Bahnsteig, als der Zug in Padua einfuhr. Brunetti bahnte sich einen Weg durch die Menge der Studenten, die auf dem Bahnsteig herumwimmelten und sofort zu den Türen drängten, kaum daß diese aufgingen.

Die beiden Männer gaben sich die Hand und gingen in die Unterführung hinunter, die sie unter den Gleisen hindurch und auf der anderen Seite wieder nach oben aus dem Bahnhof hinausführte, wo ein Streifenwagen mit Fahrer und laufendem Motor stand.

Während der Wagen sich durchs Verkehrsgewühl quälte, fragte Brunetti: »Hat sich irgend jemand von Ihrer Dienststelle mit meinem Chef in Verbindung gesetzt?«

»Patta?« fragte della Corte, sprach den Namen so, daß es wie eine kleine Explosion klang, die alles mögliche bedeuten konnte. Oder nichts.

»Ja.«

»Nicht, daß ich wüßte. Warum?«

»Er hat mir nahegelegt, die Ermittlungen um Faveros Tod Ihnen zu überlassen. Seinen Selbstmord. Ich habe mich nur gefragt, ob diese Empfehlung wohl von hier kam.«

»Möglich«, sagte della Corte.

»Hatten Sie noch weitere Schwierigkeiten?«

»Nein, nicht direkt. Alle behandeln den Fall als Selbstmord. Was ich unternehme, mache ich in meiner Freizeit.«

»Wie jetzt?« fragte Brunetti mit einer Geste, die sich auf das Auto bezog.

»Ja. Ich darf immer noch zu Mittag essen, wo ich will.«

»Und dazu einen Freund aus Venedig einladen?« fragte Brunetti.

»Genau«, bestätigte della Corte, und in dem Moment hielt der Wagen am Bürgersteig vor dem Restaurant an. Der uniformierte Fahrer sprang hinaus, öffnete die Tür und hielt sie auf, während die beiden Männer ausstiegen. »Gehen Sie irgendwo was essen, Rinaldi«, sagte della Corte. »Holen Sie uns um drei ab.«

Der junge Mann salutierte und stieg wieder in den Wagen.

Zwei Minikiefern in großen Terrakottakübeln standen rechts und links der Tür, die sich öffnete, als sie darauf zugingen. *»Buon giorno, signori«,* begrüßte sie ein dunkel gekleideter Mann mit langem Gesicht und den Augen eines Bassets.

»Guten Tag«, sagte der Capitano. »Della Corte. Ich habe einen Tisch für zwei Personen bestellt.«

»Der Tisch ist bereit, wenn Sie bitte mitkommen wollen.«

Der Mann blieb kurz stehen, um von einem Tischchen bei der Tür zwei längliche Speisekarten mitzunehmen, bevor er sie in einen Raum führte, der so klein war, daß nicht mehr als sechs oder sieben Tische darin Platz hatten, die bis auf einen alle besetzt waren. Durch einen hohen Bogen sah Brunetti einen zweiten Raum, auch dieser gut gefüllt, wie es aussah mit lauter Geschäftsleuten. Weil die hohen Fenster wenig Licht hereinließen, hatten beide Räume zusätzlich eine sanfte künstliche Beleuchtung, die geschickt zwischen den Eichenbalken an der Decke versteckt war. Sie kamen an einem runden Tisch mit allerlei Vorspeisen vorbei: Salami, Meeresfrüchte, Schinken, Tintenfisch. Der Mann führte sie an den leeren Tisch, hielt Brunetti den Stuhl bereit und legte ihnen dann die Speisekarten vor. »Darf ich Ihnen einen Prosecco anbieten, *signori*?« fragte er.

Beide nickten, und er ging.

»Der Besitzer?« erkundigte sich Brunetti.

»Ja.«

»Warum ist er so aufgeregt?«

»Jeder ist aufgeregt, wenn die Polizei kommt, um Fragen zu stellen«, sagte della Corte und nahm die Speisekarte. Er hielt sie auf Armeslänge von sich weg und las. Als er sie schließlich hinlegte, meinte er: »Ich habe gehört, die Ente soll hier sehr gut sein.«

Tatsächlich fand Brunetti nichts Verlockenderes, obwohl er die Karte eingehend studierte. Kaum hatte er sie zugeklappt und neben seinen Teller gelegt, als der Besitzer auch schon mit einer Flasche Prosecco zurückkam. Er füllte die schlanken Gläser rechts neben ihren Tellern und reichte die Flasche dann an einen Ober weiter, der hinter ihm erschien.

»Haben Sie schon gewählt, Capitano?« fragte er.

»Ich nehme *fettuccine* mit Trüffeln«, sagte della Corte. Brunetti nickte bestätigend. »Und dann die Ente.« Brunetti nickte wieder.

»Ich würde Ihnen dazu Merlot del Piave empfehlen«, sagte der Besitzer. Als della Corte nickte, entfernte er sich mit einer angedeuteten Verbeugung rückwärts von ihrem Tisch.

Della Corte nahm sein Glas und nippte an dem perlenden Wein. Brunetti tat es ihm nach. Bis der erste Gang kam, redeten die beiden Männer über vieles und nichts. Della Corte erklärte, daß die jüngsten Wahlen wahrscheinlich zu einer kompletten Umbesetzung bei der Paduaner Polizei führen würden, zumindest in den oberen Rängen.

Brunetti dachte an sein eigenes erbärmliches Verhalten bei der letzten Bürgermeisterwahl in Venedig und schwieg. Beide Kandidaten hatten ihm nicht zugesagt – weder der Philosoph ohne Regierungserfahrung, vorgeschlagen von den Exkommunisten, noch der von der Lega aufgestellte Geschäftsmann –, und so hatte er die Wahlkabine wieder verlassen, ohne seine Stimme abgegeben zu haben, was er Paola aber nie gebeichtet hatte, die so glücklich über den Sieg des Philosophen war, daß sie ganz zu fragen vergaß, wen ihr Mann denn gewählt habe. Vielleicht würden ja alle diese Neuwahlen einmal einen allmählichen Wandel erzwingen. Brunetti hatte seine Zweifel, denn schon zu lange hatte er mit Regierung und Regierenden zu tun, um noch daran zu glauben, daß irgendeine Veränderung einmal mehr als nur kosmetischer Art sein würde.

Er wandte seine Aufmerksamkeit wieder dem Tisch und den butterglänzenden *fettuccine* zu. Der Besitzer erschien, in der einen Hand einen weißen Teller mit einer kleinen Trüffel, in der anderen eine Reibe aus Edelstahl. Er stellte den Teller ab, beugte sich über della Cortes Teller und schabte etwas von der Trüffel darauf, richtete sich auf, beugte sich dann über Brunettis Teller und tat dasselbe. Modriger Waldgeruch stieg von den noch dampfenden *fettuccine* auf und hüllte nicht nur die drei Männer ein, sondern ihre ganze Umgebung. Brunetti wickelte die ersten *fettuccine* auf seine Gabel und begann zu essen, genoß in vollen Zügen die perfekt gekochten Bandnudeln mit Butter und den würzigen, berauschenden Geschmack der Trüffel.

Della Corte schien ein Mann zu sein, der sich das Essen nicht mit Reden verdarb, und so sprachen sie wenig, bis ihr Mahl beendet war – die Ente fast so gut wie die Trüffel, und für Brunetti gab es nichts Köstlicheres als Trüffel –, und beide ein Gläschen Calvados vor sich stehen hatten.

In dem Moment trat ein kleiner Mann mit dem Bauch des fröhlichen Essers an ihren Tisch. Er trug das gleiche weiße Jackett mit schwarzem Kummerbund wie ihr Ober.

»Signor Germani sagt, Sie möchten mich sprechen, Capitano.«

»Waren Sie der Anrufer heute vormittag?« fragte della Corte, indem er einen Stuhl zurechtschob und dem Mann bedeutete, sich zu ihnen zu setzen.

Der Kellner zog den Stuhl noch ein Stückchen weiter heraus, um Platz für seinen beachtlichen Bauch zu schaffen, und setzte sich. »Ja, das war ich.«

»Ich möchte gern, daß Sie für meinen Kollegen hier noch einmal wiederholen, was Sie mir gesagt haben«, sagte della Corte mit einem Kopfnicken in Brunettis Richtung.

Der Mann sah della Corte an und begann: »Wie ich Ihnen am Telefon schon sagte, Capitano, ich habe ihn zuerst nicht erkannt, als ich das Bild in der Zeitung sah. Aber als der Friseur mir dann die Haare schnitt, ist mir wieder eingefallen, wer er war, einfach aus heiterem Himmel. Daraufhin habe ich bei der Polizei angerufen.«

Della Corte nickte lächelnd, wie um dem Kellner zu seinem staatsbürgerlichen Verantwortungsbewußtsein zu gratulieren. »Sprechen Sie weiter«, sagte er.

»Ich glaube nicht, daß ich Ihnen noch viel mehr sagen kann als heute morgen, Capitano. Er war mit einer Frau zusammen. Ich habe sie Ihnen ja schon am Telefon beschrieben.«

Della Corte fragte: »Könnten Sie das bitte auch noch einmal wiederholen?«

»Sie war groß, so groß wie er. Helle Augen, heller Teint, auch helles Haar, nicht blond, aber fast. Es war dieselbe, mit der er schon früher mal hier war.«

»Wann war das?« wollte della Corte wissen.

»Einmal vor ungefähr einem Monat, und einmal im Sommer, ich weiß nicht mehr, wann. Ich erinnere mich nur noch, daß es heiß war und sie ein gelbes Kleid trug.«

»Wie haben sie sich benommen?« fragte della Corte.

»Benommen? Meinen Sie ihre Manieren?«

»Nein, ich meine, wie sie sich zueinander verhalten haben.«

»Ah, Sie meinen, ob sie etwas miteinander hatten?«

»Ja«, sagte della Corte kopfnickend.

»Das glaube ich nicht«, antwortete der Mann, während er über die Frage nachzudenken schien. Nach kurzer Pause fuhr er fort:

»Sie waren aber eindeutig nicht miteinander verheiratet.« Und bevor della Corte nachfragen konnte, erklärte er: »Ich weiß nicht, wie ich jetzt darauf komme, aber ich habe über die Jahre Tausende von Paaren beobachtet, und Verheiratete haben eine ganz bestimmte Art, miteinander umzugehen. Ich meine, egal ob ihre Ehe gut oder schlecht ist, selbst wenn sie einander hassen, gehen sie doch immer irgendwie vertraut miteinander um.« Er winkte ab, als ob das ein zu kompliziertes Thema wäre, um es erklären zu können. Brunetti wußte genau, was er meinte, aber auch er hätte das im Leben nicht erklären können.

»Und bei diesen Leuten hatten Sie nicht diesen Eindruck?« fragte Brunetti. Es war das erste Mal, daß er etwas sagte.

Der Kellner schüttelte den Kopf.

»Wissen Sie, worüber sie gesprochen haben?«

»Nein«, antwortete der Kellner, »aber was es auch war, sie schienen beide sehr davon angetan. Einmal hat er ihr während des Essens irgendwelche Papiere gezeigt. Die hat sie sich eine Zeitlang angesehen. Dabei hat sie dann auch ihre Brille aufgesetzt.«

»Haben Sie eine Vorstellung, was das für Papiere waren?« fragte della Corte.

»Nein. Als ich die Pasta brachte, hat sie ihm alle zurückgegeben.«

»Und was hat er damit gemacht?«

»Er muß sie wohl eingesteckt haben. Ich habe es nicht gesehen.«

Brunetti warf della Corte einen Blick zu, aber der schüttelte den Kopf, was hieß, daß bei Favero keine Papiere gefunden worden waren.

»Könnten Sie uns noch etwas genauer beschreiben, wie die Frau aussah?« fragte della Corte.

»Also, wie gesagt, sie war so Mitte Dreißig. Groß, helles Haar, aber nicht ihre Naturfarbe. Der Typ war sie schon, mit diesen hellen Augen und dem hellen Teint, also hat sie vielleicht nur ein bißchen nachgeholfen.«

»Noch etwas?« fragte Brunetti lächelnd, nippte dann aber an seinem Calvados, um anzudeuten, daß die Frage nicht sonderlich wichtig war.

»Also, nachdem ich jetzt weiß, daß der Mann tot ist, und das von eigener Hand, bin ich nicht mehr sicher, ob es mir seinerzeit aufgefallen ist oder ob ich das erst gedacht habe, als ich erfuhr, was aus ihm geworden ist ...« Weder Brunetti noch della Corte stellte eine Zwischenfrage. »Na ja, irgend etwas stimmte nicht zwischen den beiden.« Er streckte die Hand aus und wischte ein paar Krümel vom Tisch, fing sie mit der anderen Hand auf und ließ sie, als er nichts sah, wohin er sie tun konnte, in seine Jackentasche gleiten.

Da die beiden Polizisten weiterschwiegen, fuhr er fort, sprach aber jetzt langsam, überlegte sich zum erstenmal, was er sagte. »Es war irgendwann während des Essens, als sie sich diese Papiere ansah. Da hat sie einmal aufgesehen und ihm so einen Blick zugeworfen.«

»Was für einen Blick«, fragte della Corte nach einer langen Pause.

»Ach, ich weiß nicht. Er war nicht böse oder so. Sie hat ihn nur angesehen, etwa wie ein Tier im Zoo oder als hätte sie so etwas wie ihn noch nie gesehen. Wissen Sie, so als gehörte er zu einer anderen Spezies oder wäre gerade einem Raumschiff entstiegen. – Ich weiß nicht, ob ich mich damit verständlich ausdrücke«, sagte er, dann verstummte er unschlüssig.

»Kam dieser Blick Ihnen irgendwie drohend vor?«

»Nein, überhaupt nicht.« Er schüttelte energisch den Kopf, wie um sie davon zu überzeugen. »Das war ja das Sonderbare daran, daß gar keine Wut darin lag. Es lag überhaupt nichts darin.« Er steckte die Hände in die Taschen und grinste verlegen. »Tut mir leid. Ich erkläre das nicht gut.«

»Hat er es gemerkt?« fragte Brunetti.

»Nein. Er schenkte gerade Wein nach. Aber ich hab's gesehen.«

»Und die anderen Male?« fragte Brunetti. »Haben sie sich da gut verstanden?«

»Oh, ja. Die anderen Male haben sie sich gut verstanden. Ich will auch gar nicht sagen, daß sie sich an diesem Abend nicht gut verstanden hätten. Sie waren immer sehr freundlich miteinander, aber doch auch ein bißchen förmlich.«

»Haben sie die anderen Male auch mit Papieren hantiert?«

»Nein, nichts dergleichen. Sie kamen einem vor wie Freunde, oder nein, wie Geschäftsfreunde bei einem gemeinsamen Essen. Ja, so war es. Wie zwei Leute, die sich geschäftlich treffen müssen. Vielleicht ist mir das deshalb immer so eigenartig vorgekommen, eine so attraktive Frau, und er ein gutaussehender Mann; aber da war nichts von dieser Spannung zu merken wie sonst zwischen einem Mann und einer Frau, überhaupt nichts. Ja, wenn ich es mir jetzt überlege, war es das, was ich so eigenartig fand.« Er lächelte, nachdem er es jetzt endlich herausgebracht hatte.

»Wissen Sie noch, was sie für Wein getrunken haben?« fragte Brunetti.

Der Kellner und della Corte sahen ihn beide verwundert an.

Der Ober dachte ein Weilchen nach. »Barolo«, antwortete er schließlich. »Einen guten, herzhaften Roten. Paßte zu ihren *bistecche.* Und zum Dessert dann Vin Santo.«

»Hat der Mann irgendwann einmal den Tisch verlassen?« fragte Brunetti, der wußte, wie herzhaft dieser Wein war und wie leicht man einem da etwas ins Glas tun konnte.

»Ich erinnere mich nicht. Könnte sein.«

»Wissen Sie noch, ob er mit Kreditkarte bezahlt hat?« fragte Brunetti.

»Nein, diesmal hat er bar bezahlt, und wenn ich mich recht erinnere, die anderen Male auch.«

»Wissen Sie, ob er sonst noch mal hier war? Ich meine, außer den Malen, als Sie die beiden gesehen haben?«

»Ich habe meine Kollegen schon gefragt, und keiner kann sich erinnern. Es ist aber unwahrscheinlich. Wir haben ja dienstags und mittwochs geschlossen, und an den anderen Tagen bin ich immer hier. Ich habe in dreizehn Jahren noch keinen Tag gefehlt. Wenn sie kamen, war ich hier, und ich kann mich nicht erinnern, sie je gesehen zu haben, außer vorige Woche und diese beiden anderen Male. An eine Frau wie sie würde ich mich erinnern.«

Della Corta sah über den Tisch hinweg zu Brunetti, aber der schüttelte den Kopf. Er hatte keine Fragen mehr, vorerst nicht. Della Corte griff in die Tasche und holte eine kleine Visitenkarte heraus. »Wenn Ihnen noch irgend etwas einfällt, können Sie mich in der Questura erreichen«, sagte er und gab dem Kellner die Karte. Dann fügte er in bemüht beiläufigem Ton hinzu: »Verlangen Sie aber auf jeden Fall mich persönlich.«

Der Kellner steckte die Karte ein, stand auf und ging. Plötzlich hielt er an, drehte sich um und kam noch einmal zurück. »Möchten Sie ihre Brille haben?« fragte er ohne Einleitung.

»Wie bitte?« sagte della Corte.

»Ihre Brille. Die hat sie hier auf dem Stuhl liegenlassen. Sie muß sie abgenommen haben, nachdem sie diese Papiere angesehen hatte, und dann vergessen, sie mitzunehmen. Wir haben sie hinterher gefunden. Soll ich sie Ihnen geben?«

Della Corte fing sich sofort wieder. »Ja, natürlich.«

Der Kellner verschwand und kam ein paar Sekunden später wieder, in der einen Hand eine Metallrandbrille. Er hob sie in die Höhe und sagte mit fast kindlichem Vergnügen: »Sehen Sie mal.« Damit faßte er die Brille an beiden Bügelenden und verdrehte sie, als wäre der Rahmen aus Gummi und das Ganze ein raffinierter Trick. Die Bügel ließen sich zu einer regelrechten Brezel verdrehen und sprangen, als der Kellner losließ, sofort in ihre ursprüngliche Form zurück. »Ist das nicht toll?« fragte er. Der Kellner gab die Brille della Corte und ging dann durch das Restaurant zurück zu der Tür, die in die Küche führte.

»Warum bricht das nicht?« fragte della Corte, während er die

Brille mit einer Hand festhielt und sie mit der anderen verdrehte, wie es der Kellner gemacht hatte.

»Titan«, antwortete Brunetti, obgleich es eine rein rhetorische Frage gewesen war.

»Was?« fragte della Corte.

»Titan«, wiederholte Brunetti. »Meine Frau hat sich letzten Monat eine neue Lesebrille gekauft und mir von dieser Neuheit erzählt. Darf ich mal?« fragte er und streckte die Hand aus. Della Corte gab ihm die Brille, und Brunetti hielt sie sich dicht vor die Augen, um das Herstellerzeichen zu suchen. Er fand es auf der Innenseite des rechten Bügels, ganz dicht beim Scharnier. »Sehen Sie mal«, sagte er, wobei er sie della Corte hinstreckte und auf das winzige Zeichen zeigte.

»Was ist denn da?« fragte della Corte. »Ich habe meine Brille nicht bei mir.«

»Aus Japan«, sagte Brunetti. »Glaube ich jedenfalls. Die Dinger werden nur in Japan hergestellt.«

»Japan?« fragte della Corte. »Macht man da auch Brillen?«

»Die Gestelle«, erklärte Brunetti. »Und diese Gestelle kosten, wie ich sagen würde, fast eine Million Lire. Sagt zumindest meine Frau. Wenn sie aus Titan sind, und ich glaube, das hier ist Titan«, sagte er, indem er die Bügel noch einmal zu einem fürchterlichen Gebilde verdrehte, plötzlich losließ und zusah, wie sie wieder in die ursprüngliche Form sprangen, »dann kosten sie so viel.« Brunetti begann übers ganze Gesicht zu strahlen und sah die Brille an, als hätte sie sich in eine Million Lire zurückverwandelt, die er behalten dürfte.

»Was grinsen Sie so?« fragte della Corte.

»Bei Brillengestellen, die eine Million kosten«, erklärte Brunetti, »vor allem solchen, die aus Japan importiert sind, müßte sich leicht die Herkunft feststellen lassen.«

Diesmal erschien die Million Lire in della Cortes Lächeln.

21

Es war Brunettis Vorschlag, mit der Brille zu einem Optiker zu gehen und die Gläser messen zu lassen, um so die Besitzerin leichter ausfindig machen zu können. Da das Gestell nicht nur teuer, sondern auch importiert war, hätte das eigentlich sowieso nicht schwer sein dürfen, aber zum einen konnte della Corte, der die Anweisung bekommen hatte, Faveros Tod als Selbstmord zu behandeln, die Suche nach dem Optiker, der die Brille verkauft hatte, nur in seiner Freizeit betreiben, zum anderen war die Brille möglicherweise woanders als in Padua gekauft worden.

Brunetti tat, was er konnte, indem er einen seiner jüngeren Mitarbeiter bei allen Optikern in der Gegend Mestre-Venedig anrufen und nachfragen ließ, ob sie solche Gestelle führten, und wenn ja, ob sie schon einmal eines mit Gläsern dieser Stärke verkauft hätten. Dann widmete er seine Aufmerksamkeit wieder dem Dreieck Trevisan-Lotto-Martucci, wobei sein Interesse vor allem den Überlebenden galt, die auf irgendeine Weise von Trevisans Tod profitieren konnten. Die Witwe würde wahrscheinlich erben, und Martucci erbte womöglich die Witwe. Schwierig war es allerdings, den Mord an Lotto in einem der Modelle unterzubringen, die Brunetti im Zusammenhang mit Martucci und Signora Trevisan vorschwebten. Er zweifelte nicht einen Augenblick daran, daß Eheleute oft Mordgedanken gegeneinander hegten und sie mitunter auch ausführten, aber er konnte sich nur sehr schwer vorstellen, daß eine Schwester ihren Bruder umbrachte. Ein Ehemann ist zu ersetzen, sogar Kinder, aber einen Bruder kann man von seinen betagten Eltern nicht mehr erwarten. Dieser Wahrheit hatte Antigone ihr Leben geopfert. Brunetti merkte, daß er noch einmal mit Signora Trevisan und Avvocato Martucci sprechen mußte, und er stellte es sich interessant vor, mit beiden gleichzeitig zu sprechen und zu sehen, was dabei wohl herauskam.

Bevor er jedoch diesbezüglich etwas unternahm, wandte er sich den Papierstapeln auf seinem Schreibtisch zu. Wie versprochen, lag dort die Liste mit Trevisans Klienten, sieben engbeschriebene Seiten mit Namen und Adressen, streng nach dem Alphabet und somit streng neutral geordnet. Er überflog kurz die Spalten. Bei einigen Namen pfiff er leise: Wie es aussah, hatte Trevisan sich bei den reichsten Bürgern der Stadt eine Vertrauensstellung erobert, ebenso bei denen, die als ihr Adel galten. Brunetti blätterte zur ersten Seite zurück und begann die Namen sorgfältig zu lesen. Er wußte, daß die Aufmerksamkeit, die er ihnen widmete, für einen Nichtvenezianer wie nüchterne Betrachtung aussehen würde; für den jedoch, der mit den inzestuösen Gerüchten und Kabalen dieser Stadt aufgewachsen war, wäre zu erkennen, daß jedem Namen, den er las, nichts als Klatsch, Schimpf und üble Nachrede anhaftete. Da war Baggio, der Hafendirektor, ein Mann, der an Macht gewöhnt war und rücksichtslosen Gebrauch von ihr machte. Da war Seno, Besitzer der größten Glasmanufaktur auf Murano und Arbeitgeber von über dreihundert Leuten, ein Mann, dessen Konkurrenten offenbar alle dasselbe Pech mit Streiks und ungeklärten Bränden hatten. Und da war Brandoni, Conte Brandoni, dessen immenser Reichtum ebenso dunklen Ursprungs war wie sein Titel.

Einige Leute auf dieser Liste standen in bestem, ja makellosem Ruf; was Brunetti eigenartig anmutete, war die bunte Mischung: die Ehrenwerten in engster Nachbarschaft mit den Zwielichtigen, die Hochgeachteten mit den Fragwürdigen. Er blätterte zum F zurück und suchte den Namen seines Schwiegervaters, aber Conte Orazio Falier war nicht aufgeführt. Brunetti legte die Liste beiseite. Er wußte, daß nichts anderes übrigblieb, als sie alle zu befragen, einen nach dem anderen, und schalt sich, weil er solche Hemmungen hatte, seinen Schwiegervater anzurufen und ihn zu fragen, was er über Trevisan wußte. Oder über dessen Klienten.

Unter der Liste lag eine mühsam getippte und unangemessen lange Mitteilung von Agente Gravini, worin er erklärte, daß die brasilianische Hure und ihr Zuhälter am Abend zuvor in der Pinetta-Bar erschienen seien, worauf er eine Festnahme initiiert habe. »Initiiert?« hörte Brunetti sich laut fragen. Das hatten sie davon, daß sie Universitätsabsolventen in ihre Reihen aufnahmen. Als Brunetti unten anrief und fragte, wo die beiden seien, erfuhr er, daß man sie heute früh aus dem Gefängnis hergebracht und auf Gravinis Geheiß hin in getrennte Räume gesteckt habe, falls Brunetti sie verhören wolle.

Das nächste war ein Fax der Paduaner Polizei, in dem stand, daß die aus Lottos Leiche geborgenen Geschosse aus einer 5,6-Millimeter-Pistole stammten, aber man habe noch keine Profilvergleiche vorgenommen, um zu überprüfen, ob es dieselbe Waffe wie im Mordfall Trevisan war. Brunetti spürte im Innersten, daß ein solcher Vergleich nur das ergeben würde, was er sowieso schon wußte.

Darunter kamen noch mehr Faxe zum Vorschein, diese mit dem Briefkopf der Telecom und der Liste von Telefonaten, die von Giorgio zu besorgen er Signorina Elettra gebeten hatte. Beim Gedanken an Rondini und die vielen Listen, die er ihnen schon beschafft hatte, fiel Brunetti wieder ein, daß er den Brief für den jungen Mann noch nicht geschrieben hatte. Daß Rondini es für nötig hielt, seiner Verlobten einen solchen Brief vorzuweisen, löste in Brunetti die Frage aus, warum er sie überhaupt heiraten wollte, aber er hatte es längst aufgegeben, die Ehe als solche begreifen zu wollen.

Brunetti mußte sich eingestehen, daß er auch noch keine Ahnung hatte, was er von Mara oder ihrem Zuhälter eigentlich zu erfahren hoffte, aber er wollte auf jeden Fall mit ihnen reden. Er ging ins Erdgeschoß hinunter, wo sich drei zellenähnliche Zimmerchen befanden, in denen die Polizei üblicherweise Verdächtige und andere verhörte, die zur Vernehmung hergebracht worden waren.

Vor einem dieser Zimmer stand Agente Gravini, ein gutaussehender junger Mann, der vor einem Jahr zur Polizei gekommen war, nachdem er die beiden vorherigen Jahre damit verbracht hatte, nach jemandem Ausschau zu halten, der einem siebenundzwanzigjährigen Universitätsabsolventen mit Abschluß in Philosophie und ohne Berufserfahrung eine Stelle anzubieten hätte. Brunetti fragte sich oft, was Gravini wohl zu seiner Entscheidung veranlaßt hatte, welches Philosophen Lehre ihn bewogen haben mochte, die Uniform, Pistole und Mütze der Ordnungshüter anzulegen. Oder vielleicht – der Gedanke sprang von irgendwo aus dem Nichts heraus in Brunettis Hirn –, vielleicht glaubte Gravini ja auch in Vice-Questore Patta die Fleischwerdung von Platos Philosophenkönig gefunden zu haben.

»Guten Morgen, Commissario«, sagte Gravini mit zackigem Salut, und ohne irgendwelches Erstaunen darüber zu verraten, daß sein Vorgesetzter still vor sich hin lachte, als er auf ihn zukam. Philosophen, heißt es, tragen solches mit Gelassenheit.

»Wer von den beiden ist da drin?« fragte Brunetti, wobei er mit dem Kopf zu der Tür hinter Gravini deutete.

»Die Frau, Commissario.« Mit dieser Auskunft händigte er Brunetti eine dunkelblaue Mappe aus. »Hier ist die Akte des Mannes drin. Über die Frau haben wir nichts.«

Brunetti nahm die Akte und warf einen Blick auf die beiden im Deckel angehefteten Blätter. Das Übliche: Körperverletzung, Drogenhandel, Zuhälterei. Franco Silvestri war einer von Tausenden. Nachdem er alles genau durchgelesen hatte, gab er Gravini die Mappe zurück. »Irgendwelche Probleme bei der Festnahme?«

»Bei der Frau nicht, Commissario. Es kam einem fast so vor, als ob sie darauf gewartet hätte. Aber der Mann hat zu entkommen versucht. Ruffo und Vallot waren bei mir, draußen vor der Tür. Sie haben ihn geschnappt.«

»Gut gemacht, Gravini. Wer hatte die Idee, sie mitzunehmen?«

»Nun ja«, antwortete Gravini hüstelnd, »ich habe ihnen gesagt, was ich vorhatte, und da haben sie angeboten mitzugehen. In ihrer Freizeit, versteht sich.«

»Sie kommen gut mit ihnen aus, ja?«

»Stimmt, Commissario.«

»Schön, schön. Dann wollen wir uns die Dame mal ansehen.« Brunetti trat durch die Tür in den düsteren kleinen Raum. Die einzigen Lichtquellen waren ein schmutziges Fensterchen hoch oben in der einen Wand, viel höher, als jemand springen konnte, und eine 60-Watt-Birne hinter einem Drahtgitter in der Deckenmitte.

Mara saß auf der Kante eines der drei Stühle. Weiteres Mobiliar gab es nicht, keinen Tisch, kein Waschbecken, nur die drei Stühle, außerdem verstreute Kippen auf dem Boden. Sie sah auf, als Brunetti hereinkam, erkannte ihn und sagte in zwanglosem Ton: »Guten Morgen.« Sie sah müde aus, als ob sie in der Nacht zuvor nicht gut geschlafen hätte, aber es schien sie nicht sonderlich zu stören, daß sie hier war. Über der Stuhllehne hing dieselbe Leopardenjacke, die sie neulich nachts getragen hatte, aber Bluse und Rock waren neu, wenn auch beide so aussahen, als hätte sie darin geschlafen. Ihr Make-up hatte sich aufgelöst, oder sie hatte es abgewaschen; so oder so sah sie dadurch viel jünger aus, kaum älter als ein Teenager.

»Sie haben das schon öfter erlebt, nehme ich an?« fragte Brunetti, während er sich auf den zweiten Stuhl setzte.

»Öfter, als ich zählen kann«, sagte sie, dann fragte sie: »Haben Sie Zigaretten bei sich? Meine sind alle, und der Bulle da draußen macht die Tür nicht auf.«

Brunetti ging zur Tür und klopfte dreimal. Als Gravini öffnete, fragte er ihn, ob er Zigaretten habe, nahm das Päckchen, das der Beamte ihm gab, und brachte es Mara.

»Danke«, sagte sie, nahm ein Plastikfeuerzeug aus ihrer Rocktasche und zündete sich eine an. »Meine Mutter ist an den Dingern gestorben«, erklärte sie, wobei sie die Zigarette vor sich hin und her schwenkte und dem Rauch nachsah, der davon aufstieg. »Ich wollte das in ihren Totenschein eintragen lassen, aber die Ärzte spielten nicht mit. Sie haben ›Krebs‹ hineingeschrieben, dabei hätte es ›Marlboro‹ heißen müssen. Sie hat mich angefleht, nie mit Rauchen anzufangen, und ich habe es ihr versprochen.«

»Hat sie je erfahren, daß Sie rauchen?«

Mara schüttelte den Kopf. »Nein, sie hat nie etwas erfahren, und vieles andere auch nicht.«

»Zum Beispiel?« fragte Brunetti.

»Zum Beispiel, daß ich schwanger war, als sie starb. Im vierten Monat, aber es war das erstemal, und ich war noch so jung, da hat man nichts gesehen.«

»Vielleicht hätte sie sich gefreut«, meinte Brunetti. »Vor allem, wenn sie wußte, daß sie im Sterben lag.«

»Ich war fünfzehn«, sagte Mara.

»Oh.« Brunetti wandte den Blick ab. »Hatten Sie noch mehr?«

»Mehr was?« fragte sie verwirrt.

»Mehr Kinder. Sie sagten, es war das erste.«

»Nein, das sollte heißen, es war das erstemal, daß ich schwanger war. Dieses eine Kind habe ich bekommen, aber beim zweitenmal hatte ich eine Fehlgeburt, und seitdem bin ich sehr vorsichtig.«

»Wo ist Ihr Kind?«

»In Brasilien, bei der Schwester meiner Mutter.«

»Junge oder Mädchen?«

»Ein Mädchen.«

»Wie alt ist sie jetzt?«

»Sechs.« Sie lächelte, als sie an das Kind dachte. Dann blickte sie auf ihre Füße und wieder auf zu Brunetti, wollte etwas sagen, hielt inne und sagte dann: »Ich habe ein Foto von ihr, wenn Sie es sehen wollen.«

»Ja, gern«, sagte er und zog seinen Stuhl näher.

Sie warf die Zigarette auf den Fußboden, griff in ihre Bluse und zog ein vergoldetes Medaillon von der Größe einer 100-Lire-Münze heraus. Sie drückte auf einen Knopf, damit es aufsprang, und hielt es Brunetti hin, der sich vorbeugte, um besser zu sehen. Auf der einen Seite erkannte er ein Baby mit rundem Gesicht, bis zur Nasenspitze eingemummelt, und auf der anderen Seite ein kleines Mädchen mit langen, dunklen Zöpfen, das in einer Art Schuluniform steif und verlegen dastand. »Sie geht bei den Nonnen in die Schule«, erklärte Mara, während sie den Kopf verdrehte, um das Foto zu sehen. »Ich glaube, das ist besser für sie.«

»Ja, das glaube ich auch«, stimmte Brunetti zu. »Unsere Tochter war bei den Nonnen, bis sie ins Gymnasium kam.«

»Wie alt ist sie?« fragte Mara, indem sie das Medaillon schloß und wieder in ihrer Bluse verschwinden ließ.

»Vierzehn.« Brunetti seufzte. »Ein schwieriges Alter«, sagte er, bevor ihm wieder einfiel, was Mara ihm vor ein paar Sekunden erst erzählt hatte.

Sie hatte es zum Glück wohl auch vergessen und sagte nur: »Ja, schwierig. Ich hoffe, sie ist ein braves Mädchen.«

Brunetti lächelte. »O ja«, sagte er stolz. »Sehr brav.«

»Haben Sie noch mehr Kinder?«

»Einen Sohn, er ist siebzehn.«

Sie nickte, als wüßte sie über siebzehnjährige Jungen mehr, als ihr lieb war.

Sie schwiegen eine Weile. Dann deutete Brunetti mit einer leeren Geste ins Zimmer. »Warum das?« fragte er. Mara zuckte die Achseln. »Warum nicht?«

»Wenn Sie ein Kind in Brasilien haben, ist das ein weiter Weg zur Arbeit.« Er lächelte dabei, und sie nahm es nicht übel.

»Ich verdiene genug, um meiner Tante Geld schicken zu können, genug für die Schule, für gutes Essen und eine neue Schuluniform, wenn sie eine braucht.« Ihre Stimme klang gepreßt vor Stolz oder Wut; welches von beidem, konnte Brunetti nicht sagen.

»Und in Sao Paulo konnten Sie kein Geld verdienen? Um nicht so weit fort von ihr zu sein?«

»Ich bin mit neun von der Schule abgegangen, weil jemand sich um die anderen Kinder kümmern mußte. Meine Mutter war lange krank, und ich war das einzige Mädchen. Nachdem dann meine Tochter geboren war, habe ich Arbeit in einer Bar gefunden.« Sie sah seinen Blick und erklärte: »Nein, nicht, was Sie denken. Ich habe nur Getränke serviert.«

Als es schien, als ob sie weiter nichts sagen wollte, fragte Brunetti: »Wie lange haben Sie das gemacht?«

»Drei Jahre. Es reichte für die Miete und zum Essen für mich und Ana und meine Tante, die sich um sie kümmerte. Für viel mehr aber auch nicht.« Sie schwieg wieder, aber für Brunettis Gefühl war sie jetzt doch ins Erzählen gekommen.

»Was dann?«

»Dann kam Eduardo, mein Romeo«, sagte sie. Dabei bearbeitete sie eine der Kippen auf dem Boden mit der Schuhspitze, bis nur noch Papierschnipsel und Tabakkrümel übrig waren.

»Eduardo?«

»Eduardo Alfieri. So hat er sich mir jedenfalls vorgestellt. Er kam eines Abends in die Bar und blieb, bis wir zumachten. Dann hat er mich gefragt, ob ich noch einen Kaffee mit ihm trinken gehe. Keinen Drink, wohlgemerkt, einen Kaffee – ganz wie man ein ehrbares Mädchen zu einem Stelldichein einlädt.«

»Und was passierte?«

»Was denken Sie wohl, was passierte?« fragte sie, und ihre Stimme klang zum ersten Mal verbittert. »Wir sind Kaffee trinken gegangen, und von da an ist er jeden Abend in die Bar gekommen und hat mich immer nach der Arbeit zu einem Kaffee eingeladen, immer respektvoll, immer höflich. Meiner Großmutter hätte er sehr gefallen, so respektvoll war er. Es war das erste Mal, daß ein Mann mich nicht wie ein Ding behandelte, das nur zum Bumsen gut ist, und ich habe getan, was jedes Mädchen tun würde. Ich habe mich in ihn verliebt.«

»Ja«, sagte Brunetti, »ja.«

»Und dann hat er gesagt, daß er mich heiraten will, aber dazu müßte ich nach Italien kommen und seine Familie kennenlernen. Er wollte alles besorgen, das Visum und eine Arbeitsstelle in Italien. Italienisch zu lernen sei kein Problem, sagte er.« Sie grinste wehmütig. »Das dürfte das einzige Wahre gewesen sein, was er mir erzählt hat, dieser Dreckskerl.«

»Und dann?«

»So bin ich nach Italien gekommen. Ich habe alle Papiere unterschrieben und mich in eine Alitalia-Maschine gesetzt, und im Handumdrehen war ich in Mailand, und Eduardo hat mich vom Flughafen abgeholt.« Der Blick, mit dem sie Brunetti ansah, war offen und ehrlich. »Das haben Sie wahrscheinlich schon tausendmal gehört, nicht?«

»So ähnlich, ja. Dann gab's Ärger mit den Papieren?«

Sie lächelte fast belustigt, wenn sie an ihre Arglosigkeit von früher dachte. »Genau. Ärger mit den Papieren. Bürokratie. Aber er wollte mich fürs erste mit in seine Wohnung nehmen, dann würde sich schon alles finden. Ich war verliebt und habe ihm geglaubt. Am Abend hat er sich meinen Paß geben lassen, damit er am nächsten Tag das Aufgebot bestellen könne.« Sie nahm sich eine Zigarette, steckte sie aber wieder in die Packung zurück. »Meinen Sie, ich könnte hier einen Kaffee bekommen?« fragte sie.

Brunetti ging wieder zur Tür und klopfte, diesmal um Gravini nach Kaffee und Sandwichs zu schicken. Als er zu seinem Stuhl zurückging, rauchte sie wieder.

»Ich habe ihn noch einmal gesehen, nur noch einmal. Er kam am Abend zurück und sagte, daß es ernsthafte Probleme mit meinem Visum gebe und er mich nicht heiraten könne, bevor das geregelt sei. Ich weiß nicht, ab wann ich ihm nicht mehr geglaubt und endlich gemerkt habe, was sich da abspielte.«

»Warum sind Sie nicht zur Polizei gegangen?« fragte Brunetti.

Ihr Erstaunen war nicht gespielt. »Zur Polizei? Er hatte doch meinen Paß, und dann hat er mir dieses eine Papier gezeigt, das ich unterschrieben hatte – er hatte sich sogar die Mühe gemacht, meine Unterschrift notariell beglaubigen zu lassen, unter dem Vorwand, wir hätten es dann hier in Italien leichter – und darin stand, daß er mir 50 Millionen Lire geliehen hätte.«

»Und dann?« fragte Brunetti.

»Dann sagte er, daß er mir eine Stelle in einer Bar besorgt habe, und da brauchte ich nur zu arbeiten, bis das Geld zurückgezahlt sei.«

»Und?«

»Eduardo hat mich zu dem Barbesitzer gebracht, und der sagte, ich könnte die Stelle haben. Ich sollte, glaube ich, eine Million Lire im Monat bekommen, aber dann hat der Mann gesagt, er müsse etwas für das Zimmer über der Bar abziehen, in dem ich wohnen könnte. Ich könnte sonst nirgends wohnen, weil ich doch keinen Paß und kein Visum hätte. Und für das Essen und die Kleidung, die er mir gebe, müsse er auch was abziehen. Eduardo hat mir nie meine Koffer gebracht, ich besaß also nur das, was ich am Leib hatte. Es lief darauf hinaus, daß ich nur noch etwa fünfzigtausend Lire im Monat verdiente. Ich konnte die Sprache nicht sprechen, aber rechnen konnte ich; und ich wußte, wenn ich dieses Geld meiner Tante schickte, wären es nicht einmal 30 Dollar. Das ist nicht viel zum Leben für eine alte Frau und ein Baby, nicht einmal in Brasilien.«

Es klopfte, und die Tür öffnete sich. Brunetti erhob sich und nahm Gravini ein blechernes Tablett ab. Als er damit zu Mara zurückging, zog sie den dritten Stuhl zwischen sich und ihn und bedeutete Brunetti, er solle das Tablett daraufstellen. Sie taten beide Zucker in ihren Kaffee. Brunetti wies auf den Teller mit Sandwichs, aber sie schüttelte den Kopf.

»Erst wenn ich fertig bin«, sagte sie und trank einen Schluck von ihrem Kaffee. »Ich war nicht dumm; ich wußte, welche Chance mir blieb. Also habe ich in der Bar gearbeitet. Die ersten

Male war es schlimm, aber dann habe ich mich daran gewöhnt. Das war vor zwei Jahren.«

»Was hat sich denn zwischen damals und heute abgespielt? Ich meine, wie sind Sie nach Mestre gekommen?« fragte Brunetti.

»Ich wurde krank. Lungenentzündung, glaube ich. Wie ich diese kalte Witterung hasse.« Sie schauderte schon bei dem bloßen Gedanken daran. »Während ich im Krankenhaus lag, ist die Bar abgebrannt. Jemand hat mir erzählt, es war Brandstiftung. Ich weiß es nicht. Aber ich hoffe es. Als ich dann entlassen werden sollte, ist Franco« – sie deutete mit dem Kopf zur linken Wand, als wüßte sie, daß Franco in der Zelle nebenan war – »gekommen und hat die Rechnung bezahlt und mich hierhergebracht. Seitdem arbeite ich für ihn.« Sie trank den Kaffee aus und stellte die Tasse aufs Tablett zurück.

Brunetti hatte diese Geschichte schon öfter gehört, als ihm lieb war, aber er hatte sie zum erstenmal ohne jede Spur von Selbstmitleid geschildert bekommen, ohne den Versuch, die Erzählerin als unfreiwilliges Opfer übermächtiger Kräfte darzustellen.

»Hatte er …«, fragte Brunetti, wobei auch er mit dem Kopf zur selben Wand deutete, obwohl Franco, wie es der Zufall wollte, hinter der gegenüberliegenden Wand saß, »… irgend etwas mit der Bar in Mailand zu tun? Oder mit der, in der Sie jetzt arbeiten? Oder mit Eduardo?«

Sie starrte zu Boden. »Ich weiß es nicht.« Brunetti sagte nichts, und schließlich fügte sie hinzu: »Ich glaube, er hat mich gekauft. Oder meinen Vertrag.« Sie blickte auf und fragte: »Warum wollen Sie das wissen?«

Brunetti sah keinen Grund, sie anzulügen. »Wir sind im Zuge anderer Ermittlungen auf die Telefonnummer der Bar gestoßen, in der Sie jetzt arbeiten. Jetzt wollen wir herausfinden, ob da eine Verbindung besteht.«

»Und worum geht es bei der anderen Ermittlung?«

»Das kann ich Ihnen nicht sagen«, antwortete Brunetti. »Aber bisher hat es nichts mit Ihnen oder Eduardo und dem allen zu tun.«

»Kann ich Sie etwas fragen?«

Wenn Chiara das sagte, hatte er die schlechte Angewohnheit, ihr zu antworten, sie *dürfe* fragen, aber ob sie es könne, müsse sie selbst wissen. Jetzt sagte er jedoch nur: »Natürlich.«

»Geht es irgendwie um ...«, begann sie, hielt dann inne und suchte nach dem richtigen Wort. »Also, um einige von uns, die gestorben sind?«

»Wen meinen Sie mit ›uns‹?« fragte Brunetti.

»Huren«, erklärte sie knapp.

»Nein.« Seine Antwort kam ohne Zögern, und sie glaubte ihm. »Warum fragen Sie?«

»Aus keinem besonderen Grund. Man hört so manches.« Sie nahm sich ein Sandwich, biß vorsichtig hinein und wischte geistesabwesend die Krümel weg, die über ihre Bluse rieselten.

»Was hört man denn so?«

»Dies und das«, sagte sie und biß noch einmal in das Sandwich.

»Mara«, begann Brunetti, nicht ganz sicher, welchen Ton er anschlagen sollte. »Wenn es etwas gibt, was Sie mir sagen oder mich fragen möchten, es bleibt unter uns.« Und bevor sie etwas sagen konnte, fügte er hinzu: »Nicht wenn es um ein Verbrechen geht. Aber wenn Sie mir nur etwas mitteilen oder etwas von mir erfahren wollen, bleibt es unter uns.«

»Ganz inoffiziell?«

»Ganz inoffiziell.«

»Wie heißen Sie eigentlich?« fragte sie.

»Guido«, antwortete er.

Es schien sie zu amüsieren, daß er ihr seinen richtigen Namen genannt hatte. »Guido der Rohrleger?«

Er nickte.

Sie biß noch einmal ab und wiederholte: »Man hört so manches«, worauf sie die neuen Krümel wegwischte. »Wissen Sie, wenn etwas passiert, spricht sich das herum. Und wenn wir das eine oder andere hören, wissen wir eigentlich nie genau, wo oder von wem wir es gehört haben.«

»Was haben Sie denn gehört, Mara?«

»Daß jemand unsereins umbringt.« Kaum hatte sie es gesagt, schüttelte sie den Kopf. »Nein, das ist verkehrt. Nicht umbringt. Aber es sterben welche von uns.«

»Ich verstehe den Unterschied nicht«, sagte Brunetti.

»Da war einmal diese Kleine. Ich weiß ihren Namen nicht mehr, die kleine Jugoslawin. Sie ist im Sommer umgekommen, und dann Anja, die aus Bulgarien, die hat es draußen im Gelände erwischt. Die Kleine kannte ich nicht, aber Anja kannte ich. Sie ging mit jedem.«

Brunetti erinnerte sich an diese Verbrechen, erinnerte sich auch, daß die Polizei nie auch nur die Namen der Opfer herausbekommen hatte.

»Und dann der Lastwagen, der von der Straße abgekommen ist.« Sie stockte und sah ihn an. Irgend etwas klingelte bei dieser Formulierung, aber Brunetti erinnerte sich an nichts Bestimmtes.

Als er schwieg, fuhr sie fort: »Eines von den Mädchen sagt, sie hat gehört – sie wußte aber nicht mehr, wo –, daß die Mädchen für hier bestimmt waren. Ich habe vergessen, von woher.«

»Um als Prostituierte zu arbeiten?« fragte er und bereute die Frage sofort.

Sie ging auf Abstand zu ihm und verstummte. Der Ausdruck ihrer Augen veränderte sich, als hätte sich ein Schleier darüber gesenkt. »Ich erinnere mich nicht.«

Brunetti hörte an ihrer Stimme, daß sie ihm entglitten war, daß seine Frage den dünnen Faden durchtrennt hatte, der sie vorübergehend verbunden hatte.

»Haben Sie darüber jemals etwas verlauten lassen ...?« fragte er.

»Der Polizei gegenüber?« beendete sie seinen Satz mit einem verächtlichen Schnauben. Sie warf den Rest des Sandwichs, den sie noch in der Hand hatte, aufs Tablett. »Wollen Sie Anzeige gegen mich erstatten?«

»Nein«, sagte Brunetti.

»Dann kann ich also gehen?« Die Frau, mit der er gesprochen hatte, war weg, und statt ihrer saß da wieder die Hure, die ihn mit in ihr Zimmer genommen hatte.

»Ja, Sie können gehen, wann immer Sie wollen.« Bevor sie aufstehen konnte, fragte Brunetti noch: »Ist es auch nicht gefährlich für Sie, wenn Sie vor ihm gehen?« Dabei deutete er mit dem Kinn zu der Wand, hinter der Franco nicht saß.

»Ach der«, meinte sie, verächtlich die Backen plusternd. Brunetti ging zur Tür und klopfte. »Die Signorina geht jetzt«, sagte er, als Gravini öffnete.

Sie nahm ihre Jacke von der Stuhllehne und ging ohne ein Wort an Brunetti vorbei nach draußen. Als sie fort war, sah er Gravini an. »Danke für den Kaffee«, sagte er und nahm die Akte, die Gravini noch immer in der Hand hielt. »Nichts zu danken, Dottore.«

»Wenn Sie noch das Tablett wegbringen könnten. Ich werde jetzt mit dem Mann reden.«

»Soll ich noch mal Zigaretten besorgen, Commissario? Oder Kaffee?« fragte Gravini.

»Nein, ich glaube nicht. Jedenfalls nicht, bevor ich meine fünfzigtausend Lire von Franco zurückbekommen habe«, antwortete Brunetti und ging in das andere Zimmer.

Ein einziger Blick genügte, um Brunetti alles zu sagen, was er über Franco wissen mußte: Franco war ein harter Bursche, Franco ließ sich nicht unterkriegen, Franco hatte keine Angst vor Polizisten. Aber aus der Akte, die er bei sich hatte, und aus della Cortes Bemerkung wußte Brunetti auch, daß Franco heroinabhängig war und sich seit über zehn Stunden in Polizeigewahrsam befand.

»Guten Morgen, Signor Silvestri«, sagte Brunetti so freundlich, als wäre er gekommen, um mit ihm über die Fußballergebnisse vom Wochenende zu plaudern.

Silvestri ließ die Arme sinken, die er vor der Brust verschränkt hatte, und sah Brunetti an, den er sofort erkannte. »Der Rohrleger«, sagte er und spuckte auf den Boden.

»Bitte, Signor Silvestri«, antwortete Brunetti geduldig, während er sich einen der beiden freien Stühle heranzog und sich setzte. Er klappte die Akte wieder auf und sah sich die Blätter an, schlug das oberste um und las von dem darunterliegenden vor: »Körperverletzung, Zuhälterei – und hier sehe ich, daß Sie auch schon wegen Drogenhandels festgenommen worden sind. Das war ... Moment.« Er blätterte zur ersten Seite zurück: »Das war im Januar letzten Jahres. Also, zwei Anzeigen, Geld genommen zu haben, das einer Prostituierten angeboten wurde, das dürfte Ihnen einigen Ärger einbringen, aber ich vermute, daß ...«

Silvestri fiel ihm ins Wort. »Hören Sie mal, kommen wir zur Sache, Sie Rohrleger. Sagen Sie schon, was Sie mir zur Last legen, dann rufe ich meinen Anwalt an, und der kommt her und holt mich raus.« Brunetti warf einen flüchtigen Blick in Silvestris Richtung und sah, wie dieser die zu Fäusten geballten Hände an seine Seiten gepreßt hielt, sah auch den dünnen Schweißfilm auf seiner Stirn.

»Das würde ich ja nur zu gern tun, Signor Silvestri, aber ich fürchte, was wir hier haben, ist eine viel ernstere Angelegenheit als das, was in Ihrer Akte steht.« Brunetti klappte die Mappe zu und schlug sich damit aufs Knie. »Es ist im Grund sogar etwas, was weit über die Zuständigkeit der städtischen Polizei hinausgeht.«

»Was soll denn das heißen?«

Brunetti sah, wie der Mann sich zwang, seine Fäuste zu öffnen und die Hände scheinbar ganz gelassen auf seine Oberschenkel zu legen.

»Das soll heißen, daß die Bar, in der Sie verkehren, seit einiger Zeit beobachtet wird und das Telefon angezapft wurde.«

»Von wem?« fragte Silvestri.

»Vom SISMI«, erklärte Brunetti. »Ganz genau gesagt, von der Anti-Terror-Einheit.«

»Anti-Terror-Einheit?« wiederholte Silvestri verständnislos.

»Ja, allem Anschein nach haben da Leute verkehrt, die in den Bombenanschlag auf das Museum in Florenz verwickelt waren«, reimte Brunetti sich aus dem Stegreif zusammen. »Ich dürfte Ihnen das wohl eigentlich nicht erzählen, aber da Sie nun offenbar mit drinhängen, wüßte ich nicht, warum wir nicht darüber reden sollten.«

»Florenz?« Silvestri konnte nur noch das Gehörte wiederholen.

»Ja. Offenbar diente das Telefon in dieser Bar zur Übermittlung von Nachrichten. Die Jungs hören da schon seit einem Monat mit. Alles ganz im gesetzlichen Rahmen – richterlicher Beschluß.« Brunetti wedelte mit der Mappe. »Als meine Leute Sie gestern abend festnahmen, habe ich den anderen klarzumachen versucht, daß Sie nur ein kleiner Fisch sind, der uns gehört, aber die hören nicht auf mich.«

»Was heißt das?« fragte Silvestri in einem Ton, aus dem alle Wut gewichen war.

»Das heißt, Sie werden nach den Anti-Terror-Gesetzen in Gewahrsam genommen.« Brunetti stand auf. »Es ist nur ein Mißverständnis zwischen einzelnen Dienststellen, Sie verstehen, Signor Silvestri. Man wird Sie achtundvierzig Stunden festhalten.«

»Aber mein Anwalt?«

»Den können Sie danach anrufen, Signor Silvestri. Es sind ja nur achtundvierzig Stunden, und Sie haben bereits« – er hielt inne, schob seine Manschette hoch und sah auf die Uhr – »zehn davon hinter sich. Sie brauchen also nur noch anderthalb Tage warten, dann dürfen Sie Ihren Anwalt anrufen, der Sie hier bestimmt in Null Komma nichts wieder rausholt.« Brunetti lächelte.

»Wozu sind Sie hier?« fragte Silvestri mißtrauisch.

»Da es einer von meinen Leuten war, der Sie festgenommen hat, dachte ich, also, ich hatte das Gefühl, daß ich Sie gewissermaßen hineingezogen habe, und darum fand ich, es wäre das mindeste, daß ich mal vorbeikomme und Ihnen die Sache erkläre. – Ich hatte schon früher mit diesen Leuten vom SISMI zu tun«, sagte Brunetti resigniert, »und die sind wirklich unbelehrbar. Sie können einen nach dem Gesetz achtundvierzig Stunden lang festhalten, ohne irgend jemanden zu benachrichtigen, und ich fürchte, damit müssen wir ganz einfach leben.« Er sah wieder auf seine Uhr. »Die Zeit wird Ihnen bestimmt wie im Flug vergehen, Signor Silvestri. Wenn Sie gern ein paar Illustrierte hätten, sagen Sie es nur dem Mann vor der Tür, ja?« Damit erhob Brunetti sich und wollte gehen.

»Bitte«, sagte Silvestri – sicher das erste Mal in seinem Leben, daß er zu einem Polizisten ›bitte‹ sagte. »Bitte, gehen Sie nicht.«

Brunetti drehte sich um und hielt unverhohlen neugierig den Kopf schief. »Ist Ihnen eingefallen, welche Zeitschrift Sie gern hätten? *Panorama? Ambiente? Famiglia Cristiana?«*

»Was wollen Sie von mir?« fragte Silvestri, mit harscher Stimme, aber nicht vor Wut. Der Schweiß stand ihm jetzt in dicken Tropfen auf der Stirn.

Brunetti sah, daß er nicht länger mit dem Mann zu spielen brauchte. Soviel also zu dem harten Franco, dem Eisenfresser.

Mit ruhiger, strenger Stimme fragte Brunetti: »Wer ruft Sie in dieser Bar an, und wen rufen Sie von dort aus an?«

Silvestri fuhr sich mit beiden Händen übers Gesicht und durch das dichte Haar, so daß seine Stirnlocke auf dem Schädel klebte. Er rieb sich mit der einen Hand über den Mund und zupfte wiederholt an seinen Lippen, wie um einen Flecken zu entfernen. »Da ruft mich ein Mann an, der Bescheid sagt, wann neue Mädchen ankommen.« Brunetti schwieg.

»Ich weiß nicht, wer er ist und von wo er anruft. Aber er ruft etwa einmal im Monat an und sagt mir, wo ich sie abholen soll.

Sie sind schon zugeritten. Ich muß sie nur noch holen und arbeiten schicken.«

»Und das Geld?«

Silvestri antwortete nicht. Brunetti drehte sich um und ging zur Tür.

»Das gebe ich einer Frau. Jeden Monat. Wenn der Mann anruft, sagt er mir, wann und wo ich die Frau treffen soll, und der gebe ich dann das Geld.«

»Wieviel?«

»Alles.«

»Wovon alles?«

»Von dem, was übrigbleibt, wenn ich die Zimmer und die Mädchen bezahlt habe.«

»Wieviel ist das?«

»Je nachdem«, antwortete er ausweichend.

»Sie stehlen mir meine Zeit, Signor Silvestri«, sagte Brunetti, ohne seine Wut länger zu unterdrücken.

»In manchen Monaten sind es vierzig bis fünfzig Millionen, in manchen weniger.« Das hieß für Brunetti, daß es in manchen Monaten auch mehr war.

»Wer ist diese Frau?«

»Weiß ich nicht. Ich habe sie noch nie gesehen.«

»Was soll das heißen?«

»Er sagt mir, wo ihr Auto steht. Es ist ein weißer Mercedes. Ich muß von hinten herangehen, die hintere Tür aufmachen und das Geld auf den Rücksitz legen. Dann fährt sie weg.«

»Und Sie haben ihr Gesicht nie gesehen?«

»Sie hat immer ein Kopftuch um und eine Sonnenbrille auf.«

»Ist sie groß? Schlank? Weiß? Schwarz? Blond? Alt? Na los, Silvestri, um das sagen zu können, braucht man das Gesicht nicht zu sehen.«

»Sie ist nicht klein, aber ich weiß nicht, was für eine Haarfarbe sie hat. Ihr Gesicht habe ich nie gesehen, aber ich glaube nicht, daß sie alt ist.«

»Ihre Autonummer?«

»Weiß ich nicht.«

»Haben Sie die auch noch nie gesehen?«

»Nein. Es ist immer Nacht, und der Wagen ist unbeleuchtet.« Brunetti war überzeugt, daß Silvestri log, aber er merkte auch, daß der Mann jetzt bald alles gesagt hatte, was er zu sagen bereit war.

»Wo treffen Sie sich mit ihr?«

»Auf der Straße. In Mestre. Einmal in Treviso. Ganz verschieden. Wenn er anruft, sagt er mir, wohin ich gehen soll.«

»Und die Mädchen. Wie holen Sie die ab?«

»Genauso. Er nennt mir eine Straßenecke und sagt, wie viele es sind, und ich hole sie mit meinem Wagen ab.«

»Wer bringt sie?«

»Niemand. Ich komme hin, und da stehen sie schon.«

»Einfach so? Wie die Schafe?«

»Die werden sich hüten, was anderes zu versuchen«, antwortete Silvestri in einem plötzlich ganz rohen Ton.

»Wo kommen sie her?«

»Von überall.«

»Was heißt das?«

»Aus allerlei Städten. Allerlei Ländern.«

»Wie kommen sie hierher?«

»Was meinen Sie damit?«

»Wie werden sie ... Teil Ihrer Lieferung?«

»Es sind einfach Huren. Woher soll ich das wissen? Herrgott, ich rede doch nicht mit denen.« Silvestri stieß unvermittelt seine Fäuste in die Hosentaschen. »Wann lassen Sie mich hier endlich raus?«

»Wie viele waren es bis jetzt?«

»Schluß!« schrie Silvestri, wobei er aufsprang und auf Brunetti zukam. »Schluß jetzt. Lassen Sie mich hier raus!«

Brunetti rührte sich nicht von der Stelle, und Silvestri machte ein paar Schritte rückwärts. Brunetti klopfte an die Tür, die sogleich von Gravini geöffnet wurde. Brunetti ging hinaus und wartete, während der Beamte die Tür abschloß, dann sagte er: »Warten Sie noch anderthalb Stunden, dann lassen Sie ihn gehen.«

»Ja, Commissario«, sagte Gravini und salutierte hinter dem Rücken seines Vorgesetzten, als dieser fortging.

22

Die Gespräche mit Mara und ihrem Zuhälter hatten Brunetti nicht in die günstigste Stimmung versetzt, um sich nun mit Signora Trevisan und dem Teilhaber ihres verstorbenen Mannes zu befassen, um nur eines von Martuccis Ämtern zu nennen, aber er führte das nötige Telefongespräch mit der Witwe und machte ihr klar, daß es für den Fortgang seiner Ermittlungen unerläßlich sei, ein paar Worte mit ihr und möglichst auch mit Signor Martucci zu wechseln. Ihre Angaben, wo sie sich in der Nacht des Mordes an Trevisan aufgehalten hatten, waren inzwischen überprüft worden: Signora Trevisans Dienstmädchen bestätigte, daß ihre Herrin an diesem Abend das Haus nicht verlassen hatte, und ein Freund von Martucci hatte um halb zehn bei ihm angerufen und ihn zu Hause angetroffen.

Aus langer Erfahrung wußte Brunetti, daß es immer am besten war, die Leute selbst bestimmen zu lassen, wo sie befragt werden wollten: Sie wählten dann stets den Ort, an dem sie sich am wohlsten fühlten, und nährten so den irrigen Glauben, sie hätten mit der Ortswahl auch den Inhalt des Gesprächs in der Hand. Wie nicht anders erwartet, entschied Signora Trevisan sich für ihre Wohnung, wo Brunetti pünktlich um halb sechs ankam. Noch immer aufgewühlt von seiner Begegnung mit Silvestri, war Brunetti nicht bereit, auf irgendwelche Gastfreundlichkeit einzugehen. Ein Cocktail wäre ihm zu weltläufig, ein Tee zu geziert vorgekommen.

Aber nachdem Signora Trevisan, heute in gedecktem Marineblau, ihn in ein mit zu wenigen Stühlen und zuviel Geschmack möbliertes Zimmer geführt hatte, ging Brunetti auf, daß er im Gefühl seiner eigenen Bedeutung zuviel erwartet hatte und hier als Eindringling behandelt werden sollte, nicht als Vertreter der Staatsgewalt. Die Witwe gab ihm zwar die Hand, und Martucci erhob sich, als Brunetti eintrat, aber beide taten nicht mehr, als die Höflichkeit unbedingt erforderte. Brunetti argwöhnte, daß ihr Ernst und ihre langen Gesichter ihm demonstrieren sollten, wie sehr er ihre gemeinsame Trauer störte. Aber die Unterredung mit Richter Beniamin hatte Brunetti beiden gegenüber skeptisch gemacht, sein kurzes Gespräch mit Franco Silvestri vielleicht sogar skeptisch gegenüber der Menschheit allgemein.

Rasch leierte Brunetti seinen förmlichen Dank für ihre Bereitschaft zu diesem Gespräch herunter. Martucci nickte; Signora Trevisan gab nicht zu erkennen, daß sie ihn überhaupt gehört hatte.

»Signora Trevisan«, begann Brunetti. »Ich möchte gern etwas über die Finanzen Ihres Gatten erfahren.« Sie sagte nichts, verlangte keine Erklärung. »Können Sie mir sagen, was aus seiner Anwaltskanzlei wird?«

»Das können Sie mich fragen«, unterbrach ihn Martucci.

»Ich habe Sie vor zwei Tagen danach gefragt«, sagte Brunetti. »Sie haben mir wenig gesagt.«

»Inzwischen wissen wir mehr«, sagte Martucci.

»Heißt das, Sie haben das Testament gelesen?« fragte Brunetti und freute sich insgeheim, wie sehr seine Taktlosigkeit die beiden überraschte.

Martuccis Ton blieb ruhig und höflich. »Signora Trevisan hat mich gebeten, ihr bei der Regelung des Nachlasses als Anwalt zur Seite zu stehen, falls Sie das meinen.«

»Die Antwort tut's wahrscheinlich genausogut wie jede andere«, sagte Brunetti, der mit Interesse feststellte, daß Martucci sich nicht so leicht aus der Reserve locken ließ. Es mußte wohl die zivilrechtliche Übung sein, überlegte er, die allen immer die größte Höflichkeit abverlangte. Brunetti fuhr fort: »Was wird aus der Kanzlei?«

»Signora Trevisan behält sechzig Prozent.«

Brunetti sagte darauf so lange nichts, daß Martucci sich zu der Ergänzung gezwungen sah: »Und ich vierzig.«

»Darf ich fragen, wann dieses Testament aufgesetzt wurde?«

»Vor zwei Jahren«, antwortete Martucci ohne Zögern. »Und wann sind Sie in Signor Trevisans Kanzlei eingetreten, Avvocato Martucci?«

Signora Trevisan richtete ihre sehr blassen Augen auf Brunetti und sprach zum erstenmal, seit sie hier hereingekommen waren. »Commissario, bevor Sie sich allzusehr in der Befriedigung Ihrer vulgären Neugier üben, darf ich wissen, worauf diese Fragen eigentlich hinauslaufen?«

»Wenn sie überhaupt auf etwas hinauslaufen, Signora, dann auf den Gewinn von Erkenntnissen, die uns zu der Person führen könnten, die Ihren Gatten ermordet hat.«

»Mir scheint«, begann sie, indem sie ihre Ellbogen auf die Sessellehnen stützte und die Hände vor sich zu einem Kirchturm formte, »das könnte ja nur dann der Fall sein, wenn ein Zusammenhang zwischen den Testamentsbestimmungen und dem Mord bestünde. Oder sehe ich das für Sie zu naiv?« Als Brunetti nicht sofort antwortete, bedachte sie ihn mit einem flüchtigen Lächeln. »Es *könnte* doch sein, daß manche Dinge Ihnen einfach als zu naiv gesehen erscheinen, nicht wahr, Commissario?«

»Ganz gewiß, Signora«, sagte Brunetti, froh, doch wenigstens einen der beiden mit Erfolg provoziert zu haben. »Darum stelle ich gern Fragen, die leicht zu beantworten sind. Hier zum Beispiel mit einer Zahl. Seit wann arbeitete Signor Martucci für Ihren Gatten?«

»Seit zwei Jahren«, antwortete Martucci.

Brunetti richtete seine Aufmerksamkeit wieder ganz auf den Anwalt und fragte: »Wenn ich nun noch nach den sonstigen Testamentsbestimmungen fragen dürfte?«

Martucci wollte schon antworten, aber Signora Trevisan hob die Hand. »Das beantworte ich, Avvocato.« Und zu Brunetti gewandt: »Der Großteil von Carlos Besitz geht, wie es gesetzlich durchaus üblich ist, an mich als seine Witwe und an seine Kinder, zu gleichen Teilen. Es wurden noch ein paar Verwandte und Freunde bedacht, aber der Großteil geht an uns. Befriedigt das Ihre Neugier?«

»Durchaus, Signora.«

Martucci machte jetzt Anstalten aufzustehen. »Wenn das alles ist, was Sie hier wollten …«, meinte er.

»Ich habe noch mehr Fragen«, sagte Brunetti, zu Signora Trevisan gewandt. »An Sie, Signora.«

Sie nickte, ohne ihn eines Wortes zu würdigen, und warf Martucci einen besänftigenden Blick zu.

»Haben Sie ein Auto?«

»Bedaure, diese Frage verstehe ich nicht«, sagte sie nach einer kurzen Pause.

Brunetti wiederholte: »Haben Sie ein Auto?«

»Ja.«

»Was für eines?«

»Ich weiß nicht, wozu das gut sein soll«, redete Martucci dazwischen.

Ohne sich um ihn zu kümmern, antwortete Signora Trevisan: »Einen BMW. Drei Jahre alt. Grün.«

»Danke«, sagte Brunetti, ohne eine Miene zu verziehen, und fragte dann: »Ihr Bruder, Signora, hinterläßt er eine Familie?«

»Nur seine Frau. Sie hatten keine Kinder.«

Wieder mischte sich Martucci ein. »Das steht doch sicher alles in Ihren Akten.«

Ohne ihn zu beachten, fragte Brunetti, wobei er seine Worte sehr sorgfältig wählte: »Hatte Ihr Bruder in irgendeiner Weise mit Prostituierten zu tun?«

Martucci sprang auf, aber Brunetti ignorierte ihn; seine ganze Aufmerksamkeit galt Signora Trevisan. Sie hob bei dieser Frage abrupt den Kopf, und fast als lauschte sie noch ihrem Echo nach, wandte sie kurz den Blick, bevor sie ihn wieder ansah. Es dauerte zwei sehr lange Sekunden, bis ihr Gesicht Empörung verriet, dann sagte sie laut, als deklamierte sie auf der Bühne: »Mein Bruder war nicht auf Huren angewiesen.«

Martucci versuchte sich ihren Zorn zunutze zu machen und Brunetti nun mit dem seinen zu übergießen. »Ich lasse nicht zu, daß Sie das Andenken von Signora Trevisans Bruder in den Schmutz ziehen. Ihre Anwürfe sind widerlich und beleidigend. Wir müssen uns Ihre Unterstellungen nicht anhören.« Er machte eine Pause, um Luft zu holen, und Brunetti konnte regelrecht hören, wie sein Juristengehirn ansprang. »Im übrigen ist das verleumderische üble Nachrede, und Signora Trevisan kann bezeugen, was Sie gesagt haben.« Er sah von ihr zu ihm und wartete auf eine Reaktion, aber beide hatten seinem Ausbruch nicht die mindeste Beachtung geschenkt.

Brunetti hatte Signora Trevisan keinen Moment aus den Augen gelassen, und auch sie machte keinen Versuch, seinem Blick auszuweichen. Martucci wollte wieder etwas sagen, ließ es aber, verwirrt ob der Aufmerksamkeit, mit der die beiden anderen einander bedachten, wobei ihm entging, daß es nicht das Ehrenrührige in Brunettis letzter Bemerkung war, was Signora Trevisan beschäftigte, sondern der genaue Wortlaut.

Brunetti wartete, bis die anderen merkten, daß eine Antwort gefordert war, keine selbstgerechte Entrüstung. Er sah, wie die Frau sich die Frage durch den Kopf gehen ließ und überlegte, wie sie zu beantworten wäre. Er glaubte schon, in ihren Augen etwas zu sehen, was ihr gleich über die Lippen käme, doch als sie gerade etwas sagen wollte, fing Martucci wieder an: »Ich verlange eine Entschuldigung.« Als Brunetti ihn keiner Antwort würdigte, machte Martucci zwei Schritte auf ihn zu, bis er zwischen Brunetti und Signora Trevisan stand, so daß sie sich nicht mehr sehen konnten. »Ich verlange eine Entschuldigung«, wiederholte er, wobei er Brunetti von oben herab ansah.

»Aber ja, aber ja«, sagte Brunetti mit einzigartigem Desinteresse. »Sie können so viele Entschuldigungen haben, wie Sie wollen.« Brunetti stand auf und trat neben Martucci, aber Signora Trevisan hielt jetzt den Kopf abgewandt und sah nicht mehr zu ihm hinüber. Ein Blick sagte ihm, daß Martuccis Dazwischenfunken jede Anwandlung, sich ihm anzuvertrauen, in ihr erstickt hatte. Brunetti sah keinen Sinn darin, sich zu wiederholen.

»Signora«, sagte er, »wenn Sie sich doch noch entschließen, meine Frage zu beantworten, erreichen Sie mich in der Questura.« Ohne ein weiteres Wort ging er um Martucci herum und verließ das Zimmer, dann das Haus.

Auf dem Heimweg mußte Brunetti darüber nachdenken, wie nah er schon daran gewesen war, mit der Frau diesen Kontakt herzustellen, den er manchmal zu einem Zeugen oder Verdächtigen schaffen konnte, diesen heiklen Punkt zu erreichen, an dem ein zufälliger Satz, ein zufälliges Wort einen Menschen plötzlich dazu brachte, etwas preiszugeben, was er eigentlich hatte verschweigen wollen. Was hatte sie ihm sagen wollen, und was hatte Lotto mit Prostituierten zu tun gehabt? Und die Frau im Mercedes? War sie die Frau, die mit Favero an dem Abend gegessen hatte, an dem er ermordet wurde? Brunetti fragte sich, was bei einem Abendessen eine Frau so nervös oder vergeßlich machen könnte, daß sie eine Brille liegenließ, die über eine Million Lire kostete. Und war es etwas, was während des Essens geschehen war oder wovon sie wußte, daß es nach dem Essen geschehen würde, was sie nervös gemacht hatte? Die Fragen umschwirrten Brunetti wie Furien, die nach ihm riefen und ihn verhöhnten, weil er die Antworten nicht kannte und, schlimmer noch, nicht einmal wußte, welche Fragen wichtig waren.

Als er aus der Trevisanschen Wohnung gekommen war, hatte Brunetti automatisch den Weg zum Ponte dell' Accademia und nach Hause eingeschlagen. Er war so mit seinen Gedanken beschäftigt, daß er erst nach einer Weile merkte, wie belebt die Straße war. Er sah auf die Uhr und wunderte sich, daß in diesem Teil der Stadt so viele Leute eine halbe Stunde vor Geschäftsschluß unterwegs waren. Bei näherem Hinsehen stellte er fest, daß es Italiener waren: Männer wie Frauen waren zu gut gekleidet und frisiert, um etwas anderes zu sein.

Er vergaß alle Eile und ließ sich von dem Strom in Richtung

Campo San Stefano treiben. Vom Fuß der nächsten Brücke hörte er etwas aus einem Lautsprecher, konnte aber nicht erkennen, was es war.

Weiter schob ihn die Menge durch die Enge der letzten *calle*, um ihn dann plötzlich in die Freiheit des dämmrigen *campo* zu entlassen. Unmittelbar vor ihm stand die Statue, die Brunetti bei sich immer den Baisermann nannte, weil der Marmor, aus dem sie gemeißelt war, so schneeweiß und porös war. Andere Leute, die den Bücherstapel sahen, der unter seinem Mantel hervorzukommen schien, hatten einen unanständigeren Namen für ihn.

Rechts von Brunetti hatte man neben der Kirche San Stefano ein hölzernes Podium errichtet. Ein paar Holzstühle standen darauf, rechts und links davor zwei riesige Lautsprecherboxen. Dahinter hingen an drei hölzernen Stangen schlaff drei Fahnen mit der italienischen Trikolore, dem Löwen von San Marco und dem frisch kreierten Emblem der vormaligen Democrazia Cristiana.

Brunetti ging näher an die Statue heran und trat hinter das niedrige Eisengitter, das um den Sockel lief. Etwa hundert Leute standen vor dem Podium; aus dieser Gruppe lösten sich soeben drei Männer und eine Frau und stiegen aufs Podium. Plötzlich begann Musik zu dröhnen. Brunetti glaubte, daß es die Nationalhymne war, aber bei der Lautstärke und den Knistergeräuschen war das schwer zu erkennen.

Ein Mann in Jeans und Bomberjacke reichte einem der Männer auf dem Podium ein Mikrofon, an dem ein langer Draht hing. Dieser hielt es ein Weilchen neben sich an den Körper, dann lächelte er in die Menge, nahm das Mikrofon in die linke Hand und begrüßte die anderen auf dem Podium mit Handschlag. Unten hob der Mann in der Bomberjacke eine Hand und vollführte eine schneidende Geste, aber die Musik hörte nicht auf.

Der Mann auf dem Podium nahm das Mikrofon vor den Mund und sagte etwas, aber die Musik übertönte ihn und machte das Gesagte unverständlich. Er hielt das Mikrofon auf Armeslänge von sich weg und klopfte mit einem Finger darauf, aber das kam aus den Lautsprechern wie sechs gedämpfte Pistolenschüsse.

Ein Grüppchen von Leuten löste sich aus der Menge und ging in eine Bar. Sechs weitere gingen zur Vorderseite der Kirche und verschwanden die Calle della Mandola hinauf. Der Mann in der Bomberjacke stieg aufs Podium und fummelte an den Kabeln eines der Lautsprecher herum, worauf dieser plötzlich verstummte, während aus dem andern Musik und ein Knistern dröhnte. Er eilte rasch übers Podium und kniete sich hinter den zweiten Lautsprecher.

Noch ein paar Leute verzogen sich. Die Frau auf dem Podium kam die Treppe herunter und verschwand in der Menge, rasch gefolgt von zweien der Männer. Als der Lärm nicht verstummte, erhob sich der in der Bomberjacke und beriet sich tuschelnd mit dem Mann, der das Mikrofon hielt. Als auch Brunetti seine Aufmerksamkeit von ihnen abwandte, standen nur noch wenige Leute vor dem Podium.

Er stieg wieder über das niedrige Gitter und ging weiter auf die Accademia-Brücke zu. Gerade kam er an dem kleinen Blumenkiosk am Ende des *campo* vorbei, als die Musik und die Knistergeräusche plötzlich abbrachen und eine Männerstimme, jetzt nur noch durch ihre Wut verstärkt, sich vernehmen ließ: »*Cittadini, Italiani*«, aber Brunetti blieb nicht stehen und drehte sich auch nicht mehr um.

Er merkte, daß er das Bedürfnis hatte, mit Paola zu reden. Er hatte sie wie immer – und wie immer regelwidrig – über den Fortgang seiner Ermittlungen auf dem laufenden gehalten und ihr seine Eindrücke von den Menschen geschildert, die er verhört hatte, und von den Antworten, die sie gaben. Diesmal hatte Paola, weil niemand von vornherein nackt im Scheinwerferstrahl der Schuld stand, davon abgesehen, ihm die Person zu nennen, die nach ihrer Überzeugung der Mörder war, eine Angewohnheit, die Brunetti ihr bisher noch nicht hatte austreiben können. Ohne diese vorschnelle Gewißheit war sie nun die vollkommene Zuhörerin, die Fragen stellte und ihn zwang, ihr die Dinge so deutlich zu erklären, daß sie etwas damit anfangen konnte. Und wenn er gezwungen war, einen Rest von Unbehagen in Worte zu fassen, verstand er es selbst oft besser. Diesmal hatte sie keinerlei Mutmaßungen angestellt, keine Andeutungen gemacht, keinen Verdacht gegenüber einem der Menschen geäußert, von denen er sprach. Sie hörte nur interessiert zu, mehr nicht.

Zu Hause angekommen, mußte er feststellen, daß Paola noch nicht da war, aber Chiara wartete schon auf ihn. *»Papà«*, rief sie aus ihrem Zimmer, als sie die Wohnungstür aufgehen hörte. Gleich darauf erschien sie in ihrer Zimmertür, in der Hand eine aufgeschlagene Illustrierte. Brunetti erkannte das gelbumrahmte Titelblatt von *Airone*, ebenso wie er in den üppigen Fotos, dem Hochglanzpapier und dem schlichten Stil weitere Ähnlichkeiten mit dem *National Geographic* erkannte, an das sie sich so eng anlehnte.

»Was gibt's denn, mein Herz?« fragte er und bückte sich, um sie aufs Haar zu küssen, dann ging er seinen Mantel in den Schrank bei der Tür hängen.

»Hier ist ein Preisausschreiben drin, *papà*, und wenn man gewinnt, kriegt man ein kostenloses Abo.«

»Aber hast du nicht schon ein Abo?« fragte er, denn er hatte es ihr selbst zu Weihnachten geschenkt.

»Darum geht es nicht, *papà*.«

»Worum geht es denn?« erkundigte er sich, schon auf dem Weg durch den Flur in die Küche. Dort machte er Licht und ging an den Kühlschrank.

»Ums Gewinnen geht es«, sagte Chiara, die ihm gefolgt war, und Brunetti fragte sich, ob die Zeitschrift für seine Tochter nicht doch ein wenig zu amerikanisch war.

Er fand eine Flasche Orvieto, sah sich das Etikett an, stellte sie wieder weg und holte den Soave heraus, den sie tags zuvor zum Abendessen angebrochen hatten. Er nahm sich ein Glas, goß es voll und trank einen Schluck. »Also, Chiara, worum geht es bei dem Preisausschreiben?«

»Um einen Namen für einen Pinguin.«

»Namen für einen Pinguin?« fragte Brunetti verständnislos.

»Ja, guck mal, hier!« Sie hielt ihm die Zeitschrift mit einer Hand hin und zeigte mit der anderen auf ein Foto. Was Brunetti sah, erinnerte ihn an die filzigen Knäuel, die Paola manchmal beim Leeren des Staubsaugers zutage förderte. »Was ist das?« fragte er, wobei er seiner Tochter die Zeitschrift aus der Hand nahm und sie unters Licht hielt.

»Das ist das Pinguinbaby, *papà*. Es ist letzten Monat im Zoo von Rom geboren worden und hat noch keinen Namen. Darum haben sie jetzt einen Preis für den ausgesetzt, dem der beste Name einfällt.«

Brunetti klappte die Illustrierte ganz auseinander und sah sich das Foto genauer an. Doch, ja, er sah einen Schnabel und zwei runde schwarze Augen. Zwei gelbe Schwimmfüße. Auf der Seite gegenüber war ein ausgewachsener Pinguin abgebildet, aber Brunetti suchte vergeblich nach einer Familienähnlichkeit zwischen den beiden.

»Was für einen Namen?« fragte er. Beim Weiterblättern durch die Zeitschrift sah er Hyänen, Ibisse und Elephanten an sich vorbeiziehen.

»Fleck«, sagte sie.

»Wie?«

»Fleck«, wiederholte sie.

»Für einen Pinguin?« Er blätterte zu dem Artikel zurück und betrachtete die Fotos der erwachsenen Vögel. Fleck?

»Klar. Alle anderen nennen ihn bestimmt Nonne oder Ober. Aber auf Fleck kommt garantiert niemand.«

Da war was dran, das mußte Brunetti zugeben. »Du kannst dir den Namen ja aufsparen«, schlug er vor, während er die Flasche in den Kühlschrank zurückstellte.

»Wofür?« fragte sie und nahm die Zeitschrift wieder an sich.

»Es könnte ja mal ein Preisausschreiben für einen Leoparden geben«, meinte er.

»Ach *papà,* du bist manchmal richtig albern«, sagte sie und begab sich wieder in ihr Zimmer, ohne zu ahnen, wie sehr ihr Urteil ihn freute.

Im Wohnzimmer nahm er sein Buch, das er gestern abend vor dem Zubettgehen mit den aufgeschlagenen Seiten nach unten hatte liegen lassen. Während er auf Paola wartete, konnte er ja den Peloponnesischen Krieg noch einmal führen.

Eine Stunde später schloß sie die Wohnungstür auf und kam herein. Sie warf ihren Mantel über die Sofalehne und ließ sich neben ihn plumpsen, ihr Tuch noch um den Hals. »Guido, hältst du es manchmal für möglich, daß ich verrückt bin?«

»Oft«, sagte er im Umblättern.

»Nein, ernsthaft. Ich muß verrückt sein, daß ich für diese Kretins arbeite.«

»Welche Kretins?« fragte er, immer noch ohne von seinem Buch aufzusehen.

»Die an der Uni.«

»Was haben sie jetzt wieder angestellt?«

»Vor drei Monaten haben sie mich gebeten, vor der Anglistischen Fakultät in Padua einen Vortrag zu halten. Über den britischen Roman, hieß es. Was meinst du, wozu ich in den letzten beiden Monaten alle diese Bücher gelesen habe?«

»Weil sie dir gefallen. Nur deshalb liest du sie schon seit zwanzig Jahren.«

»Ach, hör auf, Guido.« Sie bohrte ihm sanft ihren Ellbogen in die Rippen.

»Also, was ist passiert?«

»Ich gehe heute ins Sekretariat, um meine Post abzuholen, und da sagen sie mir, es habe ein Mißverständnis gegeben, ich solle einen Vortrag über amerikanische Lyrik halten, aber niemand ist auf die Idee gekommen, mich über diese Änderung zu informieren.«

»Und was wird es nun?«

»Das erfahre ich erst morgen. Sie teilen Padua erst mal das neue Thema mit, falls *Il Magnifico* es gutheißt.« Sie hatten beide schon immer ihren Spaß an diesem köstlichen Relikt aus der akademischen Steinzeit gehabt, daß nämlich der Rektor der Universität mit *Il Magnifico Rettore* angesprochen wurde – von allem, was Brunetti während seiner zwanzig Jahre im Umkreis der Universität gelernt hatte, das einzige, was ihm das Gelehrtenleben halbwegs interessant erscheinen ließ.

»Was wird er machen?« fragte Brunetti.

»Wahrscheinlich eine Münze werfen.«

»Na, dann viel Glück.« Brunetti legte sein Buch weg. »Dieses amerikanische Zeug magst du nicht, wie?«

»Himmel, nein.« Sie schlug die Hände vors Gesicht. »Puritaner, Cowboys und schrille Frauen. Lieber würde ich einen Vortrag über die Silver Fork Novel halten«, sagte sie, den englischen Ausdruck benutzend.

»Die was?« fragte Brunetti.

»Die sogenannten Silbergabelromane. Das sind Bücher mit leicht verständlicher Handlung, in denen Neureichen erklärt wird, wie man sich in feiner Gesellschaft benimmt.«

»Für Yuppies?« fragte Brunetti, ehrlich interessiert.

Paola lachte aus vollem Hals. »Nein, Guido, nicht für Yuppies. Diese Bücher wurden im achtzehnten Jahrhundert geschrieben, als aus den Kolonien so viel Geld nach England strömte und die dicken Frauen der Weber von Yorkshire lernen mußten, mit welcher Gabel man was ißt.« Sie schwieg einen Moment und dachte darüber nach, was er gesagt hatte. »Wenn ich mir's allerdings recht überlege, wüßte ich nicht, warum man dasselbe, ein bißchen modernisiert, nicht auch von Bret Easton Ellis sagen könnte.« Sie legte den Kopf an Brunettis Schulter und lachte sich halb krank über einen Witz, den er nicht verstand.

Als sie fertiggelacht hatte, nahm sie ihr Tuch vom Hals und warf es auf den Tisch. »Und bei dir?« fragte sie.

Er setzte sich so, daß er ihr ins Gesicht sehen konnte. »Ich habe mit der Hure und ihrem Zuhälter gesprochen, und danach mit Signora Trevisan und ihrem Anwalt.« Langsam und voller Konzentration, damit er auch alles genau richtig schilderte, berichtete Brunetti ihr in allen Einzelheiten von seinem Tag und endete mit Signora Trevisans Reaktion auf seine Frage nach den Prostituierten.

»Hatte ihr Bruder denn etwas mit Prostituierten zu tun?« fragte Paola, darauf bedacht, Brunettis genaue Formulierung zu wiederholen. »Und du glaubst, daß sie verstanden hat, was du meintest?«

Brunetti nickte.

»Aber der Anwalt hat es mißverstanden?«

»Ja, und nicht absichtlich, glaube ich. Er hat einfach nicht begriffen, daß die Frage doppeldeutig war und sich nicht darauf bezog, ob er zu Prostituierten ging.«

»Und sie hat das richtig verstanden?«

Brunetti nickte wieder. »Sie ist viel schlauer als er.«

»Das sind Frauen meist«, meinte Paola, dann fragte sie rasch: »Was glaubst du denn, was er mit ihnen zu tun gehabt haben könnte?«

»Keine Ahnung, Paola, aber aus ihrer Reaktion schließe ich, daß sie darüber Bescheid wußte.«

Paola sagte nichts und wartete, bis er zu Ende gedacht hatte. Er nahm ihre Hand, küßte sie und ließ sie auf seinen Schoß fallen. Paola rührte sich nicht und wartete.

»Es ist die einzige Gemeinsamkeit«, begann er, mehr zu sich selbst als zu ihr. »Sowohl Trevisan als auch Favero hatten die Telefonnummer dieser Bar in Mestre, wo ein Zuhälter etliche Mädchen laufen hat, und immer wieder werden neue nachgeliefert. Von Lotto weiß ich nichts, außer daß er Trevisans Geschäfte führte.« Er drehte Paolas Hand um und zeichnete mit dem Zeigefinger die schwachen blauen Venen auf ihrem Handrücken nach.

»Viel ist das nicht, wie?« fragte sie schließlich.

Er schüttelte den Kopf.

»Die eine, mit der du gesprochen hast, diese Mara, was hat sie dich über die anderen gefragt?«

»Sie wollte wissen, ob ich etwas über eine Jugoslawin weiß, die umgekommen ist, und dann hat sie noch etwas von Mädchen in einem Lastwagen gesagt. Was sie damit meinte, weiß ich nicht.«

Wie ein bejahrter Karpfen, der langsam ans Tageslicht emporschwimmt, regte sich eine Erinnerung tief in Paolas Gedächtnis, eine Erinnerung, die mit einem Lastwagen und jungen Frauen zu tun hatte. Sie legte den Kopf an die Sofalehne und schloß die Augen. Und sah Schnee. Und dieses kleine Detail genügte, um die Erinnerung vollends an die Oberfläche zu bringen.

»Guido, diesen Herbst – ich glaube, du warst gerade an der Konferenz in Rom – ist irgendwo ein Lastwagen von der Straße abgekommen, nicht weit von der Grenze nach Österreich, ich weiß die Einzelheiten nicht mehr ... Der ist irgendwie auf vereister Fahrbahn ins Rutschen gekommen und einen Felshang hinuntergestürzt. Jedenfalls waren da Frauen drin, und sie sind alle umgekommen, acht oder zehn müssen es gewesen sein. Das war merkwürdig. Den einen Tag stand es in den Zeitungen, und dann war es vergessen, ich habe nie mehr etwas darüber gelesen.« Paola fühlte wie seine Hand die ihre etwas fester umschloß. »Meinst du, das könnte sie gemeint haben?«

»Ich erinnere mich jetzt auch dunkel, daß davon etwas in einem Interpolbericht über Frauen stand, die als Prostituierte ins Land gebracht werden«, sagte Brunetti. »Der Fahrer ist auch umgekommen, nicht?«

Paola nickte. »Ich glaube, ja.«

Die dortige Polizei hatte sicher ein Protokoll über den Vorfall; da konnte er morgen anrufen. Er versuchte sich den Interpolbericht wieder ins Gedächtnis zu rufen – oder war er vielleicht von einer anderen Dienststelle gewesen? –, wußte der

Himmel, wo das abgelegt war. Aber für das alles war morgen noch Zeit.

Paola zog sanft an seiner Hand. »Wozu gebraucht ihr sie?«

»Hm?« fragte Brunetti, nicht ganz bei der Sache.

»Wozu gebraucht ihr Huren?« Und bevor er sie mißverstehen konnte, formulierte sie die Frage deutlicher: »Ich meine Männer überhaupt, nicht dich. Männer allgemein.«

Er hob ihre ineinander verschlungenen Hände in die Höhe und wedelte ziellos damit in der Luft herum. »Sex ohne Zwänge, denke ich. Keine Bindungen, keine Verpflichtungen. Keine Rücksichten.«

»Klingt nicht sehr verlockend«, sagte Paola, dann fügte sie hinzu: »Aber Frauen möchten Sex wohl immer romantisch verklären.«

»Das stimmt allerdings«, sagte Brunetti.

Paola löste ihre Hand aus der seinen und stand auf. Sie sah einen Moment auf ihren Mann hinunter, dann ging sie in die Küche, um das Abendessen zu machen.

23

Brunetti verbrachte den ersten Teil seines Arbeitstages damit, in seiner Ablage nach dem Interpolbericht über Prostitution zu suchen und darauf zu warten, daß die Vermittlung ihn mit der Polizei in Tarvisio verband. Die Vermittlung war schneller als Brunetti, und er konnte sich eine Viertelstunde lang von einem Capitano der Carabinieri den Unfall schildern lassen, bis er das Gespräch mit der Bitte beendete, ihm alle für den Fall wichtigen Unterlagen zu faxen.

Er brauchte zwanzig Minuten, um den Bericht über den internationalen Prostituiertenhandel zu finden, und eine halbe Stunde, um ihn zu lesen. Es war eine ernüchternde Lektüre, und den letzten Satz: »Nach Schätzungen verschiedener polizeilicher und internationaler Organisationen könnten in diesen Handel eine halbe Million Frauen verwickelt sein«, mochte er kaum glauben. In dem Bericht wurden Dinge aufgeführt, von denen er, wie die meisten Polizisten in Europa, durchaus Kenntnis hatte; erschreckend aber war das Ausmaß und die Verflochtenheit des Ganzen.

Der Ablauf unterschied sich kaum von dem, was Mara erlebt haben wollte: Einer jungen Frau aus einem Entwicklungsland wurde ein neues Leben in Europa in Aussicht gestellt – die Grundlage war manchmal Liebe, süße Liebe, meist aber nur das Versprechen einer Stelle als Hausmädchen, manchmal auch als Bardame. Dort in Europa könne sie ein ordentliches Leben anfangen, sagte man ihr, und Geld genug verdienen, um ihrer Familie etwas zu schicken, vielleicht sogar eines Tages die Familie nachkommen zu lassen in jenes Paradies auf Erden.

Nach ihrer Ankunft mußten sie meist ähnliche Erfahrungen machen wie Mara: Sie stellten fest, daß der Arbeitsvertrag, den sie vor der Abreise unterschrieben hatten, oft ein Schuldschein über Summen bis zu 50.000 Dollar war, zahlbar an den, der ihre Verfrachtung nach Europa organisiert hatte. Und so saßen sie nun in einem fremden Land, hatten ihren Paß dem ausgehändigt, der sie hergebracht hatte, und bekamen eingeredet, daß ihre bloße Gegenwart ein Gesetzesverstoß sei, für den sie verhaftet und wegen der hohen Verschuldung, die sie mit ihrer Unterschrift eingegangen seien, lange hinter Gitter kommen könnten. Trotzdem begehrten viele dagegen auf, ohne Angst vor Verhaftung. Eine Bandenvergewaltigung machte sie dann meist gefügig. Wenn nicht, mußte noch brutalere Gewalt herhalten. Manche starben. Das sprach sich herum. Es gab kaum noch Gegenwehr.

Und so füllten sich die Bordelle der Industrieländer mit schwarzhaarigen, dunkelhäutigen Exotinnen: Thailänderinnen, deren sanfte Bescheidenheit dem Überlegenheitsgefühl der Männer so schmeichelte; Mischlinge aus der Dominikanischen Republik, und wir wissen doch alle, wie gern diese Schwarzen es tun; und nicht zuletzt die Brasilianerinnen, diese heißblütigen Cariocas, geborene Huren.

Weiter hieß es in dem Bericht, daß sich angesichts der erleichterten Transportbedingungen neue Märkte in Osteuropa auftäten, wo Tausende von blonden, blauäugigen Frauen ihren Arbeitsplatz verlören oder durch die Inflation um ihre Ersparnisse gebracht würden. Siebzig Jahre Entbehrungen unter dem Kommunismus machten sie anfällig für die Verlockungen des Westens, und sie kämen in Personen- und Lastwagen, zu Fuß, manchmal sogar mit Schlitten, alle auf der Suche nach dem Eldorado ihrer westlichen Nachbarn, nur um bei ihrer Ankunft festzustellen, daß sie ohne Papiere, ohne Rechte und ohne Hoffnung dastanden.

Brunetti glaubte das alles; nur die Zahl – eine halbe Million – überstieg sein Vorstellungsvermögen. Er blätterte ans Ende vor und las die Namen der Menschen und Organisationen, die diesen Bericht zusammengestellt hatten; sie überzeugten ihn schließlich auch von der Zahl, obwohl es das alles nicht erträglicher machte. In Italien gab es ganze Provinzen, in denen keine halbe Million Frauen lebte. Mit dieser Zahl könnte man ganze Städte bevölkern.

Als er fertig war, legte er den Bericht in die Mitte seines Schreibtischs, schob ihn dann aber weiter weg, als fürchtete er Ansteckung. Er öffnete eine Schublade, nahm einen Bleistift und ein Stück Papier heraus und schrieb rasch drei Namen darauf. Einer war ein brasilianischer Polizeimajor, den er vor einigen Jahren bei einem Seminar in Paris kennengelernt hatte; einer war der Inhaber einer Import-Export-Firma mit Büros in Bangkok; und die dritte war Pia, eine Prostituierte. Sie alle standen bei Brunetti aus dem einen oder anderen Grund in der Schuld, und er sah keine bessere Möglichkeit, diese Schulden einzutreiben, als sie um Informationen zu bitten.

In den nächsten zwei Stunden vertelefonierte er eine Summe, die sich später durch ein paar Tastendrücke am Zentralcomputer der Telecom in Luft auflösen sollte. Am Ende wußte er zwar wenig mehr, als er bereits dem Bericht entnommen hatte, aber es war ein umfassenderes, persönlicheres Wissen.

Major de Vedia in Rio konnte weder Brunettis Besorgnis teilen noch seine Empörung verstehen. Schließlich waren erst diese Woche sieben seiner Beamten verhaftet worden, weil sie sich als Exekutionskommando bei Geschäftsleuten verdingt hatten, die sie dafür bezahlten, daß sie die Straßenkinder umbrachten, die ihre Ladeneingänge versperrten. »Die nach Europa gehen, sind noch gut davongekommen, Guido«, sagte er, bevor er auflegte. Brunettis Kontaktmann in Bangkok war ebenso verständnislos. »Commissario, über die Hälfte der hiesigen Prostituierten haben Aids. Die Mädchen, die aus Thailand rauskommen, können von Glück reden.«

Die ergiebigste Quelle war Pia, die er zu Hause antraf, weil ihre Hündin Luna, ein Golden Retriever, gerade ihren ersten Wurf erwartete. Ihr war die Geschichte nicht neu, sie wunderte sich nur, daß die Polizei sich damit abgab. Als sie hörte, daß Brunettis Interesse durch den Tod dreier Geschäftsleute geweckt worden war, lachte sie lange und laut. Die Mädchen, erklärte sie, als sie wieder Luft bekam, stammten von überallher; manche arbeiteten auf der Straße, aber viele würden in festen Häusern gehalten, wo man sie besser unter Kontrolle habe. Ja, sie würden ganz schön mißhandelt, wenn nicht von denen, die sie für sich arbeiten ließen, dann von so manchem unter denen, die sie benutzten. Sich beschweren? Bei wem? Sie hätten keine Papiere, und man habe ihnen eingeredet, daß schon ihre Anwesenheit in Italien ein Verbrechen sei; manche lernten nicht einmal Italienisch. Schließlich arbeiteten sie in einem Gewerbe, in dem brillante Konversation nicht unbedingt gefragt war.

Pia hatte nicht direkt etwas gegen sie, allerdings machte sie kein Hehl daraus, daß ihr die Konkurrenz nicht paßte. Sie und ihre Freundinnen, die alle keinen Zuhälter hatten, erfreuten sich zumindest einer gewissen finanziellen Stabilität – Wohnung, Auto, manche besaßen sogar ein Haus –, aber diese Ausländerinnen hatten nichts und konnten es sich folglich nicht leisten, einen Kunden abzuweisen, egal was er von ihnen verlangte. Ihnen und den Drogenabhängigen ging es am dreckigsten, sie nahmen alles, ließen sich zu allem zwingen. Ohnmächtig wurden sie zu Zielscheiben jeglicher Brutalität und, schlimmer noch, zu Krankheitsüberträgerinnen.

Er fragte, wie viele es davon im Veneto gebe, und Pia meinte lachend, so weit könne er gar nicht zählen. Aber dann bellte plötzlich Luna so laut, daß sogar Brunetti es hörte, und Pia sagte, sie müsse jetzt fort.

»Wer zieht die Fäden, Pia?« fragte er in der Hoffnung, wenigstens noch eine Antwort zu bekommen, bevor sie auflegte.

»Big business, Dottore«, sagte Pia. »Fragen Sie doch gleich, wer bei den Banken oder an der Börse die Fäden zieht. Es sind die gleichen Männer mit teuren Haarschnitten und Maßanzügen. Sonntags in die Kirche, täglich ins Büro, und wenn gerade

keiner hinsieht, zählen sie nach, wieviel sie an den Frauen verdient haben, die auf dem Rücken arbeiten. Wir sind eine Handelsware wie alles andere, Dottore. Warten Sie noch ein bißchen, und wir werden an der Termingeschäftsbörse gehandelt.« Pia lachte, erfand noch rasch einen unfeinen Namen für diese Art Termingeschäfte, dann heulte Luna, und Pia legte auf.

Brunetti nahm sein Blatt Papier und stellte ein paar einfache Rechnungen an. Er schätzte den Durchschnittspreis für eine Nummer mal so etwa auf 50.000 Lire; dann mußte er sich eingestehen, daß er keine Ahnung hatte, wie viele es am Tag wohl sein mochten. Er beschloß, daß die Zahl Zehn seine Multiplikationen vereinfachen würde, und setzte zehn ein. Selbst bei freiem Wochenende, und er bezweifelte, daß den Frauen dieser Luxus zugestanden wurde, kam er auf zweieinhalb Millionen Lire pro Woche, zehn Millionen Lire im Monat. Um die Sache zu vereinfachen, setzte er hundert Millionen Lire im Jahr an, dann halbierte er diese Summe zum groben Ausgleich für eventuelle Fehler in seinen bisherigen Berechnungen. Als er danach versuchte, das Ergebnis mit einer halben Million malzunehmen, hatte er für die Endsumme kein Zahlwort mehr und mußte sich damit begnügen, die Nullen hinter der 25 zu zählen: Er kam auf zwölf. Pia hatte recht; das war in der Tat *big business.*

Instinkt und Erfahrung sagten ihm, daß von Mara oder ihrem Zuhälter keine weiteren Informationen zu erwarten waren. Er rief unten bei Vianello an und fragte, ob man den Optiker schon gefunden habe, von dem die Brille aus dem Paduaner Restaurant stammte. Vianello hielt seine Sprechmuschel zu, der Ton verstummte, dann meldete sich die Stimme des Sergente wieder, gepreßt vor Wut oder noch Schlimmerem. »Ich bin gleich oben, Dottore«, sagte er und legte auf.

Als der Sergente eintrat, war sein Gesicht immer noch rot, und Brunetti wußte aus langer Erfahrung, daß es die Nachwehen großer Wut waren. Vianello schloß leise die Tür hinter sich und kam an Brunettis Schreibtisch. »Riverre«, sagte er zur Erklärung. Der Name war der Fluch seines Lebens, eigentlich sogar der gesamten Questura.

»Was hat er getan?«

»Er hat gestern den Optiker gefunden und ihn sich notiert, aber dann hat er den Zettel einfach auf seinem Schreibtisch liegenlassen, bis ich vorhin danach fragte.« Wäre Brunetti in besserer Stimmung gewesen, hätte er wahrscheinlich jetzt gespöttelt, daß Riverre sich diesmal immerhin eine Notiz gemacht hatte, aber im Moment brachte er weder die Geduld noch den Humor dafür auf. Und lange Erfahrung hatte beide gelehrt, daß Riverres bodenlose Inkompetenz jeden Kommentar überflüssig machte.

»Welcher Optiker ist es?«

»Carraro, in der Calle della Mandola.«

»Hat er den Namen des Kunden?«

Vianello biß sich auf die Unterlippe und ballte unwillkürlich die Fäuste. »Nein. Riverre hat sich mit der Feststellung begnügt, daß die Brille mit der entsprechenden Gläserstärke dort verkauft wurde. Das sei sein Auftrag gewesen, sagt er, und den habe er erfüllt.«

Brunetti nahm das Telefonbuch aus seinem Schreibtisch und fand schnell die Nummer. Als der Optiker sich meldete, sagte er gleich, er habe mit einem weiteren Anruf der Polizei schon gerechnet, und gab Brunetti unverzüglich den Namen und die Adresse der Frau, an die er die Brille verkauft hatte. Seinem Ton war zu entnehmen, daß er glaubte, die Polizei habe nichts anderes im Sinn, als ihr die Brille zurückzugeben, und Brunetti tat nichts, um diesen Irrtum aufzuklären.

»Sie werden sie aber wahrscheinlich nicht zu Hause antreffen«, meinte Dr. Carraro noch. »Sie wird wohl bei der Arbeit sein.«

»Und wo wäre das, Dottore?« fragte Brunetti in fürsorglichstem Ton.

»Sie hat ein Reisebüro im Univiertel, irgendwo auf halbem Weg zwischen der Universität und diesem Teppichgeschäft.«

»Ach ja, das kenne ich«, sagte Brunetti, der sofort ein mit Postern vollgehängtes Schaufenster vor sich sah, an dem er schon unzählige Male vorbeigegangen war. »Vielen Dank, Dottore. Ich werde dafür sorgen, daß sie ihre Brille zurückbekommt.«

Brunetti legte auf und sah Vianello an. »Regina Ceroni. Sagt Ihnen der Name etwas?« fragte er.

Vianello schüttelte den Kopf.

»Sie hat ein Reisebüro im Univiertel.«

»Soll ich mitkommen?« fragte Vianello.

»Nein, ich denke, ich gehe vor dem Mittagessen dort vorbei und bringe Signora Ceroni ihre Brille.«

Brunetti stand im novemberlichen Nieselregen und betrachtete den sonnenüberfluteten Strand. Zwischen zwei riesigen Palmen war eine Hängematte gespannt, und darin lag eine junge Frau, die, soviel er sah, nur mit dem Unterteil ihres Bikinis bekleidet war. Hinter ihr brachen sich sanfte Wellen auf weißem Sand, und ein azurblaues Meer erstreckte sich bis zum fernen Horizont. Das Ganze war für lumpige 1.800.000 Lire die Woche zu haben, Doppelzimmer, Flug inbegriffen.

Er stieß die Tür auf und trat in das Reisebüro. Eine hübsche junge Frau mit dunklem Haar saß vor einem Computer. Sie blickte auf und lächelte freundlich.

»Buon giorno«, sagte er, ebenfalls lächelnd. Ast Signora Ceroni da?«

»Und wen darf ich melden?«

»Signor Brunetti.«

Sie hob die Hand, was »Moment bitte« hieß, drückte noch ein paar Tasten und stand dann auf. Links von ihr begann der Drukker zu rattern und spuckte etwas aus, was wie ein Flugticket aussah.

»Ich sage ihr, daß Sie da sind, Signor Brunetti.« Damit drehte sie sich um und ging nach hinten zu einer Tür, die geschlossen war. Sie klopfte und ging hinein. Sekunden später kam sie wieder und bedeutete Brunetti hineinzugehen.

Das hintere Büro war wesentlich kleiner als das vordere, aber was dem Raum an Größe fehlte, machte er durch seine geschmackvolle Einrichtung mehr als wett. Der Schreibtisch, Teakholz, soweit Brunetti es beurteilen konnte, war auf Hochglanz poliert, und das Fehlen von Schubladen demonstrierte, daß kein Nutzdenken sein Vorhandensein rechtfertigte. Der Teppich, ein Isfahan aus blaßgoldener Seide, war so ähnlich wie der, den Brunetti im Arbeitszimmer seines Schwiegervaters hatte liegen sehen.

Die Frau hinter dem Schreibtisch hatte helles Haar, das an den Seiten zurückgenommen und mit geschnitzten Elfenbeinkämmchen festgesteckt war. Die Schlichtheit der Frisur stand im Gegensatz zu Material und Schnitt ihres dunkelgrauen Rohseidekostüms mit dicken Schulterpolstern und schmal geschnittenen Ärmeln. Sie mußte in den Dreißigern sein, aber ihr geschicktes Make-up und die allgemeine Eleganz ihrer Erscheinung ließen nur schwer bestimmen, ob Anfang oder Ende Dreißig. Sie trug eine Hornbrille. Am linken Glas war in der unteren Ecke ein halbmondförmiges, gut erbsengroßes Stück herausgeplatzt.

Sie blickte bei seinem Eintreten auf, lächelte mit geschlossenen Lippen, nahm die Brille ab und legte sie auf die vor ihr liegenden Papiere, sagte aber nichts. Ihre Augenfarbe paßte, wie er sah, so genau zur Farbe ihres Kostüms, daß es kein Zufall sein konnte. Wenn Brunetti sie so ansah, mußte er unwillkürlich an Figaros Worte über Cherubino denken: Lockenhaar, strahlendes Antlitz, rosige Wangen.

»*Sì?*« fragte sie. »Signora Ceroni?«

»Ja.«

Ich bringe Ihnen Ihre Brille«, sagte Brunetti, wobei er das Etui aus der Tasche nahm, ohne die Frau aus den Augen zu lassen.

Sie strahlte vor Freude, was sie noch reizvoller machte. »Ach, das ist aber schön«, sagte sie und erhob sich. »Wo haben Sie die nur gefunden?«

Brunetti hörte einen leichten Akzent heraus, vielleicht slawisch, auf jeden Fall osteuropäisch. Er reichte ihr wortlos das Etui über den Schreibtisch. Sie nahm es und legte es, ohne hineinzusehen, auf den Schreibtisch.

»Wollen Sie nicht nachsehen, ob es auch Ihre ist?« fragte er.

»Nein, ich erkenne sie am Etui«, antwortete sie. Dann fragte sie lächelnd: »Aber woher wußten Sie, daß es meine ist?«

»Wir haben alle Optiker in der Stadt angerufen.«

»Wir?« fragte sie. Doch dann besann sie sich auf ihre Manieren und sagte: »Bitte, nehmen Sie doch Platz. Wie unhöflich von mir.«

»Danke«, sagte Brunetti und setzte sich auf einen der drei Stühle vor ihrem Schreibtisch.

»Entschuldigen Sie, aber Roberta hat mir Ihren Namen nicht gesagt.«

»Brunetti, Guido Brunetti.«

»Vielen Dank, Signor Brunetti, daß Sie sich die Mühe gemacht haben. Sie hätten mich aber auch anrufen können, dann hätte ich sie gern bei Ihnen abgeholt. Sie hätten nicht durch die ganze Stadt laufen müssen, um sie mir zu bringen.«

»Durch die ganze Stadt?« wiederholte Brunetti.

Seine Frage überraschte sie, aber nur ganz kurz. Sie wischte sowohl die Frage als auch ihr Erstaunen darüber mit einer Handbewegung weg. »Wie man so redet. Der Laden hier ist ja etwas abgelegen.«

»Ja, natürlich«, sagte er.

»Ich weiß nicht, wie ich Ihnen danken soll.«

»Sie könnten mir sagen, wo Sie die Brille verloren haben.«

Sie lächelte wieder. »Also, wenn ich wüßte, wo ich sie verloren habe, wäre sie ja nicht verloren gewesen, oder?«

Sie sah ihn über den Schreibtisch hinweg an, aber er sagte nichts. Sie betrachtete das Etui und zog es zu sich herüber. Sie nahm die Brille heraus, verdrehte den einen Bügel, genau wie Brunetti es im Restaurant gemacht hatte, und zog dann beide mit einem Ruck auseinander. Wieder bog sich das Gestell, brach aber nicht.

»Erstaunlich, nicht?« fragte sie, ohne ihn anzusehen. Brunetti schwieg weiter.

Schließlich sagte sie im selben, ganz und gar beiläufigen Ton: »Ich wollte nichts damit zu tun haben.«

»Mit uns?« fragte Brunetti. Wenn sie schon wußte, daß er die ganze Stadt hatte durchqueren müssen, um zu ihr zu kommen, wußte sie ja wohl sicher auch, woher er kam.

»Ja.«

»Warum?«

»Er war verheiratet.«

»In wenigen Jahren schreiben wir das einundzwanzigste Jahrhundert, Signora.«

»Was meinen Sie damit?« fragte sie und sah aufrichtig verwirrt zu ihm auf.

»Daß ›verheiratet‹ oder ›unverheiratet‹ kaum noch etwas bedeutet.«

»Seiner Frau schon«, entgegnete sie heftig. Sie legte die Brille zusammen und schob sie wieder in das Lederetui. »Auch nachdem er tot aufgefunden wurde?«

»Gerade da. Ich wollte erst gar nicht den Verdacht aufkommen lassen, daß ich damit etwas zu tun haben könnte.«

»Hatten Sie etwas damit zu tun?«

»Commissario Brunetti«, sagte sie, und es gelang ihr tatsächlich, ihn durch die Anrede mit seinem Titel zu überraschen. »Ich habe fünf Jahre gebraucht, um Bürgerin dieses Landes zu werden, und selbst jetzt zweifle ich nicht daran, daß mir diese Staatsbürgerschaft sehr schnell entzogen werden könnte, wenn die Behörden jemals auf mich aufmerksam würden. Deshalb möchte ich nichts tun, was mir deren Aufmerksamkeit einträgt.«

»Sie erfreuen sich zur Zeit unserer Aufmerksamkeit.«

Unwillkürlich schürzte sie ärgerlich die Lippen. »Das hatte ich zu vermeiden gehofft.«

»Sie wußten, daß Sie Ihre Brille dort vergessen hatten?«

»Ich wußte, daß ich sie an diesem Tag verloren hatte, hoffte aber, es wäre woanders gewesen.«

»Hatten Sie ein Verhältnis mit ihm?«

Er sah sie die Frage abwägen, dann nickte sie.

»Wie lange?«

»Drei Jahre.«

»Hatten Sie die Absicht, daran etwas zu ändern?«

»Ich verstehe leider Ihre Frage nicht.«

»Hatten Sie die Hoffnung, ihn zu heiraten?«

»Nein. Mir paßte die Situation so, wie sie war.«

»Und wie war sie?«

»Wir haben uns alle paar Wochen getroffen.«

»Zu welchem Zweck?«

Sie sah mit strengem Blick zu ihm auf. »Auch diese Frage verstehe ich leider nicht.«

»Was haben Sie getan, wenn Sie sich trafen?«

»Was tun Liebende normalerweise, wenn sie sich treffen, Dottor Brunetti?«

»Sie schlafen miteinander.«

»Sehr gut, Dottore. Und genau das haben wir getan.«

Brunetti hatte das Gefühl, daß sie zornig wurde, aber er hatte nicht den Eindruck, daß der Zorn sich auf seine Fragen richtete oder durch sie ausgelöst worden war. »Wo?« fragte er.

»Pardon?«

»Wo haben Sie miteinander geschlafen?«

Sie kniff die Lippen zusammen und quetschte die Antwort dazwischen hervor. »Im Bett.«

»Wo?« Schweigen. »Wo stand das Bett? Hier in Venedig oder in Padua?«

»Hier und dort.«

»In einer Wohnung, oder im Hotel?«

Bevor sie darauf antworten konnte, gab das Telefon auf ihrem Schreibtisch einen dezenten Summton von sich, und sie nahm den Hörer ab. Sie hörte kurz zu, sagte: »Ich rufe heute nachmittag zurück«, und legte auf. Der Rhythmus der Fragen war nur kurz gestört worden, aber der Moment hatte ihr genügt, um die Fassung wiederzuerlangen.

»Bedaure, Commissario, aber könnten Sie Ihre letzte Frage wiederholen?«

Er wiederholte sie, wohl wissend, daß die Unterbrechung ihr Zeit verschafft hatte, über die Antwort nachzudenken, die sie gegeben hatte. Aber er wollte hören, wie anders sie jetzt ausfallen würde. »Ich habe gefragt, wo Sie miteinander geschlafen haben.«

»Hier in meiner Wohnung.«

»Und in Padua?«

Sie stellte sich verwirrt. »Wie bitte?«

»In Padua, wo haben Sie sich da getroffen?«

Sie lächelte ihn kurz an. »Entschuldigung, aber ich hatte Ihre Frage mißverstanden. Wir haben uns normalerweise hier getroffen.«

»Und wie oft konnten Sie es einrichten, sich zu treffen?«

Ihr Ton wurde jetzt freundlicher, wie immer bei Leuten, bevor sie zu lügen anfangen. »Genaugenommen war von der Affäre nicht mehr viel übrig, aber wir mochten uns und waren noch immer gute Freunde. Darum haben wir uns gelegentlich noch zum Essen getroffen, mal hier, mal in Padua.«

»Wissen Sie noch, wann Sie sich das letzte Mal hier in Venedig getroffen haben?«

Sie sah weg und überlegte, wie sie darauf antworten sollte. »Hm, nein. Es muß irgendwann im Sommer gewesen sein, glaube ich.«

»Sind Sie verheiratet, Signora?« fragte er.

»Geschieden«, antwortete sie.

»Leben Sie allein?«

Sie nickte.

»Wie haben Sie von Signor Faveros Tod erfahren?«

»Ich habe es in der Zeitung gelesen, am Morgen danach.«

»Und da haben Sie uns nicht angerufen?«

»Nein.«

»Obwohl Sie am Abend vorher mit ihm zusammen waren?«

»Gerade darum. Wie ich Ihnen vorhin schon sagte, habe ich keinen Grund, den Behörden zu vertrauen.«

In seinen schlimmsten Momenten hatte Brunetti den Verdacht, daß dazu niemand Grund hatte, aber solche Ansichten gab er wohl besser nicht Signora Ceroni preis.

»Woher stammen Sie, Signora?«

»Aus Jugoslawien. Mostar.«

»Und wann sind Sie nach Italien gekommen?«

»Vor neun Jahren.«

»Warum sind Sie hergekommen?«

»Ursprünglich als Touristin, aber dann habe ich Arbeit gefunden und mich entschieden hierzubleiben.«

»In Venedig?«

»Ja.«

»Was war das für Arbeit?« fragte er, auch wenn er wußte, daß er das irgendwo in den Akten des Ufficio Stranieri nachlesen konnte.

»Zuerst habe ich in einer Bar gearbeitet, aber dann bekam ich eine Stelle in einem Reisebüro. Ich spreche mehrere Sprachen, und damit fand ich ziemlich leicht Arbeit.«

»Und jetzt das hier?« fragte er mit einer Handbewegung, die das kleine Büro umschrieb, in dem sie saßen. »Gehört das Ihnen?«

»Ja.«

»Seit wann?«

»Seit drei Jahren. Ich mußte über vier Jahre sparen, um den früheren Besitzern eine Anzahlung leisten zu können. Aber jetzt gehört es mir. Ein weiterer Grund, warum ich Ärger aus dem Weg gehen wollte.«

»Obwohl Sie nichts zu verbergen haben?«

»Wenn ich ehrlich sein darf, Commissario, ich habe noch nie die Erfahrung gemacht, daß staatliche Behörden sich besonders dafür interessieren, ob man etwas zu verbergen hat oder nicht. Ganz im Gegenteil. Und da ich über Signor Faveros Tod nichts Näheres weiß, bin ich zu dem Schluß gekommen, daß ich der Polizei keine sachdienlichen Hinweise geben kann, und habe nicht angerufen.«

»Worüber haben Sie sich abends beim Essen unterhalten?«

Sie blickte zur Seite, offenbar um sich den Abend ins Gedächtnis zu rufen. »Worüber Freunde so reden. Seine Geschäfte. Meine. Seine Kinder.«

»Seine Frau?«

Wieder kniff sie mit deutlichem Unmut die Lippen zusammen. »Nein, über seine Frau haben wir nicht gesprochen. Das hätten wir beide nicht sehr geschmackvoll gefunden.«

»Worüber haben Sie noch gesprochen?«

»Nichts, woran ich mich erinnern könnte. Er sprach davon, daß er sich ein neues Auto kaufen wolle und nicht wisse, was für eines, aber dabei konnte ich ihm nicht helfen.«

»Weil Sie selbst nicht Auto fahren?«

»Man braucht ja hier keines, oder?« fragte sie lächelnd. »Und ich verstehe nichts von Autos. Wie die meisten Frauen.«

Brunetti fragte sich, warum sie so offenkundig an sein männliches Überlegenheitsgefühl appellierte; es schien ihm nicht angemessen für eine Frau, die jedem Mann so mühelos ebenbürtig war.

»Wie der Ober in dem Restaurant sagt, in dem Sie waren, hat Favero Ihnen während des Essens irgendwelche Papiere gezeigt.«

»Ach ja. Da habe ich dann meine Brille hervorgeholt. Ich brauche sie zum Lesen.«

»Was waren das für Papiere?«

Sie schwieg, entweder, um sich zu erinnern, oder, um sich etwas auszudenken. »Es war der Prospekt eines Unternehmens, in das ich investieren sollte. Da mein Reisebüro Gewinn abwirft, meinte er, ich solle das Geld ›für mich arbeiten lassen‹ – das waren seine Worte. Aber ich war nicht interessiert.«

»Wissen Sie noch, was das für ein Unternehmen war?«

»Nein, leider nicht. Für so etwas interessiere ich mich nicht besonders.« Brunetti hatte da seine Zweifel. »Ist das wichtig?« fragte sie.

»Wir haben ziemlich viele Unterlagen im Kofferraum seines Wagens gefunden«, log Brunetti, »und möchten irgendwie beurteilen können, ob die einen oder anderen von besonderer Bedeutung sind.«

Er sah, daß sie schon nach der Art dieser Unterlagen fragen wollte, sich aber dann eines Besseren besann.

»Können Sie sich an irgend etwas Besonderes von diesem Abend erinnern? Hatten Sie den Eindruck, daß er sich Sorgen machte oder über irgend etwas aufgebracht war?« Brunetti mußte sich sagen, daß nahezu jeder sich jetzt doch verwundert fragen würde, wieso er so lange gebraucht hatte, um zu dieser Frage zu kommen.

»Er war stiller als sonst, aber das konnte daran liegen, daß er so viel gearbeitet hatte. Er hat ein paarmal erwähnt, daß er viel zu tun hatte.«

»Hat er von etwas Bestimmtem gesprochen?«

»Nein.«

»Und nach dem Essen, wohin sind Sie da gegangen?«

»Er hat mich zum Bahnhof gefahren, und ich bin nach Venedig zurückgekommen.«

»Mit welchem Zug?«

Sie dachte kurz nach, bevor sie antwortete. »Ich glaube, ich bin gegen elf Uhr hier angekommen.«

»Der gleiche Zug wie Trevisan«, meinte Brunetti und sah sofort, daß der Name ihr etwas sagte.

»Der Mann, der letzte Woche ermordet wurde?« fragte sie nach einer kurzen Pause.

»Ja. Kannten Sie ihn?« erkundigte sich Brunetti.

»Er war Kunde bei uns. Wir haben seine Reisen organisiert, für ihn und seine Mitarbeiter.«

»Ist das nicht merkwürdig?« fragte Brunetti.

»Was soll merkwürdig sein?«

»Daß gleich zwei Männer, die Sie kannten, in einer Woche gestorben sind.«

Ihr Ton war kühl und desinteressiert. »Nein, das finde ich nicht besonders merkwürdig, Commissario. Sie wollen doch sicher nicht andeuten, daß es irgendeine Verbindung zwischen den beiden gibt?«

Statt zu antworten, stand Brunetti auf. »Vielen Dank, daß Sie mir Ihre Zeit geopfert haben, Signora Ceroni«, sagte er und reichte ihr über den Schreibtisch die Hand.

Auch sie erhob sich und kam mit anmutigen Bewegungen um ihren Schreibtisch herum. »Ich muß mich bei Ihnen bedanken, daß Sie sich die Mühe gemacht haben, mir meine Brille zurückzubringen.«

»Das war unsere Pflicht«, sagte er.

»Ich danke Ihnen trotzdem für Ihre Mühe.« Sie ging mit ihm zur Tür, öffnete sie und hielt sie für ihn auf. Im vorderen Büro saß die junge Frau noch immer an ihrem Schreibtisch, und aus dem Drucker hing jetzt eine lange Fahne Tickets. Signora Ceroni begleitete ihn bis zur Eingangstür. Brunetti öffnete sie, drehte sich um, gab ihr noch einmal die Hand und machte sich auf den Heimweg. Signora Ceroni blieb vor dem Sandstrand stehen, bis er um die Ecke war.

24

Als Brunetti wieder in die Questura kam, schaute er zuerst bei Signorina Elettra hinein und diktierte ihr den Brief an Giorgio – er gebrauchte den Namen schon so selbstverständlich wie den eines alten Freundes –, in dem er sich für einige »Bearbeitungsfehler« innerhalb der Questura entschuldigte. Der Brief würde Giorgios Verlobter und ihrer Familie hoffentlich genügen und war gleichzeitig so nichtssagend formuliert, daß man Brunetti keinen Strick daraus drehen konnte.

»Da wird er sich aber freuen«, sagte Signorina Elettra, den Blick auf ihrem Stenogrammblock.

»Und das Festnahmeprotokoll?« fragte Brunetti.

Sie sah zu ihm auf, ihre Augen zwei klare Seen. »Festnahme?« Sie nahm einen Computerausdruck, der neben ihrem Stenoblock lag, und reichte ihn Brunetti. »Ihr Brief dürfte ihm das hier vergüten.«

»Die Nummern in Faveros Adreßbuch?« fragte er.

»Ebendiese«, antwortete sie, ohne ihren Stolz verhehlen zu können.

Brunetti lächelte. Ihre Genugtuung war ansteckend. »Haben Sie mal reingeschaut?« fragte er.

»Nur ganz kurz. Er hat die Namen und Adressen, und ich glaube, er ist auch an die Daten und Uhrzeiten aller Gespräche herangekommen, die von Venedig oder Padua aus dorthin gegangen sind.«

»Wie macht er das nur?« fragte Brunetti voll aufrichtiger Ehrfurcht vor Giorgios Fähigkeit, der Telecom solche Informationen zu entlocken; die Akten der Geheimdienste waren leichter zu knacken.

»Er ist ein Jahr lang in den USA an Computern ausgebildet worden und hat sich dort einer Gruppe sogenannter Hacker angeschlossen. Zu denen hat er immer noch Kontakt. Sie tauschen untereinander Informationen darüber aus, wie so etwas geht.«

»Macht er das während der Arbeitszeit, über die Leitungen der Telecom?« fragte Brunetti, dessen Ehrfurcht und Dankbarkeit so groß waren, daß sie jeden Gedanken, Giorgios Tun könnte ungesetzlich sein, völlig verdrängten.

»Natürlich.«

»Bravo«, sagte Brunetti mit der ganzen Inbrunst dessen, bei dem die Telefonrechnung nie mit dem tatsächlichen Gebrauch dieses Instruments übereinstimmte.

»Die verteilen sich über die ganze Welt, diese Hacker«, fuhr Signorina Elettra fort, »und ich glaube, es gibt nicht vieles, was man vor ihnen verstecken kann. Giorgio sagt, er hat sich dafür mit Leuten in Ungarn und Kuba in Verbindung gesetzt, und noch irgendwo. Gibt es in Laos Telefon?«

Brunetti hörte nicht mehr zu, denn er überflog bereits die langen Spalten mit Uhrzeiten und Datum, Orten und Namen. Allerdings drang Pattas Name doch an sein Ohr: »… möchte Sie sprechen.«

»Später«, sagte er, und damit verließ er Signorina Elettras Büro und ging, unentwegt lesend, in sein eigenes hinauf. Dort angekommen, schloß er die Tür und trat in das Licht, das durchs Fenster hereinfiel. Da stand er in der Pose eines römischen Senators aus Cäsars Zeit, die Hände weit ausgebreitet, um eingehend einen langen Bericht aus den fernen Städten des Imperiums zu studieren. Nur daß in diesem Bericht nichts über die Entsendung von Truppen oder die Verschiffung von Öl und Gewürzen stand. Vielmehr war ihm nur zu entnehmen, wann zwei nicht weiter auffällige Italiener eventuell mit Bangkok, Santo Domingo, Belgrad, Manila und etlichen anderen Städten telefoniert hatten, aber er war darum nicht weniger interessant. An den Blatträndern waren mit Bleistift die Standorte der Telefonzellen vermerkt, von denen aus gesprochen worden war. Einige Gespräche waren zwar von Trevisans wie auch von Faveros Büro aus geführt worden, viel mehr aber aus einer öffentlichen Zelle in Padua, die sich in derselben Straße befand wie Faveros Büro, und noch mehr aus einer anderen in einer kleinen *calle*, die hinter Trevisans vorbeiführte.

Ganz unten standen die Namen, unter denen die Anschlüsse registriert waren. Drei, darunter auch der in Belgrad, gehörten zu Reisebüros, der in Manila zu einer Firma, die sich Euro-Employ nannte. Bei diesem Namen verwandelten sich alle Ereignisse seit Trevisans Tod in die bunten Glasstückchen eines riesigen Kaleidoskops, das nur Brunetti sah, und der eine Name war die letzte Drehung des Zylinders, der die Glasstückchen in Bewegung setzte und zu einem Muster zusammenfügte. Das Bild war noch nicht vollständig, noch nicht ganz scharf, aber es war da, und Brunetti verstand.

Er nahm sein Adreßbuch aus einer Schreibtischschublade und blätterte darin, bis er die Telefonnummer von Roberto Linchianko fand, einem Oberstleutnant der philippinischen Militärpolizei, der zusammen mit Brunetti vor drei Jahren an einem zweiwöchigen Polizeiseminar in Lyon teilgenommen hatte. Die Freundschaft, die sie damals geschlossen hatten, bestand weiter, auch wenn sie nur per Telefon oder Fax miteinander kommunizierten.

Brunettis Summer ertönte. Er ignorierte ihn, nahm den Hörer vom Telefon, bekam eine Amtsleitung und wählte Linchiankos Privatnummer, obwohl er nicht die Spur einer Ahnung hatte, wieviel Uhr es jetzt in Manila war. Sechs Stunden voraus, wie sich zeigte, und das hieß, er hatte Linchianko gerade vor dem Zubettgehen erwischt. O ja, er kenne Euro-Employ. Sein Abscheu drang über die Ozeane hinweg durch die Leitung. Euro-Employ sei nur eine von vielen Agenturen, die Handel mit jungen Frauen betrieben, und sie sei noch nicht einmal die übelste. Alles, was die Frauen unterschrieben, bevor sie zum »Arbeiten« nach Europa führen, sei völlig legal. Daß die Papiere von einer Analphabetin einfach mit einem »x« unterzeichnet seien – oder von einer Frau, die der Sprache, in der die Verträge abgefaßt seien, nicht mächtig war –, beeinträchtigte ihre Legalität in keiner Weise, so daß auch keine der Frauen, denen die Heimkehr auf die Philippinen gelang, auf die Idee kam, gerichtlich gegen die Agentur vorzugehen. Zurück kamen, soviel Linchianko wußte, allerdings nur wenige. Die Zahl der verschickten Frauen schätzte er auf fünfzig bis hundert pro Woche, allein über Euro-Employ. Abschließend gab er ihm noch den Namen eines Reisebüros durch, das die Flüge buchte, ein Name, den Brunetti schon von seiner Liste kannte. Bevor sie auflegten, versprach Linchianko, ihm nicht nur die amtliche Polizeiakte über Euro-Employ und das Reiseunternehmen zu faxen, sondern auch die persönlichen Aufzeichnungen, die er seit Jahren über alle Arbeitsvermittlungen in Manila führte.

Brunetti hatte keine persönlichen Kontakte in den anderen Städten auf der Telecom-Liste, aber was er von Linchianko erfahren hatte, war mehr als genug, um sich den Rest vorstellen zu können.

Eines der Dinge, über die Brunetti sich immer wunderte, wenn er in Werken der römischen und griechischen Geschichte las, war die Leichtigkeit, mit der die Altvordern die Sklaverei akzeptiert hatten. Die Kriegsregeln waren damals andere gewesen als heute, ebenso die wirtschaftlichen Grundlagen ihrer Gesellschaft, so daß Sklaven sowohl verfügbar als auch notwendig waren. Vielleicht war es der Gedanke, daß es einem jederzeit selbst so ergehen konnte, falls das eigene Land einen Krieg verlor, der das Ganze akzeptabel machte – nur eine kleine Drehung des Schicksalsrads machte einen zum Sklaven oder Herrn. Aber keiner hatte sich je dagegen ausgesprochen, nicht Plato und nicht Sokrates, oder falls doch, dann war das, was sie gesagt oder geschrieben hatten, nicht überliefert.

Auch heute erhob, soviel er wußte, niemand seine Stimme dagegen, aber heute beruhte dieses Schweigen auf dem Glauben, es gebe keine Sklaverei mehr. Jahrzehntelang hatte er Paolas radikalen politischen Ansichten zugehört, war schon fast taub geworden für ihre Vorträge, in denen sie mit Begriffen wie »Lohnsklaven« und »ökonomische Ketten« um sich warf, doch nun nahmen alle diese Klischees Gestalt an, um ihn zu verfolgen, denn was Linchianko ihm geschildert hatte, verdiente keinen anderen Namen als Sklaverei.

Brunettis innerer Monolog wurde vom erneuten Summen der Gegensprechanlage auf seinem Schreibtisch abrupt unterbrochen.

»Ja, Vice-Questore?« meldete er sich.

»Ich möchte Sie sprechen«, sagte ein verstimmter Patta.

»Komme sofort.«

Signorina Elettra war nicht mehr an ihrem Platz, als Brunetti nach unten kam, also ging er in Pattas Büro, ohne zu wissen, was er zu erwarten hatte; aber da gab es ja nicht allzu viele Möglichkeiten, denn wie viele Formen konnte Unmut schon annehmen?

Heute sollte er erfahren, daß er nicht Zielscheibe von Pattas Mißfallen war, sondern der Mittler, über den es an die unteren Ränge weitergegeben werden sollte. »Ihr Sergente«, erklärte Patta, nachdem er Brunetti geheißen hatte, Platz zu nehmen.

»Vianello?«

»Ja.«

»Was hat er Ihrer Meinung nach getan?« erkundigte sich Brunetti, doch erst nachdem die Frage ausgesprochen war, wurde ihm die Skepsis bewußt, die darin lag.

Patta hatte sie nicht überhört. »Meiner Meinung nach ist er gegen einen unserer *poliziotti* ausfällig geworden.«

»Riverre?« fragte Brunetti.

»Sie haben also davon gehört und nichts unternommen?« fragte Patta.

»Nein, ich habe nichts gehört. Aber wenn es einen gibt, der Ausfälligkeiten verdient, dann ist es Riverre.«

Patta hob beide Hände, um seinen großen Unmut zu demonstrieren. »Ich habe eine Beschwerde von einem unserer Offiziere bekommen.«

»Tenente Scarpa?« fragte Brunetti, ohne daß es ihm gelang, seine Abneigung gegen diesen Sizilianer zu verbergen, der mit dem Vice-Questore, seinem *padrone*, nach Venedig gekommen war und ihm nicht nur als Adjutant, sondern auch als Spion diente.

»Wer die Beschwerde vorgetragen hat, ist unwichtig. Wichtig ist, daß sie vorgetragen wurde.«

»War es eine offizielle Beschwerde?« fragte Brunetti.

»Das tut nichts zur Sache«, versetzte Patta ungehalten. Bei Patta tat alles, was er nicht hören wollte, nichts zur Sache, mochte es noch so wahr sein. »Ich will keinen Ärger mit den Gewerkschaften. Die dulden so etwas nicht.«

Brunetti, angewidert von diesem jüngsten Beweis für Pattas Feigheit, hätte um ein Haar gefragt, ob es denn irgend etwas gab, wovor der Vice-Questore nicht auf die Knie ging, aber er hielt wieder einmal an sich, hütete sich vor des Narren Wut und sagte statt dessen: »Ich werde mit ihnen reden.«

»Mit ihnen?«

»Mit Tenente Scarpa, Sergente Vianello und Agente Riverre.«

Patta wollte schon zum Protest anheben, aber dann schien ihm aufzugehen, daß damit das Problem, wenngleich nicht gelöst, so doch wenigstens von seiner Schulter war, weshalb er statt dessen fragte: »Wie steht der Fall Trevisan?«

»Wir arbeiten daran, Vice-Questore.«

»Fortschritte?«

»Kaum.« Zumindest keine, die er mit Patta besprechen wollte.

»Gut, dann kümmern Sie sich um die Sache mit Vianello. Und halten Sie mich auf dem laufenden.« Patta wandte sich wieder den Papieren auf seinem Schreibtisch zu, was seine Art war, den anderen höflich zu entlassen.

Da Signorina Elettra noch nicht wieder an ihrem Platz war, ging Brunetti weiter hinunter zu Vianello und traf den Sergente bei der Lektüre des *Gazzettino* an.

»Scarpa?« fragte Brunetti beim Eintreten.

Vianello knüllte die Zeitung zusammen und preßte sie mit einer nicht druckreifen Bemerkung über Scarpas Mutter auf seinen Schreibtisch.

»Was gab's denn?«

Vianello begann mit einer Hand die Zeitung wieder glattzustreichen. »Ich hatte gerade eine Unterredung mit Riverre, als Scarpa dazukam.«

»Unterredung?«

Vianello zuckte die Achseln. »Riverre wußte, was ich meinte, und er wußte auch, daß er Ihnen den Namen dieser Frau schon früher hätte geben sollen. Das sagte ich ihm gerade, als der Tenente hereinkam. Er fand es nicht gut, wie ich mit Riverre sprach.«

»Was haben Sie denn gesagt?«

Vianello faltete die Zeitung einmal, und noch einmal, und schob sie zur Seite. »Daß er ein Idiot ist.«

Brunetti, der wußte, daß es so war, fand daran nichts auszusetzen.

»Und was hat er dazu gesagt?«

»Wer, Riverre?«

»Nein, Scarpa.«

»Er hat gemeint, so dürfe ich nicht mit meinen Untergebenen reden.«

»Noch etwas?«

Vianello antwortete nicht.

»Hat er noch etwas gesagt, Sergente?«

Noch immer keine Antwort.

»Haben Sie etwas zu ihm gesagt?«

Vianellos Ton klang abwehrend. »Ich habe ihm gesagt, das ist eine Sache zwischen mir und einem meiner Leute und betrifft ihn nicht.«

Brunetti wußte, daß er keine Zeit damit vertun mußte, Vianello zu erklären, wie dumm das von ihm war. »Und Riverre?« fragte er.

»Ach, der war schon bei mir und hat mir gesagt, soweit er sich erinnern kann, habe ich ihm gerade einen Witz erzählt. Über einen Sizilianer.« Hier erlaubte Vianello sich den Anflug eines Lächelns. »Wie Riverre sich jetzt an den Vorfall erinnert, kam der Tenente genau in dem Moment herein, als ich die Pointe zum besten gab, nämlich wie dumm der Sizilianer war, und das hat der Tenente nicht verstanden – weil wir Dialekt sprachen – und gedacht, ich hätte Riverre gemeint.«

»Na, dann scheint das ja erledigt«, sagte Brunetti, dem es allerdings nicht gefiel, daß Scarpa damit zu Patta gerannt war. Vianello hatte da oben schon genug Minuspunkte, allein deswegen, weil er so oft mit Brunetti zusammenarbeitete, da brauchte er nicht auch noch die Gegnerschaft des Tenente.

Froh, sich nicht auch noch mit Scarpa auseinandersetzen zu müssen, ließ Brunetti das Thema fallen und fragte: »Erinnern Sie sich an irgendeinen Lastwagen, der im Herbst von der Straße abgekommen sein soll, oben bei Tarvisio?«

»Ja. Warum?«

»Wissen Sie noch, wann das war?«

Vianello überlegte ein Weilchen, bevor er antwortete. »Am 26. September. Zwei Tage vor meinem Geburtstag. Das erstemal, daß es da oben so früh geschneit hat.«

Bei Vianello brauchte Brunetti nicht erst nachzufragen, ob er das Datum auch sicher wisse. Er überließ den Sergente seiner Zeitung und ging in sein Büro und zu den Computerausdrukken zurück. Am 26. September war um neun Uhr morgens aus Trevisans Büro ein Gespräch mit einer Nummer in Belgrad geführt worden. Es hatte drei Minuten gedauert. Am nächsten Tag war dieselbe Nummer wieder angerufen worden, aber diesmal aus der Zelle in der *calle* hinter Trevisans Kanzlei. Dieses Gespräch hatte zwölf Minuten gedauert.

Der Lastwagen war von der Straße abgekommen, die Ladung vernichtet. Sicher würde der Käufer wissen wollen, ob es seine Ware war, die da im Schnee verstreut lag, und es gab keine bessere Möglichkeit, das herauszufinden, als den Absender anzurufen.

Brunetti überlief es kalt bei der Vorstellung, daß Leute diese Frauen als Ware sahen, ihren jähen Tod als Verlust einer Sendung.

Er blätterte weiter bis zu Trevisans Todesdatum. Am Tag nach Trevisans Tod waren zwei Gespräche aus der Kanzlei geführt worden, beide mit der Belgrader Nummer. Wenn die ersten Telefonate dazu gedient hatten, den Verlust einer Sendung zu melden, konnten dann diese späteren Gespräche bedeuten, daß mit Trevisans Tod das Geschäft in neue Hände übergegangen war?

25

Brunetti kramte in den Papieren, die sich während der letzten zwei Tage auf seinem Schreibtisch angesammelt hatten. Er stellte fest, daß Lottos Witwe tatsächlich vernommen worden war und ausgesagt hatte, sie habe seine Todesnacht im Ospedale Civile am Bett ihrer krebskranken Mutter zugebracht. Beide Stationsschwestern hatten diese Aussage bestätigt. Die Vernehmung hatte Vianello geführt, der sich mit gewohnter Gewissenhaftigkeit auch gleich nach den Nächten erkundigt hatte, in denen Trevisan und Favero starben. Die erste dieser Nächte hatte sie im Krankenhaus, die zweite in ihrer Wohnung verbracht. Aber in beiden Nächten war ihre Schwester aus Turin bei ihr gewesen, und somit hatte Signora Lotto keinen Platz mehr in Brunettis Gedankenspielen.

Plötzlich fragte er sich, ob Chiara wohl immer noch bei ihrem hirnrissigen Versuch war, Francesca Informationen zu entlocken, und während er sich das fragte, überkam ihn fast so etwas wie Ekel. Da erlaubte er sich den Luxus selbstgerechter Entrüstung über Männer, die Teenager zu Huren machten, und er hatte selbst nicht den mindesten Abscheu dagegen empfunden, die eigene Tochter als Spionin zu mißbrauchen. Bis jetzt.

Das Telefon klingelte, und er meldete sich mit Namen. Es war Paola, die mit aufgeregter Stimme »Guido! Guido!« rief. Im Hintergrund hörte er noch wüstere Geräusche, ein hohes Kreischen.

»Was ist los, Paola?«

»Guido, komm nach Hause. Sofort. Es geht um Chiara«, rief Paola so laut, daß sie das Geheul übertönte, das von sonstwoher aus der Wohnung kam.

»Was ist los, ist ihr etwas passiert?«

»Ich weiß es nicht, Guido. Sie war im Wohnzimmer, und

plötzlich fing sie an zu schreien. Jetzt ist sie in ihrem Zimmer und hat die Tür abgeschlossen.« Er hörte die Panik in Paolas Stimme, gleich einer Unterwasserströmung, die an ihr zerrte, dann auch an ihm.

»Fehlt ihr etwas? Hat sie sich weh getan?« fragte er.

»Ich weiß es nicht. Aber du hörst sie ja. Sie ist richtig hysterisch, Guido. Bitte, komm nach Hause. Bitte. Sofort.«

»Ich komme so schnell wie möglich«, sagte er und legte auf. Er schnappte sich seinen Mantel und rannte aus dem Büro, überlegte sich dabei schon den kürzesten Weg zu seiner Wohnung. Am *embarcadero* vor der Questura lag kein Polizeiboot, also wandte er sich nach links und rannte mit wehendem Mantel los. Er bog um die Ecke und raste die schmale *calle* entlang, wobei er sich zu entscheiden versuchte, ob er über die Rialtobrücke laufen oder die öffentliche Gondel nehmen sollte. Vor ihm schlenderten drei junge Burschen Arm in Arm dahin. *»Attenti«*, rief Brunetti im Näherkommen, und zwar so laut, daß es beim besten Willen nicht mehr höflich klang. Die Jungen sprangen auseinander, und Brunetti stürmte an ihnen vorbei. Bis er zum Campo Santa Maria Formosa kam, war er so ausgepumpt, daß er auf einen müden Trab zurückschalten mußte. Kurz vor der Rialtobrücke geriet er in dichten Fußgängerverkehr, und einmal stieß er im Vorbeihasten sogar den Rucksack einer Touristin grob beiseite. Hinter sich hörte er das Mädchen ärgerlich etwas rufen, was deutsch klang, doch er rannte weiter.

Aus dem Durchgang heraus und auf den Campo San Bartolomeo, wo er sich scharf nach links wandte, da er sich nun doch für die Gondel entschieden hatte, um dem nachmittäglichen Gedränge auf der Brücke auszuweichen. Zu seinem Glück lag gerade eine Gondel an der Haltestelle. Zwei alte Damen standen im hinteren Teil. Er rannte über den hölzernen Anleger und sprang hinein. »Los, fahren wir«, rief er dem Gondoliere zu, der am Heck auf seinem Ruder lehnte. »Polizei, setzen Sie mich über.«

So gelassen, als mache er das alle Tage in der Woche, stemmte der Gondoliere am Bug sich gegen die Stufen, und die Gondel glitt rückwärts in den Canal Grande. Der Gondoliere am Heck packte sein Ruder und legte sich mit voller Kraft hinein; die Gondel drehte sich langsam und hielt aufs gegenüberliegende Ufer zu. Die alten Damen, Fremde, klammerten sich ängstlich aneinander und setzten sich dann auf die niedrige Bank im Bootsheck.

»Können Sie mich ans Ende der Calle Tiepolo bringen?« fragte Brunetti den Mann am Bug.

»Sind Sie wirklich von der Polizei?« wollte dieser wissen.

»Ja«, sagte Brunetti, wobei er in die Tasche griff und dem Mann seinen Ausweis zeigte.

»Danke.« Damit wandte er sich an die Damen und sagte in Veneziano: »Wir machen einen kleinen Umweg, Signore.«

Die beiden waren durch die Vorgänge viel zu eingeschüchtert, um etwas zu sagen.

Brunetti stand aufrecht, blind für die Boote, blind für das Licht, blind für alles, außer für ihre langsame Fahrt über den Canal Grande. Endlich, nach Stunden, wie es ihm vorkam, legten sie am Ende der Calle Tiepolo an, und die beiden Gondolieri hielten das Boot im Gleichgewicht, während Brunetti ans Ufer stieg. Er drückte dem Mann im Bug zehntausend Lire in die Hand und wandte sich im Laufschritt die *calle* hinauf.

In der Gondel war Brunetti wieder zu Atem gekommen, er rannte nun bis nach Hause und die drei ersten Treppen hinauf. Schnell nahm er auch die vierte und fünfte, aber keuchend und mit wackligen Beinen. Er hörte oben die Tür aufgehen, und als er hochsah, stand Paola dort und hielt sie ihm auf.

»Paola«, begann er.

Bevor er noch etwas sagen konnte, schrie sie zu ihm herunter: »Hoffentlich bist du glücklich, wenn du siehst, was deine kleine Detektivin für dich entdeckt hat. Hoffentlich bist du glücklich, wenn du die Welt siehst, in die du sie mit deinen Fragen und deinen Nachforschungen einführst.« Sie war ganz rot im Gesicht und vor Wut dem Platzen nah.

Er trat in die Wohnung und schloß die Tür. Paola wandte sich von ihm ab und ging den Flur entlang. Er rief sie, aber sie beachtete ihn nicht und knallte gleich darauf die Küchentür hinter sich zu. Er ging zu Chiaras Zimmer und blieb davor stehen. Stille. Er horchte, ob er sie schluchzen hörte oder sonst ein Ton ihm verriet, daß sie da drin war. Nichts. Er ging über den Flur zur Küche zurück und klopfte an. Paola öffnete und starrte ihn mit versteinertem Blick an.

»Sag mir doch, was los ist«, bat er. »Sag's mir.«

Er hatte Paola schon oft zornig gesehen, so aber noch nie, so bebend vor Wut oder einem noch tieferen Gefühl. Instinktiv hielt Brunetti Abstand von ihr und wiederholte bewußt ruhig: »Sag mir, was los ist.«

Paola sog Luft durch die zusammengepreßten Zähne. Ihre Halssehnen waren so angespannt, daß sie vorstanden. Er wartete.

Als sie dann sprach, klang ihre Stimme so gepreßt, daß er sie kaum verstand. »Sie kam heute nachmittag heim und sagte, sie müsse sich ein Video ansehen. Ich war in meinem Arbeitszimmer beschäftigt und habe ihr gesagt, sie soll es sich allein ansehen, aber den Ton leise stellen.« Paola hielt kurz inne und sah ihn fest an. Brunetti schwieg.

Wieder sog sie Luft durch die Zähne und fuhr dann fort: »Nach einer Viertelstunde fing sie auf einmal zu schreien an. Als ich aus dem Arbeitszimmer kam, war sie auf dem Flur und völlig hysterisch. Du hast sie ja gehört. Ich wollte sie in den Arm nehmen, mit ihr reden, aber sie konnte einfach nicht mit Schreien aufhören. Jetzt ist sie in ihrem Zimmer.«

»Was ist denn passiert?«

»Sie hatte ein Video mitgebracht und es sich angesehen.«

»Wo hatte sie das her?«

»Guido«, begann sie, immer noch schwer atmend, aber jetzt langsamer, »es tut mir leid, was ich vorhin gesagt habe.«

»Schon gut. Woher hatte sie das Video?«

»Von Francesca.«

»Trevisan?«

»Ja.«

»Hast du es dir angesehen?« Sie nickte.

»Was ist drauf?«

Diesmal bewegte sie nur langsam den Kopf hin und her. Dann hob sie hilflos einen Arm und zeigte zum Wohnzimmer.

»Hat sie sich jetzt etwas beruhigt?«

»Ja. Vor ein paar Minuten hat sie mich in ihr Zimmer gelassen. Ich habe ihr zwei Aspirin gegeben und gesagt, sie soll sich hinlegen. Sie will mit dir reden. Aber du sollst dir zuerst das Video ansehen.«

Brunetti nickte und ging zum Wohnzimmer, wo Fernseher und Videorecorder standen. »Solltest du nicht lieber bei ihr bleiben, Paola?«

»Ja«, sagte Paola und ging hinüber zu Chiaras Zimmer.

Im Wohnzimmer fand Brunetti sowohl den Fernseher als auch den Videorecorder eingeschaltet, ein Band eingelegt, das bis zum Ende durchgelaufen war. Er drückte den Rücklauf und richtete sich auf, während er wartete und dem schlangenähnlichen Zischen des Bandes in dem Gerät lauschte. Er dachte an gar nichts, konzentrierte sich darauf, seinen Kopf von allen Möglichkeiten zu leeren.

Ein leises Klicken holte ihn zurück. Er drückte auf PLAY. Dann setzte er sich auf einen Stuhl. Es kam kein Vorspann, kein Logo, kein Ton. Das schimmernde Grau verschwand, und auf dem Bildschirm erschien ein Zimmer mit zwei Fensterluken hoch oben in der einen Wand, drei Stühlen und einem Tisch. Die Beleuchtung kam von den Fenstern und, wie er vermutete, noch von einer anderen Lichtquelle hinter demjenigen, der die Kamera hielt, denn an der leichten Unruhe des Bildes sah man, daß aus der Hand gefilmt wurde.

Ein Ton kam aus dem Fernseher, und die Kamera schwenkte

zu einer Tür, die aufging und drei junge Männer ins Zimmer ließ, die sich lachend und einander schubsend hereindrängten. Als sie drinnen waren, drehte der letzte sich um und griff nach etwas hinter der Tür. Kurz darauf zerrte er eine Frau herein, und hinter ihr drängten drei weitere Männer ins Zimmer.

Die drei ersten schienen zwischen zwölf und fünfzehn Jahren alt zu sein, zwei andere waren vielleicht in Brunettis Alter, und der letzte, der hinter der Frau ins Zimmer kam, war etwa Mitte Dreißig. Alle trugen Hemden und Hosen, die irgendwie militärisch wirkten, und alle hatten Schnürstiefel mit dicken Sohlen an.

Die Frau, vielleicht Ende Dreißig oder Anfang Vierzig, trug einen dunklen Rock und Pullover. Sie war ungeschminkt, und ihr Haar hing offen und wirr herunter, als wäre es aus einem Knoten oder unter einem Kopftuch hervorgezogen worden. Obwohl es ein Farbfilm war, konnte man unmöglich die Farbe ihrer Augen erkennen, nur daß sie dunkel und angsterfüllt waren.

Brunetti hörte die Männer reden, aber er verstand nicht, was sie sagten. Die drei jüngsten lachten über etwas, was einer der älteren sagte, aber die Frau drehte sich zu ihm um, nachdem er gesprochen hatte, und sah ihn an, als könnte oder wollte sie nicht glauben, was sie gehört hatte. In unbewußter Schamhaftigkeit kreuzte sie die Arme vor ihrer Brust und senkte den Kopf.

Eine ganze Weile sagte niemand etwas, keiner bewegte sich, bis eine Stimme ganz in der Nähe der Kamera etwas rief, aber keine der Personen im Bild hatte gesprochen. Es dauerte einen Moment, bis Brunetti klar wurde, daß es der Kameramann gewesen sein mußte. Nach dem Ton zu urteilen, war es wohl ein Kommando oder irgendeine Ermunterung gewesen. Die Frau hob bei den Worten ruckartig den Kopf und blickte zur Kamera, aber nicht ins Objektiv, sondern etwas links daran vorbei zu dem, der sie hielt. Die Stimme neben der Kamera redete wieder, diesmal lauter, und diesmal traten die Männer daraufhin in Aktion.

Zwei der Jungen stellten sich rechts und links neben die Frau und packten sie an den Armen. Der in den Dreißigern ging zu ihr und sagte etwas. Sie schüttelte den Kopf, und er versetzte ihr einen Faustschlag. Es war keine Ohrfeige, sondern ein Faustschlag, der sie unmittelbar vor dem Ohr traf. Dann zog er seelenruhig ein Messer aus dem Gürtel und schlitzte ihren Pullover an der Vorderseite von oben bis unten auf. Sie begann zu schreien, und er schlug sie noch einmal und riß ihr den Pullover vom Leib, daß sie mit nacktem Oberkörper vor ihm stand. Dann riß er einen Ärmel von dem Pullover und stopfte ihn ihr, als sie etwas zu ihm sagen oder schreien wollte, in den offenen Mund.

Er sagte etwas zu den beiden, die sie festhielten, und sie hoben sie hoch und legten sie auf den Tisch. Er gab den beiden älteren ein Zeichen. Sie gingen schnell um den Tisch herum, packten sie bei den Füßen und drückten ihre Beine auf den Tisch. Der mit dem Messer benutzte dieses jetzt, um ihren Rock vom Saum bis zum Bund aufzuschneiden. Er zog ihn von ihr ab wie die Kunststoffhülle von einem neuen Buch, das man in der Mitte aufklappt.

Der Kameramann sagte wieder etwas, und der mit dem Messer ging auf die andere Seite des Tischs; er hatte der Kamera die Sicht verstellt. Er legte das Messer auf den Tischrand und zog den Reißverschluß seiner Hose auf. Einen Gürtel hatte er nicht um. Er stieg auf den Tisch und legte sich auf die Frau. Die beiden, die sie an den Beinen festhielten, mußten ein Stück nach hinten ausweichen, um keinen Tritt abzubekommen, als er gewaltsam in sie eindrang. Er blieb ein paar Minuten auf ihr, dann stieg er auf der anderen Seite vom Tisch herunter. Als nächstes war einer der jungen Burschen an der Reihe, dann die anderen beiden.

Der Ton geriet durcheinander, denn die Männer riefen einander zu und lachten, während der Kameramann sie anzufeuern schien. Das Ganze war untermalt vom ununterbrochenen Ächzen und Wimmern der Frau, aber man hörte die Töne, die sie von sich gab, fast nicht heraus.

Als letzte sollten die beiden älteren sie besteigen. Der eine zauderte vor dem Tisch und schüttelte den Kopf, aber das wurde mit Hohngewieher quittiert, und so stieg auch er auf den Tisch und machte sich über sie her. Der letzte, älteste, war so erpicht, daß er den anderen regelrecht von ihr hinunterstieß, um sich auf sie stürzen zu können.

Als alle sechs fertig waren, bewegte sich die Kamera zum erstenmal und ging ganz nah heran. Sie fuhr liebevoll ihren ganzen Körper hinauf und hinunter und verharrte da und dort, wo Blut zu sehen war. Sie endete auf dem Gesicht. Die Frau hatte die Augen geschlossen, aber die Stimme, die Brunetti inzwischen mit Sicherheit für die des Kameramanns hielt, rief ihr leise etwas zu, und sie schlug die Augen auf, nur Zentimeter vor dem Objektiv. Er hörte sie scharf die Luft einziehen und dann ihren Kopf auf den Tisch knallen, als sie ihn in dem vergeblichen Versuch, sich vor der Kamera zu verstecken, heftig zur Seite warf.

Die Kamera entfernte sich, und mehr von ihrem Körper kam ins Bild. Als der Kameramann wieder an seiner ursprünglichen Position war, rief er erneut etwas, und der erste, der auf die Frau gestiegen war, ergriff das Messer. Der Kameramann sprach wieder, jetzt eindringlicher, worauf der mit dem Messer hinging und so lässig, als hätte man ihm befohlen, ein Huhn fürs Abendessen zu schlachten, die Klinge durch die Kehle der Frau zog. Blut spritzte ihm über Hand und Arm, und die anderen Männer lachten über das dämliche Gesicht, das er machte, als er von der Leiche zurücksprang. Sie lachten immer noch, als die Kamera mit einem letzten Schwenk über ihren Körper fuhr. Sie brauchte nicht mehr genüßlich zu suchen, Blut war jetzt überall genug. Der Bildschirm wurde dunkel.

Das Band lief weiter, aber zu hören war nur noch sein leises Surren, dazu ein fernes Summgeräusch, das Brunetti nach kurzer Irritation als sein eigenes erkannte. Er verstummte und versuchte aufzustehen, aber daran hinderten ihn seine Hände, die er nicht von der Stuhlkante zu lösen vermochte. Er blickte fasziniert auf sie hinunter und bot seine ganze Willenskraft auf, um die Finger zu entkrampfen. Schließlich gelang es ihm, und er erhob sich.

Er hatte von der Sprache genug mitbekommen, um zu wissen, daß es Serbokroatisch war. Vor einigen Monaten hatte er im *Corriere della Sera* einen kurzen Artikel über solche Videos gelesen; sie wurden in diesen Todesfallen hergestellt, zu denen die bosnischen Städte geworden waren, dann ins Ausland gebracht und dort vervielfältigt und verkauft. Seinerzeit hatte er einfach nicht glauben wollen, was er da las, denn trotz allem, was er in den letzten Jahrzehnten zu sehen bekommen hatte, konnte oder wollte er nicht wahrhaben, daß seine Mitmenschen zu dieser äußersten Gemeinheit fähig sein sollten. Und nun hatte er, dem ungläubigen Thomas gleich, seine Hand in die offene Wunde gelegt, und es blieb ihm keine andere Wahl mehr, als es zu glauben.

Er schaltete Fernseher und Videogerät aus. Dann ging er über den Flur zu Chiaras Zimmer. Die Tür stand offen, und er trat ohne anzuklopfen ein. Chiara lag in ihre Kissen zurückgelehnt. Sie hatte einen Arm um Paola gelegt, die auf der Bettkante saß, mit dem anderen hielt sie ihren abgekauten und vielgezausten Plüschhund an sich gedrückt, den sie zum sechsten Geburtstag bekommen hatte.

»*Ciao, papà*«, sagte sie, als er hereinkam. Sie sah zu ihm auf, lächelte aber nicht.

»*Ciao, angelo*«, sagte er und ging näher an ihr Bett. »Es tut mir leid, daß du das gesehen hast, Chiara.« Er fand sich selbst so dumm wie seine Worte.

Chiara sah ihn scharf an, versuchte aus seinen Worten einen Vorwurf herauszuhören, hörte aber keinen, nur bittere Zerknirschung, die zu erkennen sie noch zu jung war. »Haben sie die Frau wirklich umgebracht, *papà*?« fragte sie, womit sie sogleich seine Hoffnung zunichte machte, daß sie vielleicht vor dem Filmende geflüchtet war.

Er nickte. »Ich fürchte, ja, Chiara.«

»Warum?« fragte sie, in der Stimme ebensoviel Unverständnis wie Entsetzen.

Seine Gedanken stoben auf, flohen das Zimmer. Er versuchte Hehres zu denken, wollte seinem Kind so gern etwas Tröstliches sagen, es überzeugen, daß die Welt entgegen aller Niedertracht, die sie gesehen hatte, dennoch ein Ort war, an dem solche Dinge die Ausnahme waren, daß die Menschheit dennoch von Natur und Neigung gut war.

»Warum, *papà*? Warum tun die so was?«

»Ich weiß es nicht, Chiara.«

»Aber die haben sie richtig getötet?« fragte sie wieder.

»Sprich nicht mehr davon«, unterbrach Paola sie und bückte sich, um ihr Gesicht zu küssen, während sie den Arm fester um sie schlang.

Unbeirrt wiederholte Chiara: »Richtig getötet, *papà*?«

»Ja, Chiara.«

»Sie ist wirklich gestorben?«

Paola sah zu ihm auf, versuchte ihn mit ihrem Blick zum Schweigen zu bringen, aber er antwortete: »Ja, Chiara, sie ist wirklich gestorben.«

Chiara zog ihren zerzausten Hund auf den Schoß und sah starr auf ihn hinunter.

»Wer hat dir dieses Video gegeben, Chiara?« fragte er.

Sie zog an einem der langen Hundeohren, aber vorsichtig, weil sie wußte, daß es das kaputte war. »Francesca«, antwortete sie schließlich. »Heute morgen vor der ersten Stunde hat sie es mir gegeben.«

»Hat sie etwas dazu gesagt?«

Chiara nahm den Hund hoch und stellte ihn mit den Hinterbeinen auf die Bettdecke. Schließlich antwortete sie: »Sie sagt, sie habe gehört, daß ich wegen der Sache mit ihrem Vater nach ihr herumfrage. Sie hat sich gedacht, daß ich es für dich tue, weil du doch Polizist bist. Und dann hat sie gesagt, ich soll mir das Video ansehen, wenn ich wissen will, warum jemand ihren Vater hätte umbringen wollen.« Sie ließ den Hund wackelnd auf sich zukommen.

»Hat sie noch etwas gesagt, Chiara?«

»Nein, *papà,* nur das.«

»Weißt du, woher sie das Video hat?«

»Nein. Sie hat nur das gesagt, daß es zeigt, warum jemand ihren Vater hätte umbringen wollen. Aber was hat Francescas Vater damit zu tun?«

»Ich weiß es nicht.«

Paola stand so unvermittelt auf, daß Chiara ihren Plüschhund losließ und dieser auf den Boden fiel. Paola bückte sich danach, packte ihn mit einer Hand und hielt das abgegriffene Stofftier einen Moment mit fast tödlichem Griff umklammert. Dann bückte sie sich ganz langsam und legte es auf Chiaras Schoß zurück, strich ihrer Tochter übers Haar und verließ das Zimmer.

»Was waren das für Männer, *papà*?«

»Ich glaube, es waren Serben, aber sicher weiß ich das nicht. Es muß sich jemand anhören, der die Sprache versteht, dann wissen wir es.«

»Was machst du jetzt, *papà*? Wirst du sie verhaften und ins Gefängnis stecken?«

»Ich weiß es nicht, Schätzchen. Es wird nicht leicht sein, sie zu finden.«

»Aber sie gehören doch ins Gefängnis, oder?«

»Ja.«

»Was denkst du, wie Francesca das mit ihrem Vater gemeint hat?« Ihr fiel eine Möglichkeit ein, und sie fragte: »Er war doch nicht der Mann mit der Kamera, nein?«

»Nein, sicher nicht.«

»Was hat sie denn dann gemeint?«

»Ich weiß es nicht. Das muß ich ja eben herausfinden.« Er sah, wie sie die Ohren des Hundes zusammenzuknoten versuchte. »Chiara?«

»Ja, *papà?«* Sie sah ihn an, voll Vertrauen darauf, daß er jetzt etwas sagen würde, das alles wiedergutmachen, alles in Ordnung bringen würde, als ob es nie geschehen wäre.

»Ich glaube, du solltest jetzt lieber nicht mehr mit Francesca sprechen.«

»Und keine Fragen mehr stellen?«

»Nein, das auch nicht.«

Sie ließ sich das durch den Kopf gehen, dann fragte sie zögernd: »Du bist nicht böse auf mich, nein?«

Brunetti beugte sich übers Bett. »Nein, ich bin überhaupt nicht böse auf dich.« Er war nicht sicher, ob seine Stimme ihm gehorchen würde, und schwieg einen Moment, dann zeigte er auf den Hund und sagte: »Paß auf, daß du Bello nicht das Ohr abreißt.«

»Ist das nicht ein dummer Hund?« fragte Chiara. »Wer hat denn schon mal von einem Hund gehört, der kahle Flecken hat?«

Brunetti strich dem Hund über die Nase. »Die meisten Hunde werden auch nicht von kleinen Mädchen abgekaut.« Darüber mußte sie lächeln, dann schwang sie die Beine über die Bettkante. »Ich glaube, ich mache jetzt lieber meine Hausaufgaben«, sagte sie und stand auf.

»Gut. Ich gehe mal mit deiner Mutter reden.«

»Papà?« sagte sie, als er schon fast an der Tür war.

»Hmm?« fragte er.

»*Mamma* ist auch nicht böse auf mich, nein?«

»Chiara«, antwortete er mit etwas unsicherer Stimme: »Du bist unsere größte Freude.« Und bevor sie darauf etwas sagen konnte, knurrte er im tiefsten Baß: »Und jetzt ab an deine Hausaufgaben.« Brunetti wartete, bis er sie lächeln sah, bevor er aus dem Zimmer ging.

In der Küche stand Paola am Spülbecken und wirbelte etwas in der Salatschleuder herum. Als er hereinkam, sah sie auf und sagte: »Die ganze Welt könnte zusammenstürzen, wir müßten wohl trotzdem zu Abend essen.« Er war erleichtert, sie dabei lächeln zu sehen. »Hat Chiara sich wieder gefangen?«

Brunetti hob die Schultern. »Sie macht jetzt ihre Hausaufgaben. Wie sie sich fühlt, weiß ich nicht. Was denkst du denn? Du kennst sie besser als ich.«

Sie nahm die Hand vom Drehknopf der Schleuder und sah ihn an. Das Surren erfüllte die Küche, und als es allmählich abklang, fragte sie: »Glaubst du das im Ernst?«

»Ob ich was glaube?«

»Daß ich sie besser kenne als du?«

»Du bist ihre Mutter«, sagte Brunetti, als wäre das eine hinreichende Erklärung.

»Ach Guido, du bist doch manchmal ein richtiger Esel. Wenn du eine Münze wärst, Chiara wäre die andere Seite.« Das aus Paolas Mund zu hören machte ihn seltsamerweise sehr müde. Er setzte sich an den Tisch. »Wer weiß? Sie ist so jung. Vielleicht vergißt sie es wieder.«

»Wirst du es vergessen?« fragte Paola, während sie sich ihm gegenübersetzte.

Brunetti schüttelte den Kopf. »Die Einzelheiten in dem Film werde ich wohl vergessen, aber nie, daß ich ihn gesehen habe. Ich werde nie vergessen, was er bedeutet.«

»Gerade das verstehe ich nicht«, sagte Paola. »Was hat jemand davon, sich so etwas anzusehen? Es ist so widerwärtig.« Sie schwieg einen Moment und sprach dann weiter, offenbar erstaunt, sich selbst dieses Wort sagen zu hören: »Die reine Schlechtigkeit ist das. Das ist das Schreckliche daran: Ich komme mir vor, als hätte ich in ein Fenster geschaut und die menschliche Schlechtigkeit erblickt.« Nach einer kleinen Weile fragte sie: »Guido, wie konnten diese Männer das tun? Wie konnten sie das tun und sich nach wie vor für Menschen halten?«

Brunetti hatte auf solch ›letzte Fragen‹, wie er sie nannte, nie eine Antwort. Statt nach einer zu suchen, stellte er eine Gegenfrage: »Wie steht es mit dem Kameramann, wie steht es mit denen, die Geld dafür bezahlen, daß sie sich das ansehen können?«

»Bezahlen?« fragte Paola. »Bezahlen?«

Brunetti nickte. »Ich glaube, das ist es nämlich, ein Video, das zum Verkauf gedreht wurde. Die Amerikaner nennen sie ›snuff films‹. Da werden Leute wirklich umgebracht. Interpol hat vor ein paar Monaten einen Bericht darüber erstellt. Man hat in Amerika welche gefunden, in Los Angeles, glaube ich. In einem Filmstudio, da wurden sie vervielfältigt und dann verkauft.«

»Wo kommen sie denn her?« fragte Paola, deren Erstaunen dem schieren Entsetzen Platz gemacht hatte.

»Du hast die Männer gesehen, die Uniformen. Ich glaube, was sie sprachen, war Serbokroatisch.«

»Der Himmel steh uns bei«, flüsterte Paola. »Und diese arme Frau.« Sie hielt sich eine Hand vor den Mund. »Guido, Guido.«

Er stand auf. »Ich werde noch mal zu Francescas Mutter gehen und mit ihr reden müssen.«

»Wußte sie davon?«

Brunetti hatte keine Ahnung, er wußte nur, daß er sie satt hatte, so satt, daß es schon fast weh tat: diese Signora Trevisan mit ihrer kaum verhohlenen Verachtung und ihren Unwissenheitsbeteuerungen. Wenn Francesca dieses Video Chiara gegeben hatte, dann konnte dieses Mädchen vermutlich viel klarer zwischen Wahn und Wirklichkeit unterscheiden als ihre Mutter. Wenn er daran dachte, daß Francesca gewußt haben mußte, was auf dem Video war, erfaßte ihn das Grauen vor dem Unreinen bei der Vorstellung, daß er sie vernehmen mußte, aber er brauchte sich nur den Blick in den Augen der Frau wieder ins Gedächtnis zu rufen, als sie die Kamera aus nächster Nähe auf sie herabstarren sah, und er wußte, daß er das Mädchen und seine Mutter bis in die tiefste Hölle verfolgen würde, um zu erfahren, was sie wußten.

26

Signora Trevisan wich vor Brunetti zurück, kaum daß sie die Tür geöffnet hatte, als wäre seine Wut ein Flammenstrahl, der ihr entgegenloderte. Er trat in die Wohnung und knallte die Tür hinter sich zu, richtig froh, sie bei dem Krach zusammenzucken zu sehen.

»Schluß jetzt, Signora«, sagte Brunetti. »Schluß mit den Ausflüchten, Schluß mit den Lügen, was Sie alles gewußt und nicht gewußt haben wollen.«

»Ich weiß gar nicht, wovon Sie sprechen«, erwiderte sie, wobei sie einen so offenkundig aufgesetzten Zorn in ihre Stimme legte, daß es die Angst, die dahinter lauerte, nicht kaschieren konnte. »Ich habe Ihnen schon einmal Rede und Antwort gestanden und …«

»Und dabei haben Sie gelogen, gelogen und nichts als mich angelogen«, schnitt Brunetti ihr wütend das Wort ab. »Jetzt ist Schluß mit der Lügerei, sonst lasse ich Sie und Ihren Liebhaber in die Questura bringen und die Guardia di Finanza jede einzelne Geldtransaktion durchleuchten, die Sie in den letzten zehn Jahren getätigt haben.« Er machte einen Schritt auf sie zu, und sie wich noch weiter zurück, eine Hand vor sich gestreckt, wie um seine Wut abzuwehren.

»Ich weiß noch immer nicht …«, begann sie, doch Brunetti unterbrach sie mit einer so drohenden Handbewegung, daß es ihn selbst erschreckte.

»Kommen Sie gar nicht erst auf den Gedanken, mich anzulügen, Signora. Meine Tochter hat das Video gesehen, das aus Bosnien.« Er wurde so laut, daß er den Protest, den sie schon erheben wollte, ohne weiteres übertönte. »Meine Tochter ist vierzehn, und sie hat dieses Video gesehen.« Sie wich immer weiter vor ihm zurück, doch er folgte ihr erbarmungslos. »Sie werden mir jetzt alles sagen, was Sie darüber wissen, und keine Lügen mehr, nicht eine einzige, oder Sie werden es jeden Tag bereuen, den Sie noch leben.«

Sie sah ihn an, und ihr Blick war so von Grauen erfüllt wie bei der Frau in dem Video, doch obwohl er diese Ähnlichkeit bewußt wahrnahm, ließ sie ihn kalt.

Kein Höllenschlund, nichts Unheildrohenderes als eine Tür tat sich hinter ihr auf, und ihre Tochter streckte den Kopf heraus. »Was ist, *mamma*?« fragte Francesca, dann sah sie zu Brunetti hinüber. Sie erkannte ihn sofort, sagte aber nichts.

»Geh zurück in dein Zimmer, Francesca«, befahl ihre Mutter und überraschte Brunetti mit dem kühlen Ton, in dem sie das sagte. »Commissario Brunetti muß mir noch ein paar Fragen stellen.«

»Über *papà* und Onkel Ubaldo?« fragte sie, ohne auch nur ansatzweise ihre Neugier zu tarnen.

»Ich habe gesagt, daß ich mit ihm reden will, Francesca.«

»Klar willst du das«, sagte das Mädchen, worauf es in sein Zimmer zurückging und leise die Tür schloß.

Mit derselben ruhigen Stimme sagte Signora Trevisan: »Also gut.« Damit ging sie auf das Zimmer zu, in dem schon ihre letzten Unterredungen stattgefunden hatten.

Dort setzte sie sich, Brunetti aber blieb stehen und trat ruhelos von einem Fuß auf den anderen, während sie sprach, oder ging mit kleinen Schritten hin und her, noch viel zu erregt, um stillzuhalten.

»Was wollen Sie wissen?« fragte sie, sobald sie saß.

»Die Filme.«

»Die werden in Bosnien gedreht. In Sarajewo, glaube ich.«

»Das weiß ich schon.«

»Was wollen Sie denn dann wissen?« fragte sie mit gespielter Unschuld, aber sie spielte schlecht.

»Signora«, sagte er, wobei er einmal kurz stehenblieb, »ich warne Sie, daß ich Sie vernichten werde, wenn Sie mir nicht sagen, was ich wissen will.« Er sah, daß sein Ton Wirkung tat. »Die Videos. Reden Sie.«

Sie veränderte ihren Ton, jetzt ganz die Gastgeberin, die es mit einem besonders lästigen Gast zu tun hat. »Sie werden dort hergestellt, und einige werden dann nach Frankreich geschickt und dort vervielfältigt. Andere gehen in die USA, wo dasselbe mit ihnen geschieht. Dann werden sie verkauft.«

»Wo?«

»In Geschäften. Oder per Post. Da gibt es Versandlisten.«

»Wer hat diese Listen?«

»Die Verteiler.«

»Und wer sind die?«

»Ich kenne die Namen nicht. Die Originale gehen an Postfächer in Marseille und Los Angeles.«

»Wer dreht die Originale?«

»Jemand in Sarajewo. Ich glaube, er arbeitet für das serbische Militär, aber genau weiß ich das nicht.«

»Wußte Ihr Mann, wer das ist?« Er sah sie zu einer Antwort ansetzen und fügte hinzu: »Die Wahrheit, Signora.«

»Ja, er wußte es.«

»Wessen Idee war es, diese Filme zu drehen?«

»Ich weiß es nicht. Ich denke mir, daß Carlo vielleicht einen gesehen hat. Er hatte eine Vorliebe für so etwas. Und ich denke mir, das hat ihn auf die Idee gebracht, sie zu vertreiben. Er vertrieb ja schon andere Sachen per Post und über Geschäfte in Deutschland.«

»Was für Sachen?«

»Zeitschriften.«

»Was für Zeitschriften?«

»Pornographische.«

»Signora, man kann pornographische Zeitschriften in dieser Stadt an jedem Zeitungskiosk kaufen. Welche Art Pornographie?«

Ihre Stimme war jetzt so leise, daß er sich vorbeugen mußte, um sie zu verstehen. »Kinder.« Sie sagte nichts weiter, nur dieses eine Wort.

Brunetti schwieg und wartete, daß sie fortfuhr.

»Carlo hat gesagt, daran sei nichts Ungesetzliches.«

Brunetti brauchte einen Moment, um zu begreifen, daß sie das ernst meinte. »Wie ist Ihre Tochter an diesen Film gekommen?«

»Carlo bewahrte die Originale in seinem Arbeitszimmer auf. Er hat sich die neuen immer gern angesehen, bevor er sie weiterschickte.« Ihr Ton wurde jetzt deutlich mißbilligend, als sie sagte: »Ich nehme an, sie ist da hineingegangen und hat sich einen genommen. Das wäre nie passiert, wenn Carlo noch lebte.«

Brunetti wollte sich nicht erdreisten, eine Witwe in ihrer Trauer zu stören, und fragte statt dessen nur: »Wie viele solche Videos waren es?«

»Ach, das weiß ich nicht. Ein Dutzend, vielleicht auch zwanzig.«

»Alle gleich?«

»Ich weiß es nicht. Ich weiß auch nicht, was Sie mit ›alle gleich‹ meinen.«

»Videos, in denen Frauen vergewaltigt und ermordet werden.«

Sie bedachte ihn mit einem Blick voller Abscheu, daß er es wagte, von solch häßlichen Dingen zu reden. »Ich glaube, ja.«

»Glauben Sie es, oder wissen Sie es?«

»Ich denke, ich weiß es.«

»Wer war daran noch beteiligt?«

Ihre Antwort kam prompt: »Ich nicht.«

»Wer war außer Ihrem Mann und Ihrem Bruder noch daran beteiligt?«

»Ich glaube, dieser Mann in Padua.«

»Favero?«

»Ja.«

»Wer noch?«

»Bei den Bändern niemand, von dem ich wüßte.«

»Und bei dem anderen, bei den Prostituierten, wer noch?«

»Ich glaube, da war noch eine Frau. Ich weiß nicht, wer sie war, aber ich weiß, daß Carlo sich bei der Überführung neuer Mädchen ihrer Hilfe bedient hat.« Brunetti registrierte, in welch selbstverständlichem Ton sie seine Frage nach den Prostituierten beantwortete, den ›Mädchen‹, und wie beiläufig sie ihre volle Mitwisserschaft beim Mädchenhandel ihres Mannes zugab.

»Überführung von wo?«

»Von überall. Ich weiß es nicht.«

»Wer ist die Frau?«

»Das weiß ich nicht. Die beiden haben sehr wenig über sie gesprochen.«

»Was *haben* sie denn über sie gesprochen?«

»Nichts, gar nichts.«

»Was haben sie über die Frau gesprochen?«

»Ich kann mich nicht erinnern. Ubaldo hat einmal etwas erwähnt, glaube ich, aber ich kann mich nicht erinnern.«

»Was hat er gesagt?«

»Er nannte sie ›die Slawin‹, aber was er damit meinte, weiß ich nicht.«

Für Brunetti war sonnenklar, was er gemeint hatte. »Ist sie Slawin?«

Sie senkte die Stimme und wandte den Blick ab, als sie antwortete: »Ich glaube, ja.«

»Wie heißt sie? Wo wohnt sie?«

Er sah sie diese Frage genau durchdenken, bevor sie antwortete, sah sie abwägen, welches Maß an Unannehmlichkeiten eine ehrliche Antwort ihr eintragen könnte. Er wandte sich abrupt von ihr ab, machte zwei Schritte von ihr fort, drehte sich dann ebenso abrupt wieder um, ging auf sie zu und baute sich vor ihr auf. »Wo wohnt sie?«

»Ich glaube, sie wohnt hier.«

»In Venedig?«

»Ja.«

»Was wissen Sie noch?«

»Sie ist berufstätig.«

»Signora, die meisten Menschen sind berufstätig. Was macht sie?«

»Sie organisiert – das heißt, sie organisierte – Ubaldos und Carlos Flugreisen.«

»Signora Ceroni?« fragte Brunetti, sehr zu Signora Trevisans Überraschung.

»Ich glaube, ja.«

»Was hat sie noch für die beiden gemacht?«

»Das weiß ich nicht«, antwortete sie, aber bevor er noch näher auf sie zugehen konnte, fügte sie hinzu: »Ich weiß es wirklich nicht. Ich habe sie ein paarmal mit ihr telefonieren hören.«

»Wegen Flugtickets?« fragte er, ohne seinen Sarkasmus verbergen zu wollen.

»Nein, wegen anderem. Mädchen. Geld.«

»Kennen Sie die Frau persönlich?«

»Nein, ich habe sie nie kennengelernt.«

»Ist ihr Name irgendwann einmal in Verbindung mit den Videos gefallen?«

»Sie haben nie über die Videos gesprochen. Nicht direkt. Sie haben nur Andeutungen gemacht, und ich verstand, worum es ging.«

Er sparte sich die Mühe, ihr zu widersprechen, weil ihm völlig klar war, daß so die Wahrheit aussehen würde, um die herum sie sich ihre Zukunft einrichten würde – daß Vermuten nicht dasselbe sei wie Wissen, und wer nichts weiß, ist für das, was geschieht, nicht verantwortlich, zumindest nicht wirklich. Brunetti war sich darüber so sehr im klaren, daß ihm richtig schlecht wurde, und er wußte, daß er sich nicht länger mit dieser Frau im selben Zimmer aufhalten konnte. Ohne eine Erklärung machte er kehrt, ging hinaus und zog die Tür hinter sich zu. Die Vorstellung, jetzt auch noch mit dem Mädchen zu sprechen, war ihm unerträglich, und er verließ die Wohnung. Sollten die beiden sich doch in ihrer bequemen Zukunft einzurichten beginnen.

Die Dunkelheit und Kälte, in die Brunetti hinaustrat, tat seinen Nerven wohl. Er warf einen Blick auf die Uhr und sah, daß es schon nach neun war. Eigentlich hätte er jetzt hungrig und durstig sein müssen, aber seine Wut hatte beides vertrieben.

Er konnte sich nicht an Signora Ceronis Privatadresse erinnern, die sie in der Questura ausfindig gemacht hatten, wußte nur noch, daß es irgendwo in San Vio war, denn er hatte sich gefragt, wie nah es wohl bei S. Maria della Salute war. Er ging in eine Bar und sah im Telefonbuch nach, dann nahm er das Einserboot über den Canal zum Salute-Anleger. Er fand das Haus nicht nur ganz in der Nähe der Kirche, es stand sogar so, daß man über den schmalen Kanal hinweg einen freien Blick auf sie hatte. Der Name Ceroni stand unter dem Klingelknopf. Er drückte darauf und hörte nach einer Weile eine Frauenstimme fragen, wer da sei. Er nannte seinen Namen, und sie betätigte ohne weitere Fragen den Türöffner.

Er nahm kaum Notiz vom Treppenhaus, der Treppe, auch nicht von der Art der Begrüßung, mit der sie ihn an der Wohnungstür empfing. Sie führte ihn in ein großes Wohnzimmer, dessen eine Wand ganz von Bücherregalen eingenommen wurde. Indirekte Beleuchtung, die hinter den Balken unter der Decke versteckt sein mußte, spendete sanftes Licht. Nichts davon interessierte ihn. Auch ihre Schönheit nicht oder die dezente Eleganz ihrer Kleidung.

»Sie haben mir verschwiegen, daß Sie Carlo Trevisan kannten«, sagte er, als sie einander gegenübersaßen.

»Ich habe Ihnen gesagt, daß er Kunde bei uns war.« Erst jetzt, während er sich zur Ruhe zwang, begann er sie wahrzunehmen, ihr beigefarbenes Kleid, das sorgsam frisierte Haar, die Silberschnallen auf ihren Schuhen.

»Signora«, sagte Brunetti mit müdem Kopfschütteln, »ich spreche nicht davon, daß er Kunde bei Ihnen war. Ich spreche von Ihren gemeinsamen Geschäften, oder von Ihrer Arbeit für ihn.«

Sie hob das Kinn und sah mit leicht geöffnetem Mund in eine Zimmerecke, als hätte er ihr eine schwierige Entscheidung abverlangt. Nach einer kleinen Ewigkeit sagte sie: »Ich habe Ihnen bei unserer letzten Unterredung schon gesagt, daß ich nichts mit den Behörden zu tun haben will.«

»Und ich habe Ihnen gesagt, daß Sie schon mit ihnen zu tun haben.«

»Scheint so«, versetzte sie ohne jeden Humor.

»Was haben Sie für Signor Trevisan gemacht?«

»Wenn Sie schon wissen, daß ich für ihn gearbeitet habe, brauchen Sie das ja wohl nicht mehr zu fragen.«

»Antworten Sie, Signora Ceroni.«

»Ich habe Geld für ihn kassiert.«

»Was für Geld?«

»Geld, das er von verschiedenen Männern bekam.«

»Prostituiertengeld?«

»Ja.«

»Sie wissen, daß es ungesetzlich ist, von den Einkünften einer Prostituierten zu leben?«

»Natürlich weiß ich das«, sagte sie unwirsch.

»Trotzdem haben Sie es getan?«

»Wie ich Ihnen eben sagte.«

»Was haben Sie noch für ihn getan?«

»Ich wüßte nicht, warum ich Ihnen die Arbeit erleichtern sollte, Commissario.«

»Hatten Sie etwas mit den Videos zu tun?« fragte er.

Sie hätte nicht heftiger reagieren können, wenn er sie geschlagen hätte. Sie erhob sich schon halb, dann fiel ihr ein, wo sie war und wer er war, und sie setzte sich wieder. Brunetti betrachtete sie und notierte sich im Geiste, was jetzt alles zu tun war: ihren Arzt finden und fragen, ob sie schon einmal Rohypnol verschrieben bekommen hatte; ihr Foto den Leuten zeigen, die mit Trevisan im Zug gewesen waren, um zu sehen, ob jemand sie erkannte; feststellen, was für Telefongespräche von ihrem geschäftlichen und privaten Anschluß aus geführt worden waren; ihre Personalien nebst Foto und Fingerabdrücken an Interpol weiterleiten; ihre Kreditkartenquittungen prüfen, ob sie schon einmal ein Auto gemietet hatte, folglich also fahren konnte. Kurz gesagt, alles das, was er sofort hätte machen müssen, als er erfuhr, wem die Brille gehörte.

»Hatten Sie etwas mit den Videos zu tun?« fragte er noch einmal.

»Davon wissen Sie?« fragte sie, und als sie merkte, wie überflüssig diese Frage war: »Wie haben Sie das herausbekommen?«

»Meine Tochter hat eines gesehen. Trevisans Tochter hatte es ihr gegeben und gesagt, es könne vielleicht erklären, warum jemand ihren Vater hätte töten wollen.«

»Wie alt ist Ihre Tochter?« fragte sie.

»Vierzehn.«

»Das tut mir leid.« Signora Ceroni blickte auf ihre Hände. »Es tut mir aufrichtig leid.«

»Sie wissen, was auf den Videos ist?« fragte er.

Sie nickte. »Ja, ich weiß es.«

Er versuchte erst gar nicht, den Ekel aus seiner Stimme fernzuhalten. »Und Sie haben Trevisan beim Verkauf geholfen?«

»Commissario«, sagte sie, indem sie aufstand, »ich möchte darüber nicht weitersprechen. Wenn Sie mich offiziell etwas zu fragen haben, können Sie das in der Questura tun, in Gegenwart meines Anwalts.«

»Sie haben die Männer umgebracht, nicht wahr?« fragte er, noch bevor er richtig darüber nachgedacht hatte.

»Bedaure, ich habe keine Ahnung, wovon Sie reden«, sagte sie. »Und wenn Sie jetzt keine weiteren Fragen haben, wünsche ich Ihnen einen guten Abend.«

»Waren das Sie im Zug, die Frau mit der Pelzmütze?«

Sie war schon auf dem Weg zur Tür, doch bei dieser Frage stockte sie und kam abrupt auf dem linken Fuß zum Stehen. Schnell gewann sie jedoch ihr Gleichgewicht und ihre Haltung wieder und ging weiter. Sie öffnete die Tür und hielt sie ihm auf. »Guten Abend, Commissario.«

Er blieb an der Tür noch kurz vor ihr stehen, aber ihr Blick war fest und kühl. Er ging ohne ein weiteres Wort.

Er trat aus dem Haus und entfernte sich sogleich, ohne sich noch einmal umzudrehen und dahin zurückzusehen, wo er ihre Fenster vermutete. Vielmehr ging er über die vor ihm liegende Brücke und wandte sich nach rechts in die erste *calle*. Dort blieb er stehen und wünschte sich, nicht zum erstenmal, ein Handy. Er strengte sein Gedächtnis an und wartete, bis der Straßenplan von dieser Gegend, den er wie jeder Venezianer im Kopf hatte, Gestalt annahm. Als es soweit war, wußte er, daß er bis zur zweiten *calle* weitergehen und sich dann nach links in eine schmale *calle* wenden mußte, die hinter ihrem Haus vorbeiführte, um dahin zu kommen, wohin er wollte: ans Ende der *calle*, in der sie wohnte, denn von dort aus hätte er ihre Haustür im Blick.

Dort angekommen, lehnte er sich an eine Mauer und wartete eine Ewigkeit, bis sie aus dem Haus trat. Sie schaute beim Herauskommen in beide Richtungen, aber Brunetti stand gut versteckt im Schatten. Sie wandte sich nach rechts, und er folgte ihr, froh, daß er die braunen Schuhe mit den Gummisohlen anhatte, die seine Schritte dämpften. Die ihren waren dank der hohen Absätze so gut zu hören, daß er ihr folgen konnte, als hätte er sie ständig im Blick.

Schon bald merkte er, daß sie entweder zum Bahnhof oder zum Piazzale Roma wollte, wobei sie sich immer an die kleineren *calli* und fern von den Vaporetti auf dem Canal Grande hielt. Auf dem Campo Santa Margherita wandte sie sich nach links zum Piazzale Roma und den Bussen, die zum Festland fuhren.

Brunetti hielt soviel Abstand von ihr, wie er konnte, ohne sie aus den Ohren zu verlieren. Es war jetzt schon nach zehn, so daß nur noch sehr wenige Leute unterwegs waren und so gut wie keine anderen Geräusche das Klicken ihrer Absätze übertönten.

Am Piazzale überraschte sie Brunetti damit, daß sie diesen überquerte, sich also von den Bushaltestellen entfernte. Drüben ging sie die Treppe hinauf und zum städtischen Parkhaus, wo sie durch den großen offenen Eingang verschwand. Brunetti rannte über den Piazzale, blieb aber am Eingang stehen und versuchte in das nur schwach erhellte Innere zu spähen.

In der Glaskabine rechts vom Eingang saß ein Mann, der den Kopf hob, als Brunetti sich ihm näherte. »Ist hier eben eine Frau im grauen Mantel vorbeigekommen?«

»Bilden Sie sich ein, daß Sie von der Polizei sind?« fragte der Mann und blickte sogleich wieder auf die Zeitschrift, die er aufgeschlagen vor sich liegen hatte.

Wortlos zückte Brunetti seine Brieftasche und entnahm ihr seinen Dienstausweis. Er ließ ihn auf die Zeitschrift fallen. »Ist hier eine Frau im grauen Mantel hereingekommen?«

»Signora Ceroni«, sagte der Mann und sah jetzt auf, als er Brunetti den Ausweis zurückgab.

»Wo steht ihr Wagen?«

»Parkdeck vier. Sie muß gleich unten sein.«

Das Brummen eines Motors auf der geschwungenen Rampe, die zu den oberen Parkdecks führte, lieferte den Beweis. Brunetti wandte sich von der Kabine ab und ging zur Ausfahrt, die in die Straße zum Festland mündete. Er stellte sich mitten in die Ausfahrt, die Arme an den Seiten.

Der Wagen, ein weißer Mercedes, kam die Rampe herunter und bog in die Ausfahrt. Die Scheinwerfer strahlten Brunetti voll ins Gesicht und blendeten ihn kurz, so daß er die Augen zusammenkneifen mußte.

»He, was machen Sie da?« rief der Mann Brunetti zu, während er von seinem Stuhl stieg und aus der Kabine kam. Er kam auf Brunetti zu, aber genau in dem Moment brüllte die Hupe des Wagens auf, ohrenbetäubend zwischen den Wänden, und der Wächter sprang zurück und prallte gegen den Türpfosten. Er sah den Wagen die zehn Meter bis zu dem in der Ausfahrt stehenden Brunetti zurücklegen. Er rief noch einmal, aber jener rührte sich nicht von der Stelle. Er sagte sich, daß er hinrennen und den Polizisten aus dem Weg stoßen müsse, konnte sich aber zu keiner Bewegung überwinden.

Wieder ertönte die Hupe, und der Mann schloß die Augen. Das Quietschen der Bremsen zwang ihn, sie wieder zu öffnen, und da sah er den Wagen auf dem ölverschmierten Boden heftig schlingern, als er dem Polizisten auszuweichen versuchte, der sich noch immer nicht vom Fleck gerührt hatte. Der Mercedes streifte einen Peugeot auf Platz 17, schwenkte erneut auf die Ausfahrt zu und kam nicht einmal einen Meter vor dem Polizisten zum Stehen. Vor den Augen des Parkwächters trat der Polizist nun an die Beifahrertür und öffnete sie. Er sagte etwas, wartete kurz und stieg dann in den Wagen. Der Mercedes schoß durch die Ausfahrt und bog nach links zur Schnellstraße ab, während der Parkwächter, dem nichts Besseres zu tun einfiel, die Polizei anrief.

27

Während sie auf der Schnellstraße den Lichtern von Mestre und Marghera entgegenfuhren, betrachtete Brunetti eingehend Signora Ceronis Profil, aber sie beachtete ihn nicht und blickte starr geradeaus, darum schaute er nun rechts aus dem Fenster zum Leuchtturm von Murano und, noch weiter draußen, zu den Lichtern von Burano. »So eine klare Nacht«, sagte er. »Ich glaube, ich kann sogar Torcello da draußen erkennen.«

Sie gab Gas und fuhr bald schneller als alle anderen Wagen auf der Strecke. »Wenn ich jetzt das Steuer nach rechts herumreiße, fliegen wir ins Wasser«, sagte sie.

»Da haben Sie wahrscheinlich recht«, antwortete Brunetti.

Sie nahm den Fuß vom Gaspedal, und sie wurden wieder langsamer. Ein Wagen zog links an ihnen vorbei. »Als Sie ins Reisebüro kamen«, sagte sie, »wußte ich, daß es nur eine Frage der Zeit war, bis Sie wiederkämen. Ich hätte da schon abhauen sollen.«

»Wohin wären Sie abgehauen?«

»In die Schweiz, und von da nach Brasilien.«

»Wegen der Geschäftsbeziehungen dort?«

»Die hätte ich wohl kaum benutzen können, oder?«

Brunetti dachte darüber nach, bevor er antwortete: »Nein, unter den gegebenen Umständen wahrscheinlich nicht. Warum also Brasilien?«

»Weil ich dort Geld habe.«

»Und in der Schweiz?«

»Natürlich. Jeder hat Geld in der Schweiz«, blaffte sie.

Brunetti, der kein Geld in der Schweiz hatte, verstand dennoch, was sie meinte, und sagte: »Klar.« Dann fragte er: »Aber dort könnten Sie nicht bleiben?«

»Nein. Brasilien ist besser.«

»Wahrscheinlich. Aber jetzt können Sie nicht mehr hin.«

Sie antwortete nicht.

»Wollen Sie mir davon erzählen? Ich weiß, wir sind nicht in der Questura, und Sie haben Ihren Anwalt nicht dabei, aber ich wüßte gern, warum.«

»Fragen Sie als Polizist oder als Mensch?«

Er seufzte. »Ich fürchte, das macht keinen Unterschied, jetzt nicht mehr.«

Sie sah ihn daraufhin an, nicht auf die Worte hin, sondern den Seufzer. »Was passiert jetzt?«

»Mit Ihnen?«

»Ja.«

»Das hängt davon ab ...«, begann er, denn er dachte, es würde wohl von ihrem Motiv abhängen. Aber dann fiel ihm ein, daß es ja drei waren, und so traf das nicht zu. Das Motiv würde für die Richter kaum eine Rolle spielen, nicht bei drei Toten, alle offensichtlich kaltblütig umgebracht. »Schwer zu sagen. Nichts Gutes.«

»Ich glaube, es ist mir egal«, meinte sie, und ihn überraschte die Leichtigkeit, mit der sie das sagte.

»Wieso das?«

»Weil sie es verdient hatten, alle drei.«

Brunetti wollte schon entgegnen, daß niemand den Tod verdiene, aber dann fiel ihm das Video ein, und er schwieg.

»Erzählen Sie«, sagte er.

»Sie wissen, daß ich für sie gearbeitet habe?«

»Ja.«

»Ich meine nicht jetzt. Ich meine, schon seit Jahren, seit ich in Italien bin.«

»Für Trevisan und Favero?« fragte er.

»Nein, für die nicht, aber für Männer wie sie, die dieses Geschäft betrieben, bevor sie es an Trevisan verkauften.«

»Er hat es gekauft?« fragte Brunetti, den es überraschte, daß sie darüber sprach, als ginge es um normalen Warenhandel.

»Ja. Ich weiß nicht, wie das zugegangen ist, aber ich weiß, daß die Männer, die das Geschäft betrieben, eines Tages verschwunden waren und Trevisan der neue Chef war.«

»Und Sie …?«

»Ich war sozusagen ›mittleres Management‹.« Sie gebrauchte diesen Begriff aus der Unternehmenswelt mit triefender Ironie.

»Was bedeutet das?«

»Es bedeutet, daß ich meinen Arsch nicht mehr auf der Straße feilbieten mußte.« Sie schaute zu ihm hinüber, um zu sehen, ob sie ihn schockiert hatte, aber der Blick, mit dem Brunetti sie ansah, war so gelassen wie seine Stimme, als er fragte: »Wie lange haben Sie das gemacht?«

»Als Prostituierte gearbeitet?«

»Ja.«

»Ich war als Prostituierte hierhergekommen«, sagte sie und hielt dann inne. »Nein, das stimmt nicht. Ich kam als junge Frau, die zum erstenmal verliebt war, in einen Italiener, der mir die Welt zu Füßen legen wollte, wenn ich nur meine Heimat verließ und ihm folgte. Ich habe meinen Teil erfüllt, er den seinen nicht.

Wie ich schon sagte, ich stamme aus Mostar. Das heißt, daß meine Familie muslimisch war. Nicht, daß einer von uns je eine Moschee von innen gesehen hätte. Außer meinem Onkel, aber den hielten alle für verrückt. Ich bin sogar bei den Nonnen in die Schule gegangen. Meine Familie meinte, da bekäme ich eine bessere Ausbildung, also habe ich zwölf Jahre katholische Schulen genossen.«

Brunetti stellte fest, daß sie auf der rechten Seite des Kanals zwischen Venedig und Padua fuhren, der Straße der Palladio-Villen. Gerade als er die Straße erkannte, tauchte jenseits des Kanals eine der Villen auf, ihre Umrisse schwach erkennbar im Mondlicht, ein einzelnes Fenster im Obergeschoß erhellt.

»Die Geschichte ist so abgedroschen, daß ich sie Ihnen gar nicht erst erzähle. Ich war verliebt. Ich kam hierher und fand mich keinen Monat später auf der Straße wieder. Ohne Paß, ohne

Italienischkenntnisse, aber ich hatte bei den Schwestern sechs Jahre Latein gehabt und alle diese Gebete auswendig gelernt, da fiel es mir also leicht, Italienisch zu lernen. Und ebensoleicht lernte ich, was ich tun mußte, um Erfolg zu haben. Ich war schon immer sehr ehrgeizig gewesen und sah nicht ein, warum ich nicht auch darin Erfolg haben sollte.«

»Was haben Sie also gemacht?«

»Ich war sehr gut bei der Arbeit. Ich ließ nichts davon auf mich abfärben und konnte mich dem Mann, der die Hand über uns hatte, nützlich machen.«

»Nützlich inwiefern?«

»Ich habe die anderen Mädchen bei ihm verpfiffen; zweimal habe ich ihm von welchen berichtet, die abhauen wollten.«

»Was ist aus ihnen geworden?«

»Sie haben Prügel bekommen. Der einen hat er, glaube ich, ein paar Finger gebrochen. Sie haben uns selten so zugerichtet, daß wir nicht mehr arbeiten konnten. Schlecht fürs Geschäft.«

»Und wie haben Sie sich sonst noch nützlich gemacht?«

»Ich habe ihnen Namen von Freiern beschafft, und ich glaube, von denen wurden einige erpreßt. Ich hatte einen Blick für die nervösen Typen, und die habe ich ausgequetscht, bis sie mir früher oder später alle von ihren Ehefrauen erzählten. Wenn ich den Eindruck hatte, daß es sich lohnen könnte, habe ich ihnen zuerst ihre Namen, dann ihre Adressen entlockt. Es war ganz einfach. Männer sind sehr schwach. Ich glaube, durch ihre Eitelkeit.«

Nach kurzem Schweigen fragte Brunetti: »Und was dann?«

»Dann haben sie mich von der Straße genommen. Sie merkten, daß ich ihnen in einer *managerial capacity* viel nützlicher sein konnte.« Sie gebrauchte den englischen Terminus fast akzentfrei, wechselte so leicht zwischen den Sprachen hin und her wie ein Seehund zwischen Land und Wasser.

»Was hatten Sie denn in dieser *managerial capacity* zu tun?« fragte Brunetti so akzentfrei wie sie.

»Ich mußte mit den neuen Mädchen reden, sie einweisen, ihnen einschärfen, zu tun, was von ihnen verlangt wurde.« Überflüssigerweise fügte sie hinzu: »Ich habe schnell Spanisch gelernt, das war nützlich.«

»Hat es sich gelohnt?«

»Je weiter ich in der Organisation aufstieg, desto mehr lohnte sich's. Ich hatte nach zwei Jahren so viel zusammengespart, daß ich das Reisebüro kaufen konnte.«

»Aber Sie haben weiter für diese Leute gearbeitet?«

Sie sah ihn an, bevor sie antwortete: »Wer einmal für diese Leute gearbeitet hat, hört nicht auf.« Sie hielt vor einer roten Ampel an, drehte sich aber nicht zu ihm um. Die Hände fest auf dem Lenkrad, blickte sie starr geradeaus.

»Und Gewissensbisse hatten Sie bei dem allem nicht, was Sie da gemacht haben?«

Sie zuckte die Achseln, und als die Ampel umsprang, legte sie den Gang ein. Sie fuhren weiter.

»Das Geschäft expandierte enorm. Es kamen jedes Jahr mehr Mädchen, jeden Monat, wie es aussah. Hergebracht haben wir sie ...«

Brunetti unterbrach sie. »War das der Zweck des Reisebüros?«

»Ja. Aber nach einer Weile war es gar nicht mehr sinnvoll, sie zu importieren, so viele kamen aus dem Osten und aus Nordafrika. Da haben wir die Organisation diesen neuen Gegebenheiten angepaßt. Wir haben die Mädchen einfach aufgelesen, nachdem sie schon hier waren. Das senkte die Betriebskosten enorm. Und es war ganz einfach, sich von ihnen die Pässe aushändigen zu lassen. Sofern sie überhaupt welche hatten. Viele kamen ohne Paß.« Ihr Ton war spröde geworden, fast belehrend. »Es ist erstaunlich, wie leicht man in dieses Land kommt. Und hier bleiben kann.«

Wieder tauchte rechts eine Villa auf, aber Brunetti gönnte ihr kaum einen Blick. »Die Videos«, erinnerte er sie.

»Ach ja, die Videos«, sagte sie. »Ich wußte davon schon seit

Monaten, bevor ich sie sah. Das heißt, ich wußte theoretisch darüber Bescheid, nämlich daß Videos aus Bosnien geschickt wurden, nicht aber, was für welche. Trevisan, Favero und Lotto, sie waren alle ganz wild wegen des Profits, den sie darin sahen. Sie brauchten nur für ein paar Tausend Lire eine Leerkassette zu kaufen und das Video zu überspielen, dann konnten sie es, jedenfalls in Amerika, für mindestens das Zwanzig- bis Dreißigfache des Kassettenpreises verkaufen. Anfangs verkauften sie ja nur die Originale. Für ein paar Millionen Lire das Stück, soviel ich weiß. Aber dann wollten sie doch selbst in den Vertrieb einsteigen, weil da das Geld zu holen sei.

Es war Trevisan, der mich um meine Meinung fragte. Sie wußten, daß ich einen guten Geschäftsinstinkt hatte, deshalb haben sie mich gefragt. Ich habe ihnen genau gesagt, was ich dachte, nämlich daß ich dazu nichts sagen könne, ohne die Videos gesehen zu haben. Selbst da noch habe ich sie nur als Ware betrachtet und das Ganze als ein Marketingproblem.« Sie blickte kurz zu ihm herüber. »Ich dachte ja nur in diesen Begriffen. Waren. Marketing.« Sie seufzte.

»Trevisan hat also mit den andern beiden gesprochen, und sie beschlossen, mir einige der Videos zu zeigen. Sie bestanden aber darauf, daß ich sie mit ihnen zusammen ansehen müsse; sie trauten mir nicht, sie vertrauten die Originalbänder überhaupt niemandem an, nachdem sie einmal gemerkt hatten, wieviel Geld darin steckte.«

»Sie haben sie dann gesehen?« fragte er, als er das Gefühl hatte, daß sie nicht weiterreden wollte.

»O ja, ich habe sie gesehen. Drei.«

»Wo?«

»In Lottos Wohnung. Er war der einzige, der keine Frau im Haus hatte, also sind wir zu ihm gegangen.«

»Und?«

»Und haben die Videos gesehen. Da habe ich den Entschluß gefaßt.«

»Welchen Entschluß?«

»Sie zu töten.«

»Alle drei?« fragte Brunetti.

»Natürlich.«

Nach ein paar Sekunden fragte er: »Warum?«

»Weil sie die Filme so genossen haben. Favero war am schlimmsten. Am zweiten hat er sich so aufgegeilt, daß er aus dem Zimmer mußte. Ich weiß nicht, wohin er gegangen ist, aber er kam erst wieder, als alle durchgelaufen waren.«

»Und die beiden anderen?«

»Oh, erregt waren sie auch. Aber sie kannten die Filme schon, alle, und konnten sich beherrschen.«

»Waren sie wie der, den ich gesehen habe?«

»Wurde eine Frau umgebracht?« fragte sie.

»Ja.«

»Dann waren es die gleichen. Sie wird vergewaltigt, meist mehrmals, und dann umgebracht.« In ihrer Stimme klang so viel Bewegung mit, als hätte sie ihm einen Ausbildungsfilm für Flugbegleiter beschrieben.

»Wie viele von diesen Videos gab es?« fragte Brunetti.

»Das weiß ich nicht. Mindestens sieben, von denen ich wußte, nicht mitgerechnet die drei, die ich gesehen habe. Aber die ersten haben sie gleich verkauft; diese letzten drei wollten sie vervielfältigen und vertreiben.«

»Was haben Sie ihnen gesagt, nachdem Sie die Filme gesehen hatten?«

»Ich habe ihnen gesagt, daß ich einen Tag oder zwei zum Nachdenken brauche und daß ich jemanden in Brüssel kenne, der vielleicht Interesse hätte, Kopien für den belgischen und niederländischen Markt zu kaufen. Aber da hatte ich schon beschlossen, sie zu töten. Es ging nur noch darum, die beste Art zu finden.«

»Warum?«

»Warum was? Warum ich gewartet habe, oder warum ich beschlossen habe, sie zu töten?«

»Warum Sie beschlossen haben, sie zu töten.«

Sie ging vom Gas, weil ein Wagen vor ihnen nach rechts abbiegen wollte. Nachdem die Rücklichter des anderen Autos verschwunden waren, wandte sie sich wieder zu Brunetti. »Darüber habe ich viel nachgedacht, Commissario. Ich glaube, das für mich Entscheidende war, daß sie diese Videos so genossen; das hat mich bei ihnen überrascht. Und wie ich so dasaß und die drei beobachtete, merkte ich, daß sie nicht nur gar nicht auf den Gedanken kamen, es könnte unrecht sein, sich solche Videos anzusehen, sie fanden es offenbar nicht einmal unrecht, sie drehen zu lassen.«

»Und sie haben welche drehen lassen?«

Sie blickte wieder auf die Straße. »Bitte, Commissario, stellen Sie sich nicht dumm. Wenn es für so etwas keinen Markt gäbe, würde es nicht gemacht. Trevisan und seine Freunde haben einen Markt geschaffen und dann dafür gesorgt, daß er beliefert wurde. Bevor ich die Videos gesehen hatte und wußte, was darauf war, hatte ich Trevisan und Lotto darüber reden hören, ein Fax nach Sarajewo zu schicken und weitere zu bestellen. Darüber redeten sie so beiläufig, als ginge es um die Bestellung einer Kiste Wein oder um einen Auftrag an ihren Börsenmakler, irgendwelche Aktien für sie zu verkaufen. Es war für sie nur Geschäft.«

»Aber dann haben Sie die Filme gesehen?«

»Ja. Dann habe ich die Filme gesehen.«

»Haben Sie darüber nachgedacht, ob es unrecht war, sie zu ermorden?«

»Das versuche ich Ihnen die ganze Zeit zu sagen, Commissario. Es war nicht unrecht. Es war recht. Das stand für mich nie in Frage, von Anfang an nicht. Und bevor Sie fragen: Ja, ich würde es wieder tun.«

»Weil die Frauen Bosnierinnen sind? Muslime?«

Sie ließ einen Laut hören, der wie ein leises Lachen klang. »Es spielt doch keine Rolle, wer die Frauen sind. Oder waren. Sie sind tot, und was immer passiert, es ändert für sie nichts mehr, die armen Dinger.« Sie dachte kurz noch über seine Frage nach. »Nein, das spielte dabei keine Rolle.« Sie hob den Blick von der Straße und sah ihn an. »Da reden die Leute über Menschlichkeit und Verbrechen gegen die Menschlichkeit, Commissario. Die Zeitungen sind voll mit Kommentaren, und die Politiker reden und reden und reden. Und keiner tut etwas. Wir kriegen nur Reden und noble Gesinnungen aufgetischt, und trotzdem gehen solche Dinge weiter; Frauen werden vergewaltigt und ermordet, und jetzt drehen wir davon sogar Filme und gucken zu.« Er hörte ihre Wut, aber die machte ihre Rede langsamer, nicht schneller. »Darum habe ich beschlossen, ihnen das Handwerk zu legen. Weil es nur so ging.«

»Sie hätten zur Polizei kommen können.«

»Und dann, Commissario? Sie verhaften lassen, wofür? Ist es ein Verbrechen, was sie getan haben?«

Brunetti wußte es nicht und schämte sich, es einzugestehen.

»Ist es ein Verbrechen, Commissario?« bohrte sie.

»Ich weiß es nicht«, sagte er endlich. »Aber Sie hätten die Männer wegen ihrer Geschäfte mit Prostituierten bloßstellen können. Das hätte ihnen auch schon das Handwerk gelegt.«

Sie lachte laut auf. »Was sind Sie doch begriffsstutzig, Commissario! Ich hatte nicht die Absicht, der Prostitution einen Riegel vorzuschieben, ganz und gar nicht. Ich lebe sehr gut davon. Warum sollte ich da einen Riegel vorschieben wollen?«

»Weil man den Frauen das alles antut, dasselbe, was auch Ihnen widerfahren ist.«

Sie sprach jetzt schneller, aber aus Ungeduld, nicht aus Zorn. »Das würde ihnen überall so ergehen, egal, wo. Sie wären auch in ihren Heimatländern Huren und Opfer.«

»Werden nicht manche von ihnen umgebracht?«

»Was wollen Sie von mir, Commissario? Daß ich sage, ich nähme Rache für alle armen toten Prostituierten dieser Welt? Das ist nicht der Fall. Ich versuche, Ihnen zu erklären, warum ich es getan habe. Wenn man diese Männer verhaftet hätte, wäre alles herausgekommen. Ich wäre ebenso verhaftet worden. Und was wäre passiert? Sie hätten ein paar Monate in Untersuchungshaft gesessen, und was dann? Geldstrafe? Ein Jahr Gefängnis? Zwei? Finden Sie, das wäre genug für das, was sie getan haben?«

Brunetti war zu müde, um mit dieser Frau ethische Fragen zu diskutieren. »Wie haben Sie es gemacht?« Er wollte sich mit Fakten begnügen.

»Ich wußte, daß Trevisan und Favero zum Essen verabredet waren, und ich wußte, mit welchem Zug Trevisan immer zurückfuhr. Ich habe denselben Zug genommen. Der Zug ist auf dem letzten Fahrtabschnitt vor Venedig immer ziemlich leer, es war also ganz einfach.«

»Hat er Sie erkannt?«

»Ich weiß es nicht. Es ging alles sehr schnell.«

»Woher hatten Sie die Waffe?«

»Von einem Freund«, sagte sie, ohne dazu Näheres zu erklären.

»Und Favero?«

»Während unseres Essens ist er zur Toilette gegangen, und ich habe ihm ein Schlafmittel in seinen Vin Santo getan. Ich hatte ihn eine halbe Flasche bestellen lassen, weil er so süß ist, daß er den Geschmack überdecken würde.«

»Und dann bei ihm zu Hause?«

»Er sollte mich zum Bahnhof fahren, damit ich den Zug nach Venedig erreichte. Aber auf halbem Weg ist er an einer roten Ampel eingeschlafen. Ich habe ihn auf den Beifahrersitz gezogen, mich selbst ans Steuer gesetzt und den Wagen zu seinem Haus gefahren. Er hatte so einen automatischen Türöffner für die Garage, also habe ich das Tor geöffnet, bin hineingefahren und habe den Motor laufenlassen, dann habe ich ihn wieder hinters Steuer gesetzt und schnell auf den Knopf gedrückt, der die Garage schloß. Während das Tor zuging, bin ich hinausgerannt.«

»Lotto?«

»Er rief mich an und sagte, er mache sich Sorgen und wolle mit mir über die Ereignisse sprechen.« Brunetti betrachtete ihr Profil, das im Scheinwerferlicht der wenigen Autos, die an ihnen vorbeifuhren, immer wieder kurz zu sehen war. Ihre Miene blieb bei alledem ganz ruhig. »Ich habe ihm gesagt, wir sollten uns besser außerhalb der Stadt treffen, und so haben wir uns in Dolo verabredet. Ich sagte, ich hätte geschäftlich auf dem Festland zu tun, und wir könnten uns auf dieser Nebenstraße in Dolo treffen. Ich war sehr zeitig da, und als er kam, bin ich in seinen Wagen umgestiegen. Er lebte in tausend Ängsten, dachte, seine Schwester hätte Trevisan und Favero umgebracht, und wollte wissen, ob ich das auch glaubte. Er fürchtete, sie würde auch ihn umbringen. Damit das ganze Geschäft ihr gehörte. Und ihrem Liebhaber.«

Sie lenkte an den Straßenrand und ließ einen nachfolgenden Wagen vorbeifahren, dann wendete sie und fuhr den Weg zurück, den sie gekommen waren.

»Ich habe ihm gesagt, daß er von seiner Schwester nichts zu fürchten habe. Er schien deswegen sehr erleichtert. Ich weiß nicht mehr, wie oft ich auf ihn geschossen habe. Dann bin ich wieder in mein eigenes Auto gestiegen und zum Piazzale Roma zurückgefahren.«

»Und die Pistole?« fragte er.

»Die ist noch in meiner Wohnung. Ich wollte sie nicht wegwerfen, bevor ich fertig war.«

»Wie meinen Sie das?«

Sie sah ihn von der Seite an. »Die anderen.«

»Welche anderen?«

Sie antwortete nicht und schüttelte so entschieden den Kopf, daß er es als ein endgültiges Nein verstand.

»Haben Sie nie daran gedacht, daß man Ihnen früher oder später auf die Spur kommen würde?«

»Ich weiß es nicht. Darüber habe ich nicht nachgedacht. Aber dann kamen Sie ins Reisebüro, und ich habe Ihnen erzählt, ich führe nicht Auto, und da ist mir so nach und nach noch alles mögliche eingefallen – abgesehen von der Brille –, was ich falsch gemacht hatte. Ich nehme an, daß Leute mich im Zug gesehen haben, und der Mann im Parkhaus wußte, daß ich in der Nacht, in der Lotto starb, mit dem Wagen unterwegs war. Und heute abend wußte ich dann, daß es aus war. Ich dachte noch, ich könnte davonkommen ... Na ja«, fügte sie hinzu, »ich weiß nicht, ob ich das wirklich gedacht oder nur gehofft habe.«

Nach einiger Zeit kamen sie wieder an der ersten Villa vorbei, nur daß sie diesmal auf Brunettis Seite war. Plötzlich brach sie das Schweigen. »Die werden mich umbringen, verstehen Sie?«

Er war durch die Wärme und die ungewohnte Bewegung halb eingedöst. »Wie?« fragte er. Er schüttelte den Kopf und setzte sich aufrecht.

»Wenn die erfahren, daß ich verhaftet bin, wenn sie erfahren, daß ich die drei getötet habe, bleibt ihnen nichts anderes übrig, als mich aus dem Weg zu schaffen.«

»Das verstehe ich nicht«, sagte Brunetti.

»Ich weiß, wer die Leute sind – einige jedenfalls –, die ich nicht getötet habe. Sie werden dafür sorgen, daß ich nicht rede.«

»Wer?«

»Männer, die solche Videos machen – Trevisan war nicht der einzige – und Prostituierte auf die Straße schicken. Nein, nicht die kleinen Gauner auf der Straße, die den Mädchen Dampf machen und ihnen das Geld abnehmen. Ich kenne die Männer, die das Geschäft organisieren, den ganzen Frauen-Import-Export. Allerdings gibt es wohl kaum Export, abgesehen von den Videos, oder? Ich weiß nicht, wer sie alle sind, aber ich kenne etliche.«

»Wer sind die Leute?« fragte Brunetti, der an Mafia und Männer mit Schnurrbärten und südlichem Akzent dachte.

Sie nannte ihm den Bürgermeister einer großen Stadt in der Lombardei und den Generaldirektor eines Pharmakonzerns.

Als Brunetti den Kopf herumwarf und sie groß ansah, lächelte sie grimmig und fügte noch den Namen eines der Staatssekretäre im Justizministerium hinzu. »Das ist ein multinationales Unternehmen, Commissario. Wir reden hier nicht von zwei alten Männern, die bei einem Glas Billigwein in einer Bar sitzen und sich über Huren unterhalten; wir reden von Vorstandsetagen und Jachten und Privatflugzeugen, und von Befehlen per Fax und Mobiltelefon. Es sind Männer, die echte Macht haben. Was meinen Sie, wie die es geschafft haben, die Aufzeichnungen über Faveros Autopsie verschwinden zu lassen?«

»Woher wissen Sie das alles?« fragte Brunetti scharf.

»Lotto hat es mir gesagt. Sie wollten nicht, daß Faveros Tod genauer untersucht wurde. Da sind zu viele Leute beteiligt. Ich kenne ihre Namen nicht alle, aber genug.« Ihr Lächeln verschwand. »Und darum werden sie mich umbringen.«

»Wir nehmen Sie in Schutzhaft«, sagte Brunetti, im Geiste schon bei den organisatorischen Einzelheiten.

»Wie Sindona?« fragte sie sarkastisch. »Wie viele Bewacher hatte er im Gefängnis, wie viele Videokameras haben ihn rund um die Uhr überwacht? Und trotzdem ist das Gift in seinen Kaffee gekommen. Was glauben Sie, wie lange ich am Leben bleibe?«

»Das wird nicht passieren«, versetzte Brunetti hitzig, dann sagte er sich, daß er eigentlich keinen Grund hatte, das alles zu glauben. Er wußte, daß sie die drei Männer getötet hatte, ja, aber alles übrige mußte erst einmal bewiesen werden, vor allem dieses Gerede über Gefahr und Anschläge auf ihr Leben.

Über irgendeine Gefühlsantenne spürte sie seinen Stimmungswandel und verstummte. Sie fuhren weiter durch die Nacht, und Brunetti wandte den Kopf und beobachtete die Lichtreflexe auf dem Kanal zu seiner Rechten.

Als nächstes fühlte er, wie sie an seiner Schulter rüttelte, und als er die Augen öffnete, sah er unmittelbar vor sich eine Mauer. Instinktiv riß er die Arme vors Gesicht und zog den Kopf ein. Aber es folgte kein Aufprall, kein Krachen. Das Auto bewegte sich nicht, der Motor war stumm. »Wir sind wieder in Venedig«, sagte sie.

Er ließ die Arme sinken und sah sich um. Die Mauer vor ihm gehörte zum Parkhaus; rechts und links standen andere geparkte Wagen.

Sie griff zwischen die Vordersitze und löste ihren Sicherheitsgurt. »Ich nehme an, Sie wollen mich zur Questura bringen.«

Als sie zum *embarcadero* kamen, legte das Einserboot gerade ab. Brunetti sah auf die Uhr und stellte verblüfft fest, daß es schon nach drei war. Er hatte weder Paola noch in der Questura angerufen, um zu sagen, was er vorhatte.

Signora Ceroni stand vor dem Bootsfahrplan und versuchte ihn zu lesen. Schließlich nahm sie ihre Brille heraus und setzte sie auf. Nachdem sie die Abfahrtszeiten gelesen hatte, drehte sie sich zu Brunetti um und sagte: »Erst in vierzig Minuten.«

»Möchten Sie zu Fuß gehen?« fragte er. Es war zu kalt, um sich in dem offenen *embarcadero* hinzusetzen, und beim Gehen blieb ihnen wenigstens warm. Er konnte auch in der Questura anrufen und ein Boot kommen lassen, aber wahrscheinlich waren sie zu Fuß schneller da.

»Ja, gern«, sagte sie. »Ich werde die Stadt nicht mehr zu sehen bekommen.«

Brunetti fand das melodramatisch, aber er sagte nichts. Er wandte sich nach rechts, und sie gingen am Kanal entlang. Als sie zur ersten Brücke kamen, sagte sie: »Haben Sie etwas dagegen, wenn wir über die Rialtobrücke gehen? Ich habe die Strada Nuova nie sonderlich gemocht.«

Ohne etwas zu sagen, ging Brunetti weiter am Kanal entlang, bis sie zu der Brücke kamen, die sie zum Campo Tolentini und von dort durch Seitengäßchen zur Rialtobrücke führte. Sie ging in gemessenem Tempo und schien die Gebäude, an denen sie vorbeikamen, nicht sonderlich zu beachten. Manchmal war Brunetti mit seinem schnelleren Schritt ihr voraus, dann blieb er an einer Ecke oder am Fuß einer Brücke stehen und wartete auf sie. Sie kamen beim Fischmarkt heraus und gingen weiter zur Rialtobrücke. Mitten auf der Brücke blieb sie nur ganz kurz stehen und blickte nach rechts und links auf den stillen Canal Grande. Sie verließen die Brücke und überquerten den Campo San Bartolomeo. Ein Wachmann mit einem Schäferhund an der Leine begegnete ihnen, aber keiner sagte etwas.

Es war fast vier Uhr, als sie zur Questura kamen. Als Brunetti an die schwere Glastür klopfte, ging im Wachraum rechts neben dem Eingang Licht an. Ein verschlafener Wachposten kam heraus und spähte durch die Scheibe. Als er Brunetti erkannte, öffnete er die Tür und salutierte.

»Buon giorno, commissario«, sagte er, dann sah er die Frau an, die neben seinem Vorgesetzten stand.

Brunetti erwiderte den Gruß und fragte, ob eine Polizistin heute nacht Dienst habe. Als der Posten verneinte, befahl Brunetti ihm, die erste auf der Bereitschaftsliste anzurufen und ihr zu sagen, sie solle unverzüglich in die Questura kommen. Er entließ den Posten und führte Signora Ceroni durch die Eingangshalle und die Treppe hinauf zu seinem Büro. Die Heizung war heruntergedreht, so daß es im ganzen Gebäude kühl und die Luft feucht war. Oben im vierten Stock öffnete Brunetti die Tür zu seinem Büro und ließ Signora Ceroni den Vortritt.

»Ich möchte auf die Toilette«, sagte sie.

»Bedaure. Erst wenn eine Beamtin da ist.«

Sie lächelte. »Haben Sie Angst, ich könnte mich umbringen, Commissario?« Und als er nicht antwortete, sagte sie: »Glauben Sie mir, ich bin keine, die so etwas tut.«

Er bot ihr einen Stuhl an und ging hinter seinen Schreibtisch, wo er im Stehen einige Papiere durchsah. Sie redeten beide nicht weiter in der Viertelstunde, bis die Beamtin kam, eine Frau mittleren Alters und schon seit Jahren im Polizeidienst.

Als sie in sein Büro trat, sah Brunetti zu Signora Ceroni und fragte: »Möchten Sie eine Aussage machen? Agente Di Censo wäre Zeugin.«

Signora Ceroni schüttelte den Kopf.

»Möchten Sie Ihren Anwalt anrufen?«

Wieder eine stumme Verneinung.

Brunetti wartete noch kurz, dann wandte er sich an die Polizistin. »Bringen Sie Signora Ceroni bitte in eine Zelle. Nummer vier. Die ist geheizt. Wenn sie es sich noch anders überlegt, darf sie ihren Anwalt und ihre Angehörigen anrufen.« Dabei sah er Signora Ceroni an, aber sie schüttelte erneut den Kopf.

Brunetti wandte sich wieder an Agente Di Censo. »Sie darf keine sonstigen Kontakte haben, weder mit jemandem innerhalb noch außerhalb der Questura. Haben Sie verstanden?«

»Ja, Commissario«, sagte die Polizistin und fragte: »Soll ich bei ihr bleiben, Commissario?«

»Ja, bis Sie abgelöst werden.« Und an Signora Ceroni gewandt: »Wir sehen uns später, Signora.«

Sie nickte, ohne etwas zu sagen, stand auf und folgte Agente Di Censo nach draußen. Brunetti horchte den Schritten der beiden Frauen auf der Treppe nach: fest und gleichmäßig die der Polizistin, dazwischen Signora Ceronis hohe Absätze mit diesem hellen Klick-Klack, das ihn vorhin noch zum Piazzale Roma und damit zur Mörderin der drei Männer geführt hatte.

Er schrieb einen kurzen Bericht, in dem er das Wesentliche seiner Unterredung mit Signora Cerom wiedergab, einschließlich ihrer Weigerung, ihren Anwalt anzurufen oder ein förmliches Geständnis abzulegen. Den Bericht hinterlegte er bei der Wache am Eingang mit der Anweisung, ihn Vice-Questore Patta oder Tenente Scarpa zu übergeben, wenn einer der beiden in die Questura käme.

Es war kurz vor fünf, als er neben Paola ins Bett schlüpfte. Sie regte sich, drehte sich zu ihm, legte einen Arm über sein Gesicht und murmelte etwas, das er nicht verstand. Während er in Schlaf sank, brachte die Erinnerung ihm nicht wieder das Bild der sterbenden Frau vor Augen, sondern Chiara, die ihren Stoffhund hochhielt. Bello. Blöder Name für einen Hund, dachte er, dann schlief er ein.

28

Als Brunetti am nächsten Morgen aufwachte, war Paola schon aus dem Haus, hatte ihm aber einen Zettel hingelegt, auf dem stand, Chiara sei offenbar wieder obenauf und ganz normal zur Schule gegangen. Obwohl ihn das in gewisser Weise tröstete, konnte es seinen Kummer über den Schmerz, den sein Kind erlebt hatte, doch nicht ganz lindern. Er trank einen Kaffee, duschte ausgiebig und trank noch einen Kaffee, aber die bleierne Schwere, die ihm von den Geschehnissen der letzten Nacht noch in Kopf und Körper steckte, ließ sich nicht abschütteln. Er erinnerte sich an Zeiten, in denen er nach einer schlaflosen Nacht, nach erlebtem Grauen sofort wieder dagewesen war und auf der Suche nach Wahrheit, oder was er für Gerechtigkeit hielt, tagelang durcharbeiten konnte. Damit war es vorbei. Der Wille, der ihn trieb, war allenfalls noch verbissener geworden, aber das Nachlassen der Körperkräfte war nicht zu leugnen.

Er schob diese Gedanken von sich fort und verließ die Wohnung, froh über die beißend kalte Luft und die belebten Straßen. Als er an einem Zeitungskiosk vorbeikam, überflog er – obwohl er wußte, daß es zu früh war – die Schlagzeilen nach einer Meldung über die nächtliche Festnahme.

Es war fast elf Uhr, als er in die Questura kam, wo man ihn wie üblich mit Salutieren oder Kopfnicken begrüßte, und wenn es ihn ein bißchen wunderte, daß ihm niemand gratulieren kam, weil er ganz allein die Mörderin Trevisans, Faveros und Lottos dingfest gemacht hatte, so ließ er es sich nicht anmerken.

Auf seinem Schreibtisch fand er zwei Notizzettel von Signorina Elettra, beide des Inhalts, daß der Vice-Questore ihn zu sprechen wünsche. Er ging sofort nach unten und fand Signorina Elettra an ihrem Arbeitsplatz.

»Ist er da?«

»Ja«, sagte sie, indem sie aufsah, aber nicht lächelte. »Und nicht in bester Stimmung.«

Brunetti verkniff sich die Frage, ob denn Patta jemals guter Stimmung sei, und fragte statt dessen: »Weswegen?«

»Wegen der Überstellung.«

»Der was?« fragte Brunetti, nicht eigentlich interessiert, aber jederzeit gern bereit, eine Unterredung mit Patta hinauszuschieben; ein paar Minuten bei Signorina Elettra boten dazu die angenehmste Möglichkeit, die er bisher entdeckt hatte.

»Überstellung«, wiederholte sie. »Überstellung der Gefangenen, die Sie heute nacht eingeliefert haben, Commissario.« Sie mußte einen Anruf annehmen. *»Sì?«* fragte sie, dann rasch: »Nein, geht nicht.« Sie legte ohne ein weiteres Wort auf und sah Brunetti wieder an.

»Was ist passiert?« fragte er ruhig. Ob Signorina Elettra wohl hörte, wie sein Herz dabei klopfte?

»Heute vormittag kam ein Anruf aus dem Justizministerium, die Frau gehöre nach Padua und solle dorthin überführt werden.«

Brunetti legte beide Hände auf ihren Schreibtisch und stützte sich mit seinem ganzen Gewicht darauf.

»Wer hat diesen Anruf entgegengenommen?«

»Das weiß ich nicht. Einer von den Männern unten. Ich war noch gar nicht hier. Und gegen acht kamen dann ein paar Männer vom Staatsschutz mit irgendwelchen Papieren.«

»Und haben sie mitgenommen?«

»Ja. Nach Padua.«

Entsetzt sah Signorina Elettra, wie Brunetti die Hände zu Fäusten ballte und mit seinen Nägeln acht lange Kratzer auf der polierten Fläche ihres Schreibtischs hinterließ.

»Was ist los, Commissario?«

»Ist sie da angekommen?« fragte er.

»Ich weiß es nicht.« Sie sah auf ihre Armbanduhr. »Sie sind

schon drei Stunden weg, etwas länger. Müßten eigentlich schon dort sein.«

»Rufen Sie an«, sagte Brunetti mit heiserer Stimme.

Als sie nichts tat und ihn nur anstarrte, verwundert über seine plötzliche Wandlung, wiederholte er, diesmal lauter: »Rufen Sie an. Rufen Sie della Corte an.« Noch bevor sie etwas tun konnte, riß er ihren Apparat an sich und hieb auf die Tasten.

Della Corte nahm beim dritten Klingeln ab.

»Guido hier. Ist sie da?« fragte Brunetti ohne Einleitung.

»*Ciao*, Guido«, antwortete della Corte. »Ist wer hier? Ich weiß nicht, wovon Sie sprechen.«

»Ich habe heute nacht eine Frau festgenommen. Sie hat alle drei umgebracht.«

»Hat sie gestanden?« fragte della Corte.

»Ja. Alle drei.«

Della Cortes anerkennender Pfiff hallte durch die Leitung. »Ich weiß von nichts«, sagte er schließlich. »Warum rufen Sie mich an? Wo haben Sie die Frau festgenommen?«

»Hier. In Venedig. Aber heute morgen kamen ein paar Leute vom Staatsschutz und haben sie abgeholt. Jemand vom Justizministerium hatte sie geschickt. Sie haben gesagt, die Frau müsse in Padua in Untersuchungshaft.«

»Das ist doch Unsinn«, rief della Corte. »Sie gehört bis zur Anklage dahin, wo sie festgenommen wurde, das weiß doch jeder.« Dann fragte er nach einer Pause: »Ist sie schon angeklagt?«

»Weiß ich nicht«, sagte Brunetti. »Aber ich kann es mir nicht vorstellen, die Zeit war zu kurz.«

»Ich will mal sehen, was ich in Erfahrung bringen kann«, sagte della Corte. »Ich rufe zurück, sobald ich etwas weiß. Wie heißt sie?«

»Ceroni, Regina Ceroni.« Bevor Brunetti noch etwas hinzufügen konnte, hatte della Corte schon aufgelegt.

»Was ist los?« fragte Signorina Elettra in höchster Sorge.

»Ich weiß es nicht«, antwortete Brunetti. Ohne noch ein Wort zu sagen, drehte er sich um und klopfte an Pattas Tür.

»Avanti.«

Brunetti stieß die Tür auf und ging rasch ins Zimmer. Er zwang sich zu schweigen, um sich nach Möglichkeit schon ein Bild von Pattas Stimmung zu machen, bevor er dem Vice-Questore etwas erklären mußte.

»Was muß ich da über diese Frau hören, die nach Padua überstellt wurde?« verlangte Patta zu wissen.

»Ich weiß davon nichts. Ich habe sie heute nacht festgenommen. Sie hat gestanden, alle drei getötet zu haben: Trevisan, Favero und Lotto.«

»Wo hat sie das gestanden?« fragte Patta – eine Frage, mit der er Brunetti verwirrte.

»In ihrem Auto.«

»Ihrem Auto?«

»Ich bin ihr zum Piazzale Roma gefolgt. Dann bin ich lange mit ihr herumgefahren, und schließlich habe ich sie wieder hierhergebracht, nach Venedig. Sie hat mir gesagt, wie sie es getan hat. Und warum.«

Patta schien sich weder für das eine noch das andere zu interessieren. »Haben Sie ihr Geständnis? Ist es bezeugt?«

Brunetti schüttelte den Kopf. »Wir kamen um vier Uhr früh hier an, und ich habe sie gefragt, ob sie ihren Anwalt anrufen will. Das wollte sie nicht. Ich habe gefragt, ob sie eine Aussage machen will, aber das lehnte sie ab, und da habe ich sie in eine Zelle bringen lassen. Agente Di Censo hat sie in die Frauenabteilung gebracht.«

»Ohne ein Geständnis oder eine Aussage von ihr zu haben?« fuhr Patta auf.

Es hatte keinen Sinn, auf Zeit zu spielen. »Ja. Ich dachte, das könnte ich heute vormittag noch bekommen.«

»Sie dachten, das könnten Sie heute vormittag bekommen«, äffte Patta ihn in einem gehässigen Singsang nach.

»Ja.«

»Nun, daraus wird wohl nichts werden, wie?« meinte Patta ohne einen Versuch, seine Wut zu verhehlen. »Sie ist nach Padua gebracht worden ...«

»Ist sie dort angekommen?« unterbrach ihn Brunetti.

Patta blickte müde zur Seite. »Wenn Sie mich bitte ausreden ließen, Commissario ...«

Brunetti nickte, hielt aber jedes Wort für überflüssig.

»Wie ich sagte«, begann Patta und hielt lange genug inne, um die Bedeutung dessen zu betonen, was er noch hatte sagen wollen, bevor man ihn unterbrach, »sie wurde heute morgen nach Padua gebracht. Bevor Sie sich hierherbemühten und ohne daß sie ein Geständnis abgelegt hätte, was, wie Ihnen wohl bekannt sein dürfte, Commissario, zum kleinen Einmaleins jeder Polizeiarbeit gehört. Aber jetzt wurde sie nach Padua gebracht, und Sie wissen hoffentlich, was das bedeutet.« Hier legte Patta eine hochdramatische Kunstpause ein und wartete auf Brunettis uneingeschränktes Geständnis seiner Unfähigkeit.

»Sie glauben also, daß sie in Gefahr ist?« fragte Brunetti.

Patta blinzelte irritiert und legte den Kopf zurück. »In Gefahr? Ich weiß nicht, wovon Sie reden, Commissario. Die einzige Gefahr ist, daß Padua jetzt das Verdienst für ihre Verhaftung und ihr Geständnis einheimsen wird. Sie hat drei Männer umgebracht, zwei davon hochangesehene Persönlichkeiten aus unserer Stadt, und das Verdienst für ihre Festnahme wird Padua angerechnet.«

»Sie ist also dort?« fragte Brunetti mit hoffnungsvoll erhobener Stimme.

»Ich habe keine Ahnung, wo sie ist«, versetzte Patta, »und es ist mir, ehrlich gesagt, auch ziemlich egal. Sowie sie aus unserem Zuständigkeitsbereich heraus war, hat sie aufgehört, für mich von Interesse zu sein. Wir können die Ermittlungen in diesen Mordfällen einstellen – immerhin etwas –, aber alles Verdienst für die Festnahme heimst jetzt Padua ein.« Pattas Wut war greifbar. Er streckte die Hand über seinen Schreibtisch und zog eine Akte zu sich heran. »Ich habe Ihnen nichts weiter zu sagen, Commissario Brunetti. Sie finden sicher etwas, womit Sie sich beschäftigen können.« Er schlug die Akte auf, beugte sich darüber und fing an zu lesen.

In seinem Dienstzimmer folgte Brunetti einem Impuls und wählte della Cortes Nummer. Niemand nahm ab. Er setzte sich. Er stand wieder auf und ging ans Fenster. Dann setzte er sich erneut an seinen Schreibtisch. Die Zeit verging. Das Telefon klingelte, und er nahm ab.

»Guido, wußten Sie etwas davon?« fragte della Corte argwöhnisch.

Brunettis Hand war schweißnaß. Er nahm den Hörer in die andere und wischte sich die Hand an der Hose ab. »Was ist passiert?«

»Sie hat sich in ihrer Zelle erhängt. Sie haben sie vor einer guten Stunde hergebracht und so lange in eine Arrestzelle gesteckt, bis man einen Kassettenrecorder für das Geständnis aufgetrieben hatte. Man hat es nicht für nötig befunden, ihr ihre Sachen wegzunehmen, und als man dann wieder in die Zelle kam, hatte sie sich inzwischen mit ihrer Strumpfhose am Heizungsrohr erhängt.« Della Corte verstummte, aber Brunetti sagte nichts.

»Guido? Sind Sie noch da?«

»Ja, ich bin noch da«, sagte Brunetti endlich. »Wo sind die Leute vom Staatsschutz?«

»Die füllen Formulare aus. Sie hat ihnen auf dem Weg hierher gesagt, daß sie die drei Männer umgebracht hat.«

»Warum?«

»Warum sie es ihnen gesagt hat, oder warum sie die Männer umgebracht hat?« fragte della Corte.

»Warum sie die Männer umgebracht hat.«

»Sie hat gesagt, sie habe in der Vergangenheit Affären mit allen dreien gehabt und sie dann jahrelang erpreßt. Jetzt hätten alle drei ihr gesagt, daß sie nicht länger zahlen wollten, worauf sie beschlossen habe, sie umzubringen.«

»Aha«, sagte Brunetti. »Alle drei?«

»So sagen es die Leute.«

»Wie viele sind es?« fragte Brunetti.

»Die vom Staatsschutz?«

»Ja.«

»Drei.«

»Und die sagen alle dasselbe? Daß sie die Männer umgebracht hätte, weil sie sich nicht länger erpressen lassen wollten?«

»Ja.«

»Haben Sie mit ihnen gesprochen?«

»Nein. Ich habe das alles von dem Wächter, der sie gefunden hat.«

»Wann haben die zum erstenmal von ihrem Geständnis gesprochen?« fragte Brunetti. »Bevor oder nachdem sie tot war?«

»Weiß ich nicht«, antwortete della Corte. »Spielt das eine Rolle?«

Nein, sagte sich Brunetti, es spielte keine Rolle, weil diese drei Männer vom Staatsschutz alle dasselbe sagen würden, davon war er überzeugt. Ehebruch, Erpressung, Habgier und Rache: lauter Laster, die hinreichend erklären würden, was sie getan hatte. Wahrscheinlich waren sie sogar glaubhafter als Wut und Grauen und eiskalter Rachedurst. Das Wort dreier Staatsschutzbeamter war kaum in Frage zu stellen.

Brunetti sagte: »Danke«, und legte bedächtig auf. Er machte sich daran, nach irgendwelchen Beweisfetzen zu suchen, irgendeinem Faden, mit dem sich noch jemand anders ans Licht der Wahrheit zerren ließe. Nach Signora Ceronis Geständnis und ihrem Selbstmord waren die einzigen greifbaren Indizien die Listen der Telefongespräche aus den Büros der drei toten Männer. Und was bewiesen die? Telefonate mit verschiedenen legalen Firmen in verschiedenen Ländern sowie einer verrufenen Bar in Mestre. Es war wenig mehr als nichts, sicherlich nicht genug, um eine Untersuchung zu rechtfertigen. Mara war mit Sicherheit wieder auf der Straße, wahrscheinlich in eine andere Stadt verlegt. Und Silvestri würde alles aussagen, was die Leute, die ihm seine Drogen gaben, ihm auszusagen befahlen. Oder genausogut könnte man ihn auch tot auffinden, gestorben an einer Überdosis. Brunetti hatte noch immer das Video, aber um zu beweisen, daß es von den Trevisans stammte, müßte er von Chiara verlangen, darüber zu reden, sich daran zu erinnern, und das würde er nicht tun, egal, welche Folgen diese Weigerung hätte.

Sie hatte ihn gewarnt, aber er hatte nicht auf sie gehört. Sie hatte ihm sogar den Mann genannt, der ihre Mörder schicken würde. Oder vielleicht steckte sogar ein noch Mächtigerer als er dahinter, noch so ein angesehener Mann, der gleich dem römischen Hauptmann in der Bibel nur »Geh hin!« zu sagen brauchte, und einer ging hin. Beziehungsweise es gingen gleich drei solch williger Kriegsknechte hin und erfüllten sein Geheiß.

Aus dem Gedächtnis wählte er die Nummer eines Freundes, der ein Colonnello bei der Guardia di Finanza war, und erklärte ihm kurz die Sache mit Trevisan, Favero, Lotto und dem Geld, das sie seit Jahren bekommen und auf die Seite gebracht haben mußten. Der Colonnello sagte, er wolle sich Signora Trevisans Finanzen vornehmen, sobald er Zeit und Leute dafür habe. Als Brunetti wieder auflegte, fühlte er sich nicht besser. Er stützte die Ellbogen auf seinen Schreibtisch, legte den Kopf in die Hände und blieb lange so sitzen. Er hatte die Frau erst vor Morgengrauen hergebracht, aber um acht waren schon die Männer vom Staatsschutz dagewesen, um sie abzuholen.

Mühsam erhob er sich und ging hinunter in den Wachraum, um Preside zu suchen, den Mann, der Wachdienst gehabt hatte, als er mit Signora Ceroni in die Questura gekommen war. Preside hatte um acht Uhr seinen Dienst beendet, aber in seinem Wachbuch hatte er notiert: »6.18 Uhr: Tte. Scarpa übernimmt Tagdienst. Comm. Brunettis Bericht an Tte. Scarpa.«

Brunetti verließ den Wachraum und blieb kurz in der Halle

stehen, erstaunt, daß er mehrere Sekunden brauchte, um sein Gleichgewicht wiederzufinden. Er drehte sich um und ging auf die Treppe zu, die ihn aus der Questura hinausführte, wobei er sich zwang, das Wissen, das er hinter sich zurückließ, aus seinem Kopf zu drängen. Er ging die Treppe hinunter, mit den Gedanken bei Signora Ceroni und ihrer seltsamen Fahrt durch die Nacht. Er mußte sich sagen, daß er nie verstehen würde, warum sie es getan hatte. Vielleicht mußte man dafür eine Frau sein. Er würde Paola fragen. Sie verstand so etwas meist. Bei diesem Gedanken kehrten die Gefühle in ihn zurück, und er verließ die Questura und machte sich auf den Heimweg.